आधी दुनिया
की
पूरी पत्रकारिता

आधी दुनिया की पूरी पत्रकारिता

डॉ. मंगला अनुजा

विद्या विहार, नई दिल्ली

प्रकाशक : विद्या विहार,
19, संत विहार (पहली मंजिल) गली नं. 2, अंसारी रोड, नई दिल्ली–110002
 / संस्करण : प्रथम, 2019 / मूल्य : पाँच सौ रुपए
मुद्रक : आर–टेक ऑफसेट प्रिंटर्स, दिल्ली ISBN 978-93-86871-87-9

AADHI DUNIYA KI POORI PATRAKARITA

by Dr. Mangala Anuja ₹ 500.00

Published by Vidya Vihar, 19, Sant Vihar (First Floor),
Street No.2, Ansari Road, New Delhi-2

आदर्श मार्गदर्शक

मनीषी संपादक

श्री नारायणदत्त

की प्रेरक स्मृति को...

आत्मकथ्य

शिक्षक-साहित्यकार श्री कृष्णहरि पचौरी की पहली संतान होने के कारण मैं साहित्यिक संस्कार लेकर पैदा हुई और उन्हीं की तरह हिंदी-संस्कृत की शिक्षक बन गई। पिता की प्रेरणा और पति श्री मनमोहन शर्मा के औदार्य ने आगे पढ़ने की इच्छा जाग्रत् की, तो 'स्वातंत्र्योत्तर हिंदी पत्रिकाओं में व्यंग्य' पर शोध करने का बीड़ा उठाया। पत्र-पत्रिकाओं में व्यंग्य ढूँढ़ने के लिए माधवराव सप्रे स्मृति समाचार-पत्र संग्रहालय एवं शोध संस्थान, भोपाल की तीन मंजिला इमारत की सीढ़ियाँ चढ़ती चली गई। शोध करते-करते मैं कब संग्रहालय का अंग बन गई, पता ही नहीं चला। संग्रहालय में पत्र-पत्रिकाओं से संदर्भ-सामग्री संकलित करने लगी। धीरे-धीरे इस कार्य में आनंद आने लगा। पत्र-पत्रिकाओं और संपादकों पर शोध पत्र लिखे। महात्मा गांधी और गणेश शंकर विद्यार्थी की पत्रकारिता का तुलनात्मक अध्ययन किया, जिसे महात्मा गांधी के जन्म के 125वें वर्ष की राष्ट्रीय संगोष्ठी में प्रस्तुत करने का अवसर मिला। विद्वानों ने जिस मुक्त कंठ से उस शोध आलेख को सराहा, उससे न केवल आत्म संतोष मिला, वरन् पत्रकारिता पर गहन शोध अध्ययन का उत्साह बढ़ा।

समाचार-पत्रों और पत्रिकाओं की इबारतों से यह जाना कि समकालीन घटनाचक्र का मूल वृत्तांत इन पीले पड़ते पन्नों में समाहित है। पत्र-पत्रिकाओं की प्रकाशन तिथियों से यह संदर्भ प्रकट होता है कि उनके अवतरण की पृष्ठभूमि और ध्येय क्या थे? संपादकों की पत्रकारिता के प्रति ध्येय-निष्ठा, समर्पण और मूल्यों के प्रति कोई भी जोखिम उठा लेने का संकल्प अचंभित कर देता है। सामाजिक सरोकारों और राष्ट्रीय लक्ष्यों के प्रति समर्पित पत्रकारिता के संघर्ष की गाथाएँ पढ़ते-पढ़ते एक विशिष्ट पक्ष की ओर भी ध्यान गया। यह पक्ष है, पत्रकारिता में महिलाओं की सहभागिता, स्थिति और समसामयिक प्रसंगों में प्रस्तुति और उपस्थिति। दस वर्ष पूर्व डी-लिट्. की उपाधि हेतु 'भारतीय पत्रकारिता के परिप्रेक्ष्य में हिंदी की महिला पत्रकारिता' विषय पर बरकतउल्ला विश्वविद्यालय, भोपाल में पंजीयन कराया। यह पुस्तक उसी स्वाध्याय की परिणति है। सप्रे संग्रहालय के विपुल

संदर्भ ग्रंथालय में उपलब्ध दो शताब्दियों तक पुराने पत्र-पत्रिकाओं, ग्रंथों और अन्य दस्तावेजों से उपलब्ध व्यापक जानकारियाँ और उनका विश्लेषण इसमें सँजोया गया है।

महिला पत्रकारिता विषय पर अध्ययन का दायरा बहुत बड़ा है। महिला संपादकों/पत्रकारों की भूमिका और अवदान, उपलब्धियाँ और संघर्ष, प्रभाव और परिणाम और अनंत संभावनाएँ—इन सभी पक्षों पर विस्तार से शोध किया जाएगा तो समग्रता में विषय के साथ न्याय हो पाएगा। मेरी कामना है कि भविष्य में शोधकर्ता इस महत कार्य को आगे बढ़ाएँगे।

—डॉ. मंगला अनुजा

भूमिका

पत्रकारिता का मूल तत्त्व है—चतुर्दिक घट रही ऐसी घटनाओं, प्रसंगों, परिवर्तनों की सूचना संप्रेषित करना, जिनमें सामाजिक सरोकार अंतर्निहित हैं। सूचित करने के दायित्व के साथ-साथ शिक्षित करना और सकारात्मक-रचनात्मक दिशा में प्रेरित करना भी पत्रकारिता का कर्म, धर्म और मर्म है। इस व्यापक परिप्रेक्ष्य में देखें तो पत्रकारों के बीच ऐसी किसी विभाजक रेखा का कोई औचित्य नहीं होता, जिसे महिला पत्रकार अथवा पुरुष पत्रकार के रूप में चिह्नित किया जाए। सच ही है कि पत्रकार 'पत्रकार' होता है और पत्रकार का पत्रकार होना ही प्रासंगिक, महत्त्वपूर्ण और सार्थक होता है। यद्यपि अतीत में पत्रकारिता के फलक पर महिलाओं की तुलनात्मक दृष्टि से कम सक्रियता या उपस्थिति के कारण पत्रकारिता में आधी दुनिया की भागीदारी के अध्ययन की आवश्यकता प्रतीत होती है, परंतु इक्कीसवीं सदी की पत्रकारिता का विश्लेषण करें तो स्थिति सर्वथा भिन्न पाते हैं। न केवल संख्या और सक्रियता के पैमाने पर महिला पत्रकारों की उपस्थिति ध्यान खींचती है, अपितु उनकी भूमिका और अवदान भी उल्लेखनीय है।

सभी जानते हैं कि पत्रकारिता को विज्ञापन रूपी पौष्टिक तत्त्व जीवित बनाए रखता है। जहाँ तक हमारी जानकारी है, दुनिया के पहले विज्ञापन के केंद्र में नारी पूरी शिद्दत के साथ उपस्थित रही है। यह तथ्य पाँचवीं शताब्दी का है। तब दशपुर (मंदसौर) के सूर्य मंदिर के द्वार पर रेशमी वस्त्रों के निर्माता और व्यवसायियों ने जो शिलालेख लगवाया था, उसमें संस्कृत कवि वत्सभट्टि की कविता की प्रारंभिक पंक्तियों में ईश्वर की आराधना और अंतिम पंक्तियों में राजा की प्रशंसा गायी गई थी। बीच की पंक्तियों में बड़ी चतुराई से अपने रेशमी वस्त्रों का विज्ञापन किया गया था। ये पंक्तियाँ इस प्रकार हैं—

तारुण्य कांत्युपचितोऽपि सुवर्ण-हार
ताम्बूल-पुष्प विधिना समलंकृतोऽपि।
नारी जनः प्रियैमुपैति न तावद् प्रियां
यावन्न पट्टमय वस्त्र युगानि धात्ते।

महिला पत्रकारिता का अध्ययन करते समय विमर्श के सभी पक्षों पर ध्यान केंद्रित करना होगा। पहला, पत्रकारिता के संदर्भ में स्त्री या पुरुष का विभाजन गैर-जरूरी है, परंतु इस तथ्य से भी इनकार नहीं किया जा सकता कि पत्रकारिता इतिहास के जितने भी अध्ययन सामने आए हैं, उनमें महिला पत्रकारों के अवदान को अपेक्षित मान्यता नहीं मिली है। हिंदी पत्रकारिता का ही उदाहरण लें। आजादी के बाद के जिन संपादकों का स्मरण सम्मानपूर्वक किया जाता है, उनमें कोई महिला संपादक शामिल नहीं होती। क्या 'हिंदुस्तान', 'साप्ताहिक हिंदुस्तान', 'कादंबिनी' की संपादक रहीं मृणाल पांडे पुरुष संपादक की तुलना में उन्नीस बैठती हैं? नीरजा चौधरी, सीमा मुस्तफा की पत्रकारिता ध्यान खींचती है। टेलीविजन की पत्रकारिता में वर्तिका नंदा का काम और नाम पत्रकारिता के विद्यार्थियों और नवोदित पत्रकारों के लिए अनुकरणीय द्रष्टांत होना चाहिए। मुद्रित और दृश्य-श्रव्य माध्यमों में ऐसी बीसियों महिला पत्रकारों के नाम गिनाए जा सकते हैं, जिनका कृतित्व महत्त्वपूर्ण रहा है। बहरहाल, महिला पत्रकारिता का अध्ययन करते समय इस व्यापक विषय में विवेचना के कुछ सूत्र इस प्रकार तलाशे जा सकते हैं—समाचारों की दुनिया में नारी, पत्रकारिता में स्त्री सहभागिता, महिला पत्रकार—प्रवृत्तियाँ और सरोकार, महिला पत्रकार—अवदान और उपलब्धियाँ, महिला पत्रकार—संभावनाएँ और चुनौतियाँ, विज्ञापनों में नारी, सिनेमा में नारी, सोशल मीडिया में नारी, टी.वी. चैनलों में नारी, पत्रकारिता में महिला चेतना, सांस्कृतिक पत्रकारिता में नारी, महिला पत्रकारिता—विषयों का विकासक्रम, स्व-अनुशासन बनाम आचार संहिता इत्यादि। इन विषयों पर विमर्श की धार को पैना करने के लिए इस उक्ति पर भी मनन करना होगा—'नारि न मोहि नारि के रूपा' अर्थात् इस विडंबना पर विचार करना कि महिला पत्रकारों को भी परस्पर अच्छे काम की सराहना करने की दिशा में प्रवृत्त होना चाहिए। दूसरा महत्त्वपूर्ण मुद्दा है, हर समय महिला होने के छुई-मुई भाव से मुक्ति और केवल पत्रकार होने का भाव-बोध। इसमें यह सतर्कता और संकल्प सन्निहित होना चाहिए कि महिला होने के नाते न तो किसी किस्म के दबाव या प्रलोभन के सम्मुख सिर झुकाने का भाव पैदा हो, न ही महिला होने का फायदा उठाने की सोच उपजे और न ऐसी स्पर्धा में समय और शक्ति नष्ट करना है, जो पुरुष की नकल पर जा पहुँचे। महिला और पुरुष पत्रकारों के बीच परस्पर सम्मान का नाता ही वांछनीय है।

भारतीय भाषाओं की पहली महिला पत्रकार मोक्षदायिनी देवी हैं, जिन्होंने सन् 1848 में 'बाँग्ला महिला' नाम की पत्रिका निकाली थी। चेनम्मा तुमरि को कन्नड, आसिफ जहां को उर्दू, तानुबाई को मराठी, रेवा राय को ओडिशी, के. रामालक्ष्मी को तेलुगू, जालु कांगा को गुजराती और कल्याणी अम्मा को मलयालम में महिला पत्रकारिता की शुरुआत करने का श्रेय जाता है। ऐनी बेसेंट ने 'न्यू इंडिया' का संपादन-प्रकाशन कर न केवल अंग्रेजी

पत्रकारिता को अपना कार्य क्षेत्र बनाया, वरन् उन्हें भारत में पत्रकारिता की शिक्षा का सूत्रपात करने का गौरव भी प्राप्त है। समकालीन पत्रकारिता-शिक्षा में दविंदर कौर उप्पल एक आदर्श गुरु के रूप में समादृत हैं। इसी शृंखला में एक यशस्वी नाम टैगोर परिवार की सुवर्ण कुमारी देवी का है, जिन्होंने बांग्ला पत्रिका 'भारती' का संपादन किया। उनकी सुपुत्री सरला देवी ने भी कई वर्ष तक भारती के संपादन का दायित्व निभाया। गुजराती में 'स्त्री बोध', मराठी में 'स्त्री भूषण', कन्नड में 'शाला मठ', उर्दू में तहजीब-ए-निस्वां, तेलुगू में 'सती हित बोधिनी', ओडिशी में 'आशा', तमिल में 'गृहलक्ष्मी' और मलयालम में 'केरलीय सुगुण बोधिनी' पत्रिकाओं से महिला पत्रकारिता की पुष्ट नींव पड़ी।

हिंदी में महिलाओं के लिए पहली पत्रिका भारतेंदु हरिश्चंद्र ने सन् 1874 में काशी से संपादित और प्रकाशित की। इसका नाम उन्होंने 'बाला बोधिनी' रखा था। उस परंपरा को हेमंत कुमारी देवी चौधरी ने आगे बढ़ाया। उन्होंने रतलाम (मध्य प्रदेश) से सन् 1888 में 'सुगृहिणी' मासिक पत्रिका का संपादन-प्रकाशन किया। वे हिंदी की प्रथम महिला संपादक के रूप में समादृत हैं। पत्रकारिता में मुद्रित माध्यमों का वर्चस्व अनेक दशकों तक बना रहा। बीसवीं सदी के आरंभ में रेडियो और मध्य में टेलीविजन माध्यम का युग शुरू होता है। अब सोशल मीडिया की धूम है। रेडियो और टेलीविजन भी श्रोताओं-दर्शकों को सूचित, शिक्षित और प्रेरित करने का दायित्व प्रभावी ढंग से निभा रहे हैं। भारत के स्वतंत्रता संग्राम में राष्ट्रीय आंदोलन को वाणी देने के लिए गुप्त रेडियो कायम किया गया था, जिसने सन् 1942 के 'भारत छोड़ो आंदोलन' में महत्त्वपूर्ण भूमिका निभाई थी। इस गुप्त रेडियो के संचालन में ऊषा मेहता की उल्लेखनीय भूमिका रही।

हिंदी पत्रकारिता की मुख्यधारा में संपादक, उप-संपादक, साहित्य संपादक, फीचर संपादक एवं लेखक, संवाददाता आदि विविध भूमिकाओं में महिलाओं की भागीदारी स्वतंत्रता के बाद लगातार बढ़ती गई है। उनकी प्रेरणा मुख्यतः महीयषी महादेवी वर्मा, जिन्होंने 'चाँद' जैसी तेजस्वी पत्रिका का संपादन किया और सुभद्राकुमारी चौहान, जिन्होंने 'नारी' शीर्षक से पत्रिका निकाली। रामेश्वरी देवी नेहरू, हर देवी, उमा नेहरू, रामा देवी, माणिक बाई, यशोदा देवी प्रभृति महिला पत्रकारों ने कोई एक सौ साल पहले महिला पत्रिकाओं के विषयों का निर्धारण किया था। पुरानी पत्रिकाएँ पलटने से पता चलता है कि महिला पत्रकारिता का आरंभ महिलाओं को आदर्श माँ और आदर्श पत्नी बनाने की समझाइश भरे आलेखन के साथ हुआ, परंतु जैसे-जैसे समय बढ़ता और बदलता गया, वैसे-वैसे समकालीन संदर्भों से महिला पत्रकारिता जुड़ती गई। नए समय की चुनौतियाँ और आवश्यकताएँ विमर्श का विषय बनती गईं। आज महिला पत्रकारिता उस मोड़ पर खड़ी है, जहाँ वह अपेक्षा करती है कि हम समाज में अपनी योग्यता, प्रतिभा, दक्षता, लगन और कृतित्व के बलबूते पर समान महत्त्व और अवसरों के अधिकारी हैं।

जरूरत इस बात की है कि महिला पत्रकारों को किन्हीं खास चौहद्दियों में न समेटकर कार्य क्षेत्र का विशाल फलक सहज उपलब्ध हो।

डॉ. मंगला अनुजा की यह किताब एक तरह से उपर्युक्त भाव भूमि पर महिला पत्रकारिता और महिला पत्रकारों को स्थापित करती है। कदाचित् इतने विस्तार से किया गया यह पहला अध्ययन है। यदि नामावलि ही तैयार की जाए तो पत्र–पत्रिकाओं और महिला पत्रकारों की कई पन्नों में फैली सूची सामने आ जाएगी। सभी भारतीय भाषाओं की पत्रकारिता में महिला–सहभागिता का अध्ययन हो तो निस्संदेह आधी दुनिया का माथा गर्व से ऊँचा होगा।

—विजयदत्त श्रीधर

संस्थापक-संयोजक

माधवराव सप्रे स्मृति समाचार-पत्र

संग्रहालय एवं शोध संस्थान, भोपाल

इ–मेल : editor.anchalikpatrakar@gmail.com

अनुक्रम

भारत में महिला पत्रकारिता

भारतीय पत्रकारिता में महिलाओं से संबंधित खबरों ने पत्रकारिता जगत् को न केवल प्रभावित किया, अपितु प्रताड़ित भी कराया। भारत के पहले पत्र 'हिकी गजट' के संपादक जेम्स ऑगस्टस हिकी ने जब पत्र में तत्कालीन गवर्नर हेस्टिंग्ज की पत्नी और अन्य आला हस्तियों के विरुद्ध व्यक्तिगत और तीखे प्रहार करने प्रारंभ किए, तो वे अंग्रेज गवर्नर जनरल की आँख की किरकिरी बन गए। हिकी ने एक बार सात तुकबंदियाँ केवल इसी बात पर लिख डाली थीं कि श्रीमती हेस्टिंग्स सच्ची ब्रिटिश महिलाओं की भाँति अपने पति वॉरेन हेस्टिंग्स को सही रास्ते पर लाएँ। इसका परिणाम यह निकला कि भारत में पत्रकारिता के जनक को अपनी ही सरकार से घोर प्रताड़ना झेलनी पड़ी। जॉर्ज प्रिटचार्ड ने द ओरिएंटल ऑब्जर्वर (1827) कोलकाता से निकाला था। जब प्रिटचार्ड की मृत्यु हो गई तो उनकी पत्नी पत्र की मालिक हो गईं। 2 मार्च, 1832 को कोलकाता से ही प्रकाशित 'द स्पेक्टेटर इन इंडिया' के संचालकों ने अपने पत्र में व्यक्तिगत लांछन और पगड़ी उछालने से परहेज करने का महिलाओं से वायदा किया था। इसी पृष्ठभूमि में भारत की पत्रकारिता में ऐनी बेसेंट युग आया। पं. माधवराव सप्रे ने 'स्त्री शिक्षण चंद्रिका' में मिसेज ऐनी बेसेंट पर छपे लेख को पुनः छापा, जिसमें लिखा था—"उन्हें पहले से समाचार-पत्रों तथा मासिक पुस्तकों में लेख लिखने का शौक था ही। अब इसी को उन्होंने द्रव्यार्जन का मार्ग बनाया। प्रसिद्ध समाचार-पत्रों और मासिक पुस्तकों में लेख लिखकर वे अपना चरितार्थ उत्तमता से चलाने लगीं।" उन्होंने चेन्नै से जनवरी 1914 में 'साप्ताहिक कॉमनवील' का प्रकाशन किया, जिसमें 'स्वराज्य किस तरह का मिलना चाहिए', के बारे में लिखा था—"राजनीतिक सुधारों से हमारा तात्पर्य ग्राम पंचायतों से लेकर जिला बोर्डों और नगर पालिकाओं, प्रांतीय विधानसभाओं और राष्ट्रीय संसद् तक स्वराज्य स्थापित करना है। इन सब संस्थाओं को वैसा ही स्वराज्य मिलना चाहिए जैसा कि ब्रिटिश साम्राज्य के अन्य उपनिवेशों को मिला हुआ है।" सन् 1914 में ही उन्होंने 'मद्रास स्टैंडर्ड' अखबार खरीद लिया और 'न्यू इंडिया' नाम से पत्र निकालने लगीं। तत्कालीन स्थितियों पर तटस्थ

रूप से लिखकर अपने पत्रकारीय धर्म का निर्वाह करते हुए वे लिखती हैं—"जब भीड़ सैनिकों पर पत्थर फेंकना शुरू करे तो यह कितना दयनीय होता है कि सैनिकों को उनपर गोलियों की बाढ़ छोड़ने का आदेश दिया जाए।" इस टिप्पणी की देश भर में तीखी प्रतिक्रिया हुई। होमरूल विषयक लेखों के कारण 'न्यू इंडिया' को दो हजार और दस हजार की दो जमानतें भी भरनी पड़ी थीं। 'जयाजी प्रताप' ने लिखा—"आज 'न्यू इंडिया' में पहली बार हिंदुस्तानी जबान में लेख निकल रहा है। अगर कोई पूछे कि यह नई बात क्यों तो हम यह जवाब देंगे कि होमरूल या स्वराज्य के लिए देश की एक भाषा होना बहुत जरूरी है।" 'आन द लाइन' स्तंभ में वे स्वयं अनेक ज्वलंत मुद्दों पर दृष्टिकोण रखती थीं। इसमें महिला कल्याण और शिक्षा पर एक साप्ताहिक पृष्ठ निकला करता था। दांडी मार्च पर गांधीजी का साक्षात्कार छपा, जिसमें उन्होंने कहा था—"स्वयंसेवक को अपने प्राणों की तरह नमक की रक्षा उसी प्रकार करनी चाहिए, जिस प्रकार एक माँ अपने बच्चे को उससे छीनने वाले से बचाती है।" अडियार से उन्होंने मासिक 'थियोसॉफिस्ट' (1920) का प्रकाशन-संपादन किया तथा सन् 1927 में फ्रीप्रेस समाचार अभिकरण प्रारंभ कर स्वदेशी समाचार अभिकरणों की जन्मदात्री भी बन गईं। उन्होंने समाचार-पत्रों द्वारा विचार स्वातंत्र्य और मुद्रण स्वतंत्रता के लिए आंदोलन चलाया। भारतीय राष्ट्रीय कांग्रेस की नीति पर लिखा—"जब इंग्लैंड संकटग्रस्त है (प्रथम विश्वयुद्ध) तो भारत को इस अवसर का लाभ उठाकर अपनी माँगें सामने रखनी चाहिए।" पहला महिला प्रिंटिंग प्रेस चलाने वाली ऐनी बेसेंट कहा करती थीं—"मैं भारतीय ढोल हूँ। अपनी ढम-ढम से मैं सब सोने वालों को जगा रही हूँ, ताकि वे उठकर मातृभूमि की स्वतंत्रता के लिए प्रयत्न करें।"

वाराणसी से प्रकाशित मासिक 'थियोसॉफिकल रिव्यू' (1904) की संपादक राधा एस. वर्नियर थीं। महिला पत्रकारिता का क्रांतिकारी नाम मैडम भीकाजी कामा 1905 से प्रकाशित 'इंडियन सोशियोलिस्ट' की नियमित लेखक रहीं। इसी में उनका वह संदेश प्रकाशित हुआ था, जिसमें उन्होंने भारतीय युवकों को ब्रिटिश साम्राज्य के विरुद्ध विद्रोह करने के लिए कहा था। मदनलाल ढींगरा को गोली मारे जाने के बाद भीकाजी ने 'मंदस तलवार' (1909) निकाला। सितंबर में उसका नाम 'वंदे मातरम्' कर दिया गया। यह शीर्षक बंगाल से उधार लिया गया था, जहाँ इस नाम के पत्र पर सरकार ने रोक लगा दी थी। 9 वर्षों तक उनके पत्र ने जिनेवा तथा इंग्लैंड में भारतीयों का पक्ष रखने का काम किया। लाला हरदयाल ने कहा था—"जब मैं भारतमाता के साकार स्वरूप की कल्पना करता हूँ, तो मेरी आँखों में जो छवि उभरती है—वह है, मदाम भीकाजी की छवि।" 'इलस्ट्रेटेड वीकली ऑफ इंडिया' (1880) ने 1930 में बच्चों के लिए कॉलम शुरू किया, जिसे जेपसन की पत्नी आंटी विंडीज लिखा करती थीं। यह पृष्ठ इतना लोकप्रिय हुआ कि हजारों बच्चों के पत्र प्राप्त होने लगे। अंग्रेजी के पुराने पत्र 'टाइम्स ऑफ इंडिया'

(1838) में चौथे पृष्ठ पर 'पत्र महिलाओं के' स्तंभ रहा करता था, जो प्रबुद्ध वर्ग की महिलाओं में काफी लोकप्रिय हुआ। इसकी पहली विशेष संवाददाता ऊषा राय ने दिल्ली के अस्पतालों की दुर्दशा, मूल्यवृद्धि और थ्रेशर से हाथ कटने की घटनाओं पर लिखकर पत्रकारिता जगत् में अपनी उपस्थिति दर्ज कराई थी। प्रसिद्ध पत्र 'मॉडर्न रिव्यु' (1907) का संपादन प्रकाशन रामानंद चटर्जी ने इलाहाबाद से किया तो भगिनी निवेदिता उनकी मुख्य सहयोगी बनीं। सन् 1910 में जब रामानंद बीमार हुए तो संपादकीय नोट्स उन्होंने ही लिखे। रामानंद उन्हें 'जन्मजात पत्रकार' कहते थे। श्रीमाँ ने पुडुचेरी से श्री अरविंद के साथ मिलकर एक दार्शनिक पत्रिका 'आर्य' का प्रकाशन किया। प्रवेशांक श्री अरविंद के जन्म दिवस 15 अगस्त, 1914 को इस उद्देश्य से निकला—"जीवन की उच्चतम समस्याओं का सुव्यवस्थित रूप में अध्ययन करना और एक विशाल समन्वयात्मक ज्ञात की रचना करना, जिसमें बौद्धिकता और विज्ञान आध्यात्मिक अनुभव के साथ संयुक्त हों।" श्रीमाँ द्वारा संचालित संपादित एक फ्रेंच पत्र भी था, जो एक वर्ष चलकर बंद हो गया।

अरुणा आसफ अली ने हिंदी-अंग्रेजी में 'चिल्ड्रन न्यूज' (1924) दिल्ली से निकाला। पत्रिका 'सहेली' में विज्ञापन छपा था—"इस को पाते ही बालक तथा बालिकाएँ फूल उठते हैं और इसके लेखों को पढ़ते ही इतने मग्न हो जाते हैं कि उसकी कुछ थाह ही नहीं मिलती। इस पत्रिका में बालक तथा बालिकाओं के कर्तव्य ज्ञान, बीसों रसीली कहानियाँ, क्लब और ऐसी-ऐसी चीजों के बारे में लेख रहते हैं, जिनसे छोटे-छोटे बालक और बालिकाएँ स्वाभाविक तौर से प्रेम करते हैं, खासकर 12 वर्ष से लेकर 16 वर्ष तक के बालक और बालिकाओं के लिए यह अपार लाभदायक तथा संतोषजनक है। विज्ञापन पढ़ते ही आज ही से 2 रु. 1 वर्ष के लिए भेजकर ग्राहक बन जाइए। इस पत्रिका का जून मास में एक विशेषांक कन्याओं के लिए ही निकलता है। इस अंक को अवश्य पढ़िए।" उमा नेहरू द्वारा संपादन भार लेने पर 'सहेली' ने पुनः लिखा—"अब तक इसका संपादन श्रीमती अरुणा आसफ अली तथा आर. रमणजी के हाथों में था। अब श्रीमती उमाजी नेहरू इसका अवैतनिक संपादन करेंगी—आशा है, श्रीमती उमाजी की इच्छानुसार इसमें हिंदी स्तंभ भी पहले की तरह अवश्य रहा करेगा।" 'भारत छोड़ो आंदोलन' में भाग लेने के कारण अरुणाजी को भूमिगत होना पड़ा। उस समय डॉ. राममनोहर लोहिया के साथ मिलकर उन्होंने 'इंकलाब' (1944) निकाला, जिसमें युवक-युवतियों से अपील की गई थी—"इस समय हिंसा-अहिंसा की बहस में न पड़कर हमें लड़ाई जारी रखनी चाहिए। मैं चाहती हूँ कि देश का हर नागरिक अपने ढंग से क्रांति का सिपाही बने।" 'साप्ताहिक लिंक' (1958) का प्रकाशन तथा 'दैनिक पैट्रियट' (1968) का 20 वर्षों तक कुशलतापूर्वक संपादन उनके द्वारा किया गया। 'पैट्रियट' में 'स्फुट विचार' के अंतर्गत अरुणा आसफ अली लिखती हैं—"तेईस साल पहले 15 अगस्त, 1947 को

उपनिवेशवाद ने अपने राजनीतिक जुल्मों की चक्की तो हमारे सीने से हटा ली, मगर उनसे अपना पिंड हम अभी तक छुड़ा नहीं पाए हैं। अंग्रेजी अमलदारी के पहले के और उसके दौर के सामंती ऊपरी ढाँचे को ढहा देने का काम अभी तक इसलिए पूरा न हुआ कि हमारी कोशिशें मिलाकर एक नहीं की गईं। एक वे किसी ऐसे राष्ट्रीय प्रोग्राम की बिना पर की जा सकती थीं, जिसे सब मानते, मगर राजनीतिक आजादी मिलते ही 'सबकी राय की राजनीति' की जगह 'होड़बंदी की राजनीति' ने ले ली। राजनीति के मैदान में कोई भी हैसियत रखनेवाला हर शख्स सत्ता के संघर्ष में मशगूल हो गया था।" यह दिल्ली से प्रकाशित ऐसा दैनिक था, जहाँ सर्वप्रथम महिलाओं को प्रूफ रीडर की जिम्मेदारी दी गई थी। डॉ. सोना शर्मा ने 'नई पीढ़ी के लिए प्रेरणा स्रोत : श्रीमती अरुणा आसफ अली' में लिखा—"आपातकाल के दौरान 'पैट्रियट' ने संजय गांधी की नीतियों का खुला विरोध किया था। नेहरू परिवार से मित्रता होते हुए भी अरुणाजी ने गलत नीतियों का कभी समर्थन नहीं किया—भले ही इस दौरान लिंक-हाउस को काफी नुकसान उठाना पड़ा हो।" रजनी पनिक्कर ने मुंबई से प्रकाशित होनेवाली एक अंग्रेजी कहानी पत्रिका का संपादन किया, और बाद में भारत-विभाजन के उपरांत पंजाब सरकार के सूचना विभाग के पाक्षिक 'प्रदीप' (1947) की संपादिका बन गईं। दिल्ली के अंग्रेजी 'मासिक हैड्डे' (1944) के संपादकों में ऊषा राजेंद्रनाथ और मसर्रत तैमूरी रही। यहीं से मासिक 'कॅरियर्स एंड कोर्सेज' (1949) निकाला गया, जिसकी प्रकाशक विद्यावती थीं। 'हिंदू' (1878) के लिए अंजलि सिन्हा लिखती रही हैं। अंग्रेजी समाचार-पत्रों से जुड़ी महिलाओं में अंजलि सरकार के अलावा कमला मानेकर भी थीं, जो दिल्ली के मेनस्ट्रीम, इंडियन न्यूज, 'क्रॉनिकल' में काम करने के बाद 1950 में 'टाइम्स ऑफ इंडिया' से जुड़ गईं। इसी पत्र में 1940-50 के बीच मैनडोनका भी रही थीं। अंग्रेजी पत्रकारिता में कारोल आंद्रे का नाम भी पढ़ने को मिलता है। मुंबई की गुलशन इविंग, 'संडे की संडे' गपशप कॉलम से चर्चा में आईं, 80 के अंत तक 'ईव्स वीकली' (1947) और त्रैमासिक 'स्टार एंड स्टाइल' (1952) में संपादक रहीं। 1960 में 'ईव्स वीकली' में आने से पहले इविंग ने 'फिल्म फेयर' (1952) और 'फेमिना' (1959) में सहायक संपादक के रूप में काम किया था। मुंबई के 'ऑल इंडिया वीकली' (1954) की प्रकाशक शारदा वी. राव थीं। पेरीन तलयार खान पहली महिला थीं, जिन्होंने एक साथ दो पत्रिकाओं, 'ट्रेंड' (1948) और 'फ्लेयर' (1958) का संपादन किया। 'फ्लेयर' (1959) को 'टाइम्स ऑफ इंडिया' में मिला दिया गया, तो वे महिलाओं की नई पत्रिका 'फेमिना' की पहली संपादक बन गईं। विमला पाटिल ने 1966 में 'फेमिना' में सहायक संपादक और 'युनाइटेड स्टेट सूचना सेवा' में फीचर संपादक के रूप में काम सँभाला। एलिजाबेथ राव और ज्योत्स्ना कपूर 1960 से 70 तक अंग्रेजी की पत्रकारिता में सक्रिय रहीं। यही वह समय था, जब पत्रकारिता की

दुनिया में जीनत इस्माइल, दीना वकील, देवयानी चौबल जैसे नाम सामने आते हैं। ढुबल, जो डॉक्टर हॉपर के नाम से भी जानी जाती रही हैं, ने 'फ्रेंकली स्पीकिंग' नामक गपशप कॉलम लिखा था। अंग्रेजी समाचार-पत्रों के इस काल में पत्रकारिता से जुड़ी महिलाओं में नी. सेनगुप्ते एक महत्त्वपूर्ण नाम रहा है। 1969 में 'टाइम्स ऑफ इंडिया' की प्रशिक्षण योजना के जरिए नीलम उपाध्याय ने मुंबई के 'महाराष्ट्र टाइम्स' (1962) में प्रवेश किया। 'हिंदुस्तान टाइम्स' (1924) में विशेष संवाददाता रहीं प्रमिला कल्हण की रचनाएँ प्रमुख पत्र-पत्रिकाओं में प्रकाशित होती रहती थीं। पंजाब वि.वि. से एम.ए. (अंग्रेजी) करने के पश्चात् उच्चतर शिक्षा के लिए लंदन स्कूल ऑफ इकोनॉमिक्स एंड पॉलिटिकल साइंस में चली गईं। 1965 में 'हिंदुस्तान टाइम्स' और 'ट्रिब्यून' (1881) के लिए लगभग एक वर्ष तक काबुल एवं अफगानिस्तान से राजनीतिक स्तंभ लिखती रहीं। विश्वप्रसिद्ध राजनेताओं और कलाकारों से समय-समय पर उनके द्वारा लिये गए साक्षात्कार काफी चर्चित रहे।

अंग्रेजी समाचार-पत्रों में पत्रकारिता से जुड़ी महिलाओं में ब्लू रंगनाथन, एम. रत्नाकुमारी के अलावा मधुमिता मजूमदार भी रहीं, जो पहली सहायक संपादक 'इंडियन एक्सप्रेस' (1932) थीं, बताती हैं—"दिल्ली विश्वविद्यालय से एम.ए. करने के बाद 'टाइम्स ऑफ इंडिया' का एक वर्षीय प्रशिक्षण पाठ्यक्रम कर लिया। पत्रकारिता के ग्लेमर से मैं बहुत प्रभावित थी।—राजनीति के बारे में लिखने का बेहद शौक था। यहाँ आकर सारा शौक पूरा हो गया।" 'इंडियन एक्सप्रेस' में कूमी कपूर संवाददाताओं की प्रमुख रहीं। यह ऐसा पहला अखबार था, जहाँ महिला उप-संपादकों से रात्रिकालीन सेवाएँ ली गईं। इसी पत्र की विशेष संवाददाता शिवानी भटनागर की 23 जनवरी, 1999 को पूर्वी दिल्ली में हत्या कर दी गई थी। उस समय वे अपने तीन माह के शिशु के साथ घर पर अकेली थीं। 'टाइम्स ऑफ इंडिया' के वरिष्ठ संवाददाता राकेश भटनागर की 31 वर्षीय पत्नी शिवानी की गरदन, छाती और पेट पर चाकुओं से गोदे जाने तथा गरदन पर फंदा लगाने के निशान थे। हत्यारे किसी खास चीज की तलाश में थे, क्योंकि उन्होंने सभी कमरों की तलाशी ली, किंतु कोई कीमती सामान नहीं उठाया। छुट्टी से पूर्व शिवानी स्पेशल इन्वेस्टिगेशन टीम के लिए रिपोर्टिंग कर रही थीं। इस हत्याकांड में जिम्मेदार रहे आई.पी.एस. रविकांत शर्मा को सजा हुई थी। हिंदी, अंग्रेजी द्वि-मासिक 'विदुर' (1964) का प्रकाशन दिल्ली से हुआ। इसके संपादकों में रूपा जॉनसन का नाम मिलता है। इसी समय 'हिंदुस्तान टाइम्स' से पत्रकारिता जगत् में कदम रखनेवाली प्रभा दत्त ने खोजपूर्ण पत्रकारिता द्वारा अपनी विशिष्ट पहचान बनाई। उन्होंने गृहविहीन लोगों के लिए आधी रात को जनगणना-कार्य की रिपोर्टिंग कर जो पोल खोली तो लोग उनकी प्रशंसा किए बगैर नहीं रह सके। 'चमेली देवी पुरस्कार' पाने वाली चीफ रिपोर्टर प्रभा के बारे में वरिष्ठ पत्रकार बी.जी. वर्गीज ने लिखा था—"एक सजग, निर्भीक और खोजपरक पत्रकार के रूप में इन्होंने सदैव ही

भ्रष्टाचार और अव्यवस्था के खिलाफ अनवरत संघर्ष किया, विशेषकर शहरी मामलों में इनकी दृष्टि अधिक पैनी है।" बी.ए. करने के बाद चंडीगढ़ से पत्रकारिता का डिप्लोमा लेने वाली और वाक्पटु, सौम्य एवं खुले विचारों वाली प्रभा की दृष्टि में पत्रकारिता महज एक पेशा नहीं, एक गंभीर जिम्मेदारी का काम था। एक साक्षात्कार में वे कहती हैं—"मेरी उम्र के लोगों में पत्रकारिता के प्रति निष्ठा व उत्तरदायित्व का बोध था। आज की युवा पीढ़ी में इस भावना का अभाव है। 'फीलिंग ऑफ रिस्पॉन्सिबिलिटी' नहीं है।—आज लोग इस क्षेत्र में शौक की खातिर या इसके प्रति निष्ठा के कारण नहीं, बल्कि इसके ग्लैमर से आकर्षित होकर आते हैं।—पत्रकारिता इतनी आसान नहीं, जितना लोग मान बैठे हैं कि जो मन में आया, लिख दिया। यह एक बहुत जिम्मेदारी का काम है। एक सफल पत्रकार के लिए तथ्यों का छिद्रान्वेषण सबसे पहले जरूरी है।" पुरस्कार मिलने पर प्रतिक्रिया देती हैं—"अवॉर्ड चाहे छोटा हो या बड़ा, महत्त्व इसके छोटे-बड़े होने का नहीं होता, बल्कि इसके पीछे निहित भावना में होता है।" प्रेस की स्वतंत्रता पर मत व्यक्त करती हैं—"अगर ऐसा न होता तो आज देश के अखबार शासन के खिलाफ कुछ भी लिखने की हिम्मत नहीं कर सकते थे। क्या इसे आप प्रेस की स्वतंत्रता नहीं मानते कि बिहार के मुख्यमंत्री अपने ही प्रेस विधेयक पर पुनर्विचार करने की सोचें?" पद्मा मिश्रा से की गई बातचीत में नई पीढ़ी से कहती हैं—"पत्रकारिता के ग्लैमर में न भटककर जिम्मेदारी से काम करें। नए पत्रकारों को एक-एक कदम फूँक-फूँककर रखना होगा। जोश में व उतावलेपन में कोई काम न करें। जो भी काम मिले पूरी, खोज व जाँच-पड़ताल के बाद ही छपने को दें। पेशे व देश के लिए ईमानदार रहें।" 'संस्कृति प्रतिष्ठान' नई दिल्ली ने 'प्रभा दत्त अध्येतावृत्ति' प्रारंभ की है, इसमें एक लाख रुपए की राशि प्रदान की जाती है। यह अध्येतावृत्ति केवल प्रिंट पत्रकारों के लिए है, ताकि वे 25 से 40 आयु वर्ग की महिला पत्रकारों के समर्पण को बढ़ावा दे सकें कि वे सार्थक परियोजनाओं में काम करें, जिनमें अंग्रेजी, हिंदी या किसी क्षेत्रीय भाषा में अनुसंधान करना या पुस्तक लिखना भी शामिल है। 'स्टेट्समैन' में कहा गया कि "संस्कृति प्रभा दत्त अध्येतावृत्ति स्वर्गीय प्रभा दत्त के सम्मान और स्मृति में स्थापित की गई है, जिन्होंने 'हिंदुस्तान टाइम्स' और 'इंडिया टुडे' में निर्भीक पत्रकार का आभावान प्रगतिशील कॅरियर शुरू किया था।" 'आनंद बाजार पत्रिका' की संगीता घोष ने माना—"पुरुष प्रधान मानसिकता के चलते देश ही नहीं, दुनिया भर में महिला पत्रकारों को तमाम तरह के भेदभाव व उत्पीड़न का शिकार होना पड़ता है। महिला पत्रकारों को पुरुषों की तुलना में दस गुना अधिक मेहनत करनी पड़ती है। फिर भी उन्हें दर्जा दोयम ही मिलता है। पुरुष की मानसिकता में बदलाव की जरूरत है और इसमें महिला पत्रकार बहुत सशक्त भूमिका निभा सकती हैं। कलम की ताकत से कोई भी डर सकता है। क्षेत्र में जाकर, देखकर ही महिलाओं की स्थिति की सही जानकारी व उनके विकास की

दृष्टि मिलेगी।" महिला पत्रकार यदि स्वयं भी एकजुट हो जाएँ और अन्याय के खिलाफ आवाज उठाएँ तो स्थिति में कुछ सुधार आ सकता है।

सन् 1966 में मीनाक्षी रजी 'फेमिना' में कार्यरत थीं। रतन करका ने अपने भाई के अखबार 'करंट' (1949) में महिलाओं के लिए एक पृष्ठ शुरू किया था। पाँचवें दशक में रजिया इस्माइल राजधानी के 'स्टेट्समैन' (1875) में डेस्क पर कार्यरत थीं। दूसरी महिला पत्रकारों में राज चावला एवं रीमा कश्यप थीं। लता राजे ने इसी समय मुंबई के 'लोकसत्ता' (1948) से काम शुरू किया, बाद में वे उसकी सहायक संपादक बनीं। लखनऊ के 'नेशनल हेरॉल्ड' (1938) में कार्य करनेवाली विद्या नेहरू (विद्या दत्त) पहली ऐसी महिला पत्रकार थीं, जिन्होंने रात की पाली में काम किया। इसी पत्र से पत्रकारिता की शुरुआत करनेवाली शिल्पा श्रीवास्तव 'पायनियर' और 'इंडियन रीडर' से भी जुड़ीं। 'इंडियन एक्सप्रेस' (1932) की पहली महिला ट्रेनी संध्या रंगाचारी बाद में स्टेट्समैन में चली गईं। शहनाज अंकलेसरिया को पत्रकारिता क्षेत्र में प्रतिबद्ध कार्य हेतु 'इंडिया टुडे पी.यू.सी.एल. पुरस्कार' से नवाजा गया था। इंडियन एक्सप्रेस में पाँचवें दशक की अरुणा मुखर्जी और अमृता रंगास्वामी उन महिलाओं में से रहीं, जो सहायक संपादक बनीं। 'लंदन स्कूल ऑफ इकोनॉमिक्स' की स्नातक मुखर्जी ने समाचार एजेंसी में भी काम किया था। कालबादेवी ने मुंबई से साप्ताहिक 'महाराष्ट्र ट्रेड बुलेटिन' (1968) का प्रकाशन किया। यह व्यापारिक पत्र हिंदी-अंग्रेजी दो भाषाओं में निकलता था। सुभद्रा जोशी ने मासिक 'सेकुलर डेमोक्रेसी' इसी वर्ष निकाला। राजनीतिक लेखन करनेवाली पत्रकार अनीस जंग, नई दिल्ली के पाक्षिक 'यूथ टाइम्स' (1972) की संपादक बनी। इसी समय पुडुचेरी से मासिक 'योगा लाइफ' (1973) निकली, जिसकी संपादक ए.वी. मीनाक्षी देवी रहीं। इंटरनेशनल सेंटर, नई दिल्ली से प्रकाशित 'इंडिया' (1974) की संपादक मीरा सिन्हा और गीति सेन बनीं। अंग्रेजी मासिक 'सर्च इंटरनेशनल' (1976) नई दिल्ली से उमा वासुदेव ने निकाला। वे अन्य पत्र-पत्रिकाओं में भी लेखन किया करती थीं। 'इंडिया मैगजीन' (1980) मुंबई से मल्लिका सिंह द्वारा निकाली गई। 'स्टेट्समैन' नई दिल्ली की संवाददाता तवलीन ने रजनी माथुर से बातचीत में कहा था—"पत्रकार एक मानव इकाई है—लड़की या लड़का नहीं।" पत्रकारिता की देहरी पर नारी की दस्तक में सीमा मुस्तफा बताती हैं—"मुझे लखनऊ में ही, जहाँ हम रहा करते थे, 'पायनियर' अखबार में संवाददाता का काम मिल गया। तीन वर्ष मैंने वहाँ नगर संवाददाता की हैसियत से काम किया। उसके बाद दिल्ली आई तो 'लिंक' में काम मिल गया। यहाँ में उप-संपादिका और संवाददाता हूँ।" माया शर्मा उप-संपादिका, 'नवभारत टाइम्स' पहले आकाशवाणी में थीं, पर पत्रकारिता में रुचि होने के कारण अवसर मिलते ही प्रिंट मीडिया में आ गईं। नवभारत टाइम्स की संवाददाता मणिमाला ने खोजपूर्ण पत्रकारिता में काफी ख्याति प्राप्त

की। राजनीतिक भ्रष्टाचार को उजागर किया। विभिन्न पारिवारिक-सामाजिक सरोकार से संबंधित समस्याओं पर लेख लिखे। संवाददाता के रूप में उत्कृष्ट रिपोर्टिंग की। उनका स्वर स्पष्ट, निर्भीक और क्रांतिकारी रहा। भारत की अधिकांश पत्र-पत्रिकाओं में उनके लेख छपे। कूमी कपूर संवाददाता, 'इंडियन एक्सप्रेस' बताती हैं—"मैं फोटोग्राफर-पत्रकार बनना चाहती थी। मैंने फोटोग्राफी सीखी भी, लेकिन बंबई में पत्रकारिता पाठ्यक्रम करने के बाद दिल्ली में पत्रकार बन गई।" 'इकोनॉमिक टाइम्स' की रूपा कहती हैं—"भारतीय विद्या भवन से पत्रकारिता का डिप्लोमा कर लिया। फिर अखबार में आ गई। हालाँकि मैं पत्रकार बनना चाहती थी, पर भाग-दौड़ मुझे पसंद नहीं। समाचार संपादन मुझे पसंद है, इसलिए उप-संपादिका बनी।"

नई दिल्ली से मनोरमा जफा ने अंग्रेजी त्रैमासिक 'राइटर एंड इलस्ट्रेटर' (1982) निकाली। 'बाल साहित्य लेखन प्रयोग और समस्याएँ' में लिखती हैं—"कुछ वर्ष पहले बालकों में विशेष रुचि रखनेवालों को यह महसूस हुआ कि बच्चों के लिए साहित्य का दायरा बढ़ाना ही होगा और नए साहित्य की रचना भी करनी होगी। यह नया साहित्य, बाल दृष्टिकोण, वास्तविकता पर आधारित रोचक मौलिक कथाएँ व साइंस फिक्शन आदि बच्चों के आयुवर्ग को ध्यान में रखकर ही बनाना होगा, पर यह कैसे बनाया जाए, इस पर किसी वर्ग ने ध्यान नहीं दिया।" सबीना इंद्रजीत सन् 1983 में 'टाइम्स ऑफ इंडिया' से जुड़ीं और मेहनत, सूझ एवं लेखन क्षमता के बल पर पहचान बनाते हुए विशेष संवाददाता बनीं। टाइम्स कर्मचारी संघ ने उनको तीन बार उपाध्यक्ष चुना। सन् 1998 में प्रेस परिषद् में टाइम्स समूह के मालिक अशोक जैन के खिलाफ शिकायत पहुँची कि वे अपने खिलाफ चल रहे विदेशी मुद्रा विनियमन कानून उल्लंघन के मामले में बचाव के लिए अखबार को मंच की तरह इस्तेमाल कर रहे हैं। चूँकि सबीना परिषद् की सदस्य थीं, अत: उनका स्थानांतरण गुवाहाटी कर दिया गया। उसके बाद उनकी पत्रकारिता पर विराम लग गया। कुलसुम मुस्तफा ने 1983 में नॉर्दन इंडिया से पत्रकारिता प्रारंभ की। तत्पश्चात् 'टाइम्स ऑफ इंडिया' में काम किया और उत्तर प्रदेश में रात्रि में काम करनेवाली पहली महिला पत्रकार बनीं। इन्होंने वर्ष 2004 में 'इंडियन एक्सप्रेस' की प्रमुख संवाददाता के पद पर कार्य किया। मुंबई से हिंदी-अंग्रेजी मासिक 'स्टार डस्ट' (1984) के संपादक मंडल में प्राची बादशाह, निशी प्रेम, अश्विन बर्वे थीं। डॉ. शशिप्रभा आर्य मुंबई से 1985 में प्रकाशित 'द वर्ल्ड साइंटिस्ट' की संपादक रहीं। वर्ष 1987 में मुंबई से निकला मासिक 'इन्साइड आउटसाइड' की संपादक शीला शाहनी हैं। चित्रा सुब्रह्मण्यम को वर्ष 1989 में 'चमेली देवी पुरस्कार' दिया गया। छोटी उम्र में बड़ा पुरस्कार प्राप्त करनेवाली बोफोर्स से चर्चित हुई इस पत्रकार ने सात वर्ष के अल्प समयकाल में अपनी साख बना ली थी। भारत का सर्वोच्च पत्रकारिता पुरस्कार 'भगवानदास गोयनका पुरस्कार' और 'सर्वोत्तम

महिला पत्रकार पुरस्कार' पाने वाली चित्राजी ने जिनेवा में रहते हुए बोफोर्स के तथ्य जुटाए और निजी जोखिम उठाते हुए दलाली से लाभ लेने वाले लोगों के सभी प्रयासों को नकारते हुए सभी महत्त्वपूर्ण दस्तावेज हासिल करने में सफलता प्राप्त की। मेघना वी. कुमार को दिए साक्षात्कार में वे स्वीकार करती हैं, "महिलाएँ इस व्यवसाय के लिए पुरुषों की तुलना में अधिक उपयुक्त हैं—नारी का स्वभावगत गुण ही उसे पत्रकारिता के लिए पुरुष की तुलना में अधिक उपयुक्त बनाता है, उसे घटनाओं को अधिक निष्पक्ष रूप में व सही संदर्भों में देख पाने की दृष्टि देता है।" इस पुरस्कार ने उन्हें एक निर्भीक, लगनशील और जोखिम से खेलने वाली पत्रकार के रूप में स्थापित कर दिया। पुरस्कार समिति ने टिप्पणी की थी—"चित्रा को यह सम्मान भ्रष्टाचार व सत्ता पर व्यावसायिक एकनिष्ठा के विषय स्वरूप दिया गया है।" अनुराधा धारेश्वर मुंबई से प्रकाशित मासिक 'वन इंडिया वन पीपॅल' (1997) की संपादक तथा सब एडिटर राजलक्ष्मी पिल्लई हैं। दिल्ली की गीतन बत्रा 1998 से 2008 तक 'इंडियन डिसीजन एंड इंटीरियर्स' की संपादक रहीं। भोपाल से प्रकाशित मासिक 'मध्य भारत' (2008) की डेस्क एडिटर एवं ट्रांसलेटर वंदना माथुर थीं। स्वाति देशपांडे सीनियर असिस्टेंट एडिटर (लॉ) 'टाइम्स ऑफ इंडिया' मुंबई में हुए आतंकवादी हमले के बारे में बताती हैं—"जब सी.एस.टी. में फायरिंग शुरू हुई, मैं ऑफिस में थी। मैं एक रिपोर्टर के साथ तुरंत वहाँ गई। मैंने देखा, स्टेशन के अंदर से एक जिंदा ग्रेनेड सड़क पर फेंका गया था। रेलवे के एक कर्मचारी ने ऑफिस सिक्योरिटी को तुरंत सारे एंट्रेंस बंद करने के निर्देश दिए।" चंडीगढ़ की युवा स्वतंत्र पत्रकार किरण जोशी के संपादन में पंजाबी व अंग्रेजी में मासिक 'आधी दुनिया' का प्रकाशन हुआ। 'पायनियर' की कंचन गुप्ता उस समय सुर्खियों में आईं, जब सरकार ने असम हिंसा पर अफवाहों को मद्देनजर रखते हुए कई ट्विटर एकाउंट्स ब्लॉक किए। उनमें से एक एकाउंट कंचन गुप्ता का भी था। निवेदिता शाह मासिक 'बजाज कैपिटल इन्वेस्ट इंडिया' (2001) की प्रोडक्ट मैनेजर हैं। यह न्यू देहली से निकला। प्रेरणा शाह फीचर राइटर हैं और 'बड़ौदा टाइम्स, टाइम्स ऑफ इंडिया' से जुड़ी हैं, लिखती हैं—"मुझे लेखन कार्य के प्रति रुचि तथा अलग-अलग लोगों को मिलने की चाह ने पत्रकारिता के प्रति आकर्षित किया।"

नई दिल्ली के 'लाइफ पॉजिटिव' की प्रधान संपादक सुमा वर्गीज ने 'आपकी बात को प्रधानता' में लिखा—"संपादकीय के माध्यम से पुनः एक बार आपसे संवाद स्थापित करने का अवसर मिला। मैं आपकी उत्साहजनक व अमूल्य प्रतिक्रियाओं के लिए आभारी हूँ। हमें अपने पाठकों से प्रतिदिन इतने पत्र प्राप्त हो रहे हैं कि हमने 'आपकी बात' कॉलम को दो पृष्ठों का करने का निश्चय किया।" 'टाइम्स ऑफ इंडिया' भोपाल की सुचाँदना (विशेष संवाददाता) अंजना गुप्ता को बताती हैं—"मैं मूलतः कोलकाता की रहनेवाली हूँ। मैंने धीरे-धीरे स्पेशल स्टोरीज करनी शुरू कर दी। ये सभी क्राइम स्टोरीज होती थीं। मुझे

तीन-चार साल बाद ओडिशा में नंबर तीन पोजीशन में ही भेजा गया। 'टेलीग्राफ' में केरल गई। वहाँ से मध्य प्रदेश आई, पहले 'टेलीग्राफ' में, बाद में 'टाइम्स ऑफ इंडिया' से जुड़ी। जब समाचार-पत्र में पहले पन्ने पर आपका लिखा आपके नाम से छपता है तो उसका आनंद, उस खुशी को समझ पाना कठिन होता है।" 'टाइम्स नाऊ, मुंबई' की ब्यूरो चीफ दीप्ति मेनन ने 26 नवंबर, 2008 को 9 बजकर 45 मिनट की घटना का बयान इस प्रकार किया—"मैं घर में घुसी ही थी कि मेरे कैफै लियोपॉल्ड से अटैक का मैसेज आया। मैंने तुरंत दो रिपोर्टस को जगह पर पहुँचने के निर्देश दिए। एक सबसे सीनियर पुलिस ऑफिसर हमसे यह कहते रहे कि यह एक गैंगवार है, लेकिन जब कुछ सीनियर पुलिस ऑफिसर मारे गए तो हमें एहसास हुआ कि यह आतंकवादी हमला है। इसके बाद हमने ओबरॉय और फिर ताज हॉटल में कवरेज किया। मैंने ताज से लाइव रिपोर्टिंग 27 नवंबर को शाम 5 बजकर 30 मिनट से शुरू की। हमने वहाँ साठ घंटे बिताए। ऑपरेशन के अंत में एक एन.एस.जी. कमांडो ने कहा, "हमारे लिए कुछ भी कठिन नहीं है।" पारिवारिक प्रतिक्रिया के बारे में कहती हैं, "मैं आठ सालों से इस प्रोफेशन में हूँ। मैंने इससे पहले ट्रेन ब्लास्ट और सुनामी का कवरेज भी किया है। मेरा परिवार मेरे लिए सबसे बड़ी शक्ति है। मैंने पहली बार लाइव एनकाउंटर का कवरेज किया है, लेकिन मुझे अपनी सुरक्षा का खयाल ही नहीं था। समाचारों को ऑन एयर करने के अलावा मेरी और कोई चिंता थी ही नहीं। हालाँकि मैंने सिक्योरिटी पर्सनल की सभी गाइड लाइंस फॉलो कीं और यह ध्यान रखा कि कोई भी सेंसिटिव सूचना ऑन एयर न होने पाए। यह जानना कि आप जो कर रहे हैं, वो कई दूसरों के लिए अच्छा है।" अनु आनंद प्रेस इंस्टीट्यूट ऑफ इंडिया की पत्रिका 'ग्रास रूट' की एसोसिएट एडिटर रही हैं। उन्होंने 1986 में बैंगलोर यूनिवर्सिटी से पत्रकारिता की डिग्री प्राप्त की और पत्रकारिता क्षेत्र में आ गईं। उनकी विशेष रुचि विकास पत्रकारिता करना रही। किताबें भी लिखी हैं। डेवलपमेंट जर्नलिज्म पर कहती हैं—"मीडिया एक ऐसा माध्यम है, जिसके जरिए हम समाज में फैल रही बुराइयों को, अंधविश्वासों को सही मूल्यांकन के साथ लिखकर जनमानस को जानकारी देते हैं। साथ ही, आगाह करते हैं कि वे सावधानी से सच्ची बात को जानें। 1998 में पैनोस लंदन से फैलोशिप मिली, जिसमें मुझे सुरक्षित मातृत्व पर कार्य करना था, आदिवासी पहाड़ी महिलाओं पर कार्य किया। लगातार छह माह मैं घने जंगलों के गाँवों में भी गई—जीवन की अनमोल धरोहर रही यह फैलोशिप।" इसी में अंग्रेजी 'आउटलुक' से जुड़ी शाइनी मानती है कि सकारात्मक लेखन माहौल बदलता है—"ससुराल वालों ने पत्रकारिता के क्षेत्र में आने का सुझाव दिया। ससुर पी.टी.आई. में थे। मुझे इस फील्ड में काम करते हुए कई साल हो गए हैं—समाज में मीडिया बहुत बड़ा रोल अदा करता है। उसकी जिम्मेदारी बहुत ज्यादा होती है।" फीचर राइटिंग करनेवाली बड़ौदा की श्रद्धा व्यास ने बताया—"लिखने का जोश मुझे लंदन स्कूल

ऑफ जर्नलिज्म तक ले जा पहुँचा और मैंने 80 प्रतिशत से फ्रीलांस और फीचर राइटिंग में ऑनर्स डिप्लोमा किया। इस बीच गुजराती जोन 'वी.एन.एम. टाइम्स' और 'न्यूज कॉर्ट' जैसे प्रिंट माध्यम में काम करने का मौका मिला।"

'इलस्ट्रेटेड वीकली' और 'इंडिपेंडेंट' में रहीं रंजना माथुर ने अमेरिका के एशबर्न में रहते हुए स्त्री मुद्दों पर लेखन किया। 'अहा जिंदगी' में 'हमारी दुनिया कल आज और कल' में 'लड़की को दिखता आकाश' शीर्षक से लिखती हैं--"सहानुभूति दया-त्याग— सालों से ये गुण स्त्री के पर्याय बना दिए गए हैं, बिल्कुल चेहरे पर लगने वाले मेक-अप की तरह। इसी सब के चलते नब्बे के दशक तक स्त्री की दुनिया भरी रही. ऊबड़-खाबड़ रास्तों से और पुरुष खोजता रहा 'नई दुनिया', नए विचार, नए रास्ते...हकीकत यह रही न तो पति ने उसे खाना-कपड़े देने में दिलचस्पी ली और बुढ़ापे में पुत्र ने जब चाहा, उसे घर से बाहर फेंक दिया। तब समाज ने कार्य क्षेत्र में स्त्री का आना स्वीकार किया।" 'बिजनेस लाइन' की संपादक रशीदा भगत मानती हैं—"महिला पत्रकार औरतों से जुड़े मामलों पर लिखने के लिए अधिक सहज व सक्षम हैं। स्वयं महिला होने के कारण वे उन परिस्थितियों और मजबूरियों को बेहतर समझ सकती हैं, जिनमें भारतीय स्त्रियों को रहना पड़ता है।" भारत की स्त्री की स्थिति दुनिया के अन्य देशों की तुलना में अधिक अस्पष्ट, अस्थिर, असुरक्षित और असामान्य मानी जाती है। भारत में अंग्रेजी पत्रकारिता में महिलाओं की स्थिति अन्य भारतीय भाषाओं की तुलना में दिनोदिन समृद्ध होती जा रही है, क्योंकि अंग्रेजी माध्यम से पढ़कर निकलने वाली और पत्रकारिता की डिग्री हासिल करनेवाली लड़कियाँ पत्रकारिता के ग्लैमर से प्रभावित हैं। यही कारण है कि नित नए नाम अंग्रेजी पत्रकारिता में जुड़ते जा रहे हैं।

निष्कर्षतः 'भारतीय पत्रकारिता के परिप्रेक्ष्य में महिला पत्रकारिता' सर्वप्रथम एक अंग्रेज महिला श्रीमती प्रिंटचार्ट के 'इंग्लिशमैन' की मालिक बनने से प्रारंभ होती है। इसी तरह के अनेक उदाहरण रहे हैं, जब पति के निधन पर या जेल जाने पर पत्नियों ने पत्र-पत्रिकाओं को सँभाला है। पूर्णकालिक पत्रकार के रूप में अंग्रेजी पत्रकारिता में पहला नाम श्रीमती ऐनी बेसेंट का है। वे ऐसी पहली महिला पत्रकार थीं, जिन्होंने पत्रकारी लेखन द्वारा अपनी जीविका चलाई। 'कॉमनवील, न्यू इंडिया' जैसे पत्रों का न केवल प्रकाशन-संपादन किया, अपितु पत्रकारिता के माध्यम से राजनीतिक हस्तक्षेप भी किया। फ्री प्रेस समाचार अभिकरण की शुरुआत कर, स्वदेशी समाचार अभिकरणों की भी जन्मदाता बनीं। पहला महिला प्रिंटिंग प्रेस उनके द्वारा ही खोला गया और भारत में पत्रकारिता शिक्षा की जनक भी वे ही रहीं। भारतीय युवकों को ब्रिटिश साम्राज्य के विरुद्ध विद्रोह करने की हुंकार भरने वाली पत्रकार मैडम भीकाजी कामा ने इंडियन सोशियोलिस्ट, मंदस तलवार, वंदे मातरम् के द्वारा पूरी दुनिया के सामने भारत का पक्ष रखने की भूमिका निभाई। उस समय के

पत्रकार उनमें 'भारत माता' का साकार रूप देखा करते थे।

बच्चों के लिए पहला कॉलम लिखने वाली आंटी विंडीज थीं, उनके बाद पत्र-पत्रिकाओं में महिलाओं द्वारा कॉलम लिखे जाने लगे। अरुणा आसफ अली ने अपनी पत्रकारिता की शुरुआत बच्चों से की। राष्ट्रीय आंदोलन के दौर से गुजरते हुए आपातकाल तक के समय की पत्रकारिता करनेवाली अरुणा हिंसा-अहिंसा की बहस में कभी नहीं पड़ीं और आजादी की लड़ाई को हर कीमत पर जारी रखने के पक्ष में रहीं। आजादी के बाद की पत्रकारिता में भी, उन्होंने 'सबकी राय की राजनीति' की जगह, 'होड़बंदी की राजनीति' करनेवालों को खूब लताड़ा था। सबसे पहले महिलाओं को प्रूफ रीडर की जिम्मेदारी सौंपने वाली वे ही थीं।

आजादी के बाद की अंग्रेजी महिला पत्रकारिता विकास के साथ-साथ नए युग की पत्रकारिता के रूप में सामने आई, ऊषा राजेंद्रनाथ, मशर्रत तैमूरी, अंजलि सिन्हा, अंजलि सरकार, कमला मानेकर, मैनडोनका, गुलशन इविंग, शारदा वी. राव जैसी अनेक महिला पत्रकारों ने अंग्रेजी भाषा की पत्रकारिता को गति प्रदान की। पेरीन तलयार खान अंग्रेजी की ऐसी महिला पत्रकार रहीं, जिन्होंने एक साथ दो-दो पत्रिकाओं 'ट्रेंड' और 'फ्लेयर' का संपादन किया था। देवयानी ढुबल जो 'डॉक्टर हॉपर' के नाम से जानी जाती थीं, ने 'फ्रेंकली स्पीकिंग' गपशप चर्चित कॉलम लिखा। प्रमिला कल्हण ने एक वर्ष तक 'हिंदुस्तान टाइम्स' और 'ट्रिब्यून' के लिए काबुल और अफगानिस्तान से राजनीतिक स्तंभ लिखे थे और संसार भर के अनेक कलाकारों, विश्व प्रसिद्ध हस्तियों से साक्षात्कार लेकर इतिहास रचा। 'हिंदुस्तान टाइम्स' की प्रभा दत्त ने खोजी पत्रकारिता करते हुए, लीक से हटकर जन सामान्य से जुड़े मुद्दों को पत्रकारिता का विषय बनाते हुए, गृह विहीन लोगों के लिए आधी रात को जनगणना कार्य की रिपोर्टिंग कर भ्रष्टाचार और अव्यवस्था के खिलाफ संघर्ष किया। पुरुष प्रधान मानसिकता के चलते अंग्रेजी पत्रकारिता में महिला पत्रकारों को भेदभाव और उत्पीड़न का शिकार होना पड़ा। शारीरिक, मानसिक प्रताड़ना के बावजूद अंग्रेजी पत्रकारिता में महिलाओं की उपस्थिति अपेक्षाकृत सम्मानजनक रही। उनके कृतित्व को समय-समय पर नवाजा भी जाता रहा। अंग्रेजी पत्रकारिता का ग्लैमर महिलाओं में कुछ अधिक ही देखा गया। उन्होंने अपने कार्य द्वारा यह सिद्ध किया कि 'पत्रकार एक मानव इकाई है, स्त्री या पुरुष नहीं'। महिला पत्रकार संगठनों में भी अंग्रेजी की महिला पत्रकारों की अच्छी खासी उपस्थिति देखने को मिलती है। यह अलग बात है कि उसके कारण कई बार उन्हें अपने संस्थान की प्रताड़ना का भी शिकार होना पड़ा। फिर भी वे निर्भीक, लगनशील और जोखिम से खेलने वाली, पुरुषों से कदम ताल करनेवाली पत्रकार सिद्ध हुईं।

□

भारतीय भाषाओं की पत्रकारिता में महिला सहभागिता

भारतीय पत्रकारिता ने सती-प्रथा आंदोलन के रूप में महिलाओं के लिए पहली लड़ाई लड़ी। यदि भाषाई पत्रकारिता इस प्रथा के विरोध में कलम नहीं उठाती, तो महिला जागृति का सूत्रपात ही नहीं हो सकता था। उस समय की पत्र-पत्रिकाएँ दो भागों में विभाजित हो गई थीं। एक पक्ष सती-प्रथा समाप्त करने के पक्ष में था, तो दूसरा सती-प्रथा बनाए रखने का समर्थन करता था। पढ़ी-लिखी महिलाएँ उन खबरों से प्रभावित हो अभिव्यक्ति के अवसर तलाशने लगी थीं। भारतीय समाज में स्त्री प्रताड़ना, सक्षम लोगों का धन-बल से कानून को खरीदना और अंग्रेज पुलिस द्वारा पक्षपात करना जैसी घटनाओं ने महिलाओं को और उद्वेलित किया। परिणामतः उन्होंने अपनी बात को पत्र-पत्रिकाओं के माध्यम से समाज तक पहुँचाने का प्रयास किया। मराठी मासिक 'ज्ञानोदय' (1842) में 'महिलाओं की समस्याएँ' शीर्षक से एक स्तंभ रहा करता था, जिसमें महिला केंद्रित लेख और खबरें छपती थीं। अंधश्रद्धा और कुरीतिपूर्ण सामाजिक और कौटुंबिक प्रथाओं का प्रबल विरोध इसके प्रमुख विषय हुआ करते थे। छोटे-छोटे पत्रों में भी महिला शिक्षा को बढ़ावा देने वाली खबरें छपती थीं। 'रंगपुर वार्त्ता' ने लिखा—"अब तक एक ऐसा वर्ग भारत में तैयार हो गया है, जो स्त्री-शिक्षा के महत्त्व को जान चुका है। अल्पसंख्या में छपने वाले अल्पजीवी भाषाई पत्र भी स्त्री-शिक्षा पर सामग्री छापकर अपने हिस्से की भूमिकाएँ निभाते हैं।" इसके विपरीत कुछ राष्ट्रवादी ऐसे भी थे, जो स्त्रियों को शिक्षित करने के पक्ष में नहीं थे। मराठी पत्र 'भाला' ने स्त्री-शिक्षा का विरोध करते हुए लिखा था—"कुछ लोग महिलाओं के लिए कलकत्ता में अस्पताल बनाने की या नर्स बनाने का स्कूल बनाने की सूचना करते हैं। इसका विरोध होना चाहिए। राष्ट्रीय विचारों को प्रथम स्थान देना चाहिए।" राधा कुमार एक विद्यालयीन पत्रिका के निकलने की जानकारी देती हैं—"1848 में ज्योतिराव फुले ने पूना में लड़कियों के लिए अपना पहला स्कूल खोला। उसी वर्ष एल्फिंस्टन कॉलेज बंबई के छात्रों ने एक कन्या

पाठशाला शुरू की तथा स्त्रियों के लिए मासिक पत्रिका निकाली।"

भाषाई पत्रकारिता में सर्वप्रथम जिस महिला पत्रकार का नाम अभी तक जानकारी में आया है, वे हैं बंगभाषी मोक्षदायिनी देवी, जिन्होंने सन् 1848 से पाक्षिक 'बांग्ला महिला' का संपादन संचालन किया था, पर उनके बारे में बहुत अधिक जानकारी प्राप्त नहीं हो पाई है। पत्रकारिता का सीधा संबंध महिला शिक्षा से है और भोपाल की शासिका शिक्षा के महत्त्व को जानती थीं और चाहती थीं कि उनकी बेटी अच्छी से अच्छी तालीम हासिल करे। 'मालवा' अखबार (1849) में पढ़ने को मिला—"एक रुक्का कुदसिया बेगम साहबा का मुख्तार रियासत के नाम इस मजमून का आया कि औरतों को फकत कुरान पढ़नी चाहिए और अरबी और फारसी जबानों के पढ़ने से उनको क्या गरज? और तुम जो नवाब शाहजहां बेगम पर इल्म पढ़ने के वास्ते ताकीद करती हो, बिल्कुल बेजा है। यह उम्र तो उनकी खेलने की है" इस रुक्के को पढ़कर मुख्तार रियासत दिल में रंजीदा हुई और फरमाया कि खौफ बेगम साहिब का बेजा है। इख्तियार और बड़ाई आदमी को फकत इल्म से ही मिलती है और खुदा भी इल्म से पैचाना जाता है।" बंगाल की धरती से प्रारंभ हुई महिला सहभागिता में दूसरा नाम श्रीमती मुखोपाध्याय के संपादन में निकले बांग्ला पाक्षिक 'ज्ञानदर्शन' का मिलता है। यह पत्र 13 मई, 1851 को निकला था, जो अल्पजीवी रहा। कोलकाता में 1853 में सामाजिक सुधारों को आगे बढ़ाने के उद्देश्य से स्थापित 'विद्योत्साहिनी सभा' ने 'विद्योत्साहिनी' 20 अप्रैल, 1855 को निकाली। इसने बाल विवाह की हानियों पर जनता का ध्यान आकर्षित किया तथा विधवा-विवाह का समर्थन करते हुए बहुपत्नीवाद को समाप्त करने की वकालत की। कराची से प्रकाशित 'मफुर्रह ए कुलूब' (1855) में समाचार-पत्र को खरीदने वालों की जो सूची छपी थी, उसमें बड़ौदा की महारानी जमुना बाई का नाम पढ़ने को मिलता है। मुंबई से महिलाओं पर केंद्रित पहली गुजराती पत्रिका 'स्त्री बोध' (1856) प्रकाशित हुई। खुरशेदजी कामा के संपादन में निकली इस सचित्र मासिक परित्रका में उपयोगी ज्ञानवर्धक सामग्री का प्रकाशन किया जाता था। इसके बाद बंगभाषा की पत्रकार गिरींद्र मोहिनी देवी का नाम प्रकाश में आता है, जिनका समय काल सन् 1856 से 1934 तक रहा। उन्होंने 'मासिक चुनार' (1884) निकाला और 'जाह्नवी' (1908) का तीन वर्षों तक संपादन किया। देश से बाहर की महिला केंद्रित खबरों को पत्र-पत्रिकाओं में स्थान दिया जाता था। 'सुबह सादिक' (1856) ने लंदन में लड़कियों के जन्म की खबर छापते हुए लिखा था—"वहाँ एक सप्ताह में 1,788 लड़कियाँ पैदा हुईं, जिससे जग में नई आशाओं का संचार हुआ।" इसी में हिंदुओं में व्याप्त कुरीतियों और अमानवीय प्रथाओं की आलोचना करते हुए 'चरक पूजा' जैसी पीड़ादायक कुप्रथा के विरोध में लिखा था—"जिस प्रकार सती-प्रथा को अवैधानिक घोषित किया गया है, उसी प्रकार इसे भी अवैधानिक घोषित

किया जाना चाहिए।" (चरक पूजा बंगाल के गरीब और निचले तबकों में प्रचलित शिव की एक पूजा है, जो बंगाली वर्ष के अंत में होती है। कई लोग चैत्र माह में मनौती पूरी होने की कामना से इस कष्टकारी पूजा को करते हैं)। पत्र-पत्रिकाओं में कुप्रथाओं के विरोध के साथ-साथ प्रजा पर होनेवाले अत्याचारों पर भी खुलकर लिखा जाने लगा था, 'सादिक उल' अखबार (1844) लिखता है—"कश्मीर के महाराजा गुलाब सिंह द्वारा अपनी प्रजा पर काफी अत्याचार किए जा रहे हैं। प्रजा के उठने-बैठने पर टैक्स लिया जाता है। यदि राजघराने या उससे संबंधित किसी के यहाँ जन्म हो, शादी-ब्याह हो अथवा युवराज या अन्य कोई बीमार हो सब पर टैक्स लिया जाता है। यदि लड़की का जन्म हो तो आठ आने और लड़का पैदा हो तो दस आने लिये जाते हैं।" इस तरह की खबरों ने न केवल पढ़ी-लिखी महिलाओं को प्रभावित किया, अपितु उन्होंने कलम को हथियार बनाते हुए विरोध भी दर्ज कराया।

बड़े आकार का मराठी पत्र 'इंदुप्रकाश' (1862) सामाजिक सुधारवादियों का पत्र था। इसी कारण शिक्षित पाठक उसकी तरफ आकर्षित हुआ। यह स्त्री-शिक्षा, विधवा-विवाह, नारी-उद्धार जैसे विषयों के समर्थन में खड़ा रहता था तथा विधवा-विवाह का समर्थन करने के कारण यह पत्र विशेष बना। 'पूना में स्त्रियों के लिए हाई स्कूल' में युवतियों की उच्च शिक्षा विवाह की बाधा न बन जाए, इस पर चिंता प्रकट करते हुए लिखा—"शहरों में विद्यालयों की स्थापना कर स्त्रियों को विद्या संपन्न बनाने का उत्तम कार्य वर्षों से चल रहा है और अंग्रेज सरकार भरपूर आश्रय दे रही है। यह उचित ही है। अच्छे स्त्री शिक्षक तैयार हों, इसलिए स्त्री शिक्षण पाठशाला चलाई जा रही है, यह भी ठीक है। इसी सिलसिले में पूना में महिलाओं के लिए हाई स्कूल की स्थापना का प्रयास चल रहा है। यह कार्य होना चाहिए। सिर्फ एक कठिनाई है कि हाई स्कूल में पढ़ने वाली लड़कियाँ उम्र में 18-19 साल की हो जाएँगी तो शादी करने में दिक्कत जाएगी और शादीशुदा लड़की पढ़ना चाहे तो ससुराल से अनुमति मिलना आवश्यक होगा। प्राइमरी स्कूलों की संख्या बढ़ानी चाहिए और स्कूलों में पढ़ने वाली लड़कियों का प्रतिशत जो दस है, वह बढ़ाना चाहिए।" स्त्री जीवन विषयक प्रश्नों पर गंभीर चर्चा करनेवाला मराठी मासिक 'स्त्री भूषण' के 1864 से 1866 तक प्रकाशित होने की जानकारी मिलती है। कन्नड़ में बेलगाँव से मासिक 'शालामठ' पत्रिका (1867) चेनम्मा तुमरि के कुशल संपादन में निकाली गई थी। 'औरतों का अखबार' शीर्षक खबर 'रत्नप्रकाश' में पढ़ने को मिलती है—"कलकत्ते में जनाने स्कूल के वास्ते एक अखबार जारी किया गया है, इस इरादे पर कि पहले तो उसमें चुने-चुने मजमून चाल-चलन की दुरुस्ती के हों, जिनसे औरतों के खयाल ऊँचे दरजे पर पहुँचें—दूसरे, खत-चिट्ठी लिखने की ताकत उनको हासिल हो, इसपर सस्ती कीमत का भी खयाल है, के औरतों को हल्के दामों से मिल

जाया करे।" मराठी विविध ज्ञान विस्तार 'आणि महाराष्ट्र साहित्य' पत्रिका (1867) मुंबई से प्रकाशित हुई और 40 वर्षों तक जीवित रही। इसमें कमलाबाई किबे द्वारा 'विविध विचार तरंग' लिखा जाता था तथा आनंदीबाई ची फिर्याद, काशीबाई कानिटकर के लेख, शांताबाई फणसे की कविता पढ़ने को मिलती है। कंडुकूरि वीरेशलिंगम ने महिलाओं के लिए 'हास्यवर्द्धनी' (1875) निकाली, जिसके द्वारा सामाजिक कुरीतियों के खिलाफ एकोपासना का पाठ पढ़ाया गया। परिणामत: आंध्र में 'ब्रह्मसमाज आंदोलन' ने अच्छी गति पकड़ी। चेन्नै से प्रकाशित होनेवाले इस तेलुगू मासिक का नाम 1883 में सती 'हितबोधनी' कर दिया गया, प्रकाशन स्थल भी बदलकर राजमुंदरी हो गया। कोलकाता से 'गुलदस्ता नतीजा ए सुखन' (1882) उदित हुआ। इसमें परदा करनेवाली महिलाओं से लेकर गानेवाली वेश्याओं तक की गजलें छपा करती थीं, खुर्शीद बी तवायफ 'हसीन' की गजल का नमूना—

दस बीस गरदनें हैं इधर भी झुकी हुईं,
दो-चार हाथ और भी कातिल बढ़ा के हाथ।
दिल की तरह से जब हुई तासीर (स्वभाव) बेकरार,
वेचैन हो के रह गए या रब दुआ के हाथ॥
कुरबान किस तरह से न हो दिल की आरजू (कामना)
नामे खुदा हसीन है हुस्ने हिना के हाथ॥

उर्दू की महिला पत्रकारिता पाक्षिक 'हैदराबाद गजट' (1871) से परवान चढ़ी। यह पत्र उर्दू तथा अंग्रेजी में निकला। पत्र का मत्था सुंदर बेल बूटों युक्त होता था, जिसमें कलात्मक ढंग से 'आसिफजहां निजाम उल मुल्क हुक्म सरकारी जरीदा एलामिया' छपा होता था। 'बंगदर्शन' (1884) ने स्त्री-शिक्षा की वकालत करते हुए लिखा—"इस समय सब लोग स्वीकार करते हैं कि लड़कियों को कुछ लिखाना-पढ़ाना अच्छा है, किंतु इस समय भी प्राय: अपने मन में यह कोई नहीं सोचता कि मर्दों की तरह औरतें भी अनेक प्रकार के साहित्य, गणित, विज्ञान, दर्शन आदि की शिक्षा क्यों न प्राप्त करें? जो लोग पुत्र के एम.ए. पास न होने से विषपान करने की इच्छा करते हैं, वे ही कन्या के कथा-माला (छोटी कक्षा की पुस्तक) समाप्त कर लेने से कृतार्थ हो जाते हैं। कन्या भी पुत्र की तरह एम.ए. क्यों नहीं पास करेगी, इस प्रश्न को वे एक बार भी अपने मन में स्थान नहीं देते। वास्तव में बंगदेश में, भारत वर्ष भर में भी कह सकते हैं, स्त्रियों को पुरुषों की तरह लिखना-पढ़ना सिखाने का उपाय नहीं है। बंगवासी लोग अगर सचमुच स्त्री-शिक्षा की अभिलाषा रखते, तो उसका उपाय भी होता। वह उपाय दो प्रकार का है—एक तो यह कि स्त्रियों के लिए अलग स्कूल खोलना। दूसरा है, पुरुषों के स्कूल में स्त्रियों को शिक्षा दिलाना। दूसरे उपाय का नाम सुनते ही बंगाली लोग जल उठेंगे। वे निस्संदेह अपने मन

में सोचेंगे कि मर्दों के स्कूल में स्त्रियाँ पढ़ने लगेंगी तो लड़कियों का अध:पात तो होगा ही, अधिक यह होगा कि लड़के भी मनमाना आचरण करने लगेंगे। स्त्री-शिक्षा उचित है या नहीं? शायद सभी उसको उचित कहेंगे—सभी सुशिक्षित लोग उत्तर देंगे कि स्त्रियों को नीति सिखाने के लिए, उनका ज्ञान बढ़ाने के लिए, उनकी बुद्धि परिमार्जित करने के लिए उन्हें लिखना-पढ़ना सिखाना उचित है।"

मराठी में कृष्णराव भालेकर ने पुणे से 'दीनबंधु' (1877) निकाला था, जिसका प्रकाशन 1897 में बंद हो गया। तत्पश्चात् बड़ोदा नरेश सयाजीराव गायकवाड़ के समर्थन से दामोदर सावलाराम यंदे और वासुदेव लिंगोजीराव बिर्जे ने सन् 1905 में उसे पुनर्जीवित किया। सन् 1908 में बिर्जेजी के निधन के बाद उनकी पत्नी तानुबाई ने 'दीनबंधु' का प्रकाशन जारी रखा और कई वर्षों तक चलाया। इसी प्रकार अजमेर का साप्ताहिक 'राजपूताना गजट' (1881) हिंदी और उर्दू में मुराद अली 'बीमार' के संपादन में निकला करता था, जिसने राजस्थान में जन सामान्य पर केंद्रित पत्रकारिता का सूत्रपात किया। संपादक निर्भीकतापूर्वक कलम चलाते थे। इसी वजह से उन्हें जेल जाना पड़ा। उनकी जेल यात्रा और मृत्यु के पश्चात् उनकी पत्नी मोती बेगम द्वारा पत्र का प्रकाशन जारी रखने की जानकारी मिलती है। मुंबई से मराठी साप्ताहिक प्रतोद (1884) निकला। इसकी संपादक मालतीबाई तेंदुलकर थीं। उन्होंने स्वयं का प्रेस न होते हुए भी चार वर्षों तक पत्र को चलाया था। इंदुप्रकाश ने इसकी प्रशंसा की थी। यहीं से बिल्कीस जहां बेगम 'नाज' ने शे'रो-शायरी की मासिक 'गुलदस्ता ए नाज' (1884) और 'चिराग ए कावा' (1885) निकाली जिसकी संपादक नाजिमा बेगम थीं, 'गुलदस्ता ए नाज' के मुखपृष्ठ पर ये पंक्तियाँ छपा करती थीं—

नकद दिल नकद सुखन दे के जियारत कर लें।
हैं कहाँ नाज हसीनों के उठाने वाले॥

देहली से 1 अगस्त, 1884 को महिलाओं के लिए 'अखबार-उ-निसां' निकली, यह महीने में तीन बार निकला करती थी। इसमें घर-गृहस्थी की बातें, विशेषकर ऐसे लेख, जिनसे महिलाओं को शिक्षा मिले, छपा करते थे। लाज तथा शील बनाए रखने की शिक्षा के साथ-साथ घरेलू झगड़ों से बचने की सलाह भी दी जाती थी। इसमें महिला लेखकों के लेख रहा करते थे। महिलाओं द्वारा संपादित प्रकाशित पत्रिकाओं की संख्या बढ़ने लगी थी।

बंगाल की धरती पर जनमी, पली-बढ़ी महिला पत्रकारिता में टैगोर परिवार की प्रसिद्ध पत्रिका 'भारती' (1877) का नाम सर्वोपरि है, जिसका संपादन सुवर्णकुमारी देवी ने सन् 1884 से 1920 तक, कुछ समय छोड़कर किया। यह रवींद्रनाथ और द्विजेंद्रनाथ ठाकुर की देख-रेख में निकला करती थी। 'जयाजी प्रताप' से जानकारी

मिलती है—"श्रीमती सुवर्णकुमारी देवी सहयोगी 'भारती' के संपादन कार्य से पृथक् हो गई हैं। पत्र इस समय 39 वर्ष का है।" उनकी पुत्री सरला देवी ने उनकी अनुपस्थिति में तथा उनके बाद संपादन भार सँभाला था। राधाकुमार ने लिखा—"अपने दौर की सबसे जुझारू राष्ट्रवादी महिला सरला देवी घोषाल, जिन्होंने 'भारती' के संपादक के रूप में 1895 में पदभार ग्रहण किया, ने अपनी पत्रिका के जरिए युवाओं को भौतिक संस्कृति में लिप्त होने के लिए तथा अपनी एवं अपनी स्त्रियों का अंग्रेज सिपाहियों द्वारा गलियों तथा थानों में बलात्कार किए जाने से रक्षा करने के लिए प्रेरित करना शुरू किया।" ये पंक्तियाँ बताती हैं कि महिलाओं पर अत्याचार का सिलसिला नया नहीं है। 'श्रीमती सरला देवी फिर संपादिका' शीर्षक से सौभाग्यवती ने लिखा—"स्वर्गीय श्रीरामभज दत्त चौधरी की धर्मपत्नी श्रीमती सरला देवी बंगाल के सुप्रसिद्ध टैगोर परिवार की कन्या और सुशिक्षिता हैं। आप पहले सुप्रसिद्ध मासिक पत्रिका 'भारती' (बांग्ला) का संपादन बड़ी योग्यता के साथ करती थीं। अब फिर आपने उसके संपादन का कार्य अपने हाथ में लिया है। आपके संपादकत्व में 'भारती' का वैशाख का अंक बहुत सुंदर निकला है। इसमें संदेह नहीं कि आप भारतीय स्त्री-समाज के लिए गौरव स्वरूप हैं।" सरला देवी महात्मा गांधी के विचारों को बांग्ला में अनूदित करके पत्रिका में छापती थीं। सन् 1920 के कांग्रेस अधिवेशन (बनारस) में उन्होंने 'वंदेमातरम' का गायन किया था, जिसकी प्रथम दो पंक्तियों की धुन गोपालकृष्ण गोखले के आग्रह पर रवींद्रनाथ टैगोर ने बना दी थी। उसी आधार पर बाद की धुन स्वयं सरला ने बना ली। उनकी पुस्तक 'बंगेर वीर' काफी सराही गई थी। उस समय की पत्र-पत्रिकाओं में स्वस्थ परंपरा थी कि पत्रकारिता जगत् की छोटी-से-छोटी खबर भी स्थान पाती थी। 'बांग्ला की सर्वप्रथम पत्र संपादिका का देहावसान' से जानकारी मिली—"अभी हाल में बांग्ला की सर्वप्रथम पत्र-संपादिका श्रीमती सुवर्णकुमारी देवी का 75 वर्ष की अवस्था में स्वर्गवास हो गया है। आप कवींद्र रवींद्रनाथ ठाकुर की ज्येष्ठ भगिनी थीं। आपका अधिकांश जीवन साहित्य तथा समाजसेवा में ही व्यतीत हुआ है। बांग्ला के महिला-समाज में जो इतनी जागृति हुई है, उसका बहुत कुछ श्रेय आपको ही है। आपने सन् 1884 से 1895 तक और सन् 1906 से 1920 तक 'भारती' जैसी उच्च कोटि की पत्रिका का बड़ी सफलता के साथ संपादन किया था।" 21 नवंबर, 1884 के 'हिंदी प्रदीप' में बालकृष्ण भट्ट ने स्वर्णकुमारी देवी का निबंध 'धर्म' छापा था।

'पुणे वैभव' (1880) के संपादक शंकर विनायक केलकर स्त्री-शिक्षा के विरोधी थे। इसमें छपे लेखों पर पुणे के शारदाश्रम की पंडिता रमाबाई ने जब घोर आपत्ति दर्ज कराई, तो पत्र को माफी माँगनी पड़ी। रमाबाई ने सन् 1882 में 'आर्य महिला समाज' और मुंबई में 'शारदा सदन' (11 मार्च, 1889) की स्थापना की। महिलाओं के हितार्थ

गतिविधियों के कुशल संचालन और पत्र-पत्रिकाओं में छपी प्रशंसा के कारण उनकी प्रसिद्धि दूर-दूर तक जा पहुँची थी। उन्हें कोलकाता के पंडितों ने प्रवचन देने के लिए आमंत्रित किया। उनके विचारों की स्पष्टता और वाक्पटुता ने विद्वानों को आश्चर्यचकित कर दिया। कोलकाता में उन्हें 'सरस्वती' की उपाधि प्रदान की गई। महिला शिक्षा बढ़ने के साथ-साथ उनका बुद्धि चातुर्य भी बढ़ने लगा और पत्रकारिता जगत् में महिलाओं की उपस्थिति ने इतिहास बनाना शुरू कर दिया। सन् 1886 में तिरुवनंतपुरम से केरलीय 'सुगुण बोधिनी' निकली, जो केरल की पहली महिला मासिक थी। मलयालम भाषा की पत्रकार कल्याणी अम्मा के बारे में 'सरस्वती' ने लिखा—"ट्रावनकोर की श्रीमती बी.ए. कल्याणी अम्मा एक विदुषी महिला हैं। इन्होंने भी मलयालम भाषा की 'शारदाशा' नामक मासिक पत्रिका का संपादन सात वर्ष तक बड़ी ही योग्यता से किया है। इस पत्रिका को इन्होंने केरल देश की स्त्रियों के लाभ के लिए निकाला और उसे ऊँचे दरजे की पत्रिका बना दिया। कल्याणी अम्माजी ने इसी साल नामवरी के साथ दर्शनशास्त्र में बी.ए. पास किया है। आप कुमारिका नहीं, विवाहिता हैं। आपके पति का नाम के. रामकृष्ण पिल्लै, बी.ए. है। आपके दो बच्चे भी हैं। माता और पत्नी के कर्तव्यों का अच्छी तरह निर्वाह करते हुए भी आप निर्विघ्न विद्या-व्यास करती रहीं। फल यह हुआ कि आप बी.ए. पदवीधारिणी हो गईं।" सितंबर 1887 में कानपुर से मासिक 'नवेद-ए-उम्मीद' प्रकाशित हुआ। बी. नजीरा प्रबंधक थीं। वार्षिक शुल्क एक रुपया तथा पृष्ठ 16 रहा करते थे। लाहौर से 'इंतिखाब-ए-लाजवाब' (1895) निकला, जिसमें महिलाओं के लिए 'शरीफ बीबी' कॉलम रहा करता था। उर्दू पत्रकारिता की दृष्टि से इस कॉलम का बहुत महत्त्व रहा है।

उत्कल क्षेत्र की प्रथम नारी पत्रिका साप्ताहिक 'आशा' (1888) साधुचरण राय ने बहरामपुर के गंजाम जिले से निकाली। यह विक्टोरिया प्रेस कटक में छपती थी। जोधपुर से प्रकाशित प्रसिद्ध 'चित्रवली' (1890) ने पहले-पहल 'स्त्री गायन संग्रह' छापकर स्त्रियों को एक नई सौगात दी थी। तेलुगू भाषा की मासिक 'जनाना' पत्रिका (जुलाई 1893) का प्रकाशन राजमुंदरी से हुआ। लाहौर से 1 जुलाई, 1898 को प्रकाशित 'तहजीब-ए-निस्वां' की संपादक मुहम्मदी बेगम थीं। लड़कियों के लिए निकाले गए इस साप्ताहिक में अधिकांश लेख स्त्रियों द्वारा ही लिखे जाते थे। इसके लेखक मंडल में जोहरा अख्तर, अतिया बेगम, फातिमा बेगम, आसिफा बेगम, हामिदा खातून और रामेश्वरी देवी नेहरू जैसी महिलाएँ थीं। सन् 1924 में आसिफजहां बेगम संपादक बन गईं। महिला लेखन को प्रोत्साहित करने की दृष्टि से इसमें प्रत्येक छह महीनों में सबसे अधिक लेख भेजने वाली महिला को पुरस्कार दिया जाता था। संस्कृति पर लिखने वाली महिलाओं को प्रत्येक छह मास की अवधि में अच्छे लेख लिखने के लिए तीन पुरस्कार

25 रु., 15 रु. तथा 7 रु. दिए जाते थे। 5 महिलाओं को किताबें पुरस्कार स्वरूप दी जाती थीं। शासकीय अधिकारियों एवं संस्थाओं के प्रबंधकों की शिकायतें पत्रिका में छपा करती थीं। पत्राचार में महिलाओं के उपयोग में आनेवाली वस्तुओं की जानकारी चाहने वाले पत्र और समाचारों में देश के अतिरिक्त विदेशों के, विशेषकर इस्लामी देशों के समाचार छपते थे। इसमें केवल महिलाओं के लिए लाभप्रद अथवा उपयोगी चीजों के विज्ञापन ही छापे जाते थे। साकी ने 'तहजीब-ए-निस्वां' की समीक्षा करते हुए लिखा था—"प्रथम अंक में मोहम्मदी बेगम साहिबा का लेख प्रशंसा योग्य है।" 22 पृष्ठों की इस पत्रिका का वार्षिक शुल्क पाँच रुपए था। इसमें देश-विदेश की खबरें छपा करती थीं। बांग्ला भाषी हेमंतकुमारी देवी चौधरी के पति सन् 1899 में जब अपने गृहनगर सिलहट चले गए, तो वे भी शिलांग से सिलहट जा पहुँचीं। वहाँ उन्होंने सामाजिक गतिविधियों को जोर-शोर से जारी रखते हुए, और अपनी बात स्त्रियों तक पहुँचाने के उद्देश्य से मातृभाषा अर्थात् बांग्ला में मासिक 'अंत:पुर' का संपादन किया। प्रकाशक के रूप में वनलता देवी का नाम छपता था।

ईसाई धर्म के प्रचार-प्रसार के लिए निकाली गई ओडिशी की 'प्रभावती तारा' (1896) नाम से यह ध्वनि देती है कि यह महिलाओं के लिए निकाली गई। इसी तरह की अन्य पत्र-पत्रिकाओं में 'बालिका' (1896) का प्रकाशन संगीतषु बापिराजू ने श्रीकाकुलम से तेलुगू में किया और मासिक 'सुवासिनी' (1900) मंगलूरु से कन्नड़ में निकली। वेंगल रामराव ने इसमें कहा था—"महिला लेखिकाओं को विशेष रूप से प्रोत्साहित किया जाएगा।" बालांत्रषु शेषम्मा ने काकीनाडा से प्रकाशित तेलुगू मासिक 'हिंदू सुंदरी' (1902) का संपादन किया था। इसी समय बी. अल्लादी नजाकत ने दिल्ली से 'शम्स उल निहार' (1902) का प्रकाशन संपादन किया। मराठी की प्रसिद्ध पत्रकार मनोरमा बाई मित्र की जानकारी सप्रेजी इस प्रकार देते हैं—"सुप्रसिद्ध महाराष्ट्र महिला नाम की मासिक पुस्तक, जो मिस्टर काशीनाथ रघुनाथ मित्र की धर्मपत्नी सौभाग्यवती मनोरमा बाई मित्र द्वारा संपादित होती है।" 'स्त्रियों के कर्तव्य' लेख के फुटनोट में उन्होंने लिखा—"यह विषय 'महाराष्ट्र महिला' नामक मा.पु. से लिया गया है। इसी तरह आंग्लपत्नी के कर्तव्य और गृहिणी शिक्षा भी उसी में से लिये हैं। अत: हम अत्यंत कृतज्ञतापूर्वक संपादिका, सौभाग्यवती मनोरमाबाई मित्र को कोटिश: धन्यवाद देते हैं।" 1902 की 'सरस्वती' के अनुसार, "सुप्रसिद्ध 'महाराष्ट्र महिला' नाम की मासिक पुस्तक, जो मिस्टर काशीनाथ रघुनाथ मित्र की धर्मपत्नी सौभाग्यवती मनोरमा बाई मित्र द्वारा संपादित होती है, 'मनोरंजन ग्रंथ प्रकाशक मंडली' के आश्रम से गत जनवरी से प्रकाशित होने लगी है।" इस आधार पर 'महाराष्ट्र महिला' का प्रकाशन जनवरी 1902 में हुआ। आगरा से महिलाओं के लिए मई 1907 में निकले उर्दू पत्र

'परदानशीं' की संपादक श्रीमती खामोश रहीं। इसके मुखपृष्ठ पर अकबर इलाहाबादी का शे'र छापा जाता था—

बेपरदा नजर आईं जो कल चंद बीवियाँ
'अकबर' जमीं में गैरते कैमी से गड़ गया
पूछा जो उनसे आपका परदा वो क्या हुआ
कहने लगीं कि अक्ल पे मरदों की पड़ गया

इस पत्रिका में महिलाओं के लेख ही छापे जाते थे। इसी समय प्रकाशित बांग्ला पत्र 'सुप्रभात' के बारे में राधाकुमार ने लिखा—"सन् 1907 में एक संभ्रांत राष्ट्रवादी की पुत्री कुमुदिनी मित्र ने 'सुप्रभात' नामक पत्र शुरू किया, जिसमें माँ काली, भारतमाता तथा क्रांति के संबंधों को दोहराया गया। पत्र का नाम रवींद्रनाथ टैगोर की एक कविता से लिया गया, जिसमें स्वाधीनता के लिए जान देनेवालों को अमर बताया गया था। अपने दूसरे अंक में पत्रिका ने एक कविता प्रकाशित की, जिसका शीर्षक था—'पूजा का पावन समय', जिसमें कहा गया कि माँ की भूख केवल खून, सिर, कार्यकर्ता, योद्धा, श्रम, नायक एवं भक्तों के दृढ़ संकल्प से ही शांत हो सकेगी।…इसके मई 1908 के अंक में प्रफुल्ल चाकी की बड़ी प्रशंसा की गई, जिसने गिरफ्तारी के फौरन बाद आत्महत्या कर ली थी। उसके शव के चित्र के साथ एक कविता प्रकाशित की गई, जिसमें राष्ट्रवादी क्रांतिकारियों द्वारा नश्वर तथा अमर, दोनों रूपों में 'माँ' की पूजा की गई है—

माँ पूछती है, 'हे यात्री!
तुम इस कष्टप्रद मार्ग में असमय ही क्यों मर गए?'
वह उत्तर देता है—'हे माँ! इसमें पीड़ा या शोक की क्या बात है?
मैं तो मृत्यु से नित्य खेलता हूँ! मृत्यु मेरी शत्रु नहीं।'
माँ फिर पूछती है—
'हे बालक, तुम किसके प्यारे हो? तुम्हारे लिए मैं मर जाती
तुम्हारे स्वर्णिम मुखड़े को देखकर मुझे खुशी हो रही है।
लेकिन तुम इतने उन्मत्त क्यों हो गए हो,
तुम्हारे कोमल हृदय में भय क्यों नहीं?'
शव उत्तर देता है—
'इतनी बड़ी दुनिया में अनेक घर हैं, जो मुझे प्यार से पुकार रहे हैं,
अनेक दयालु स्त्रियाँ हैं, जो मुझसे मातृवत् व्यवहार करती हैं।
मृत्यु मेरी दुल्हन और मेरी माँ है!,

'सहेली' में छपे 'उर्दू में स्त्रियों के लिए पत्रिकाएँ' लेख में कई पत्र-पत्रिकाओं की जानकारी मिलती है—"'इस्मत' (1908) दिल्ली का कदाचित् दूसरा नंबर है। संपादक

राजिकुल खैरी लेखिकाओं को प्रोत्साहन देते थे। वर्षांत के विशेषांक में लेखिकाओं के विषय में सम्मति भी दिया करते थे। मुमताज अहमद ने बालिकाओं के मनोरंजन के लिए मासिक 'फूल' (1909) का संपादन, प्रकाशन किया। 'हरीम सरपंच जर्नल्स (1923) लखनऊ से निकली। यह युक्त प्रांतीय मुसलिम महिलाओं की मुख्य पत्रिका थी। इसका वार्षिक मूल्य प्रथम श्रेणी का चार रुपए, द्वितीय श्रेणी का ढाई रुपए था। यूनाइटेड इंडिया प्रेस से निकलती थी। युक्त प्रांत में इसकी समानता करनेवाली उर्दू की मुसलिम महिलाओं के लिए और कोई पत्रिका नहीं है। इसका संपादन बड़े अच्छे ढंग से हो रहा है। बालिकाओं की पत्रिका 'नवात' दिल्ली से निकली 'अस्मत' के साथ-साथ यह भी बहुत प्रिय पत्रिका होती जा रही है। 'खातून' अलीगढ़ से निकलती है। 'सहेली' उर्दू में लाहौर से निकलती है। नोशाभ खातून इसकी संपादिका हैं। आपकी लेखनी में बड़ा जोर और प्रभाव है। इस पत्रिका का संपादन आप बड़ी योग्यता के साथ करती हैं। इसमें धार्मिक, सामाजिक तथा घरेलू बातों का अच्छा समावेश रहता है।"

ओडिशी की प्रथम बाल पत्रिका 'प्रभात' (1910) उड़ीसा पेट्रियट प्रेस से प्रकाशित हुई। संपादक रेवा राव को साहित्यकारों का लेखन सहयोग प्राप्त था। कटक के हिंदी प्रचारक अनुसूया प्रसाद पाठक ने लिखा—"श्रीमती रेवा राव उत्कल के प्रधान कवि मधुसूदन राव के भाई की कन्या हैं। अंतर्जातीय विवाह करनेवाली सर्वप्रथम उत्कल महिला वे ही हैं। वे 'प्रभात' नामक पत्र का संपादन करती थीं।" उन्होंने महाराष्ट्रीय सज्जन से विवाह किया था। महिलाओं के लिए उर्दू मासिक 'अहमदी खातून' (1912) कादियान से निकली। तेलुगू मासिक 'हितकारिणी' (1913) एलुरु से मुन्नंगि लक्ष्मीनरसिंह सरमा द्वारा प्रकाशित हुई। यह सामाजिक एवं राजनीतिक विषयों पर केंद्रित रहती थी। तभी 'आनंद संगीत' पत्रिका का प्रकाशन प्रतिभा देवी ने किया। कई पत्रिकाओं में समीक्षा छपी। 'नागरी प्रचारिणी पत्रिका' ने इसे संगीत प्रधान अनियत कालिक बताया था। कोलकाता की इस पत्रिका के बारे में सरस्वती ने लिखा—"यह संगीत-संबंधिनी मासिक पत्रिका है। प्रसिद्ध चौधरी घराने की श्रीमती प्रतिभा देवी और श्रीमती इंदिरा देवी इसकी संपादिका हैं। छपाई और कागज उत्तम है। इसमें गीत आदि तो हिंदी और बांग्ला, दोनों भाषाओं में रहते हैं, पर लिपि देवनागरी ही रक्खी गई है। स्वर-लिपि पद्धति से भी इसमें गीत प्रकाशित होते हैं। संगीत विषयक लेख भी रहते हैं। देवनागरी लिपि और हिंदी भाषा के लिए यह सौभाग्य की बात है कि बंगवासिनी विदुषी महिलाओं ने इन्हें आश्रय दिया। इस पत्रिका के अब तक दो अंक निकले हैं।" मासिक 'पयाम-ए-उम्मीद' सितंबर 1915 में महमूदाबाद से बेगम अख्तर आजाद ने निकाला। इसमें 48 पृष्ठ होते थे। यह अजीजी प्रेस आगरा से छपता था। साहित्यिक, इतिहास संबंधी समीक्षात्मक लेख इसमें प्रकाशित किए जाते थे और शायरों की गजलों की भी समीक्षा की जाती थी। दिल्ली से

उर्दू साप्ताहिक 'सहेली' (1915) प्रकाशित हुआ। इसमें बालिकाओं के लिए उपयोगी लेखादि प्रकाशित किए जाते थे। यह पत्र अल्पजीवी रहा। सन् 1922 में इसका पुनः प्रकाशन 'अस्मत' के परिशिष्ट के रूप में किया गया था। डॉ. मुत्तुलक्ष्मी रेड्डी और शारदा देवी ने मद्रास से स्वतंत्रता पूर्व 'स्त्री धर्म' (1917) का प्रकाशन किया। तेलुगू समाचार-पत्र 'सूची' के अनुसार—"महिलाओं की पत्रिका 'स्त्री धर्म' तेलुगू मासिक को मालती पटवर्धन सती ने निकाला था।" 'हिंदी पत्रकारिता के विविध आयाम' में लिखा गया—"महिला जगत् की सेवार्थ एक बहुभाषी पत्रिका 'स्त्री धर्म' नाम से निकली थी, जिसका संपादन कतिपय डॉ. मुत्तलक्ष्मी रेड्डी, श्रीमती शारदा देवी, श्री ऋषिकेश ने किया था।" महिलाओं के लिए हैदराबाद से निकली 'अलनिसाँ' (1919) की संपादक सुगरा बेगम 'हया' थीं। इस पत्रिका में 48 पृष्ठ रहा करते थे। तीन रुपए वार्षिक मूल्य की अल्पजीवी इस पत्रिका में पुरुषों के लेख बहुत कम होते थे। सन् 1888 में जनमी सुगरा ने उर्दू, फारसी की शिक्षा घर पर ही ली। पटना के बैरिस्टर हुमायूँ मिर्जा से विवाह हुआ। आप पहली ऐसी मुसलिम महिला रहीं, जिन्होंने परदे को त्याग कर बड़ी-बड़ी सभाओं में भाषण दिया। लेखिका और कवयित्री के रूप में पहचान बनाने वाली 'हया' की 1959 में मृत्यु हो गई।

बंगाल की धरती पर ऐसे अनेक उदाहरण हैं, जब पूरा-का-पूरा परिवार ही पत्रकारिता द्वारा राष्ट्रीय आंदोलन को गति प्रदान करता दिखता है। वासंती देवी के पति देशबंधु चितरंजनदास जब गिरफ्तार हो गए तो 'बांगलार कथा' (1921) का संचालन-संपादन उन्होंने अपनी दो ननदों, उर्मिला और सुनीति के सहयोग से किया और देशबंधु के क्रांतिकारी विचारों को पाठकों तक पहुँचाने में कोई कसर नहीं छोड़ी। आप 'असहयोग आंदोलन' में खद्दर का प्रचार करने के लिए बंगाल में चारों ओर घूम-घूमकर खद्दर बेचती थीं और चरखा चलाने का उपदेश देती थीं। आप में धैर्य, साहस, पवित्रता और वीरता कूट-कूटकर भरी थी। एक बार आपने बंगाल की एक स्त्री-सभा में सभानेत्री की हैसियत से कहा था—"स्त्रियों का यह कर्तव्य है कि वे देश के काम में पुरुषों का हाथ बटावें। चरखे और खद्दर का घर-घर प्रचार करें। इसी से पहले भारत कितना उन्नत था? यदि फिर यही काम जारी हो जाएगा तो स्त्रियों को इधर-उधर काम के लिए न दौड़ना पड़ेगा। इसके द्वारा वे अपना खर्च स्वयं चला सकती हैं। बेकारी से बचने का खद्दर और चरखे का उपयोग अत्यंत आवश्यक है।" परिणामतः उन्हें भी अंग्रेजी हुकूमत की प्रताड़ना का शिकार होना पड़ा। 'सुप्रसिद्ध राजनीतिज्ञों के मुकदमे' की जानकारी भविष्य में दी गई थी। उसके अनुसार, "सन् 1921 दिसंबर का महीना। देशबंधु दास की धर्मपत्नी, उनकी भगिनी और उनका एकमात्र पुत्र चितरंजन दास को उसी समय गिरफ्तार किया गया। उनमें से दोनों महिलाएँ तो चेतावनी देकर छोड़ दी गईं।"

इसी पत्र में 'राष्ट्रीय महायुद्ध के कुछ वीर सैनिक' लेख में सुनीति देवी के बारे में लिखा था—"आप लखनऊ की सर्वप्रथम डिक्टेटर थीं, जिन्हें झंडा सत्याग्रह के संबंध में 6 मास का कारावास दंड दिया गया था। आप हाल ही में जेल से मुक्त हुई हैं।" सुनीतिदेवी की 'पाषाणी' में टमास (थॉमस) के बारे में लिखा गया था—"वे यीशु के धर्मप्रचार के लिए लोगों की मदद करते हैं। दो ब्राह्मण श्रीपार्वतीचरण मुखोपाध्याय और बदनचंद्र अधिकारी ने टमास के पास जाकर रो-धोकर अपना दु:ख व्यक्त किया। टमास ने उनका ऋण वापस कराने में मदद की, परंतु दोनों ब्राह्मणों ने ख्रीशतान धर्म ग्रहण नहीं किया।" सूरत से महिलाओं के लिए गुजराती साप्ताहिक 'स्त्री शक्ति' (1921) निकली थी। मरियम बेगम हैदराबाद से प्रकाशित 'खादिमा' (1922) की संपादक रहीं। 32 पृष्ठों की यह पत्रिका महिलाओं के लिए निकाली गई थी, जिसका वार्षिक मूल्य डेढ़ रुपए था। 'तारीखे सहाफत उर्दू' से जानकारी मिलती है—"'खादिमा' में महिलाओं को अपना गृहस्थ जीवन किस प्रकार व्यतीत करना चाहिए, पर जोर दिया जाता था।" इसमें महिलाओं संबंधी साधारण लेख प्रकाशित किए जाते थे। ओझाजी ने कमलावती बकाया के मासिक पत्र 'बहारे कश्मीर' (1923), जो लाहौर से निकला करता था और जिसका वार्षिक शुल्क 3 रु. था, की जानकारी दी है। अमरोहा से प्रकाशित 'मयराज-उल-कलाम' में बहारे कश्मीर पर टिप्पणी छपी थी—"इस नाम की एक पत्रिका लाहौर से प्रकाशित की जाती है, जिसका विशेष कार्य कश्मीरी पंडितों की शैक्षिक, व्यापारिक एवं सांस्कृतिक उन्नति के लिए साधन जुटाने पर विचार करना है। साधारणत: समस्त लेख काम के तथा लाभदायक प्रकाशित किए जाते हैं। पत्रिका समुदाय के प्रवक्ता पत्र का कार्य भी करती है। यद्यपि साहित्य से इसे कोई लेना-देना नहीं है, तथापि हर अंक में साहित्य के रसिकों की रसिकता मोती लुटाने से नहीं चूकती और कश्मीरी पंडित की कविता अवश्य प्रकाशित होती है।" फरवरी 1923 में मुंबई से अवंतिका बाई गोखले के संपादन में मराठी साप्ताहिक 'हिंद महिला' निकाला गया। केवल महिलाओं की उन्नति के लिए चलाया गया यह पत्र दो वर्ष तक प्रकाशित हो सका। इसी वर्ष महिलाओं का प्रवक्ता चालीस पृष्ठीय मासिक 'हूर' कोलकाता से बेगम कतील अंसारी के संपादकत्व में सितंबर में प्रकाशित हुआ। पत्रिका के विशेषांक 100-100 पृष्ठों के होते थे। इसकी प्रसिद्धि का कारण इसमें प्रकाशित मनोरंजक ज्ञानवर्धक लेख होते थे। यह दो वर्षों तक प्रकाशित हुआ। थोड़े अंतराल से शांति देवी नाग ने 'प्रभाषी' (1924) का संपादन-प्रकाशन किया। वे 1940 से 1948 तक 'बंगलक्ष्मी' (1923) की भी संपादक रहीं। ओडिशी की अन्नपूर्णा देवी ने कटक से प्रकाशित 'सहकार' (1924) का संपादन किया। वे उत्कल भाषा की अच्छी कवयित्री भी थीं। 'अंगना' से जुड़ी प्रतिभा भद्र 1929 में अनुशीलन दल में शामिल हुईं और 1932 से 1936 तक जेल में रहने के बाद 1938 तक नजरबंद रहीं।

गुप्त काररवाइयों में भाग लेने के कारण कुमिल्ला कॉलेज से द्वितीय वर्ष में गिरफ्तार कर ली गईं। 1939 में सुभाष बाबू के साथ कांग्रेस से अलग हो गईं। 1940 में हरिकुमार राय चौधरी के साथ उनका विवाह हो गया। 1946 में 'विप्लवी समाजतंत्री दल' की प्रादेशिक कमेटी की सदस्य निर्वाचित हुईं। 'आजाद हिंद फौज' के कैदियों की पैरवी के लिए धन-संग्रह व अन्य सहायता के बाद 1959 में 'अंगना' का संपादन प्रकाशन किया। प्रतिभाभद्र राय चौधरी का नाम साहित्य जगत् में भी जाना पहचाना रहा है।

अमृतसर से उर्दू मासिक 'नूरजहाँ' (1926) सआदत सुल्ताना और जालंधर से 'लेडी डॉक्टर' (1927) सत्यवती और हलीमा बेगम के संपादन में निकले। इसी समय तेलुगू मासिक 'जयंती' और तेलुगू 'तल्ली' का प्रकाशन हैदराबाद से हुआ, जिसकी संपादक सत्यवती देवी बनीं। मराठी भाषा की 'सरस्वती' (1928) नासिक से निकली, तो तिलक ने लिखा—"'सरस्वती' स्त्रियों व बच्चों की सुंदर मासिक पत्रिका की संपादिका कुमारी नलिनीबाला हैं। वार्षिक शुल्क मात्र बारह आना, वीपी से पंद्रह आना। वर्षारंभ जनवरी 1928 का नमूना अंक एक आने का टिकिट भेजने से मिलेगा।" बेगम अबूबकर खाँ खुशीगी हैदराबाद से प्रकाशित 'हमजोली' (1929) की संपादिका थीं। इस पत्रिका की पृष्ठ संख्या 48 एवं वार्षिक शुल्क ढाई रुपए था। इमदाद साबरी लिखते हैं—"बेगम अबूबकर के संपादन में निकली इस पत्रिका ने थोड़े समय में ही लोकप्रियता हासिल कर ली थी। हैदराबाद की श्रेष्ठ पत्रिकाओं में गिनी जानेवाली 'हमजोली' ने उर्दू भाषा की बहुत सेवा की थी।" यहीं से निकली महिलाओं की पत्रिका 'सफीना-ए-निस्वां' (1929) की संपादक सादिका कुरैशी थीं। 40 पृष्ठों और दो रुपए वार्षिक मूल्य वाली यह पत्रिका परदे का समर्थन करती थी और महिला शिक्षा पर बल देती थी। साकी ने लिखा—"इसके अब तक तीन अंक निकल चुके हैं। अन्य महिला पत्रिकाओं के समान इसका उद्देश्य भी महिलाओं में जागृति लाना है।, विशेषकर दक्षिण की महिलाओं में—इसकी विशेषता यह है कि इसमें महिलाओं की रचनाएँ अधिक प्रकाशित होती हैं।…प्रथम अंक में मोहम्मदी बेगम साहिबा का लेख प्रशंसा योग्य है। तीसरा अंक, विशेष अंक है, जो मुहर्रम विशेषांक के नाम से निकाला गया है। उसमें प्रकाशित समस्त लेख एवं कविताएँ कर्बला से संबंधित हैं—इसलामी रियासत से निकलने के कारण इस अंक पर ऐतराज नहीं किया जा सकता, किंतु इस विशेषांक से कोई नवीन जानकारी नहीं मिलती। इसके टाइटल पर हमें ऐतराज है—पहले दो अंकों में जो डिजाइन दिया है। वह 'हमजोली' के टाइटल की नकल है। इसी प्रकार तीसरे अंक का डिजाइन 'चंदन' लाहौर की नकल है। उम्मीद है कि यह कमजोरियाँ दूर कर दी जाएँगी।" यह कई वर्षों तक प्रकाशित होती रही।

'इफ्फत' (1930) महिलाओं की समस्याओं, शोषण, अधिकार और सुधार, घर-

गृहस्थी और शिक्षा आदि विषयों पर केंद्रित थी, लेकिन इसका प्रकाशन एक वर्ष तक ही हो पाया। 'वेणु' (1929) की संपादिका मीरादत्त (दासगुप्ता) के बारे में आशारानी वोहरा ने लिखा—"मीरादत्त दास गुप्ता का जन्म 5 अक्तूबर, 1906 को ढाका में पिता शरदकुमार के घर हुआ। 1930 में गणित में एम.ए. की उपाधि ली। इसी समय कॉलेज छात्र के रूप में ही 'वेणु' पत्रिका के महिला विभाग का संपादन-संचालन किया। 1931 में वाइस प्रिंसिपल हो गईं। 1934 में लेवंग कांड में गिरफ्तार कर ली गईं। 1937 में स्वशासन के तहत प्रांतीय सरकारें बनी, तो वे विधानसभा की सदस्या रहीं। 1946 में फार्वर्ड ब्लॉक में शामिल हो गईं।" बंगाल की जिन बालाओं ने क्रांति की मशाल थामने के साथ-साथ पत्र-पत्रिकाओं के माध्यम से भी राष्ट्रीय आंदोलन को सहयोग दिया, मीरा भी उनमें से एक थीं। साप्ताहिक 'स्वाधीनता' (1929) से भी वे जुड़ी रहीं। उज्ज्वला रक्षित राव लिखती हैं—"बंगाल के लड़कों की बात तो दूर, लड़कियाँ भी 'समय' की ताक में बैठी रहीं। मासिक 'वेणु' तथा साप्ताहिक 'स्वाधीनता' या 'चोलार पाथे' जैसी कहानियों की पुस्तकों ने उनकी चिंता को 'अग्नि प्याले की आग में' अमृत का स्वाद उड़ेल दिया था।" बांग्ला मासिक 'जयश्री' (1931) को कोलकाता से प्रकाशित किया गया। इसका संपादन संचालन लीला राय ने किया। पत्रिका का लोकार्पण गुरुदेव रवींद्रनाथ ठाकुर से कराया गया था। क्रांतिकारी विचारों के कारण 20 दिसंबर, 1931 को बंगाल अध्यादेश के अंतर्गत वे गिरफ्तार कर ली गईं। 8 अक्तूबर, 1937 तक जेल में निरुद्ध रहीं। वे बंगाल के सरकारी उच्चाधिकारी गिरीशचंद्र नाग की पुत्री थीं। उन्होंने ढाका में दीपाली संघ की स्थापना की। 'बंगाल की प्रमुख क्रांतिकारी महिलाएँ' में पढ़ने को मिलता है—"जिसका सामान्य उद्‌देश्य शिक्षा द्वारा लड़कियों के व्यक्तित्व का सर्वांगीण विकास था और विशेष उद्‌देश्य था, उन्हें क्रांतिकारी आंदोलन के लिए प्रशिक्षित करना।" इसी में जानकारी मिलती है कि उन्होंने 1921 में मास्टर की डिग्री धारण की। 1929 में अनिल राय से उनका विवाह हुआ। आशारानी वोहरा ने लिखा—"'जयश्री' पत्रिका ने 12 दिसंबर, 1981 को स्वर्ण जयंती मनाई, जिसका उद्‌घाटन नीलम संजीव रेड्डी ने किया था और श्रीमती लीला रॉय को विनम्र श्रद्धांजलि दी गई थी।" सहयोगी संपादक रेणु सेन भी दीपाली संघ की सदस्या थीं। 28 दिसंबर, 1909 को मुंशीगंज में जनमी रेणु ने 1930 में बी.ए. करते ही राष्ट्रीय आंदोलन में भाग लेना आरंभ कर दिया। 16 सितंबर को चटगाँव शस्त्रागार कांड का उन्हें अभियुक्त बनाकर एक महीना लॉक-अप में रखा गया। जेल से छूटने के बाद वे 'जयश्री' में सहयोग करने लगीं। 20 दिसंबर, 1931 को उन्हें पुनः गिरफ्तार कर लिया गया। एक वर्ष तक कैद में रखने के बाद 1937 तक उन्हें नजरबंद रखा गया। इस बीच उन्होंने मास्टर की डिग्री ली और डेढ़ साल से बंद पत्रिका 'जयश्री' का प्रकाशन पुनः शुरू कर लिया। 25 जनवरी, 1940 को विप्लवी डॉ. अतींद्रनाथ बसु

से विवाह कर रेणु बसु बन गईं।

उर्दू पत्र-पत्रिकाओं में महिलाओं के लिए अलग से पन्ना रखने की परंपरा डालने वाला 'उम्मीद' (1931) नागपुर से निकला। 'सनफे नाजुक' शीर्षक के अंतर्गत महिलाओं और बच्चों के लिए अलग कॉलम रखे गए थे। यह पत्र नारी शिक्षा का पक्षधर था। महिलाओं की 'मासिक बानो' (1933) भोपाल से निकाली गई, जिसकी संपादक खातून अरशद थीं। उनका मूल नाम जहूर फातिमा बेगम था। 'उर्दू पत्रकारिता इतिहास' में लिखा गया—"क्योंकि स्वयं बड़ी सरकार और बेगम शाहबानो के शिक्षा के लिए किए गए सतत प्रयत्नों ने देश की महिलाओं में मानसिक जागरूकता एवं उन्नति पैदा कर दी है। अत: मेरे मस्तिष्क में तुरंत एक ऐसी मासिक पत्रिका के प्रकाशन का विचार आया, जो धर्म, समुदाय आदि से हटकर ज्ञान, साहित्य, सुरुचि, पवित्रता तथा व्यापक दृष्टिकोण बनाने का माध्यम बन सके।" प्रवेशांक में संपादकीय के अतिरिक्त तीन कविताएँ और पाँच लेख प्रकाशित किए गए थे। एक लेख 'बानो' शब्द की व्युत्पत्ति और 'महिलाओं के महत्त्वपूर्ण कर्तव्य' पर था। अंत में पत्रिका के प्रति आकर्षण पैदा करने हेतु विज्ञापित किया गया था—"ग्राहकों की सदस्य संख्या दस की गिनती के अंत में आने पर उस सदस्य को शुल्क लौटाकर वर्ष भर नि:शुल्क पत्रिका प्रेषित की जाएगी। कन्या शालाओं की छात्राओं को चौथाई मूल्य पर पत्रिका दी जाएगी। शहर और देहात के स्कूलों की शिक्षिकाओं को आधे शुल्क में पत्रिका प्रदाय होगी।" अख्तर प्रेस भूपाल से निकली साप्ताहिक 'उम्मेहात' (1933) की संपादक कमरुन्निम बेगम थीं। पत्र में धार्मिक एवं सामाजिक विषयों के साथ राजनीतिक विषयों की चर्चा और महिला मनोरंजन संबंधी विशेष लेख रहते थे। औरतों और बच्चियों के लिए सुधारवादी, धार्मिक तथा शिक्षाप्रद पत्रिका 'मुसलिमा' (1933) हुमैरा साहिबा के संपादकत्व में तथा नवाब सर लियाकत हयात साहब की बेगम के संरक्षण में प्रकाशित हुई। 'सहेली' ने लिखा—"'मुसलिमा' स्त्रियों की धार्मिक पत्रिका है। यह हुमैरा साहब के संपादकत्व में जालंधर से निकलती है। पटियाला स्टेट के प्रधानमंत्री की बेगम साहबा इसकी संरक्षिका हैं। इसका वार्षिक मूल्य स्वदेश में एक रुपए और विदेश में सवा दो रुपए है। इस पत्रिका के अधिकांश लेख धार्मिक होते हैं। स्त्रियों के मनोरंजन करने तथा धर्म के विषयों में सरसता लाने का पूरा प्रयत्न किया जाता है। पाक विज्ञान, घरेलू नुसखों तथा बेल-बूटों के संबंध में भी कुछ लेख रहते हैं। इस पत्रिका का उद्देश्य स्त्रियों में धार्मिक भाव जाग्रत् करने का है।" 'उम्मेहात' लिखता है—"'मुसलिमा' अपने विशेष धार्मिक रंग में देखने योग्य सुरुचिपूर्ण सुंदर पत्रिका है, जिसमें धार्मिक, सुधारवादी तथा साहित्यिक लेख होते हैं। भोपाल के प्रसिद्ध हास्य एवं व्यंग्य लेखक मुल्ला रमूजी इस पत्रिका के विशेष सहयोगी हैं। उनका लेखन सहयोग इस पत्रिका को बराबर प्राप्त होता रहता है। मुमताज रजिया बेगम इस

पत्रिका में लिखती रहती हैं। सुधारवादी शैली के कारण 'मुसलिमा' ने महिला पत्रिकाओं में विशेष स्थान बना लिया है। आवश्यकता है कि पत्रिकाओं में रुचि लेने वाली बहनें इस पत्रिका को क्रय करके पंजाब की एक शिक्षण संस्था की सहायता करें।"

महिलाओं द्वारा पूर्णतः प्रकाशित संपादित मासिक 'खातून-ए-मशरिक' (1935) दिल्ली से निकली जिसका प्रकाशन अनवरी बेगम ने किया। मानसेवी संपादक फहमिदा खातून एवं सहयोगी सुहेल बेगम थीं। अधिकांश लेख महिलाओं के होते थे। धर्म, गृहस्थी, कहानियाँ तथा कविताओं के साथ-साथ पीड़ित महिलाओं की दास्तान और उनकी सहायता हेतु अपील भी छपती थी। संपादकीय केवल एक कॉलम का होता था, जिसमें पाठकों और पाठिकाओं को पत्रिका के संबंध में जानकारी दी जाती थी। महिलाओं के लिए हस्तकला की विभिन्न डिजाइनें भी प्रकाशित की जाती थीं। अनवरी बेगम स्वामिनी की मृत्यु के पश्चात् मानसेवी संपादक सायरा बेगम फारुकी हुईं। माई वरेरकर ने 'महिला' (1935) निकाली। 'मराठी के तीन पत्र' शीर्षक से पढ़ने को मिलता है—"यह स्त्रियोचित पत्र तीन साल से निकल रहा है। इसके प्रायः सभी विषय चुने हुए और स्त्री उपयोगी होते हैं। छपाई भी सुंदर है। इसकी संपादिका तथा प्रकाशिका हैं—श्रीमती माई बरेरकर। महिला ऑफिस, पॉपुलर प्रिंटिंग प्रेस सूर्य महाल, गिरगाँव, मुंबई नं. 4 से प्रकाशित होती है।" जलगाँव से निकले मराठी साप्ताहिक 'वार्त्ता विहार' (1936) की संपादक-प्रकाशक कमलाबाई चौगुले रहीं। कल्याणी दास ने महिला राजनीतिक कर्मियों के लिए अप्रैल 1938 में मंदिरा (बांग्ला) निकाली थी। 28 मई, 1907 को जनमी कल्याणी युगांतर दल की सदस्य थीं। उनके पिता बेनीमाधव दास सुभाषचंद्र बोस के शिक्षक रहे थे। 1928 में एम.ए. करते समय वे छात्रसंघ की संयोजिका बन गईं। 1932 में गैर-कानूनी सभा करते हुए उन्हें गिरफ्तार कर लिया गया और आठ मास की सजा हुई। जब आप जेल चली गईं तो 'मंदिरा' की जिम्मेदारी आपकी बहन कमला दास गुप्ता ने सँभाली। रतन लाल जोशी लिखते हैं—"नवंबर 1938 में कमलाजी को 'मंदिरा' की संपादिका बनाया गया। स्वाधीनता के संघर्ष में रत वीणा जैसी सभी लड़कियाँ इसे चलाने में सहयोग देने लगीं। 1948 तक कमलाजी संपादिका रहीं। सन् 1942 से 1945 तक उन्हें नजरबंद रहना पड़ा। उनकी गैर-हाजिरी में स्नेहलता सेन ने बड़ी हिम्मत से पत्रिका का प्रकाशन जारी रखा।"

नागपुर का मराठी 'मासिक विलास' (1938) सुशीलाबाई के संपादन में प्रकाशित हुआ। मुंबई से उर्दू-हिंदी में 'रहबर' (1940) निकाला गया। इस पाक्षिक को कुलसुम सयानी ने निकाला था। आर. कृष्णमूर्ति ने 1 अगस्त, 1941 को तमिल पत्रिका 'कल्कि' का संपादन-प्रकाशन किया। अंतरराष्ट्रीय ख्याति की संगीतज्ञ एम.एस. सुब्बुलक्ष्मी का अनन्य सहयोग उन्हें प्राप्त हुआ। 'कल्कि' के लिए आर्थिक संसाधन जुटाने के उद्देश्य

से सुब्बुलक्ष्मी ने फिल्म 'सावित्री' में अभिनय तक किया था। कराची से प्रकाशित उर्दू मासिक 'हिंदुस्तानी' (1942) की सहयोगी संपादक मेहमूदा रिजविया रहीं। सिंध प्रांत के शिक्षा विभाग ने इसे मान्यता प्रदान की थी। इसमें कहानियाँ, कविताएँ, समीक्षा प्रकाशित होती थीं। इस पत्रिका का उद्देश्य उर्दू का प्रसार-प्रचार करना था। जालू कांगा के ससुर ई.एन. कांगा ने राष्ट्रीय आंदोलन में योगदान की खातिर पारसी-गुजराती प्रकाशन 'नवरोज' (1917) स्थापित किया। वे 1944 में पत्र की मुखिया बनीं। उनकी बेटी बाची करकारिया के अनुसार, "वे ही नवरोज की अकेली सह संपादक थीं। मेरे पिता ने अखबार में अपने लिए ऊँचा पद रखा, किंतु जालू बेन ही उसकी सर्वेसर्वा थीं।" आंध्र महिला सभा चेन्नै की ओर से जी. दुर्गाबाई देशमुख ने तेलुगू मासिक 'आंध्र महिला' (1944) का प्रकाशन-संपादन किया। तत्पश्चात् के. रामालक्ष्मी और मालती चंदर ने उसका संपादन-दायित्व निभाया। के. रामालक्ष्मी 'तेलुगू स्वतंत्र' की उप-संपादिका रहीं। राष्ट्रभाषा हिंदी का पक्षधर मराठी 'नवभारत' (1947) पुणे से प्रकाशित हुआ। दुर्गा भागवत के गंभीर लेख इसमें छपा करते थे। आशादेवी ने कोलकाता से प्रकाशित बांग्ला मासिक 'महिला' (1947) का संपादन किया। यह अपर सर्क्युलर रोड से प्रकाशित होता था। इसका मूल्य आठ आने तथा प्रसार संख्या 5,800 थी। 1967 में इसका प्रकाशन स्थल 123, आचार्य प्रफुल्ल चंद्र रोड हो गया। राष्ट्रवादी महिलाओं की यह पत्रिका 80 पृष्ठों में निकला करती थी।

महिलाओं के लिए अहमदाबाद से गुजराती पाक्षिक 'महिला जगत्' (1947) का प्रकाशन हुआ। वनलीला शाह के संपादन में इसने अपनी अच्छी पहचान बनाई। मीनाक्षी के. पंड्या भी इसकी संपादक रही थीं। इसी वर्ष अगस्त में 'नौरस' गोंदिया से निकला। इस उर्दू मासिक की संपादक थीं—सिद्दीका बेगम शिवहारवी। पत्रिका में लेख, कविताएँ एवं कहानियाँ प्रकाशित की जाती थीं। संपादकीय में उस समय की जिन समस्याओं पर लिखा जाता था, उसे 'हर्फ अव्वल' की संज्ञा दी गई थी। लेखों के अवलोकन से ज्ञात होता है कि इसमें इस्लाम और मुसलमानों का पक्ष परोक्ष रूप से किया जाता था। उदाहरणार्थ, इसके सितंबर 1947 के अंक में छपे 'क्या हम एक कौम हैं' के अंतर्गत लिखा गया—"हिंदुस्तान एक कौम नहीं हैं" …आगे लिखा है कि "मौजूदा सियासी सूरतेहाल (वर्तमान राजनीतिक दशा में) जबकि फिरकेवाराना फसाद (सांप्रदायिक दंगों से) के तहत हमारे जज्बात भड़का रहे हैं और मुसलमानों के दिल पर हिंदू सरमायादारी और हिंदू तहजीबी का फर्जी या हकीकी खौफ तारी (हिंदू सामंतवादी और संस्कृति का कृत्रिम अथवा वास्तविक भय बना हुआ है) हिंदुस्तान के तमाम मुसलमान एक किस्म की यक जहती और हम आहंगी (एकता एवं एक राय) महसूस कर रहे हैं—वे सियासी तौर पर मुत्तहिद (संगठित) हैं, लेकिन यह हम आहंगी सरासर सतही है।

इसकी जड़ें मुआशरवी (सामाजिक) जिंदगी तक नहीं पहुँचतीं, इसलिए कि हिंदुस्तान के मुसलमान इलाकाई, तहजीवी और लस्सानी (क्षेत्रीय, सभ्यता एवं भाषा) ऐतबार से मुख्तलिफ कौमों से ताल्लुक रखते हैं।" कविताएँ, कहानियाँ और नाटक साहित्यिक हैं। मासिक बच्चों के 'पाकिस्तान' (1948) में बाल मनोरंजन के लिए जानकारी युक्त लेख, शिक्षाप्रद कहानियाँ, चुटकुले, कविताएँ आदि के साथ-साथ बालिकाओं के लिए क्रोशिया और रेशमी धागों की डिजाइनें भी रहा करती थीं। संपादक मंडल में कय्यूम बानो तथा सपरना कय्यूम थीं। दैनिक 'नदीम' ने छापा था—"बच्चों का 'पाकिस्तान' गेट-अप मामूली है मुदीरान-मुदीरात (महिला संपादक) की तादाद छह है, लेकिन बावजूद इसके मजामीन में नाहमवारी (असमानता) पैदा नहीं होने पाई है। जफर बानो बेगम और कमर हसन की वजह से पर्चे की इफादियत (शक्ति) के इजाफे के लिए मुफीद है।" यह भोपाल से प्रकाशित होता था। किर्लोस्कर ग्रुप, पुणे से प्रकाशित चार पन्ने की मराठी पत्रिका 'किर्लोस्कर' (1920) की संपादक शांता किर्लोस्कर थीं। इसमें स्त्री कॉलम चला करता था। वे यहीं से प्रकाशित मराठी मासिक 'मनोहर' (1934) की संपादिका भी रहीं। 'किर्लोस्कर मनोहर' व 'स्त्री' एक ही समूह के नियतकालिक थे। वे क्रमश: 10, 15 और 30 तारीख को प्रकाशित होते थे। प्रज्ञा तपस्वी लिखती हैं—"'नारी जगत्' नामक एक पन्ना किर्लोस्कर में प्रकाशित होता था।...दस वर्षों तक किर्लोस्कर पत्रिका का प्रकाशन विविध लोकस्पर्शी विषयों पर समाज का प्रबोधन करने में इतना व्यस्त हो गया था कि उसके पन्ने नारी-जगत् में हो रही घटनाओं का जायजा लेने के लिए कम पड़ने लगे। अत: महिलाओं की समस्याओं को मुखर कर महिलाओं में अलग से चेतना जगाने के लिए 'स्त्री' नामक पत्रिका का प्रारंभ 1930 में किया गया। इसका नारी समाज ने खुले मन से स्वागत किया। 'स्त्री' ने भी 'किर्लोस्कर' की यह खासियत जारी रखी।...'स्त्री' का ही यह साहस था कि पुणे के एक महिला द्वारा चलाए जा रहे चकले से 70-75 लड़कियों को उसने मुक्त कराया और उनकी कहानी उन्हीं की जुबानी प्रकाशित की। यह काम 'स्त्री' के संपादक की धर्मपत्नी श्रीमती आनंदी बाई ने स्वयं किया, जिसकी पुणे के बड़े-बड़े पत्रकारों ने भूरि-भूरि प्रशंसा की कि जो साहस हम लोग नहीं जुटा पाए, आनंदी बाई ने न केवल उसे जुटाया, बल्कि इन असहाय महिलाओं की, जिन्हें चकलेवाली महिला ने जबरदस्ती कैद कर रखा था, करुण कहानी पाठकों के सामने रखी। संभ्रांत परिवारों की महिलाएँ ही महिलाओं की शत्रु कैसे बनती हैं, इस पर विदारक रोशनी डालने वाले अनेक लेख 'स्त्री' में आते गए। अपनी बेटी को शिक्षित करनेवाली माँ अपनी बहू को शिक्षित देखना नहीं चाहती, बल्कि बहू की शिक्षा का विरोध ही करती है...एक विधवा अपने भाई-बहनों के कहने पर अच्छी शिक्षा तो पा लेती है, किंतु विधवा-विवाह की बात चले तो स्वयं पीछे हट जाती है और इनकार कर देती है...

मानसिकता पर 'स्त्री' ने प्रखर प्रहार किए। महिलाओं में अपने अधिकारों के प्रति जागृति पैदा की। अपने पर हो रहे अन्यायों का मुकाबला करने की सामर्थ्य उनमें फूँक दी। महाराष्ट्र के समाज-जीवन में शादीशुदा और सधवा महिलाएँ ही माथे पर सौभाग्य-बिंदी लगाती थीं। 'स्त्री' ने प्रश्न किया कि क्यों एक विधवा को भी बिंदी नहीं लगानी चाहिए? पत्नी के मर जाने पर पुरुष शरीर पर ऐसा कौन सा चिह्न धारण करता है, जिससे पता चले कि वह विधुर है? यदि नहीं तो एक महिला को भी अपने विधवा होने के प्रमाण अपनी वेशभूषा से क्यों देती फिरना चाहिए? ऐसे प्रश्न 'स्त्री' के लेखों में प्रकाशित होते थे, जो दकियानूसी परिपाटियों में घिसते-घिसटते चले आ रहे समाज को झकझोरने में समर्थ हुए। तब तक स्त्री चूल्हा-चक्की में ही रमती रही थी तो 'स्त्री' पत्रिका ने आह्वान किया कि गृहस्थी चलाना भी तो पुरुष की कमाई बचाना है और बचाया हुआ धन कमाए हुए धन से किसी प्रकार कम नहीं रहता। अत: क्यों न स्त्री को उसके गृहस्थी चलाने का भी कोई सम्मान धन दिया जाए? पतिव्रता धर्म का सही अर्थ क्या है? स्त्री श्रेष्ठ है या पुरुष? मातृत्व नौकरियों में बाधक क्यों कर बनना चाहिए? एक पत्नी के जीवित रहते दूसरी शादी करने पर प्रतिबंध लगना चाहिए। हिंदू कोड बिल नारी को क्या-क्या देने वाला है? विधवा-विवाह, विवाह-विच्छेद की हर पहलू से की गई समीक्षा, घर सँभाल कर काम-काज के लिए पुरुष के बराबर कोई क्षेत्र चुनकर आगे आनेवाली महिलाओं का परिचय, उनसे भेंटवार्त्ताएँ, साहित्य-सम्मेलनों में महिलाओं का सहयोग एवं भागीदारी, विविध क्षेत्रों में ख्याति प्राप्त करनेवाली महिलाओं का परिचय, नारी मुक्ति आंदोलन आदि कितने ही नारी से संबंधित विषयों पर आधिकारिक कलम से परिश्रमपूर्वक लिखवाए गए लेखकों से 'स्त्री' का हर अंक समृद्ध होता गया।...मुकुंदराव किर्लोस्कर के निवृत्त होने के पश्चात् उनकी विदुषी पत्नी श्रीमती शांता बाई किर्लोस्कर ने भी बखूबी भूमिका निभाई। उन्होंने तो पैंसठियानी पत्रिका की कहानी शीर्षक एक ग्रंथ ही लिख डाला है, जो पिछले वर्ष श्री शंकरराव किर्लोस्कर की जन्म शताब्दी के उपलक्ष्य में प्रकाशित किया गया।" शांता किर्लोस्कर 'किर्लोस्कर का इतिहास' में लिखती हैं—"'किर्लोस्कर खबर' का पहला अंक निकला सितंबर 1916 में। कृषि संबंधी जानकारी उसमें दी जाती थी। किर्लोस्कर बंधुओं के हस्ताक्षर के साथ इसमें लिखा हुआ था कि लोहे का नया हल खेत में चलने से घास-फूस निकलकर फसल कैसी अच्छी आती है?" मराठी साप्ताहिक 'साधना' (1948) का प्रकाशन भी पुणे से ही हुआ। संपादन में दुर्गा भागवत का नाम अंकित है। महबूब आलम की पुत्री फातिमा बेगम ने देश के विभाजन के पश्चात् दैनिक 'खातून' (1948) का प्रकाशन किया। इसमें महिलाओं के लिए विशेष सामग्री रहती थी। यह लगभग तीन वर्ष चलकर बंद हो गया। स्वतंत्र मराठी महिला पत्रकारों में बाल गंगाधर की बहू इंदुताई तिलक का नाम भी मिलता है। मराठी पाक्षिक 'बालशिक्षण' (1953) का

प्रकाशन देवकाबाई मराटकर ने किया था। माधुरी कोटक गुजराती साप्ताहिक चित्रलेखा (20 अप्रैल, 1950) की तंत्री (संपादिका) हैं। यह मुंबई से प्रत्येक सोमवार को प्रकाशित होता है। इस समय तक महिलाओं ने भाषाई समाचार-पत्रों में अच्छी पकड़ बना ली थी। लीलाबेन पटेल अहमदाबाद से गुजराती में निकली 'स्त्री' (1963) की तंत्री हैं।

चेन्नै से प्रकाशित साप्ताहिक तेलुगू 'स्वतंत्र' (1957) का संपादन गोरा शास्त्री किया करती थीं। पुणे से सबसे ज्यादा बिकने वाले मराठी 'सकाळ' (1932) की उप महाप्रबंधक लीला परुलेकर और स्वामी शांता परुलेकर थीं। यहीं की विद्या बाल महिलाओं की प्रगतिशील 'स्त्री' (1964) में उप-संपादक थीं। 1983 में वे संपादक भी बनीं, किंतु जब पत्र के मालिक ने पत्रिका को रूढ़िवादी बनाना शुरू किया तो 1986 में उन्होंने त्याग-पत्र दे दिया और औरतों के जीवन पर आधारित 'मिळून सांयाजणी' (1989) प्रकाशित करने लगीं, जो नए तरीके का संवाद आरंभ करनेवाले मासिक के रूप में निकली। मार्च 94 का अंक महिला दिन विशेषांक के रूप में निकला, जिसमें महिलाओं द्वारा महिलाओं के संबंध में लेख, कहानियाँ, उपन्यास आदि प्रकाशित किए गए थे। इसकी अमेरिकी प्रतिनिधि सुनीता धुमाळे थीं ग्राहकों के लिए एकमेव सुंदर भेंट छपता था—"विभिन्न कारणों से समाज में भेंट देने की प्रथा होती है। इसलिए पत्रिका को वार्षिक शुल्क देकर उसकी भेंट देनी चाहिए।" सहकारी संपादकों में अंजलि, अनुजा, ज्योति, प्रभा, सविता, शुभदा और संध्या थीं। इसमें शुल्क न दे पाने वाली महिलाओं के लिए लिखा रहता था—"कई बहनों को पत्र अच्छा लगता है, परंतु नियमित अंक लेने के लिए उन्हें शुल्क कुछ अधिक लगता है, अतः वे खरीद नहीं सकतीं। ऐसी महिलाओं से निवेदन है कि वे अपना नाम-पता लिखकर और कितनी रकम वे दे सकती हैं, वह लिखें ताकि शेष रकम हेतु दानी व्यक्तियों को ढूँढ़ा जाए।"

दिल्ली से उर्दू दैनिक 'पयाम-ए-वतन' (1956) निकला जिसकी संपादिका शाहिदाबाकी निखत थीं। इसी समय त्रैमासिक 'गांधी मार्ग' का प्रकाशन गांधी शांति प्रतिष्ठान, नई दिल्ली से हिंदी-अंग्रेजी में हुआ। इसके संपादक मंडल में निर्मला बहन का नाम पढ़ने को मिलता है। हैदराबाद से प्रकाशित 'श्रवंति' (1957) तेलुगू मासिक की प्रकाशक, मुद्रक, स्वामी, संपादक अंजानिया सरमा और मराठी साप्ताहिक 'हर-हर महादेव' मुंबई की संपादक, प्रकाशक, मुद्रक और स्वामी मालती तेंदुलकर थीं। यही वह समय था, जब उर्दू भाषा के अच्छे साप्ताहिक 'कारवाँ' (1957) का प्रकाशन मुनव्वर सुल्ताना ने बेंगलुरु से किया। दिल्ली से अंग्रेजी, उर्दू, हिंदी में प्रकाशित 'योजना' (1957) में नीता प्रसाद का नाम संपादकों में पढ़ने को मिलता है। इस बहुभाषी पत्रिका में रेमी कुमारी वरिष्ठ संपादक और चंद्रकला शफीक सहायक संपादक रही हैं। मराठी साहित्य परिषद्, आंध्र प्रदेश द्वारा हैदराबाद से 'पंचधारा' (1958) का प्रकाशन हुआ।

इस मराठी त्रैमासिक की कार्यकारी संपादक नलिनी साधले थीं। मासिक 'माहेर मराठी' (1960) पुणे से निकला। इसके संपादकों में सुमन बेहेरे का नाम शामिल था। हैदराबाद से श्रीराज्यम सिन्हा के संपादन में विभागीय पत्र 'आंध्र प्रदेश' (1960) का प्रकाशन 1962 तक हुआ। ओडिशा की जयंती पटनायक 1967 से प्रकाशित 'पौरुष' की संपादिका थीं। यह कटक से प्रकाशित था। यहीं के 'पतित पावन' (1973) की संपादक विद्युतलता हांडा रहीं। ज्योत्स्ना राउतराय ने अपना कॅरियर एक पत्रकार के रूप में उड़िया अखबार 'खबर कागज' से शुरू किया। 22 साल तक उन्होंने दैनिक 'उड़िया संवाद' में विभिन्न पदों पर काम किया। 1982 में उन्हें ओडिशा राज्य की पहली पत्रकार के रूप में नीलशैल संगठन की ओर से पुरस्कृत किया गया था। 2007 में उन्होंने नौकरी को अलविदा कहकर पत्र-पत्रिका में कॉलम लिखने के साथ साहित्यिक लेखन का काम शुरू किया। 11 मई, 1958 को बालेश्वर में जनमी उड़िया पत्रकार ज्योत्स्ना का अगस्त 2013 में निधन हो गया। महिलाओं के लिए असमिया भाषा में प्रकाशित 'उरुली' ने पत्रकारिता को नए आयाम दिए। यह 'नूतन असमिया' की सहयोगी थीं, जो देवकांत बरुआ के संपादन में गुवाहाटी से निकला था। 'गृहलक्ष्मी' (1965) के मराठी संस्करण की संपादिका सुनीता नाईक के माता-पिता का देहांत कम उम्र में ही हो गया था। फिर भी पुणे वि.वि. से स्नातक तक की शिक्षा पूरी कर पत्रकारिता से जुड़ गईं। '80 के दशक में नौकरी के दौरान दो फ्लैट खरीदे। पत्रिका का प्रकाशन बंद होने के बाद प्रॉपर्टी के धंधों से जुड़ गईं, जिसमें घाटा होने पर वर्ष 2007 में दोनों फ्लैट, बँगला और कारें 80 लाख में बेचनी पड़ीं। किराए के मकान में उन्हें लगा कि उनके पैसे कम हो रहे हैं। समझते-समझते ही पाँच भाषाओं की पकड़ रखनेवाली 65 वर्षीया सुनीता वर्सोवा में आराम नगर गुरुद्वारे के बाहर एक फुटपाथ पर थीं' 'बकौल सुनीता, "मेरे अकाउंट में 50 लाख रु. से ज्यादा थे—मुझे शक है कि मेरे कर्मचारियों में से एक मोहतरमा ने वे हड़प लिए—उनके खिलाफ मुकदमे में वकील को देने के भी पैसे मेरे पास नहीं हैं।" मराठी 'रत्नदीप' (1957) की प्रकाशक, मुद्रक, संपादक रजनी यू. मुलगांवकर थीं। बाद में इस वार्षिकी को शालिनी मुलगांवकर ने सँभाला। संपादिका नलिनी मुलगांवकर ने मुंबई से प्रसिद्ध गजलकार दुष्यंत त्यागी को 1963 के दीवाली अंक के लिए रचना भेजने का पत्र लिखा था। महिलाओं के लिए पालयम कोट्टै से तमिल में निकली 'मादरम महिलचि' (1971) पत्रिका की संपादक लीलाज्ञान राज थीं। उसमें कथा-कहानियों के अलावा स्त्री उपयोगी बातें छपती थीं। श्रीमती गुहप्रिये के संपादकत्व में महिला उपयोगी मासिक 'मंगे' (1969) प्रकाशित हुआ। महिला पत्रिका 'कुंकुयम्' और 'पुदुने' के प्रकाशन का उल्लेख भी इसी समय मिलता है। मासिक 'हेमलेट' (1970) लखनऊ से माया मिश्र के संपादन में निकला। अगस्त 1971 में मराठी साहित्यिक और संस्कृति

मंडल ग्वालियर की मासिक 'मातृभाषा' की महिला प्रतिनिधि सुमति दामले थीं। चेन्नै से प्रकाशित मासिक 'युवा भारती' (1973) तथा चतुर्मासिक 'विवेक विचार' (1985) की संपादिका डॉ. एम. लक्ष्मीकुमारी थीं, जिसका मुखपृष्ठ नंदिनी ताडपत्रीकर बनाती थीं। 'पुथिया अले' (1974) मद्रास से डॉ. एस. विजयलक्ष्मी के संपादन में तमिल भाषा में निकला। इसकी मुद्रक ए. मीनाक्षी अम्माल थीं। यह समाचार और सामयिक विषयों पर केंद्रित थी। यहीं से असिरियर तुणैवन (1974) के. मीनाक्षी सुंदरम, सेल्स टैक्स केसिम (1951) चाँद्रा सुब्रह्मण्यम ज्योति (1959) बी. लीलावती राघवयले मुजक्कम (1976) इरा कलाशेखरन कलैपूंगा (1962) एम. राजमणी ग्राम राज्यम् (1952) एम. शिवाकामी अची मुद्रक, अन्नास हैराल्ड (1977) अंबिका मुद्रक, पिरम्पाडी (1978) एस. रुकमणि के संपादन-प्रकाशन में निकली।

तमिल भाषा में महिलाओं की प्रतिनिधि पत्रिका 'वनिता' (1975) चंदामामा बिल्डिंग्स से प्रकाशित हुई। इसके बाद महिला पत्रिकाओं की संख्या में अच्छी-खासी वृद्धि हुई लेकिन कुछ को छोड़ अधिकांश विशेष उल्लेख योग्य नहीं बन सकीं। प्रकाशन-प्रबंधन के क्षेत्र में भी महिलाओं के नाम मिले, जैसे मराठी दैनिक 'नागपुर पत्रिका' (1978) की प्रबंध संपादक यमुना शेवडे थीं। 'वनिता ज्योति' (1978) विजयवाड़ा से निकली। यहीं से महिलाओं के लिए 'कलयुव अवला' (1984) आंध्र पत्रिका प्रेस से निकाली गई। सितंबर 1985 में एक फिल्म पाक्षिक चंदेरी का प्रकाशन शुरू हुआ। अभिनेत्री रोहिणी हट्टंगड़ी को इसका संपादक बनाया गया और मीना कार्तिक ने कार्यकारी संपादक की कुरसी सँभाली। उत्तर प्रदेश के रामपुर से निकली महिलाओं की मासिक पत्रिका 'माहरुख' (1984) का मई में निकला वार्षिक अंक बहुत अच्छा और जानकारी देने वाला था। मराठी 'प्रपंच' (1985) में नौकरी करनेवाली महिलाओं के जीवन पर प्रकाश डालने वाले समाचार पढ़ने को मिलते हैं। 'महिला वाणी' (1985) चिक्कदपल्ली हैदराबाद से के. अंजम्मा के संपादन में निकली। सांस्कृतिक मासिक 'माबदी' (1986) का प्रकाशन चित्तूर से न्यूनी चंद्रकला के संपादकत्व में हुआ। मासिक 'तलाश-ए-रिश्ता' (1987) दिल्ली से बेगम गुलजार अहमद ने निकाला। संस्कृत वाङ्मय के विश्रुत विद्वानों के लेख प्रकाशित करने के उद्देश्य से बिहार संस्कृत अकादमी ने संस्कृत-हिंदी एवं अंग्रेजी में मासिक 'भारती' (1988) का प्रकाशन किया। इसके संपादक मंडल में डॉ. मिथिलेश कुमारी मिश्र शामिल हैं। मई 1988 में मासिक 'मणिपुर महिला समाज' का प्रकाशन महिला विकास केंद्र इंफाल ने राधागोविंद के संपादन में किया। देवराज लिखते हैं—"फुराइलात्पम गोकुलानंद शर्मा के संपादन में प्रकाशित यह मणिपुर की महिला समस्याओं पर केंद्रित एकमात्र पत्रिका है। विकास केंद्र के मूल उद्देश्यों के अनुरूप इसमें दहेज, विवाह-विच्छेद, नारी उत्पीड़न आदि

समस्याओं पर गंभीर लेखों के साथ-साथ महिला जागृति संबंधी सामग्री का प्रकाशन किया जाता है।"

महिला पत्रकारिता में 'सुरक्षा कम, खतरे ज्यादा' में पंजाब की महिला पत्रकारिता के बारे में पढ़ने को मिलता है—"पंजाब की पत्रकारिता मुख्यधारा की पत्रकारिता कभी नहीं बन पाई। सो, अखबारी दुनिया में आनेवाले लगभग हर बदलाव से वह लगभग पूरी तरह से बेखबर ही रही।···महिला पत्रकारों की ज्यादा संख्या और बड़ी जिम्मेदारी के साथ अखबारों में आना 1977 के बाद बने पत्रकारिता के नए ढाँचे की एक बड़ी उपलब्धि थी। फिर महिला पत्रकारों के साथ किए जानेवाले फूहड़ किस्म के परंपरागत भेदभाव में काफी कमी आई, लेकिन पंजाब में यह स्थिति बनी रही और चंडीगढ़ में भी जो मामूली-सा बदलाव आया (वह कोई ज्यादा संतोषप्रद नहीं है।)···लाखों की प्रसार संख्या हासिल किए बैठे अखबारों में से किसी के पास एक भी महिला रिपोर्टर फिलवक्त नहीं है। कमोबेश समूचे पंजाब के अखबारों का ही यही हाल है, लेकिन हाँ, डेस्क पर जरूर कहीं-कहीं महिला उप-संपादक बैठी हैं, पर उन्हें फील्ड का काम कभी नहीं दिया जाता। उनकी संख्या भी नगण्य है, पर पंजाब के खराब हालात उनके लिए कई अलग किस्म की समस्याएँ खड़ी कर रहे हैं। वे पुरुष पत्रकारों की अपेक्षा स्थिति से ज्यादा प्रभावित हैं। जो हो, एक बेहद चौंकाने वाला तथ्य यह है कि पंजाव के अखबार मौजूदा त्रासदी के जख्म सह रही स्त्रियों की बाबत बहुत कम खबरें छापते हैं, जबकि समस्या के 'टच' में वे सबसे ज्यादा हैं।···पंजाब और चंडीगढ़ से छपने वाले तमाम अखबार, राज्य में आतंकवाद के चलते स्त्रियों की जो बदहाली हो रही है, उसे जरा भी रिपोर्ट नहीं करते और पुलिसिया जुल्म सह रहीं बेकसूर महिलाओं की बाबत भी कोई पड़ताल नहीं की जाती, जबकि सब अखबार किसी-न-किसी दिन वाकायदा महिलाओं पर पूरे-पूरे पेज का एक परिशिष्ट छापते हैं। पंजाब में महिला पाठकों की संख्या भी 34 फीसदी के आसपास है। जो महिला परिशिष्ट छापे जाते हैं, उनमें आमतौर पर अचार-मुरब्बों और शारीरिक सौंदर्य आदि पर लेख छपते हैं यानी वहाँ भी महिलाओं की त्रासदी का कोई जिक्र नहीं होता। उनका दुःखांत अथवा संकट खबर या मुद्दा नहीं बनता। हमारी राय में ऐसा इसलिए भी हो रहा है कि पंजाब में एक भी महिला रिपोर्टर नहीं हैं, जो अनुभूति के स्तर पर महिलाओं की पीड़ा को समझ सके। इस बात की पुष्टि डेस्क पर बैठी कुछ महिला उप-संपादक भी करती हैं। उनका मानना है कि अगर उन्हें मौका दिया जाए तो वे शिद्दत के साथ पंजाब की महिलाओं का दर्द सामने ला सकती हैं। लगे हाथों यह भी बता दें कि पंजाब में इस समय दो महिलाएँ संपादक भी हैं, पर लघु, साहित्यिक और अव्यावसायिक पत्रिकाओं की। पूनम कौर अमृतसर से प्रकाशित 'प्रीतलड़ी' की संपादक हैं और सुमन लता जालंधर से प्रकाशित 'सरदल' की। इन दोनों पत्रिकाओं में भी पंजाब

की महिलाओं की बदहाली के बारे में कुछ नहीं छपता। पंजाबी 'सुवाणी' की संपादक हरजीत कौर लिखती हैं—"क्षेत्रीय अखबारों की सबसे बड़ी विसंगति यह है कि उसमें महिलाओं को नौकरी देने में हिचकिचाहट पाई जाती है। क्षेत्रीय अखबारों के मालिक बहुआयामी पत्रकारों को अपने अखबार में रखना चाहते हैं क्योंकि उन्हें लगता है, महिला पत्रकार उनके लिए उपयोगी साबित नहीं होगी जबकि स्थिति यह है कि महिलाएँ डेस्क और रिपोर्टिंग, दोनों ही काम बेहतर क्षमता के साथ कर सकती हैं। गिनी-चुनी महिला पत्रकार हैं, जो पंजाबी के लिए पूर्णकालिक कार्यरत हैं।" पंजाबी में सर्वाधिक बिकने वाले 'अजीत' (जालंधर) की हरप्रीत का मानना भी कुछ इसी प्रकार का है। पंजाबी 'ट्रिब्यून' ने तो वर्षों तक अल्पकालिक महिला पत्रकारों से ही काम चलाया। अन्य पत्र-पत्रिकाओं में भी यही स्थिति रहती है।

पत्रकारिता जगत् में क्षेत्रीय स्तर पर महिलाओं की मौजूदगी अभी भी संतोषप्रद नहीं बन पाई है। अभी भी आमतौर पर हमारे संकीर्ण समाज और घर-परिवार के अनुकूल माहौल व प्रोत्साहन के घोर अभाव के कारण क्षेत्रीय पत्रकारिता में महिलाएँ आशानुरूप उपस्थिति दर्ज नहीं करा पाई हैं। जम्मू-कश्मीर और उत्तर-पूर्वी राज्यों में जहाँ आतंकवाद का तांडव जारी है, वहाँ का माहौल पत्रकारिता में आने की इच्छुक महिलाओं के लिए बड़ी रुकावट है, लेकिन इसके बावजूद जम्मू-कश्मीर में करीब दर्जन भर महिलाएँ क्षेत्रीय स्तर पर बतौर रिपोर्टर अथवा डेस्क पर काम कर रही हैं। जब आम व्यक्ति की पीड़ा, दुःख-दर्द को महसूस करने की दरकार पड़ती है, तब इसे महिलाओं से बेहतर और कौन समझ सकता है? इसलिए क्षेत्रीय पत्रकारिता में महिलाओं की स्थिति को रेखांकित करने की जरूरत आज भी प्रासंगिक है। अधिक-से-अधिक महिलाओं को क्षेत्रीय पत्रकारिता से जोड़कर, समाज को क्या-क्या फायदे मिल सकते हैं? इस बात को रेखांकित किया जाना चाहिए। महिला पत्रकारों के साथ होनेवाले पक्षपातपूर्ण व्यवहार पर गुवाहाटी के 'प्रतिदिन' (असमी) में कार्यरत जाह्नवी खंड प्रकाश डालती हैं—"राष्ट्रीय अखबारों की महिला पत्रकार के सामने नौकरी और तरक्की के अवसर आते रहते हैं, लेकिन क्षेत्रीय अखबारों की सीमित व्यवस्था के कारण उसमें काम करनेवाली महिला पत्रकारों को यथास्थिति का सामना करना पड़ता है। सबसे बड़ी विडंबना तो यह है कि एक ही संस्थान से निकलने वाले राष्ट्रीय और क्षेत्रीय भाषा के अखबारों में काम करनेवाली महिला पत्रकारों की सुविधा और सेवा शर्तों में अंतर होता है।" दफ्तरों में महिला पत्रकारों के साथ होनेवाले भेदभाव, छेड़छाड़, परिवार के असहयोग और समाज के घटिया नजरिए से आक्रांत कई महिला पत्रकार तो अपनी व्यथा बताते-बताते व्यथित हो उठती हैं। अब चंडीगढ़ से किरण जोशी नामक युवा स्वतंत्र पत्रकार के संपादन में 'आधी दुनिया' नामक पंजाबी और अंग्रेजी में एक मासिक पत्रिका का प्रकाशन शुरू

हुआ है। तेज-तर्रार किरण का मानना है कि उनकी पत्रिका पंजाब की महिलाओं, खासकर ग्रामीण महिलाओं की बदहाली की पूरी पड़ताल करेगी। वह मानती हैं कि राज्य की महिलाएँ दोहरे संकट की शिकार हैं। पंजाब की महिला पत्रकारों और स्त्रियों के संकट की रिपोर्टिंग पर किरण जोशी द्वारा बातचीत की गई थी। उसके कुछ अंश इस प्रकार हैं—"महिला पत्रकारों की स्थिति देश में बेशक कुछ बदली है, पर चंडीगढ़ व पंजाब में नहीं। आज भी यहाँ अखबारों में लड़कियों या महिलाओं को बड़ी मुश्किल से नौकरी मिलती है। उनसे सिर्फ डेस्क का ही काम करवाया जाता है, फील्ड में या मैदानी दौरों पर नहीं भेजा जाता। इस समूचे इलाके में इतने अखबारों के छपने के बावजूद, एक भी महिला रिपोर्टर नहीं है।...ज्यादातर संपादकों की सोच यह है कि लड़कियों का अखबारी बौद्धिकता से कोई रिश्ता नहीं हो सकता। जालंधर में यह स्थिति ज्यादा बदतर है। इस सबके बावजूद जो महिलाएँ अखबारों में कार्यरत हैं, वे समस्या के चलते काफी दिक्कतों में हैं। उनके तनाव के आयाम ज्यादा बड़े हैं। इन महिलाओं की पहली समस्या तो पत्रकार होना है, यानी सबसे पहले इनकी वे समस्याएँ तो हैं ही, जो पुरुष पत्रकारों की भी होती हैं। दूसरी समस्या 'महिला पत्रकार' होना है और तीसरी 'पंजाब की बिगड़ी हुई स्थिति में महिला पत्रकार' होना है। उनका आर्थिक शोषण भी खूब किया जाता है। पूरे माहौल में उन्हें अतिरिक्त सुरक्षा की जरूरत है, पर इसका ध्यान किसी को नहीं है। यह बात एकदम सही है कि पंजाब में संकट से घिरी स्त्रियों की खोज-खबर कोई नहीं लेता। इस ओर किसी का भी ध्यान नहीं है। यह जड़ता टूटनी चाहिए। अखबार तभी सही भूमिका में आ पाएँगे। फिलहाल तो इस सबकी एक वजह सक्रिय महिला रिपोर्टरों का न होना है। फ्रीलांस महिला पत्रकारों का शहर-दर-शहर घूम-फिरकर अपने तईं ब्योरे इकट्ठे करना कई कारणों से संभव नहीं। मैं अपनी एक सहयोगी के साथ एक माह के लिए पंजाब का व्यापक दौरा कर रही हूँ। हम सरकारी आतंकवाद की शिकार महिलाओं की बाबत जानकारियाँ जुटा रहे हैं।"

मराठी वार्षिकी 'स्नेहश्री' (1989) का प्रकाशन ऊषा दर्डा के संपादन में हुआ, जिसकी प्रकाशक स्नेहल जालान थीं। इसमें शुभांगी भडभडे, मनोरमा बापट जैसी लेखिकाओं का साहित्य प्रकाशित होता था। इसमें लता मंगेशकर के 60 वर्ष के उपलक्ष्य में उनका अभिनंदन करते हुए मुखपृष्ठ पर रंगीन फोटो छापा गया था। मराठी पाक्षिक 'विश्व मराठा' (1992) जबलपुर से शरद महाजन के संपादन में निकला। बाद में उसकी संपादक अनुराधा साठे बनीं, जिसकी जानकारी इस प्रकार छापी गई थी—"डॉ. शरद महाजन शारीरिक अस्वस्थता के कारण कार्य नहीं देख पाएँगे, अतः 'विश्व मराठा' की संपादिका सौ. अनुराधा साठे कार्य देखेंगी।" मालिनी पेंडसे, मालती जोशी, ऊषा गुजराती, अलका रिसवुड, कुमुदिनी मुंजे जैसी लेखिकाएँ जुड़ी रहीं। कुल

मिलाकर इसमें धार्मिक साहित्य रहा करता था। आधुनिक समस्याओं की चर्चा नहीं के बराबर की जाती थी। प्रबंध संपादिका दीपिका काष्णव थीं। डॉ. लक्ष्मी चंद्रहास जोना अहमदाबाद से प्रकाशित 'पांजे प्रतिबिंब' (1992) की संपादक बनीं। तेलुगू भाषा के सायंकालीन 'दैनिक महानगर' (1994) के मुद्रक प्रकाशक का दायित्व आर. सुशीला देवी ने निभाया था। 'दक्षिण समाचार' की प्रतिक्रिया थी—"दैनिक-पत्रों के इतिहास में इस प्रकार एक महिला द्वारा इतनी बड़ी जिम्मेदारी सँभालना अपने आप में एक उल्लेखनीय विषय है।" 'मराठी युगवाणी' (2004) विदर्भ साहित्य संघ, नागपुर से प्रकाशित हुआ, जिसकी संपादिका डॉ. सुलभा हेर्लेकर थीं, इसका कुसुमावती देशपांडे जनशताब्दी विशेषांक बहुत अच्छा निकला था। डॉ. शोभा बुचे, डॉ. श्यामला मुजुमदार संपादक मंडल की सदस्य हैं। नोएडा से प्रकाशित द्विभाषी मासिक 'लाइफ पॉजिटिव' (2004) की संपादक सुमा वर्गीज हैं।

भारतीय भाषाओं की पत्रकारिता में प्रारंभिक दौर में महिलाओं की उपस्थिति अंग्रेजी पत्रकारिता की तुलना में बहुत अधिक थी, पर धीरे-धीरे भाषाई पत्रकारिता में महिलाएँ कम होती चली गईं। स्थिति यह बन गई कि अंग्रेजी माध्यम से शिक्षित युवतियों ने भाषाई पत्रकारिता की तरफ रुख ही नहीं किया। इलेक्ट्रॉनिक मीडिया के आने के बाद स्थिति और भी गंभीर हो गई। भाषाई पत्र-पत्रिकाओं के प्रकाशन का चलन धीरे-धीरे कम होता गया और जो निकले भी, वे क्षेत्र विशेष तक ही सीमित होकर रह गए। उनसे महिलाएँ जुड़ीं तो अवश्य, पर वे कर्मचारी बनकर ही कार्य करती रहीं। बड़े पदों तक उनकी पहुँच बहुत अधिक दर्ज नहीं हुई। भारतीय महिला पत्रकारिता की शुरुआत ही बाँग्ला से हुई। बाद में बंगाल सहित सभी क्षेत्रीय भाषाओं में महिलाओं ने पत्र-पत्रिकाएँ प्रकाशित और संपादित कीं और विविध विषयों की सामग्री देकर अपनी पत्रकारीय क्षमता दिखाई। अपने क्षेत्र विशेष की घटनाओं पर बड़ी-बड़ी टिप्पणियाँ करनेवाली महिला पत्रकार अपनी पत्र-पत्रिकाओं द्वारा सामाजिक समस्याओं का जमकर विरोध भी करती रहीं, पर अंग्रेजी शिक्षा ने भाषाई पत्रकारिता में महिलाओं की सहभागिता को कम करने में बड़ी भूमिका निभाई है। अंततः स्थिति यह बन गई कि इक्का-दुक्का भाषाई पत्र महिलाओं द्वारा संपादित- प्रकाशित देखने को मिले।

भारतीय भाषाओं की पत्रकारिता में महिला सहभागिता का अध्ययन करने पर हमें सबसे पहले बाँग्ला भाषा की मोक्षदायिनी देवी की जानकारी मिली, जिन्होंने 'बाँग्ला महिला' निकाली थी। उनके बाद 1867 में कन्नड़ की चेनम्मा तुमरि का नाम मिलता है, जो 'शालामठ पत्रिका' की संपादिका थीं। उर्दू पत्रकारिता में आसिफजहां ने 'हैदराबाद गजट' का प्रकाशन किया। राजस्थान में 'राजपूताना गजट' की मोती बेगम महिला पत्रकार के रूप में सामने आती है। बंगाल की धरती से शुरू हुई पत्र-पत्रिकाओं में

महिला सहभागिता टैगोर परिवार द्वारा निकाली गई 'भारती' के प्रकाशन के साथ न केवल परवान चढ़ी, अपितु स्वर्णकुमारी देवी और सरला देवी जैसी संपादकों ने 23 वर्षों तक पत्रिका की जिम्मेदारी उठाकर इतिहास रचा था। टैगोर परिवार की साहित्यिक पृष्ठभूमि में पनपी बंगाल की महिला पत्रकारिता की वास्तविक शुरुआत इसी समय से मानी गई थी। बंगाल की धरती पर ही गिरींद्रमोहनी देवी ने 'चुनार' और 'जाह्नवी' निकाल कर अपनी सहभागिता दर्ज कराई। मराठी में मालतीबाई तेंदुलकर ने मुंबई से 'प्रतोद' निकालकर भाषाई पत्रकारिता को महाराष्ट्र में नया रूप दिया। यहीं से बिल्किस जहां बेगम 'नाज' ने शायरी की पत्रिका 'गुलदस्ता-ए-नाज' और 'चिराग-ए-कावा' निकालकर उर्दू साहित्य में महिला पत्रकारिता की सहभागिता का इतिहास लिखा। इसी परिपाटी को नाजिमा बेगम आगे ले गईं।

कानपुर से बी. नजीरा ने 'नवेद-ए-उम्मीद' निकाल कर उत्तर भारत की उर्दू पत्रकारिता में महिला सहभागिता का आगाज किया और मुहम्मदी बेगम ने लाहौर से 'तहजीब-ए-निस्वां' द्वारा उर्दू की महिला लेखकों को पत्रकारिता में सहभागिता करने का अवसर प्रदान किया। बाद में आसिफजहां बेगम ने इस पत्रिका से महिलाओं को जोड़ने के लिए तरह-तरह के पुरस्कार देने प्रारंभ किए। हेमंतकुमारी देवी ने मातृभाषा में 'अंतःपुर' संपादित किया, वनलता देवी प्रकाशक थीं। बालांत्रपु शेषम्मा ने 'हिंदू सुंदरी', बी. अल्लादी नजाकत ने 'शम्सउल निहार' और मनोरमा बाई मित्र ने 'महाराष्ट्र महिला' निकाले। 'महाराष्ट्र महिला' के लेख इतने श्रेष्ठ रहा करते थे कि माधवराव सप्रे जैसे संपादक 'छत्तीसगढ़ मित्र' में उन्हें छापा करते थे। उर्दू 'परदानशीं' की संपादक श्रीमती खामोश पत्र में एक-न-एक शे'र अवश्य छापा करती थीं, जो उस समय की पत्र-पत्रिकाओं पर उर्दू साहित्य का प्रभाव दर्शाता है। बांग्ला पत्र 'सुप्रभात' को कुमुदिनी मित्र ने राष्ट्रवादी पत्र बनाते हुए क्रांति और बलिदान का संवाहक बना दिया। उड़िया पत्रकारिता में रेवा राव ने सहभागिता दर्ज करते हुए 'प्रभात' निकाला। मुन्नंगिलक्ष्मी नरसिंह सरमा ने तेलुगू मासिक 'हितकारिणी' द्वारा अपनी उपस्थिति दर्ज कराई। इसी समय कोलकाता से 'आनंद संगीत' पत्रिका निकाल कर प्रतिभा देवी और इंदिरा देवी ने संगीत जैसे विषय को पत्रकारिता जगत् में स्थान दिलाने का प्रयास किया। दक्षिण में डॉ. मुत्तुलक्ष्मी रेड्डी, शारदा देवी और मालती पटवर्धन सती ने 'स्त्री धर्म' निकाल कर महिला सहभागिता को गति प्रदान की।

बंगाल में वासंती देवी, उर्मिला देवी और सुनीति देवी ने 'बांग्लार कथा' के माध्यम से क्रांतिकारी विचारों को पाठकों तक पहुँचाने का काम किया। इस धारा को शांति देवी नाग ने 'प्रभाषी' और 'बंगलक्ष्मी' में, प्रतिभा भद्र ने 'अंगना' में, वीणा दासगुप्ता ने 'वेणु' और 'स्वाधीनता' में, लीला राय ने 'जयश्री' में और कल्याणी दास ने 'मंदिरा' में

जीवंत बनाए रखा। बेगम अबूबर खाँ खुशीगी और सादिका कुरैशी ने 'हमजोली' और 'सफीना-ए-निस्वां' द्वारा हैदराबाद की उर्दू पत्रकारिता में महिला सहभागिता को गति दी। खातून अरशद, कमरुन्निसा बेगम, हुमैरा साहिबा, अनवरी बेगम, फहमीदा खातून, सुहेल बेगम, मेहमूदा रिजविया और सिद्दीका बेगम शिवहारवी आजादी के पहले के प्रमुख नाम रहे। आजादी के बाद कय्यूम बानो, सपरना कय्यूम, फातिमा बेगम, शाहिदा बाकी निखत, मुनत्वर सुल्तान, बेगम गुलजार अहमद जैसी महिला पत्रकारों ने सामयिक पत्रकारिता करते हुए उर्दू पत्रकारिता को दिशा प्रदान की।

मराठी भाषियों में पढ़ने-लिखने की प्रवृत्ति अधिक होने के कारण पत्रकारिता में भी महिलाओं की उपस्थिति रही है। शांता किर्लोस्कर, दुर्गा भागवत, देवकाबाई मराटकर, लीला परुलेकर, विद्याबाला, सुनीता धुमाले, मालती तेंदुलकर, नलिनी साधले, सुमन बेहेरे, सुनीता नाईक, रजनी मुलगांवकर, सुमति दामले, यमुना शेवडे, ऊषा दर्डा, स्नेहल जालान, अनुराधा साठे, डॉ. सुलभा हेर्लेकर, डॉ. श्यामला मुजुमदार जैसी महिला पत्रकारों के कारण मराठी भाषा में विविध रंग देखने को मिले। भाषाई महिला पत्रकारिता की दृष्टि से गुजराती में वनलीला शाह, मीनाक्षी के. पंड्या, माधुरी कोटक, लीलाबेन पटेल, डॉ. लक्ष्मी जोना, तमिल और तेलुगू में एम.एस. सुब्बुलक्ष्मी, के. रामालक्ष्मी, मालती चंदर, अंजानिया सरमा, डॉ. एस. विजयलक्ष्मी, एम. लक्ष्मीकुमारी प्रमुख मानी जाती रहीं। भाषाई पत्रकारिता के क्षेत्र में भी महिलाएँ विभिन्न क्षेत्रों, यथा संपादन, प्रकाशन, लेखन, संवाददाता, कॉलम लेखन आदि समस्त कार्य अत्यंत लगनशीलता और साहस के साथ करती रही हैं।

□

हिंदी पत्रकारिता में महिला सहभागिता

प्रेमनाथ चतुर्वेदी हिंदी पत्रकारिता में महिला सहभागिता नारी पत्रिका (1854) से मानते हैं। 'महिला पत्रकार और पत्रिकाएँ' में वे लिखते हैं—"फ्रांसीसी पत्रकार 'तासी' ने 4 दिसंबर, 1854 के विवरण में संकेत दिया है कि कुछ समय पहले किसी भारतीय भाषा की पत्रिका पूर्णरूप से नारी वर्ग के लिए प्रकाशित हुई थी। बहुत संभव है कि उक्त नारी पत्रिका हिंदी भाषा की ही हो।" 'मालवा' अखबार में 1860 में एक स्त्री द्वारा कागज बनाने की जानकारी छापी गई थी—"लंदन के अखबार में छपा है कि फारस में एक औरत ने लकड़ी के टुकड़ों को बारीक कर, कुछ मसाला मिलाकर कागज बनाने का तरीका निकाला है। यह कागज चीन के कागजों जैसा है।" पत्र-पत्रिकाओं के प्रकाशन के लिए कागज आवश्यक होता है। पत्रकारिता तभी संभव है, जब शिक्षा द्वारा ज्ञान अर्जित किया जाए, पत्र-पत्रिकाओं में इस विषय पर प्रारंभ से ही विशेष ध्यान दिया गया। बुद्धिप्रकाश 'स्त्रियों की शिक्षा का विषय' पर लिखता है—"स्त्रियों में संतोष, नम्रता और प्रीत, यह सब गुण कर्ता ने उत्पन्न किए हैं। केवल विद्या ही की न्यूनता है, जो यह भी हो तो स्त्रियाँ अपने सारे ऋण से चुक सकती हैं और लड़कों को सिखाना-पढ़ाना जैसा उनसे बन सकता है, पुरुष से नहीं हो सकता। यह काम उन्हीं का है कि शिक्षा के कारण बाल्यावस्था में लड़कों को भूल-चूक से बचावें और सरल 2 विद्या उन्हें सिखाएँ। यह सत्य है कि स्त्रियाँ बालक को अपनी छाती से दूध पिलाती हैं, परंतु उन्हें चाहिए कि अपनी बुद्धि से उसकी आत्मा को भी पालें और मनुष्य बनाएँ और जिसमें ऐसा बड़ा कार्य सिद्ध होता है, उसे उचित नहीं है कि आप विद्या से रहित रहें और अपने अंत:करण को शुद्ध न करें। जो स्त्री विद्या से विहीन है, वह बालकों के चित्त रूपी क्षेत्र में विद्या का बीज कैसे बो सकती है और उनके आगे की बुद्धि का कारण किस रीति से हो सकती है?"

भारतीय पत्रकारिता की इसी पृष्ठभूमि पर हिंदी पत्रकारिता में भारतेंदु युग आया। बाबू भारतेंदु हरिश्चंद्र ने सर्वप्रथम सन् 1867 में 'कविवचनसुधा' निकाली। वे स्त्री-शिक्षा के घोर पक्षपाती थे। उन्होंने लिखा—"यह बात सिद्ध है कि पश्चिमोत्तर देश की कदापि

उन्नति नहीं होगी, जब तक यहाँ की स्त्रियों की भी शिक्षा न होगी, क्योंकि यदि पुरुष विद्वान् होंगे और उनकी स्त्रियाँ मूर्खा तो उनमें आपस में कभी स्नेह न होगा और नित्य कलह होगी।" स्त्री-शिक्षा को प्रोत्साहन देने के लिए वे तरह-तरह के उपाय करते रहते थे, जैसे जो युवतियाँ इन्ट्रेंस की परीक्षा पास करती थीं, उनको साड़ी भेंट में दिया करते थे। उन्होंने महिलाओं के लिए 'बाला बोधिनी' (1874) निकाली थी, जिसमें 'स्त्री' शीर्षक से लिखा—"यह भारतवर्ष अनेक कारणों से बड़ा दुःखी हो रहा है, क्योंकि बारंबार के शत्रुओं से बचाव में इसके धन और विद्या, दोनों नाश हो गए, और मूर्खता का अँधेरा इस पर ऐसा छाया कि अब हिंदुओं को अपने घर के अमोल रत्न भी नहीं सूझते, तो भारतखंड के दुःख समुद्र के उमड़ने में सब कारणों में स्त्रियों का मूर्ख रहना और अपना भाग न पाना भी एक बड़ा कारण हुआ और वह मूर्खता यहाँ तक बढ़ी कि उनके मूल समेत सर्वनाश का समय निकट आ गया, पर धन्य है सरकार अंग्रेज बहादुर कि जिसने इस मुरझाई हुई बेलि पर फिर से पानी डाला और चारों ओर विद्या की वृद्धि का डंका बजा छोटे-बड़े, सबको पढ़ने-लिखने का उत्साह बढ़ा। उसमें स्त्री-शिक्षा का भी प्रचार हुआ तो इस भाग्यहीन हिंदुस्तान के दिन फिरने की फिर से आशा हुई।" इसी में 'इंद्रजाल' के अंतर्गत स्त्रियों का भूत-प्रेत, जादू-टोने पर विश्वास जैसी मूर्खता पर प्रहार किया गया—"जब से सरकार अंग्रेज बहादुर का राज्य हुआ है और पुरुष लोग किमिसृरी इत्यादि विद्या पढ़ने लगे हैं, तबसे वे प्रायः भूत विद्या वालों से नहीं ठगे जाते, पर स्त्रियों में से अब तक मूर्खता नहीं गई है। इसी से उनको प्रायः धूर्त्त लोग जो अपने को सिद्ध तांत्रिक रसायनों और दरसनियाँ भूत वाले बतलाते हैं, बहुत ठगा करते और स्त्रियाँ उनके जाल में आकर सैकड़ों, वरन् हजारों रुपया खराब करती हैं, परंतु उनको यह जानना चाहिए कि ये सब निरे ठग हैं। केवल रसायन विद्या की दो-चार बात जानकर लोगों को ठगा करते हैं और जो रोगी को उनके झाड़ने-बाँधने व उतारा करने से कुछ आराम मिलता है। उसमें केवल कारण इतना ही है कि धूर्त्त विद्या से जो कुछ चमत्कार दिखाते हैं, उससे रोगी के चित्त को एक प्रकार का विश्वास उत्पन्न होता है और उस ढाढ़स बँधने से जब रोगी का चित्त बलवान होता है तो रोग आपसे आप घटने लगता है और लोग जान समझते हैं, इनके झाड़ने-फूँकने से रोग घटा, पर ऐसे रोग घटने में भी धोखा ही रहता है, क्योंकि तनिक भी बदपरहेजी होगी तो इस प्रकार कच्चे रोग फिर बढ़ जाएँगे और एक बात यह भी है कि स्त्रियों व कच्चे कलेजे के पुरुषों को जो ऐसे भूत बाधा व जादू इत्यादि के रोग हो जाते हैं। उनका कारण केवल इस विद्या को न जानना है। यदि वे जानें कि यह सब चमत्कार रसायन विद्या से होते हैं और भूत कोई वस्तु नहीं है तो वे डरकर कभी माँदे न हों। इससे उन अनजान लोगों को जनाने के लिए यहाँ पर हम अनेक छोटे चमत्कार लिखते हैं, क्योंकि बड़े चमत्कार के अभी कच्चे लोग अधिकारी नहीं हैं। जब

इन छोटे चमत्कारों की रीति इत्यादि वे लोग समझने लगेंगे तो वे बड़े चमत्कार सहज में समझ लेंगे और फिर किसी धूर्त्त से न ठगे जाएँगे।" काशी से स्त्रियों के लिए निकली इस पत्रिका के मस्तक पर स्त्री-पुरुष समानता की द्योतक पंक्तियाँ—'जो हरि सोई राधिका, जो शिव सोई शक्ति। जो नारी सोई पुरुष यामें कछु न विभक्ति' रहती थी। उसके नीचे छपता था—'स्त्री जनों की प्यारी, हिंदी भाषा से सुधारी'। इतिहास की महान् नारियों को प्रणाम करती पंक्तियाँ भी इसमें रहती थीं—

सीता, अनुसूया, सती, अरुंधती अनुहारि।
शील लाज विद्यादि गुण लहौ सकल जगनारि॥

प्रवेशांक में 'आत्मीय निवेदन' था—"मेरी प्यारी बहनो! मैं एक तुम्हारी नई बहन 'बाला बोधिनी' आज तुम लोगों से मिलने आई हूँ और मेरी यही इच्छा है कि तुम लोगों से सब महीनों में एक बेर मिलूँ। देखो, मैं तुम लोगों से उम्र में कितनी छोटी हूँ, क्योंकि तुम सब बड़ी हो चुकी हो और मैं अभी जनमी हूँ और इस नाते से मैं तुम सब की छोटी बहन हूँ, पर मैं तुम लोगों में हिल-मिलकर सहेलियों और संगिनों की भाँति रहना चाहती हूँ। इससे मैं तुम लोगों से हाथ जोड़कर और आँचल खोलकर यही माँगती हूँ कि मैं जो कभी कोई भली-बुरी, कड़ी-नरम, कहनी-अनकहनी कहूँ, उसे मुझे अपनी समझकर क्षमा करना, क्योंकि मैं जो कुछ कहूँगी, सो तुम्हारे हित की कहूँगी और सखियाँ सखियों को माता, बहन और बेटी, तीनों की भाँति मानती हैं। इससे इनकी बातों को इन्हें कभी बड़ी और कभी बराबर वाली और कभी छोटी समझकर सदा कान लगाकर सुनती हैं।" मुख पृष्ठ पर काव्य पंक्तियाँ रहा करती थीं—

पितु पति सुत करतलकमल लालितललना लोग।
पढ़ैं गुनैं सीखैं सुनैं नासैं सब जग भोग।
वीरप्रसविनी बुधा बधू होई हीनता खोय।
नारी नर अरधंग का साँचेहि स्वामिनि होय॥

माँ बच्चे की पहली शिक्षक होती है। अत: स्त्रियाँ अपने बच्चों के लालन-पालन में किन-किन बातों पर ध्यान दें और किस तरह उन्हें खेल-खेल में शिक्षा प्रदान करें, यह बताते हुए लिखा गया—"हे सुमति, जब बालक तुम्हारा भली प्रकार बातचीत करने लगे तो उसको वर्णमाला याद कराती रहो। फिर उन्हीं को पट्टी पर लिख के अभ्यास कराओ और रातों को गिनती और सुंदर-सुंदर श्लोक व छोटे स्तोत्र याद कराओ। इस व्योहार में कई एक बातें सुंदर प्राप्त होंगी। प्रथम तो बालक को खेल-ही-खेल में अक्षर ज्ञान हो जाएगा। दूसरे, उसका काल भी व्यर्थ नहीं जाने का, फिर इस अवसर का पढ़ा-लिखा विशेष करके याद रहता है।" स्त्रियों को घर का हिसाब-किताब भलीभाँति समझ आ जाए, इसलिए 'गुरुसारणी' में कविता-सूत्र बनाकर छापे जाते थे। स्त्रियों के समग्र

विकास के लिए प्रयासरत रही इस पत्रिका ने भारत की हिंदी पत्रकारिता को ठोस धरातल प्रदान किया। 'स्त्री' लेख में उन संभ्रांत परिवारों के पुरुषों को लताड़ा गया है, जो अपने घर की स्त्रियों को शिक्षित करना नहीं चाहते—"यद्यपि सरकार ने स्त्री-शिक्षा का प्रबंध बहुत उत्तम किया है, तथापि हम लोग देखते हैं तो हिंदुओं के बड़े-बड़े कुलों में अभी विद्या का प्रचार नहीं है और सबसे बढ़कर आश्चर्य यह है कि जो मूर्ख हैं वे तो किसी भाँति स्त्रियों को पढ़ने-लिखने देते भी हैं, पर जो पंडित लोग हैं, वे तो स्त्रियों के न पढ़ाने में और भी हठ करते हैं और न जाने अपने वंश के लोगों को मूर्ख देखकर रात-दिन उनकी संगत में उनसे कैसे रहा जाता है, क्योंकि विद्यावानों को तो कभी मूर्ख का साथ नहीं अच्छा लगता और नीतियों में कहा भी है कि बंदरों और रीछों के साथ बन-परबतों में फिरना अच्छा, पर मूर्खों के साथ स्वर्ग में इंद्र के भवन में भी रहना अच्छा नहीं, उस पर विशेष यह है कि अपने को बड़ा चतुर और रसिक लगाते हैं, पर घर में मूर्ख स्त्री देख के लाज नहीं करते। करें क्या ? पुरुषों का भी दोष नहीं। बुरे संस्कार की गाँठ उनके हृदय में ऐसी दृढ़ बँध रही है कि उसका खुलना बहुत कठिन पड़ गया है।" 'हरिश्चंद्र चंद्रिका' (1874) में 'पुनर्विवाह' पर व्यंग्यात्मक शैली में लिखा गया—"जो कहो कि (विधवा पुनर्विवाह) कलियुग में वर्ज्य है तो आपको तो भोजन, शयन, नाच, तमाशा, दाल की कंडी, भाँग, शराब, दक्षिणा, फसाद, झूठ मुकद्दमा, ऐश, आराम—कुछ भी वर्ज्य नहीं है। बिचारी स्त्रियों का विवाह वर्ज्य है। देवताओ कुछ तो भगवान् से डरो।"

भारतेंदु कालीन 'अल्मोड़ा अखबार' (1871) भी विधवा-विवाह का पक्षधर था। जगदीशप्रसाद चतुर्वेदी के अनुसार, "इस पत्र ने लायक लड़कियों के उद्धार का बीड़ा उठाया और पूरे गढ़वाल तथा कुमाऊँ क्षेत्र में सामाजिक जागृति पैदा की। इस पत्र का मुख्य विषय आंचलिक समस्याएँ, कुली, बेगार प्रथा, बाल शिक्षा, स्त्री अधिकार आदि रहे।" परिवर्तन के इसी दौर में 1878 में 'कन्या कौमुदी' और 'महिला मनोरमा' नामक दो महिला मासिकों का प्रकाशन गाजीपुर से हुआ।

समाचार-पत्रों में विज्ञापन प्रारंभ से ही मिलते हैं। आर्य समाज आंदोलन के समय विज्ञापन समाज का हिस्सा भी बन गए। राधाकुमार ने लिखा—"दयानंद सरस्वती का आर्य समाज आंदोलन 1880 के बाद तेजी से आगे बढ़ा···लोगों ने दयानंद के परिष्कृत अंतिम संस्कार नियमों से लेकर विवाह के सादे संस्कारों को कार्यरूप देना प्रारंभ कर दिया। इसके परिणामस्वरूप तात्कालिक तौर पर विवाह-व्यवस्था थोड़ी कठिन हो गई। आर्य समाजियों ने इसके विकल्प के रूप में 'समाचार-पत्र में विज्ञापन' पद्धति का विकास किया। 1882-83 में प्रमुख आर्य समाजियों ने विधवा पुनर्विवाह की वकालत करते हुए दो नियमावलियाँ तैयार कीं। उन्हीं वर्षों में आर्य पत्र-पत्रिकाओं ने विधवा पुनर्विवाह के आँकड़े प्रकाशित करने शुरू कर दिए।" मासिक 'अबला हितकारक'

(1883) के लखनऊ से प्रकाशित होने की जानकारी मिलती है। श्रोत्रिय पूर्णादेवी इसकी प्रकाशक थीं। इसी नाम से 1904 में मुरादाबाद से और 1915 में बिजनौर और बरेली से पत्र निकाले गए। इन पत्रों का उद्देश्य स्त्री जाति का हित साधते हुए उन्नति करना था। अबला हितकारक की कुल बचत खर्च देकर स्त्री जाति के सुधार में लगाई जाती थी। लिखा जाता था—"बाल विधवाओं से कोई कह दे कि हम उनकी रिहाई के लिए बीड़ा उठाते हैं।" अमेरिकी मिशन के एम.ई.पी. हाउस से इसे पाक्षिक स्वरूप में भी निकाला गया था। 'आर्य्य मित्र' (1878) के ऋष्यंक में शकुंतला देवी का लेख 'आर्य समाज और महिला मंडल' छपा, जिससे पता चलता है कि उस समय महिलाओं द्वारा स्वतंत्र लेखन के क्षेत्र में भी हाथ आजमाए जा रहे थे। 'हिंदी प्रदीप' (1877) में पुरुष प्रधान समाज की विवाह परंपरा पर कटाक्ष किया गया है—"कुलीन इन दिनों वे ही गिने जाते हैं, जो मनचाहे ब्याह कर सकें।...दुनिया भर में स्त्री-पुरुष की संख्या बराबर है। इससे क्या यह नहीं जान पड़ता कि ईश्वर ने एक पुरुष के लिए एक ही स्त्री पैदा की है?" बाल-विवाह को सभी दोषों की खान मानते हुए लिखा गया—

सकल दोष की खानि, वीर्य हरन दारिद्र करण।
आलस की जड़ जानि, त्यागहु बाराय विवाह को॥

'हमारी भारत ललनाएँ' में स्त्रियों की चारित्रिक विशेषाएँ गिनाई गई हैं—"आज हम यह देखाया चाहते हैं कि अबलाओं में भी हमारी भारत ललना गुणगौरव में प्रथम और सर्वश्रेष्ठ हैं—अपना तन-मन जलाकर और सर्वस्व सुख से हाथ धो, कुल की मर्यादा का निर्वाह कर देना आर्यकुल कामिनी ही जानती है।"

'छत्तीसगढ़ मित्र' में रानी भवानी, ऐनी बेसेंट, डॉ. आनंदीबाई जोशी जैसी महान् नारियों के जीवन चरित्र प्रकाशित किए जाते थे और महिला उत्थान पर विशेष ध्यान दिया जाता था। इसमें प्रेरित पत्र और उत्तर में 'एक स्त्री की चिट्ठी' पढ़ने को मिलती है—"श्रीयुत संपादक महाशय, कृपापूर्वक इस क्षुद्र लेख को आप अपने सुप्रसिद्ध 'छत्तीसगढ़ मित्र' में स्थान दान दे उपकृत कीजिएगा। आज मेरे भाई 'छत्तीसगढ़ मित्र' ने कई दिनों में दर्शन दिया। ज्यों ही मैंने उसे अपने हाथों से उठाया, त्यों ही उसने मुझे श्रीमती अनंदीदेवी की विचित्र कथा सुनाई। कथारूपी अमृतपान करते ही हृदय गद्‌गद हो गया। अहा! उक्त देवीजी ने अपने देश का हित करने के लिए यौवनावस्था में ही कितने कष्ट सहन किए! और अंत में जो कार्य आज तक किसी स्त्री ने नहीं किया, उसको कर दिखाया। तो भी हमारी बहनें कानों पर हाथ रखकर सो ही रही हैं! ऐ मेरी प्यारी बहनो, जिस अभाव के मिटाने के लिए डॉक्टरिन अनंदीबाई ने प्राणांत दुःख सहा, उस 'स्त्री वैद्यविद्या' की ओर टुक तो ध्यान देवो। देखो, स्त्रियों में वैद्य विद्या का प्रचार न होने के कारण छत्तीसगढ़ में जादू और टोना पर लोगों का कितना विश्वास हो गया।

भवदीय—'सरस्वतीबाई', मुकाम हसौद, जिला बिलासपुर।" 'बालबोधिनी' पुस्तक में यह लिखे जाने पर कि "स्वामी को गुरु जानना, स्वामी की भक्ति करना, स्वामी की सेवा-सुश्रूषा करना, स्वामी को सर्वदा संतुष्ट करना, स्त्रियों के ये चार काम हैं।" सप्रेजी व्यंग्यात्मक शैली में लिखते हैं—"वाह! स्त्रियों के कर्तव्य तो आपने खूब कहे। क्या यही स्त्रियों की योग्यता है ? क्या यही उनके जन्म का उद्देश्य है ? क्या यही उनके जन्म की सार्थकता है ? हाँ! ऐसे ही पक्षपातों से स्त्रियों का सारा जन्म नष्ट हो गया। हम यह पूछते हैं कि पुरुष भी अपनी स्त्री के वश में क्यों न रहे ? पहले तो यही बुरा है कि कोई व्यक्ति जबरदस्ती किसी दूसरे के वश में किया जाए। व्यक्ति स्वातंत्र्य का नाश होते ही स्वाभाविक प्रेम का लोप हो जाता है।"

हिंदी भाषा की पत्रकारिता में महिला सहभागिता रामेश्वरी देवी नेहरू द्वारा प्रकाशित संपादित 'स्त्री दर्पण' से प्रखर रूप में सामने आती है। लाहौर में जनमी रामेश्वरी देवी ब्रजलाल नेहरू से विवाह के बाद प्रयाग आ गईं। यहाँ से उन्होंने हिंदी-उर्दू में 'स्त्री दर्पण' (1909) निकाला। बाद में कश्मीरी महिलाओं में हिंदी प्रेम जाग्रत् करने के लिए हिंदी में ही निकालने लगीं। इसमें लेखिकाओं को चुन-चुनकर छापा जाता था। उमा देवी नेहरू का नाटक 'अभागी चैन', प्रेमवती अष्ठाना (स्त्री सुधार), कृष्णा देवी (सुदामा की पत्नी शुकी का परिचयात्मक आलेख), जनक दुलारी किचलू की कविता (मेरी आन भारत, सेवा तेरी करूँगी, प्राणों के प्राण भारत, दुःखड़े तेरे हरूँगी), शांति भवन, देहरादून की हुक्मदेवी गुप्त (स्त्री उन्नति कैसे हो), सुभद्रा देवी (मियाँ साहिब), चंद्रवती कुँवरि उन्नाव, स्मृतिमयी देवी भार्गवी, सत्यवाला देवी, भाग्यवती देवी; कोटा, ब्रजकिशोरी देवी, कोलकाता। राजेश्वरी जुंतशी और गुलाब देवी चतुर्वेदी के नाटकों को विशेष साज-सज्जा के साथ छापा गया था। सुंजाता देवी, पटियाला; जनकदुलारी गुर्टू सिपरी, गायत्री देवी, इंदिरा कुँवरि और भाग्यवती त्रिपाठी की कविताएँ पढ़ने को मिलती हैं। अक्तूबर अंक में 'बंग महिला' राजेंद्रबाला घोष का लेख—'हिंदी में स्त्रियों के योग्य साहित्य' छपा था। उन पत्र-पत्रिकाओं में भी महिलाओं पर केंद्रित सामग्री की भरमार देखने को मिलती है, जो समाचार या साहित्य प्रधान थे। 'इंदु' के मुख पृष्ठ पर छपा करता था—

क्या कहती हो ठहरो नारी,
संकल्प अश्रु जल से अपने।
तुम दान कर चुकीं पहले ही,
जीवन के सोने से सपने॥

इसमें रामादेवी की लड़कियों को समझाइश पढ़ने को मिलती है—"हे लड़कियो! यदि तुम्हें 'आदर्श कुमारी' किसे कहते हैं, यह जानना हो, तो नीचे लिखें हुए विषयों को ध्यान सहित पढ़ो, और वैसा ही मन लगाकर करो। ऐसा करने से तुम भी 'आदर्श कुमारी'

कहला सकोगी। देखो, जो लड़की लिखने-पढ़ने में मन लगाती है, विद्या और गुणों से भरी पूरी बनने का यत्न करती है तथा सती, सीता आदि के जीवन चरित्र पढ़ती है, और उसको मनन कर उन्हीं के अनुसार स्वयं भी बनने का प्रयत्न करती है, वही 'आदर्श कुमारी' है, और उसी लड़की का सर्वत्र मान होता है। जहाँ जाती है, आदर पाती है। विद्या माता के समान रक्षा करती है, पिता के तुल्य हित में लगाती है तथा सारे दुःखों को काटती हुई यश और कीर्ति को बढ़ाती है···और जो लड़की पढ़ने में ध्यान नहीं लगाती, अनपढ़ और गुणहीन रह जाती है, वह जनम भर पछताती, माँ-बाप की हँसी कराती और उठते-बैठते ससुराल वालों के ताने सुनती है।" सीख का यह सिलसिला अनवरत अगले अंक में भी था—"हे लड़कियो! देखो, अब तुम सयानी होगी। कुछ ही दिनों में घर-बार वाली भी हो जावोगी, अतएव तुम्हें विद्या तथा कुछ गुण भी सीखना चाहिए, जो तुम्हारे काम आवे। सबसे पहले तुम सावधान और स्थिर होकर बैठना सीखो, इतराना और चंचलता छोड़ो, बड़ों का डर और कहा मानो, अपना हठ कभी न करो। हठ करनेवाली लड़कियाँ पीछे बहुत पछताती हैं।"

'गृहलक्ष्मी' (1909) स्त्री-पाठ्य सामग्री की सचित्र मास्कि पत्रिका के रूप में पाठकों तक पहुँची। इसमें छपे लेखों से विषय की विविधता और महिला लेखकों की स्थिति को समझा जा सकता है—मनुष्य जाति (क्षमा देवी), वर्षा (शांता देवी), चारुशीला (राजरानी देवी), भारतीय महिलाओं की आधुनिक शिक्षा पर एक दृष्टि (विद्यावती सेठ), गृहस्थों की वर्तमान दशा (पार्वती देवी), दुःखों से कैसे बच सकती हैं, (प्रियंवदा देवी) दीवाली (हीरा देवी), उनकी हँसी (बसंतकुमारी देवी), आज्ञापालन (जानकी देवी), स्त्रियों की हीन दशा (शांति देवी), व्यवसाय संबंधी कार्य (कुमोदिनी मित्र), मेहनत के आगे कोई काम कठिन नहीं है (सत्यवती देवी), उपस्थित दशा (श्रीपाल देवी), उन्नति में बाधा (शांता देवी), मातृभाषा का महत्त्व (जयंती सहाय, हरदेवी), कन्याहितोपदेश (हुक्म देवी), वनिता बुद्धि विलास (रानी दियरा), सुकृत कभी नष्ट नहीं होते (राजरानी), शिक्षित पति तथा अनपढ़ स्त्री (शांति देवी), स्त्री कर्तव्य (नागवंशी देवी), श्रावणी अर्थात् रक्षाबंधन (सत्यवती देवी), भैया पश्चमी (सुमित्रा देवी), शरीर को नीरोग रखने की नीति (रुक्मिणी देवी), सत्संगति (पं. चंदाबाई), दो बहनों की बातचीत (गुलाब देवी), पिता का पत्र (लक्ष्मी देवी), बिनती (विद्यावती देवी), कन्याओं को उपदेश (राजकुमारी बाई) जैसी विविध सामग्री रहा करती थी। नवंबर 1910 में निकली राजनीतिक धारा की पत्रिका 'मर्यादा' में अपने समय की प्रत्येक घटना को समेटने की कोशिश होती थी। गोपालकृष्ण गोखले का निधन हुआ तो प्रयाग की इस पत्रिका ने 'भाग्य फूटा' शीर्षक से लिखा—"आज भारत का भाग्य फूट गया। बिना मेघ के विद्युत् का पात हुआ। जिसकी स्वप्न में आशा न थी, आज वही अघटनीय

घटना घट गई। कहते हृदय विदीर्ण होता है, कलेजा मुँह को आता है और सहसा सत्य बात को भी जबान पर लाने का साहस नहीं होता। सोचते हैं, कैसे कहें और क्या कहें? पाठक, क्षमा करिए। हम कुछ भी कहने में असमर्थ हैं,···किंतु हमारा काम बुरा है। खबर सुनाना हमारा काम है। उस खबर के सुनाने से हमें कितनी पीड़ा होगी, इसपर हम विचार नहीं कर सकते," इसके लेखक मंडल में कृष्णाबाई ठाकुर, शारदा सुमंत, हेमंतकुमारी देवी, तोरन देवी लली थीं। 1924 से प्रकाशित 'मनोरमा' में कस्तूरी बाई, यशोदा देवी, ब्रजबाला देवी, सीता देवी, चंदाबाई जैन, जानकी देवी, रमा देवी, उमा देवी नेहरू, गौरी, राजकुमारी देवी, विंध्यवासिनी देवी, राजेश्वरी देवी, चंद्रवती देवी के लेख पढ़ने को मिलते हैं। महादेवी वर्मा के संपादन में 'चाँद' का 'विदुषी अंक' नवंबर 1935 में निकला। 200 पृष्ठों के इस विशेषांक के मुखपृष्ठ पर एक नारी दीपक को ऊँचा उठाकर चाँद की आरती करती दिखती है। लेख–कविताओं की संख्या 571 है। सभी नारी वर्ग द्वारा लिखित हैं। प्रथम पृष्ठ पर चकोरीजी और सबसे अंत में महादेवी वर्मा की कविता है। लेखों में एशिया का नारी जागरण, नारी आंदोलन का अंतिम लक्ष्य, विधवा की समाज में स्थिति, विवाह समस्या, तलाक, स्त्री जाति तथा सहशिक्षा, विदुषी महिलाओं के कर्तव्य और अंतरजातीय विवाह जैसे लेखों ने इसे संग्रहणीय बना दिया था। विधवा–विवाह सभा, लाहौर से मासिक 'विधवाबंधु' (1926) का प्रकाशन हुआ। इसमें नारी जीवन से संबंधित रचनाओं तथा विधवा–विवाह संबंधित लेखों को विशेष महत्त्व दिया जाता था। विभिन्न प्रांतों एवं नगरों में स्थापित होनेवाले विधवाश्रमों का पता प्रकाशित किया जाता था।

'त्यागभूमि' (1927) में स्त्रियों की कलम से कॉलम में 'परदा' पर माणिकबाई मुंबई से लिखती हैं—"हमारे यहाँ चली हुई घूँघट की प्रथा भी इस समय उतना ही कष्ट दे रही है, जितना वर्ण के ऊपर क्षार देते हैं। शिक्षा के अभाव में विशेष रूप से चलाया हुआ परदा भी कारण है। जहाँ पर यह घूँघट है, वहाँ एक विशेषता यह भी है कि बेचारी कन्याओं को छोटी ही अवस्था में ब्याह दिया जाता है। इससे वे माता–पिता के घर से तो शिक्षा के लिए हाथ धो ही बैठती हैं, ससुराल में लाज–शर्म बाधक हो जाती है। फिर जब शिक्षा ही नहीं, तब व्यावहारिक ज्ञान और लोक में प्रवृत्ति होना सर्वथा असंभव है, और मनुष्यता संपादन करना तो कोसों दूर रहता है। फिर तो वही पाशविक जीवन व्यतीत करना पड़ता है। इसलिए इन दोषों का निराकरण आवश्यक है।" इसी में 'आधी दुनिया' स्तंभ में 'स्त्रियाँ और श्रृंगारप्रियता' के अंतर्गत पढ़ने को मिलता है—"इसमें संदेह नहीं कि संसार में स्त्रियों का बड़ा दायित्व है। उनका पद उन्हें इस दायित्व के योग्य बनाता है। 'मातृमान, पितृमान, आचार्यमान पुरुषो वेद' में माता को प्रथम स्थान दिया गया है। जगत्प्रसिद्ध व्यवस्थाकार भगवान् मनु ने भी माता को पिता की अपेक्षा सहस्त्रगुणा

सम्मानास्पद माना है। कारण कि माता शिशु की जननी और आदि गुरु है।" इस कॉलम की शुरुआत इन पंक्तियों से की जाती थी—

हम जाग उठीं, सब समझ गईं, अब करके कुछ दिखला देंगी।
हाँ, विश्व-गगन में भारत को, फिर एक बार चमका देंगी॥

'स्त्रियों की हलचल' में कमला देवी चट्टोपाध्याय लिखती हैं—"अगर आप समाज-सुधार चाहते हैं तो घरों में ही उसकी शुरुआत करनी होगी। सिर्फ परदे और बाल-विवाह का ही सवाल नहीं है। हमें तो स्त्रियों के प्रति (पुरुषों की) सारी मनोवृत्ति को ही बदल देना है। अगर हम इसे पूरी तरह कर सकें, तभी हमें किसी कदर वास्तविक स्वतंत्रता प्राप्त हो सकती है।" इसी में महिला सुधार सम्मेलन की जानकारी छापी गई थी—"त्रावणकोर की छोटी महारानी श्रीमती पार्वतीबाई की अध्यक्षता में (कलकत्ता में) सम्मेलन हुआ,···उनका यह कहना बिल्कुल ठीक है "बहुत से उत्कट समाज-सुधारक सभामंच पर तो बड़े-बड़े जोशीले भाषण करते हैं, किंतु अपने व्यवहार में उस जोश और उत्साह को भूल जाने के आदी हैं।" 'हमारा स्त्री समाज' में लिखा गया था—"यदि हमें अपने देश तथा जाति को उन्नति की ओर अग्रसर करना हो, तो पहले स्त्री-समाज को सुधारकर नए रूप से परिष्कृत करना अत्यावश्यक है।" 'त्यागभूमि' में 'वेश्यावृत्ति कैसे मिटे?' (हुक्मदेवी छात्र) अबला औद्धत्य (ब्रह्मवती देवी भटनागर) और 'महाराष्ट्र की स्त्रियाँ' जैसे लेख पढ़ने को मिलते हैं। 'अबला-औद्धत्य' पर प्रतिक्रियात्मक टिप्पणी छापी गई थी—"सबसे पहले हम लेखिका बहन की इस बात से अपनी असहमति प्रकट कर देना चाहते हैं कि थोड़े ही समय में उन्होंने (स्त्रियों ने) यह सिद्ध कर दिखाया है कि पुरुषों के बराबर सहूलियतें प्राप्त होने पर वे भी समाज की सदस्यता के योग्य हो सकती हैं। दूसरी ओर पुरुषों को परंपरागत स्वत्वों के छिन जाने का भय होने लगा, अतएव उन्होंने स्त्रियों को सामाजिक जिम्मेवारियों के अयोग्य ठहराने का आंदोलन आरंभ कर दिया है।" इसी में 'शुभ संवाद' छापा गया—"बिहार-उड़ीसा की कौंसिल में स्त्रियों के मताधिकार का प्रस्ताव 14 के विरुद्ध 47 के बहुमत से पास हो गया है। अब वहाँ भी स्त्रियाँ कौंसिल की सदस्य हो सकेंगी। उधर मध्य प्रांत की कौंसिल ने बाल-विवाह के विरुद्ध एक प्रस्ताव पास किया है और मद्रास कौंसिल में श्रीमती डॉ. मुत्तुलक्ष्मी रेड्डी के सतत प्रयत्नों के फलस्वरूप देवदासी प्रथा रोकने के संबंध में जो बिल पास हुआ था, वह अब कानून बन गया है। बधाई!" जनवरी 1930 में 'मोहिनी' का प्रकाशन हुआ और अप्रैल मई में मासिक 'चतुर्वेदी' का 'महिला अंक' निकला। 118 पृष्ठ के इस संयुक्त अंक में नारी वर्ग की 31 रचनाएँ थीं। अंदर के पृष्ठ पर महारानो लक्ष्मीबाई का बहुरंगी चित्र तथा कु. रमाबाई की रचना 'वीरमणी की कामना' छपी थी।

'विश्वमित्र' के 'नारी जागरण अंक' ने हिंदी की पत्र-पत्रिकाओं का ध्यान अपनी

ओर आकृष्ट किया था। 'सरस्वती' ने टिप्पणी लिखी—"मासिक 'विश्वमित्र' का 'नारी अंक' हमारे सामने है और उसमें 'विश्व' के स्त्री समाज संबंधी लेखों का उपयुक्त संग्रह किया गया है। इसे इसके संपादक जोशीजी ने काफी उपयोगी बनाया है।" पं. माखनलाल चतुर्वेदी लिखते हैं—"मातृशक्ति की उन्नति में मानवता की उन्नति का सफल स्वप्न देखनेवाले विद्वान् जोशी बंधुओं ने विश्वमित्र का प्रस्तुत विशेषांक निकाला है। इसमें विश्व के अन्य देशों की उन्नतिशील नारियों की हलचल का मनोयोग पूर्ण दिग्दर्शन कराया गया है। इस अंक को देखने से प्रत्येक भारतीय महिला को यह भलीभाँति ज्ञात हो जाएगा कि उसकी दूसरी बहनें अपने देशों में अपने लिए क्या कर रही हैं और उसे भारत में अपने लिए क्या करना लाजिम है ? इस प्रकार संसार के नारी-आंदोलनों का ज्ञान हुए बिना, भारतीय महिलाएँ अपनी हालत सुधारने में कामयाब नहीं हो सकतीं, क्योंकि बिना एक-दूसरे पर प्रभाव डाले, होड़ के मैदान में सरसब्जी हासिल नहीं हो सकती। इस अंक के सभी लेख अच्छे हैं, परंतु श्रीमती चौधरानी, श्रीमती कमला देवी उपाध्याय, श्रीमती शम्सुन्नहार के लेख विशेष उल्लेखनीय हैं।" 'चाँद' ने लिखा—"कलकत्ते के 'विश्वमित्र' के 'नारी जागरण अंक' में संसार के समस्त देशों के नारी आंदोलन की कथा भावमयी भाषा में व्यक्त की गई है।" महिला विशेषांकों की परंपरा में 'अर्जुन' का महिला अंक लंबे आकार के 100 पृष्ठों में निकला था। इसमें झाँसी की रानी का बहुरंगी तथा कमला नेहरू का रंगीन चित्र छपा था। तोरणदेवी शुक्ल 'लली' की कविता 'नारी ही सबला है' के अलावा रामेश्वरी देवी नेहरू, विजयलक्ष्मी पंडित, राधाबाई, मारगैट कजिंस, दमयंती प्रभाकर, यमुना देवी शास्त्री, लेखवती जैन, अतिया बेगम, उमादेवी नेहरू, ज्योतिर्मयी ठाकुर, अरुणा आसफ अली के लेख हैं। उन नेताओं के चित्र भी छापे गए हैं, जिन्होंने कानूनी तौर पर भारतीय नारियों के जीवन सुधार की कोशिश की थी। राजा राममोहन राय, ईश्वरचंद्र विद्यासागर, डॉ. हरिसिंह गौर, हरिविलास शारदा, डॉ. भगवानदास तथा महिला आंदोलन से जुड़ी नेत्रियों के चित्र के अलावा नारी जागृति के दो युग प्रवर्तक नेता, ऋषि दयानंद और महात्मा गांधी के चित्र भी दिए गए थे। युग परिवर्तनकारी नेता अमीर अमानुल्ला व उनकी सुरैया बेगम, कमालपाशा, रजा खाँ, लेनिन और स्टालिन के चित्र छपे थे।

प्रतिष्ठित पत्र-पत्रिकाओं द्वारा निकाले गए महिला विशेषांकों में विशाल भारत के 'महिला अंक' में 'हमारी महिला-जागृति' के अंतर्गत पढ़ने को मिलता है—"भारत की नवीन महिला जागृति का आरंभ अब से सौ वर्ष पहले से हुआ था। महिलाओं की जागृति में ब्रह्मसमाज का सबसे बड़ा हाथ रहा है। ब्रह्म मंदिर में स्त्रियों को भी स्थान दिया जाने लगा। स्त्रियों के लिए मंदिर में पृथक् स्थान निश्चित था, जिस पर परदे के लिए चिकें पड़ी रहती थीं, किंतु स्त्रियों को पुरुषों के समान एकदम बराबरी का अधिकार देने का

श्रेय ब्रह्मसमाज के दूसरे दल अर्थात् साधारण ब्रह्मसमाज को है।...उसके अनुसार, स्त्रियाँ समाज के पुरोहित का पद भी प्राप्त कर सकती थीं। साधारण ब्रह्मसमाज के मंदिर में स्त्रियाँ पुरुषों के बीच में जहाँ चाहें, बैठ सकती थीं।...कांग्रेस के मंच से सबसे पहले भाषण देनेवाली डॉ. कुमुदिनी गंगोली थीं।...कांग्रेस के अनेक अधिवेशनों में कार्य प्रारंभ होने के पूर्व 'वंदे मातरम्' गान गाने का सम्मान श्रीमती सरला देवी चौधुरानी को प्राप्त है।" इसमें 'आदर्श माता' के बारह स्वरूपों का दिग्दर्शन कराया गया है। एक पृष्ठ पर इंग्लैंड में महिलाओं के समानाधिकार आंदोलन की जन्मदात्री एमेलिन पेमहर्स्ट (1858–1928) की गिरफ्तारी का चित्र है। उसी पर लेनिन की पत्नी क्रुप्स काया, रोम्याँ रोलाँ की माँ तथा गुणवंती महाराज सिंह, ऐनी बेसेंट और सरोजिनी नायडु के चित्र छापे गए हैं। महादेवी वर्मा, कमलाबाई किवे, सत्यवती मलिक, मरियम बेनेड, विजयलक्ष्मी पंडित और लेडी अबला बोस जैसी 25 विदुषियों के लेख, कविता, कहानियाँ इसमें संग्रहीत हैं। महादेवी के 'पिंजर बद्ध' लेख में—'लेखिकाओं के प्रति लेखकों के व्यवहार की ओर ध्यान दिलाया गया है'। श्री माथुर चतुर्वेदी समाज के मुखपत्र जागृति के 'महिला अंक' में संपादक ने लिखा—"श्रीमती यमुना देवीजी ने हमको परामर्श दिया था कि अगले वर्ष हम महिलाओं के लाभार्थ 'जागृति' का 'महिला अंक' भी निकालें।...हमें खेद है कि हमारी पर्याप्त चेष्टा करने पर भी न तो हमको इसके संपादन के लिए ही किसी विदुषी बहन का सहयोग प्राप्त हुआ और न लेखिकाओं ने ही उतनी कृपा की, जितनो इस अंक के लिए उनसे आशा थी।" इसमें नारी समाज की ऐतिहासिक रूपरेखा, समाज में महिला का स्थान, स्त्री-शिक्षा, वेद और स्त्री जाति, गृहिणी कर्तव्य, साम्यवादी रूस में स्त्रियों का स्थान जैसे लेख पुरुषों द्वारा लिखित थे। स्त्री-शिक्षा समाज सुधार आंदोलन और वर्तमान कानून दहेज बिल, हिंदू स्त्रियों को तलाक का अधिकार, हिंदू लॉ में स्त्रियों के जायदाद संबंधी अधिकार, स्त्री और परदा, पुरुष वर्ग का महिलाओं पर अत्याचार जैसे लेख थे।

'कमला' (1938) काशी से प्रकाशित हुई। इससे हिंदी पत्रकारिता को नई दिशा मिली। इस पत्रिका में महिलाओं के आचार-विचार के अतिरिक्त परिवार नियोजन जैसे विषयों पर भी लेख लिखे गए। कांग्रेस अथवा राष्ट्रीय महासभा में 'महिलाओं में प्रेम और सहयोग' की भावना पर लिखा गया—"जहाँ पुरुषों में सांप्रदायिकता नंगा नाच कर रही है, जहाँ हिंदू मुसलमान का और मुसलमान हिंदू का खून करना अपना धर्म समझने लगे हैं, वहाँ ऐसे देश की महिलाएँ मिल-जुलकर अपनी उन्नति के लिए प्रयत्न कर रही हैं, यह देखकर 'कमला' फूले अंग नहीं समा रही है। क्या यह हमारे लिए कम हर्ष की बात है कि पुरुषों की अपेक्षा स्त्रियों में सांप्रदायिकता बहुत ही कम है? जहाँ तक हमें स्मरण है, मुसलिम बहनों ने पृथक् निर्वाचन का विरोध किया था। अपने धर्म पर उनकी श्रद्धा पुरुषों से कम नहीं है, पर धर्म को उन्होंने राजनीतिक उद्‌देश्यों की साधना का एक जरिया

नहीं बना डाला है। इसी से सार्वजनिक क्षेत्र में सब धर्मों की महिलाएँ मिलकर काम कर रही हैं। कुछ महीने हुए, दिल्ली में अखिल भारतीय महिला कॉन्फ्रेंस हुई थी, जिसमें हिंदू और मुसलिम महिलाएँ प्रेमपूर्वक सम्मिलित हुई थीं। उसके पदाधिकारी भी दोनों संप्रदाय की महिलाएँ हैं।"

मासिक 'महिला आश्रम' पत्रिका (1946) वर्धा से हिंदी में निकली। 'भारतमय बनो शीर्षक' में विनोबा महिलाओं का विशेष गुण बताते हैं—"महिलाएँ तो रक्षण करनेवाली होती हैं। वे रक्षक बन सकती हैं। यही उनका गुण-विशेष है।" इसमें कृष्णाकुमारी नाग 'बापू और नारी' शीर्षक से लिखती हैं—"बापू ने नारी के आर्थिक स्वावलंबन को उसकी सारी जागृति का मूल आधार माना है। पूर्ण स्वावलंबी बनने के लिए नारी को बापू के आदेशानुसार घरेलू उद्योग धंधों को अपनाना होगा—उनका रचनात्मक कार्यक्षेत्र तो जैसे नारी का ही कार्यक्षेत्र है।" प्रसिद्ध धार्मिक पत्रिका 'कल्याण' का नारी अंक 900 पृष्ठों में निकला, 'सोलह माताएँ' (ब्रह्मवैवर्त पुराण) में प्रकार बताते हुए लिखा गया—"स्तन पिलानेवाली, गर्भधारण करनेवाली, भोजन देने वाली, गुरुपत्नी, इष्टदेवता की पत्नी, विमाता, सौतेली बहन, सहोदरा, पुत्रवधू, सासु, नानी, दादी, भाई की पत्नी, मौसी, बूआ और मामी।" इसी में 'दुःखमय विधवा जीवन' में भारतीय विधवाओं की दुर्दशा का चित्र खींचा गया था—"आज विधवा की क्या दशा है, जरा विचार कीजिए। बारह-चौदह वर्ष की सुकुमार अवस्था है, जिसे ब्याह क्या वस्तु है, इसका भी पता नहीं, जो खेल-कूद के क्षेत्र में रहने योग्य है। सास-ससुर आदि से जहाँ प्यार मिलना चाहिए, वहाँ वह दुत्कारी जाती है। पिशाचिन है, आते ही हमारे बच्चे को खा गई, राँड़ कुभागिन है। किसी से बोलती है तो बड़ी पापिन है (किसी समान उम्र की लड़की से भी हँसकर बोलना चाहती है तो बेशरम है।" मुखपृष्ठ पर सिंहवाहिनी का रेखाचित्र छपा था। उसके नीचे ब्रह्मा, विष्णु, महेश आदि नमस्कार मुद्रा में खड़े हैं। बीच में 'नारी अंक' लिखा था। 32 कविताएँ 47 लेख तथा सवा तीन सौ विदुषियों के परिचय छापे गए थे। राजकुमारी अमृत कौर (भारतीय स्त्रियाँ क्या करें?), अनिला देवी (नारी की आत्मकथा), निरुपमा शर्मा (नारी जागरण का अभिप्राय), अनुरूपा देवी (भारतीय नारी का कर्तव्य), शकुंतला देवी अग्रवाल (हमारी उन्नति का उपाय), आचार्य शारदा वेदालंकार (नारी की वर्तमान शोचनीय स्थिति), कमला सत्यनाथन (भारतीय स्त्रियों के कर्तव्य), डॉ. ऐनी बेसेंट (नारी ईश्वर की शक्ति), जैसे पठनीय लेख इसमें छपे। 'सीता स्तवन' के अलावा गंगा देवी त्रिवेदी, कमला देवी पुरोहित और शैल गर्ग की कविताएँ हैं। यह गोरखपुर से प्रकाशित हुआ।

'राष्ट्रदूत' में शशिकला रानी 'बच्चों की काल्पनिक उड़ान को बल दीजिए' में लिखती हैं—"कल्पनाओं के रूप कई प्रकार के होते हैं, पर मुख्यतः दो प्रकार की

कल्पनाएँ की जाती हैं। एक, सार्थक और दो, आधार रहित-स्वतंत्र। बच्चों को उनके प्रारंभ में ही दोनों प्रकार की कल्पनाओं को प्रस्तुत करने में सहायता करनी चाहिए। उन्हें कष्ट नहीं पहुँचाना चाहिए। यदि वे उड़ान ले रहे हैं तो उन्हें सहारा देना चाहिए।" 'सुचित्र' (1964) टाइम्स ऑफ इंडिया, मुंबई का प्रकाशन था, फिल्मों पर केंद्रित इस पत्रिका का परिवर्तित नाम 'माधुरी' था। इसमें सत्या जैन (सिनेमा या पिकनिक या घुटन?), सुरेखा (एक सपने की कहानी), जयश्री गडकर (मैं शतरंगी इंद्रधनुष पर चढ़ गई), ऊषा (राजकुमार), स्वर्णलता (बलराज साहनी), जैसी लेखिकाओं के फिल्मी दुनिया से संबंधित लेख पढ़ने को मिलते हैं। मासिक 'मनोरमा' (1972) धनमंडी धनौरा से प्रकाशित हुई। महिलाओं की स्थिति सुधारने के लिए एक पूरा वर्ष महिला वर्ष के रूप में घोषित किया गया तो 'सरस्वती' ने 'स्त्रियों का अंतरराष्ट्रीय वर्ष' शीर्षक से लिखा—"यह वर्ष सारे संसार में अंतरराष्ट्रीय महिला वर्ष के रूप में मनाया जा रहा है। महिलाओं की स्थिति पाश्चात्य जगत् में इतनी ऊँची है और उन्होंने इतनी स्वतंत्रता प्राप्त कर ली है कि उन्हें प्रत्येक क्षेत्र में मनमाने अवसर मिलने लगे हैं। रूस में तो एक महिला अंतरिक्ष यात्रा भी कर चुकी है। यदि वे वहाँ अब भी परिवार के बंधन में हैं तो अपनी इच्छा से। इजराइल में गोल्डा मेयर, लंका में श्रीमाओ भंडारनायके और भारत में इंदिराजी प्रधानमंत्री पद को सुशोभित कर चुकी हैं या कर रही हैं। वियतनाम में सैगोन विरोधी सेना और मुक्ति दल के पीछे एक महिला का मस्तिष्क ही काम कर रहा है। वे मर्दों की बराबरी में चाहे खेल हो, युद्ध हो, व्यापार हो, उच्च शिक्षा का अध्यापन हो, शोध हो, विज्ञान हो, या अन्य सेवा हो, उनसे पीछे नहीं। पुरुषों का उनपर उतना ही नियंत्रण रह गया है, जितना स्त्रियों को सुविधाजनक है। पुरुषों की बराबरी करने के लिए अब वे उनकी नकल करके पतलून और शर्ट भी पहनने लगी हैं।" आज में 'सामाजिक क्रांति और महिलाएँ' में चिंता प्रकट की गई थी कि आर्थिक तथा सामाजिक स्वतंत्रता में स्त्री परिवार के प्रति अपनी महत्त्वपूर्ण भूमिका की कहीं उपेक्षा न करे। आजकल में 'चंडिका की आदि छवि बनाम आधुनिकता के चेहरे' में जहाँ एक ओर अर्चना वर्मा स्त्रियों की बदलती सोच को रेखांकित करती हैं। तो दूसरी ओर 'फिल्मों में नारी : नायिका या खलनायिका' में समाज में हो रहे परिवर्तन और फिल्मों का प्रभाव पर विचार-विमर्श किया जाता है। इसमें सरोजिनी बर्तवाल, शकुंतला शर्मा, नीरा गर्ग, नंदिनी बिष्ट, उर्मिला कटारिया, अरुणा कपूर, ऊषा बाला, ऊषा आनंद, कमला रत्नम, जया रमेश, नीलिमा सिंह, प्रेमलता मिश्र, बिंदु अग्रवाल, माजदा असद, मृदुला अरुण, मृदुला बिहारी, विमला रस्तोगी, सरला खोड़ावाल, शशि शर्मा, शैलकुमारी, शांता भार्गव, क्षमा शर्मा, ऊषा उर्वेश, अंजलि तिवारी, लिली सिंह, उर्मिला रूँगटा, ऊषा गोपाल, ऊषाकिरण खान, चित्र माथुर, नंदिनी तिवारी, रश्मि श्रीमाल, ऋता शुक्ला, डॉ. वासवदत्ता पांडेय, स्नेहलता चट्टोपाध्याय, संतोष माटा, इंदिरा भवानी,

ललिता कृष्णस्वामी, नंदिता शर्मा, चंद्रकांता, प्रमिला चतुर्वेदी, बृजरानी वर्मा, मधुलिका पांडेय, रीना तिवारी, रूपा पारीक, वनिता बंसल, सविता चड्ढा, डॉ. प्रतिमा शर्मा, डॉ. रेखा व्यास, रेखा रस्तोगी, विजया वासुदेव, शांता ग्रोवर, ऊषा बंदे, मधुमिता राव, शांति मलिक के लेख समय-समय पर छपते रहे हैं।

पाक्षिक 'लोकशिक्षक' के राष्ट्रीय महिला विशेषांक में स्वतंत्रता संग्राम में भाग लेने वाली 28 महिलाओं की जानकारी संग्रहीत की गई थी। किट्टूर की रानी चेनम्मा, रानी लक्ष्मीबाई, बेगम हजरतमहल, कस्तूरबा गांधी, सुंदरम्मा, इंदुमती गोयनका, जहीरा बेगम, दमयंती चतुर्वेदी और जानकी देवी बजाज के कार्यों का दिग्दर्शन कराया गया। तीन पृष्ठों में अनेक नेत्रियों के चित्र दिए गए हैं। महिला साहित्यकार विशेषांक जो डॉ. गायत्री वैश्य के संपादन में निकला था, में 125 विदुषियों की जानकारी दी गई है। मीराबाई, सुभद्राकुमारी चौहान, महादेवी वर्मा, डॉ. कमला रत्नम, मृणाल पांडे, डॉ. प्रभा वाजपेयी, शकुंत माथुर, विद्यावती कोकिल, शांति भार्गव, शशिप्रभा शास्त्री, कृष्णा सोबती, ऊषा प्रियवंदा और आशापूर्णा देवी जैसी अनेक लेखिकाओं के सादे चित्र हैं। संपादकीय में लिखा गया—"आज के युग में महिलाएँ सभी कार्यश्रेणी में अग्रणी हैं। साहित्य लेखन में भी उनका योगदान अभिनंदनीय रहा है। कहानी के क्षेत्र में तो जैसे वे छा गई हैं। घर-परिवार आधुनिक समाज एवं सभ्यता के बड़े सटीक चित्र उन कहानियों में अंकित हैं।" 'लोकमत समाचार' में 'अखबार की दुनिया में महिलाओं की हैसियत' में पढ़ने को मिलता है—"समाचार-पत्रों के फीचर पृष्ठों पर जिस आदर्श स्त्री की तसवीर उकेरी जाती है, उससे प्रबुद्ध तथा प्रगतिशील लोग अकसर विरक्त होते हैं। उन्हें लगता है कि यह स्त्री को वरगलाने का ही एक तरीका है।...इन लेखों में स्त्री के स्वतंत्र तथा मौलिक व्यक्तित्व के विकास की जरूरत पर प्रकाश नहीं डाला जाता। स्त्रियों की खबरें, जिसके केंद्र में स्त्री हो। स्त्री यानी उसकी स्थिति, उसकी समस्याएँ और उसकी सक्रियता, स्त्री की ऐसी सक्रियता कम है, जो समाचार बन सके।...हमें चकित नहीं होना चाहिए कि स्त्रियों के साथ समाचार-पत्र भी वही सलूक कर रहे हैं, जो बाकी समाज। समाचार-पत्रों में स्त्री सौंदर्य के फूहड़ व्यावसायिक इस्तेमाल की प्रवृत्ति बढ़ी है। दूसरी ओर स्त्री संघर्ष की कुछ प्रतिध्वनियाँ भी सुनाई देती हैं।"

'शुक्रवार' में 'मोदीजी अंग्रेजी भी बोलते हैं' में ऊषा चाँदना लिखती हैं—"मोदी भाषण तैयार करने के लिए मीडिया के रिटायर्ड धुरंधरों की मदद लेते हैं। उनके भाषण का ड्राफ्ट तैयार किया जाता है। अंग्रेजी की स्क्रिप्ट तैयार करते समय मीडिया, सूचना विभाग और आई.ए.एस. लॉबी का सहारा भी वे लेते हैं।" इसी प्रकार 'मौत की सजा पर सुप्रीम कोर्ट के सवाल' पर बीना की प्रतिक्रिया थी—"जब देश की सुप्रीम कोर्ट लगातार फाँसी की सजा देने से अपने आपको रोक रही है तो बाकी समाज के लिए भी इस पर

सोचने का कारण बनता है।" पूजा मेहरोत्रा 'हम नहीं रोकेंगे बाल विवाह' में जानकारी देती हैं—"दुनिया भर में हर साल होनेवाले 6 करोड़ बाल-विवाहों में से 40 फीसदी, यानी सबसे अधिक 2.4 करोड़ बाल-विवाह भारत में होते हैं। इसके बावजूद भारत का संयुक्त राष्ट्र के बाल-विवाह विरोधी प्रस्ताव पर हस्ताक्षर न करना चौंकाता है।" गीताश्री 'पिकासो के चित्र और हुसेन की याद' में प्रतिक्रिया व्यक्त करती हैं—"स्पेन के विश्वविख्यात चित्रकार पिकासो ने अपने देश से कहा कि तुम मुझे संग्रहालय दो, मैं उसे भर दूँगा और स्पेन ने उन्हें एक नहीं, दो-दो संग्रहालय दे दिए। पिकासो ने उन्हें भर दिया। हमारे हुसेन ने अपने लिए इस देश में रहने को जगह माँगी, हम उन्हें एक सुरक्षित घर न दे सके, संग्रहालय तो बहुत दूर की चीज है।" भास्कर ग्रुप की 'मधुरिमा' आधुनिक महिलाओं की हमसफर मासिक पत्रिका है। 15 रुपए मूल्य की इस पत्रिका में घर आँगन, पर्सनल टॉक, रिश्ते-नाते, वास्तु, ब्यूटी केयर, दांपत्य, लाइफ स्टाइल, सौंदर्य समस्याएँ, सौंदर्य विशेषज्ञा द्वारा पाठकों की समस्या का समाधान, कार्टून श्रृंखला, अंतर्द्वंद्व, विदाई की बेला, मधुरिमा टिप्स, मौसम के फल, लालन-पालन, स्वास्थ्य, यादें, बदलाव, कॅरियर, विचार मंच, लुक स्टाइल जैसी महिलाओं से संबंधित सामग्री रहती है। वर्ष 2001 से प्रकाशित 'भूमिजा, अस्मिता' के संपादन का भार डॉ. मंजु शुक्ला पर है। सहयोगियों में डॉ. कुमकुम त्रिपाठी, रेखा, गंगा, ममता, स्मृति के अलावा डॉ. अलका पांडेय, शालिनी रमण भी हैं। 2002 के अक्तूबर से त्रैमासिक 'धान्या' का लखनऊ से प्रकाशन आरंभ हुआ।

हिंदी पत्रकारिता में सभी भाषाओं से कहीं अधिक महिला सहभागिता रही है। जैसे-जैसे स्त्रियाँ शिक्षित होती चली गईं, वैसे-वैसे वे अपने विचारों को, अपनी क्षमताओं को और अपने कार्य क्षेत्रों को विस्तार देती गईं, अपने अंदर के ज्वार को अभिव्यक्ति देने के लिए उन्होंने पत्रकारिता को आधार बनाया। पहले उनके विषय स्त्रियों को अच्छी गृहिणी बनाना, कन्याओं को संस्कार देना और महिला जगत् को प्रशिक्षित करना हुआ करते थे। तत्पश्चात् उन्हें जाग्रत् करने की ओर ध्यान दिया गया। उन्हें ठगों, तांत्रिकों से दूर रहने की सलाह दी जाने लगी। उसके बाद विधवा-विवाह को लेकर आंदोलनात्मक तरीके से लिखा जाने लगा और पत्र-पत्रिकाओं में इस बात पर जोर दिया गया कि यदि पुरुष दूसरा विवाह कर सकता है तो स्त्री क्यों नहीं कर सकती। साथ ही बाल विवाह, वृद्ध विवाह के विरोध में लेखन किया जाने लगा। उस समय की प्रतिष्ठित महिलाओं की जानकारी पाठकों को दी जाती थी और नवयुवतियों को उनसे प्रेरणा लेने की सीख दी जाती थी। पत्रकारिता में वह दौर भी आया जब महिला पुरुष की बराबरी की बात उठने लगी और महिलाओं ने तरह-तरह के विषयों को चुनना शुरू किया। महिला पत्रकारिता में परदे के विरोध में लेखन किया जाने लगा। सार्वजनिक स्थलों, सभा-सोसाइटियों में

महिलाएँ स्थान पाने लगीं। अपने समय की महत्त्वपूर्ण पत्र-पत्रिकाओं ने महिलाओं पर केंद्रित अंक निकाले। उसमें साहित्य जगत् की श्रेष्ठ महिलाओं की रचनाएँ प्रकाशित की गईं। सामयिक लेखों का प्रचलन भी बढ़ा। महिलाओं के गुणों-अवगुणों की चर्चा होने लगी। नारी के आर्थिक स्वावलंबन की बात की जाने लगी। अंतरराष्ट्रीय महिला वर्ष मनाया गया तो भारत की सभी पत्र-पत्रिकाओं में खूब लिखा गया। इसके बाद पत्रकारिता में महिलाओं की सोच में परिवर्तन दर्ज हुआ और आधुनिक स्त्री के दर्शन होने लगे। वह विभिन्न क्षेत्रों में हस्तक्षेप करती देखी गई। महिला पत्रकार बड़ी-बड़ी सामाजिक, राजनीतिक टिप्पणियाँ करती देखी जाने लगी। वह राष्ट्रीय स्तर के मुद्दे उठाने लगी, भीषण समस्याओं पर विचार-विमर्श करते हुए लेखन करने लगी। महिला हस्तक्षेप बढ़ने लगा तो समाचार-पत्रों के बड़े प्रकाशन समूहों ने महिलाओं के लिए अलग से पत्रिकाएँ निकालना प्रारंभ कर दिया, जैसे टाइम्स ग्रुप की 'सुचित्र', नई दुनिया की 'नायिका', जागरण की 'संगिनी', नवभारत की 'सुरुचि', लोकमत समाचार की 'सखी' और इंडिया टुडे की 'स्त्री' प्रमुख हैं।

हिंदी पत्रकारिता में महिला सहभागिता की दृष्टि से आज यदि हम देखें तो कह सकते हैं कि महिला पत्रकारों ने अपनी लेखनी द्वारा भारत की पत्रकारिता में इंद्रधनुषी रंग बिखेरते हुए अपना अलग इतिहास बनाया है।

□

विविध आयाम

अ. मुद्रित माध्यम

क. महिलाओं द्वारा प्रबंधन

हिंदी में महिला पत्रकारिता के अंतर्गत पत्र-पत्रिकाओं का संपादन और प्रबंध सँभालने वाली महिलाओं में पहला नाम हेमंतकुमारी देवी चौधरी का है, जिन्हें 'सुगृहिणी' के प्रबंधन में काफी कठिनाइयों का सामना करना पड़ा था। प्रथम तो पत्रिका कई स्थानों से छपवाना पड़ी। उनके पति मध्य भारत की रतलाम रियासत में (1887 से 89) दीवान थे। यहीं से उन्होंने अप्रैल 1888 में 'सुगृहिणी' निकालना प्रारंभ किया। यहाँ मुद्रण की कोई व्यवस्था नहीं थी। अत: पत्रिका का मुद्रण लखनऊ के सुख-संवाद प्रेस में कराना पड़ा। दूसरे वर्ष के दो अंकों की छपाई लाहौर में एंग्लो संस्कृत प्रेस तथा पंजाब ब्राह्मण समाज प्रेस से कराई गई। उसके बाद पति (राजचंद्र चौधरी) शिलांग चले गए, तो पत्रिका का प्रकाशन स्थल फिर बदल गया। पिता बाबू नवीन चंद्र राय की सहायता से ही वे पत्रिका का कई स्थानों से प्रकाशन कर पाईं। किसी भी पत्रिका को चलाने के लिए धन की आवश्यकता होती है और पाठकों की निरंतर उपेक्षा के कारण पत्रिका घाटे का शिकार हुई, तो अपील छापी गई—"हमारी पत्रिका के पाठक-पाठिका जानते हैं कि 'सुगृहिणी' के जन्म ग्रहण का क्या उद्देश्य था? धन उपार्जन करने के लिए 'सुगृहिणी' प्रकाशित नहीं हुई। स्वदेशवासिनी बहनों की सेवा और उनको ज्ञानार्जन करने में यथाशक्ति सहायता करने के लिए 'सुगृहिणी' का जन्म हुआ था। बड़े शोक की बात है कि दो बरस पूरे होते-न-होते ही इस क्षुद्र पत्रिका का जीवन सूर्य अस्त होने पर चला। इंग्लैंड और अमेरिका प्रभृति सुसभ्य देश के स्त्री पुरुष समाचार-पत्र पढ़ना और ग्राहक बनना अपना प्रधान कर्तव्य समझते हैं। इसलिए वहाँ के अधिकांश पत्रों की ग्राहक संख्या कम-से-कम बीस या तीस हजार की है, परंतु हाय! इस दुर्भाग्य देश में मातृभाषा के संवाद पत्रों की अवस्था तो एक बार सोचकर देखिए 300-400 से ऊपर तो ग्राहकों की संख्या है ही नहीं? हमारे देश के बहुत उपकारी समाचार-पत्रों की आयु अकाल में ही नाश हुई है, केवल ग्राहकों

की निष्ठुरता से।" वार्षिक मूल्य मात्र एक रुपया था, वह भी ग्राहकों से प्राप्त नहीं हो रहा था। प्रकाशन में कठिनाई होने लगी तो एक मार्मिक अपील छापी गई—"पाठिका 'सुगृहिणी' केवल तीन वर्ष की बालिका है। इस छोटी उम्र में बिचारी पर जैसी विपद की आँधी बीती है, इसके पुनः प्रकाशन की आशा नहीं थी। परंतु धन्य है उस विपदहारी भगवान् को, जिसने इसकी रक्षा की। अब हमारी पाठक-पाठिकाओं से प्रार्थना है कि इस विपद के समय कृपादृष्टि कीजिए, प्रायः 200 रुपए ग्राहक ग्राहिकाओं के निकट प्राप्य हैं...ऋणग्रस्त रहकर पत्रिका प्रकाशन करना बड़ा कठिन कार्य है। जिस देश की स्त्रियाँ धर्म-लाभ के लिए तीर्थयात्रा और ब्राह्मण भोजन में हजारों रुपए दान करती हैं, उनके निकट से इस पत्रिका की वार्षिक एक रुपया न्योछावर प्राप्ति की आशा करना अनुचित नहीं।" इस अपील का कोई असर न होना था, न हुआ। 'सुगृहिणी' की आर्थिक स्थिति लगातार बिगड़ती चली गई। छापने का प्रबंध करना मुश्किल हो गया और चौथे वर्ष में प्रवेश करने के साथ उसका प्रकाशन बंद करना पड़ा।

लाहौर राष्ट्रीय आंदोलन का मुख्य केंद्र था। वहाँ से हरदेवी ने 'भारत भगिनी' (1889) का प्रकाशन लगातार 17 वर्षों तक कुशलतापूर्वक किया। उन्होंने न केवल प्रबंध सँभाला अपितु राजनीतिक कैदियों के लिए पत्रिका के माध्यम से फंड एकत्रित कर आंदोलन में योगदान करते हुए जब्ती का नया अध्याय भी लिखा। पति (बैरिस्टर रोशनलाल) की नौकरी की परवाह न करते हुए तब तक सक्रिय रहीं, जब तक कि उनकी पत्रिका जब्त न कर ली गई। हरदेवी ने पत्रिका को राष्ट्रहित में आंदोलन का हथियार बना लिया था, जिसे वे सरस्वती प्रेस, प्रयाग से प्रकाशित करवाती थीं। पहले इसका आकार दस गुणित सवा छह और वार्षिक मूल्य एक रुपया था, पर जब वह लाहौर से प्रकाशित होने लगी, तब आकार दस गुणित साढ़े सात और वार्षिक मूल्य 2 रु. हो गया। पाक्षिक होने पर इसका मूल्य डेढ़ रुपए कर दिया गया। 'भारत भगिनी' के 1906 तक प्रकाशित होने के प्रमाण मिलते हैं। इसके बाद रसिक पत्रिका (1890) का नाम सामने आता है। यह कानपुर जिले के बिठूर से प्रकाशित हुई। इसकी प्रकाशक गोमती कुँवरि जमींदारिन थीं। यह अल्पकालिक पत्रिका ही सिद्ध हुई। श्रोत्रिया पूर्णादेवी ने मासिक 'अबला हितकारक' (1904) मुरादाबाद से तथा मासिक उपन्यास 'माला' (1914) बिजनौर से निकालीं। इसके बाद एक बड़ा नाम पंजाब के प्रतिष्ठित घराने में जनमी रामेश्वरी देवी नेहरू का मिलता है। उन्होंने स्त्री 'दर्पण' (1909) का प्रकाशन दो भाषाओं में किया, क्योंकि कश्मीर में उर्दू का अधिक प्रचार था, पर चारों ओर से यह सम्मति दी जाने लगी कि पत्र को सब जाति की स्त्रियों के लिए होना चाहिए, जिसके लिए इसका हिंदी में प्रकाशित होना आवश्यक है। पाठकों की माँग पर पत्रिका दो अंकों के बाद हिंदी में निकलने लगी। इसका उद्देश्य देशसेवा और अपनी बहनों का उपकार

करना था। इस पत्र से एक बड़ा लाभ यह हुआ कि कश्मीरी महिलाओं में भी हिंदी का प्रचार-प्रसार होने लगा। गुलाबी कागज पर छपे 'क्रोड़ पत्र' में लिखा था—"जो आप स्त्री-शिक्षा के हितैषी हैं—तो स्त्री दर्पण अवश्य पढ़िए। जो आप स्त्री-शिक्षा के विरोधी हैं, तब भी स्त्री दर्पण आपको पढ़ना चाहिए। आप पढ़िए, अपनी स्त्री, कन्या, बहन को भी पढ़ाइए। 'स्त्री दर्पण' के पढ़ने से स्त्री-शिक्षा पर भारतवर्ष के बड़े-बड़े विद्वान् और देश हितैषियों के गंभीर विचार आपको मालूम हो जाएँगे। बहुत सी अटपटी बातों पर आप की शंकाएँ दूर हो जाएँगी और स्त्री-शिक्षा के विस्तार करने से आप फिर गार्गी, मैत्रेयी, सीता, सावित्री आदि पुराने समय की भारत ललनाओं के दिल के पवित्र भाव संसार में प्रचार करने में सहायता कर सकेंगे। याद रखिये कि—

विद्या से आकाश पढ़े नर, विद्या तरे समंदर।
विद्या ही से मनुज मनुज हो, बिन विद्या का बंदर॥

'स्त्री दर्पण' में प्राचीन ऋषियुग की विदुषी महिलाओं के इतिहास तथा वर्तमान युग की शिक्षा दीक्षा में जो श्रेष्ठ और संभव बातें हैं, उन्हीं पर लेख रहते हैं। नमूना मँगवाकर देखिए। देखिए, 'स्त्री दर्पण' में कैसे लेखकों के लेख रहा करते हैं? जुलाई की संख्या में जो निकल चुकी है, इन लेखकों के लेख हैं—मिसेज ऐनी बेसेंट, श्रीमती सावित्री देवी मालवीय, श्रीयुत मन्नत द्विवेदी गजपुरी बी.ए., श्रीयुत गिरिजाकुमार घोष, पंडित श्रीधर पाठक, श्रीमती महारानी देवी अवस्थी, श्रीयुत गदाधर प्रसाद, श्रीयुत हरिदास माणिक, दु:खिनीबाला इत्यादि। दु:खिनीबाला एक दु:खिया स्त्री है। दु:खिनीबाला के जीवन की मर्मभेदी कथा पढ़कर आँखों में आँसू आ जाते हैं। दु:खिनीबाला के चरित्र को पढ़कर आपको सोचना होगा, विचार करना होगा, स्त्रियों के दु:ख-पर-दु:ख माने बिना आप से न रहा जाएगा। 'स्त्री दर्पण' में स्त्रियों और पुरुषों, दोनों के विचार छपते हैं। कविता, कहानी, मनोरंजन इत्यादि सभी बातें आपको मिलेंगी तथा आगे से छोटी-बड़ी कुमारियों तथा कुमारों के उपयोगी और मन बहलाने वाले लेख भी 'कुमारी दर्पण' नामक भाग में रहा करेंगे। 'कुमारी दर्पण' में खेल का खेल, शिक्षा की शिक्षा, दोनों मुफ्त। जनवरी की संख्या में श्रीयुत गदाधर प्रसाद का एक अनोखा बिल्कुल नया उपन्यास, 'रुपए की यात्रा' निकलेगा, जो किसी दूसरे भाषा से अनुवाद नहीं किया गया है। 'स्त्री दर्पण' की संपादिका और मैनेजर आदि सब स्त्रियाँ ही हैं। आप झटपट इसके ग्राहक बनिए और कम-से-कम तीन ग्राहक अपने मित्रों में से और भी बनाइए।" संचालक कमला नेहरू के बारे में 'सहेली' ने लिखा—"अब से पच्चीस वर्ष से भी पहले श्रद्धेय पंडित मोहनलालजी नेहरू ने स्त्रियों के उचित संगठन और उनकी वास्तविक उन्नति के उच्च उद्‌देश्य से ही 'स्त्री-दर्पण' को सर्वसाधारण के सन्मुख उपस्थित किया था। उसकी संचालिका उनकी सहधर्मिणी श्री कमला नेहरू थीं और उनकी सुपुत्री श्री रूपकुमारी वांचू ने उसके साथ

'सहेली' के संपादन के भार के सँभालने में यथेष्ट सहायता दी थी।" कमलाजी के आग्रह पर ही राजकुमारी मेहरोत्रा ने 'स्त्री दर्पण' का संपादन करना स्वीकार किया था। पत्रिका के मई-जून के अंक देर से निकले। यह गड़बड़ दस वर्ष के अंतराल में पहली बार हुई। कागज न मिलने की कठिनाई के कारण सितंबर का अंक पीले कागज पर छापना पड़ा था, जिसके लिए उन्होंने क्षमा भी माँगी थी।

स्त्रियों पर पूर्णतः केंद्रित 'सहेली' (1930) का प्रकाशन इलाहाबाद लॉ जर्नल प्रेस से हुआ। उद्देश्य था—"'सहेली' की एक बड़ी गरज यह है कि वह स्त्री जाति को अपने पैरों पर खड़े होने की सलाह देवे, जिसमें वह अपनी निर्बलता छोड़ ऐसी शक्तिवान हो जावे, जिसके आगे कोई भी बात मुश्किल न रहे।" रेलवे यात्रा में उपलब्ध होने की सूचना छापी गई थी—"हमने रेल की सफर करनेवाले स्त्री-शिक्षा प्रेमी सज्जनों तथा महिलाओं के मनोरंजन के लिए 'सहेली' मिलने की व्यवस्था कर दी है। ए.एच. व्हीलर कंपनी के हाबड़ा, मधुपुर, पटना, गया, मुगलसराय, इलाहाबाद, कानपुर, अलीगढ़, बनारस, लखनऊ, बरेली, मुरादाबाद, हरिद्वार, देहरादून, जबलपुर, सतना, दिल्ली, रायपुर, मुजफ्फरपुर, सोनपुर, समस्तीपुर आदि बुक स्टॉलों पर 'सहेली' प्रतिमास छह आने प्रति अंक के हिसाब से मिलती है। यात्रा प्रारंभ करने से पहले एक कापी 'सहेली' अवश्य खरीद लीजिए और अपनी यात्रा का पूरा आनंद उठाइए।" प्रबंधक का आग्रह भी पढ़ने को मिलता है—"हमारी प्रार्थना स्वीकार कर श्रीरामेश्वरी देवी गोयल, एम.ए. विदुषी ने 'सहेली' के संपादन का भार इसके आगामी अंक से ले लेने की कृपा की है। एतदर्थ संघ को उनका विशेष कृतज्ञ होना चाहिए। उनके कुशल हाथों में संपादन को सौंप देने से हम इस ओर से निश्चिंत हो गए हैं। संघ की सदस्याओं की संख्या, हर्ष की बात है, बढ़ रही है। पचास सदस्याओं के हो जाने पर संघ का संगठन-कार्य तेजी से प्रारंभ हो जाना चाहिए। अभी इसकी कार्य-कारिणी समिति में सावित्री देवी, नंदरानी देवी, अन्नपूर्णा कुमारी विदुषी, रामेश्वरी देवी गोयल, मंगला देवी राय बालूपुरी, यशोदा देवी, रत्नकुमारी देवी, विष्णु कुमारी श्रीवास्तव, तोरन देवी शुक्ल 'लली' के रखने का प्रस्ताव ठीक समझा गया है।" प्रधान संपादिका बनने पर रामेश्वरीजी ने लिखा—"'सहेली' संघ के मंत्रीजी ने मुझसे सहेली की प्रधान संपादिका के उत्तरदायित्व का भार लेने को कहा—मैं बहुत हिचकिचाहट और संकोच में पड़ गई, क्योंकि प्रतिमास हजारों बहनों और भाइयों के सम्मुख उत्कृष्ट सामग्री रखना मुझे सहज नहीं जान पड़ा, किंतु अंत में मैंने अपनी बहनों की जागृति एवं सेवा के कार्य में भाग लेने के इस अवसर को, अपनी कमजोरियों को जानते हुए भी, जाने देना ठीक न समझा।...पिछले मास श्री रुक्मिणी देवी शुक्ल (सिहोरा, कोशलप्रांत) और श्रीमान् कुँवर चौरढ्या (हैदराबाद-सिंध) ने इस कार्य में जो सहायता दी, उसके लिए संघ उनको धन्यवाद देना अपना कर्तव्य समझता है।"

उत्तर प्रदेश की धरती से पत्रिकाओं के प्रकाशन में बड़ा नाम यशोदा देवी का रहा है, उन्होंने इलाहाबाद से मासिक 'स्त्री धर्म शिक्षक' (1909) निकाला। रानी महारानियों द्वारा संरक्षित 'स्त्रियों का प्यारा पत्र' की घोषणा करनेवाले इस सचित्र मासिक का विज्ञापन छपता था—"यह भारत वर्ष में स्त्रियों के लिए सबसे सस्ता, अधिक उपयोगी, बढ़िया सरल और मनोहर सर्वगुण संपन्न बनाने वाला यही एक पत्र है। आशा है कि मेरी इस प्रार्थना पर ध्यान देकर सज्जन ग्राहक ग्राहिका एक-एक ग्राहक बनाने की अवश्य कृपा और उदारता दिखलाकर यश के भागी होंगे। युद्ध के कारण कई वर्षों से कागज का दाम चौगुना हो गया है। इस दशा में इतने कम मूल्य में इसके चलाने में जो हानि उठानी पड़ रही है, उस पर हमारी ग्राहिका बहनों व माताओं को विचार करना चाहिए और हमें सहायता देनी चाहिए। हम उनसे केवल इतनी ही सहायता चाहती हैं कि सब सज्जन एक-एक ग्राहक बनाने की कृपा करें।" 'इधर देखिए' उप-शीर्षक से लिखती हैं—"इस पत्र के साथ एक कार्ड मेरे छपे हुए पते का रखा है। इसी कार्ड पर अपने मित्रों व बहनों का पता लिखकर नवीन ग्राहक बनाकर भेज दें। ग्राहक बनाने वाले पाठक-पाठिकाएँ कृपा कर यह भी लिखें कि उनका नाम स्त्री धर्म-शिक्षक में धन्यवादपूर्वक छापा जाए या नहीं।" नवीन ग्राहिका व संरक्षिका श्रीमतियों से प्रार्थना की जाती थी—"जो विदुषी हिंदी हितैषिनी, धार्मिक उदार और स्त्री-शिक्षा की उन्नति चाहने वाली देश हितैषिनी रानी महारानियों तथा जागीरदारिन आदि धनवती श्रीमतियाँ स्त्री धर्म-शिक्षक मगाएँ, वे वार्षिक 25 रु. भेजकर सहायता करें। यदि 25 रु. वार्षिक देना उचित न समझें तो पत्र द्वारा सूचित करें।" सूचना थी—"पत्र-व्यवहार करते समय अपना ग्राहक नंबर न लिखने से आपके पत्र की उचित व्यवस्था (काररवाई) न हो तो हमारा दोष नहीं। पता—यशोदा देवी, पो. बॉक्स नं. 4, इलाहाबाद।" श्री औषधालय द्वारा प्रकाशित और यशोदा देवी द्वारा संपादित 'स्त्री चिकित्सक' (1911) स्त्रियों की शारीरिक और मानसिक चिकित्सा का भारत वर्ष में एक मात्र पत्र बना। यशोदा देवी वैद्य पिता की गुणी पुत्री थीं। उन्होंने आयुर्वेद का अच्छा ज्ञान प्राप्त कर लिया था। 'नवीन वर्षारंभ' में लिखती हैं—"परमात्मा की कृपा और ग्राहिका बहनों की सहायता से स्त्री चिकित्सक का तीसरा वर्ष समाप्त होकर इस अंक से चौथा वर्ष आरंभ होता है। इस वर्ष ग्राहक सं. 14,000 पहुँच गई। लाखों रोगी स्त्रियों ने पढ़कर-सुनकर स्वास्थ्य संबंधी बहुत फायदा उठाया। जिन ग्राहकों ने गत वर्ष अपने मित्रों व संबंधियों को स्त्री चिकित्सक का ग्राहक बनाकर इस कार्य में मुझे सहायता दी है, उन्हें कोटिशः धन्यवाद है।...जो निर्धन बहनें चौदह आना वार्षिक भी खर्च नहीं कर सकतीं, उनका पता लिखकर भेजिए। उनकी सेवा में स्त्री चिकित्सक मुफ्त धर्मार्थ ही भेजा जाएगा।"

कन्याओं के विकास के लिए 'कन्या सर्वस्व' (1913) भी यशोदा देवी द्वारा ही

निकाला गया। 'कन्या सर्वस्व का प्रचार' में उन्होंने लिखा—"हमारे पास बीसियों पत्र प्रतिदिन इस विषय के आया करते हैं कि भारत वर्ष में कन्याओं को सब प्रकार की उत्तमोत्तम शिक्षाएँ देकर सर्वगुण संपन्न बनाने वाला सस्ता, बढ़िया, सरल और मनोहर यही एक पत्र है। इसलिए, इसका प्रचार घर-घर में होना चाहिए। स्त्री-शिक्षा के प्रेमी सज्जन ग्राहक बढ़ाने का उद्योग भी कर रहे हैं।" 'भेंट! इनाम!! उपहार!!!' शीर्षक में था—"जो स्त्री-शिक्षा के प्रेमी हिंदी हितैषी कन्या सर्वस्व के पाँच ग्राहक बनाकर एक ही पैकेट में मगावेंगे, उनको हमारे यहाँ की स्त्री-शिक्षा की सवा रुपए की पुस्तकें बिना दाम मिलेंगी। जो दस ग्राहक बनाएँगे उनको पाँच रुपए की पुस्तकें मिलेंगी और जो पच्चीस बनाएँगे, उनको हमारे यहाँ की कुल पुस्तकें और स्त्री 'धर्म-शिक्षक' भी मुफ्त मिलेगा, अर्थात् लगभग पंद्रह रुपए की पुस्तकें और पत्र भेंट में दी जाएँगी।" 'एक पंथ, दो काज' का नारा था—"इस प्रकार 'कन्या सर्वस्व' का भी शीघ्र प्रचार होगा और ग्राहक बनाने वाले सज्जनों के घर में स्त्री-शिक्षा की बढ़िया-बढ़िया पुस्तकों का भी संग्रह हो जाएगा, जो आज तक दूसरी जगह ऐसी उपयोगी पुस्तकें सैकड़ों रुपए खर्च करने पर भी नहीं मिल सकतीं।" विज्ञापन रहता था—"यदि आप 1 रु. में ही अपनी प्यारी पुत्रियों को नाना प्रकार के गुणों की शिक्षा से शिक्षित बनाना चाहते हैं, यदि आप कन्याओं की उपयोगी बहुत सी पुस्तकें न मँगाकर सैकड़ों रुपए का लाभ 1 रु. में ही प्राप्त करना चाहते हैं तो 'कन्या-सर्वस्व' का फॉयल अवश्य मँगाइए। नमूना मुफ्त भेजा जाता है। इनकारी पत्र न आने से दूसरा अंक बी.पी. द्वारा भेजा जाएगा। 'कन्या-सर्वस्व' का दूसरा, बहुत बड़ा उपहार शीघ्र ही छपकर तैयार होगा। केवल कोरे कागज का दाम लिया जाएगा। सवा तीन रुपए की पुस्तकें कन्या कर्तव्य शास्त्र सचित्र, बड़ी बहन, घर की बातें, पाठशाला की कन्याएँ, आदर्श सखियाँ, लड़कियों के खेल, लीलावती, ननद-भौजाई, तिथि पर्वव्रत कथाएँ, कन्या मनोरंजन, यही दस पुस्तकें, जिनका आपने कभी नाम भी न सुना होगा, 'कन्या सर्वस्व' के उपहार में दी जाएँगी। जो सज्जन 30 अप्रैल तक 'कन्या सर्वस्व' के ग्राहक होंगे, उन्हीं को कुल पुस्तकें बहुत कम कीमत में मिलेंगी। 30 अप्रैल पश्चात् किसी मूल्य में भी न मिलेंगी, क्योंकि 30 अप्रैल तक जितनी चिट्ठियाँ आ जाएँगी, उतनी ही पुस्तकें छापी जाएँगी। जो पत्र लिखने में देरी करेंगे, उनको पछताना पड़ेगा।" इस विज्ञापन का फायदा हुआ—"इस मास में 'कन्या सर्वस्व' की 250 ग्राहिका अधिक हुईं। इसके लिए हम उन परोपकारी ग्राहक ग्राहिकाओं को कोटिश: धन्यवाद देती हैं, जिन्होंने अपना अमूल्य समय इस उपयोगी पत्र की उन्नति में लगाकर हमारा उत्साह बढ़ाया है। आगामी अंकों में उन महानुभावों के नाम धन्यवादपूर्वक छापे जाएँगे। आशा है, 'कन्या सर्वस्व' के सभी ग्राहक-ग्राहिकागण सदैव इसकी उन्नति पर ध्यान रखेंगे। 'कन्या सर्वस्व' के हर एक ग्राहक-ग्राहिकाओं को एक-एक ग्राहक बढ़ाना चाहिए, ग्राहक संख्या दूनी हो जाने

पर पृष्ठ संख्या बढ़ा दी जाएगी। आशा है, अवश्य ध्यान देंगे।"

सुंदरी देवी के प्रधान संपादन में निकलने वाली 'आर्य महिला' (1918) का विज्ञापन 'प्रत्येक हिंदू का कर्तव्य' शीर्षक से छपता था—"आर्य महिलाओं के कल्याणार्थ अखिल भारत वर्षीय श्री आर्य महिला हितकारिणी महापरिषद् काशी में स्थापित है। उसके द्वारा 'आर्य महिला' नामक एक सचित्र और सर्वांग सुंदर मासिक पत्रिका हिंदी भाषा में निकलती है। इस वर्ष से इसमें 3-4 फार्म पुराण का विशुद्ध और सरल अनुवाद प्रति मास प्रकाशित करना आरंभ किया है। अनुवाद के साथ ही ऐसी विस्तृत वैज्ञानिक टिप्पणियाँ दी जाती हैं, जिनके पढ़ने से पुराण संबंधी सब शंकाएँ दूर हो जाएँगी तथा पुराणों पर जो आक्षेप किए जाते हैं, उनका भी भलीभाँति खंडन हो जाएगा, और पाठक सनातन धर्म का सब गहन रहस्य अनायास समझ सकेंगे। पत्रिका में पुराणों के अनुवाद का यह सिलसिला बराबर जारी रहेगा और क्रमशः पुराण की इस सीरीज का यह सिलसिला बढ़ाया जाएगा, जिससे सनातन धर्मावलंबी नर-नारी तथा गुरु और पुरोहित—सबको हमारे पूज्यपाद महर्षियों का बताया हुआ ज्ञान भलीभाँति प्राप्त हो सकेगा। इस प्रकार पुराण ग्रंथावली पत्रिका के ग्राहकों के पास अनायास संगृहीत हो जाएगी। ऐसा पुराण संस्करण अन्यत्र कहीं प्रकाशित नहीं हुआ है। अतः हर एक हिंदू को 'आर्य महिला' का ग्राहक होकर इस शुभ अवसर पर और सुभीते से लाभ उठाना चाहिए, क्योंकि पुराणों ने ही हिंदू धर्म को जीवित रखा है। प्रत्येक हिंदू को इसका ग्राहक बनना ही चाहिए, किंतु देश के राजा, महाराजा तथा अन्यान्य धनिक पुरुषों को भी इसे अवश्य लेना चाहिए और अपने गुरु तथा पुरोहितों से पढ़ने का अनुरोध कर स्वयं उनसे श्रवण करना चाहिए। 'महिला' का ग्राहक इस जनवरी मास से ही हो जाना चाहिए। पीछे ग्राहक होने से ग्रंथ खंडित मिलेगा, क्योंकि जनवरी की संख्या से ही पुराण प्रकाशन आरंभ किया गया है।" आर्य महिला के नियम थे—भारतीय संस्कृति का प्रचार, महिलाओं में धार्मिक शिक्षा, उनकी उचित सुरक्षा, आदर्श सतीत्व एवं आदर्श मातृत्व आदि का प्रचार करना ही इसका प्रधान उद्‌देश्य है। आर्य महिला का चंदा पाँच रुपया वार्षिक है। यह प्रतिमास 15 तारीख को प्रकाशित होती है। ग्राहकों को अपना नाम, पता और ग्राहक संख्या स्पष्ट लिखना चाहिए अन्यथा यदि पत्रोत्तर में विलंब होगा तो कार्यालय उसका जिम्मेदार न होगा। किसी ग्राहक को यदि एक या दो मास के लिए पता बदलना हो तो डाकखाने से उसका प्रबंध कर लेना चाहिए। 'आर्य महिला' का चंदा तथा प्रबंध संबंधी पत्र मैनेजर आर्य महिला जगतगंज, बनारस कैंट के पते से आना चाहिए। लेख कागज पर एक ही ओर स्पष्ट अक्षरों में रोशनाई से लिखा जाना चाहिए। कागज के दोनों ओर संशोधन के लिए पर्याप्त जगह छोड़ देनी चाहिए। किसी लेख अथवा कविता के प्रकाशित करने या न करने, उसे घटाने-बढ़ाने तथा लौटाने या न लौटाने का सारा अधिकार संपादक को है। क्रमशः प्रकाशित होनेवाले

लेख अधूरे नहीं आने चाहिए। लेख, कविता, पुस्तक तथा चित्र आदि की समालोचना के लिए दो-दो प्रतियाँ आनी चाहिए। अस्वीकृत लेख वही लौटाए जाएँगे, जिनके लिए टिकट भेजा जायगा। विज्ञापनदाताओं के लिए काफी सुविधा रखी गई है—कवर पेज का दूसरा पृष्ठ 150 रु., तीसरा पृष्ठ 250 रु., चौथा पृष्ठ 200 रु., साधारण पूरा पृष्ठ 100 रु. प्रतिमास। विज्ञापनदाताओं को छपाई का मूल्य अग्रिम भेजना होगा। चौथाई पेज तक विज्ञापन छापने वालों को 'आर्य महिला' बिना मूल्य मिलती है। स्त्री उपयोगी विज्ञापनों में विशेष सुविधा दी जाती है। अश्लील विज्ञापन नहीं छापे जाते।" प्रकाशक की ओर से छपा था—"'आर्य महिला' मासिक पत्रिका हिंदी-संसार की एक उच्च कोटि की प्राचीन पत्रिका है। इसके प्रत्येक अंक में नित्य पठनीय एवं जीवन के उच्च नैतिक आदर्शों से अनुप्राणित साहित्य प्रकाशित होता है। आप स्वयं पढ़ें तथा अपने परिचितों, मित्रों, महिलाओं और पुरुषों को पढ़ने के लिए प्रेरित करें। आप ऐसा करके भारतीय संस्कृति के उत्कर्ष के सहयोगी बनेंगे। छपाई एवं कागज का मूल्य अत्यधिक बढ़ जाने के कारण हमें जनवरी 1979 से वार्षिक चंदा 6 रु. करना पड़ा है। कृपालु ग्राहक कष्ट के लिए क्षमा करेंगे।"

श्रीमती भटनागर के प्रसिद्ध जातीय पत्र 'कायस्थ महिला हितैषी' (1919) में पढ़ने को मिलता है—"हमारे मासिक पत्र के ग्राहकों को भलीभाँति ज्ञात होगा कि पत्र दो वर्ष से बराबर अपनी जाति की सेवा में निमग्न है···आओ, होनहार लाडलो, मेरी कायस्थ जाति के सच्चे सपूतों। मेरी धर्म माताओ, विदुषी बहनो! आओ, आप लोगों के एक्य प्रसाद से पत्र का जीवन है। जातीय और धार्मिक प्रेम की बागडोर आप के ही कर कमलों में है। हमारे उत्साहित हृदय के आप ही अधिनायक हैं। हमारे शक्ति संपन्न अनुभवी होने के कारण आप ही हैं। जिस दिन आप अन्य कर्तव्य को भूले, उसी दिन मानो अपने जीवन को भूल गए। इस डूबती हुई पत्र की नौका के आप जिम्मेदार हैं। इसलिए अब शीघ्र आगे बढ़िए और कर्तव्य क्षेत्र में अवतीर्ण हो कर प्रोत्साहित हृदय से जाति सम्मेलन विषय का डंका बजाते हुए प्रत्येक हिंदी और उर्दू भक्त कायस्थ भाई से एक-दूसरे के कानों तक चिट्ठियों द्वारा इस संदेश को पहुँचा कर कायस्थ जाति की लज्जा रखें और धर्म स्थापित रखें। ग्राहक बढ़ाकर उनसे धन की सहायता (जो कुछ श्रद्धा हो) लेकर 'कायस्थ महिला हितैषी' के प्राण बचाइए।" उर्मिला देवी शास्त्री ने दैनिक 'जन्मभूमि' (1930) का प्रकाशन लाहौर के प्रतिनिधि पत्र के रूप में किया। आर्यसमाजी विचारधारा के पोषक इस पत्र की उर्मिला देवी अच्छी प्रबंधक भी साबित हुईं। उत्कृष्ट बहनों की प्रमुख सचित्र मासिक पत्रिका 'शांति' नवंबर 1930 में निकली। प्रकाशक शांति देवी ने अपील छापी—"बहनों की अपनी पत्रिका है। अतः उन्हें इसे अधिक-से-अधिक अपनाना चाहिए। इसमें आपको मिलेंगी, सुंदर और नवीन शिक्षाप्रद कहानियाँ बहनों के हित की बात। साहित्यिक

विद्वानों की जीवन-उपयोगी उत्कृष्ट रचनाएँ। बालिकाओं के लिए पथ-प्रदर्शक की सामग्री। घरेलू समस्याओं पर गंभीर लेख। फिर आप क्यों विलंब करती हैं? आज ही ग्राहक बनिए। वार्षिक शुल्क तीन रुपया एक प्रति एक आना लिखिए, मैनेजर 'शांति' कार्यालय बाजार संस्था, लाहौर।" भारत विभाजन के बाद सन् 1947 में जब इसका प्रकाशन दिल्ली से होने लगा तो लिखा गया—"इसे देवयोग कहें या इनकलाब? आकाश की एक ही गर्दिश में हमें लाहौर से दिल्ली ला पटका, नि:सहाय, निराश्रय और निर्धन बनाकर। 16 वर्षों से जमी पत्रिका, कार्यालय और 24 वर्षों का बना घर एक ही झटके में अदृश्य हो गए और साथ ही ले गए संचित की हुई, बनी-बनाई घरेलू व नकद पूँजी।⋯ खैर! तो हम लाहौर से दिल्ली आ गए हैं और 'शांति' जून सैंतालिस की लाहौर में बंद हुई, जनवरी-फरवरी अड़तालीस में यहाँ से निकल रही है।" रेखा भी इस पत्रिका से जुड़ी थीं। राष्ट्रीय आंदोलन में सक्रिय 'भविष्य' के जब सभी संपादक जेल चले गए तो 7 सितंबर, 1931 से लक्ष्मी देवी स्थानापन्न संपादिका हो गईं। 'भविष्य' का प्रकाशन इस उद्घोष के साथ जारी रहा—"चाहे पत्र एक ही पृष्ठ का ही क्यों न निकले, पर निकलेगा अवश्य।" काले कानून के कारण खाली कॉलम में छापा था—

क्या कीजिएगा हाले दिले जार देखकर।
मतलब निकाल लीजिए अखबार देखकर॥

मासिक 'त्रिवेणी' (नवंबर 1931) लखनऊ से मोहन प्यारी ने निकाली। 'बाल-विनोद' (1933) की संचालिका सावित्री दुलारेलाल थीं। यह बच्चों पर केंद्रित पहली ऐसी पत्रिका थी, जिसे पूर्णत: महिला पत्रकार ही चलाया करती थीं। व्यस्थापक जय जयवंती देवी रहीं। पत्रिका पूर्णत: बालकों के सर्वांगीण विकास के लिए उपयोगी सामग्री से सराबोर रहा करती थी। इसका वार्षिक मूल्य ढाई रुपए था। इसमें पढ़ने को मिलता है—"लिखा-पढ़ी करते समय ग्राहकों को अपना ग्राहक नंबर जरूर लिखना चाहिए। जिन्हें किसी महीने का 'बाल-विनोद' न मिले, उन्हें पहले अपने डाकघर से पूछना चाहिए। अगर एक-दो महीने के ही लिये पता बदलवाना हो, तो डाकखाने से ही ठीक कर लेना चाहिए। लेख, कविताएँ, आलोचना के लिए पुस्तकें और बदले की पत्र-पत्रिकाएँ संपादक, बाल-विनोद, कवि कुटीर, लखनऊ के पते से भेजनी चाहिए। किसी लेख या कविता के छापने या न छापने तथा उसे लौटाने या न लौटाने का अधिकार संपादक को है। 'बाल-विनोद' की खास जगहों में विज्ञापन की छपाई-प्रतिमास कवर का दूसरा पेज 15 रु., लेखों के बाद सामनेवाला पूरा पेज 12 रु., 1 पेज या 2 कॉलम की छपाई 10 रु.। विज्ञापन बिना देखे नहीं छापा जाता। एक कॉलम या इससे ज्यादा विज्ञापन छापनेवाले को 'बाल-विनोद' बिना मूल्य भेजा जाता है, औरों को नहीं। विज्ञापन की छपाई पेशगी ली जाती है। साल भर की छपाई एकमुस्त पेशगी देनेवालों से रुपया कम

लिया जाएगा।" 'शक्ति' (1936) का प्रबंधन शन्नो देवी द्वारा सँभाले जाने पर 'विशाल भारत' की प्रतिक्रिया थी—"यह जानकर हमें हर्ष हुआ कि शीघ्र ही लाहौर में एक नवीन हिंदी दैनिक पत्र 'शक्ति' का जन्म होनेवाला है। इसकी संचालिका होंगी, श्रीमती शन्नो देवी। श्रीमती शन्नो देवी से हिंदी भाषा-भाषी भलीभाँति परिचित हैं। उन्होंने स्त्रियों की जागृति के लिए प्रशंसनीय उद्योग किया है। वे धुन की पक्की हैं, और यह आशा की जा सकती है, जिस काम को वे हाथ में लेंगी, उसे सफल बनाकर ही छोड़ेंगी। संचालिकाजी से हमारी एक विनम्र प्रार्थना है, वह यह कि वे 'शक्ति' को विवादग्रस्त राजनीति तथा चुनाव के दलदल से सर्वथा अलग रखें। अभी भारतीय स्त्री-समाज के लिए इतना अधिक काम करने के लिए पड़ा है कि श्रीमती शन्नो देवी जैसी अनुभवी कार्यकर्त्री का चुनाव के झगड़ों में फँसना 'शक्ति' का अपव्यय ही समझा जाएगा। वैसे उनकी योग्यता में किसी प्रकार का संदेह नहीं किया जा सकता। जिस क्षेत्र में भी वे जाएँगी, स्त्रियों के लिए उपयोगी काम ही करेंगी। पंजाब में हिंदी-प्रचार के लिए जो कुछ भी उद्योग किया जाए, उसमें सहायता पहुँचाना हम सबका कर्तव्य है। हमें नहीं मालूम कि भारतवर्ष में और भी किसी महिला ने कभी दैनिक पत्र के संचालक का भार अपने ऊपर लिया है या नहीं। निस्संदेह यह बड़े उत्तरदायित्व का कार्य है, और इसके लिए श्रीमती शन्नो देवी के साहस की जितनी प्रशंसा की जाए, थोड़ी होगी। हिंदी के लेखकों, कवियों तथा संपादकों से हमारा अनुरोध है कि वे लेख, कविता तथा उचित परामर्श द्वारा श्रीमती शन्नो देवी की सहायता करें। इसके लिए वे अत्यंत कृतज्ञ होंगी। उनका पता है—श्रीमती शन्नो देवी, कूचा खन्नया, लाहौर।" स्त्रियों के लिए सर्वोपयोगी विविध विषय विभूषित मासिक 'मालती' (1935) को लाहौर से मालती देवी ने निकाला, इसमें छापा जाता था—

नंदन बन में इंद्र के, उपजी मालति बेल।
निजपुष्पों की गंध से, किए और अनमेल॥ 1॥
शिव ब्रह्मा अरु विष्णु ने, पहिनी मालति माल।
अबधारें नर-नारियाँ, पावहि ज्ञानविशाल॥ 2॥

'दीदी' (1940) की प्रकाशक प्रेमलता देवी ने अक्तूबर 1947 में इलाहाबाद से मासिक 'बालबोध' का प्रकाशन किया। पत्रिका में बाल कहानियाँ, कविताएँ, पहेलियाँ, महापुरुषों के जीवन चरित्र तथा इतिहास और भूगोल विषयों की सामग्री प्रकशित की जाती थी। एक प्रति का मूल्य छह आना तथा वार्षिक शुल्क साढ़े चार रुपए था। यह पत्रिका सन् 1958 तक चली। संस्कृति प्रधान साप्ताहिक 'रामराज्य' (1942) की संचालिका लक्ष्मी देवी थीं। कानपुर से निकले इस पत्र में उनका नाम 12 मार्च, 1968 तक पढ़ने को मिलता है। सुभद्रा जोशी ने भूमिगत रहते हुए 'हमारा संग्राम' (1942) निकाला। हरिजन बस्ती में प्रेस होने के कारण 1944 तक वे बची भी रहीं, पर आंदोलन

की अगुआई करते ही उन्हें हिरासत में ले लिया गया। प्रेस पर छापा पड़ा और प्रेस बंद हो गया। इसी वर्ष विजयलक्ष्मी वर्मा ने पाक्षिक 'राजस्थान समाचार' का प्रकाशन किया। यह भारतीय संस्कृति एवं महिला जगत् हितैषी पत्र था। इसकी प्रिंट लाइन थी—"प्रकाशक, संपादक एवं मुद्रक विजयलक्ष्मी के लिए टाइम्स प्रेस ज्योति मुद्रणालय, जयपुर से मुद्रित एवं पारीक कॉलेज, बनीपार्क, जयपुर से प्रकाशित।" इसका विज्ञापन सहयोग शुल्क एक पेज टैक्स्ट में 400 रु. तथा टाइटिल का पिछला पेज 500 रु. था। लेखकों और पाठकों से निवेदन रहता था—"'राजस्थान समाचार' महिला जगत् हितैषी है। इसे स्थायी व अधिक उपयोगी बनाने हेतु आप आगे आइए। विभिन्न विषयों पर सुंदर लेख अनुभवों सहित विचारों के आदान-प्रदान हेतु भेजिए। लेख, कविता व अन्य स्तंभों हेतु सामग्री टाइप कराके या साफ-साफ अक्षरों में लिखकर मय आपके पते के भेजिए। लेख मौलिक, अप्रकाशित, संक्षिप्त एवं विचारात्मक हों। अन्य संपादक बंधुओं व बहनों से निवेदन है कि वे अपनी पत्रिकाओं में 'राजस्थान समाचार' की चर्चा करें तथा हमारा मार्गदर्शन कर अनुगृहीत करें। साथ ही, विनिमय में पत्रिका भिजवाने का कष्ट करें। पाठकगण चिकित्सा, कानून संबंधी एवं अन्य समस्याओं के समाधान हेतु प्रश्न पूछ कर हम से जानकारी प्राप्त करिएगा। पत्रिका का वार्षिक शुल्क 41 रु., आजीवन शुल्क 501 रु. तथा एक प्रति 2 रु.। कृपया शुल्क चैक द्वारा भिजवाइए।"

भारतीय ज्ञानपीठ की मासिक 'ज्ञानोदय' (1949) की अध्यक्ष रमा जैन थीं। इसके अंतिम कवर पर छपता था—"ज्ञान की विलुप्त अनुपलब्ध और अप्रकाशित सामग्री का अनुसंधान और प्रकाशन तथा लोकहितकारी मौलिक साहित्य का निर्माण यही भारतीय ज्ञानपीठ, काशी का उद्देश्य है।" प्रसार हेतु विज्ञापन छपा था—"31 मार्च, 1965 तक ग्राहक बनने पर 12 के बदले 15 अंक भेंट किए जाएँगे। विचारपूर्ण उपयोगी लेख, स्त्री उपयोगी रुचिकर सामग्री, रोचक मनोवैज्ञानिक कहानियाँ, कविताएँ तथा सुंदर गीत, महिलाओं के इंटरव्यू, गृहसज्जा, प्रसाधन समस्याएँ, विचार मंच आदि अनेक रोचक स्तंभ।" 'धर्मयुग' (1950) की संस्थापिका हिंदी प्रेमी, पद्म भूषण नंदिनी डालमिया को हिंदी का भविष्य बहुत चमकदार नहीं दिखाई देता था। उन्होंने माना था कि हिंदी में सैकड़ों पत्रिकाएँ छपती हैं, पर उनका सर्कुलेशन नगण्य है। गुणवत्ता के मामले में भी कमजोर है। केवल फिल्म राजनीति और फैशन की पत्रिकाएँ चल रही हैं। प्रसिद्ध पत्रिकाओं के बंद होने के लिए वे टेलीविजन को जिम्मेदार मानते हुए कहती हैं—सैटेलाइट टी.वी. के कारण कई पत्रिकाएँ मारी गईं।' 'सविता' (1951) की संचालिका सुशीला भार्गव पत्रिका के प्रकाशन का एक वर्ष पूरा होने पर लिखती हैं—"प्रियवर आज 'सविता' अपनी आयु की प्रथम वर्षगाँठ मना रही है। किसी भी पत्रिका के प्रारंभिक वर्ष संघर्ष के वर्ष हुआ करते हैं। 'सविता' धीरे-धीरे उस संघर्ष-काल को अपनी प्रगति

से समाप्त करती जा रही है। संघर्ष-काल जनित कठिनाइयों के बाद संभव है, हम अपने प्रेमी पाठकों तथा सहयोगियों के साथ इच्छित एवं उचित न्याय न कर सके हों, किंतु इन विघ्न बाधाओं के बीच पत्रिका जीवित रह सकी, यह क्या कम गौरव और महत्त्व की बात है ? इस वर्ष हम वह सबकुछ न दे सके जो देना चाहते थे, किंतु हमको अपने उज्ज्वल भविष्य पर अटल विश्वास है। हम प्रगतिमान हैं, विघ्न-बाधाओं से नहीं डरते। हम अपने लक्ष्य पर पहुँचकर ही रहेंगे। अग्रिम वर्ष में संभव है—संभव ही नहीं, निश्चित ही सा है कि हम अपने स्नेही पाठकों तथा सहयोगियों के सामने 'सविता' का वह रूप प्रस्तुत कर सकें, जो सभी के लिए संतोष की बात होगी। हम 'सविता' का प्रत्येक पृष्ठ कलात्मक बनाना चाहते हैं। अपने इस अनुष्ठान में हम सफल होंगे, ऐसा हमारा विश्वास है, किंतु यह सब सहयोगियों तथा पाठकों पर ही निर्भर है। 'सविता' को चित्रित करने की हमारी एक मौलिक योजना है...हमारी उपकला संपादिका कुमारी सरला सेठ भी उसे चित्रित करने के लिए अथक परिश्रम कर रही हैं। उन्होंने लगभग पाँच वर्ष तक शांति-निकेतन की आलंकारिक शैली के चित्रों का मनन, अध्ययन तथा अभ्यास किया है। फलत: पाठक उनकी कला से अवश्य सुखी तथा संतुष्ट होंगे।" यह सीता प्रकाशन, कानपुर से निकली थी। कमलिनी मनमाडे द्वारा निकाले गए मासिक राजीव (1950) में 'ग्राहक बनो' शीर्षक से छापा गया—"यदि आप 'राजीव' के ग्राहक नहीं हैं, तो कृपया यह पत्र भरकर भेज दीजिए! घर बैठे आपको आपका प्यारा सचित्र, रंग-बिरंगा 'राजीव' मिल जाएगा।" 'लोटस पब्लिकेशन, बंबई' से प्रकाशित पत्र का फार्म था—"दीदी, मैं 'राजीव' का ग्राहक बनना चाहता/चाहती हूँ। मैं वर्ष भर का रु. 6 चंदा आपको भेज रहा/रही हूँ।" 'विज्ञापन दर दो या एक रंग में संपूर्ण पृष्ठ रु. 200, आधा पृष्ठ रु. 110, पाव पृष्ठ रु. 60'। 'राजीव' बेचने के लिए हर शहर या कस्बे में एजेंटों की आवश्यकता है। शर्तों के लिए पत्र लिखें।"

कानपुर से 'आरसी' (1951) का प्रकाशन लीला प्रकाश ने किया था। क्षेमचंद सुमन 'दिवंगत हिंदीसेवी' में जानकारी देते हैं कि रमा विद्यार्थी ने 1955 से 1965 तक 'दैनिक प्रताप' की देख-रेख का कार्य सफलतापूर्णक सँभाला था। 'कानपुर शोध साहित्य संस्कृति' की त्रैमासिक 'कोमा' (1967) की प्रधान संपादक डॉ. हरीतिमा कुमार थीं। 'नारी मंगल' (1966) महिलाओं, छात्र-छात्राओं एवं युवक-युवतियों के लिए उपयोगी सचित्र पत्रिका की प्रकाशक सुशीला माथुर थीं, जो अजमेरा प्रिंटिंग वर्क्स, जयपुर से मुद्रित हुई। इसका वार्षिक शुल्क चार रुपए मात्र और एक प्रति का एक रुपया था। मानवती आर्या ने कानपुर से 'बालदर्शन' (1975) निकाला था। पटना से निकले मासिक 'अभिनव प्रत्यक्ष' (1976) की प्रबंध संपादक ऊषा शर्मा ग्राहकों द्वारा अपने स्थान बदलने की सूचना नहीं देने और पत्रिका के वापिस लौटने पर 'ग्राहकों का ध्यान'

आकर्षित करते हुए लिखती हैं—"लेखक और ग्राहक अपने परिवर्तित पते की सूचना अभिनव प्रत्यक्ष कार्यालय को अवश्य दें।" इटारसी से प्रकाशित सृजनात्मक विधाओं को समर्पित अनियत 'कालिक पुनश्च' (1978) के प्रकाशक के रूप में अलका पांडे का नाम मिलता है। इसी समय गाजियाबाद से प्रकाशित 'भानुगूँज' की प्रधान संपादक मालती रानी थीं। महिला संगम की 'संगमधारा' (1985) जयपुर की व्यवस्थापिका मणि केडिया ने लिखा—"अनेक पाठकों ने पत्रिका के संबंध में बहुत से पत्र लिखे हैं, उन सबको धान्यवाद···प्रबुद्ध पाठक अपने सुझावों से हमें अवगत कराते रहेंगे, ऐसी अपेक्षा है।···जाति, भाषा एवं संप्रदाय के बंधनों से ऊपर उठकर समाज में वैचारिक नवजागरण के संकल्प की प्रतिनिधि सांस्कृतिक मासिक रहेगी।" समकालीन 'धर्मचक्र' की व्यवस्था भी मणि केडिया ही देखती थीं। सदस्यता क्रम में संरक्षक 5,001 रु., संस्थागत 1,101 रु., विशिष्ट 501 रु., आजीवन 251 रु., वार्षिक 25 रु. थी तथा एक अंक का मूल्य 3 रु. था। विज्ञापन-प्रकाशन (प्रति अंक) आरंभ के संपूर्ण एक पृष्ठ 300 रु. था। लेखकों से नम्र निवेदन रहता था—"'धर्मचक्र' में प्रकाशनार्थ जो भी आप रचना लेख, कहानी, कविता, एकांकी आदि भेजें, उसमें मनुष्य की उच्चतम भावना को उभारने वाले भाव हों, प्रेरणादायी भाषा हो, विशुद्ध प्रेम की झाँकी हो और वे 'महिला संगम' के उद्देश्यों के अनुकूल हों। बालकों के लिए भी बोधप्रद एवं हास्यमयी कहानियों का हम स्वागत करेंगे। रचना भेजते समय कृपया ध्यान रखें कि केवल मौलिक रचनाएँ ही प्रकाशित की जा सकेंगी। रचनाएँ यथासंभव टंकण की गई हों। यदि हस्तलिखित हों तो वे कागज के एक तरफ सवा इंच का हाशिया छोड़कर सुपाठ्य लिपि में लिखी गई हों। रचना चार पृष्ठों से अधिक की न हो। वैसे लघु रचना, लघु कथाएँ व कविताएँ हम जल्दी प्रकाशित कर सकने की स्थिति में होंगे। रचनाएँ लौटाई नहीं जा सकेंगी। लेखक बंधु पांडुलिपि अपने पास अवश्य रखें। तत्संबंधी पत्र-व्यवहार संभव नहीं होगा। आपके मूल्यवान सुझाव व प्रतिक्रियाएँ आमंत्रित हैं—यथासंभव क्रियान्वयन किया जाएगा। यदि संभव हुआ तो प्रकाशित भी।" सदस्यों से निवेदन करते हुए जानकारी देती हैं कि "'धर्मचक्र' पत्रिका की सदस्यता ग्रहण करने की कृपा करें। कारण कि 'विज्ञप्ति' का विलीनीकरण 'धर्मचक्र' पत्रिका में हो गया है। अत: पत्रिका का खर्च बढ़ जाने के कारण पत्रिका पर भार आ गया है। विज्ञ पाठक पिछले चंदे को यदि वह कुछ कम-ज्यादा रह गया है तो उस अनुदान स्वरूप समझकर 'धर्मचक्र' के सदस्य बनें और जैसी भी भावना-सुविधा हो, आजीवन, विशिष्ट, साधारण, वार्षिक चंदा सदस्य बनें व बनाएँ। व्यवस्थापिका, धर्मचक्र जयपुर।" 'जगमग दीपज्योति' (1985) की संस्थापक ऊषा जैन थीं, प्रांतों की व्यवस्था कौशल्या जैन (दिल्ली) ज्योति झावक (छत्तीसगढ़), ऊषा देवी (आसाम), नीलिमा टिक्कू (राजस्थान), डॉ. वर्षा पुनवटकर (वर्धा) देखती थीं। ऊषा भटनागर

जयपुर से इसी वर्ष प्रकाशित 'नारी संदेश' की प्रधान संपादिका एवं प्रकाशिका रहीं।

16 जुलाई, 1986 को प्रकाशित पाक्षिक अर्थ संसार की प्रसार व्यवस्थापक किरण पांडेय और नारी जागृति (1988) की संयोजक एवं व्यवस्थापिका पुष्पा कनकने रहीं। ग्वालियर से प्रकाशित इस पत्रिका की सहयोग राशि पाँच रुपए रखी गई थी। प्रसिद्ध अभिनेत्री हेमा मालिनी वर्ष 1987 से मुंबई से 'मेरी सहेली' का प्रकाशन कर रही हैं। इसमें लेखकों से निवेदन रहता है—"'मेरी सहेली' में प्रकाशन के लिए कहानी, व्यंग्य, चुटकुले और लेख आदि भेजते समय इस बात का ध्यान रखें कि रचना की लिखावट साफ-सुथरी व कागज के एक ओर हाशिया छोड़कर लिखी हुई हो। कागज के दोनों ओर न लिखें—बेहतर होगा कि रचना टाइप कराकर भेजें। रचना के साथ पूरा पता व पिनकोड लिखकर टिकट लगा लिफाफा भेजना न भूलें, वरना अस्वीकृति की स्थिति में रचना नष्ट कर दी जाएगी। भेजी गई रचना की मूल प्रति की फोटोस्टेट कॉपी अपने पास अवश्य रखें, जिससे कि कभी डाक में रचना खो जाए तो असुविधा न हो। भेजी हुई रचना मौलिक, अप्रकाशित व अप्रसारित होनी चाहिए—किसी भी पत्र-पत्रिका से चुराई गई रचना कृपया न भेजें—यदि रचना चुराई गई है, यह साबित हो गया तो उक्त व्यक्ति पर कोर्ट में काररवाई की जाएगी। मूल रचना पर शीर्षक के ऊपर या रचना के अंत में या हाशिए के लिए छोड़ी गई जगह पर मौलिकता के बारे में साफ-साफ लिखें, अन्यथा रचना पर विचार नहीं किया जाएगा। रचनाओं पर निर्णय लेने में छह से आठ सप्ताह का समय लगता है—इस विषय में निश्चित अवधि से पूर्व पत्र-व्यवहार न करें। किसी भी रचना के प्रकाशन की पूर्व-सूचना नहीं दी जाएगी। रचना भेजते समय लिफाफे पर स्तंभ शीर्षक लिखना न भूलें।" 'नारीमंच अपूर्वा' (1989) महिला संस्था अभिरुचि का त्रैमासिक मुखपत्र है। प्रकाशक विद्या भंडारी, संपादक इंदु जोशी, संयुक्त संपादक सरिता राय, सहायक संपादक माला बैद, आशा शास्त्री, ज्योति महताणी, बिंदु मेहरा, रानीसिंह और व्यवस्थापक सुनंदा राय हैं। प्रतिनिधि विभारानी (नई दिल्ली), शारदा शर्मा (बीकानेर), प्रतिभा मुदलियर (बेलगाम), नीहारिका मिश्र (शांति निकेतन), बीना एस. (तिरुवनंतपुरम), रोचना विश्वकीर्ति (आगरा), सज्जा/रेखांकन—माधुरी बैद, आवरण/अक्षरांकन-मधु जोशी थीं। इसका मूल्य एक प्रति पाँच रुपए, वार्षिक पच्चीस रुपए, आजीवन दो सौ पचास रुपए रखा गया। 'गरीबों का सेतु' (1991) की प्रकाशक, मुद्रक, संपादक स्वत्वाधिकारी आशा पटेल थीं। इसी समय सलमा शेख द्वारा उज्जैन से हिंदी साप्ताहिक 'शुक्रवार दर्पण' निकाला गया। इंदिरा गर्ग बाल विकास एवं बाल साहित्य उन्नयन को समर्पित मासिक 'बालवाटिका' (1996) की प्रबंधक हैं। यह अव्यावसायिक गतिशील प्रयास भीलवाड़ा से हुआ। 1994 में भोपाल से नारी सम्मान का निर्भीक व निष्पक्ष साप्ताहिक 'वीर नारी' निकला। इसकी प्रधान संपादक मुमताज जहां

थीं। त्रैमासिक 'अंतरंग संगिनी' (1995) की प्रसार सहयोगी ज्योत्सना पंड्या रहीं। संघर्ष चेतना का मुखर सहयात्री 'फिलहाल' (1995) की मुद्रक, प्रकाशक, संपादक प्रीति सिन्हा थीं। भारतीय भाषा परिषद् कोलकाता से प्रकाशित 'वागर्थ' (1995) की प्रबंध संपादक, प्रकाशक कुसुम खेमानी ने लिखा—"'वागर्थ' का प्रवेशांक हमें पुनः मुद्रित कराना पड़ा। इसे एक साहित्यिक पत्रिका का सौभाग्य ही मानना चाहिए। पाठकों के आत्मीय स्वागत के लिए हम हृदय से उनके आभारी हैं। हमारा विश्वास है कि प्रबुद्धजन इसी प्रकार हमें सहयोग देते रहेंगे। स्वयं सदस्य बनेंगे, मित्रों को बनाएँगे तथा अपने-अपने नगर में 'वागर्थ' का आना सुनिश्चित करने के लिए एजेंसी बनवाएँगे।" नक्षत्रवाणी ज्योतिष विज्ञान से संबंधित मासिक पत्रिका है। मई 1996 से आरंभ इस पत्रिका की प्रबंध संपादक गायत्री देवी हैं। यह हजरतगंज, लखनऊ से मुद्रित होकर गोमतीनगर से प्रकाशित होती है। कुल चालीस पृष्ठों की पत्रिका की कीमत मात्र दस रुपए है। बड़ौदा से प्रकाशित 'नारी अस्मिता' (1994) की प्रकाशक डॉ. रचना निगम प्रबुधा लेखकों से अनुरोध करती हैं—"नारी व्यक्तित्व के उत्थान हेतु सारगर्भित कहानियाँ लघु कथाएँ एवं कविताएँ प्रेषित करें। 'नारी अस्मिता' की सदस्यता ग्रहण कर पत्रिका को सक्रिय आर्थिक संबल प्रदान करें। रचनाएँ साफ एवं स्पष्ट शब्दों में अथवा टाइप करवा कर प्रेषित करें। समीक्षार्थ पुस्तक पत्रिका की दो प्रतियाँ संपादक को प्रेषित करना आवश्यक है।" 'प्रेरणा' (1992) भोपाल की प्रबंधक उर्मि अरुण का निवेदन था—"'प्रेरणा' आपकी पत्रिका है—इसे खरीदकर पढ़ें। नमूना अंक के लिए बीस रु. के डाक टिकट भेजें। एक साथ पाँच से अधिक प्रति मँगाने पर सहयोग राशि में विशेष छूट। विज्ञापन सहयोग का स्वागत है।" वर्ष 1998 में प्रकाशित 'स्वर्ण हंस' की संस्थापिका संपादिका प्रकाशिका श्याम कुमारी हैं। इस त्रैमासिक का प्रकाशन पांडिचेरी से होता है।

पत्रकारिता जगत् में अधिकांशतः देखने में आता है कि प्रबंध संपादक अधिकतर घर की वे महिलाएँ बना दी जाती हैं, जिनके पुरुष सदस्य सरकारी नौकरी में होने के कारण पत्र-पत्रिकाओं में अपना नाम नहीं दे सकते या फिर प्रबंध संपादक के रूप में किसी का नाम देना जरूरी होता है। अतः घर की किसी भी महिला सदस्य का नाम दे दिया जाता है, लेकिन इसके विपरीत कुछ ऐसी पत्रिकाएँ भी रहीं, जिनकी प्रकाशक मूलतः बड़ी साहित्यकार या पत्रकार थीं जो बाद में पत्र-पत्रिकाओं की प्रकाशक बनीं। उनमें से एक कथा जगत् का जाना-पहचाना नाम मेहरुन्निसा परवेज का है, उन्होंने कथा पत्रिका 'समरलोक' (1999) का प्रकाशन भोपाल से करते हुए लिखा—"असहाय, दुर्बल, टूटे, थकित मन से मैंने अपने पुत्र समर की स्मृति में उसी के नाम से लोक-उत्थान के लिए समर्पित पत्रिका के प्रकाशन का बीड़ा उठाया है।...ज्ञान पर किसी का एकाधिकार नहीं होता। परंपरागत प्रभाव एवं शब्द-कौशल दृढ़-संकल्प एवं न्याय के

लिए निष्ठापूर्वक संघर्ष का पर्याय नहीं हो सकता। अत: इस पत्रिका में कतिपय विद्वानों के विचारों का एकतरफा संप्रेषण हमारी नीति नहीं होगी। हम चाहेंगे कि इस पत्रिका में पाठकवर्ग की पूरी हिस्सेदारी हो, विशेषकर उन लोगों के विचार हम जरूर प्रकाशित करना चाहेंगे, जो कुव्यवस्थाओं के भुक्तभोगी हैं और जिन्होंने अन्याय के विरुद्ध समर छेड़ा है, चाहे भले ही वह कामयाब न हुए हों।...'समर' में लोक आशाओं, आकांक्षाओं पर केंद्रित कहानी, कविताएँ, लेख, विचार, संस्मरण, साक्षात्कार के प्रकाशन पर हम विशेष ध्यान देंगे। पत्रिका को समसामयिक और रोचक बनाने के उद्देश्य से वर्तमान घटनाक्रम, रहन-सहन और बौद्धिक विवादों को भी हम जरूरी जगह देंगे। 'समर' लोक-उत्थान के दायित्वों से घनिष्ठ रूप से जुड़ी पत्रिका होगी, किंतु मतांध नहीं। 'समर' के लिए यही एक माँ का 'समर-तर्पण' है।" इस साहित्यिक कथा पत्रिका ने शीघ्र ही देश-विदेश में ख्याति अर्जित कर ली। 'इंडिया टुडे स्त्री' (2008) की इंपेक्ट टीम में प्रीति कोहली (नॉर्थ) थीं और लिखा जाता था—'आधी नहीं, पूरी दुनिया'। रायपुर से प्रकाशित जागरूक महिलाओं की त्रैमासिक 'नारी का संबल' (2001) की स्वामी, मुद्रक, प्रकाशक, संपादक शकुंतला तरार और भोपाल से प्रकाशित 'टुडेज इंडियन' (1998) की प्रबंध संपादक अंजलि हैं। इसी समय निकला समग्र राष्ट्रीय क्रांति का प्रतिबद्ध त्रैमासिक 'लोक-स्वास्थ्य' की स्वात्वाधिकारी, मुद्रक, प्रकाशक सरला शर्मा बनीं। 'स्वास्थ्य जीवनधारा' (1998) मुंबई की प्रबंधक पंखालता और बाढ़ (बिहार) से प्रकाशित त्रैमासिक 'सुमन सागर' (2000) की संस्थापिका गंगा देवी हैं।

गाँव देहात की औरतों के लिए 'निरंतर संस्था' ने उत्तर प्रदेश के चित्रकूट में स्थानीय ग्रामीण औरतों की मदद से 'खबर लहरिया' (2002) निकालना शुरू किया। अखबार की सारी जिम्मेदारी शालिनी जोशी की थी। आठ पन्नों में इसे वहीं की स्थानीय बोली बुंदेली में निकाला जाता था, ताकि क्षेत्रीय बोली बोलने वाली महिलाएँ अखबार को पढ़ सकें। बाद में यह बांदा से निकलने लगा। इसके लिए प्रकाशन सामग्री भी वहाँ की ग्रामीण औरतें ही जुटाती थीं। यातायात के साधनों की कमी भी उनके कदम नहीं रोक पाती थी। उत्साह और साहस से लबरेज इस अखबार की महिला संवाददाता दूर-दराज के गाँवों में जाकर पूरे गाँव की समस्याओं का अवलोकन करने के बाद उन्हें शब्दों में ढालकर खबरों का रूप देती थीं। महिलाओं के प्रबंधन में पत्र ने अपनी अलग तरह की पहचान बनाई। भोपाल से प्रकाशित मासिक 'भोजाँचल टाइम्स' (2002) की प्रबंध संपादक के रूप में मधु गुप्ता का नाम छपता है। पिछले दशकों में महिला पत्रकारों को पत्रकारिता जगत् की सभी जिम्मेदारियों को उठाते देखा गया है। वे रोज नए-नए पदों पर शोभित हो रही हैं। अब बाजार की जरूरत के हिसाब से पद स्थापनाएँ भी की जाने लगी हैं। 'तहलका' (2004) की प्रकाशक एवं मुख्य कार्यकारी अधिकारी और उपाध्यक्ष रही

नीना तेजपाल लिखती हैं—"'तहलका' के पहले अंक तक का इंतजार बेहद लंबा रहा। इस दौरान काफी मुश्किलें भी आईं—दो बार तो हम शुरुआत में ही लड़खड़ा गए—महीने गुजरते गए और आफतों का अँधेरा कम होने के बजाय और भी घना होता गया, मगर अब तीस जनवरी को हम फिर से एक नई शुरुआत कर रहे हैं—नए ऑफिस में टाइपिंग की खट-खट सुनाई दे रही है—खिड़की से नजर आ रहा अमलतास का पेड़ मुझे पुराने बंद हो चुके ऑफिस की याद दिला रहा है—हर कोई बेसब्री से कल के इंतजार में है—कल सुबह लोग जब 'तहलका' पढ़ रहे होंगे, तो यह केवल हमारी नहीं, बल्कि उन हजारों देशवासियों की भी जीत होगी, जिन्होंने हम पर भरोसा किया—इस जीत के मायने, महज एक अखबार निकाल पाने में सफल होने से कहीं ज्यादा गहरे होंगे···'तहलका' का छपना साबित करता है कि आम लोग न केवल सही चीजों के लिए लड़ सकते हैं, बल्कि जीत तो सकते हैं, "मंजू चौधरी 'तहलका' की विज्ञापन जी.एम. (एड सेल्स) रहीं। डॉ. जगजीत कौर सालवान सहारनपुर से निकले मासिक 'रतनसागर' (2003) की स्वामी, मुद्रक, प्रकाशक, मुख्य संपादक हैं। कौशल्या गांधी के प्रबंध संपादन में भोपाल से 'समीरा' (2005) प्रकाशित हुई। अनुराधा त्रिवेदी मासिक 'मन्नत' (2007) की प्रकाशक हैं। भोपाल से ही मधु शुक्ला के प्रबंध संपादन में मासिक 'साहित्य उद्गम' (2007) निकला। सरोज शर्मा जयपुर से प्रकाशित दैनिक 'सांध्यज्योति दर्पण' (2007) की स्वामी, मुद्रक, प्रकाशक और 'अकसर' की प्रधान संपादक हेतु भारद्वाज हैं। मंजु मनीषा भोपाल से प्रकाशित 'विज्ञान पुंज' (2008) की संपादक, प्रकाशक, मुद्रक तथा उपमा विश्वकर्मा बादलपुर (गौतमबुद्धनगर) से निकली 'संबंध सेतु' (2008) की प्रबंध संपादक हैं। 'ब्लॉगर्स पार्क' (2009) की मैनेजिंग एडिटर नैनी साहनी और सुप्रीत खत्री मासिक 'रजतपथ' (2009) की प्रधान संपादक एवं प्रसार प्रबंधक हैं।

विभागीय पत्र-पत्रिकाओं में विभाग की प्रमुख महिलाओं के नाम प्रिंट लाइन में मिलते हैं। राष्ट्रीय विज्ञान संचार एवं सूचना स्रोत संस्थान, दिल्ली की पत्रिका 'विज्ञान प्रगति' (1952) की मुद्रक दीक्षा बिष्ट रहीं। सुप्रिया गुप्ता प्रोडक्शन अधिकारी हैं। वैज्ञानिक तथा औद्योगिक अनुसंधान परिषद् की पत्रिका 'आविष्कार' (1979) में, प्रोडक्शन विक्रय एवं प्रचार-प्रसार स्मिता पाराशर और कृष्णा कनौजिया देखती हैं। डॉ. अंजु वाजपेयी प्रबंध संपादक 'स्कूल शिक्षा' (2010) हैं। भोपाल से प्रकाशित त्रैमासिक 'संस्कृति साधना' (2011) की प्रधान संपादक प्रेमलता खंडेलवाल हैं। गुना से प्रकाशित मासिक 'नारी दर्पण' (2012) की संपादक, स्वामी, मुद्रक, प्रकाशक मिथिलेश सिंह सेंगर लिखती हैं—"मेरा प्रयास है कि पत्रिका परिवार के प्रत्येक सदस्य के लिए पठनीय बने। साथ ही, उसमें ऐसी स्वस्थ सामग्री हो, जो सभी को कुछ-न-कुछ प्रेरणा दे।" प्रबंध संपादक सुमन त्रिपाठी हैं। मासिक 'परदाफाश टुडे' (2012) चाँदना शर्मा के

प्रबंध संपादन में लखनऊ से निकल रही है। सरस्वती कामऋषि के संपादन-प्रकाशन में त्रैमासिक 'अंतसमणि' (2013) भोपाल से निकली, जिसमें पढ़ने को मिलता है— "भारतवर्ष की संस्कृति, दर्शन साहित्य, अध्यात्म व ज्ञान की गरिमा, परिवार भाव—ये सारे पहलू एवं उनकी अनुभूतियाँ कहीं दिल पर दस्तक देते हैं। 'अंतसमणि' त्रैमासिक पत्रिका उस आहट की स्वीकृति है।"

निष्कर्ष निकला कि प्रबंध संपादक महिलाएँ प्रारंभ में किसी-न-किसी पुरुष सदस्य की सहायता से पत्र-पत्रिका का प्रकाशन करती रहीं। हिंदी की पहली संपादक हेमंतकुमारी देवी चौधरी अपने पिता की सहायता से पत्रिका का प्रकाशन जगह-जगह से कर पाई थीं। राष्ट्रीय आंदोलन में सक्रिय रहीं हरदेवी अपनी पत्रिका का प्रबंध सँभालने के साथ-साथ कैदियों के लिए धन की व्यवस्था भी कर लिया करती थीं। देखने में यह भीं आया कि कुछ परिवार आर्थिक रूप से इतने संपन्न रहे कि परिवार की पढ़ी-लिखी महिलाओं के पत्रिका प्रकाशन की इच्छा को पूरी करने के लिए उदारतापूर्वक सहयोग करते रहे। यशोदा देवी जैसी महिला पत्रकार, जो वैद्य पिता की संतान थीं और स्वयं भी वैद्य थीं, अत: पत्रकारिता के माध्यम से चिकित्सा भी कर दिया करती थीं। वे स्वास्थ्य पर केंद्रित कई तरह की पुस्तकें भी प्रकाशित करती रहती थीं। प्रकाशक के रूप में स्वयं को स्थापित करनेवाली उर्वशी बुटालिया ने दिल्ली के ऑक्सफोर्ड प्रेस से शुरुआत की थी। कुछ सक्षम महिलाएँ अपने प्रकाशन के शौक को पूरा करने के लिए पत्र-पत्रिकाओं का सहारा लेती देखी गईं। आमतौर पर बड़े घरानों की महिलाओं को बौद्धिक जगत् में अपनी पहचान बनाने के लिए पत्रकारिता का क्षेत्र अधिक उपयुक्त लगा। शोध के दौरान यह तथ्य सामने आया कि सामान्यत: प्रबंध संपादक के रूप में अधिकांश महिलाओं का नाम मात्र इसलिए दिया जाता है कि पत्र-पत्रिका का प्रबंधन किसी और के पास न जाने पावे, घर में ही रहे, जबकि संपूर्ण कार्य परिवार के पुरुष सदस्य ही करते रहे, लेकिन कुछ महिलाएँ ऐसी भी सामने आई, जिन्होंने स्वयं के बलबूते पर पत्र-पत्रिकाओं का प्रकाशन किया और पत्रकारिता जगत् में अपनी विशिष्ट पहचान बनाई। मेहरुन्निसा परवेज 'समरलोक' और मीरा गांधी सिंह 'समीरा' का पूरा प्रबंध सँभालते हुए अच्छी प्रबंधक साबित हो रही हैं।

□

महिलाओं द्वारा संपादित पत्र-पत्रिकाएँ

इस अध्याय में हमने यह जानने और परीक्षण करने का प्रयास किया है कि किन-किन पत्रिकाओं की संपादक महिलाएँ रही हैं और पत्रिका के प्रकाशन में उनकी क्या दृष्टि रही है? हिंदी भाषा की पहली महिला संपादक हेमंतकुमारी देवी चौधरी रही हैं। उनके द्वारा संपादित 'सुगृहिणी' (1888) स्त्री उपयोगी सभी विषयों से परिपूर्ण रहा करती थी। 'हिंदी पत्रकारिता इतिहास' से जानकारी मिलती है—"हेमंतकुमारी चौधरी ने हिंदी की प्रथम संपादिका बनने का गौरव ही प्राप्त नहीं किया, बल्कि हिंदी में महिलाओं की अलग से पत्रिका निकालने की गौरवशाली परंपरा भी डाली।" वे महिलाओं से संबंधित समाचारों को प्रमुखता से छापती थीं। 'सत्कार्य में दान' से इस बात को जाना जा सकता है—"मंटज की श्रीमती सबलय रामस्वामी का पुत्र चेचक की बीमारी से मुक्त हुआ। इसलिए उन्होंने वहाँ की म्यूनिसिपैलिटी के सभापति के निकट दरख्वास्त किया है कि मैं मंटजवासियों के हित के लिए तीन अलग-अलग स्थानों में चेचक का टीका देने का मकान बनवा देना चाहती हूँ।" 'वीर नारी' शीर्षक से छपी खबर उनकी उस दृष्टि की ओर इशारा करती है, जिसके अंतर्गत वे महिलाओं को शक्ति संपन्न देखना चाहती हैं—"हमें इस संवाद से बड़ा हर्ष हुआ कि बंगाली में बारकपूर के पास रंगपुर ग्राम में एक बंगाली स्त्री ने जो वीरता दिखाई, वह बड़ी प्रशंसा के योग्य है। पिछले 25 में फाल्गुन की रात को उस ग्राम के जमींदार बैकुंठनाथ चाटुर्जी के घर में डाकू आए। घर में सिवाय एक चौकीदार के और कोई पुरुष न था। सब दूसरे स्थान में एक विवाह में गए थे। डाकू 40-50 थे, उन लोगों ने चौकीदार को बाँधकर रख दिया और ज्यों ही घर के भीतर घुसे थे कि तत्क्षणात चौबीस बरस की एक स्त्री, जिनका नाम श्रीमती अनंदादेवी है, एक तलवार हाथ में लेकर डाकुओं के सामने आई। डाकू लोग उस स्त्री की भयानक चंडीमूर्ति देखकर डर गए। उस समय अनंदादेवी ने साहस करके दूसरी औरतों को डाकुओं पर ईंट-पत्थर फेंकने की आज्ञा की। सारी स्त्रियाँ खूब साहस के साथ ईंट फेंक-फेंक कर हुंकार करने लगीं। उस समय ग्राम के एक घर में विवाह हो

रहा था। उन लोगों ने स्त्रियों का शब्द सुना। फिर बहुत से लोग वहाँ पर दौड़ आए, पर उन लोगों के वहाँ पहुँचने के पहले ही सारे डाकू रफूचक्कर हो गए थे। इस प्रकार साहस के साथ अनंदादेवी ने अपने परिवार की डाकुओं से रक्षा की। आशा है कि हमारी पाठिकाएँ इस खबर को पढ़कर अपने-अपने साहस को बढ़ाएँगी।" हेमंतकुमारी 'स्त्रियों में विदेशी भाव' पर लिखती हैं—"देशके पुरुष गण! यदि आप रमणियों को मूर्खता के पंजे से छुड़ाना चाहते हैं, यदि आप उन्हें सभ्यता का शुभ फल चखाना चाहते हैं, तो अवश्य ही उनको सुशिक्षा देने का प्रबंध करिए। सुशिक्षा देने में उनको विजातीय भाव न सिखाइए। यदि स्त्रियों का गहना पहनना अंग्रेजी भाषा में वार्त्ता लाप करना, मातृभाषा घाती बनना, पिआनो बजाना इत्यादि को आप सत्शिक्षा समझते हों तो आप पछताएँगे। विजातीय अनुकरण से भारतीय ललनाओं को किसी प्रकार से सफलता प्राप्त न होगी? यदि आपको उन लोगों का दु:ख दूर करना अभीष्ट है, यदि आप उनकी उन्नति चाहते हैं तो उन लोगों के मन को उन्नत और पवित्र करने का उपाय कीजिए।"

बांग्ला भाषी हिंदी की इस पहली संपादक के बाद मल्लिका देवी का नाम मिलता है। उन्होंने पाक्षिक 'रहस्य चंद्रिका' (1888) का संपादन किया, जो बनारस के असरार प्रेस से मुद्रित होती थी। इसमें 12 पृष्ठ रहा करते थे। इतिहास और नाटक की यह पत्रिका पाँच सौ प्रतियों में छपा करती थी और मूल्य था—एक आना। प्रारंभिक दौर की महिला संपादकों में महत्त्वपूर्ण नाम हरदेवी का है, जिन्होंने 1 जून, 1889 से 1906 तक लाहौर से मासिक 'भारत भगिनी' का संपादन किया। उनकी पत्रिका ने नारी जागरण और स्त्रियों में साहित्यानुराग उत्पन्न करने में महत्त्वपूर्ण भूमिका निभाई। वे कलम की ताकत जानती थीं। यही कारण है कि उन्होंने लगातार 17 वर्षों तक पत्रिका को पंजाब में शिक्षा के प्रचार-प्रसार का हथियार बनाया। उस समय आर्य समाज द्वारा हिंदी को स्थापित करने का काम चल रहा था और पुस्तकों व पत्र-पत्रिकाओं द्वारा अनुकूल वातावरण तैयार किया जा रहा था, उसकी सभी गतिविधियों को 'भारत भगिनी' में विस्तार देकर छापा जाता था। पहले यह भीमसेन शर्मा के सरस्वती प्रेस, प्रयाग से मुद्रित हुई थी, तथा इसे कुछ समय तक पाक्षिक स्वरूप देकर भी निकाला गया था। राधाकुमार इनकी स्त्रियों को लेकर सोच को रेखांकित करती हैं—"समाज सुधार के क्षेत्र में उस समय स्त्रियों से संबंधित विषय छाए हुए थे, जबकि राजनीतिक क्षेत्र में ऐसी बात नहीं थी। सन् 1892 में संपन्न हुए छठे राष्ट्रीय सामाजिक सम्मेलन में 'भारत भगिनी' की संपादक श्रीमती हरदेवी रोशनलाल ने दृढ़तापूर्वक कहा था—

स्त्रियों के सरोकार पुरुषों के समान ही हैं,
साथ-साथ दोनों उठते या गिरते हैं,
वामन या ईश्वर की तरह बंधनमुक्त या उन्मुक्त

इन पंक्तियों से सिद्ध होता है कि वे स्त्री-पुरुष समानता की घनघोर पक्षधर थीं। बहिष्कार आंदोलन में भी उनकी उल्लेखनीय भूमिका रही थी। हिंदी भाषी महिला संपादकों द्वारा देश के विभिन्न भागों में उपस्थिति के तारतम्य में 'रसिक पत्रिका' (1890) का नाम सामने आता है, जो रामप्यारी देवी के संपादन में विठूर (कानपुर) से निकली। इसी समय आगरा से साप्ताहिक 'प्रिया हितकारक' प्रकाशित हुआ। पत्र-पत्रिकाओं में विद्वान् पुरुषों के सहयोग से महिला सहभागिता बढ़ रही थी, विद्योदय लिखता है—"उस युग में स्त्रियों के प्रति अपने कर्तव्यों से संस्कृतज्ञ परिचित थे।" सचेड़ी से प्रकाशित मासिक 'बनिता हितैषी' (1892) की संपादक भाग्यवती देवी थीं। उनके भाई ठाकुर गजाधर सिंह प्रकाशक और मर्चेंट प्रेस के मालिक लाला सीताराम (सचेड़ी) मुद्रक थे। बंकटलाल ओझा ने इनका नाम 'ठकुराइन गहलोत' लिखा है। वार्षिक शुल्क था, बारह आना। राधाकृष्ण दास के 'हिंदी सामयिक-पत्रों का इतिहास' में भी इसका उल्लेख मिलता है। अतः उक्त इतिहास के प्रकाशन के समय (1894) इसका प्रकाशन हो रहा था। प्रताप नारायण टंडन ने प्रकाशन 15 सितंबर, 1892, राँची, कमलेश्वर प्रेस लिखा है।

सरस्वती देवी ने लखनऊ से 'महिला संसार' (1902) का न केवल संपादन किया, अपितु पत्रिका द्वारा महिला कल्याण और सामाजिक कुरीतियों पर लेख छाप कर जागृति फैलाने का अद्भुत कार्य भी किया। समकालीन 'आर्यवनिता' (1902) की संपादक सुमित्रा देवी थीं। पं. माधवराव सप्रे ने समीक्षा छापी थी—"'आर्यवनिता', मासिक पत्रिका पु.-1 सं.-2 व 3, श्रीमती पंडिता सुमित्रा देवी द्वारा संपादित। इस पुस्तक को पाकर हम अत्यंत हर्षित हुए हैं। इसकी संख्या-2 में 'लाज और परदा' तथा 'आर्य पत्नी के कर्तव्य' अच्छे लेख हैं। यदि यह पत्र कुछ दिनों तक जीवित रहे तो स्त्रियों को उससे बड़ा लाभ पहुँचेगा। अभी तक हमारे पास इसकी प्रथम संख्या नहीं आई और तीसरी संख्या के बाद फिर दर्शन ही हुआ।" जनसंपर्क से प्राप्त रिकॉर्ड के अनुसार, इसका प्रकाशन जबलपुर से हुआ और प्रकाशक पंजाब राव थे। महिला पत्रकारिता की शुरुआत हो चली थी। इसी समय उर्दू और पंजाबी के गढ़ लाहौर से मोहिनी देवी ने मासिक 'चाँद' (1908) को संपादित किया। 'मर्यादा' में विज्ञापन छपा—"स्त्रियों के लिए सचित्र मासिक पत्र। वार्षिक मूल्य दो रुपए। सारे पंजाब में हिंदी में स्त्रियों के लिए एक ही पत्र है। कहानियों और ऐतिहासिक लेखों द्वारा स्त्रियों को अपनी पतित दशा के सुधारने के लिए उत्तेजन करना इसका मुख्य उद्‌देश्य है। लेख बड़े ही रोचक और शिक्षाप्रद होते हैं। समाचार-पत्रों ने बड़ी प्रशंसा की है। स्त्री समाज के सुधार के प्रेमियो! 'चाँद' के ग्राहक बनकर स्त्री-शिक्षा की सहायता करो। हिंदी के प्रेमियो! 'चाँद' की सहायता कर पंजाब में हिंदी के प्रचार की सहायता करो, क्योंकि सारे पंजाब में हिंदी का यही एकमात्र पत्र है। चरणदास बी.ए. मैनेजर 'चाँद'।" इसका प्रकाशन 1916 तक हुआ।

काशी से गोपाल देवी के संपादन में 'गृहलक्ष्मी' (1909) का उदय हुआ। स्त्री-शिक्षा, गृहस्थ धर्म, समाज सुधार, राजनीति जैसे सभी विषयों का समावेश इसमें रहता था। वे लेखक-लेखिकाओं से निवेदन करती हैं—"उदार और प्रेमी लेखक और लेखिकाओ! 'गृहलक्ष्मी' के इस अंक को देखने से ही आपको यह तो मालूम ही हो जाएगा कि अपनी पूर्व सूचना के अनुसार हम 'गृहलक्ष्मी' की उन्नति के प्रयत्न कर रहे हैं। पृष्ठ संख्या जहाँ 50 के भीतर ही रहा करती थी, अब 100 से भी अधिक कर दी गई है। चित्र भी पहले से अधिक दिए जा रहे हैं। लेखों में भी यथाशक्ति मनोरंजकता और उपयोगिता का ध्यान रखा जाता है, परंतु 'गृहलक्ष्मी' को जैसी हम बनाना चाहते हैं, उसमें अभी बहुत कसर है। उसमें आप लोगों के हाथ बँटाने की विशेष आवश्यकता है। जब तक आप लोग अपने उत्तमोत्तम लेखों द्वारा 'गृहलक्ष्मी' को अलंकृत न करेंगे, तब तक अकेले हमारे किए क्या हो सकता है? अतएव आप लोगों से प्रार्थना है कि अच्छी-अच्छी रचनाएँ भेजने की कृपा करें। पुराने लेखकों से तो यह बताना अनावश्यक-सा है कि 'गृहलक्ष्मी' के लिए कैसे लेख चाहिए, क्योंकि वे स्वयं इस बात को समझते हैं कि 'गृहलक्ष्मी' के लिए कैसे लेखों की जरूरत है। हाँ, नए लेखकों के लिए कुछ बातें बता देना ही उचित है। (1) 'गृहलक्ष्मी' को विशेष रूप से स्त्रियाँ ही पढ़ती हैं, अतएव इसमें ऐसे ही विषय दिए जाते हैं, जिनका संबंध प्रत्यक्ष या अप्रत्यक्ष रूप से स्त्री-समाज या घर-गृहस्थी से हो। (2) कोरे सीधे-सीधे उपदेशों का उतना अच्छा प्रभाव नहीं पड़ता, जितना कि कहानी और उपन्यासों में उनका समावेश हो जाने से पड़ता है। इसलिए ऐसी कहानियाँ लिखनी चाहिए, जिनके पढ़ने से सामाजिक सुधार हो और पतिव्रत धर्मों का मन पर प्रभाव पड़े। (3) 'गृहलक्ष्मी' में धर्मशास्त्रों के अनुसार पतिव्रत आदि धर्म, कविताएँ, शिक्षापूर्ण उपन्यास, नाटक, आदर्श-महिलाओं के जीवन चरित्र, गृह-प्रबंध, पाक-शास्त्र, स्वास्थ्य रक्षा, शिशु-पालन, सीना-पिरोना, संगीत, तसवीर खींचना, देश-विदेश की बातें, वैज्ञानिक चुटकुले, पहेलियाँ, बाल-साहित्य (बालक-बालिकाओं के लिए मनोरंजन) इत्यादि पर लिखने का भी प्रयत्न होना चाहिए। (4) अपने शहर या जिले आदि में यदि कोई ऐसी घटना देखें या सुनें जिसका जानना स्त्रियों को उपयोगी या रुचिकर हो तो उसे अवश्य लिखकर हमारे पास भेजें। (5) जो लेखक अपने लेखों के साथ उनसे संबंध रखनेवाले चित्र भी भेजेंगे, वे चित्र छपवा दिए जाएँगे और उनके असली चित्र उनको लौटा दिए जाएँगे।"

परिश्रम एवं ठोस संपादकीय नीति से परिचित कराता 'स्त्री दर्पण' (1909) जिसकी संपादक रामेश्वरी देवी नेहरू थीं, उस समय का 'देश का दिल' इसमें धड़कता था। वे मानती थीं- "नारी के सौंदर्य प्रसाधनों के लेख हों या रसोई के रसीले व्यंजन, स्त्री पत्रिका को नहीं चलाते।" यही कारण है कि प्रबुद्ध नारी के मानसिक स्वास्थ्य की रक्षा

और संवर्धन में उद्यत इस पत्रिका में 'युद्ध का स्वरूप', 'फौजी में अत्याचार', 'वर्मा की स्त्रियाँ', 'वर्तमान रूस में स्त्रियों की काररवाई' जैसे बौद्धिक स्तर के लेख रहा करते थे। क्षेमचंद सुमन ने लिखा—"उन्होंने 'तहजीब-ए-निस्वां' के लेखक के रूप में पत्रकारिता जगत् में अपनी पहचान बहुत पहले ही बना ली थी। इस पत्रिका द्वारा महिलाओं में लेखन की प्रवृत्ति जाग्रत् करने की दिशा में उल्लेखनीय कार्य किया था। 'स्त्री दर्पण' के पुराने अंक इसके ज्वलंत साक्षी हैं।" 'बाबू श्यामसुंदर दास' के अनुसार—"संपादिका महाशया का उद्देश्य इसके द्वारा धन कमाने का नहीं है। आपका उद्देश्य देशसेवा और अपनी बहनों का उपकार है। इसलिए घाटा सहकर भी आप इसे प्रकाशित किए जाती हैं। इस पत्र से एक बड़ा लाभ यह हुआ है कि कश्मीरी महिलाओं में भी हिंदी का प्रचार हो गया है।" 'इंडियन प्रेस के संचालकों पर स्त्री दर्पण का आक्रमण' में 'सरस्वती' संपादक लिखते हैं—"कोई डेढ़ वर्ष से प्रयाग से एक मासिक पत्र निकलता है। उसका नाम है—स्त्री दर्पण। उसके टाइटल पेज से सूचित होता है कि उसका संपादन श्रीमती रामेश्वरी नेहरू नाम की कोई रमणी करती हैं। इस पत्र की प्रशंसा अक्तूबर 1909 की 'सरस्वती' में प्रकाशित हो चुकी है। तब से इसने बड़ी उन्नति की है। यह हमारे देश का, और उससे बढ़कर हिंदी का, अहोभाग्य है, जो यहाँ की स्त्रियाँ शिक्षा ही नहीं प्राप्त करने लगीं, किंतु अखबार भी लिखने लगीं।...प्रयाग में 'मर्यादा' का जन्म हुआ देखकर नेहरू महाशया को परमानंद हुआ है। इसकी समालोचना में आपने लिखा—आपका चित्त तब तक 'सुचित्त' न होगा, जब तक 'मर्यादा' अपने रूप रंग से भी 'सरस्वती' को मात न कर देगी, आपकी समालोचना सुनने लायक है—"सच पूछिए तो सर्वांग सुंदरी 'सरस्वती' के चलाने वाले बंगाली हैं। वे हिंदी की पूरी-पूरी मर्यादा करने पर भी संभव है कि उनकी चलाई हुई पत्रिका में बहुत कुछ त्रुटियाँ रह जाएँ"...क्या बंगालियों की चलाई हिंदी-पत्रिका में ही त्रुटियाँ रह सकती हैं कश्मीरियों, पंजाबियों, संयुक्त प्रांतवासियों की पत्रिका में नहीं? आप और आपके अभिभावकों का जन्म तो शायद बंगाल का नहीं। फिर क्या आप कह सकती हैं कि आपका 'दर्पण' बिल्कुल ही निर्मल है? उसमें किसी तरह की कोई भी त्रुटि नहीं? बेहतर तो यह होता कि आप पहले 'सरस्वती' की त्रुटियाँ बतलातीं (फिर यह साबित करतीं कि वे उसके संचालकों के बंगाली होने के कारण हुई हैं। सो तो आपने किया नहीं। जो कुछ कलम से निकला, लिख डाला। इस तरह का अन्याय तो आपको शोभा नहीं देता।...बड़ी दया होगी, यदि आप यह बतला दें कि प्रयाग के किन-किन स्वदेशी प्रेसों में योग्य कर्म्मचारियों और लेखकों का पूरा-पूरा आदर होता है? यदि संभव हुआ तो 'इंडियन प्रेस' उनका अनुकरण करने की चेष्टा करेगा। आप अपने पत्र के लेखकों का कितना आदर करती हैं, यहीं बतला दीजिए।" चार बरसों बाद महावीरप्रसाद द्विवेदी उदारतापूर्वक समीक्षा भी करते हैं—"'स्त्री दर्पण' की संपादिका ने

जुलाई 1915 की संख्या को समालोचना के लिए भेजा है—इसकी संपादिका कश्मीरी महिला हैं। यह हिंदी के सौभाग्य की बात है। जिन कश्मीरियों पर उर्दू-फारसी ही का समाधिक आधिपत्य था, उनकी गृहदेवियों ने हिंदी को आश्रय देना तो आरंभ कर दिया। इस पुस्तक के प्रस्तुत अंक में मँझोले आकार के 120 पृष्ठ और 22 गद्य-पद्यात्मक लेख हैं। तीन सादे चित्र हैं और एक रंगीन। कागज पतला, चिकना और छपाई साफ है। पद्य लेखों की अपेक्षा गद्य लेख अधिक अच्छे हैं। इन पिछले लेखों में कई एक बड़े महत्त्व के हैं—विशेष कर वे जो अन्य भाषाओं से अनुवाद किए गए हैं। इसके यदि सभी अंक ऐसे ही न निकलते हों तो भी यह पुस्तक आश्रय देने और अवलोकन करने योग्य है।" 'स्त्री दर्पण' की समालोचना करते हुए ग्वालियर घराने के पत्र ने लिखा—"जनवरी का जो अंक हमारे सामने है, वह इस पत्र का विशेषांक है। इस अंक में 29 लेख हैं—सभी लेख पढ़ने योग्य हैं। इस अंक में दो रंगीन चित्र भी हैं। एक चित्र तो नववधू का है और दूसरा सधवा सास और विधवा बहू का। अलावा इनके दो चित्र हाफटोन ब्लॉक के और हैं। आज सात आठ वर्ष से यह पत्र स्त्री समाज की सेवा कर रहा है। हम पत्र संपादिका को ऐसे मनोहर अंक निकालने के लिए बधाई देते हैं और चाहते हैं कि आइंदा यह पत्र और भी अधिक उन्नति करता हुआ स्त्री समाज की सेवा करता रहे।" संपादकीय से निरंतरता का पता चलता है—"ईश्वर की कृपा से 'स्त्री दर्पण' आज पंद्रहवाँ भाग समाप्त कर रहा है। पिछले साढ़े सात वर्ष से यह स्त्री जगत् की सेवा कर रहा है।"

कुछ समय बाद इसे दो भागों में बाँट दिया गया—56 पृष्ठ 'स्त्री दर्पण' के और आठ पृष्ठ 'कुमारी दर्पण' के कर दिए गए। 'स्त्री दर्पण' की सामग्री प्रबुद्ध पाठिकाओं के लिए तथा 'कुमारी दर्पण' में नई पीढ़ी के लिए हल्की-फुल्की सामग्री रहा करती थी, जिसकी उप-संपादक मोहनलाल नेहरू की पुत्री रूपकुमारी थीं। वे इलाहाबाद के क्रस्थवेट गर्ल्स हाई स्कूल की अध्यापिका थीं, 'स्त्रियाँ और स्वराज्य' लेख में स्त्री-पुरुष समानता की पैरवी करते हुए लिखती हैं—"जो स्त्रियाँ सब बातों में पुरुषों से समता रखती हैं, जो उनकी-सी पढ़ी-लिखी, बुद्धि बल, शरीर-बल में भी उनकी-सी हो सकती आई हैं, उन्हें क्यों न शासन में, आत्म शासन में, स्थान दिया जाय? जहाँ भेदभाव से किसी को गुलाम बनाए रखने की वासना है, तहाँ सच्चा स्वराज्य कैसा?" कठिन परिश्रम एवं ठोस संपादकीय नीति का परिचय इसकी पुरानी फाइलों से होता है। बाद में यह प्रयाग के स्थान पर कानपुर से निकलने लगी। 18×22 आकार में निकली इस पत्रिका की संपादिका सुमति देवी बी.ए. तथा फूलकुमारी थीं। पृष्ठ संख्या 64 और वा.मू. तीन रु. था। 'माधुरी' ने लिखा—"यह स्त्रियों के लिए उपयोगी मासिक पत्रिका 14 वर्ष से प्रकाशित हो रही है। पहले यह क्रमश: श्रीमती उमादेवी, श्री रामेश्वरी नेहरू तथा श्री रूपकुमारी बांचू के संपादकत्व में प्रयाग के लॉ जनरल प्रेस से प्रकाशित होती थी (अब कानपुर से

प्रकाशित होने लगी है। स्थान परिवर्तन के साथ-साथ रंग-ढंग में भी परिवर्तन हो गया है। 2-3 चित्र भी प्रति संख्या में रहने लगे हैं। नवंबर की संख्या इस समय हमारे सामने है, इसमें स्नेहीजी की दो उत्तम कविताएँ हैं। लेख भी सुपाठ्य हैं। नवीन संपादिकाएँ यदि अंतरराष्ट्रीय स्त्री जगत् संबंधी लेख भी दिया करें तो 'दर्पण' और भी अधिक रोचक बन सकता है। आख्यायिकाओं के संबंध में भी सुधार की आवश्यकता है। आख्यायिकाओं का शिक्षाप्रद तो होना आवश्यक है ही, साथ ही स्वाभाविकता का भी विशेष ध्यान रखना आवश्यक है। बिना स्वाभाविकता के कहानी की उपयोगिता नष्ट हो जाती है। भाषा में भी सुधार की आवश्यकता है। नवीन संपादिकाओं का उत्साह सराहनीय है। हम हृदय से 'दर्पण' की उन्नति चाहते हैं। आशा है, हिंदी पढ़ी-लिखी कुमारियाँ और बहनें इसे अवश्य अपनाएँगी।"

'स्त्री दर्पण' क्यों मँगवाना चाहिए? विज्ञापन में पढ़ने को मिलता है—"इसलिए कि स्त्री-शिक्षा का जमाना है। यह पत्र 17 वर्ष पुराना है। इसकी भाषा सरल होती है। इसमें मनोहर गल्पें, लेख, कविताएँ रहती हैं। यह कुमारियों का विशेष रूप से हितु है। यह गृहस्थी में सुखपूर्वक रहने का सच्चा उपाय बताता है। यह कभी नागा नहीं करता। यह नेहरूवंश के द्वारा स्थापित है। इसका संपादन पूर्ण योग्यता से होता है। वार्षिक मूल्य तीन रुपए—मैनेजर 'स्त्री दर्पण' कानपुर", साथ ही एजेंट चाहिए, की सूचना भी छापी गई थी। ओझाजी जानकारी देते हैं—"राजकिशोरी मेहरोत्रा ने 'स्त्री दर्पण' का संपादन भार चार वर्षों तक सँभाला। 1923 में 'स्त्री दर्पण' कानपुर की संपादक राधिकाकिशोरी देवी बनीं।" प्रयाग से प्रकाशित 'मर्यादा' (1910) ने जब स्त्रियों की विशेष संख्या वाला 'महिला अंक' निकाला, तो संपादक उमादेवी नेहरू को बनाया गया, जिसका विज्ञापन छपा—"इसमें बड़ी-बड़ी विदुषियों के लेख हैं, लेख चुटीले, पठनीय और मनन करने योग्य हैं। स्त्री-पुरुष के संबंध के विषय में कितनी ही बड़े मार्के की बातें कही गई हैं। आवरण पृष्ठ पर एक बहुत ही सुंदर ब्रह्मचारी के हाथ में खड्ग देते हुए भारतमाता का रंगीन चित्र है और भी अनेक रंगीन मन हरनेवाले चित्र हैं।" उमाजी के बच्चों की पत्रिका से जुड़ने की जानकारी देते हुए 'सहेली' ने लिखा—"बाल संदेश श्रद्धेय उमाजी के संरक्षण में 'चिल्ड्रेन न्यूज' ऑफिस दिल्ली से निकला है। 'चिल्ड्रेन न्यूज' श्री उमाजी और श्री आर. रमणजी के संपादकत्व में निकलता है। यह पत्र भी उसके समान ही उत्कृष्ट है। महापुरुषों, देशभक्तों वीरांगनाओं की जीवनियाँ, देशभक्तिपूर्ण कविताएँ, लाभदायक यात्राओं का वर्णन, इतिहास और भूगोल की उपयोगी बातें आदि इसमें रहती हैं।"

यशोदा देवी द्वारा इलाहाबाद से निकाली गई 'स्त्री धर्म शिक्षक' (1909) में रानी, महारानियों द्वारा संरक्षित अंकित रहता था। 'नवीन सभ्यता असभ्य रमणी' में पढ़ने को

मिलता है—"ज्ञानचंद्र का यह साहिबी पुराण पारायण ज्यों-ज्यों विस्तृत होता जाता था, कलावती की अरुचि भी उसी भाँति बढ़ती जाती थी। सारांश यह कि जितनी उनमें बुद्धि शक्ति थी, उसके अनुसार सबकुछ कर छोड़ा, परंतु कलावती किसी भी प्रकार से मेम बनने को राजी नहीं हुई।" 'सरस्वती' ने छापा—"स्त्री-शिक्षा संबंधी मासिक पत्र। संपादिका श्रीमती यशोदा देवी। वार्षिक मूल्य साढ़े सत्रह आने। 15 जुलाई से निकलता है। प्रथम अंक हमारे सामने है। इसमें सब मिलाकर ग्यारह लेख हैं। कुछ समाचार भी हैं। पढ़ी-लिखी स्त्रियों और स्त्री-शिक्षा के पक्षपातियों को चाहिए कि इस पत्र को आश्रय दें, जिससे संपादिका महाशया इसकी यथेष्ट उन्नति करके सर्वगुण संपन्न बना सकें। जो लोग ग्राहक होना चाहें, उन्हें प्रबंधकर्मी, स्त्री धर्म शिक्षक कर्नेल गंज, प्रयाग से पत्र व्यवहार करना चाहिए।" 'श्रीशारदा' की प्रतिक्रिया थी—"यह मासिक पत्र स्त्रियों और कन्याओं को पूर्वी ढंग की शिक्षा देता है। स्त्री औषधालय के विज्ञापन इसमें विशेष रूप से रहते हैं तो भी पत्र अच्छा है।" संपादिका की चिट्‌ठी में जरूरी बातें हैं—"स्त्री-शिक्षा के प्रेमी हिंदी हितैषी सज्जन पाठक-पाठिकाओ! यह बात आपसे छिपी नहीं है कि 'स्त्री धर्म-शिक्षक' से स्त्री जाति का जो उपकार हो रहा है, वह स्त्री-शिक्षा के अन्य किसी पत्र से नहीं। यही कारण है कि सभी पत्रों से अधिक 'स्त्री धर्म-शिक्षक' ही स्त्रियों का प्यारा है। ऐसी-ऐसी उपयोगी बातें बतलाता है कि जिससे स्त्रियाँ पढ़ना-लिखना ही नहीं, किंतु धर्मशास्त्र, नीतिशास्त्र, वैद्यकशास्त्र, इतिहास, पाकविद्या, गृहप्रबंध, संतान पालन और वैद्यक के कठिन-से-कठिन चुटकुले स्त्रियाँ सरलता से समझ जाती हैं, जिनसे सैकड़ों का लाभ उठाती हैं। उपहार से प्रतिवर्ष कम दाम और बिना दाम भी बढ़िया-बढ़िया अत्यंत उपयोगी पुस्तकें पाकर उनसे अपूर्व लाभ उठा रही हैं। यह बात अन्य किसी स्त्री-शिक्षा के पत्र से प्राप्त नहीं होती। उनसे केवल उपन्यास और इधर-उधर की बातें ही मालूम होती हैं। 'स्त्री धर्म-शिक्षक' के पढ़ने और सुनने वाले स्त्री-पुरुष सब यही कहते और लिखते हैं कि हिंदी ही नहीं, किसी भाषा में भी स्त्रियों के लिए 'स्त्री धर्म-शिक्षक' से अधिक उपयोगी या इसके समान भी कोई पत्र नहीं है। हाथ कंगन को आरसी क्या है? आपके सामने यह अंक मौजूद है। इसे आदि से अंत तक पढ़कर देख लीजिए, देखना भी क्या है? आप तो वर्षों से इसे देख रहे हैं। अपने मित्रों को दिखला कर इसके प्रचार में मुझे सहायता दीजिए, ज़िससे मैं इसे अधिक उपयोगी और सुंदर बनाकर आपके घर की स्त्रियों, पुत्रियों को अधिक लाभ पहुँचा सकूँ। पत्र-पत्रिकाएँ पढ़ने से लाभ बताती हैं—"पत्र-पत्रिका पढ़ने से बहुत से लाभ होते हैं, कुछ यहाँ भी लिखे जाते हैं—पत्रिकाएँ पढ़ने से हर एक व्यक्ति की बुद्धि बढ़ती है। स्वभाव में सच्चाई और चंचलता आती है। विद्या प्राप्त करने का उत्तेजन मिलता है। संसार के साथ प्रीति बढ़ती है। न्याय और धर्म तथा दया का संचार होता है। अपने तथा संसार के सुधार की ओर ध्यान रहता है। मनुष्य

की संसार में प्रसिद्धि होती है। राजा, प्रजा, गुरु, माता, पिता की भक्ति उत्पन्न होती है। संसार को अन्याय से बचाने का ध्यान रहता है। सामाजिक सुधार का बड़ा ध्यान रहता है। बिगड़ी हुई पद्धतियों का सुधार करने में शक्ति बढ़ती है। संतान को बलिष्ठ व बुद्धिमान बनाने की उत्तेजना होती है। अपने कुटुंब में सभ्यता उत्पन्न होती है। झूठे अहंकार का नाश होता है। स्वदेश की संपत्ति में वृद्धि होती है। हर प्रकार की पुस्तकों तथा अपने काम की अन्य चीजों का भी पता रहता है। वे भी मँगाने पर सरलता से मिल सकती हैं। जब तक पत्र पढ़ने की बान न पड़ेगी, तब तक हर प्रकार की उन्नति नहीं हो सकती। भारत के हर एक पुरुष-स्त्री, बालक-बालिकाओं को पत्र-पत्रिकाएँ पढ़ना अति आवश्यक है।"

श्री औषधालय से यशोदा देवी ने 'स्त्री चिकित्सक' (1911) निकाला, जो तत्समय स्त्रियों की शारीरिक और मानसिक चिकित्सा का भारत में एकमात्र पत्र बना। लिखती हैं—"प्यारी बहनो, आप सब जानती हैं। किसी स्त्री-पुरुष से यह बात छिपी नहीं है कि मुझे स्त्री औषधालय स्थापित किए आज 16 वर्ष हुए। मैंने बाल्यावस्था से ही अपने वैद्य पिता से वैद्यक शास्त्र की शिक्षा पाई—लाखों स्त्रियों का इलाज कर अनुभव प्राप्त किया···सभी को फायदा हुआ। सैकड़ा पीछे किसी एक को रोग असाध्य होने से कदाचित् फायदा न पहुँचा हो, वरन् सभी को फायदा हुआ है। रोग जड़ से दूर हो गए हैं।···जिन रोगी बहनों का पत्र या तार आने के लिए आता है, हमारी निज की सवारी उनको स्टेशन से ले आती है। उसका कुछ भी किराया नहीं लिया जाता।" 'स्त्रियों का वैद्यक शास्त्र जानने की आवश्यकता' में लिखती हैं—"वैद्यक शास्त्र की उपयोगी बातें न जानने से स्त्री जाति एक प्रकार घोर अंधकार में है। इस ओर किसी का भी ध्यान अभी तक आकर्षित नहीं हुआ।···स्त्री-पुरुषों की अज्ञानता ही उनके और उनकी संतान के अनेक रोगों का कारण है।" चेतावनी देती हैं—"कैसा भी इलाज करनेवाला हो, यदि उसमें लालच है, तो उसकी चिकित्सा कदापि नहीं करनी चाहिए।···शहरों में भी, जहाँ बड़े-बड़े चतुर वैद्य मौजूद हैं, अज्ञानतावश वैद्य के पास न जाकर अथवा खर्च के लोभ से इलाज न कराने के कारण छोटे-छोटे रोग भी भंयकर रूप धारण करते हैं। फिर पीछे वैद्य के पास जाने से भी कुछ नहीं होता।" यशोदाजी ने धर्मनीति, वैद्यक, इतिहास, पुराण, शिल्प धातु, पाककला, भूगोल, विज्ञान, चित्रशिक्षा, बालशिक्षा, शारीरिक, स्त्रीरोग, गृहस्थी जैसी स्त्री उपयोगी 108 किताबें लिखी थीं। इलाहाबाद से ही उन्होंने मासिक 'कन्या-सर्वस्व' (1913) का संपादन-प्रकाशन किया, जो शिक्षा, उपदेश और मनोरंजन की पत्रिका थी। 'जापान के लड़के-लड़कियाँ' लेख द्वारा विदेशी सभ्यता से परिचित कराती हैं—"जब जापानी लड़के और लड़कियाँ स्कूल को जाती हैं, वे नम्र भाव से, श्वांस खींचती हुई, मधुर-मधुर शब्द निकालते हुए अध्यापक को प्रणाम करती हैं। यह उनके समाज में बड़ा ही प्रतिष्ठा सूचक समझा जाता है। अध्यापक भी नम्र भाव से

उनको प्रणाम करते हैं। तब लड़के चुपचाप बैठकर अपना पाठ अध्ययन क़रने लगते हैं।...जापान की किताबों पर प्रथम दृष्टि पड़ते चकाचौंध लग जाती है। लड़कों के लिए कलम के बदले पतले ब्रश का प्रयोग किया जाता है।...यदि उनको किसी लिफाफे पर पता लिखना होता है तो वे प्रथम देश का नाम, तब गाँव का नाम, महल्ला आदि के नाम, और अंत में पानेवाले का नाम लिखते हैं। जापानी लड़कों को जितना स्कूल में सीखना पड़ता है, उतना ही घर पर भी।" 'माता की चिट्ठी' में बेटियों को ज्ञान देते हुए लिखती हैं—प्यारी बेटी, अभी तुमको गए हुए थोड़े ही दिन हुए हैं। इस बार तुम्हारा आना शीघ्र न होगा, क्योंकि सयानी लड़कियों को अधिकतर ससुराल में ही रहना चाहिए, जिससे उनको पति और सासु-ससुर आदि कुटुंबियों की सेवा करने का अधिक अवसर मिले। प्यारी बेटी!...आज कल की मूर्ख स्त्री इस पवित्र भाव और संबंध को भूल गईं। उन्होंने देवरानी जेठानी को एक-दूसरी से लड़ने-झगड़ने के लिए ही समझ रखा है। सच तो यह है कि जैसे घड़ी में छोटी और बड़ी दो सूइयाँ होती हैं और वे दोनों मिलकर जब तक अपना कार्य नियमपूर्वक करती हैं, तब तक उस घड़ी की सार्थकता है।" यशोदा देवी द्वारा जुलाई 1931 में वैदिक प्रेस कोलकाता से महिला मासिक 'नारी गौरव' के प्रकाशन-संपादन की जानकारी भी मिलती है। 'कलकत्ते की हिंदी पत्र-पत्रिकाएँ' लेखक शिवनारायण खन्ना के अनुसार 'यह पत्रिका 24 पृष्ठों की थी, तथा 24×18 आकार में छपती थी। नारी उत्थान इसका उद्देश्य था'।

1912 में मेरठ से अल्पकालीन 'भारत महिला' निकला था। बनारस से प्रकाशित ललिता देवी के 'बालबोध' (1915) की जानकारी देते हुए 'सरस्वती' लिखती है—"यह एक नया मासिक पत्र है। बनारस से निकला है। इसके पहले वर्ष की संख्या 1 और 2 हमें एक ही साथ मिली है आकार छोटा है। प्रति संख्या में 24 पृष्ठ हैं। श्रीमती ललितादेवी दुगवेकर इसका संपादन करती हैं। मराठी भाषा के 'बालबोध' को आदर्श मानकर यह पत्र जुलाई 1917 से निकाला गया है। इसकी दोनों संख्याओं में जो पद्य-गद्य लेख हैं, वे इसके नाम के अनुकूल हैं। छपाई अच्छी है। इसमें लिखा है—'इसकी प्रत्येक संख्या में कम-से-कम 5-6 भावपूर्ण हास्य चित्र, कंठ करने योग्य कविताएँ, उपयोगी लेख, सुंदर जीवन-चरित्र और सारगर्भित समाचार आदि छपा करेंगे।' इसकी पूर्वोक्त दोनों संख्याओं में जो दो-दो चित्र हैं, वे लेथो के हैं।" बालकोपयोगी कविताएँ, जीवन चरित्र, लेख और भावपूर्ण चित्र इसमें प्रकाशित होते थे। वार्षिक मूल्य सवा रुपया था। कोलकाता से कुमुदबाला देवी के संपादन में मासिक 'जननी' (1917) का प्रकाशन हुआ। काशी की सचित्र 'आर्य महिला' (1918) की संपादक का नाम बंकटलाल ओझा ने सुख कुमारी देवी, 'बृहद हिंदी पत्र-पत्रिका' कोश एवं 'प्रेस रजिस्टार ऑफ इंडिया' में सूरजकुमारी देवी, डॉ. अर्जुन तिवारी ने सुंदरी बाई पाल लिखा और 'सरस्वती' में

पढ़ने को मिला—"'आर्य महिला' नाम की एक त्रैमासिक पत्रिका दो वर्ष से काशी से निकल रही है। श्रीभारतधर्म महामंडल की 'निरीक्षकता' में जो 'आर्य महिला हितकारिणी महापरिषद्' है, यह उसकी मुख पत्रिका है। इस परिषद् में स्त्रियाँ ही सभ्याएँ हो सकती हैं (पर यह नहीं मालूम कि इसकी कभी कोई बैठक होती है या नहीं? पत्रिका के दूसरे वर्ष की दूसरी संख्या हमारे सामने है। इस अंक के साथ जो परिचय पत्र है, उसमें बीस पच्चीस ऐसे विषयों के नाम हैं, जिन पर लेख लिखना इस पत्रिका का उद्‌देश्य है), परंतु प्रस्तुत संख्या में चार-पाँच विषयों से अधिक नहीं है। इनमें प्रेम, भक्ति और विनय की प्रधानता है। अधिकांश लेखों की भाषा नितांत संस्कृतमय और संस्कृत श्लोकों तथा उदाहरणों से पूर्ण है। ऐसी कठिन भाषा तो हिंदी के उन मासिक पत्रों में भी नहीं पाई जाती, जो शिक्षित पुरुषों के लाभ के लिए निकलते हैं। इस पत्रिका की संपादिका खैरागढ़ राज्येश्वरी भारत लक्ष्मी महाराज्ञी श्रीमती सुरथकुमारी देवी महोदया हैं। माननीया श्रीमती संपादिकाजी ने काशी के विद्वानों की एक समिति स्थापित की है। जो पुस्तकें आदि समालोचनार्थ कार्यालय में पहुँचेगी, उन पर यह समिति विचार करेगी। यदि यह समिति स्वयं 'आर्य-महिला' की और उसमें छपे हुए कुछ अश्लील विज्ञापनों की भी समालोचना कर दिया करे, तो स्त्री-जाति का बड़ा उपकार हो। साथ ही, वह यह भी सलाह दे कि यह पत्रिका मासिक कर दी जाए, जिसमें पाठिकाओं को गरिष्ठ भोजन के कारण तीन-तीन महीने का निराहार व्रत न करना पड़े। 'मनोरमा' ने लिखा—"'आर्य महिला' के छठे भाग की चौथी संख्या हमारे सामने है।...लेखों में मुसलमानी राज्यों में गौरक्षा, वर्तमान हिंदी की अवस्था पर एक दृष्टि, स्त्री स्वतंत्रता की समस्या और 'पद्मावती की कथा' शीर्षक लेख महत्त्वपूर्ण तथा पढ़ने योग्य हैं।...हिंदी प्रेमियों, विशेषकर पढ़ी-लिखी महिलाओं को इसका संग्रह करना चाहिए।" सप्रे संग्रहालय में उपलब्ध जुलाई 1950 के 'आर्य महिला' में प्रधान संपादक सुंदरीदेवी 'लज्जास्पदा कौन?' में स्त्रियों को उनकी सही स्थिति से अवगत कराती हैं—"हमारे सामने भारतीय महिला सम्मेलन की मुख पत्रिका जून मास की 'रोशनी' है। इसमें श्री उर्मिला 'नारी की दुर्बलता या दुर्भाग्य!' शीर्षक लेख में लिखती हैं—'हिंदू नारी की दुर्बलता कहिए या दुर्भाग्य, परंतु ऐसी कोई चीज उसके साथ अवश्य जोड़ दी गई है, जिसके कारण नारी के कीना (मन में किसी के प्रति होनेवाला दुर्भाव) जीवन हो गया है। वह कितनी ही सुंदर हो, कितनी ही सुशील हो तथा सेवामयी हो, फिर भी उसकी दासता अमर रही है।'...जिसको पांडुरोग हो जाता है, उसे सबकुछ पीला-पीला ही दिखाई देता है। उसी प्रकार पाश्चात्य रंग में रँगी श्री उर्मिला मेहता की दशा हो रही है।...वस्तुतः हिंदू नारी हिंदू परिवार की सम्राज्ञी है, जैसा श्रुति कहती है—

सम्राज्ञी श्वशुरे भव। सम्राज्ञी श्वश्रवां भव॥
ननान्दरि सम्राज्ञी भव। सम्राज्ञी अधि-देवृषु॥

स्मरण रखना चाहिए कि आर्यनारियों के अलौकिक त्याग-तप, आत्मसंयम, पवित्रता, सेवा-परायणता, कार्यकुशलता, मधुरता आदि स्वर्गीय गुणवलियों के लिए ही वे सम्राज्ञी आदि महान् पद पर प्रतिष्ठित हुई थीं। वे अपने प्रेम, तप-त्याग तथा सेवा-परायणता से सबकी सम्राज्ञी बन सकती हैं। हिंदू कोड बिल का समर्थन करनेवाली स्त्रियाँ तो कहीं की भी नहीं हैं। इस कारण आर्य देवियाँ इनके बहकावे में आकर अपने सम्राज्ञी पद को कदापि न छोड़ें।" पत्रिका में 'वर्तमान हिंदी की अवस्था पर एक दृष्टि', 'स्त्री स्वतंत्रता की समस्या' जैसे गंभीर लेख छपा करते थे। इसके मुखपृष्ठ पर छापा जाता था—

अर्ध भार्य्या मनुष्यस्य भार्य्या श्रेष्ठतमः सखा।
भार्य्या मूलं त्रिवर्गस्य भार्य्या मूलंतरिष्यत॥

'चाँद' ने समीक्षा में लिखा—"यह पत्रिका काशी की 'आर्य महिला हितकारिणी महापरिषद्' की संपादकीय समिति द्वारा संपादित होती है। पत्रिका त्रैमासिक है···हमारे सामने माघ, फाल्गुन, चैत्र का अंक है, जिसके आरंभ में बसंत पंचमी शीर्षक संस्कृत गायन है। इस पद्य का वृत्त और भाषालंकार ठीक जयदेव कवि के 'गीतगोबिंद' जैसा परंतु भाव आधुनिक राष्ट्रीयता का होने से बहुत रमणीय है। पत्रिका की छपाई-सफाई अच्छी है। लगभग 100 पृष्ठ की होने से मोटी भी काफी है। पत्रिका के इस अंक में कुल 17 लेख और कुछ संपादकीय टिप्पणियाँ हैं। इन लेखों में से बहुत से लेख 'आर्य महिला' के लिए एकदम अनावश्यक हैं।···सचमुच पत्रिका किसी बीती शताब्दी के विचारों का प्रचार कर रही है।···जितने वचन 'आर्य महिला' में उद्धृत हुए हैं, उन सब से यही स्पष्ट होता है कि मनुस्मृति-काल में स्त्रियों का स्थान इस देश में बहुत ही गिर गया था।···'स्त्री स्वातंत्र्य कौन नहीं चाहता'? शीर्षक से पढ़ने को मिलता है, क्या हमारे प्राचीन ऋषि-महर्षियों ने स्त्रियों को परतंत्र बनाकर रखने का उपदेश दिया है? क्या स्मृतिकार पुरुष हुए हैं, इसलिए उन्होंने स्त्री जाति के साथ पक्षपात किया है? नहीं, कदापि नहीं। हमारा समाज ही अंधा हो रहा था। उसने स्त्री-समाज के बेतरह नियमों और अन्यायों से कुचल डाला है, धर्म के नाम पर उनके साथ बड़ा ही अधर्म किया है। इससे हमारी यह दुर्गति हुई।"

काशी हिंदी ग्रंथ भंडार से कौशिल्या देवी के संपादन में मासिक हिंदी 'गल्पमाला' (1918) निकली। मुख पृष्ठ पर 'सामाजिक शिक्षाप्रद देशहित और हास्यरस से पूर्ण' लिखा रहता था। श्रीमती रानीसाहिबा फूलकुमारी देवी शेरकोट, रानी सुजानकुँवरि साहिबा, गौरा राज इसकी संरक्षिकाएँ थीं। इसमें छपे 'वीरमाता का संदेश' पढ़कर अनुमान लगाया जा सकता है कि भारतीय स्वतंत्रता संग्राम में देश की माताओं-बहनों ने किस तरह बलिदान दिया था—"मेरी उम्र 70 वर्ष की है। पूरे तीस वर्ष हुए कि मैं विधवा हुई। मैंने

बड़े कष्ट से इस अनाथ बालक को पालकर बड़ा किया है। उस दयामय जगदीश्वर को कोटिश: धन्यवाद है कि आज मुझे अपने एकमात्र प्यारे लाल को देश तथा जाति को भेंट करने का सौभाग्य प्राप्त हुआ। परमात्मा सब माताओं को यह दिन नसीब करे...जिस बहन-भाई को मेरे साथ सहानुभूति है, उनका कर्तव्य है कि चर्खा कातें और गाढ़ा पहनें तथा विदेशी कपड़े का एक चिथड़ा अपने पास न रहने दें, इति।" आप स्वामी श्रद्धानंद की पौत्री थीं। 'भविष्य' ने उनकी सजा का समाचार छापा था—"नई दिल्ली का 8वीं जनवरी का समाचार है कि...कौशल्या देवी को क्रिमिनल लॉ एमेंडमेंट ऐक्ट के अनुसार 5 माह की सजा दी गई है। आपको 'बी' श्रेणी में रखे जाने की सिफारिश की गई है। एक माह तक हवालात में रहने के बाद आपके मामले का फैसला दिया गया है।" 1919 का वर्ष राष्ट्रीय आंदोलन में विशेष महत्त्व रखता है। इस समय जातीय पत्रिकाओं द्वारा अहम भूमिका निभाई गई। इसी समय प्रकाशित 'कायस्थ महिला हितैषी' की चार पंक्तियाँ पत्रिका को निकालने का ध्येय प्रकट करती हैं—

सदा दु:खी वह कुल रहता है, जिसमें नारी मान नहीं।
पातिवृत्य प्रिय धर्म नहीं, यदि तो उसमें कुछ आन नहीं॥
जो दु:खिया दु:ख दूर न होवे तो पुण्यद है दान नहीं।
मनुज नहीं है, पशु ही है, वह जिसे जाति ध्यान नहीं॥

इसमें संपादक के नाम के आगे श्रीमती एस.डी. भटनागर लिखा मिलता है। फैजाबाद के तलुआदार प्रेस में छपी इस पत्रिका के मुखपृष्ठ पर महाराज चित्रगुप्त का चित्र रहता था, जिनके पास कलम-दवात और पुस्तकें रखी होती थीं।...संपादकीय नियम थे—"इसमें राजनीति संबंधी लेखों को स्थान नहीं दिया जाएगा। लेख बदले के पत्र तथा चिट्ठी इत्यादि संपादिका के नाम से भेजना चाहिए...लेख के प्रकाशन करने, घटाने और बढ़ाने का अधिकार संपादिका को है। प्रत्येक अंक में जिसका लेख उपयोगी और उत्तम होगा, उन्हें पुरस्कार भी दिया जाएगा। लेख भेजने वाले तथा पाँच ग्राहक भेजने वाले को पत्र एक वर्ष तक मुफ्त दिया जाएगा।...मात्र 26 पृष्ठों में छपने वाला यह मासिक कविताओं और लेखों के अतिरिक्त एक धारावाहिक उपन्यास भी देता था। जातीय पत्रों में जैसे विवाह योग्य लड़के-लड़कियों के परिचय छपा करते हैं, इसमें भी छपते थे। लड़के वाले धन के लोभी उस काल में भी थे। अत: दहेज विरोधी प्रकरण भी छपा करते थे। इन छोटे पत्रों ने भी हिंदी पत्रकारिता के विकास में अपना महत्त्वपूर्ण योगदान दिया है, जिसे भुलाया नहीं जाना चाहिए।" इसी तारतम्य में निकली 'बारहसैनी' (1920) का संपादन दयानंद सरस्वती की अनन्य भक्त और लेखिका प्रियंवदा गुप्ता ने कई वर्षों तक किया। क्षेमचंद्र सुमन लिखते हैं—"आप समाज कल्याण बोर्ड की अध्यक्षा होने के अतिरिक्त अलीगढ़ जनपद की प्रथम ऑनरेरी महिला मजिस्ट्रेट भी रही थीं। आपके द्वारा लिखित

'कलयुगी परिवार का एक दृश्य' (1916) 'आनंदमयी रात्रि का स्वप्न' (1917) तथा 'धर्मात्मा चाची और अभागा भतीजा' (1918) नामक उपन्यासों के अतिरिक्त 'हमारी दशा' नामक पुस्तकें प्रकाशित हो चुकी हैं।"

लखनऊ से प्रकाशित 'महिला संसार' (1920) का संपादन सरस्वती देवी ने किया। पत्रिका में महिला कल्याण और सामाजिक कुरीतियों पर लेख प्रमुखता से रहा करते थे। उत्तम साज-सज्जा के साथ इसका प्रकाशन उनके रोगग्रस्त हो जाने तक होता रहा। 'फर्रुखाबाद की पत्रकारिता' में वैद्य राजेंद्रनाथ गौड़ ने और 'बृहद हिंदी पत्र-पत्रिका कोश' में डॉ. सूर्यप्रकाश दीक्षित ने प्रकाशन स्थल नौगवाँ फतेहगढ़ लिखा है। 'दिल्ली की स्त्री-शिक्षासभा' रिपोर्ट में वे लिखती हैं—"सभा की काररवाई में निरी अंग्रेजी भाषा का प्रयोग उदारता के भाव को खींच-तान करने पर भी दृष्टि से ओझल नहीं हो सकता।...अंग्रेजी के निमंत्रण पत्रों को भेजकर बड़ी संख्या में दर्शिकाओं की आशा करना दुराशा मात्र थी।...भारतीय नेता अंग्रेजी भाषा का आवश्यकता से अधिक प्रचार और प्रयोग से उत्पन्न हुई हानियों को पश्चात्तापपूर्वक अनुभव कर रहे हैं और जहाँ तक हो सकता है, उसको शीघ्र दूर करने में प्रयत्नशील हैं।" 'स्त्रियों के जीवन का आदर्श' में उनके विचार थे—"भारत वर्ष चिरकाल से ऊपर कई संघर्षण का क्षेत्र बना हुआ है।... पुरुष वर्ग की आँखें तो बहुत दिनों से इस झमेले में चुंधिया रही हैं। अब स्त्री वर्ग भी इस से प्रभावित होने लगा है। मिस मेयो की लेखनी ने जो छछूंदर संसार में छोड़ी है, उसके पतंगों को दबाने के लिए श्रीमती सरोजिनी नायडू पश्चिम गई हैं।...श्रीयुत मन्नूभाई मेहता इंग्लैंड गए थे। उनकी धर्मपत्नी भी इस यात्रा में उनके साथ थीं। वहाँ के 'डेली न्यूज' पत्र की संवाददात्री, स्त्रियों के भारतीय और पाश्चात्य आदर्श के विषय में विचार परिवर्तन करने श्रीमती मेहता के पास आई। श्रीमती मेहता ने इस अवसर पर स्त्रियों के भारतीय आदर्श की पाश्चात्य आदर्श से बड़ी बुद्धिमत्तापूर्वक तुलना की।"

बिहार प्रांत की पहली महिला पत्रकार छपरा की शारदाकुमारी देवी ने त्रैमासिक 'महिला दर्पण' 1920 से 1922 तक निकाला। 'माधुरी' ने समीक्षा की—"हर्ष का विषय है कि खास स्त्रियों के लिए स्त्रियों द्वारा संपादित कई पत्र हिंदी में निकल रहे हैं। प्रयाग के 'चाँद', 'स्त्री दर्पण', 'गृहलक्ष्मी' ये अच्छे पत्र हैं। वहीं से एक 'साध्वी-सर्वस्व' नाम का पत्र भी निकला था। 'महिला-दर्पण' बिहार का स्त्री-संबंधी एकमात्र पत्र है। अच्छा निकलता है। बिहार में इसका अच्छा आदर होना चाहिए। इसके लेख अच्छे होते हैं, पर हमारी सम्मति में हिंदी-कविता का अतीत और भविष्य जैसे लेख छपना व्यर्थ है। उक्त लेख किसी साहित्यिक पत्र के योग्य था। इसके सिवा इसमें व्याकरण की बेहद भद्दी अशुद्धियाँ भी रहती हैं। संपादिका को इधर ध्यान देना चाहिए।" लक्ष्मण कुमारी ने बुंदेली धरती झाँसी से 'महिला' (1921) निकाली। जयाजी प्रताप से जानकारी मिलती

है—"इस समय झाँसी से 'महिला' नाम का एक मासिक पत्र स्त्रियों के हितार्थ निकाला गया है।" 'जैन महिलादर्श' (1922) का संपादन ब्रह्मचारिणी पं. चंदाबाई ने किया। क्षेमचंद्र सुमन लिखते हैं—"आप जहाँ उच्च कोटि की समाज-सुधारक और सांस्कृतिक प्रेरणा थीं, वहाँ अपने महत्त्वपूर्ण विचारों को आपने अपनी लेखनी के द्वारा भी समाज के समक्ष प्रस्तुत किया था। अपने 'जैन महिलादर्श' पत्र के द्वारा आपने समाज को जो नई दिशा प्रदान की थी, वह सर्वथा अविस्मरणीय है। आपने बाल-विवाह और वृद्ध-विवाह के विरोध में जहाँ समाज को उद्बोधान दिया, वहाँ स्त्री-शिक्षा की दिशा में भी आपका कार्य सर्वथा अनुपम था।...आप उच्च कोटि की चिंतक और लेखिका भी थीं। आपके द्वारा लिखित पुस्तकों में 'उपदेश रत्नमाला', 'सौभाग्य रत्नमाला', 'निबंध रत्नमाला', 'आदर्श कहानियाँ', 'आदर्श निबंध' और 'निबंध दर्पण' प्रमुख हैं।...आपके जीवन तथा कार्यों की महत्ता का अनुमान इसी से हो जाता है कि आपके द्वारा संस्थापित 'वनिता विश्राम' को देखकर गांधीजी ने लिखा था—'पंडिता चंदाबाई द्वारा स्थापित 'वनिता विश्राम' को देखकर मुझे बड़ा आनंद हुआ।' दिगंबर मुनि श्री कुंथसागर महाराज ने दीक्षा देकर आपको आर्यिका चंदा माँ श्री के पावन अभिधान से भी अभिषिक्त किया था।" इसमें छपने वाले चित्र में महिलाओं को संपादक की टेबल के आसपास खड़े देखा जा सकता है। दहेज प्रथा के विरोध में संसद् में बिल पास होने पर लिखा था—"विवाह सभ्यता और संस्कृति की वस्तु माना जाता है। यह एक धार्मिक विधान है। जो समाज, देश या राष्ट्र उन्नत हैं, उनमें विवाह के नियम विशेष प्रचलित हैं। हमारा देश अनादि काल से ही सभ्यता और संस्कृति की चोटी पर रहा है। कर्मभूमि के आरंभ में ही भगवान् ऋषभदेव ने स्वयं अपना विवाह कर गृहस्थाचार की वृद्धि के निमित्त विवाह प्रथा का विकास और विस्तार किया था। विवाह के अवसर पर होनेवाले संस्कार और विधि-विधान प्राय: सभी जातियों में प्रचलित हैं।...प्राचीन साहित्य के अवलोकन से भी अवगत होता है कि सुदूर प्राचीन काल में दहेज का आज जैसा रूप नहीं था। यद्यपि कन्या के माता-पिता विवाह के अवसर पर कन्या को वस्त्र-भूषण, उपयोगी बरतन-वासन एवं अन्य गृहोपयोगी सामान प्रदान करते थे, पर इसमें किसी का जोर-जबर नहीं था।" इसके लेखक मंडल में सूरजमुखी जैन, कैलाशवती जैन 'विशारद' (ललितपुर), सुगंधी देवी जैन (जबलपुर), यशोदाबाई जैन (राँची), चंद्रकांति जैन (लखनऊ), श्रीप्रभा जैन, नर्मदाबाई, सुंदर देवी जैन (कटनी), शांति 'साहित्य रत्न', न्यायतीर्थ (नागौर), लज्जावती जैन (बरेली), शानकुमारी जैन (लखनऊ), विद्या जैन (इटारसी), स्नेहलता जैन, शशिप्रभा जैन (आरा), थीं। भारतवर्षीय दिगंबर जैन महिला परिषद्, सूरत की ओर से इसका प्रकाशन किया जाता था। ब्रजबाला देवी, शरवती देवी उप-संपादक थीं। 52 वर्ष तक संपादक रहीं पंडिता चंदाबाई के निधन से प्रकाशन रुक गया। प्रतिवर्ष निकलने

वाले इसके महिला विशेषांक में नारियों द्वारा लिखित रचनाएँ ही प्रकाशित होती थीं। गाजियाबाद से पुनः प्रकाशित 'जैन महिलादर्श' की प्रधान संपादक डॉ. नीलम जैन थीं।

प्रयाग की प्रसिद्ध पत्रिका 'चाँद' (1922) ने कई चर्चित विशेषांक निकाले। 'विदुषी अंक' की संपादिका महादेवी वर्मा 'स्त्रीत्व का अभिशाप' शीर्षक से लिखती हैं—"चाहे हिंदू स्त्री की गौरव-गाथा से आकाश गूँज रहा हो, चाहे उसके पतन से पाताल काँप उठा हो, परंतु उसके लिए 'न सावन सूखे न भादों हरे' की कहावत ही चरितार्थ होती रही है। उसे अपने हिमालय को लजा देनेवाले उत्कर्ष तथा समुद्रतल की गहराई से स्पर्धा करनेवाले अपकर्ष दोनों का इतिहास आँसुओं से लिखना पड़ा है और संभव है कि भविष्य में भी लिखना पड़े। प्राचीन से प्राचीनतम काल में जब उसने त्याग, संयम तथा आत्मदान की आग में अपना सारा व्यक्तित्व, सारी मानवता और मनुष्य स्वभावोचित इच्छाएँ तिल-तिल गलाकर उन्हें कठोर, आदर्श के साँचे में ढालकर एक देवता की मूर्ति गढ़ डाली। तब भी क्या संसार विस्मित हुआ या मनुष्यता कातर हुई? क्या स्त्री के बड़े-से-बड़े त्याग को, आत्म-निवेदन को, संसार ने अपना अधिकार नहीं, किंतु उसका अद्‌भुत दान समझकर नम्रता से स्वीकार किया है? कम-से-कम इतिहास तो नहीं बताता कि स्त्री के किसी भी बलिदान को पुरुष ने उसकी दुर्बलता के अतिरिक्त कुछ और समझने का प्रयत्न किया।" सत्यवती देवी के संपादकत्व में 'महिला समाचार' (1923) का प्रकाशन हुआ। इसके सामयिक विषयों के लेख स्त्रियों के लिए बहुत उपयोगी रहते थे। महिला समाज से संबंधित विषयों पर यह पत्र अच्छा प्रकाश डालता था। यह साप्ताहिक लखनऊ से निकाला गया था। सत्यवतीजी स्त्री जगत् की निर्बलता का कारण बताती हैं—"मेरे विचार में तो सब से मुख्य कारण सदाचार तथा ब्रह्मचर्य की शिक्षा का न मिलना है। कतिपय आर्य गृहों तथा कन्या गुरुकुलों को छोड़कर बेचारी भोली-भाली कन्याओं को न माता के पास और न पाठशालाओं में कहीं भी ब्रह्मचर्य की महिमा नहीं समझाई जाती।…आज खाने-पीने का स्थान भी भोग-विलास ने ही ले लिया है। दूध, घी, फल कोई आवश्यक नहीं माने जाते, किंतु कपड़े अवश्य फैंसी होने चाहिए।…यदि हमारी कन्याओं को यह समझाया जाए कि तुम्हारे मुख की शोभा, शरीर की सुंदरता इसको बलिष्ठ बनाने से है। साथ ही, उनको ऐसे साधन सिखाए जाएँ तो कोई कारण नहीं कि उनके चेहरों पर हर समय पीलापन ही दिखे और वे तपेदिक का शिकार हों।" सत्यवती शास्त्रिणी का पद्‌मसिंह शर्मा द्वारा लिखा गया परिचय 'सरस्वती' में छपा था—"समाचार-पत्रों के पाठकों को मालूम है कि इस वर्ष एक कुमारी ने पंजाब विश्वविद्यालय की सबसे उच्च संस्कृत परीक्षा पास की है। स्त्री-शिक्षा के प्रेमी इस घटना को बड़े गौरव की दृष्टि से देख रहे हैं।" प्रयाग महिला विद्यापीठ की पत्रिका 'महिला' (1923) की संपादक सुशीला देवी 'विदुषी' थीं। 25×16 से.मी. आकार

की इस पत्रिका की एक प्रति का मूल्य चार आना था। विद्यापीठ की गतिविधियों का प्रकाशन इसमें किया जाता था।

साप्ताहिक 'महिला सुधार' (1923) की संपादक के बारे में 'भविष्य' ने लिखा—"श्री सीता देवी, संपादिका 'महिला सुधार' कानपुर, जो राष्ट्र-सेवा के कारण एक साल की सजा भोग कर लखनऊ जेल से छूटी हैं।" सरकार के लिए परेशानियाँ पैदा करनेवाले इस पत्र की संपादक सीता देवी के अंदर छोटी उम्र से ही राष्ट्रीय भावना विद्यमान थी। 13-14 वर्ष की आयु में वे कानपुर की सड़कों पर तिरंगा झंडा लेकर राष्ट्रीय नारे लगाती देखी जाती थीं और प्रभावशाली ढंग से व्याख्यान दिया करती थीं, जिसे सुनकर सरोजिनी नायडू ने कहा था—"यह लड़की बड़ी होकर राष्ट्र एवं समाज के अभ्युत्थान के लिए बहुत कुछ करेगी"। नारी स्वाधीनता के लिए पत्रकारिता को हथियार बनाने वाली सीताजी ने कानपुर छोड़ दिया और मुबई होते हुए कोलकाता जा पहुँची। वहाँ से उन्होंने अक्तूबर 1938 में मासिक 'महिला' प्रकाशित की, आदर्श वाक्य था—'यत्र नार्यस्तु पूज्यन्ते रमन्ते तत्र देवता'। 'हमारा दृष्टिकोण' शीर्षक से लिखती हैं—"समाज में स्त्रियों का क्या स्थान है? उनके अधिकार क्या हैं? भारतीय संस्कृति क्या है? स्त्रियों की कठिनाइयाँ क्या हैं?—इन विभिन्न प्रश्नों पर स्पष्ट विचार प्रकट करने की आवश्यकता है। 'महिला' समय-समय पर इन विभिन्न प्रश्नों पर स्पष्टता और निर्भीकता पूर्वक अपना कर्तव्य निभाती रहेगी।" लेखों से विषय की विविधता के दर्शन होते हैं—नया अंक (होमवती देवी), पाक शास्त्र (पार्वती देवी बर्मन), गीत (तारा देवी पांडेय), प्राणों का संगीत (किरण मिश्र), नारी का समझौता (कमल त्रिवेणीशंकर) प्रमुख हैं। 'सरस्वती' ने लिखा था—"महिला सचित्र मासिक के लेख व कविताएँ तथा गेट-अप सुंदर हैं। पत्रिका होनहार है और हिंदी में स्त्री उपयोगी एक सुंदर मासिक पत्र के अभाव की पूर्ति करती है।" उर्दू पत्र 'मुसाफिर' ने प्रतिक्रिया दी थी—"स्त्री हित का प्रतिनिधित्व करनेवाली, स्त्रियों में शिक्षा सुधार तथा स्त्री-जगत् की रूपरेखा के निर्माण में सहायता पहुँचाने वाली इस समय बहन 'महिला' ही दिखाई पड़ती है।" समकालीन पत्र-पत्रिकाओं ने प्रतिक्रिया देते हुए लिखा—"अब यह पत्रिका कलकत्ता से निकलती है। 'चाँद' के अस्त होने के कारण जब महिलोपयोगी पत्रों के लिए क्षेत्र खाली-सा था, ऐसे समय में 'महिला' ने प्रगट होकर उक्त अभाव की पूर्ति करने का प्रयत्न किया है। पत्र के चौथे अंक में कई उपयोगी लेखों के अतिरिक्त बालक-बालिकाओं के कई सुंदर चित्र भी हैं। कविताएँ एवं अन्य रोचक सामग्री है। अक्तूबर 1938, संपादिका-सीता देवी, कलकत्ता 3, न्यू जगन्नाथ घाट मार्ग, 25×14 सेमी 4.00 महिलोपयोगी मासिक।" 'महायुद्ध और महिला', शीर्षक से विजयादशमी के अवसर पर 225 पृष्ठों का सचित्र नववर्षांक निकला था। उनके निधन का समाचार इस प्रकार पढ़ने को मिलता है—"'महिला' की संपादिका श्रीमती सीता देवी

का 9 जुलाई, 1941 बुद्धवार (सायंकाल) तीन दिन की दाँत की बीमारी के बाद सेप्टिक हो जाने के कारण स्वर्गवास हो गया। कानपुर में आपने पहले 'महिला सुधार' नामक पत्रिका निकाली और फिर कलकत्ता से 'महिला' पत्रिका को निकालकर आपने हिंदी साहित्य तथा स्त्री समाज की महान् सेवा की।" 'महिला' का संयुक्तांक (जून-अगस्त '41) सीता देवी स्मृति अंक जवाहरलाल चतुर्वेदी ने निकाला था। आर्यसमाजी पिता की पुत्री सीताजी संस्कृत, हिंदी और अंग्रेजी का अच्छा ज्ञान रखती थीं, और क्रांतिकारी समाजवादी विचारधारा का पूरी तरह अनुगमन करनेवाली थीं।

सुशीलादेवी अलीगढ़ से प्रकाशित 'महिला सर्वस्व' (1924) की संपादक थीं। बृहद हिंदी पत्र-पत्रिका कोश में उनके साथ उमादेवी शर्मा का नाम भी संपादक के रूप में मिलता है। इसी समय कोलकाता से रमादेवी तथा पार्वती देवी ने मासिक 'महिला महत्त्व' का संपादन किया। 'माधुरी' ने छापा—"इसके प्रकाशक भोलानाथ बर्मन हैं तथा कागज व छपाई आदि साफ होती है। यह सचित्र पत्र गत रामनवमी से निकला है और कलकत्ते की महिला हितकारिणी सभा का मुख पत्र है। कलकत्ते में रहनेवाले कई अच्छे-अच्छे हिंदी साहित्य सेवियों के लेख इसमें छपे हैं। कवर पर एक भावमय चित्र भी है। 'संगीत वाटिका' का समावेश विशेष अभिनंदनीय है। 'चारु चयन' में जो संपादकीय विचार हैं, उनमें महिला-संसार संबंधी कई सामायिक विषयों पर अच्छा प्रकाश डाला गया है। हम इसकी हार्दिक शुभकामना करते हैं। आरंभ में मातृभूमि नामक त्रिवर्ण चित्र बहुत उपयुक्त और सुंदर है—इसके संपादकीय लेखों में मर्दानेपन की उत्कट गंध है—परदे की आड़ में कोई दाढ़ी-मूँछ वाला मालूम होता है। उनमें कोई नवीनता या महिला समाज के लिए कोई अभिनव संदेश न होने पर भी मसाला पढ़ने लायक है।" पार्वती देवी के लेख अन्य पत्र-पत्रिकाओं में भी पढ़ने को मिलते हैं। 'गृहलक्ष्मी' में 'परस्पर सुधार' के अंतर्गत पढ़ने को मिलता है—"यह सत्य है कि हठी मनुष्य को सिखाना, पशु को सिखाने से कहीं अधिक कठिन है, किंतु संसार में ऐसे कितने ही उदाहरण हैं, जहाँ लोगों ने बुराई से भलाई में पलटा खाया है।" महिला पत्रकारिता में इस तरह के आरोप लगते रहे हैं, यह एक कड़वा सच भी रहा है कि नाम महिलाओं के छपते हैं और लेखन/संपादन पुरुषों द्वारा किया जाता रहा है। देहरादून के कन्या गुरुकुल की मुख पत्रिका मासिक 'ज्योति' (1925) की संपादक विद्यावती सेठ थीं। इसमें राजनीति, समाज, धर्म और भारतीय संस्कृति पर उत्तम लेख रहते थे। इससे स्त्री वर्ग में नई भावनाओं का संचार हुआ और नारियों को विचार व्यक्त करने का अच्छा प्रोत्साहन मिला। उन्होंने 23 वर्षों तक 'ज्योति' का सुसंपादन करने का यश प्राप्त किया। क्षेमचंद्र सुमन के अनुसार—"आपने स्त्री-शिक्षा के प्रति महात्मा गांधी का आशीर्वाद प्राप्त करके महादेवी कन्या पाठशाला से 'ज्योति' नामक एक हिंदी की मासिक पत्रिका प्रकाशित की थी। इसमें देश की तत्कालीन

राजनीति से संबंधित सामग्री के अलावा समाज, धर्म एवं संस्कृति से समन्वित सामग्री भी प्रचुर मात्र में रहा करती थी। आपकी संपादन-कला का उत्कृष्टतम रूप उसके अंकों में देखा जा सकता है। 'ज्योति' के माध्यम से श्रीमती विद्यावतीजी ने जहाँ अपनी संस्था की कन्याओं में लेखन के प्रति रुचि जाग्रत् की, वहाँ सारे देश की महिलाओं में भी नई भावनाओं का संचार किया। उस समय नारी जागरण संबंधी वह अकेली पत्रिका थी।" वे गुरुकुल की आचार्य भी थीं। सन् 1888 में सीतापुर के बृजबिहारी सेठ के यहाँ जनमी विद्यावती 1916 में कांग्रेस की गतिविधियों से जुड़ी। फिर 1917 में प्रथम हिंदू कन्या के रूप में लखनऊ के आई.टी. कॉलेज से बी.ए. किया। 30 जून, 1974 को देहरादून में उनका निधन हो गया। भारत धर्म महामंडल बनारस से निकली 'आर्य मस्तिष्क' (1927) की संपादक नारायण देवी रहीं।

'पत्र संपादन में महिलाएँ' लेख में पढ़ने को मिलता है कि उस समय जबकि भारत में नाममात्र की महिलाएँ पत्रकारिता में अपनी उपस्थिति दर्ज करा पाई थीं, तब भारत से बाहर महिला पत्रकारों की स्थिति बहुत अच्छी थी—"जापान नें 112 महिलाओं के पत्र हैं···जापानी स्त्रियाँ पत्र-संपादन के कार्य में बड़ी उत्सुकता से भाग लेती हैं और इस समय जापान में 12 दैनिक-पत्र स्त्रियों द्वारा संपादित होते हैं। अलावा इसके लगभग 70 साप्ताहिक तथा 50 मासिक पत्रों की संपादिकाएँ भी स्त्रियाँ हैं। हाल ही में 'कोकियो' नामी एक मासिक पत्र में एक विज्ञापन प्रकाशित हुआ था, जिसमें एक मासिक पत्र के लिए एक संपादिका की आवश्यकता बताई गई थी। मगर उसी एक स्थान के लिए 286 स्त्रियों की अर्जियाँ पड़ीं। इससे यह मालूम होता है कि स्त्रियाँ इस कार्य के लिए लालायित रहती हैं, मगर उनको यह काम मिलता नहीं है।" विमला देवी 'रमा' बरेली से प्रकाशित साप्ताहिक 'कमल' (1927) के होलिकोत्सव की संपादक बनीं, इसमें 'होली की उमंग' (कमला देवी डुमराँव) और 'आज की होली' (किशोरी देवी विद्याविनोदिनी) के लेख थे। 'क्षमायाचना' में लिखती हैं—"मुझसे कड़े विकट समय में श्रीयुत पं. मोहन शर्माजी ने कमल के संपादन का भार लेने का आग्रह किया और समयाभाव रहते हुए भी उनकी आज्ञा का पालन मुझे करना पड़ा। थोड़े समय में जो भी लेख-कवितादि मैं मँगा सकी, मैंने मँगाई, जो आ गईं, वह छप गईं। मेरी और श्रीयुत शर्माजी की यह हार्दिक कामना थी कि यह अंक एक स्थायी साहित्य हो सके, पर केवल कामना होने से ही कुछ नहीं होता। सच बात तो यह है कि यह बहुत पहले सोच लेने की बात थी। अस्तु, शीघ्रता में जैसा कुछ है पाठक प्रेम से स्वीकार करेंगे, ऐसी पूर्णाशा है—विशेषांक संपादिका।" रामेश्वरी देवी के प्रधान संपादन में स्त्रियों की पत्रिका 'सहेली' (1930) प्रकाशित हुई, तो 'सुधा' ने लिखा—"'सहेली' स्त्रियों द्वारा संपादित, स्त्रियों के लिए विशेष उपयोगी सचित्र मासिक पत्रिका है। इसका दूसरा अंक हमारे सामने है। पत्रिका का आकार-प्रकार

बड़ा सुंदर और मनमोहक है। छपाई भी बड़ी उत्तम जान पड़ती है। लेखों की दृष्टि से अभी स्टैंडर्ड और ऊँचा बनाने की जरूरत है। इसके अतिरिक्त भाषा के मुहावरेदार होने की भी आवश्यकता मालूम होती है। 'सहेली' की हिंदी से साफ मालूम होता है कि वह अभी काफी ठीक की जा सकती है। आशादेवीजी चौहान का लेख ही पूरी पत्रिका में ऊँचे स्टैंडर्ड का कहा जा सकता है। संपादकीय नोटों में स्त्री समाज संबंधी समस्याओं पर काफी प्रकाश पड़ना चाहिए।" 'केसरी' में छपे विज्ञापन के अनुसार—"संपादक श्रीमती रूपकुमारी वांचू व श्रीमती दया दर, प्रकाशक—इलाहाबाद लॉ जर्नल प्रेस था।" ध्येय था—"'सहेली' की एक बड़ी गरज यह है कि वह स्त्री जाति को अपने पैरों पर खड़े होने की सलाह देने, जिसमें वह अपनी निर्बलता छोड़ ऐसी शक्तिवान हो जाए, जिसके आगे कोई भी बात मुश्किल न रहे।" 'प्रेमा' ने लिखा—"इसमें अधिकांश लेख और कविताएँ टकसाली हैं, लेकिन कुछ विशिष्ट लेखकों की रचनाएँ भावपूर्ण एवं विचारपूर्ण हैं, जैसे—विजयलक्ष्मी पंडित और श्यामकुमारी नेहरू के लेख।" इसमें श्रीमती उमा नेहरू, सरोजिनी नायडू, महादेवी वर्मा, तोरनदेवी लली की कविताएँ छपा करती थीं। 'कांग्रेस बुलेटिन' (1930) की संपादक दिलशाद सैयद रहीं। 'भविष्य' जानकारी देता है—"कुमारी दिलशाद सैयद ने मातृभूमि को अपनी सेवाएँ अर्पित करने के लिए हाल ही में एफ.ए. से कॉलेज का अध्ययन छोड़ा था। आपने बंबई के 'कांग्रेस बुलेटिन' के संपादकत्व का भार अपने ऊपर लिया था। इसके फलस्वरूप आप गिरफ्तार कर ली गईं और तीन महीने की कैद की सजा दी गई।"

राष्ट्रीय आंदोलन के समय महिला संपादकों ने कलम की लड़ाई के साथ-साथ स्वतंत्रता की लड़ाई भी लड़ी। उर्मिला देवी शास्त्री ने लाहौर के प्रतिनिधि पत्र 'जन्मभूमि' (1930) का प्रकाशन आर्यसमाजी विचारधारा के पोषक पत्र के रूप में किया। जन्मभूमि में छपी संपादकीय के कारण 1930 में ही उन्हें जेल जाना पड़ा था। उनकी अनुपस्थिति में पति धर्मेंद्रनाथ शास्त्री और संपादक चंद्रगुप्त विद्यांलकार ने इसे 3,000 प्रतियों वाला पत्र बना दिया। सत्यवती की बहन और कपिला वात्स्यायन की मौसी उर्मिला का यह दैनिक आर्थिक कठिनाइयों से बच नहीं सका। वैसे भी लाहौर हिंदी पत्रों का कब्रिस्तान समझा जाता था। नमक आंदोलन के समय मेरठ में तीन हजार स्त्रियों को संगठित कर सत्याग्रह करनेवाली उर्मिला शास्त्री ने 47 सभाओं को अपनी ओजपूर्ण शैली में संबोधित कर सबको आश्चर्य में डाल दिया था। सरकार विरोधी लेखों के कारण 1941 में उन्हें पुनः गिरफ्तार कर लिया गया। उनकी जेल-यात्रा के संस्मरण 'कारागार' पुस्तक में संकलित किए गए, जिनका धारावाहिक रूप से 'जन्मभूमि' में प्रकाशन होने पर हिंदी जगत् ने अभूतपूर्व स्वागत किया। कोलकाता के 'विश्वमित्र' ने 'जन्मभूमि' से उद्धृत करके उनको छापा भी था। इस पुस्तक की भूमिका माता कस्तूरबा ने गुजराती में लिखी थी,

जो हिंदी अनुवाद के साथ देवनागिरी लिपि में दी गई थी। श्रीनगर के लाला चिरंजीलाल के घर 1903 में जनमी उर्मिलाजी का 6 जुलाई, 1942 में निधन हो गया। मासिक 'त्रिवेणी' (1931) का प्रकाशन फूलवती शुक्ल के संपादन में हुआ। इसके 'विदुषी अंक' में 'हिंदू लॉ में स्त्रियों के अधिकार' (फूलवती शुक्ल), दांपत्य प्रेम (विमला देवी 'रमा'), गांधारी (भाग्यवती देवी मिश्र), प्रेम का रोग (यशोदा देवी), प्रेम (प्रेमवती देवी), कनक-कण (मंगलावती देवी), पातिव्रत धर्म का रहस्य (मित्रदेवी बाजपेई), आलमगीर (चकोरी), हमारी उन्नति (सत्यवती), स्त्री-समाज और कर्तव्य (सरोजिनी श्रीवास्तव), स्त्री और गृहकार्य (ब्रह्मादेवी), पिता का नाम (रमा भारतीय), स्त्रियों की शारीरिक स्थिति (कलावती देवी 'निराश'), स्वतंत्रता का मूल्य (सत्यवती वर्मा), स्मृति (शकुंतला सक्सेना), सुदर्शन चक्र (बिमला देवी सोमानी) लेख थे, जो उस समय की विद्वान् महिला लेखिकाओं की स्थिति से अवगत कराते हैं। इसमें हेमंतकुमारी भट्टाचार्य का दुर्लभ चित्र भी प्रकाशित किया गया था। 'तरंग-भाल' में समालोचना, 'प्रमोद प्रवाह' में अच्छी सामग्री देकर पत्रिका को पठनीय बनाया जाता था।

स्त्रियों की लेखन शक्ति बढ़ाने के उद्देश्य से पत्रिकाएँ निकला करती थीं। ग्वालियर से प्रकाशित 'महिला' (1931) की संपादक चंद्रकला सहाय थीं। समकालीन ने छापा— "ग्वालियर राज्य की कन्याधर्म वर्द्धिनी सभा ने स्त्रियों की लेखन-शक्ति को बढ़ाने के उद्देश्य से 'महिला' नामकी त्रैमासिक पत्रिका निकालना निश्चय किया है। इसमें स्त्रियों के लिखे हुए लेख ही प्रकाशित हुआ करेंगे। पत्रिका का पहला अंक अक्तूबर के अंतिम सप्ताह में निकालने का विचार है।" प्रकाशन उद्देश्यों की जानकारी दी गई—"संचालक ठाकुर सूर्यकुमार वर्मा ने पत्रिका के उद्देश्य बताए हैं—"स्त्रियों में लेखन कला की रुचि उत्पन्न करना, उसकी उन्नति करना तथा स्त्रियों के विचारों को सर्वसाधारण तक पहुँचाना और इन उद्देश्यों की पूर्ति के लिए जहाँ तक संभव होगा, स्त्रियों के लेख ही इसमें प्रकाशित होंगे।" 'महिला' नाम से निकली पत्रिकाओं में रामप्यारी देवी 'चंद्रिका' की 'महिला' (1931) की जानकारी मिलती है—"हिंदी मासिक पत्रिका संपादिका श्री रामप्यारी चंद्रिका प्रकाशक आर्य महिला मंडल अजमेर पृ.सं.-54 वा. मू. 3 महिलाओं के लिए इस समय हिंदी में एक अच्छे और सस्ते पत्र की आवश्यकता है। 'महिला' का जन्म इसी अभाव को दूर करने के लिए हुआ है। इसके पहले अंक में कई कविताएँ तथा स्त्री उपयोगी लेख और कहानियाँ हैं। गृहस्थ परिवार का आदर्श, वीरक्षत्राणी, जवा आदि अच्छे लेख हैं, फिर भी पत्रिका में और उन्नति की आवश्यकता है।" 'सहेली' ने आलोचना करते हुए लिखा—"यह पत्रिका 'राजस्थान महिला' का परिवर्तित रूप है। स्त्री समाज में सच्ची शिक्षा के प्रचार की आवश्यकता बहुत अधिक है। यह प्रसन्नता की बात है कि यह पत्रिका इस आवश्यकता की पूर्ति में महत्त्वपूर्ण सहायता दे सकती

है। इसमें लेख कविताएँ, कहानियाँ—सभी सुपाठ्य हैं। चारु-चरित जीवन और स्वास्थ्य, बाल-जीवन, विज्ञान-वैचित्र्य, पाकशाला, औषधालय, संगीत-साधन और विविध-विषय स्तंभों के नाम से ही पाठक जान सकते हैं कि इसमें कितनी शिक्षाप्रद और मनोरंजक सामग्री रहती है? पृष्ठ संख्या-48 है।" इसी में उनके निधन का समाचार था—"यह जानकर हमें हार्दिक खेद हुआ कि 'महिला' पत्रिका की संपादिका श्रीरामप्यारी चंद्रिका वस्त्र में आग लग जाने से गत तीन फरवरी को स्वर्गवासिनी हो गईं।" 1931 में भविष्य के संपादकों के जेल चले जाने के बाद स्थानापन्न संपादन का भार लक्ष्मी देवी ने ग्रहण किया था। इसी पत्र में 'वीरप्रभा' की संपादक त्रिवेणीबाई वीरापुरी का चित्र इन पंक्तियों के साथ छपा था—"यदि अवसर दिया जाए तो स्त्रियाँ क्या नहीं कर सकतीं।" सरस्वती श्रीवास्तव 'सुधा' के संपादन में बच्चों पर केंद्रित 'बाल विनोद' (1933) पहली ऐसी पत्रिका थी, जिसे पूर्णतः महिला पत्रकार ही चलाया करती थीं। 'शिक्षण पत्रिका' (1934) की संपादक ताराबहन मोडक रहीं। यह अमरावती, बड़ौदा, दादर और इंदौर से प्रकाशित हुई तथा इंदौर, जोधपुर, बड़वानी, मुंबई, मध्य प्रांत, बरार, बिहार, यू.पी. और उड़ीसा की सरकारों के शिक्षा विभागों द्वारा स्कूलों पुस्तकालयों और वाचनालयों के लिए स्वीकृत थी। 'बालक और ईश्वर' शीर्षक से पढ़ने को मिलता है—"सामान्यतः धार्मिक बातों का उपहास करके उनके महत्त्व को कम नहीं करना चाहिए। दूसरी तरफ इस बात का भी ध्यान रखना चाहिए कि धार्मिक वातावरण को जड़ से निकाल कर धार्मिकता का प्रचार नहीं हो सकता। इस बात का भी खयाल रखना चाहिए कि धार्मिक और नैतिक आचार-विचार में इतनी सख्ती नहीं होनी चाहिए कि जिससे उसके विरुद्ध बगावत होने की संभावना हो।" आत्मा देवी सूरी लाहौर से निकली मासिक 'कमल भारती' (1934) की संपादक थीं। 'मालती' (1935) का प्रकाशन भी यहीं से हुआ, जिसकी संपादिका मालती देवी थीं। प्रथम पृष्ठ पर 'स्त्रियों के लिए सर्वोपयोगी विविध विषय विभूषित' छपा करता था। प्रथम अंक में—बसंत कविता, सीमा से बाहर, स्त्री-शिक्षा का बुरा प्रभाव, वीरांगना (धारावाहिक उपन्यास), संसार सराय है, जयदेवी तथा राजकुमारी 'रमा' के लेख और कविताएँ, जैसी साहित्यिक सामग्री पढ़ने को मिलती है। लखनऊ से निकले 'स्त्री भूषण' (1932) की संपादक भगवती देवी ने 'महात्माजी' का स्त्रियों को उपदेश 'स्त्री और पुरुष समान हैं' छापा—"भगवान् को हम लोग निराकार रूप में नर जाति में, अंबा (मातृशक्ति के रूप में) नारी जाति में तथा ब्रह्मरूप में इस जाति में पूजा करते हैं।...स्त्री और पुरुष के अधिकार भिन्न-भिन्न हैं, लेकिन उनके शरीर का नाश होने पर उनकी राख में भेद कोई डॉक्टर नहीं बता सकता। अतः वास्तव में स्त्री और पुरुष में जरा भी भेद नहीं है।" 'आधुनिक महिलाएँ' में कृष्णादेवी प्रेम लिखती हैं—"कि स्त्री अपनी शक्ति पहचाने भारतीय ललनाओ, बच्चियो, महिलाओ, बहनो!

क्या तुमको मालूम है, तुम कौन हो? तुम देवी-देवताओं, ऋषि-मुनियों, सिद्ध-योगीश्वरों की जीती-जागती साक्षात् चमत्कारिक कल्याणकारी अद्भुत शक्ति हो।...ऐ देवियो! तुम अज्ञानवश अपनी शक्तियों को भूल बैठी हो। ये ईश्वरीय दैवी शक्तियाँ हर दम तुम्हारे साथ रहती हैं, परंतु तुम जरा भी अनुभव नहीं करतीं।" 'सरस्वती ने लिखा—"संपादिका, श्रीमती भगवती देवी हैं। प्रकाशक, स्त्री भूषण कार्यालय, लखनऊ और वार्षिक मूल्य तीन रु. है। 'स्त्रियों से संबंधित विषयों' पर अच्छा प्रकाश डालता है। शायद इस प्रकार का अकेला साप्ताहिक है।"

पं. बनारसीदास चतुर्वेदी द्वारा 'कमलिनी' (1935) की आलोचना करने पर 'सहेली' ने प्रतिक्रिया दी थी—"यह पत्रिका श्रीज्योतिर्मयी ठाकुर के संपादन में जनवरी मास से इलाहाबाद से निकलने लगी है। इसकी संपादिका अब तक कई पुस्तकें लिख चुकी हैं,...विशाल भारत के विद्वान् संपादक ने एक विदुषी बहन की लिखी इस पत्रिका की बहुत ही कड़ी और हतोत्साहित करनेवाली आलोचना प्रकाशित करने की कृपा कर दी है, क्योंकि वे इस आलोचना की लेखिका की इस विचित्र सम्मति से सहमत जान पड़ते हैं कि स्त्रियों की ज्ञान पिपासा का अनुचित लाभ उठाकर इसके पहले कि सुयोग्य बहनें इस क्षेत्र में आगे बढ़ें, कुछ बहनें इस क्षेत्र को मटियामेट कर देंगी। यह तर्क वैसा ही है जैसा कि इस वर्ष 'देव पुरस्कार' के लिए किसी भी हिंदी कविता पुस्तक को अच्छी न मानने के संबंध में दिया जा रहा है—'यदि साधारण योग्यता की बहनें आगे बढ़ने का साहस दिखलाती हैं, तो इस साहस को दुःसाहस कहना और ऐसी बहनों के उत्साह पर ही कुठाराघात करना हमें किसी प्रकार अभिनंदनीय नहीं जान पड़ता'...हमने स्वयं ही 'मधुबन' की आलोचना 'सहेली' में करते समय 'कहानी लेखन कला' के बारे में 'मधुबन' की लेखिका ज्योतिर्मयीजी ही से कुछ विशेष बातों की ओर ध्यान देने के लिए निवेदन किया था।" ज्योतिर्मयीजी की 'स्त्री-शिक्षा' 1937 में प्रकाशित हुई थी। उसमें मधुबन, स्त्री और सौंदर्य, स्वामी के पत्र, स्त्रियों के खेल और व्यायाम आदि विषय रखे गए थे। 'दैनिक शक्ति' (1936) का प्रकाशन लाहौर से हुआ जिसकी शन्नो देवी संपादक थीं। देश के विभाजन तक इसका प्रकाशन होता रहा था। प्रसिद्ध साहित्यकार-पत्रकार महादेवी वर्मा ने लिखा—"शक्ति एक वर्ष के ही जीवन काल में इतनी शक्ति संपन्न हो गई, यह उसके लिए और हिंदी संसार के लिए शुभ लक्षण है। ऐसा सुंदर विशेषांक निकालने का उनका साहस सर्वथा प्रशंसनीय है। विद्वान् लेखकों द्वारा भिन्न-भिन्न प्रकार से विजयादशमी की जो विवेचना की गई है, उससे इस पवित्र त्योहार के विषय में बहुत सी ज्ञातव्य बातें मालूम होती हैं। मुखपृष्ठ पर राष्ट्रपति जवाहरलाल का सुंदर चित्र इस अंक के महत्त्व को बढ़ा रहा है।" उनके द्वारा की गई 'कालिदास और भवभूति' की तुलना से पता चलता है कि वे संस्कृत की अच्छी अध्येता भी थीं—"ये

दोनों कवि भिन्न-भिन्न समयों में हुए हैं। कालिदास ईसा की पाँचवीं शताब्दी में हुए। यह काल वास्तविक विद्वानों से सुशोभित था।...भवभूति ईसा की सातवीं शताब्दी में हुए। यह काल समालोचकों से भरपूर था। वे दूसरों की आलोचना करना जानते थे। उन्हें आए या न आए।...समय भेद के कारण दोनों कवियों की लेखन-शैली भी भिन्न है। कालिदास वैदर्भी शैली के आचार्य थे।...वह विरले ही लंबे-लंबे समासों का प्रयोग करते थे। इनकी भाषा अत्यंत सरल तथा लौकिक है।...भवभूति गौड़ी रीति के अनुयायी थे। उनके विचार में कविता का सौंदर्य तथा पांडित्य वाणी के प्रौढ़त्व तथा उदारता और अर्थ की गहराई में था। अतएव उनकी रुचि लंबे-लंबे समासों के प्रयोग की ओर थी। उनकी भाषा अत्यंत ही क्लिष्ट है।...कालिदास श्रृंगार रस के वर्णन में कुशल थे, तो भवभूति करुणा तथा वीर रस के वर्णन में सिद्धहस्त थे। कालिदास की भाषा में व्यंजकत्व शक्ति है, जिसको कालिदास ध्वनि से सूचित कर देता है, मगर उसी बात को भवभूति खूब खोलकर वर्णन करता है।...कालिदास के नाटक तत्कालीन समाज की दशा, उसकी सभ्यता तथा देश की स्थिति पर कोई प्रकाश नहीं डालते, परंतु भवभूति के नाटक इस कार्य में दक्ष हैं। उनमें हमें उस काल की सभ्यता तथा धर्म का चित्रण मिलता है।...अंत में यह लिखकर लेख को समाप्त करना उचित समझते हैं कि दोनों ही उच्च कोटि के नाटककार हैं। अपने पांडित्य का ज्ञान दोनों को है, परंतु कालिदास उसको सुंदर शब्दों में प्रकट करते हैं और भवभूति अहंकारपूर्ण शब्दों में। हम यह कहे बिना नहीं रह सकते कि कालिदास में ग्राम्य दोष तथा अश्लील दोष भी दिखाई पड़ते हैं, परंतु भवभूति की कविता में यह दोष कहीं दृष्टिगोचार नहीं होते।"

'हंस' की संपादक रहीं शिवरानी देवी के पिता के मित्र ने यह विज्ञापन—'मौजा सलेमपुर, डाकखाना कनवार, जिला फतहपुर के मुंशी देवीप्रसाद अपनी बाल-विधवा कन्या का विवाह करना चाहते हैं' छपवाया था, जिसे पढ़कर प्रेमचंद ने पत्र-व्यवहार किया। 1906 की शिवरात्रि को प्रेमचंद और शिवरानी का विवाह हो गया। वे उस समय थोड़ी-बहुत हिंदी जानती थीं। प्रेमचंदजी का सान्निध्य पाते ही हिंदी की उत्कृष्ट कहानी-लेखिका बन गईं। उनकी पहली कहानी 'साहस' सितंबर 1927 के 'चाँद' में प्रकाशित हुई। आगे चलकर उनकी लेखनी में इतना निखार आया कि उन्होंने न केवल 'प्रेमचंद : घर में' संस्मरणात्मक जीवनी लिखी, अपितु 'हंस' के संपादन में सहयोग करते हुए 1936 में संपादन प्रकाशन ही अपने हाथ में ले लिया। प्रेमचंद स्मृति अंक (मई 1937) की संपादकीय—'मैं लुट गई! 25 जून की ढाई बजे रात को' बहुत ही भावुक कर देने वाली थी। 'माधुरी' में भी उनकी कहानियाँ छपीं। 'जागरण' में शिवरानी देवी ने दहेज पर लिखा था—"स्त्रियों को तभी बराबर अधिकार मिलेगा, जब पुरुषों के बराबर विद्या और बुद्धि शक्ति आ जाएगी। वही चीज स्थायी भी होती है, जो अपने बाहुबल के जोर से

प्राप्त होती है। माँगने से भिक्षा मिलती है। पुरुषार्थ से अधिकार मिलता है। अब स्त्रियों को जेवर और रुपयों के लिए नहीं लड़ना चाहिए। अब इनको छोड़ देना चाहिए। इनसे कोई लाभ नहीं है। माता-पिता को चाहिए कि लड़कपन से ही लड़कियों में स्वाभिमान भर दें। आन के लिए मरना सीखें, मान के लिए जीवित रहें। अपने में साहस रखें और देश-प्रेम करना सीखें···लड़कियों को चाहिए कि वे अब बेकार बैठना छोड़ दें···लड़कियाँ जब रोटी खुद कमा सकेंगी, तभी उनमें स्वाभिमान भी आ जाएगा···जब कोई लड़की दहेज के साथ अपनी शादी करना मंजूर न करेगी, तभी दहेज की प्रथा भी टूटेगी, और तभी लड़के के समान दरजा भी मिलेगा। इसके बिना कुछ सुधार नहीं हो सकता।" पटना की 'महिला चर्खा समिति' पत्रिका (1940) की संपादक सुशीला सहाय गुप्त और मनोरमा श्रीवास्तव थीं। सुशीलाजी आभार व्यक्त करते हुए लिखती हैं—"यह कहते हुए मुझे तनिक भी संकोच नहीं कि इस पत्रिका के संपादन का दायित्व मुझ जैसी गृहस्थी में व्यस्त महिला के लिए असाध्य-सा था और यह सचमुच असाध्य ही रहा होता, यदि 'ग्रामोदय' के संपादक श्री सच्चिदानंदजी ने न केवल प्रकाशन का अपितु बहुत दूर तक संपादन का दायित्व भी न उठाया होता।" मनोरमाजी 'आज का अर्थाधारित समाज किस ओर?' में लिखती हैं—"हमारे आज के साहित्य, दर्शन, चिंतन कला, चरित्र में कोई तत्त्व नहीं है। काल का प्रवाह इस युग पर आसानी से अपनी तूलिका फेर सकता है और इक्के-दुक्के कहीं कोई वास्तविक साधक है तो वह अर्थ के दुर्भिक्ष में पड़ा कराह रहा है। उसके पास इतनी शक्ति नहीं है कि वह कुछ निर्माण कर सके यह इस देश का दुर्भाग्य है।" 'नारियों की और नारियों के लिए' प्रकाशित होनेवाली 'दीदी' (1940) अपने ढंग की अनूठी पत्रिका थी। प्रयाग से प्रकाशित इस पत्रिका की संपादक मंडल सदस्य यशोमती तिवारी, जो बाद में प्रधान संपादक भी बनीं, के अलावा रानी गिरिजा देवी (भदरी), सत्यवती, हरदेवी मलकानी, विद्यावती, विजयलक्ष्मी पंडित (संरक्षिका) रानी लक्ष्मीकुमारी रावत, रत्नकुमारी, कमला शिवपुरी, चंद्रकांता जेरथ, रजनी पनिकर, विद्यावती रहीं। भारतीय स्त्रियों और कन्याओं की प्रिय 'मासिक' के गांधी अंक में पढ़ने को मिलता है—"हमारे प्यारे बापू पर कोई हाथ उठा सकता है, इसको हम असंभव मानते थे। इस संसार में उनका भी कहीं कोई शत्रु है, इसकी हम कल्पना तक नहीं कर सकते थे। परंतु असंभव संभव हो गया। अघटित घटना घट गई। इसी हिंदुस्तान में एक ऐसा नराधम निकल आया, जिसने बापू के जर्जर शरीर पर मर्म स्थलों को ताक कर तीन गोलियाँ चलाईं। एक ऐसे व्यक्ति पर, जो सत्य, अहिंसा, प्रेम, दया, क्षमा की साक्षात् मूर्ति थे, जो भारत जैसे महान् राष्ट्र का प्राण थे, जो विश्व भर में अपनी सदाशयता के लिए वंद्य हैं, वार करके हत्यारे ने केवल यही प्रमाणित किया है कि वह और उसके साथी जो भी हों, वे कितने नीच, पातकी और देशद्रोही हैं। मानव का पतन इस सीमा तक भी हो सकता है, यह इन

दुष्टों ने संभव करके दिखा दिया है।" बापू के सिद्धांतों को आगे बढ़ाने का संकल्प लेते हुए आगे लिखा था—"बापू के अभूतपूर्व बलिदान की इस दु:खद बेला में 'दीदी' यह संकल्प करती है कि वह भारत की महिलाओं के उन सिद्धांतों और विचारों के प्रचार का सतत् प्रयत्न करती रहेगी, जो बापू को अत्यंत प्रिय थे।" बिना विज्ञापन के निकले इस पत्र में केवल कुछ पुस्तकों के विज्ञापन दिए गए थे, जिन्हें बापू बहनों के हाथ में देखना पसंद करते। अन्य सामग्री भी पठनीय थी, प्रथम पृष्ठ पर 'बापू के प्रति', (सुमित्रानंदन पंत), 'शहीदों के शहीद' (बच्चनजी), 'बापू के निधन पर' (रामचंद्र शुक्ल 'सरस'), 'गांधीजी के प्रति' (मैथिलीशरण गुप्त), 'हा! बापू!!' (शांति 'नलिनी'), 'बापू को श्रद्धांजलि' (स्वर्णलता अग्रवाल), 'बापू अष्टक' (चाँदमल अग्रवाल 'चंद्र') जैसी श्रद्धांजलियों तथा चंद्रकांता जेरथ, डॉ. सुशीला नायर के कुशल संपादन में यह अंक स्मरणीय बना। मुख पृष्ठ पर गांधीजी का हाथ जोड़े चित्र और अंदर तेरह विभिन्न चित्रों के कारण संग्रहणीय भी रहा। भीतर के पृष्ठों पर आधा इंच चौड़ी धरती पर सफेद अक्षरों में महात्माजी की प्रिय चार पंक्तियाँ एक-एक करके पृष्ठों पर दुहराई गई थीं—

रघुपति राघव राजाराम, पतित पावन सीताराम।
ईश्वर, अल्लह एकहि नाम, सबको सन्मति दे भगवान्॥

पाठिकाओं को सलाह देने का दायित्व प्रेमलता देवी पर रहा करता था। यौवन, सौंदर्य और प्रेम विषयक समस्याओं के प्रश्नों का उत्तर श्यामाबाई देती थीं। प्रथम वर्ष के अंकों में—'सैंया मुझे तिल-तिल न मारो' (दिनेशनंदनी चोरड्या) 'बट-सावित्री' (चंद्रवती ओझा 'सुधा') तथा रामेश्वरी गोयल की स्मृति में लेख थे। सरला भटनागर (लाहौर) का 'करेले वाले ताऊजी' लेख मनोरंजक था। इसके ग्राहकों की संख्या अधिक नहीं थी। पत्रिका अपने ढंग की सुरुचिपूर्ण थी। विज्ञापन नहीं छपते थे। धनी-मानी पाठिकाएँ यदा-कदा सहायता और कर्ज देने में अग्रसर रहती थीं। साठ के दशक में प्रकाशन बंद हो गया। कैलाशकुमारी अग्रवाल के संपादन में 'आँचल' (1944) का प्रकाशन नई दिल्ली से हुआ। 1956 तक प्रकाशित इस पत्रिका में 'ज्ञान अस्थाना' और 'आशा', के नाम भी मिलते हैं। कलावती देवी 'बच्ची' के संपादन में निकली 'माला' (1947) की समीक्षा करते हुए लिखा गया था—"'माला'—संपादिका श्रीकलावती देवी 'बच्ची' दारागंज प्रयाग से प्रकाशित। वार्षिक मूल्य साढ़े चार रुपए, आकार 'वीणा' जैसे, 16 पृष्ठ। इसमें गृह-कला, शिल्प-विद्या, हस्त-कौशल, आदि की सचित्र शिक्षा देने वाले लेख प्रकाशित होते हैं। इस प्रकार यह सीरीज गृह-उद्योगों का प्रसार करने की दृष्टि से अत्यंत उपयोगी सिद्ध हो सकती है। अब तक इसके तीन अंक प्रकाशित हो चुके हैं। हम चाहते हैं कि प्रत्येक शिक्षित-परिवार एवं खासकर कन्या विद्यालयों में तो इसका अवश्य ही प्रचार हो, क्योंकि पारिवारिक आवश्यकता एवं दैनिक उपयोग में आनेवाली

कला-पूर्ण वस्तुएँ बुनने, काढ़ने या तैयार करने का ज्ञान इसके द्वारा बिना शिक्षक के सहज ही हो सकता है। 'माला' उपादेय है।"

आजादी मिलते ही 'नारी' (1947) का प्रकाशन हुआ। पहली महिला सत्याग्रही सुभद्राकुमारी चौहान और हरदेवी मलकानी संपादक थीं। प्रवेशांक में पढ़ने को मिलता है—"आज हम अपनी बहनों के सम्मुख यह पत्रिका उपस्थित कर रहे हैं। नारी समाज की उन्नति के लिए और जागृति उत्पन्न करने और एक-दूसरे के विचारों का आदान-प्रदान कराने के लिए कोई उपयुक्त पत्र न था। इस आवश्यक कमी की पूर्ति के लिए हमने 'नारी' का प्रकाशन आरंभ किया है। आज हमारा देश स्वतंत्र हो गया है और सभी दिशाओं में जागरण के लक्षण प्रकट हो रहे हैं। नारी-समाज सदा से सब देशों में उत्थान में सहायक रहा है। आज भी हम अनुभव करते हैं कि भारतीय नारी समाज को देश के सभी भागों में सक्रिय सहयोग देना आवश्यक है। इसलिए महिला जगत् को समाज में अपनी स्थिति का बोध हो जाए, वे उचित शिक्षा द्वारा अपना विकास कर सकें और कर्तव्य का पालन पूर्ण रूप से कर सकें और नारियों के द्वारा राष्ट्र तथा समस्त विश्व में बंधुत्व की भावना का प्रसार भलीभाँति हो। आधुनिक युग के साथ सामंजस्य रखते हुए हमारे देश की महिलाएँ भारतीय संस्कृति की परंपरा का अनुसरण करती हुई अपने को योग्य बना सकें तथा अपने घरेलू जीवन को सुंदर, सुखमय, वैज्ञानिक तथा कलापूर्ण कर सकें। अपने स्वास्थ्य की रक्षा स्वयं कर सकें। अपने बच्चों का लालन-पालन सुचारु रूप से कर सकें। महिलाएँ स्वयं बाल-मनोविज्ञान तथा शिशु-सिद्धांतों का अध्ययन कर अपने बालकों को योग्य शिक्षक, वैज्ञानिक, योग्य शासक तथा नेता बना सकें और देश की रक्षा करने को योग्य सैनिक प्रदान करने में सहायक हों। आर्थिक सुविधाओं से वंचित नारी समाज को गृह-उद्योग तथा कला-कौशल की शिक्षा देकर आर्थिक क्षेत्र में सदा परमुखापेक्षी न रहना पड़े। अशिक्षित नारी समाज भी शिक्षित हो सके तथा ग्रामीण अनुन्नत नारी समाज का जीवन स्तर उन्नत हो। इन्हीं उद्देश्यों को साथ लेकर आज हम पाठिकाओं के सम्मुख 'नारी' लेकर उपस्थित हो रहे हैं।...हमारी उत्कट अभिलाषा थी कि 'नारी' का कार्य केवल महिला लेखिकाओं द्वारा ही हो, किंतु हमें समय की कमी के कारण पर्याप्त महिला लेखिकाएँ नहीं मिल सकी हैं। शिक्षित महिलाओं से मेरी प्रार्थना है कि वह अपने बहुमूल्य विचार तथा भाव, सुंदर लेख 'नारी' को प्रदान करने का कष्ट उठाएँ। पाठिकाओं से भी मेरी अपील है कि नारी की कठिनाइयाँ दूर कर तन-मन-धन से वे अपना सहयोग देकर 'नारी' की उन्नति में हमारी सहायक हों।" बनारस से प्रकाशित इस पत्रिका की संरक्षिका विजयलक्ष्मी पंडित थीं। इसने मानव-समाज के शक्ति रूपिणी नारी जाति का तेजस्वी प्रतिनिधित्व किया था।

मध्य प्रदेश के साहित्य जगत् का जाना-माना नाम हीरादेवी चतुर्वेदी ने नवंबर

1947 से अप्रैल 1950 तक 'मनोरमा' (1924) का संपादन किया, जिसमें गृहस्थी के प्रत्येक सदस्य के लिए उपयोगी और ज्ञानवर्धक सामग्री के साथ-साथ 'आगामी चुनाव और हिंदी' जैसे समसामयिक संपादकीय में उनका राष्ट्रभाषा हिंदी के प्रति दर्द साफ दिखाई देता है—"हमारे देश का यह दुर्भाग्य ही कहा जाएगा कि हिंदी और हिंदुस्तानी के प्रश्न पर सांप्रदायिकता का रंग चढ़ाया जाने लगा है।" 'खाली समय का सदुपयोग' में वे शिक्षा देती हैं—"प्रतिदिन के काम-काज का हिसाब लगाकर देखा जाए, तो प्रत्येक बहन यह स्वीकार करेगी कि उसका कुछ-न-कुछ समय बेकार भी चला जाता है। इस खाली समय में हमारी बहनें बहुत-कुछ कर सकती हैं और परिवार की आय बढ़ा सकती हैं।··· जिन बहनों को सचमुच थोड़ा-बहुत खाली समय मिलता है, उन्हें पास-पड़ोस की बहनों से व्यर्थ की गपशप छोड़कर ऐसे काम करने चाहिए, जो उनकी रुचि के अनुकूल हों और उनके करने से घर-खर्च में भी मदद मिल सके।···दूसरी आवश्यक बात यह है कि स्त्रियाँ अपने अंदर ऐसी शक्ति पैदा करें, जिससे वे कठिन-से-कठिन विरोध के सामने अचल पर्वत के समान स्थिर खड़ी रहें।···आज भी धर्म और सतीत्व पर आपत्ति आने पर नारी को स्वयं अपनी रक्षा करने योग्य होना चाहिए।" आगरा से प्रकाशित 'नोंक-झोंक' ने लिखा था—"'मनोरमा' मासिक का प्रकाशन बेलवेडियर प्रिंटिंग वर्क्स, प्रयाग से पुनः आरंभ हुआ है। 'मनोरमा' का स्तर ऊँचा है और निस्संकोच कहा जा सकता है कि 'मनोरमा' एक आदर्श पत्रिका है, जो प्रत्येक घर में स्थान लेने योग्य है और गृहस्थी के प्रत्येक सदस्य के लिए उपयोगी और ज्ञानवर्धक है। 'मनोरमा' के पुनः प्रकाशन के लिए हम संपादक हीरादेवी चतुर्वेदी और भक्त सज्जन को बधाई देते हैं। सामग्री का चयन बहुत सुंदर है। हीरादेवी के संपादन कौशल की सराहना आचार्य शिवपूजन सहाय ने भी मुक्त कंठ से की थी। हीरादेवी लिखती हैं—"प्रशंसकों से जो प्रोत्साहन हमें मिला, उसके लिए हम उनके कृतज्ञ हैं। साथ ही, जिन सज्जनों ने हमारी त्रुटियाँ न दर्शाकर हमारी निंदा की, उनकी भी हम गोस्वामी तुलसीदास के शब्दों में वंदना ही करते हैं—वेदों खल जस शेष सरोषा, सहस वदन वरणों पर दोषा।' प्रमुख स्तंभ थे—कुसुम कुंज, वनिता विनोद, फौहारे की छीटें। सामयिक साहित्यावलोकन में मुफ्तखोर पाठकों पर प्रायः व्यंग्य रहा करता था। यह विचार स्वातंत्र्य का प्रेरक पत्र था और 'माधुरी' से सात्विक स्पर्धा चला करती थी। बाद में संपादक बनीं सुचरिता मित्र 'संपादक की बात' में महिला श्रमिकों पर लिखती हैं—"विकासशील देशों में श्रमिक और काम-काजी महिलाओं के बारे में कुछ तथ्य चौकाने वाले हैं। औद्योगिक प्रगति एवं विकास का मानव जीवन पर गहरा असर पड़ता है और उसमें तेजी से परिवर्तन होते हैं। अंतरराष्ट्रीय श्रम संघठन के आँकड़ों तथा विशेष अध्ययनों के अनुसार, पिछले पच्चीस वर्षों में विश्व में श्रमिक महिलाओं की आबादी दूनी से अधिक हो गई है। सन् 1950 में ऐसी महिलाओं की जनसंख्या 23 करोड़

10 लाख थी, जो बढ़कर सन् 1975 में 57 करोड़ 60 लाख हो गई।" आजादी के पूर्व गोरखपुर से निकलनेवाली मासिक 'आरोग्य' (1944) की संपादक स्मिता मोदी भी रही हैं। प्राकृतिक चिकित्सा और आयुर्वेद पद्धति के प्रचार को लेकर चलनेवाली इस पत्रिका में स्त्रियों के स्वास्थ्य पर आलेखों का प्रकाशन होता है।

प्रकाशन विभाग, दिल्ली से प्रकाशित 'बाल भारती' (1948) की संपादक सावित्री देवी वर्मा थीं। इसमें दूसरी भाषाओं से भी अनूदित कहानियों को छापा जाता था। इसी समय प्रकाशित मानवता की संपादक राधादेवी गोयनका 'मानवता और बापू' में लिखती हैं—"मानवता की विशेषता उसकी नैतिक शक्ति में है। मनुष्य पशु से ऊँचा इसलिए है कि उसमें वैचारिक शक्ति रहती है। पशु युग-युग के बाद जहाँ का तहाँ है, परंतु अपनी बुद्धि के बल से विकास की ओर बढ़ा करता है, 'बापू' की देन तो इससे कहीं ऊँची है। उनके सत्य, अहिंसा, त्याग और सेवा से मिला हुआ सुख अनुपम होता है।" अन्ना चंडी के संपादन में 'श्रीमती' (1949) का प्रकाशन कोट्टायम से हुआ। सत्यवती स्नातिका मेरठ से साप्ताहिक 'किसान सेवक' (1948) कई वर्ष तक सफलतापूर्वक संपादित करती रहीं। उनके लेख 'स्त्री दर्पण' और 'मनोरमा' में भी पढ़ने को मिलते हैं। 'भारत सेवक समाज' की रचनात्मक प्रवृत्तियों में भी वे बराबर रुचि लेती रहती थीं। उनका निधन 14 दिसंबर, 1978 को हुआ। प्रेमलता ने साप्ताहिक 'उजाला' का संपादन किया। 'विदर्भ में हिंदी पत्रिकाओं का सफर' में पढ़ने को मिलता है—"1949 में पुलगाँव से प्रेमलता बाई के संपादन में 'उजाला' निकला।" प्रेमकुमारी शर्मा आगरा के प्रख्यात जन-सेवक, पत्रकार और शिक्षाविद् फूलसिंह शर्मा 'नीरव' की सहधार्मिणी और ब्रज प्रदेश की प्रथम महिला पत्रकार थीं। मासिक 'युवक' (1950) तथा 'सूर वाणी' की संपादिका के अतिरिक्त दैनिक 'भारत', 'अमृत पत्रिका', 'अमृतबाजार पत्रिका' (प्रयाग), 'नवप्रभात' (ग्वालियर-भोपाल), 'वीर अर्जुन' (दिल्ली) 'लोकवाणी' और 'राष्ट्रदूत' (जयपुर) तथा 'प्रताप' व 'वर्तमान' (कानपुर) आदि पत्रों की मंडलीय संवाद-प्रेषिका भी रहीं। 'नारी और रसोई' तथा 'गृह-शास्त्र दर्शन' नामक पुस्तकों के अतिरिक्त गृहशास्त्र, इतिहास, समाजशास्त्र तथा ब्रज की लोक-संस्कृति पर लिखित आपके अनेक लेख पत्र-पत्रिकाओं में प्रकाशित हुए थे। 20 जनवरी, 1975 को उनका निधन हो गया। 23 सितंबर, सन् 1915 को मेरठ में जनमी शांति भटनागर हिंदी में स्नातकोत्तर परीक्षा उत्तीर्ण करने के पश्चात् अनेक पत्र-पत्रिकाओं से जुड़ गईं। 'कला पाक्षिक', 'साप्ताहिक हिंदुस्तान' तथा 'सतरंगा आँचल' विशेष रूप से उल्लेखनीय हैं।

मध्य प्रदेश में महिलाओं का एकमात्र मुखपत्र 'राजकमल' (1951) जबलपुर से निकला। इसकी संपादक राजकुमारी बघेल ने प्रथम पृष्ठ पर 'नारी क्रय-विक्रय' में लिखा—"पिछले कई दिनों से यह खबरें बराबर प्रसारित हो रही हैं कि शहर में ऐसे बहुत

से गुप्त अड्डे हैं, जहाँ पर भोली-भाली बालिकाएँ बहकाकर या फुसलाकर लाई जाती हैं। कई मजबूरीवश भी आकर फँस जाती हैं। उन्हें बेचकर या उनसे व्यभिचार करवाकर कुछ नीच व्यक्ति अपना उल्लू सीधा कर रहे हैं।...प्रथम तो पुलिस अधिकारी इस ओर ध्यान ही नहीं देते, वरन् क्या हमारा सी.आई.डी. विभाग इतना निष्क्रिय हो गया है कि आज तक ऐसे एक भी अड्डे पर छापा मारकर अपराधी को गिरफ्तार नहीं कर सका।" 'हमारी विचारधारा' में वे ब्रह्मवाक्य छोड़ती हैं—"धर्म, संस्कृति और नारी की उपेक्षा करके भारत वर्ष में कोई भी राजनीति पनप नहीं सकती।" 6 जनवरी, 1932 को कानपुर में जनमी शीला झुनझुनवाला ने 'धर्मयुग' (1950) के 'महिला जगत्' के संपादन के साथ पत्रकारिता के क्षेत्र में प्रवेश किया। 1964 से '68 तक 'अंगजा' की संपादक, 1969 से '72 तक 'कादंबिनी' (1960) की सह संपादक बनीं। 31 अक्तूबर, 1982 को 'साप्ताहिक हिंदुस्तान' (1950) से जुड़ गईं और 13 अप्रैल, 1986 तक संपादक रहीं। कानपुर से प्रकाशित 'आर.सी.' (1951) की संपादक लीला प्रकाश 'आजादी के बाद की आवश्यकता' बताते हुए लिखती हैं—"आज प्रत्येक व्यक्ति को पुरुष हो अथवा नारी, समाज कल्याण के कार्य में जुटना है, जब तक हमारे देश से गरीबी, अशिक्षा, भुखमरी, बेकारी व बीमारियाँ दूर नहीं हो जातीं, हमारा देश समृद्ध नहीं बन सकता। देश की वास्तविक उन्नति के लिए हमें अपने समाज को स्वस्थ व उन्नतिशील बनाना अत्यंत आवश्यक है।" ब्रिटेन के नौ सेनाध्यक्ष सर एडमंड स्लेड की बेटी मेडलीन स्लेड महात्मा गांधी से प्रभावित होकर मीरा बहन बन गई। पशुलोक ऋषिकेश से उन्होंने 'बापूराज' पत्रिका (1952) का संपादन प्रकाशन किया। दूसरे अंक की संपादकीय में स्थान परिवर्तन की जानकारी देती हैं—"अब मैं हिमालय में गोपाल आश्रम में पहुँच गई हूँ। यह एक बहुत छोटा आश्रम है, जिसमें मेरी कुटिया, एक गौशाला, रसोईघर और दो और कमरे हैं। यह भिलंगना की घाटी में एक ढालू जमीन पर बसा हुआ है और यहाँ से केदारनाथ पर्वत की बर्फ का मनोहर दृश्य दिखाई देता है। इस घाटी में बहुत घनी आबादी है, जिसमें एक या दो मील या इससे कम दूरी पर छोटे-छोटे गाँव बसे हुए हैं।" अंतिम पृष्ठ पर 'बापूराज' का स्वरूप दिया गया था—"(1) मजबूत गाँव, जहाँ खुराक कपड़ा और घर बनते रहेंगे, (2) सीधी-सादी सरकार हकूमत का ज्यादा काम गाँव पंचायत करेगी (3) सरल कानून, वकील नहीं (4) ईमानदार पुलिस वाले जन रक्षक, फौज को विदा (5) न पूँजीपति और न जमींदार (6) अच्छे स्कूल (7) सब शारीरिक काम करेंगे, सब को शुद्ध खुराक (8) बाहरी मुल्क से कर्जा नहीं।" मासिक चिट्ठी में लिखा—"हमारे नेता लोग बापू राज के लिए तैयार नहीं हैं और अब आप किसानों को अपनी माँग के एक स्वर से आगे बढ़ाकर उन्हीं को तैयार करना होगा। तब दुनिया देखेगी कि कौन तैयार है और कौन नहीं? शरम के मारे नेताओं को या तो बापू राज मंजूर करना

पड़ेगा या नेतागीरी से संन्यास लेना पड़ेगा।" महात्मा गांधी के नाम का मुलम्मा चढ़ाए नेताओं के असहयोग से निराश होकर वे 1961 में ऑस्ट्रिया चली गईं।

साप्ताहिक 'अंगार' (1952) की संपादक कमला सिंह थीं। यह मोतीहारी, चंपारन (बिहार) से निकला और 1959 तक प्रकाशित हुआ। नलिनी सहाय द्वारा संपादित 'शरद' (1954) सामाजिक जीवन में भारतीय स्त्रियों, नारी की पराधीनता और इलाज, नारी शिक्षा की रूपरेखा पर केंद्रित था। 'सरकारी पदों पर महिलाओं की नियुक्ति का प्रश्न' में लिखती हैं—"अभी हाल में भारत सरकार ने उस नियम का पक्षपोषण किया है, जिसके अनुसार सरकार ने एक ही परिवार के पति-पत्नी के रूप में दो-दो व्यक्तियों की नियुक्ति पर प्रतिबंध लगाने की वांछनीयता पर जोर डाला है। उससे थोड़ी देर के लिए हम यदि हतप्रभ हो जाएँ तो आश्चर्य नहीं। हम फिर भी जोरदार शब्दों में सरकार से निवेदन करना चाहती हैं कि स्त्रियाँ कम-से-कम इस बहाने नौकरी से हटाई न जाएँ कि वे पत्नी बनने के बाद अपनी नियुक्ति संबंधी जिम्मेदारी को ईमानदारी से और दक्षतापूर्वक वहन नहीं कर सकती हैं।" शकुंतला के संपादन में 'कहानियाँ' (1955) पटना से प्रकाशित हुई। इस मासिक कथा पत्रिका में अन्य भाषाओं और विदेशी लेखकों के अनुवाद भी रहा करते थे। रामवृक्ष बेनीपुरी ने लिखा था—"मैं आपकी प्रतिभा और परिश्रम शीलता का हमेशा कायल रहा हूँ। आशीर्वाद देता हूँ, कहानियाँ चिरंजीवी हो।" विश्वनाथ प्रसाद के अनुसार—"संत प्रकाशन द्वारा प्रकाशित कहानियाँ नामक पत्रिका का नया अंक देखकर बड़ी प्रसन्नता हुई।" अखिल भारतीय कांग्रेस कमेटी के महिला विभाग द्वारा 'महिला प्रगति के पथ पर' (1957) निकाला गया, जिसकी प्रधान संपादक इंदिरा गांधी, संपादक मुकुल मुखर्जी और सह संपादक कृष्णा दवे थीं। इंदर मल्होत्रा ने इंदिरा गांधी की जीवनी में लिखा था—"श्रीमती इंदिरा गांधी अपने भाषणों को सुधारते हुए पुनः लिखा करती थीं। श्री एच.वाई. शारदाप्रसाद उनके भाषण लिखा करते थे। श्रीमती गांधी उन भाषणों को पढ़ती थीं, तो पुनः लिख लिया करती थीं।" 'जीवन का ढंग' शीर्षक से इंदिराजी लिखती हैं—"हाँ, कर्मवाद पर तो लोगों का विश्वास है ही कि अच्छे कामों का पुरस्कार मिलता है और बुरे कामों के लिए दंड मिलता है। इस सिद्धांत को हम नैतिक समस्याओं और बड़े-बड़े प्रश्नों पर तो लागू करते हैं, किंतु हम अपने दिन-प्रतिदिन के कार्यों, छोटी-छोटी आदतों और अपने विचारों में इन सिद्धांतों को लागू नहीं करते, किंतु जिस प्रकार छोटी-छोटी बूँदों से मिलकर विशाल समुद्र बनते हैं, उसी प्रकार छोटी-छोटी बातें और कार्य ही हमारे शरीर और मस्तिष्क को रूप देती हैं और इन्हीं से हमारे व्यक्तित्व का विकास होता है।" नई दिल्ली से प्रकाशित सांस्कृतिक विचारों की प्रतिनिधि त्रैमासिक 'संस्कृति' (1959) की संपादक डॉ. ज्ञानवती दरबार ने लिखा—"भारतीय संस्कृति, धर्म तथा साहित्य में रामकथा की व्यापकता निर्विवाद है। संत तुलसी ने संपूर्ण जगत्

को सियाराममय जो जाना था, उसका मर्म हम सभी भारतीय सर्वकाल में और जीवन के हर क्षेत्र में भलीभाँति समझते हैं।" यहीं से प्रकाशित मासिक 'राजा भैया' (1959) की संपादक अन्ना दीदी सहज सरल शैली में 'एक बात जो तुमसे कहनी है' में लिखती हैं—"एक बात जो अपने भाई-बहनों को समझाना चाहती हूँ, वह यह है कि आज की दुनिया में राजनीति का कोई धर्म नहीं रहा। उदाहरण के लिए, हमारे मित्र राष्ट्र रूस, अमेरिका दोनों ही पाकिस्तान को अस्त्र-शस्त्र दिए जा रहे हैं। एक ओर वे हमारे मित्र बनते हैं, दूसरी ओर उस राष्ट्र को हथियार देकर उसकी शक्ति बढ़ा रहे हैं, जो आए दिन हमारी सीमाओं पर खतरा पैदा किए रहता है। रूस हमारा मित्र बनता है, पर अपने यहाँ ऐसे नक्शे छापता है, जिससे हमारी भूमि को चीन की हद में दिखाता है। अमेरिका हमारा मित्र बनता है, पर हथियार देने के मामले में हमारी बात नहीं मानता।"

कोलकाता से प्रकाशित 'रागरंग' (1960) की सहयोगी संपादक सुकीर्ति गुप्ता थीं। ज्ञान और मनोरंजन के इस श्रेष्ठ मासिक के नवंबर 1962 में छपे विश्व कहानी विशेषांक में अमेरिकी, फ्रांसीसी, जर्मन, स्पेनी, इतालवी कहानियों के अनुवाद थे। 'समाचार-संचार माध्यम और नारी-छवि' पर सुकीर्तिजी विचार व्यक्त करती हैं—"सौंदर्य के रूप में स्त्री को एक अमोघ अस्त्र मिला है। वह चाहे तो इससे पूरे विश्व पर शासन कर सकती है। हमारे साहित्य व कलात्मक कृतियाँ भी इस तथ्य का पुख्ता प्रमाण हैं। इस सौंदर्य को स्वाभिमान के रूप में विकसित कर मानव-जाति के विकास का मार्ग प्रशस्त किया जा सकता है, मगर इसे देहयष्टि तक सीमित कर देना किसी भी सभ्य समाज के लिए घातक है।...समाचार-पत्र घटनाओं का विश्लेषणात्मक वर्णन करता है। उसमें लेखक या पत्रकार का बहुत कुछ अपनी ओर से दिया हुआ नहीं होता, परंतु वे उसे किस तरह सामने रखते हैं, इसे नजरअंदाज नहीं किया जा सकता। यहीं उपभोक्ता वाली दृष्टि आ जाती है। नतीजतन, वे लोग सनसनीखेज घटनाओं की तरह इन्हें प्रमुखता के साथ छापते हैं, मसलन—बलात्कार, अपहरण या कत्ल। यह कारगुजारी पत्रकारों की होती है, जिसमें कई बार अन्याय या अत्याचार दब जाता है और अलग तरह का चित्र उभरता है। मगर इस मामले में भी सारे पत्रकारों को एक ही लाठी से हाँकना बेवकूफी होगी।" 21 जून, 2013 को कोलकाता में उनका निधन हो गया। ऊषा बाफले के संपादन में साप्ताहिक 'सिद्धार्थ जगत्' (1961) का प्रकाशन वर्धा से हुआ। दिल्ली से निकले सुखी पारिवारिक जीवन का आदर्श पथ-प्रदर्शक मासिक 'शृंगार' (1962) की संपादिका लावण्यप्रभा पत्र में तरह-तरह के प्रयोग करती रहती थीं। उन्होंने पाठकों की अपनी व्यक्तिगत, पारिवारिक उलझनों के लिए प्रश्नों और उनके सरल उत्तरों के लिए एक स्तंभ चलाया था, जिसके अंतर्गत महिला प्रश्नकर्ता को। नवीन पाक विज्ञान-पुस्तक उपहार स्वरूप दी जाती थीं। सर्वश्रेष्ठ प्रश्न पर 5 रु. का पुरस्कार दिया जाता था। आपके सर्वोत्तम पत्र

के बारे में लिखती हैं—"जल्दी ही हम उक्त शीर्षक से एक नया स्तंभ शुरू कर रहे हैं। जो प्रथम तीन पत्र हमें सर्वश्रेष्ठ लगेंगे, उनपर हम प्रतिमास 12-50 रु., 7-50 रु. और 5 रु. के पुरस्कार देंगे। पत्र का विषय जीवन संबंधी कोई भी पहलू हो सकता है। यदि कोई व्यक्ति अपना नाम व पता न प्रकाशित कराना चाहे तो उसे उसकी स्वतंत्रता होगी। अतः आपका सहयोग प्रार्थनीय है।" प्रतियोगिता की जानकारी देतीं हैं—"अगस्त 66 के अंक में हमने 'अन्न रहित व्यंजन प्रतियोगिता' के परिणाम घोषित करने का निश्चय किया है। इस नवीन प्रतियोगिता से संबंधित आपके व्यंजन प्रयोग हमें 15 जुलाई, 66 तक मिल जाने चाहिए। इस प्रतियोगिता का शुभारंभ खाद्य समस्या का विकल्प ढूँढ़ने के ध्येय से भी किया गया है, ताकि हम यथासंभव विदेशी मुद्रा बचा सकें और अपने ही उत्पादनों से आत्म-निर्भर बन सकें। विश्वास है, आपका सक्रिय सहयोग हमें मिलेगा। प्रथम तीन श्रेष्ठ प्रतियोगियों को क्रमशः 25 रु., 15 रु. और 10 रु. के पुरस्कार दिए जाएँगे।" शशिप्रभा शास्त्री, शोभारानी, सुनीता, पुष्पा त्रिपाठी, कुसुम पांडेय जैसी महिला साहित्यकारों को इसमें पढ़ा जा सकता है। सरस्वती बाई ने मंडलेश्वर पश्चिमी निमाड़ (म.प्र.) से 'माँ' (1963) का प्रकाशन किया था। वर्धा से प्रकाशित 'सेविका' (1963) में सविता देशपांडे प्रयोजन लिखती हैं—"साहित्य निर्माण में भारत देश बहुत अग्रसर हो चुका है, लक्षावधि पन्ने रोज छपाए जाते हैं, किंतु सत्य, शिव और सौंदर्य—इन तीनों की कसौटी पर खरा उतरने वाला साहित्य तो अब भी दुष्प्राप्य है। बाल और तरुण मन की पवित्रता से दूर ले जानेवाला, मन की दुर्बलताओं को और सम्मोहन को बढ़ाने वाला कर्तव्य विमुख बनाने वाला साहित्य बहुत-सा छपाया जाता है।...कुछ ध्येयवाद का आदर्श रखते हुए 'सेविका' का जन्म हुआ।"

भारतीय अनुवाद परिषद् दिल्ली की त्रैमासिक 'अनुवाद' (1964) की संपादक डॉ. गार्गी गुप्त के अनुसार, "स्वतंत्रता प्राप्ति के बाद हम सभी की यह जिम्मेवारी हो गई कि अपनी प्रादेशिक भाषाओं तथा राजभाषा हिंदी की श्रीवृद्धि के लिए यथासंभव प्रयत्न करें। इस दृष्टि से हमें मौलिक लेखन के साथ-साथ बल्कि उससे भी अधिक आज अनुवाद कार्य को बढ़ावा देना होगा।" संतोष खन्ना और कुसुम अग्रवाल संपादक मंडल की सदस्या थीं। भारतीय अनुवाद परिषद् दिल्ली की इस पत्रिका में हिंदी के बारे में पढ़ने को मिलता है—"भारतीय संविधान की धारा-343 के अनुसार, आगामी 26 जनवरी, 1965 से केंद्रीय प्रशासन के काम-काज की भाषा हिंदी होगी। इसी प्रकार राज्यों में भी विभिन्न क्षेत्रीय भाषाएँ अपना उचित स्थान प्राप्त करेंगी। बंगाल राज्य में बांग्ला का राज-काज के लिए स्वीकार किया जाना इस दिशा में उत्साहवर्धक कदम है। दक्षिण भारत में भी इसी प्रकार की घोषणाएँ की जा चुकी हैं। गुजरात और महाराष्ट्र में भी गुजराती और मराठी को प्रांत का राज-काज चलाने का अवसर मिल रहा है।...राष्ट्रीय एकता को

बनाए रखने में संगम मार्ग पर चलने वाली भाषा की आवश्यकता थी। इस दृष्टि से भारत की विभिन्न भाषाओं और विभाषाओं को संगठित करने का गुरुतर भार हिंदी पर आ पड़ा है।...यह जानकर आश्चर्य होता है कि हमारे कार्यालयों के विभिन्न कर्मचारियों के पास शासन कार्य चलाने के लिए सुनिश्चित और समन्वित भाषा नहीं है। कुछ ऐसा लगता है मानो अब तक इस हेतु विशिष्ट काररवाई की माँग ही नहीं हो सकी है।...अब इस संबंध में तत्काल विचार करना आवश्यक है। कहा जाता है कि संबंधित अधिकारियों ने इस संबंध में आदेश जारी कर दिए हैं। हमारा विनम्र निवेदन है कि केवल ऐसे आदेश जारी करना काफी न होगा, जिनका पालन, पालनकर्ता की सुविधा अथवा दूसरे शब्दों में, रुचि पर निर्भर करे।" विमला देवी रघुनाथ टोला अनिसावाद पटना से प्रकाशित मासिक 'भाई बहन' (1968) की संपादक थीं।

गाजियाबाद से प्रकाशित 'शक्ति माँ' (1966) की प्रधान संपादिका सरोज शीतल 'प्राकृतिक प्रकोप तथा महिलाओं का कर्तव्य' में लिखती हैं—"भारत का इतिहास इस बात का साक्षी है कि जब कभी भी इस देश के नागरिकों पर महामारी, भूचाल अथवा किसी भी प्रकार का संकट उपस्थित हुआ देश की नारियों ने अपने कर्तव्यों को भलीभाँति निबहाया।" दिल्ली से प्रकाशित 'जन ज्ञान' (1968) की संपादिका राकेश रानी शासन व्यवस्था पर तीखी टिप्पणी करती हैं—"ढीला शासन अपनी गद्दी के लिए देश को सर्वनाश की ओर ले जा रहा है, व्यक्ति नहीं।" पटना से प्रकाशित 'अन्विति' (1968) की प्रधान संपादिका माया राजेंद्र 'छात्र जीवन और छात्र-धर्म' पर विचार व्यक्त करती हैं—"भारतीय छात्रजीवन का संबंध प्रथम एवं सर्वोत्तम कालखंड ब्रह्मचर्याश्रम से था। इस कालावधि में छात्र-श्रद्धा का संबल लेकर ज्ञानार्जन में प्रवृत्त होते थे। समय की भाग-दौड़ में छात्र-धर्म का यह महत्तम आदर्श हमारे हाथों से छूटकर राह की 'गर्दगुबार' में मिल गया है।" अचला शर्मा नई दिल्ली से प्रकाशित 'आवेश' (1968) की संपादक रहीं। यह साहित्यिक नवलेखन की पुस्तकाकार लघुपत्रिका थी। महिलाओं की अपनी पत्रिका स्लोगन के साथ 'घर आँगन' (1970) निकला जिसकी संपादिका थीं कमल पंत। 'पत्रिका का प्रकाशन क्यों? में लिखा था—"'घर' में परिवार के सभी सदस्य और इन सदस्यों द्वारा इस्तेमाल की जानेवाली सभी चीजें शामिल होती हैं। 'आँगन' घर के सौंदर्य को बढ़ाता है, घर वालों को और अन्य लोगों को सुख देता है। 'आँगन' सीमित अर्थ में नई पीढ़ी का पहला स्कूल है और पुरानी पीढ़ी का विश्राम स्थल। 'घर-आँगन' आधुनिक महिला की भावना की कद्र करता है और उनकी महत्त्वाकांक्षा की पूर्ति में यथाशक्ति सहायता देने को तत्पर है। आधुनिक जीवन के हर क्षेत्र में वह भारतीय नारी को अग्रणी देखना चाहता है। विद्यार्थी आज जीवन की अन्यान्य गतिविधियों के प्रति जितना सजग सचेष्ट है, विद्यार्थीत्व के प्रति उतना ही अनुदार।" मासिक के स्तंभ-

घटनाचक्र, विशेष लेख, विज्ञान के चरण, लोक मानस, श्रमजीवी नारी, कथा साहित्य, हास्य स्वर, नए-पुराने, सौंदर्य प्रसाधन, गृह सज्जा, कला, घर की बात, स्वास्थ्य, खेल और खिलाड़ी, आपकी बगिया, आपकी वेशभूषा, आँगन के महकते फूल, ज्योतिष की दृष्टि और फिल्म चर्चा रहा करते थे। इन स्तंभों में अधिकांश लेख लेखिकाओं के ही होते थे। यह लगभग दो वर्ष ही प्रकाशित हो सका।

'नारी मंगल' (1966) की रजत जयंती पर शकुंतला शर्मा ने लिखा—स्वाधीनता संग्राम के सेनानियों ने स्वाधीनता प्राप्ति को अपना अंतिम लक्ष्य नहीं बनाया था। वह तो केवल अंतिम लक्ष्य की तरह पहुँचने की पहली मंजिल थी।''किसी भी उत्सव एवं समारोह को मनाने का सही उद्देश्य तभी पूरा हो सकता है, जब कि उसको मनाने वाले अपने संकल्प को दोहराएँ और उसके लिए पहले से अधिक लगन के साथ कार्य करें।" डॉ. शांति भारद्वाज 'राकेश' साहित्य संस्थान राजस्थान विद्यापीठ उदयपुर से प्रकाशित 'शोध' पत्रिका (1947) की संपादक रहीं। अखिल ब्राह्मण महासभा कोटा की मासिक 'ज्ञानयात्रा' के संपादकीय में डॉ. शांति 'दहेज लोभियों को आड़े हाथों लें' शीर्षक से लिखती हैं—"ब्राह्मण वर्गों की नौजवान पीढ़ी को चाहिए कि वह शादियों के अनाप-शनाप खर्च का सक्रिय प्रतिरोध करे ताकि यह शान-शौकत का दिखावा बंद हो। शादी व्यवसाय नहीं है। यह आदर्श जीवन का एक पवित्र संस्कार है। हम भी आदर्शों से गिर जाएँगे तो इस देश का क्या होगा?" भारतीय भाषा यूनिट वैज्ञानिक और औद्योगिक अनुंसधान परिषद् नई दिल्ली की मासिक 'विज्ञान प्रगति' (1952) की संपादिका दीक्षा विष्ट (1973) पुस्तकों का महत्त्व समझाती हैं—"अच्छे पढ़े-लिखे और आर्थिक दृष्टि से निश्चिंत माता-पिता के वे बच्चे, जिनके घर में पुस्तकें होती हैं, पढ़ने में सामान्यतया बाकी वर्गों की अपेक्षा अधिक तेज होते हैं।" 'महिला जागृति अभियान' (1975) की संपादिका भगवती देवी शर्मा 'नारी-कामधेनु, कल्पवृक्ष' में लिखती हैं—"नारी सनातन शक्ति है। वह आदिकाल से उन सामाजिक दायित्वों को अपने कंधों पर उठाए आ रही, जिन्हें केवल पुरुष के कंधों पर डाल दिया जाता तो वह न जाने कब लड़खड़ा गया होता; किंतु विशाल भवनों का असह्य भार वहन करनेवाली नींव के समान वह उतनी ही कर्तव्यनिष्ठ, उतनी ही मनोयोग, संतोष और उतनी ही प्रसन्नता के साथ उसे आज भी ढोए चल रही है। वह मानवी तपस्या की साक्षात् प्रतिमा है।" 26 नवंबर, 1973 में अमृता भारती का नाम साप्ताहिक 'नवजीवन पथ' (1967) में पढ़ने को मिलता है। वे नई दिल्ली से प्रकाशित 'पश्यंती' (1974) की संपादकीय में लिखती हैं—"'पश्यंती' के शीर्षकों के अंतर्गत आए व्यक्ति घटना-अनुभवों के बारे में यह कहना संगत होगा कि वे 'प्रधान योजना' (मास्टर प्लान) के सक्रिय और सचेत अंग हैं और 'प्रधान योजना' न सिर्फ उनसे जुड़ी है, जिन्हें हम 'पश्यंती' भेजते हैं, बल्कि संपूर्ण मानवता के लिए उसे

बड़ी बारीकी से बुना गया है। भले ही अभी नक्शा धुँधला हो, रास्ते साफ न हों, लक्ष्य नजर न आ रहा हो, लेकिन योजना के अनुसार काम तो शुरू हो चुका है।" भाषा विभाग पंजाब पटियाला से प्रकाशित मासिक 'पंजाब सौरभ' (1975) की संपादिका मोहिनी चावला रहीं। बलबीर कौर (मुख्य संपादिका और निदेशक, भाषा विभाग) लिखती हैं—"साफ-सुथरा, ज्ञानवर्धक साहित्य एक अच्छे व सच्चे दोस्त का कार्य करता है, जिससे कि व्यक्ति का जीवन सँवर जाता है। एक अच्छी साहित्यिक रचना व पुस्तक वह है, जो आशा के साथ खोली जाए, पढ़ी जाए व लाभ के साथ बंद की जाए।" संपादिका और उप निदेशिका विश्वकीर्ति ने 'युगप्रवर्तक भारतेंदु हरिश्चंद्र' में लिखा—"भारतेंदु का साहित्य आधुनिक हिंदी साहित्य का प्रवेश द्वार है। भारतेंदु युग के साहित्य में एक ओर तो नए विषय तथा नए युग की चेतना का स्वर मुखरित हुआ है, वहीं दूसरी ओर इस युग में प्राचीन ढंग की परिपाटी को अपनाया गया है।" 13 मई, 2013 को 'साहित्य गौरव सम्मान' पाने वाली कीर्तिजी बलात्कार पर कड़ी प्रतिक्रिया देती हैं—"ऐसा घिनौना अपराध करनेवाले व्यक्ति को कोई भी सजा देने की बजाय उसके माथे पर बलात्कारी खुदवा देना चाहिए, ताकि वह और उसके परिवार वाले भी वह संताप भोगें, जो ऐसे अपराध का शिकार हुई महिला या उसके परिवार वाले भोगते हैं।"

जयपुर से निकली 'जिनवाणी' (1944) की संपादिका डॉ. शांता भानावत 'जैन संस्कृति और राजस्थान' विशेषांक में 'राजस्थानी जैन साहित्य' पर एक अच्छा लेख लिखती हैं। आधुनिक जैन साहित्य की प्रवृतियाँ, राजस्थान में लोकोपकारी जैन संस्थाएँ जैसे विश्लेषणात्मक लेखों की भी वे सहयोगी रहीं। 'कथालोक' के महावीर जयंती विशेषांक पर टिप्पणी करती हैं—"आलोच्य अंक में विविध कथा प्रसंगों के साथ जो विशिष्ट आकर्षण है, वह है, अपरिग्रह और परिग्रह के ध्रुवों का 'संयोजन-सूत्र' विचार परिचर्चा। इसमें विचारकों ने समाज व धर्म के क्षेत्र में व्यापक विसंगति व जड़ता पर प्रहार करते हुए दिशा-निर्देश किया है।" सिंहभूम (पुडुचेरी) से प्रकाशित 'अग्निशिखा' की संपादिका अनुबेन थीं। यह धार्मिक मासिक था। सन् 2009 में वंदना का नाम संपादिका के रूप में मिलता है। देहरादून से अर्धवार्षिक 'सत्यान्वेषण' (1977) धर्म प्रचारार्थ निकाला गया। प्रधान संपादक, मुद्रक, प्रकाशक थीं—शकुंतला रानी और संपादन अनिता मेहरोत्र करती थीं। पंखावती शास्त्री इसमें 'क्या सीताजी का जन्म पृथ्वी से हुआ' में लिखती हैं—"लोगों ने पृथ्वी से उत्पन्न तो मान लिया, किंतु शिवपुराण 'पार्वती खंड' अध्याय-2 पढ़कर उसे राजा जनक की दूसरी पत्नी योगिनी के गर्भ से उत्पन्न नहीं याद रखा।" उत्तर प्रदेश की हिंदी पत्रकारिता का जाना-पहचाना नाम डॉ. मंजु शुक्ला का हैं। वे 'आईना' (1926), 'भूमिजा' (1962), 'अस्मिता' (1977) तथा 'धान्या' के संपादन से जुड़ी रहीं और 'स्वतंत्र भारत', 'दैनिक जागरण', 'हिंदुस्तान' तथा 'कुबेर

टाइम्स' में उनके लेख प्रकाशित होते रहे हैं। महिला शोषण, महिला उत्पीड़न और महिला जागरूकता लेखन का मूल स्वर रहा। राजनीति और साहित्यिक विषयों पर भी उनकी कलम चलती है। 'मानुषी' (1982) की संपादक मधु किश्वर पत्रिका में नारीवादी सोच के कारण अपनी पूरी ताकत से महिलाओं से जुड़े विभिन्न संदर्भों को लगातार उजागर करती रहीं, वहीं अन्याय असमानता और अत्याचार के खिलाफ लगातार अपनी जंग जारी रखे रहीं। 'एक कदम आगे, दो कदम पीछे' में पढ़ने को मिलता है कि भारतीय महिलाओं से संबंधित-समिति (1974) ने भी अपने प्रतिवेदन में यह कहा है कि हिंदू उत्तराधिकार अधिनियम में जान-बूझकर बहुत सारे बचाव के रास्ते रखे गए थे, जिनके कारण कानून औरतों को उनके अधिकार दिलाने में किल रहा। मंजु शर्मा के संपादन में महिर्षि दयानंद वि.वि. रोहतक के पत्रकार विभाग की पाक्षिक विचार यात्रा (जनवरी 1981) निकली। दिल्ली में अनेक पत्रों की संवाददाता रहीं विद्या विभा सक्सेना लोकसभा की प्रेस गैलरी में बैठने वाली प्रथम महिला पत्रकार थीं। 11 अगस्त, 1926 को सिंकदराबाद में जनमी विद्या ने आगरा विश्वविद्यालय से एम.ए. की परीक्षा उत्तीर्ण की। पत्रकारिता में पंजाब विश्वविद्यालय से डिप्लोमा करने के पश्चात् 'शंखनाद', 'उद्योग परिचय' तथा 'नारी समाज' का संपादन किया। दैनिक 'नवयुग' एवं 'प्रयाग पत्रिका' के संवाददाता के रूप में भी उन्होंने उल्लेखनीय कार्य किया है। उरई से निकली 'नव अंकुर' (1984) में डॉ. जयश्री लिखती हैं—"आज हमने अपनी जीवन वीणा के समस्त तारों को बिल्कुल ढीला छोड़ दिया है। भौतिकतावाद की मृग मरीचिका की ओर हम उद्भ्रांत होकर भाग रहे हैं, जिसका परिणाम सामने है—हमारी गौरवमयी प्राचीन संस्कृति का अधोपतन। समस्त सामाजिक समस्याएँ इसी अधोपतन की उपज हैं, चाहे वह दहेज प्रथा हो या कालाबाजारी या प्रशासकीय भ्रष्टाचार।"

मृणाल पांडे विचारशील महिलाओं की विशिष्ट पत्रिका 'वामा' (1984) के संपादकीय में निवेदन करती हैं—"'वामा' का प्रवेशांक प्रस्तुत है। हमारी निरंतर कोशिश रहेगी कि यह पत्रिका पठनीयता, सहानुभूतिपूर्ण खोज-बीन और विचारशीलता के नए-नए आयाम आपके सामने लाती रहे, और इस भ्रांति को मिटा सके कि महिला-पत्रिका या तो अबला जीवन की दु:खभरी रामकहानी होती है य वैभव-समुद्र के बीच तैरने वाली गृहिणियों के लिए गढ़ा गया एक रंग-बिरंगा रूमानी स्वप्नलोक!" इस अंक में 'इंदिरा गांधी से मुलाकात', 'हेमा मालिनी का पन्ना', 'दादी माँ का बटुआ' जैसी सामग्री थी। सहयोगी संपादक सुनीता पंत और मिनी कपूर थीं। महादेवी वर्मा के लेख में पढ़ने को मिलता है—"नारी माता होने के कारण मानव आत्मा की शिल्पी भी है, अत: उसका कर्म क्षेत्र अधिक अंतरंग हो जाता है। भारतीय नारी ही नहीं, विश्व भर की नारियों को अपना वर्चस्व प्राप्त करना चाहिए।" स्वास्थ्य विषयों के उत्तर डॉ. चंचल सलूजा द्वारा दिए जाते

थे। गालिब की पत्नी उमराव बेगम की करुण कहानी, बिस्मिल की बहन शास्त्री देवी से भेंटवार्त्ता जैसी ऐतिहासिक पठनीय सामग्री से भरी थी। अक्तूबर 1988 से कार्यकारी संपादक विमला पाटिल और सहयोगी सुप्रिया राय बन गई। वर्ष 1988 में 'साप्ताहिक हिंदुस्तान' की संपादक बनी मृणाल पांडे लिखती हैं—"'साप्ताहिक हिंदुस्तान' के इस अंक से हम पत्रिका के तेवर और कलेवर, दोनों को ही एक नई सान देने की शुरुआत कर रहे हैं। आज के मानव-व्यक्तित्व की ही तरह आज के परिदृश्य के भी कई पहलू हैं। इनमें से कुछ पर लगातार रोशनी डाली जाती है, कुछ नीम-अँधेरे में पड़े हुए हैं और कुछेक एकदम अंधकार के गर्त में। विभिन्न आलेखों, रपटों, कथाओं और अंतर्कथाओं के माध्यम से हमारी यह कोशिश रहेगी कि उन सभी पर कभी एक साथ तो कभी क्रमशः विचार-मंथन और बहस होती रहे, क्योंकि मानव मन के विभिन्न पहलुओं की ही तरह समाज-राजनीति-अर्थतंत्र और पारिवारिक इकाइयों में भी गहरे अंतर्संबंध हैं, और उनके ईमानदार हवालों के बिना इनमें से किसी को भी सही तरह नहीं देखा-सुना जा सकता। इस व्यापक दृष्टि के अभाव में हम सब प्रायः नया-नया चिल्लाते तो हैं, पर नएपन की आत्मा पर हमारी कोई पकड़ नहीं। अनुभूत यथार्थ के कुछ हिस्सों पर हम जरूरत से ज्यादह बोलते हैं, पर कुछ को पुराना, भदेस अथवा घरेलू मान कर चुप साध जाते हैं। चुनाव हो अथवा घटती मर्यादा की बात, उन पर बहस करना हमें उत्तेजित भले ही करे, पर वह विवाद हमारे अंतर्मन को मथने, कचोटने वाले वे तत्त्व पैदा नहीं कर पाता, जिनसे समांतर विकल्प फूटते हैं।" स्टार डस्ट (1984) की संपादक शोभा डे थीं। 'वैचारिकी संकलन' (1986) की संपादक मणिका मोहनी ने अज्ञेय पर केंद्रित बहुत अच्छा अंक निकाला, सृजनात्मकता और समकालीन चेतना की यह मासिक 'साहित्य कला वार्षिकी' भी निकाला करती थी। साहित्यिक आंदोलनों पर संपादकीय में लिखा—"काव्य के क्षेत्र में समय-समय पर अनेक आंदोलनों ने जन्म लिया। 'छायावाद' को भी एक आंदोलन कहा जाता रहा, लेकिन 'छायावाद' काव्य की एक प्रवृत्ति थी। प्रवृत्ति और आंदोलन में अंतर होता है। कविताओं में मूलभूत स्वर एक होने से प्रवृत्ति का निर्धारण होता है, जबकि आंदोलन में एक नारा, एक गुटबंदी पहले जन्म लेती है। बाद में उस नारे को पुष्ट करती रचनाएँ ढूँढ़ी जाती हैं या लिखी-लिखवाई जाती हैं।" महादेवी वर्मा के 'चाँद' से 'वामा' की तुलना करते हुए लिखा—"मात्र साहित्यिक चर्चाओं में न उलझकर स्त्री जाति की तत्कालीन दशा सुधारने और उसे ऊपर उठाने की ओर महादेवीजी अपने लेखों/संपादकीय में निरंतर प्रयत्नशील रही हैं।...इसकी तुलना में आज अपेक्षाकृत अधिक प्रगतिशील समय में मृणाल पांडे के संपादकत्व में निकलने वाली 'वामा : बुद्धिजीवी महिलाओं के लिए' जैसी अनेक घोषणाओं के बावजूद बुद्धिजीवी महिलाओं की पत्रिका बनने के समर्थ न हो सकी।"

महिला संगम, जयपुर से प्रकाशित 'धर्मचक्र' (1985) की प्रधान संपादक चंद्रा

भारिल्ल ने लिखा—"इस वर्ष 26 जनवरी को वसंत पंचमी पर्व भी पड़ा है। नारी के नौ रूपों में देवी सरस्वती का रूप सबसे ज्यादा महान् है। ज्ञान, विज्ञान, दर्शन, बुद्धि, कौशल, सबकी अधिष्ठात्री देवी माँ सरस्वती हैं। वैसे उनकी साधना तो अनवरत ही चलनी चाहिए, पाशविक बल पर बुद्धि की, अज्ञान पर ज्ञान की विषय होनी ही चाहिए। माँ शारदा के चरणों में श्रद्धा-सुमन तो हम चढ़ाएँ, पर यदि अपना जीवन ज्ञानमय बना सकें, विवेकवान, बुद्धिवान बना सकें, तभी सच्ची पूजा है। फिर भी प्रतिवर्ष यह दिवस एक शुभ संकल्प को जन्म देता तो है।" ऊषा भटनागर प्रधान संपादक 'नारी संदेश' (1985) 'यत्र नार्यस्तु पूज्यन्ते, रमन्ते तत्र देवताः' में लिखती हैं—"किसी भी देश का इतिहास व विकास उस देश की नारी का इतिहास है। नारी सृष्टि की पूरक है और सृष्टि परिवर्तनशील है। नारी का विकास स्थल भी परिवर्तनशील रहा है। पौराणिक काल में नारी को समाज में उच्च सम्माननीय स्थान प्राप्त था। इस समय पुरुष व स्त्रियों में कोई असमानता नहीं थी।···ऐतिहासिक काल में भी नारियों ने अपने जौहर दिखाए हैं··· महाभारत काल के पश्चात् नारी संसार में बड़ा परिवर्तन आया। सामाजिक चलन, रीति-रिवाज, कुरीतियाँ, अशिक्षा और इसी प्रकार की अनेक रूढ़ियों में दबी अधिकांश नारियाँ जीवन केवल जीने के लिए जी रही हैं।···जब भी कोई नारी को समाज में उच्च स्थान दिलाने की बात करता है, तब समझा जाता है कि नारी पुरुषों के बराबर आना चाहती है, उससे स्वतंत्रता चाहती है और रूढ़िवादी पुरुष समाज ऐसे हर काम में बाधा डालने लगता है।···हम नहीं चाहते कि भारतीय नारी अपनी उच्च संस्कृति को छोड़ दे, उन पवित्र आदर्शों को तिलांजलि दे दे, जिनके ऊपर हमें गर्व है। उन कर्तव्यों का पालन नहीं करे, जो समाज में पुरुष के पूरक के रूप में उसे करने हैं। उस ममता को, उस दया को त्याग दे, जो उसका अमूल्य आभूषण है। इस पत्रिका द्वारा हम तो केवल इन्हीं की याद नारी को दिलाना चाहते हैं, ताकि युगों से खोए हुए आत्म-विश्वास को भारतीय नारी प्राप्त कर सके। देश के विकास में अपने दायित्व को समझ सके और उसे निभा सके। महात्मा गांधी के अनुसार, "औरत मर्द की संगनी है। वह अक्लमंदी में भी मर्द से किसी तरह कम नहीं है। जीवन में मर्द के साथ कंधों-से-कंधा मिलाकर चलने का उसे पूर्ण अधिकार है। इसी तरह स्वतंत्र और स्वाधीन रहने का भी उसे बराबर हक है।" ऊषाजी इसी तरह की जागृति फैलाने का प्रयास पत्रकारिता के माध्यम से करती थीं। लिखती हैं—"भारतीय संस्कृति विश्व में अद्वितीय संस्कृति है और इसकी विशेषता इसकी ग्रहणशीलता है। इसका एकमात्र कारण है 'अनेकता में एकता'। अनेक प्रांत हैं भारत में और सभी का रहन-सहन, भाषा, खान-पान, रीति-रिवाज, विवाह पद्धति, लोकगीत, लोकभाषाएँ—सभी भिन्न होते हुए भी यह सदा एक रंग बहती आ रही है।" पटना से मासिक 'शिक्षा डाइजेस्ट' (1986) निकला, संपादक अनिता शर्मा बनीं। अनुराधा

पांडेय इसी वर्ष प्रकाशित दैनिक 'अर्थसंसार' कानपुर की संपादक रहीं। अयोध्याबाई फरकिया के संपादन में इंदौर के साप्ताहिक 'बतंगड़' (1986) में 'महिलाओं के प्रति पुरुषों की सोच गलत' में लिखा गया—"आधुनिक युग में राष्ट्रीय विकास के लिए स्त्री का सहयोग आवश्यक हो गया है···इसके लिए महिलाओं को शिक्षा तथा रोजगार को विकसित करने का पूरा-पूरा अवसर दिया जाना आवश्यक है।" महिला कल्याण हेतु सागर से निकले मासिक 'अखिल भारतीय नारी प्रगति मंच समाचार' (1986) में डॉ. सरोजिनी प्रीतम संपादक थीं। वे भारत की बहनों को एक मंच पर लाने के प्रयास के अंतर्गत लिखती हैं—"इसके लिए मंच पर नहीं, नीचे खड़ा होना होगा। तभी महिलाएँ साथ आएँगी। स्थानीय महिला समितियाँ गठित की जाएँ, ताकि महिलाएँ राष्ट्रीय संगठन में आएँ।" 'मेरी सहेली' (1987) में हेमा मालिनी आतंकवादी गतिविधियों पर प्रतिक्रिया देती हैं—"मन बड़ा भारी-सा था, जब लिखने के लिए कलम उठाई तो···कहीं बम विस्फोट तो कहीं बम की अफवाहें—दिल में दहशत, आँखों में डर और ये फिक्र कि सुबह निकले तो हैं, पर क्या पता शाम को अपनों के पास लौटने का वक्त ही न दे जिंदगी···पता नहीं क्यों इनसान इतना स्वार्थी हो जाता है कि इनसान का ही दुश्मन बन जाता है।" शीला भटनागर, संपादिका 'आह्वान नारी शक्ति' (1988) में लिखती हैं—"इसमें स्वास्थ्य, सौंदर्य, शिष्टाचार, बच्चों की देख-रेख, महिलाओं के रोजगार संबंधी जानकारी व कल्याणकारी योजनाओं की जानकारी रहेगी। साथ ही, उनके शोषण, उनपर हो रहे अत्याचार एवं सामाजिक कुरीतियों को प्रकाश में लाने व उसके विरुद्ध जनमानस तैयार करने का प्रयास रहेगा।" 'नारी जागृति' (1988) की संपादकीय में कमला कंदेले ने लिखा है—"कहने को तो हमारा समाज प्रगतिशील कहलाता है, पर वास्तविकता यह है कि सब भूल-भुलैयाँ हैं। कुछ तो हमारी बहनें ही अपने को हीन व अबला समझकर चुप-चाप सब सहती रहती हैं, कुछ सामाजिक संकोच के कारण अपने विचार प्रगट नहीं कर पातीं।"

मासिक भोजपुरी 'लोक' (1989) गाजीपुर से निकला। संपादिका डॉ. राजेश्वरी शांडिल्य इस साहित्यिक, सांस्कृतिक, वैचारिक पत्र के होली अंक में 'साहित्यिक भोजपुरी का मानकीकरण' में भोजपुरी भाषा में लिखती हैं—"एह विषय पर पिछला जून से काफी चरचा भइल बा।···हम पहिल ही लिख चुकल बानी कि कोनो भाषा क मानक रूप तय कइल बच्चन क खिलवाड़ ना ह।···हम विद्वान् लोगन, नेता लोगन, आ संपादक लोगन से ई निहोरा करब कि अपना-अपना अस्तर से उ लग एह बात क परचार करें।" 'काम-काजी महिला' (1989) में विमला रणदिवे ने लिखा—"आकाशवाणी और दूरदर्शन के जरिए प्रधानमंत्री और उनकी जुंडली के लोग रात-दिन महिलाओं के प्रगति के ढोल पीट रहे हैं, लेकिन महिलाओं पर बढ़ते अत्याचारों की तरफ उनका ध्यान

नहीं जाता। रिपोर्टों के मुताबिक कांग्रेस (आई) शासित बिहार, महिलाओं पर अत्याचारों के मामले में पहले नंबर पर आता है।...महिलाओं, और खासतौर से आदिवासी तथा हरिजन महिलाओं, के साथ होनेवाले इन बर्बर अत्याचारों की जड़ें इस पूँजीवादी-भू-स्वामी निजाम के वर्गीय शासन में हैं। वे महिलाओं को निजी संपत्ति की तरह इस्तेमाल करते हैं। असहाय और कमजोर तबकों की रक्षक समझी जानेवाली पुलिस का रवैया भी इससे भिन्न नहीं है।...इस सिलसिले में एक और गंभीर मुद्दा यह है कि ऐसे मामलों में लोग उदासीनता का रुख अपनाते हैं और हस्तक्षेप नहीं करते। लोगों को एक असहाय औरत को हत्यारों के चंगुल से बचाने के लिए कुछ भी उठा नहीं रखना चाहिए।...इससे पहले महिलाओं की हैसियत इस स्तर तक कभी नहीं गिरी थी। एक औरत पहले कभी इतनी नीची निगाह से नहीं देखी गई थी।...अंतरराष्ट्रीय निकाय औरतों की समस्याओं पर ध्यान दे रही है और महिलाओं के लिए समान अवसर की माँग बुलंद कर रही है—हम इस तथ्य के प्रति वाकिफ हैं कि लोकतांत्रिक माँगों को लेकर महिलाओं और पुरुषों के संयुक्त संघर्ष से ही महिलाओं के समान अधिकार और उनकी बराबरी की प्राप्ति सुनिश्चित होगी।" संपादकों में इंद्रप्रभा का नाम भी पढ़ने को मिलता है। पटना से निकले 'नारी जागरण' के लिए प्रतिबद्ध त्रैमासिक 'जागो बहन' (1990) की संपादिका शांति ओझा लिखती हैं—"आज हम यह मानने लगे हैं कि यदि महिलाओं को समान अवसर मिला होता तो निस्संदेह वे भी सामर्थ्य और योग्यता में पुरुषों के समकक्ष होतीं। सत्य तो यह है कि मानव-समाज तभी सुखी हो सकेगा, जब समाज और राष्ट्र के निर्माण में पुरुष और नारी की समान सहभागिता हो। इसके लिए आवश्यकता है, नए मूल्यों के अनुसार नारीत्व को परिभाषित करने की। ऐसी नारी, जिसकी अपनी अस्मिता हो, अपना व्यक्तित्व हो, उसका अपना स्वाभिमान, अपनी उपयोगिता और अपनी सार्थकता हो।" नारी जगत् का प्रतिनिधि साप्ताहिक 'नारी पीड़ा' (1990) की प्रधान संपादक पुष्पलता सक्सेना 'स्त्री-शिक्षा और चेतना की आवश्यकता' बताती हैं—"महिलाओं के विरुद्ध अपराधिक मामलों में प्राप्त जानकारी के आधार पर यद्यपि कमी आई है...एक ओर महिलाओं को समाज में बराबरी का दर्जा दिए जाने की बात कही जा रही है, वहीं दूसरी ओर उनके शोषण की भी बात होती है...कड़े और कठोर नियमों से भी उन घटनाओं को कम करने में सहायता मिल सकती है।" भोपाल से 17 अगस्त, 1990 को प्रकाशित साप्ताहिक 'नारी सहनशक्ति' की प्रधान संपादक प्रेमलता तिवारी प्रवेशांक में आजादी के आंदोलन में भागीदारी करनेवाली बेगम हजरतमहल, विजयलक्ष्मी पंडित, दुर्गादेवी, भीकाजी कामा, रानी लक्ष्मीबाई, स्वरूपरानी, कस्तूरबा गांधी, इंदिरा गांधी, कमला नेहरू, प्रीतिलता वादेदार, महारानी तपस्विनी की जानकारी देती हैं। नई दिल्ली से निकली गृहणियों की अपनी पत्रिका 'गृहलक्ष्मी' (1991) की संपादक तबस्सुम गृहणियों के

व्यंजन जैसी हल्की-फुल्की सामग्री तक ही सीमित रहती हैं।

सरवत खातून सिद्दीकी ने पूरे घराने के लिए नई दिल्ली से 'बेटी' (1992) का संपादन-प्रकाशन उर्दू मिश्रित हिंदी में किया। इसके स्तंभों में अफसाने और दास्तानें, खास मजामीन, धारावाहिक, बहस, मुस्तकिल उनवानात, मजूमात और गजलें रहती थीं। संपादकीय 'कहने की बात' से इसकी उर्दू मिश्रित हिंदी के दर्शन किए जा सकते हैं—"तारीखे आलम में औरत के सकद्दुस को यह कहकर पामाल किया जाता रहा कि औरत नाकिसुल अक्ल है और अक्ल व शऊर में जो मर्तबा मर्द को हासिल है, औरत उससे मेहरूम है। हकीकत यह है कि तारीख ने औरत के मामले में इंतिहाई बुख्ल (कंजूसी) से काम लिया है, जिसकी वजह यह समझ में आती है कि औरतों में तालीम की कमी या न होने की वजह से कागज व कलम पर मर्दों की इजारेदारी कायम रही। यूँ तो औरतों के साथ सदियों पुरानी नाइनसाफियों के सिलसिले में हमारा मुआशरा यकसर इनकलाबी तब्दीलियों का तकाजा करता है, मगर हम इस वक्त एक ऐसी बुनियादी जरूरत का ही जिक्र करना चाहते हैं, जो दूसरी बड़ी तब्दीलियों के लिए रास्ता हमवार कर सकती है। वह यह कि 'तालीमे निस्वां' के लिए लड़कियों के स्कूल और कॉलेज खोले जाएँ और उनकी तालीग व तर्बियत पर खुसूसी तवज्जह दी जाए। इसलामी आदाब व अकदार से पूरी तरह आश्ना, दीन व मिल्लत की मुहब्बत से सरशार तालीमयाफ्ता माँ की गोद में नई नस्ल सही खुतूत (लाइन, दिशा) पर नश्व-व-नुमां (परवरिश, तरक्की पाना) पाएगी। आज हमारे मुआशने की पसमाँगदी की सबसे बड़ी वजह हमारी औरतों की जहालत और जहनी व दीनी पसमाँदगी है। एक औरत के तालीम हासिल करने से पूरा खानदान तालीम याफ्ता हो जाएगा और मुआशरती ढाँचा तब्दील होगा। एक तालीमयाफ्ता लड़की पूरे घर को इल्म के नूर से मुनव्वर कर देगी। अल्लाह तआला हम सबको तालीम की दौलत से आरास्ता होने की तौफीक अता फरमाए! आमीन।"

भारतीय लेखिका परिषद् लखनऊ की साहित्यिक पत्रिका 'अपूर्वा' (1992) डॉ. शांति देवबाला के संपादन में निकली। मासिक भारतीय 'गृहदेवी' की संपादिका अनीता शर्मा थीं। इसका प्रकाशन अप्रैल 1993 से आरंभ हुआ। चौदह परिशिष्ट वाली यह पत्रिका महिला संबंधी विभिन्न प्रकार की सामग्री के साथ-साथ रंगीन चित्रों से सुसज्जित होती थी। हैदराबाद सिकंदराबाद मारवाड़ी महिला संगठन की गृह पत्रिका महिला सुधा (1994) की प्रधान संपादक डॉ. अहिल्या मिश्र ने 'महिलाओं के लिए रोजगार के अवसर' में लिखा—"आज आवश्यकता है खुले मानसिकता से अपने परिवार की महिलाओं के साथ न्याय करने उन्हें सुअवसर उपलब्ध कराने तथा पूर्ण सहयोग देने की।" इसमें साहित्य की सभी विधाओं की रचनाएँ एवं 'इलेक्ट्रॉनिक मीडिया के दायित्व' जैसी पठनीय सामग्री मिलती है। पुष्पक (1997) की प्रधान

संपादक भी रहीं अहिल्याजी भाषा पर टिप्पणी करती हैं—"भाषा संस्कृति की संवाहिका होती है। भाषा और संस्कृति में आपसी परस्परापेक्षिता है। भाषा और संस्कृति ही किसी देश की राष्ट्रीय एकता का मूलाधार होती है। भारतीय संस्कृति मूलतः कई अन्य संस्कृतियों का सम्मिश्रण है।" जबलपुर स्थित हितकारिणी नर्सिंग कॉलेज में श्रीविश्वंभर दयाल अग्रवाल पत्रकारिता पुरस्कार और साहित्य मंडल श्रीनाथ द्वारा राजस्थान में उन्हें 'संपादक शिरोमणि सम्मान' से सम्मानित किया गया है। त्रैमासिक 'ऋता' (1995) की संपादक डॉ. मिथिलेश दीक्षित प्रवेशांक में 'साहित्य पर हावी होती राजनीति' पर विचार व्यक्त करती हैं—"सत्य के उपासकों, शिवत्व के साधाकों और वाणी के वास्तविक पुजारियों के स्वर दब गए हैं, दबा दिए गए हैं। ऐसे आपाधापी के वातावरण में साहित्य में भी राजनीति हावी हो रही है। जन पक्ष से अधिक जुड़े न होने के कारण अनेक रचनाधर्मी विपुल साहित्य-सृजन करके भी न राष्ट्र और समाज को कुछ दे पाते हैं, न मानवता के हित के लिए कुछ कर पाते हैं। वर्तमान प्रेस जगत् के समक्ष भी अनेक चुनौतियाँ हैं। राजनीतिक प्रचार तंत्र का मुहरा बनना अथवा सामाजिक अभ्युदय और जनशक्ति की प्रगति से सरोकार रखना—दो में से एक ही चयन कर पाता है और अपने मूल उद्देश्य से भटक जाने को विवश हो सकता है।"

त्रैमासिक 'नारी संवाद' (1993) का प्रकाशन जमशेदपुर, बिहार से होता है। पत्रिका की संपादक डॉ. रेणु दीवान 'लोकसभा चुनाव और महिलाएँ' में लिखती हैं—"देश की लोकतांत्रिक व्यवस्था को सही ढंग से चलाने के लिए राजनीति में औरतों की भागीदारी पुरुषों के बराबर होना चाहिए, जिसके लिए सबसे पहले हमें संगठित होकर पुरुष प्रधान सामाजिक राजनीतिक व्यवस्था को बदलना होगा। हमें एक-दूसरे के प्रति विश्वास और सम्मानजनक रवैया बरतना होगा और पुरुषों की महिला विरोधी साजिशों का डटकर मुकाबला करना होगा।...हमें सरकार की महिला आरक्षण नीति से भी विशेष सुधार की आशा नजर नहीं आ रही है, क्योंकि उसी सड़ी-गली व्यवस्था के तहत औरतों को पुरुषों की दयादृष्टि से किसी भी क्षेत्र में स्वतंत्र अस्तित्व प्राप्त नहीं हो सकता है। उल्टा, हम उन पर और निर्भर हो जाएँगे जो हमारे हर प्रकार के शोषण व उत्पीड़न का प्रारंभिक मूल कारण है। इसके अलावा हम औरतों को भी अपनी हैसियत बनाने के लिए स्वयं आगे आना होगा। अपना बहुमूल्य वक्त घरेलू कार्य, दकियानूसी रीति-रिवाजों व अंधविश्वासों के पालन में न गँवाकर राष्ट्र व समाज के कल्याणकारी कार्य में लगाना होगा। हमें शहरी व संभ्रांत महिलाओं को अपनी पिछड़ी हुई ग्रामीण व दलित बहनों को ऊँचा उठाने के संगठित प्रयास करने होंगे। आपसी ईर्ष्या, द्वेष और प्रतिद्वंद्विता भूलकर उनके बीच शिक्षा व चेतना का प्रसार करना होगा। हम तभी एक मानवीय समाज की कल्पना को साकार कर सकते हैं। 'आओ बहनो हम एक हो जाएँ और अपनी अस्मिता

की लड़ाई शुरू कर दें!'" इसमें अमृता प्रीतम की चर्चित पंक्तियाँ पढ़ने को मिलती हैं—

मर्द ने अभी दासी देखी है, वेश्या देखी है।
देवी देखी है, पर औरत नहीं देखी है।

स्त्रियों को लेकर महात्मा गांधी का विचार—'जब औरत जिसे समाज अबला कहता है, सबला बन जाएगी, तब सभी असहाय सशक्त हो जाएँगे' आज भी प्रासंगिक है। विश्लेषण, परिचर्चा, अनुभूति, बदलाव, बाल साहित्य, आलेख, गतिविधियाँ, कविता, स्वास्थ्य, पुस्तक समीक्षा, कहानी, विचार, लघुकथा और सर्वेक्षण इसके स्तंभ रहा करते थे। डॉ. भीमराव अंबेडकर का सूत्र वाक्य—'गुलाम को यह एहसास हो जाए कि गुलाम है तो वह अवश्य मुक्त हो जाएगा' भी इसी पत्रिका में पढ़ने को मिलता है। छप्पन पृष्ठों के विशेषांक में 24 लेख दलित नारी वर्ग की समस्याओं पर आधारित थे। 'दलित महिला विशेषांक' में डॉ. रेणु लिखती हैं—"अब भारत का दलित भी मुक्त होना चाहता है। दलित औरतों की भागीदारी भी जन आंदोलनों और महिला आंदोलनों में बढ़ी है। गाँव और शहरों में उनके स्वतंत्र संगठन बन रहे हैं। वे शिक्षित हो रही हैं।" विशेषांक के अंतिम पृष्ठ पर मोटे टाइप में निम्नलिखित पंक्तियाँ प्रकाशित थीं—"उन्हें डर है नारी शक्ति का, उन्हें डर है नारी मुक्ति का, रूढ़ि-धर्म जात-पांत से वे हमें रोकना चाहते हैं, खामोशी तोड़ो, वक्त आ गया।" उत्तराखंड से प्रकाशित होनेवाली प्रतिष्ठित महिला पत्रिका 'उत्तरा' (1989) नैनीताल से डॉ. शीला रजवार, उमा भट्ट, कमला पंत एवं बसंती पाठक के लगन और निष्ठा के कारण अपनी पहचान बनाने में सफल रही। इसको विज्ञापन रूपी काली छाया से बचाकर रखा गया था। कुल पचास पृष्ठों की इस पत्रिका में 'हमारी-आपकी चिट्ठियाँ' ही दो स्थायी स्तंभ होते थे।

डॉ. सुधा मलैया के संपादन में 'ओजस्विनी' (1993) का प्रकाशन भोपाल से हुआ। वे 'निर्णायक भूमिका का सवाल?' में लिखती हैं—"'ओजस्विनी' एक संपूर्ण महिला पत्रिका होने के साथ-साथ समूचे समाज की पत्रिका है, क्योंकि महिलाओं को लेकर ऐसा एक भी प्रसंग नहीं है, जो सारे समाज को प्रभावित न करता हो। यूँ तो कोई भी प्रयास, और विशेषत: प्रथम, संपूर्ण नहीं होता, किंतु हमने कोशिश की है कि उस स्वप्न के आसपास रहें, जो हमारी आकांक्षा का प्रतिरूप है। वह है, नारी के शरीर के भीतर छिपी संभावनाओं को प्रकट तथा उसकी सुप्त शक्तियों को जाग्रत् करना।" भ्रष्टाचार पर प्रतिक्रिया देती हैं—"आखिर कभी तो यह विचारने पर विवश होना पड़ेगा कि कब तक अच्छे से और अच्छा बनने की आशा करते रहेंगे? कब भ्रष्टाचार से रँगे वस्त्रधारियों को, उजले दामन वालों की तुलना में शह देते रहेंगे? कब तक कपूत की सौ बुराई सहन करते-करते सपूत की ढूँढ़-ढूँढ़कर गलतियाँ निकालते रहेंगे या एकाध गलती होने पर असहनशील होते रहेंगे? आखिर कब तक स्वामिभक्त गधा, स्वामिभक्ति के पुरस्कार

स्वरूप डंडा खाता रहेगा और जवाबदारी से मुँह मोड़ने वाला कुत्ता स्वामी की प्रशंसा का पात्र बना रहेगा? कब तक राम से निर्दोष सीता को निष्कासित करने के त्याग की अपेक्षा करते रहेंगे? अच्छे-बुरे की पहचान का तथा भ्रष्टाचार की दलदल में आकंठ लिप्त दलों से उबरने का वक्त आ गया है।" स्त्री शक्ति की अभिव्यक्ति की प्रतीक पत्रिका के 'मेरी दृष्टि' कॉलम में 'मुझे मलाल है मलाला' में वे लिखती हैं—"आवश्यकता स्त्रियों को सभी प्रकार की सुरक्षा की है। बचपन से लेकर मृत्यु तक स्त्री सुरक्षा सभी राज्यों और देशों के समाज और देश नीति का महत्त्वपूर्ण हिस्सा होना चाहिए और राजनीति से परे होना चाहिए, किंतु जब तक मानसिकता स्त्री को केवल जिस्म बनाकर देखने तक सीमित रहेगी, तब तक ये होना कठिन है। ये परिवर्तन केवल आध्यात्मिक क्रांति से ही होना संभव है। आमूलचूल परिवर्तन। आत्मा की सफाई।" रति अग्रवाल का पत्रकारिता में समयकाल 16 अक्तूबर, 1945 से 20 फरवरी, 1995 तक का रहा था। उन्होंने 'ग्रामीण दुनिया' (1973) का 15 वर्षों तक संपादन दायित्व सँभाला, पी.टी.आई. भाषा संवाद समिति में 6 वर्ष कार्य किया। भारतीय जनसंचार संस्थान में विकासशील देशों के लिए संचालित प्रथम स्नातकोत्तर पत्रकारिता पाठ्यक्रम को उन्होंने विशेष योग्यता से उत्तीर्ण किया था। 'नारी अस्मिता' (1994) की संपादक डॉ. रचना निगम लिखती हैं—"आज से पचास वर्ष पूर्व लड़ी गई आजादी की लड़ाई में स्त्रियों का योगदान भी कम नहीं रहा है। जब हम भारतीय नारियाँ उस वक्त देश की राजनीतिक आजादी के लिए संघर्ष कर सकती थीं, तो अब स्वतंत्र देश में संवैधानिक समानता की अधिकारिणी होने पर भी परतंत्रता की बेड़ियों में क्यों जकड़ा हुआ है आम भारतीय नारी का जीवन?" मुजफ्फर नगर से प्रकाशित 'आरोग्यधाम' (1993) की संपादक डॉ. नीलम अग्रवाल के अनुसार, "संतानहीनता की समस्या सदा से मानव जाति के लिए अभिशाप रही है, विशेष रूप से औरतों के लिए, जिनका एक ही सपना होता है, माँ बनना।"

बिहार राष्ट्रभाषा परिषद् की शोध और आलोचना की त्रैमासिक 'परिषद् पत्रिका' (1961) में डॉ. मिथिलेश कुमारी मिश्र देश भर के विद्वानों से आलेख मँगाकर छापा करती थीं। पत्र-पत्रिकाओं की स्थिति पर चिंता व्यक्त करती हैं—"देश में हिंदी पत्र-पत्रिकाओं की करुण स्थिति से सब परिचित हैं। बिहार भी इसका अपवाद नहीं है। स्वतंत्रता प्राप्ति के बाद पत्र-पत्रिकाओं को त्वरित वेग से बढ़ना चाहिए था, वहाँ उनका अध:पतन निश्चित ही चिंता का विषय है।" आशा पटेल शेखावत सरकार पर 'गरीबों का सेतु' (1991) में टिप्पणी करती हैं—"साल-दर-साल के ढपोरशंख आश्वासनों से बेजार होकर अंतत: ब्यावर की प्यारी जनता जब सड़कों पर उतर आई, तब स्थानीय विधायक चोर की तरह मुँह छुपाते फिरे और उनके दल की सरकार ने जो कहर ढाया, वह काला इतिहास बन चुका है।" 'समरलोक' (1999) की संपादक पद्मश्री

मेहरुन्निसा परवेज 'आत्मदृष्टि' में लिखती हैं—"जीवन के यथार्थ को जीते समय अपने भीतर के अंतर्द्वंद्व से जूझते, लेकिन उसे बाहर अभिव्यक्त न कर पाने के कष्ट से हम कितने अकेले, निस्सहाय हो जाते हैं। अकेलेपन की सुरंग से गुजरना कितना कष्टदायक होता है? जीवन की रेस में तो इनसान घोड़े की तरह बस दौड़ता रहता है। सारी उम्र जिंदगी की हार-जीत की उधेड़ बुन में लगा रहता है। घुलता रहता है, चुकता रहता है और अंत में हारकर खड़ा रह जाता है, तब लगता है कि क्या जीवन की यही परिभाषा है?" नई दिल्ली से प्रकाशित 'सुलभ इंडिया' (1987) की मुख्य संपादिका कामना प्रसाद ने 'कुदरत से खिलवाड़ न हो' में लिखा—"हमारे मुल्क के राजस्थान, गुजरात एवं उड़ीसा समेत ग्यारह सूबों के 126 जिले भयंकर अकाल की चपेट में हैं। इस सदी का यह सबसे भयंकर सूखा है। इतनी भारी तादाद में पानी की किल्लत पहली बार देखने को मिली है।···पानी के लिए पूरा गाँव-का-गाँव गिरवी रखा जा रहा है।···हजारों साल से इनसान ने कुदरत का जो दोहन-शोषण किया है, उसी के परिणाम स्वरूप यह भयंकर स्थिति पैदा हुई है। बुजुर्गों ने ठीक ही कहा है कि कुदरत से खिलवाड़ न करो, वरना जलजला आ जाएगा। 'आईना' लखनऊ से 1999 के दिसंबर माह से आरंभ हुआ। इस त्रैमासिक की प्रतिबद्धता महिला आंदोलन और महिलाओं की समस्या के प्रति थी।···संपादिका डॉ. मंजु शुक्ला पत्रिका का उद्देश्य 'हर स्त्री को उसके अधिकार पूर्ण सम्मानित अस्तित्व का एहसास कराने की एक पहल' बताती हैं—जबलपुर से प्रकाशित 'फास्ट टुडे खुशबू' (2000) की संपादिका नम्रता वर्मा पत्रिका के विशेषांक के बारे में लिखती हैं—"तृतीय अंक जेवर विशेषांक के रूप में प्रस्तुत करते हुए मुझे हार्दिक प्रसन्नता हो रही है। किसी विषय विशेष पर प्रस्तुतीकरण का ये हमारा प्रथम प्रयास है। हम कहाँ तक सफल हो रहे हैं, ये तो आपके पत्रों के रूप में प्रेषित प्रतिक्रिया से ही हम जान सकेंगे।" 'आज की नारी' (2001) की संपादक रश्मि विश्वकर्मा ने लिखा—"मेरा विश्वास है कि यदि केवल महिलाएँ ही यह ठान लें कि वे महिला समाज की तरक्की में कोई कसर नहीं छोड़ेंगी तो महिलाओं के विकास में कोई भी ताकत बाधा नहीं बन सकती।" 'अंतरंग संगिनी' (1995) की संपादक दिव्या जैन के अनुसार, "स्त्रियों पर अपराधों की संख्या बढ़ रही है। ऐसे अपराधों को रोकना एक समस्या बन गया है। यह एक राष्ट्रीय मुद्‌दा भी बन गया है कि इन हिंसक अपराधों को रोकने के लिए क्या उपाय किए जाएँ?···जरूरत है, मानसिकता बदलने की, खासकर पुरुष मानसिकता को बदलने की। रूपल बजाज, अंजना मिश्रा तथा भँवरी देवी जैसी महिलाओं की तरह हर औरत को अपने ऊपर होनेवाले अत्याचार का साहस के साथ सामना करने की जरूरत है। ऐसा साहस बटोरने के लिए संगठित होने की पहल करनी होगी।" 'जागरण सखी' (2001) की संपादक प्रगति गुप्ता 'आजादी का अर्थ' में लिखती हैं—"अब इस आजादी का

हमारे लिए अर्थ क्या है ? कहीं ऐसा तो नहीं कि स्वयं आजादी का लाभ उठाने के लिए हम दूसरों की आजादी छीन रहे हों ?" यह मासिक नोएडा से प्रकाशित होता है। 'जगत् विजन' (2001) की संपादक विजया पाठक 'लोकसभा चुनाव' पर 'न लहर थी और न ही एजेंडा' में प्रतिक्रिया देती हैं—"पहली बार आम चुनाव में यह देखने को मिला कि न कोई लहर थी और न ही किसी एजेंडे पर राजनीतिक दल चुनावी जंग में एक-दूसरे पर हमला कर रहे थे। सिर्फ मीडिया चुनावी मुद्दा और नेताओं की सभाओं को लेकर हल्ला मचा रहा था। पूरा देश 'जय हो और भय हो' के मंथन में लगा था, लेकिन अंततः जनता ने 'जय हो' पर मुहर लगा दी और यह साबित हो गया कि जनता सकारात्मक पक्ष को महत्त्व देती है, फिर भले ही परिणाम भविष्य में कुछ भी हो।" संगीता आनंद के संपादन में साहित्यिक सांस्कृतिक एवं नैतिक चेतना की त्रैमासिक 'संदर्भ' (2001) राँची से निकली। 'अद्यप्रमृति' में लिखा गया—"भले ही नैतिकता से संबंधी बातें हम सबको उपदेश लगती हैं, पर यही आज के युग की सबसे बड़ी आवश्यकता है। इसके बिना शोषण मुक्त और हिंसारहित समाज की कल्पना भी व्यर्थ है। हमें एकजुट होकर दूसरों के लिए जियो सिद्धांत अपनाना होगा और इसे ही जीवन का लक्ष्य बनाकर अनैतिकता के विरुद्ध आवाज उठानी पड़ेगी और एक सुंदर और सुखी राष्ट्र के निर्माण में अपना संपूर्ण योगदान देना पड़ेगा।"

बेगूसराय से प्रकाशित नारी संवेदना और सामाजिक सरोकार की पत्रिका 'औरत' (2003) की संपादक मेनका मल्लिक लिखती हैं—"फिल्म, टी.वी. के विभिन्न चैनल हमारी युवा पीढ़ी को भ्रष्ट और दिशाहीन बनाने में अपनी भागीदारी बखूबी निभा रहे हैं। बाजारवाद ने यूँ ही कम क्षति नहीं पहुँचाई है। अब अगर सेक्स को भी साबुन, डिटर्जेंट या अन्य उत्पाद की तरह घर-घर परोसने की छूट दे दी जाए तो सामाजिक संरचना किस प्रकार की रह जाएगी, यह चिंतन का विषय है।" इसी नाम से भोपाल से 2001 में प्रकाशित पत्रिका की संपादिका, प्रकाशक डॉ. विद्युल्लता थीं। नई दिल्ली से प्रकाशित 'सार्थकवाणी' (2004) की संपादिका डॉ. रूपा वाजपेयी ने लिखा—"महिला विकास की कई कड़ियाँ हैं। वह एक जंजीर की तरह है, जो हमें अभी तो जकड़े हुए हैं, मगर कल उसे पकड़कर उसकी एक-एक कड़ी को मजबूत करके ही हम आगे बढ़ सकती हैं। हर महिला, वह जो भी है, जिस हाल में भी है, जहाँ भी है, अपना-अपना मोर्चा सँभाले है।" म.प्र. राष्ट्रभाषा प्रचार समिति, हिंदी भवन न्यास की साहित्यिक पत्रिका 'अक्षरा' (1982) की जुलाई 2004 से डॉ. सुनीता खत्री संपादिका हैं। साथ ही 'संवाद' और 'हस्तक्षेप' (1996) का संपादन भी करती हैं। सूचना एवं जनसंपर्क विभाग, लखनऊ से प्रकाशित समकालीन साहित्य, संस्कृति, कला और विचार का मासिक उत्तर प्रदेश (1972) की संपादक कुमकुम शरमा लिखती हैं—"मनुष्यता हमारा असली धर्म है।

हमें अपने विवेक एवं ज्ञान की रोशनी से इसी धर्म की रक्षा करनी है। आज हमारा देश अनेक सामाजिक, आर्थिक चुनौतियों से गुजर रहा है। ऐसी अनेक ताकतें हैं, जो प्रेम के एक सूत्र में बँधे हमारे राष्ट्र को धर्म, जाति और संप्रदाय के नाम पर खंडित करने में अपनी पूरी ताकत का इस्तेमाल कर रही हैं।" 'रतनसागर' (2003) की संपादक' डॉ. जगजीत कौर सालवान 'सिंह बुके मिरगावली' में लिखती हैं—"जंगल में शेर की गर्जन होते ही अन्य सभी प्राणी भाग निकलते हैं और मृग श्रेणी हिरणों के झुंड बिना साँस लिये धैर्य छोड़कर बिना कहीं टिके-रुके तीव्र गति से भागते छुपते दिखाई देते हैं। वैसी ही सिंह गर्जना, शेर की दहाड़, गुरु नानकदेवजी के जन्म (प्रकाश) से हुई।" अखिल भारतीय जनवादी महिला समिति की त्रैमासिक 'साम्या' (1989) की संस्थापक संपादिका कालिंदी देशपांडे ने 1984 के सिक्ख समुदाय के खिलाफ संगठित हत्या के दर्दनाक अनुभव में लिखा—"इतने साल गुजर गए, लेकिन आज भी मेरी आँखों के सामने वह एक व्यक्ति आ रहा है, जिसे मात्र अपनी सांप्रदायिक पहचान की वजह से बेकसूर होते हुए भी जिंदगी की सबसे भारी सजा भुगतनी पड़ी। खाक हो वह सांप्रदायिक पहचान, जो इनसानियत को मिट्टी में मिला देती है।" वे घरेलू कामगारों के आर्थिक शोषण के खिलाफ आवाज उठाती हैं—"इस तरह अपना श्रम बेचने वाली 'कामवाली' और उसका श्रम खरीदने वाली 'मालकिन' जब एक-दूसरे पर इतनी अधिक निर्भर हैं तो उनके बीच सामंजस्य पैदा होना चाहिए...एक-दूसरे पर निर्भर इन दोनों तबकों को एक-दूसरे का आदर और सम्मान करते हुए जीवन बिताना चाहिए...।" 'विचार भी हथियार भी' स्लोगन के साथ निकाली गई, यह पत्रिका बाद में 'साम्यादृष्टि' नाम से भी निकली जिसे कालिंदीजी ने ही संपादित किया था। उनके निधन के बाद उनपर समर्पित 'कालिंदी विशेषांक' में लिखा गया था—

न मिटाया जा सकता है और न भुलाया ही
कुछ बात ही ऐसी थी हस्ती में तुम्हारी।

महिला एवं बाल विकास मंत्रालय, नई दिल्ली का तिमाही प्रकाशन 'संपर्क' (2005) की मुख्य 'संपादिका' लवलीन कक्कड़ 'नई मंत्री नया मंत्रालय' में लिखती हैं—"वर्ष 2006 दो बड़े परिवर्तनों के साथ महिलाओं और बच्चों के लिए नई आशाएँ लेकर आया है; प्रथम महिला एवं बाल विकास विभाग को पूर्ण मंत्रालय का दर्जा प्रदान किया जाना और द्वितीय, मंत्रालय का प्रभार एक नई सोच एवं नई दिशा की ओर अग्रसर, नई राह अपनाने वाली नेता सुश्री रेणुका चौधरी को सौंपा जाना।" शासकीय पत्र-पत्रिकाओं की संपादकीय में इससे ज्यादा की उम्मीद भी नहीं की जा सकती। मृदुला सिन्हा केंद्रीय समाज कल्याण बोर्ड दिल्ली की अध्यक्ष और 'समाज कल्याण' (1955) की संपादक 'इसी बहाने' शीर्षक से लिखती हैं—"यूँ तो देश के हर छोटे से हिस्से का

भी अपना महत्त्व है। दूसरे हिस्से के लोगों को सभी क्षेत्र आमंत्रित-आकर्षित करते हैं, पर भारत के दक्षिण का दक्षिणी हिस्सा कई कारणों से महत्त्वपूर्ण है। पिछले माह कन्याकुमारी जाने का अवसर मिला। तिरुनलवेली में बोर्ड द्वारा मेला लगा था। पचास से अधिक संस्थाओं द्वारा लगाए मनमोहक स्टॉल थे। बोर्ड द्वारा हाथ से बनाए जा रहे सामानों को प्रदर्शित करना, उनके लिए बाजार ढूँढ़ना, संस्थाओं का कई दिनों तक साथ रहकर विचारों और अनुभवों का आदान-प्रदान करना और भी बहुत से फायदे हैं इन मेलों के।" 'पंचायत विकास' (2005) में 'किसान की बेबसी फिर भी अन्नदाता' में संपादक लीला कृषक की पीड़ा व्यक्त करती हैं—"अन्नदाता की किस्मत को क्या कहें? हाकिमों का कोप तो आए दिन ग्रामवासियों को झेलना ही पड़ता है, लेकिन रात-दिन खून-पसीना एक कर दाना-दाना अपने खेतों में डालकर धूप या सर्दी या बरसात में अकूथ मेहनत कर जब फसल पककर उसके घर में आने को तैयार खड़ी हो, तब प्राकृतिक प्रकोप बारिश, आँधी और ओलों की मार से तड़पते किसान के प्राण ही नहीं निकलते, बाकी कुछ वह खड़ा-खड़ा तमाशबीन बनकर देखता रह जाता है। ईश्वर की लीला उसकी समझ से परे एवं उसके बस से बाहर है।" त्रैमासिक 'हिंदुस्तानी जवान' (1969) की प्रधान संपादिका सुशीला गुप्ता सार्थक लेखन पर टिप्पणी करती हैं—"लेखन केवल कलम घसीटने का काम नहीं होता। उसे एक प्रक्रिया से गुजरना पड़ता है। उस प्रक्रिया में किसी तरह का घाल-मेल या दुराव-छिपाव नहीं चलता। अंदर तक महसूस करके ही अंतरतम की गइराई तक जाकर ही अभिव्यक्ति को अंजाम देना वास्तविक लेखन होता है।"

मीनू यादव अहमदाबाद से प्रकाशित पाक्षिक 'दहलीज' (2007) में 'पारिवारिक रिश्तों के बीच काँटा कौन बो रहा है?' में इशारा करती हैं—"कुछ वर्षों में टी.वी. चैनलों पर विकृति, संस्कृति, कामुकता व लग्नेतर संबंधों पर आधारित धारावाहिकों की बाढ़-सी आ गई है। जिन टी.वी. चैनलों को समाज को शिक्षित कर एक नई दिशा देनी चाहिए, वे समाज को गुमराह कर रहे हैं। शासक वर्ग को इस बात की कोई परवाह नहीं है। ये पश्चिमी देशों से दोस्ती बनाए रखने हेतु गंदी संस्कृति को फलने-फूलने का अवसर दे रहे हैं। यदि थोड़ी-सी भी निस्स्वार्थ व त्याग की भावना हो तो यहाँ सभी समस्याओं का समाधान है। जिनके जीवन में सेवा, साधना, त्याग व आध्यात्मिक मूल्य नहीं होते वे ही हिंसा का मार्ग अपनाते हैं। भोगवादी संस्कृति व भौतिक पदार्थों का लालच व्यक्ति को खुदगर्ज बना देता है।" डॉ. उर्वशी शर्मा 'मुसलिम समाज में स्त्री, संघर्ष और फैसले' में लिखती हैं—"समता और स्वतंत्रता के लिए संघर्ष कर, अपने पैरों पर खड़ी होने का साहस करनेवाली यह मेहनतकश और पुरुष की सहचरी है, दासी नहीं। उसे अपनी अस्मिता का बोध है, जिसकी रक्षा करने में वह सक्षम है। दायित्व के निर्वाह के साथ अधिकार की माँग करना अपराध नहीं हो सकता।" इसी में डॉ. रंजना जायसवाल ने

'उन्हें स्त्री नहीं मशीन चाहिए' में पुरुष प्रवृत्ति पर खरी भाषा में टिप्पणी की—"पुरुष स्त्री को देह माया में फँसाकर मस्तिष्क बनने से रोक देता है। यह उसकी साजिश है, क्योंकि वह जानता है कि मस्तिष्क बनते ही वह उसकी तरह ही व्यक्ति बन जाएगी। फिर उस पर काबू पाना कठिन होगा, पर सारे एहतियातों के बावजूद स्त्री उसके शिकंजे से छूटती जा रही है।" उर्मि कृष्ण के संपादन में 'शुभतारिका' (1972) के 'हरियाणा विशेषांक' में वहाँ की लोककला, संस्कृति, साहित्य, परंपराओं की झलक थी। डॉ. ऊषा लाल ने 'हरियाणा इतिहास के झरोखे से' आलेख में ऐतिहासिक पृष्ठभूमि पर प्रकाश डाला था तथा हरियाणवी लोककथा को भी स्थान दिया गया था। व्यंग्य, कहानी, कविता, लघुकथाओं, पुस्तक समीक्षा सहित अन्य स्थायी स्तंभ भी थे। अंबाला छावनी से प्रकाशित इसके 'कहानी विशेषांक' में पढ़ने को मिलता है—"हम कहानियों या किसी भी रचना के चयन में किसी विचारधारा या मतवाद को वरीयता नहीं देते। हमारा उद्देश्य कहानी को एक कथाकृति और कलाकृति के रूप में प्रस्तुत करना रहता है। नवलेखकों और प्रतिष्ठित लेखकों की कहानियों में कलात्मकता की उत्कृष्टता का अंतर तो रहता ही है। वे प्रसिद्ध लेखकों की कहानियों को ध्यान से पढ़ कर अपनी रचना का शिल्प सुधार सकते हैं। हमारी चयनित कहानियाँ किसी वाद, खेमे, मतवाद से जुड़ी नहीं होती हैं।" 'संबंध सेतु' (2008) में स्वास्थ्य चर्चा करते हुए उपमा विश्वकर्मा लिखती हैं—"औषधीय गुणों से भरपूर नीम का पेड़ 80 प्रतिशत रोगों में लाभकारी है। फोड़े-फुंसियों से लेकर सभी चर्म रोगों में नीम की छाल, पत्ती एवं फल—सभी बहुत उपयोगी हैं। आँखों के रोग, पीलिया, पेट के रोग, पथरी, पित्त, बवासीर, भगंदर, मासिक धर्म जैसे रोगों में लाभदायक है। नीम की दातून दाँतों के लिए रामबाण है। ऐसा माना जाता है कि नीम के पौधों में कई हजार रसायन होते हैं। प्रतिदिन सुबह 8-10 पत्ती नीम के सेवन से ब्लड प्रेशर और शुगर, दोनों से रक्षा होती है।" साहित्य और सामाजिक आंदोलन पर केंद्रित 'कथन' (1980) की संपादक संज्ञा उपाध्याय हैं। नवलेखन और जन आंदोलन को लेकर विचारणीय मुद्दे इसमें उठाए जाते रहे हैं। विरासत में 'स्वराज्य साधना में नारी' जैसे आलेख तथा पुस्तकों की समीक्षा, साहित्यिक गतिविधियों के अलावा अन्य स्थायी स्तंभ भी देखने को मिलते हैं। नई दिल्ली से प्रकाशित 'हम सब साथ-साथ' (2002) की संपादक शशि श्रीवास्तव लिखती हैं—"प्रिय पाठको, यदि आपको इस पत्रिका की कोई रचना प्रभावित करे तो आप उसके रचनाकार को मात्र एक पोस्टकार्ड डालकर या फोन द्वारा अपनी प्रतिक्रिया से उसे अवगत करा सकते हैं। 'चिट्ठियाँ' स्तंभ में तो आपके पत्र का स्वागत रहेगा ही।" राँची से प्रकाशित महिलाओं का वैचारिक हस्तक्षेप 'संभवा इंजोर' (2008) के 12 जून, 2011 के अंक में संपादक कनक प्रतिक्रिया व्यक्त करती हैं—'बर्बर समाज की पहचान है कम होती बेटियाँ।' वैदिक-विज्ञान की पत्रिका

'ब्रह्मात्मशक्ति' (2002) के संपादकीय में ऋषिका आत्मदीक्षिता सरस्वती उपदेश देती हैं—"मनुष्य का जीवन बार-बार नहीं मिलता। यदि मिल भी गया तो उत्तम स्वास्थ्य व उत्तम बुद्धि नहीं मिलती। उत्तम उचित उपासना का अवसर नहीं मिल पाता। यह वर्तमान आपके पास है।"

अखिल भारतीय साहित्य परिषद् की राष्ट्रीय कार्यसमिति की सदस्य क्रांति कनाटे को भोपाल में आयोजित कार्यकर्ता प्रशिक्षण में 'साहित्य परिक्रमा' (2000) का संपादक नियुक्त किया गया। मराठी, गुजराती तथा हिंदी भाषा को जानने के कारण उन्होंने अनुवाद के क्षेत्र में भी कार्य किया है। गुजराती साहित्य विशेषांक का संपादन कर चुकी क्रांति 'समय, समाज तथा साहित्यिक सोच' में लिखती हैं—"पिछले दिनों जिस एक घटना ने समस्त भारत को जोड़े रखा, हिलाए रखा, जगाए रखा; वह है—दिल्ली में चलती बस में हुआ सामूहिक बलात्कार तथा इस अमानवीय कृत्य के परिणामस्वरूप अंततः 29 दिसंबर को हुई उसकी करुण मृत्यु। इस दुर्घटना की मीडिया में अहर्निश चर्चा हुई है। श्रद्धांजलि देने के साथ बहुत से प्रश्नों के उत्तर हमें तलाशने होंगे। यह साहित्य के लिए अब समाज से और अधिक प्रभावित होने का समय नहीं है, अपितु अपने लेखन द्वारा समाज को प्रभावित करने का, उसे दिशाबोध करवाने का समय है। सिनेमा, टेलीविजन तथा पत्र-पत्रिकाओं के माध्यम से आज जो सामाजिक विकृतियाँ रह-रहकर हमारे सामने चित्रित हो रही हैं, उनका विरोध उतनी ही तीव्रता से करना होगा। साहित्य के द्वारा सफलतापूर्वक सामाजिक शिक्षा दी जा सकती है, इसका उत्तरदायित्व बोध हमें होना चाहिए। अपनी लेखनी से यदि हम समाज को एक सकारात्मक सोच दे सकें, तभी हमारा रचनाधर्म सही अर्थ में पूरा होगा तथा ऐसी नृशंस घटनाओं को रोका जा सकेगा।" 'इंडिया टुडे' (1975) की संपादिका कावेरी बामजई प्रतिक्रिया व्यक्त करती हैं—"जवान लड़कियों को अकसर सलाह दी जाती है कि यौन उत्पीड़न से बचने का सबसे अच्छा तरीका यह है कि बदन दिखाऊ कपड़े न पहनें…आखिर वह क्या बात है, जो पुरुषों को औरतों की थोड़ी सी ड्रेस ऊपर सरकने…उनकी सोचने-समझने की शक्ति खत्म कर देती है और उन्हें कमजोर बना डालती है? शायद इसकी वजह यही हो सकती है कि पॉपुलर कल्चर में हर चीज इस तरह से रची गई है, जिससे पुरुष प्यार के नाम पर किसी भी हद से गुजरने का खुद का अधिकार समझे…सच्चाई बहुत ही कड़वी है—सेक्स सर्वे से पता चलता है कि विवाह होने पर पुरुष पत्नी के साथ सेक्स को अपना अधिकार मानने लगता है—सर्वे में शामिल 79 फीसदी पुरुषों ने माना कि सेक्स उनका वैवाहिक अधिकार है।" डॉ. भाग्य राजेश्वरी रत्न सलाहकार संपादक 'लोकायत' (2003) 'चुनावी रथ पर विकास' में दृष्टिकोण रखती हैं—"काला धन और कैंसर, दोनों में समानता है। शरीर की कैंसर से मुक्ति की खोज जारी है क्योंकि कैंसर सब पर भारी है।…सरकार खुद सहायता को तरस

रही है। व्यवस्था पर पनपे कूबड़ से मुक्ति के लिए इच्छाशक्ति को ही हथियार बनाइए। योजन लंबी योजनाओं की सार्थक पहलों से सामने लाइए। सारी उठा-पटक काले धन पर भारी है...वही असली बीमारी है।" 'संभवा' (1993) के तीन अंकों की संपादक रहीं रश्मि रेखा 'एक कविता के बहाने समकालीन हिंदी कविता की पड़ताल' में लिखती हैं—"कविता समाज का आईना होती है। वह समाज को उसका वह चेहरा दिखाती है, जिसे वह खुद नहीं देख सकता। बड़ा कवि अपने समय के पहले पैदा होता है। उसकी नजर हमेशा भविष्य पर होती है, इसलिए उसका समय भी बाद में आता है।"

भोपाल से प्रकाशित मासिक 'खरी न्यूज' (2012) की संपादक रानी शर्मा 'आतंक की नहीं, जरूरत लोकशाही की' में प्रतिक्रिया देती हैं—"बस्तर में आज जो स्थिति है, उसके लिए कांग्रेस-भाजपा, दोनों जिम्मेदार हैं। दोनों ही नव उदारवादी नीतियों की समर्थक हैं और बस्तर की प्राकृतिक संपदा की लूट में वे समान रूप से हिस्सेदार हैं। केवल सत्ता संघर्ष के कारण उनको विरोध का दिखावा करना पड़ता है, लेकिन इस असीम लूट, निर्मम शोषण और आदिवासियों के बुनियादी मानवाधिकारों के हनन ने नक्सलियों या उनके नाम पर अज्ञात शक्तियों के दलालों को पैर फैलाने का ही मौका दिया है।" आशादेवी सोमाणी हैदराबाद की मासिक 'अहल्या' (2006) की संपादिका हैं, दक्षिण भारत की इस पत्रिका में पारिवारिक, साहित्यिक, सामाजिक विविध विषयों पर सुरुचिपूर्ण सामग्री तथा स्वास्थ्य संबंधी आलेखों के अलावा शिक्षा को आरक्षण से दूर रखने पर जोर दिया जाता है। प्रगतिशील साहित्यिक पत्रिका समय के 'साखी' (2008) की संपादिका डॉ. आरती 'तुलसी गाय-बजाय के देत काठ में पाँव' में सामयिक समस्या पर रोशनी डालती हैं—"विदेशी पूँजी को बुलावा देकर सोवियत संघ जैसा राष्ट्र अपनी एकता की रक्षा नहीं कर पाया, उस रास्ते पर चलकर भारत अपनी एकता की रक्षा कैसे कर सकेगा, इसमें बहुत संदेह है।" श्री अरविंदो सोसाइटी रायपुर के तत्त्वावधान में प्रकाशित मासिक 'नवांकुर' की संपादक डॉ. इंदिरा मिश्र हैं। आध्यात्मिक और वैचारिक धारातल की यह पत्रिका श्री अरविंद और श्रीमाँ के विचारों व आदर्शों से प्रेरित है। इसमें अच्छे संस्कार निर्माण की सामग्री संकलित रहती है। महिलाओं द्वारा संपादित पत्र-पत्रिकाओं की संख्या लगातार बढ़ रही है। अपने विचारों को अभिव्यक्ति देने के लिए बुद्धिजीवी महिलाएँ स्वयं ही पत्रिका निकालने लगी हैं। ज्ञान अस्थाना की जानकारी एक लेख से इस प्रकार मिलती है—"मुरादाबाद में श्री मुन्नालाल के घर जनमी, शिक्षा दीक्षा हैदराबाद में हुई, जामय उस्मानिया से हिंदी में एम.ए. किया और लंबे समय तक हिंदी की 'एक पत्रिका' का संपादन करती रहीं।" राष्ट्रीय महिला आयोग द्वारा मासिक पत्र 'राष्ट्र महिला' का प्रकाशन किया जाता है। कुल चार पृष्ठों के इस पत्रिका में राष्ट्रीय महिला आयोग की गतिविधियों की जानकारी दी जाती है और स्त्रियों से जुड़े नए-नए

कानून अध्यादेशों की जानकारी तथा पूरी दुनिया में महिलाओं की स्थिति के बारे में जानकारी लेकर आती है। नई दिल्ली से प्रकाशित इस पत्र की संपादक गौरी सेन हैं।

महिलाओं द्वारा संपादित पत्र–पत्रिकाओं का अध्ययन करते हुए हमने पाया कि महिला पत्रकारों ने मासिक पत्रिकाओं का संपादन तो खूब किया, पर दैनिक–पत्रकारिता में संपादक पद पर पहुँचने वाली मात्र एक–दो महिलाओं को छोड़ दिया जाए तो महिला पत्रकार असफल ही रहीं। यह स्थान हमेशा पुरुषों के पास ही सुरक्षित रहा जबकि महिला संपादकों ने प्रारंभ से ही सीमित न रहते हुए सभी विषयों को अपने लेखन का हिस्सा बनाया। हाँ, यह अलग बात है कि पहले की महिला संपादक महिला विमर्श पर अधिक ध्यान देती थीं। हिंदी की पहली महिला संपादक 'सुगृहिणी' महिलाओं द्वारा दिए गए दान उनकी वीरता का विस्तारपूर्वक वर्णन छापती हैं। साथ ही, यह अपेक्षा भी व्यक्त करती हैं कि अन्य महिलाओं को इससे सीख लेनी चाहिए और आपातकाल में अपना धैर्य नहीं खोना चाहिए। वहीं उनकी समकालीन संपादक 'भारत भगिनी' में स्त्रियों और पुरुषों के सरोकार समान होते हैं। यह दलील देती हैं कि उन्होंने महिला संसार में व्याप्त सामाजिक कुरीतियों और महिला कल्याण को पत्रिका का मुख्य विषय बनाया। 'आर्य वनिता' जैसी पत्रिकाओं में लाज और परदा तथा आर्य पत्नी के कर्तव्यों की बात लिखी गई। पंजाब से प्रकाशित 'चाँद' की संपादक मोहिनी देवी कहानियों और लेखों द्वारा स्त्रियों को अपनी पतित दशा सुधारने के लिए उत्तेजित करती रहती थीं। 'गृहलक्ष्मी' में स्त्री–शिक्षा गृहस्थ धर्म, समाज सुधार और राजनीति जैसे विषय रहा करते थे। इसके लेखों में मनोरंजन के साथ–साथ उपयोगिता का भी ध्यान रखा जाता था। चित्रों का समावेश पर्याप्त रहा करता था। आदर्श महिलाओं के जीवन चरित्र, गृहप्रबंध, पाक–शास्त्र, स्वास्थ्य रक्षा, शिशुपालन, सीना–पिरोना, संगीत, तसवीर खींचना, देश विदेश की बातें, वैज्ञानिक चुटकुले, पहेलियाँ और बाल साहित्य जैसे विविध विषयों द्वारा महिला पत्रकारिता का विस्तार मिलता है। इसमें महिला लेखकों से अपने–अपने स्थान की उन घटनाओं पर लिखने का अनुरोध किया जाता था, जो दूसरी पाठक महिलाओं को जानना जरूरी हो। समकालीन 'स्त्री दर्पण' में स्त्रियों के मानसिक स्वास्थ्य की रक्षा और संवर्धन पर जोर दिया जाता था। इसमें महिलाओं के चिर–परिचित विषयों के स्थान पर युद्ध का स्वरूप, फीजी में अत्याचार, बर्मा की स्त्रियाँ, वर्तमान रूस में स्त्रियों की काररवाई जैसे विश्वव्यापी विषय रहा करते थे। उस समय की पत्र–पत्रिकाओं की समालोचना कर प्रतिक्रियाएँ भी दी जाती थीं। 'मर्यादा' को लेकर छपी टिप्पणी पर 'सरस्वती' ने घोर आपत्ति दर्ज कराई थी। हिंदी की महिला पत्रिकाएँ प्रकाशन की लंबी यात्राएँ करने लगी थीं। 'कुमारी दर्पण' की संपादक ने तो स्त्री–पुरुष समानता की बात करते हुए महिलाओं को शासन में स्थान देने की बात तक की थी और कहा था कि जब तक स्त्री–पुरुष में

समानता नहीं होगी, तब तक सच्चे स्वराज्य की बात करना बेमानी है। महिला लेखकों को भी सलाह दी गई थी कि लेखों और कहानियों में स्वाभाविकता होनी चाहिए।

'स्त्री धर्म शिक्षक' की संपादक ने पुरुषों पर बढ़ते विदेशी प्रभाव की ओर महिलाओं का ध्यान केंद्रित कराते हुए उन्हें 'मेम' बनाने की कोशिश से बचने की सलाह दी थी। भारतीय संस्कृति की दुहाई देते हुए अपनी आत्मशक्ति को बढ़ाने और उसके द्वारा धर्मशास्त्र, नीतिशास्त्र और वैद्यकशास्त्र का भरपूर ज्ञान हासिल करने की बात कही थी। 'कन्या सर्वस्व' को शिक्षा, उपदेश और मनोरंजन की पत्रिका के रूप में संपादित किया गया था। 'आर्य महिला' की भाषा संस्कृतनिष्ठ रहा करती थी। इसमें भरपूर पांडित्य दिखाने का प्रयास होता था और बार-बार आर्य नारियों को त्याग, तप, आत्मसंयम, पवित्रता, सेवापरायणता, कार्यकुशलता, मधुरता आदि गुणों को आत्मसात् कर साम्राज्ञी पद पाने की सीख संपादक द्वारा दी जाती थी। 'हिंदी गल्पमाला' में देशहित के लिए अपना सर्वस्व न्योछावर करने की बात को साबित करने के लिए 70 वर्षीय वृद्धा द्वारा देश को एकमात्र पुत्र सौंपने, चर्खा कातने, गाढ़ा पहिनने और विदेशी कपड़ों के बहिष्कार को विषय बनाया गया था। जातीय पत्र-पत्रिकाओं के संपादन में अपनी जाति विशेष पर केंद्रित सामग्री छापने के साथ-साथ अन्य विषयों को भी महत्त्व दिया जाता था। जातीय पत्रिकाओं की संपादिका बड़े पदों को सुशोभित करनेवाली महिलाएँ रहा करती थीं। 'महिला संसार' जैसी पत्रिकाओं में महिला कल्याण और सामाजिक कुरीतियों को विषय बनाया जाता था। इस समय तक महिला लेखन में अंग्रेजी भाषा का प्रयोग भी देखा जाने लगा था, जिस पर पत्र-पत्रिकाओं में प्रतिक्रियाएँ भी छपीं। उस समय की महिलाएँ विदेशी प्रभाव से बच नहीं पा रही थीं और वे उच्च कोटि की चिंतक बन चुकी थीं। महिला पत्रिकाओं में महिला संपादकों के चित्र छपने लगे थे। उन चित्रों में संपादक की टेबल के चारों तरफ महिलाओं की उपस्थिति के दर्शन होने लगे थे। दहेज प्रथा जैसे सामाजिक विषय प्रमुखता से पत्र-पत्रिकाओं का हिस्सा बनने लगे थे। महिला संपादक स्त्री जगत् की निर्बलता के कारण गिनाने के साथ-साथ सदाचार और ब्रह्मचर्य की शिक्षा की बात भी उठाने लगी थीं। दूध, घी, फल के स्थान पर फैंसी कपड़ों के महत्त्व पर लिखा जाने लगा था। समाज में स्त्रियों का स्थान, उनके अधिकार, भारतीय संस्कृति, स्त्रियों की कठिनाइयाँ जैसे प्रश्न बार-बार उठाए जाने लगे थे।

इसके बाद हिंदी पत्रकारिता में वह समय भी आया, जब महिला संपादकों पर बड़े-बड़े लेख पत्र-पत्रिकाओं में छपने लगे। महिला पत्रिकाओं के संपादकीय लेखों में मर्दानेपन की गंध की बात उठने लगी, देशी-विदेशी महिला पत्रकारों की तुलनाएँ की जाने लगी। अतिथि महिला संपादकों का पत्र-पत्रिकाओं में स्थान बढ़ने लगा, तो 'होली की उमंग' जैसे हल्के-फुल्के विषय महिला पत्र-पत्रिकाओं में दिखने लगे। महिला

संपादक अच्छा अंक न निकाल पाने के लिए क्षमा याचना करती देखी गईं। 'सहेली' जैसी पत्रिकाओं ने महिलाओं को अपने पैरों पर खड़ा होने तथा निर्बलता छोड़, शक्तिवान बनने की सलाह दी। आंदोलन के समय महिलाएँ पत्र-पत्रिकाओं में राष्ट्रीय मुद्दों पर लिखने लगीं और जेल यात्रएँ करने लगीं। महिलाओं ने पतियों के जेल जाने पर पत्र-पत्रिकाओं का संपादन सँभाला। पत्रिकाओं में 'स्त्रियों के लिए सर्वोपयोगी विविध विषय विभूषित' जैसे वाक्य मत्थे पर लिखे जाने लगे और 'महिला पाठकों के पत्र' स्थान पाने लगे। राष्ट्र नायकों के निधन पर महिला संपादक भावभीनी संपादकीय लिखती देखी गईं। पत्र-पत्रिकाओं में पर्व, व्रत, त्योहारों की सामग्री पृथक् से दी जाने लगी और घरेलू उद्योग-धंधों के गुरु आत्म निर्भर बनाने के लिए सिखाएँ जाने लगे। महिलाओं पर केंद्रित नए-नए विषयों को पत्रकारिता में स्थान मिलने लगा। बड़े घरानों के पत्रों में भी महिलाएँ, जहाँ एक ओर स्थान पाने लगीं, वहीं आंचलिक क्षेत्र की पत्रकारिता में भी वे हाथ आजमाने लगीं और विभिन्न विषय केंद्रित पत्रिकाओं के दर्शन होने लगे। अंतरराष्ट्रीय मुद्दों पर महिलाएँ संपादकीय लिखती देखी गईं। उन्होंने कुदरत से खिलवाड़ करने पर जलजला आ जाने की ताकीद की। आर्थिक, सामाजिक चुनौतियों पर महिला संपादकों के गंभीर संपादकीय पत्र-पत्रिकाओं में पढ़ने को मिले। देश की बड़ी-बड़ी घटनाओं पर महिला संपादकों की तीखी प्रतिक्रिया इन दिनों रोज ही देखने को मिल जाती है।

अंत में महिलाओं द्वारा संपादित पत्र-पत्रिकाएँ एवं उनके संपादकीय हस्तक्षेप के सिंहावलोकन से यह तथ्य प्रकट होता है कि घरेलू कामकाज की सीमा को पार कर अब स्वास्थ्य, शिक्षा, समाज निर्माण में स्त्रियों की भूमिका और बराबरी का दर्जा उनके लेखन के केंद्र में आ गए हैं। राष्ट्र निर्माण में महिलाओं की भागीदारी पर उनकी दृष्टि है और विभिन्न क्षेत्रों में उपलब्धियाँ अर्जित करनेवाली महिलाओं के गौरवगान पर उनकी नजर ताकि महिलाएँ उनसे प्रेरणा ले सकें। वे राजनीतिक हस्तक्षेप और बड़ी घटनाओं पर टिप्पणियाँ करती दिखती हैं। उनका पत्रकारीय कौशल पत्रकारिता जगत् में एक सबल, संपुष्ट और विशालकाय स्तंभ के रूप में प्रतिष्ठित हो रहा है।

□

विविध भूमिकाएँ

महिला पत्रकारों की विभिन्न भूमिकाओं में उप-संपादक, संवाददाता, स्तंभकार के अलावा सलाहकार संपादक, अतिथि संपादक, संपादक मंडल की सदस्य, सह-संपादक, कॉपी संपादक, फीचर संपादक, सौजन्य संपादक, संपादन सहयोगी, कला संपादक, उप-संपादक, ट्रेनी संपादक और स्वतंत्र पत्रकार जैसे पदनाम पत्र-पत्रिकाओं में देखने को मिलते हैं। पंडित बालकृष्ण भट्ट की पुत्री सावित्री देवी विदुषी थीं। उन्होंने 'हिंदी प्रदीप' से लिखना प्रारंभ कर दिया था। नारी जागरण के लिए उन्होंने जो कार्य हिंदू समाज में किए, उसके लिए भारतीय नारी समाज उन्हें बराबर स्मरण करेगा। उनके नारी जागरण संबंधी लेख 'स्त्री दर्पण' और 'गृहलक्ष्मी' में भी पढ़ने को मिलते हैं। 'हिंदी प्रदीप' में उनके तीन निबंध—'भारत क्यों आरत' (फरवरी 1897), 'पतिव्रता का एक सिद्धांत' (जून 1906), 'स्त्रियों का कर्तव्य' (जुलाई 1907) छपे थे। 1915 में जब 'मर्यादा' ने नारी विशेषांक निकाला, तब उसकी अतिथि संपादक उमादेवी नेहरू बनीं। चंद्रवती जैन प्रयाग से प्रकाशित होनेवाली महिलोपयोगी पत्रिका 'दीदी' तथा लाहौर से प्रकाशित होनेवाली 'शांति' के संपादक-मंडल की प्रतिष्ठित सदस्य रही थीं। भारतवर्षीय दिगंबर जैन महिला परिषद् सूरत के मुखपत्र 'जैन महिलादर्श' (1922) की उप-संपादिका ब्रजबाला देवी थीं। इस पत्र में उप-संपादक के रूप में शरवती देवी जैन (आरा) का नाम पढ़ने को मिलता है। जबलपुर की रूपवती जैन 'किरण' जैन महिलादर्श के पद्य भाग का संपादन किया करती थीं। वे 'श्रमण संस्कृति और नारी' में लिखती हैं—"जैन श्रमण संस्कृति की विशेषता का आधार मुख्यत: नारी समाज है। दया, क्षमा, सदाचार आदि के सिद्धांत अन्यत्र भी उपलब्ध होंगे, परंतु नारियों का सर्वश्रेष्ठ उत्थान इस संस्कृति की अपनी स्वतंत्र निधि है।" 'महिला सर्वस्व' (1924) की सहायक संपादक उमादेवी शर्मा के बारे में 'माधुरी' ने प्रतिक्रिया दी थी—"स्त्री-शिक्षा तथा गृहस्थ सुधार संबंधी विविध विषय विभूषित मासिक पत्र है। अच्छा हो कि डॉक्टर साहब इस पत्र के द्वारा अधिकांशत: सहायक संपादिका श्रीमती उमादेवी शर्मा के विचारों से ही महिला समाज

को लाभ पहुँचाएँ। स्त्री समाज को स्त्रियों के विचारों और अनुभवों से ही यथेष्ट लाभ हो सकता है।" गीतार्थी साप्ताहिक 'अवध समाचार' (1932) के संपादक मंडल की सदस्य रहीं। वनस्थली राजस्थान से प्रकाशित 'वीरबाला' (1935) में शांति ने संपादन सहयोग छात्र जीवन से ही देना प्रारंभ कर दिया था, 'सरस्वती' ने लिखा—"श्री राजस्थान बालिका विद्यालय वनस्थली निवाई जयपुर से प्रकाशित यह पत्रिका वनस्थली के बालिका विद्यालय की मुख पत्रिका है, संस्था से संबंधित लेख प्राय: इसमें रहते हैं। संपादन सुंदर है।" 1937 में उनके अलावा सज्जन देवी अग्रवाल और विद्या भी 'वीरबाला' की संपादक सहयोगी बनीं। कविता वशिष्ठ, सुप्रसिद्ध पत्रकार कन्हैयालाल मिश्र 'प्रभाकर' के संपर्क में आईं और लेखन की ओर उन्मुख हो गईं। कई वर्ष तक वे 'नया जीवन' (1940) की सह-संपादिका रहीं। धार्मिक पत्र-पत्रिकाओं में भी महिलाओं की अच्छी खासी भूमिका देखने को मिलती है। क्षेमचंद सुमन लिखते हैं—"वल्लभ वंशजा कृष्णप्रिया (1940) बेटीजी महाराज विभिन्न धार्मिक पत्र-पत्रिकाओं में समाजोपयोगी लेख आदि लिखकर सांस्कृतिक शिक्षण का कार्य करती रहती थीं। प्रख्यात मासिक पत्र 'श्रीकृष्ण' (1928) के महिला विभाग का संपादन करके उन्होंने अपनी प्रतिभा का परिचय दिया। साप्ताहिक 'संसार' (1919) में शकुंतला तैलंग नाम से भी आपके नारी जागरण संबंधी अनेक लेख छपे थे।" इसी समय कमला देवी पटना से प्रकाशित 'हुंकार' (1942) के संपादक मंडल की सदस्य बनीं। यह समाचार साप्ताहिक मई में निकला तथा बिहार किसान सभा का मुखपत्र था। इसके विशेषांक स्मरणीय रहे। इसकी विचारधारा को इस संपादकीय से समझा जा सकता है—"भारतीय उप-महादेश के साथ कोई शाप जुड़ा हुआ है, शायद इसीलिए इसके विभिन्न देशों के सफल मुक्ति संग्राम के नायकों की बेदर्दी से हत्या कर दी गई। भारत के उद्धारकर्ता महात्मा गांधी, पाकिस्तान के प्रधानमंत्री लियाकत अली खाँ, श्रीलंका के भंडारनायके, वर्मा के प्रधानमंत्री वानस्यांग और बांग्लादेश के मुजीबुर्रहमान इसके ज्वलंत उदाहरण हैं।"

शासकीय पत्र-पत्रिकाओं में भी महिला अधिकारियों के नाम संपादक, प्रकाशक, मुद्रक में छपते हैं। फरहत परवीन 'आजकल' (1945) की संयुक्त संपादक रहीं। भारत सरकार, प्रकाशन विभाग, नई दिल्ली की इस पत्रिका के कुछ रेखाचित्र नलिनी मिश्र द्वारा बनाए गए। आजाद भारत का प्रतिनिधित्व करती निकली 'नारी' (1947) की संयुक्त संपादक हरदेवी मलकानी थीं। इसमें नारी-समाज से संबंध रखनेवाले सभी आवश्यक एवं उपयोगी अंगों पर हिंदी के श्रेष्ठ विद्वानों द्वारा लिखवाए गए। गद्य-पद्यात्मक लेखों का संकलन किया गया था। सावित्री देवी वर्मा 'बालभारती' (1947) की आद्य संपादिका थीं। दिल्ली से प्रकाशित इसके खेलकूद, हाबी, होली, दीवाली और एशियाड अंकों ने लोकप्रिय सरकारी प्रकाशन बनाया। इसकी लगभग 38 हजार प्रतियाँ प्रकाशित होती थीं।

सावित्रीजी के लेख अन्य पत्र-पत्रिकाओं में भी मिलते हैं। 'पुरुष अपनी आदत सँभालें' शीर्षक से वे 'युवक' में लिखती हैं—"मैं यहाँ पर दो-चार ऐसी घटनाओं का उल्लेख करती हूँ, जिससे कि पुरुषों के संकुचित विचारों का पता चलेगा। मैं यह नहीं कहती कि सभी पुरुष खराब होते हैं, परंतु हाँ, स्त्रियों को घूरना शायद वे अपना गौरव समझते हैं। आप स्टेशनों पर देखें, आप सिनेमा-थिएटरों में देखें, यहाँ तक कि सड़क पर भी अगर कोई स्त्री जा रही होगी तो मुड़-मुड़कर उसे देखेंगे। फिर चाहे वे आगे ठोकर खाकर गिर ही क्यों न जाएँ, यह बड़ी भारी असभ्यता है।" 'आजकल' में उनका लेख 'काम-काजी महिलाएँ और उनकी समस्याएँ' छपा था।

'कांता' हैदराबाद से प्रकाशित 'कल्पना' (1950) के संपादक मंडल की सदस्य थीं। यह पत्रिका अपने समय की साहित्यिक पत्रिकाओं में अग्रणी थी। वे अन्य पत्रिकाओं से भी जुड़ी रहीं। 1958 में उन्होंने 'कृति' का संपादन प्रकाशन किया था। प्रेमकुमारी शर्मा, विदुषी, साहित्यरत्न, आगरा से प्रकाशित प्रसिद्ध पत्र 'युवक' (1951) के संपादक मंडल की सदस्य थीं। उपकला संपादिका का दायित्व निभाने वाली सरला सेठ सीता प्रकाशन, कानपुर की 'सविता' (1952) में पाठिकाओं से निवेदन करती हैं—"अपने अल्पकाल में ही 'सविता' ने कथासाहित्य प्रेमियों के हृदय में जो अपना स्थान बना लिया है—वह किसी से छिपा नहीं है। इसकी निरंतर बढ़ती हुई लोकप्रियता को देखकर ही 'सविता' की पाठिकाओं के लिए एक कला विषयक पृष्ठ भी जोड़ दिया गया है, जिसमें न केवल वस्त्रों पर काढ़ने योग्य डिजाइन ही प्रस्तुत किए जाएँगे, बल्कि इसके साथ-साथ अलपना, बरतनों पर नक्काशी, वॉटर कलर के चित्र, फ्रेस्को पेंटिंग के तरीके, चमड़े के बैग, पर्स इत्यादि के नमूने भी सामने रखकर मैं अपनी पाठिकाओं को हस्तकला कौशल की उन्नति करने में यथाशक्ति प्रयत्न करूँगी। साथ-ही-साथ मैं अपनी पाठिकाओं से यह भी चाहूँगी कि वह स्वयं अपने अंकित किए हुए रेखांकित या कलात्मक लेख मेरे द्वारा भेजने की कृपा करें।" संचालिका सुशीला भार्गव सविता के संस्मरण-अंक की जानकारी देती हैं—"पाठक साहित्यकारों की रचनाएँ पढ़ते हैं, किंतु उनके स्वभाव, विशेषताओं दुर्बलताओं तथा व्यक्तिगत जीवन के संबंध में कुछ नहीं जान पाते। यह अंक उनके लिए कुतूहल और मनोरंजन की सामग्री होगा।"

अखिल भारतीय कांग्रेस कमेटी, दिल्ली की पत्रिका 'महिला प्रगति के पथ पर' (1956-57) के संपादक मंडल में मुकुल बनर्जी का नाम था। बिहार राष्ट्रभाषा से प्रकाशित 'परिषद् पत्रिका' (1961) की परामर्शदात्री उपसमिति में ऊषाकिरण खान थीं। साहित्य जगत् का जाना-माना नाम आशारानी वोहरा 'सरिता' के संपादकीय विभाग से 11 महीनों (1964-65) तक जुड़ी रहीं। तत्पश्चात् उन्होंने 'धर्मयुग', 'साप्ताहिक हिंदुस्तान', 'कादंबिनी', 'सरिता', 'मुक्ता', 'समाज कल्याण', 'समाज सेवा', 'मनोरमा', 'जाह्नवी',

'मधुप्रिया', 'हिंदी पेट्रियाट', 'पंजाब केसरी', 'स्वदेश', 'पाञ्चजन्य', 'नारी जगत्', 'शिक्षा', 'प्रदीप', 'जागरण' आदि पत्र-पत्रिकाओं में स्वतंत्र लेखन किया। सामाजिक, शैक्षणिक मनोवैज्ञानिक व समाज-शास्त्रीय समस्याएँ, महिला, बाल, किशोर, वृद्ध व गृहविज्ञान, गृहकलाएँ, गृह उद्योग, हस्तशिल्प जैसे तकनीकी विषयों पर लेखन किया। साक्षात्कार, रिपोर्ताज, परिसंवाद, सर्वेक्षण, रेडियो-रूपक व वार्त्ताएँ आदि भी उनके द्वारा किए जाते रहे हैं। वे मानती हैं कि अगर महिलाएँ दृढ़ निश्चय, हिम्मत और आत्म सम्मान के साथ स्वतंत्र पत्रकारिता करेंगी तो इस क्षेत्र में अपना विशिष्ट स्थान बना ही लेंगी। महिलाओं की पत्रिका 'मैत्री' (1964) के संपादक मंडल में सुशीला अग्रवाल, निर्मला देशपांडे, कुसुम देशपांडे, मीरा भट्ट और कालिंदी के नाम रहा करते थे। निर्मला देशपांडे ने दिल्ली से 'नित्य नूतन' (1985) का भी प्रकाशन किया था। 'स्त्री जीवन की समस्याएँ' में मीराजी लिखती हैं—"स्त्री जीवन के साथ जुड़ी समस्त समस्याओं को यदि सुलझाना है तो दोहरा काम करना होगा। व्यक्तिगत क्षेत्र में स्त्री के चित्ततंत्र की आमूल विचारक्रांति और सामाजिक क्षेत्र में आज के समाज की नए मूल्यों पर पुनः स्थापना। स्त्री को स्वयं बदलना होगा और समाज को भी बदलना पड़ेगा। मतलब, इनसान को ही अब बदलना पड़ेगा।" 'सही दृष्टि' में विज्ञान और अध्यात्म को कालिंदी परिभाषित करती हैं—"बहुत थोड़े में हम यह कह सकते हैं कि आसपास की हर वस्तु परख लेने की शक्ति यानी 'विज्ञान', और इस विविध रंग से रँगी दुनिय में समतोल रखने की शक्ति यानी 'अध्यात्म'।" इटावा के औरैया ग्राम में 8 दिसंबर, 1943 को जनमी निर्मला पथिक ने हिंदी एवं संस्कृत में इलाहाबाद और आगरा विश्वविद्यालयों से एम.ए. की परीक्षा उत्तीर्ण की और फीजी से प्रकाशित 'शांति दूत' (1935) की सह संपादक के रूप में पत्रकारिता के क्षेत्र में उल्लेखनीय कार्य किया।

दक्षिण भारत में कुछ महिला पत्रकारों के नाम मिलते हैं, जिन्होंने हिंदी भाषा के प्रसार-प्रचार का बीड़ा उठाया। राजलक्ष्मी राघवन संसदीय हिंदी परिषद् नई दिल्ली के मुखपत्र 'राजभाषा' (1954) की 1964 में सह संपादिका बनी। केरल हिंदी प्रचारसभा की पत्रिका 'केरल ज्योति' (1966) की संपादन-समिति में बी. सरस्वती तंकच्ची का नाम शामिल था। वे हिंदी की उत्साही प्रचारिका होने के अतिरिक्त आदर्श नारी, आदर्श माता और आदर्श पत्नी थीं। साथ ही, हिंदी और मलयालम की उत्कृष्ट लेखिका भी थीं। एम.ए. (हिंदी) की परीक्षा उत्तीर्ण करने के उपरांत अध्यापन-कार्य करते हुए उन्होंने 'हिंदी और मलयालम की कहानियों का तुलनात्मक अध्ययन' विषय पर शोध प्रबंध लिखा था। चित्र गर्ग और विजयलक्ष्मी शर्मा दिल्ली से प्रकाशित 'जाह्नवी' (1966) की सह संपादक रहीं। इसमें सविता हांडा, शीला सलूजा, अपर्णा मनोज मजूमदार, अंशु शुक्ल के लेख पढ़ने को मिलते हैं। चंद्रकला त्रिवेदी कटरा से प्रकाशित 'भविष्यफल' (1969)

की संपादन सहयोगी रहीं। बिजनौर से साप्ताहिक 'राष्ट्र वेदना' (1973) निकला। इसको इंदु शर्मा, शकुंतला मिश्र का संपादन सहयोग प्राप्त था। 1975 से प्रकाशित 'इंडिया टुडे स्त्री' (2008) में असिस्टेंट आर्ट डायरेक्टर रश्मि सक्सेना हैं। कोलकाता के मासिक 'तित्थयर' (1977) के संपादक मंडल में राजकुमारी बैगानी का नाम था। नारी जाति के सामाजिक अधिकारों का समर्थन करते हुए उनके गौरवमय चरित्र को प्रकाशित करने में जैन पत्रों ने अपना दायित्व निभाया था। 'कुंदनशील' (1978) के संपादक मंडल में नीना जैन रहीं। मेरठ से निकले इस मासिक का दिसंबर 1984 का अंक दुष्यंत कुमार स्मृति परिशिष्ट के रूप में निकला था। इंदिराजी की वैज्ञानिक उपलब्धियों पर इसमें प्रकाश डाला गया था। मीनूरानी दुबे ने 1978 से माया प्रेस इलाहाबाद से निकलने वाली पत्रिका 'गंगा जमना' में महिला पृष्ठ निकाला था। वे 1984 में माया प्रेस की नौकरी में आई थीं। 2005 तक मीनूजी पत्रकारिता में निरंतर सक्रिय रहीं। 'माया' साप्ताहिक, 'मनोरमा' मासिक के अलावा दैनिक 'आज', दैनिक 'स्वतंत्र भारत', 'नवभारत टाइम्स' आदि समाचार-पत्रों में उनके लेख समय-समय पर प्रकाशित होते रहते थे। कोलकाता से प्रकाशित 'नारी वर्ष' तथा 'अपूर्वा' की इलाहाबाद प्रतिनिधि रहीं, जिसकी संपादक इंदु जोशी हुआ करती थीं। बरेली से निकलनेवाली पत्रिका 'मंदाकिनी' से भी जुड़ी रहीं और 'नवभारत' जबलपुर के 1991 में प्रकाशित विशेषांक के महिला पृष्ठ का भी संपादन किया था। शमीम शर्मा का नाम सौजन्य संपादक के रूप में कुरुक्षेत्र हरियाणा से प्रकाशित 'कुरुशंख' के वर्ष 2 अंक 2-5 (5 जून, 1980) में पढ़ने को मिलता है। उर्मिला कटारिया 'आजकल' (फरवरी 1981) की सह संपादक और सविता शर्मा (जून 1982) उप-संपादक रहीं। रायपुर से निकले त्रैमासिक 'आवाज औरत की' (1982) के संपादक मंडल में शशि सायल, अनुपमा यादव, रोजी लियो रहीं। 'चकमक' (1985) की संपादन सहयोगी शशि सबलोक सहायक संपादक कविता तिवारी हैं। बाल विज्ञान की यह पत्रिका एकलव्य, भोपाल से प्रकाशित होती है।

पत्र-पत्रिकाओं में महिलाओं की स्थिति का आकलन करें तो 1985 तक केवल एक महिला दैनिक 'जनसत्ता' (1983) में कार्यरत थी। मुख्य उप-संपादक नीलम गुप्ता विचार रखती हैं—"पत्रकारों को नशा, महिलाओं के यौन शोषण, पर्यावरण आदि सामाजिक विषयों पर लेखन कर समाज में जागृति लाने का प्रयास करना चाहिए। लोगों को यह बताया जाना जरूरी है कि विकास के नाम पर जो कुछ हो रहा है, वह उनके लिए कितना लाभकारी है और कितना नुकसानदायक?" स्त्रियों को लेकर समाज में बदलते परिदृश्य पर उन्होंने लिखा—"2013 के कई स्त्री प्रश्न 2014 में जस-के-तस बने रहेंगे, लेकिन निर्भया कांड के बाद बने कानून ने महिलाओं पर होनेवाले यौन हिंसा के खिलाफ बोलने की हिम्मत दी। सही मायने में स्त्री के लिए 2014 मजबूर चुप्पी टूटने का समय

है।" माधवी दीक्षित मई 1986 में मासिक 'आकाशवाणी' (1930) पत्रिका की संपादक सहायक बनीं। 'पंचकलश' (1981) भोपाल से सामाजिक क्रांति क शंखनाद करता निकला, जिसकी संयुक्त संपादक साधना गंगराड़े (दिसंबर 1990) हैं। महिला संगम, जयपुर की पत्रिका 'संगमधारा' (1985) के संपादक मंडल की सदस्य शांता नागर और संयुक्त संपादिका अनु आनंद थीं। प्रेस इंस्टीट्यूट ऑफ इंडिया की पत्रिका 'ग्रासरूट' (2000) में वे लिखती हैं—"मीडिया एक ऐसा माध्यम है, जिसके जरिए हम समाज में फैल रही बुराइयों को अंधविश्वासों के सही मूल्यांकन के साथ लिखकर जनमानस को जानकारी देते हैं। साथ ही, आगाह करते हैं कि वे सावधानी से सच्ची बात को मानें।" 'ग्रासरूट' से अलका आर्य भी जुड़ी रहीं और सुमन जखमोला रूप-सज्जा देखती थीं। जाह्नवी कांट्रेक्टर, अंजलि देशपांडे, स्वप्ना मजूमदार और अखिलेश्वरी जैसी लेखिकाओं के लेख इसमें मिलते हैं। इसमें अन्य पत्र-पत्रिकाओं से लेकर भी सामग्री छापी जाती थी। ऊषा राय फीचर्स देखती हैं। विभिन्न पत्र-पत्रिकाओं से जुड़ी विनीता गुप्ता, मासिक 'मोदिनी' (1987) की सह संपादिका, मासिक 'दर्पण' (1988) की उप-संपादिका, दैनिक 'मिलाप' (1988-1989) की सहायक संपादिका, 'संडे मेल' (1989-1995) और 'पाँचजन्य' में समाचार संपादिका (1998-2005) रहीं। कुसुम जैन 'समाज विकास' (1988) के संपादक मंडल की सदस्य थीं। यह अखिल भारतीय मारवाड़ी सम्मेलन, कोलकाता का मुखपत्र था तथा सामाजिक साहित्यिक एवं सांस्कृतिक चेतना का प्रेरक मासिक बना।

एक सर्वे में जानकारी दी गई थी कि सन् 1989 में 'दैनिक हिंदुस्तान' (1933) में एक महिला रविवारीय परिशिष्ट में उप-संपादिका थी और 'हिंदुस्तान टाइम्स' (1924) में चार संवाददाताओं व दो उप-संपादकों सहित 10 महिलाएँ कार्यरत थीं, जो रात्रिकालीन पारी में भी काम किया करती थीं। पूरे प्रकाशन समूह में कुल 27 महिलाएँ थीं, जिनमें 16 अंग्रेजी और 11 हिंदी के विभागों में कार्यरत थीं। शोभना भरतिया एच.टी. मीडिया लिमिटेड की चीफ एग्जीक्यूटिव बनीं। वे देश की पहली ऐसी महिला थीं, जो राष्ट्रीय अखबार में इस पद तक पहुँची। एच.टी. ग्रुप जिस तरह सफलता की बुलंदियों पर पहुँचा, उसमें उनका योगदान कम नहीं है। संप्रति वे रामनाथ गोयनका पत्रकारिता अवॉर्ड चयन समिति की सदस्य और एच.टी. मीडिया की उपाध्यक्षा हैं। 'भोजपुरी लोक' (1989) गाजीपुर की संरक्षक दुलारी देवी, परामर्श मंडल में डॉ. शकुंतला सिरोठिया, डॉ. मंजुलता तिवारी, सह संपादिका कणिका चतुर्वेदी, डॉ. मुकुल प्रियदर्शिनी और रमा वर्मा, सलमा नकवी सहयोगी सदस्य थीं। देहरादून से प्रकाशित साप्ताहिक 'नवोदित स्वर' (1992) में प्रधान संपादिका रश्मि आलोक, सं. दीप्ति त्रिवेदी, कार्यकारी सं. कुमुद त्रिवेदी आगरा ब्यूरो में माया त्रिपाठी 'चंद्रेश' और नागपुर में रुचि पांडेय रहीं।

'नारी संवाद' (1993) की संरक्षक डॉ. प्रभा खेतान, रूपरानी पारिख और सुशीला सहाय तथा संपादकीय विभाग में डॉ. शुक्ला महंती, निर्मला ठाकुर, रमा सिंह, गीता वर्मा, रूपा गुप्ता, श्रुति चौधरी, सुप्रिया, जूही समर्पिता, नमिता, मीरा, सपना और नीलम सिन्हा थीं। नारी चेतना की प्रगतिशील पत्रिका बड़ौदा गुजरात से प्रकाशित त्रैमासिक 'नारी अस्मिता' (1994) की सलाहकार डॉ. पायल मनवानी, डॉ. मीरा सिंह, रेनू सक्सेना, जिला प्रतिनिधि वंदना सक्सेना (जयपुर), इंदु वैद्य (शिमला), सोनिया बंटा 'गजल' (थुरल, हि.प्र.), जेबुन्निसा (दिल्ली), रूपम राय (भुवनेश्वर), शुभद्रा पांडेय (चंद्रपुर), ज्ञानवती दीक्षित (बुलंदशहर), प्रतिभा द्विवेदी (भोपाल), गीता पांडे (जबलपुर), रजनी रंजना (लखनऊ), इंदु अग्रवाल (बरेली), निशा श्रीवास्तव (पासीघाट), हैं। मारवाड़ी महिला संगठन हैदराबाद की 'महिलासुधा' (1994) की अध्यक्ष रत्नमाला साबू मंत्री शकुंतला राठी और संयोजक गंगा सोमाणी हैं।

दिल्ली से प्रकाशित साहित्यिक पत्रिका 'साहित्य अमृत' (1995) की संयुक्त संपादक कुमुद शर्मा लिखती हैं—"संस्कृत की 'वाण' और दंडी' जैसी विभूतियों से प्रभावित पं. गोविंद नारायण मिश्र ने अपनी विद्वत्ता, पांडित्य, निर्भीक आलोचना और भाषा तथा व्याकरण की गहरी समझ से आधुनिक हिंदी साहित्य में विशिष्ट उपस्थिति दर्ज कराई। राष्ट्रभाषा हिंदी की उन्नति और भारतीय राष्ट्र की उन्नति को मिश्रजी एक-दूसरे का पर्याय समझते थे।" कुमुद शर्मा की पुस्तक 'हिंदी के निर्माता' में राजा शिवप्रसाद सितारे हिंद से लेकर नई पीढ़ी के धूमिल तक को समाहित किया गया है। शिकोहाबाद (फिरोजाबाद) से प्रकाशित 'ऋता' (1995) की परामर्शदाता उर्मिला खन्ना रहीं। 'अंतरंग संगिनी' (1995) की अतिथि संपादक मानवती आर्या लिखती हैं—"स्त्री और पुरुष, दोनों परिवार तथा समाजरूपी रथों के दो पहिए हैं, जिनका बराबर होना अति आवश्यक है। रथ के दोनों पहिए बराबर न होने की दशा में रथ ठीक से नहीं चल सकता। इसलिए स्त्री और पुरुष, दोनों की क्षमताओं का समान रूप से विकास होना और दोनों का हर क्षेत्र में समान रूप से सक्षम होना जरूरी है।" लेफ्टिनेंट 'मानवती आर्या', सचिव 'आर.जी. हुकूमते हिंद' (वर्मा) भी रही थीं। पुष्पाजी के संपादन सहयोग से त्रैमासिक 'कस्तूरबा दर्शन' (फरवरी 1995) का प्रकाशन इंदौर से हुआ। डॉ. प्रार्थना विश्वकर्मा संपूर्ण पारिवारिक पत्र 'फास्ट टुडे खुशबू' (2000) की सह संपादक मासिक में संतुलित खान-पान, संतुलित शरीर से अच्छी जानकारी देती हैं। दुमका से प्रकाशित साहित्यिक मासिक 'अपूर्व्या' (1992) के अप्रैल 2002 के अंक में रेखाचित्र अभिलाषा द्वारा बनाए गए थे।

जयपुर से प्रकाशित 'अहा जिंदगी' (2004) में पूर्णिमा पांडेय 'चल-चल छल, करता चल' में विलायती रंग पर टिप्पणी करती हैं—"यदि किसी समाज में बहुत से

तलाक, ढेरों प्रेमी-प्रेमिका और बनते-बिगड़ते रिश्तों के अनगिनत उदाहरण हों तो क्या आनेवाली पीढ़ी कोई नए नियम बनाएगी?…पश्चिमी देशों में जल्दी-जल्दी टूटने वाले रिश्तों को मनोवैज्ञानिक व समाजशास्त्री सामाजिक ढाँचे का एक हिस्सा मानते हैं।" 'सख्त हाथों का उपेक्षित स्वर्ग' में पुरुष की आक्रामक भूमिका पर लिखती हैं—"पुरुष हमारी सोच से कहीं अधिक उभयलिंगी होते हैं। उनमें आक्रामक और पोषक, दोनों बनने की क्षमता है। लंबे समय से चली आ रही पुरुष की आक्रामक भूमिका उसकी क्षमताओं को कम आंकने और उसे ढेरों मानवीय संवेदनाओं का अनुभव करने से वंचित रखने से अधिक कुछ नहीं है।" 'उपहार' शीर्षक से पूजा शर्मा लिखती हैं—"जिन प्रमाणों का अध्ययन किया गया, वे इस बात का खंडन करते थे कि श्रेष्ठता प्राकृतिक उपहारों का परिणाम होती है यानी कि अगर कोई कौशल आप में जन्मजात है तो इसका अर्थ यह नहीं है कि आप श्रेष्ठ हैं। 'पैसा कमाने की मशीन' में लिखा—"ज्यों-ज्यों दूरी बढ़ी है, एक-दूसरे से भावनात्मक जुड़ाव या आत्मिक पहचान गायब होती जा रही है। बाजार ने उपजे संकट का लाभ उठाते हुए ऑनलाइन डेटिंग-रेडिमेड रिश्ते और मनोवैज्ञानिक सलाहकारों की फौज पैदा कर दी है।" 'ओ बाबा कितने प्यारे हो तुम' में नई पीढ़ी का प्रकट संतान प्रेम पर प्रकाश डालती हैं—"बच्चों के लिए प्रेन, स्नेह और सुरक्षा पिता के खून में वर्षों से मौजूद है, जहाँ पहले के पिता उसे सालों बाद व्यक्त करते थे, वर्तमान की पायलेट पीढ़ी में ऐसे जींस की मात्र बढ़ रही है, जो उन्हें बच्चे के जन्म से पहले ही प्रेम की बौछार के लिए तैयार कर देते हैं।" अर्चना गुप्ता मासिक 'लोकमाय' (2004) की विशेष प्रतिनिधि हैं। ममता तिवारी 'समीरा' (2005) की साहित्य संपादक हैं। नई दिल्ली से प्रकाशित अखिल भारतीय जनवादी महिला समिति की त्रैमासिक 'साम्यादृष्टि' (2006) की सह संपादिका चंद्रकला पांडेय लिखती हैं—"'साम्या' का यह अंक… स्मृति विशेष प्रिय कालिंदी की यादों को समर्पित है।…गत अंक में ही अहल्या दी को श्रदांजलि देने वाली, 'साम्या' की यह संपादिका स्वयं श्रद्धांजलि के लिए हमारी यादों में समाकर रह जाएगी, यह हमें कहाँ मालूम था" मधु गर्ग, मनजीत राठी, सरला माहेश्वरी इसके संपादक मंडल की सदस्य रहीं। नई दिल्ली की अनामिका 'परिकथा' (2006) में संपादन मंडल की सदस्य हैं और इस द्विमासिक की समन्वय संपादक भावना सिन्हा हैं।

भारती विद्याभवन मुंबई की मासिक 'नवनीत' (1952) की उप-संपादक अस्मिता देशपांडे रहीं। शैल सहाय 'संभवा इंजोर' (जून 2011) की परामर्श समिति की सदस्य हैं। यह महिलाओं का वैचारिक हस्तक्षेप वाला त्रैमासिक राँची से प्रकाशित होता है। डॉ. एम. कलारानी 'हिंदीसेवा' (जुलाई 2012) चेन्नई की संपादक मंडल की सदस्य हैं। मनीषा पांडेय 'इंडिया टुडे' (1975) में फीचर एडिटर और उप-संपादक हैं। वे 'नवनीत' की सहायक संपादक भी रहीं। मानसी शर्मा माहेश्वरी 'कुमार विश्वास को

आंदोलन ने बनाया सबसे महँगा कवि' शीर्षक से अच्छी टिप्पणी लिखती हैं। रजनी गुप्त कथा साहित्य कला एवं संस्कृति की त्रैमासिक 'कथाक्रम' (1996) की संपादन सहयोगी हैं। नीना तेजपाल 'तहलका' (2004) की प्रकाशक एवं कार्यकारी उपाध्यक्ष हैं। इसकी मैनेजिंग एडिटर शोमा चौधरी का नाम प्रारंभ में सह संपादक के रूप में जाता था। वरिष्ठ उप-संपादक पूजा सिंह जानकारी देती हैं—"कैंसर जैसी बीमारी का इलाज बेहद महँगा होता है। जर्मन कंपनी बेयर नेक्सावाट एक महीने की खुराक तकरीबन 2-8 लाख रुपए में बेचती है, जबकि भारतीय कंपनी नैटको की एक महीने की खुराक महज 8,800 रुपए में मरीजों को उपलब्ध है। जाहिर है, भारतीय कंपनी की दवा अपेक्षाकृत सस्ती होने के कारण ज्यादा मरीजों की पहुँच में है।" उप-संपादक हरिंदर बवेजा के अनुसार, "अकसर कहा जाता है कि आतंकियों का कोई धर्म नहीं होता, मैं भी इस बात पर गहराई से यकीन करती हूँ, क्योंकि कोई भी धर्म भयानक बम धमाकों में इनसानी जिंदगियों से खेलने की इजाजत नहीं देता। कोई भी मौलवी, ग्रंथी या पुजारी बेगुनाह औरतों और बच्चों के कत्लेआम को सही नहीं ठहरा सकता। फिर भी एक सवाल जेहन में बार-बार उठता है; हमारे आस-पास जो घट रहा है, उससे अपने मजहबी वजूद को कहाँ तक अलग रखा जा सकता है? क्या हिंसा के खिलाफ हमारी प्रतिक्रिया में धर्म की कोई भूमिका होनी चाहिए? मुझे पहली बार सिख होने का एहसास तब हुआ, जब 1984 में मेरे वायुसेना अधिकारी पिता को हर दाढ़ी और पगड़ी वाले के खून की प्यासी एक भीड़ से बचने के लिए अपनी पगड़ी उतारकर एक हेल्मेट पहनना पड़ा था। इससे बुरी तरह हिले मेरे पिता जैसे-तैसे घर पहुँचे। वे क्षुब्ध थे, क्योंकि उस भीड़ की नजर में देश-सेवा करनेवाले फौजी की कोई कीमत ही नहीं थीं। वे व्यथित थे, क्योंकि एक पूरे समुदाय को उन दो अर्धांध अंगरक्षकों की जमात में रखा जा रहा था, जिन्होंने इंदिरा गांधी पर गोलियाँ चलाई थीं···आज पूरी दुनिया में आतंकवाद, सामाजिक और राजनीतिक समाधान की गुहार लगा रहा है—भारत के बहुधर्मी और बहुसांस्कृतिक समाज के लिए तो इसकी चुनौती और भी बढ़ जाती है। हमें यह समझने की जरूरत है कि जिन लोगों का कोई मजहब नहीं होता उनकी बराबरी पूरे समुदाय से करना सिर्फ गंभीर नुकसान को ही दावत देना है।" सामाजिक सरोकारों के लिए प्रतिबद्ध हिंदी मासिक 'नया नारा' (1971) की सहयोगी संपादक सविता बाजपेयी हैं।

'आउटलुक' (1995) की फीचर संपादक आकांक्षा पारे काशिव 'हँसते-हँसाते चल दिए जसपाल', 'ज्ञान पर किसका अधिकार', 'सरहद पार भी है ईश्वर का संगीत' जैसे आलेखों द्वारा अपनी छाप छोड़ती हैं, फिल्मों पर प्रतिक्रिया देती हैं—"बॉलीवुड में सिर्फ नृत्य पर आधारित फिल्में हिट नहीं होती, बल्कि दर्शकों की हिट लिस्ट में आ जाती हैं।" सहायक संपादक गीताश्री 'वक्त की रोशनाई में रोमांस का चेहरा : स्मृतिशेष यश

चोपड़ा' जैसे लेखों से प्रभावित करती हैं। उन्हें आदिवासी लड़कियों की मानव तस्करी के शृंखलाबद्ध आलेखों के लिए 'गोयनका पत्रकारिता पुरस्कार' भी प्रदान किया गया। 'दिल्ली रिटर्न की दास्तां' को कार्यक्रम में उपस्थित इंडियन एक्सप्रेस समूह के प्रधान संपादक शेखर गुप्ता ने भी सराहा था। महामहिम प्रतिभा देवी पाटिल द्वारा दिए गए उद्‌बोधन में भी उसकी चर्चा की गई थी। अदिति फड़नीस व्यापार व अर्थिक पत्रकारिता पर लेखन करती रही हैं। आउटलुक की सहायक संपादक भाषा सिंह के 'भाजपा और कांग्रेस, दोनों ही को बचाव की मुद्रा में धकेल दिया अरविंद ने' और 'सुनीलम् की उम्रकैद के खिलाफ उठी आवाज' जैसे लेख उनकी राजनीतिक पकड़ के परिचायक हैं। नमिता सिंह अलीगढ़ से प्रकाशित साहित्य कला और सोच की पत्रिका 'वर्तमान साहित्य' (1984) की संपादक सहयोगी हैं। स्त्री की स्थिति पर प्रश्न उठाती हैं—"सबसे अफसोसनाक बात यह है कि कोई अपने मर्द के साथ रहे या न रहे, इसे पूरा समाज बताएगा, धार्मिक नेता बताएँगे, लेकिन गरीब औरत से कोई नहीं पूछेगा कि ऐ बंदी, तू किसके साथ रहना चाहती है?" आरती शर्मा ब्यूरो चीफ 'जागरण' (दिल्ली) और 'हिंदुस्तान टाइम्स' में काम करने के बाद में पत्रकारिता में मास्टर डिग्री हेतु भोपाल आईं। यहाँ 'दैनिक भास्कर' में फीचर लिखे। वे बताती हैं—"मीडिया का क्षेत्र मुझे शुरू से ही आकर्षित करता रहा था। मैंने तो 12वीं के बाद ही पत्रकारिता विषय में एडमिशन ले लिया। शुरू से तय था कि इसी क्षेत्र को अपना कार्यक्षेत्र बनाऊँगी। हम मीडिया के क्षेत्र में काम करते हैं। वो कोई भी मीडिया हो—प्रिंट, इलेक्ट्रॉनिक या रेडियो हमारी, जिम्मेदारियाँ बहुत ज्यादा होती हैं। यदि एक भी लाइन आपने गलत छाप दी तो ये आपके रिकॉर्ड में दर्ज हो जाएगी और यदि आपने एक भी खबर गलत प्रस्तुत कर दी या सुना दी तो हजारों की जनता जो उसे देख-सुन रही है, आपके बारे में एक गैर-जिम्मेदार रिपोर्टर होने की धारणा मन में बना लेगी—कैसा प्रभाव पड़ेगा, इसका अंदाजा लगाया जा सकता है—"डॉ. भाग्य राजेश्वरी रत्न 'लोकायत' (2003) की सलाहकार संपादक 'सुविधाजनक व्यवस्था से घायल' में दृष्टिकोण रखती हैं—"आज हिंदी को प्रेम की नहीं, हिंदी को पूजा की नहीं, बराबर के दर्जे पर खड़े होकर उसको बरतने की जरूरत है।...प्राय: हर विभाग में हिंदी के संबंध में कार्यक्रम किए जाते हैं। इन्हें 'हिंदी सप्ताह' कहा जाता है।...हिंदी के वार्षिक श्राद्ध को कौन कितने अच्छे ढंग से मनाता है, इसकी प्रतिद्वंद्विता देखने को मिलती है।" कॉपी और सह संपादक मीरा सिंह बिहार के मधुबनी कांड पर 'कौन कितना दोषी' में लिखती हैं—"राज्य सरकार तथा विपक्ष, दोनों एक-दूसरे पर हिंसक वारदात का आरोप मढ़ते हुए एक-दूसरे से सवाल कर रहे हैं कि जो क्षति हुई, उसका जिम्मेदार कौन है? सवाल जायज है, मगर राज्य सरकार और विपक्ष से कि आखिर जो कुछ हुआ, इस गोलीबारी और आगजनी में जिन बेगुनाहों की जान गई, उसका जिम्मेदार कौन

है ?" नई दिल्ली के 'अभिनव इमरोज' (2012) की अतिथि संपादक डॉ. उमा त्रिलोक ने 'अमृता-इमरोज विशेषांक' में लिखा—"अमृता पंजाबी साहित्य की दुनिया में एक चमकते सितारे की तरह ऊँचे-से-ऊँचे मुकाम पर पहुँची। साहित्य अकादमी पुरस्कार, ज्ञानपीठ पुरस्कार, पद्मश्री, पद्म विभूषण से सम्मानित 'पोएटेस ऑफ द मिलेनियम' कहलाईं और इमरोज ने अपना सबकुछ दाँव पर लगाकर अमृता को ताउम्र सँभाले रखा और प्रेम की एक अनुपम मिसाल कायम की।" पत्रिका में अगले अतिथि संपादक की जानकारी थी—"अभिनव इमरोज का आगामी अक्तूबर अंक 'हाइकु' विशेषांक होगा, जिसमें अतिथि संपादक डॉ. मिथिलेश दीक्षित होंगी।" 'आंचलिक जागरण' (1995) में डॉ. प्रेरणा चतुर्वेदी मनोवैज्ञानिक सलाहकार तथा संपादन से जुड़ी रही हैं। 'जल ही जीवन है' में वे लिखती हैं—"आज पानी के पीछे पैसा पानी की तरह बहाया जा रहा है, लेकिन शुद्ध पानी का तब भी अभाव बना है।" मासिक 'इंश्योरेंस आपके लिए' (2008) की ट्रेनी संपादक गौरी चतुर्वेदी ने लिखा—"जिंदगी के साथ तकलीफें तो आती ही हैं, परंतु बीमार पड़ने पर सही इलाज व इलाज की व्यवस्था, हादसा होने पर आर्थिक सहायता, मुसीबत आने पर मदद, मानवीयता को आदत बना देगी। सबसे अच्छी बात यह है कि न तो यह दान है, न दबाव। हम ही अपनी मदद स्वयं कर पा रहे हैं।"

समाचार एजेंसियों में भी महिलाओं की अच्छी-खासी धाक रही है। अंग्रेजी समाचार एजेंसियों में यू.एन.आई. की वासंता का नाम प्रमुखता से लिया जा सकता है, जो समाचार संपादक का काम देखनेवाली पहली महिला थीं। 1985 में यू.एन.आई. में 9 महिलाएँ और यूनिवार्त्ता में तीन महिलाएँ कार्यरत थीं, और पी.टी.आई. के 16 सदस्यीय प्रशिक्षुओं के बैच में 8 महिलाएँ प्रशिक्षार्थी थीं। लंदन स्कूल ऑफ इकोनॉमिक्स की स्नातक अरुणा मुखर्जी ने पहले मुंबई और फिर चेन्नई में समाचार एजेंसी में काम किया। उन्होंने पाँच वर्ष तक 'प्रेस ट्रस्ट ऑफ इंडिया' और रॉयटर समाचार सेवा के लिए भारत से समाचार भेजे। उस समय दिल्ली में 46 पत्रकारों में 12 महिला पत्रकार थीं। यू.एन.आई. देहरादून की ब्यूरो चीफ जसकिरण चोपड़ा के अनुसार, "देश में समस्याएँ पहले से ज्यादा गंभीर हुई हैं। फिर भी देश के सुदूर इलाकों में कई स्वैच्छिक संगठन सार्थक काम में लगे हुए हैं। इन संगठनों के काम और संदेश को व्यापक जनसमूह तक पहुँचाने में मीडिया से बेहतर मित्र कोई और नहीं हो सकता।...स्वैच्छिक संस्थाओं के सिलसिले में पत्रकारों की भूमिका के दो स्तर हैं। पहले स्तर पर उन संगठनों से संबंध स्थापित करना और उनके लक्ष्यों को समझना और दूसरे स्तर पर संदेश ऐसे वर्गों तक पहुँचाना, जहाँ वह पहुँचना चाहिए। महिला पत्रकारों की भूमिका अहम् इसलिए है कि वे सामाजिक समस्याओं के प्रति अधिक संवेदनशील होती हैं।...पत्रकार अपनी कलम का उपयोग समाज को एक नई दिशा देने में करें।"

समाचार-पत्रों-पत्रिकाओं में आवश्यकतानुसार नए पद निर्मित किए जा रहे हैं। उनमें भी महिलाएँ अपनी पैठ बना रही हैं। 'इंडिया टुडे' में रश्मि सक्सेना, विजुअलाइजर तथा 'इंडिया टुडे स्त्री' में असिस्टेंट आर्ट डायरेक्टर के पद पर कार्यरत हैं। इसी में प्रीति कोहली इंपेक्ट टीम नॉर्थ की सदस्य हैं। सामिया सिंह तहलका की डिजाइन प्रभारी हैं। महिला पत्रकारों ने पत्रकारिता क्षेत्र में सिर्फ अपनी उपस्थिति ही दर्ज नहीं कराई, अपितु कई बार पुरुष पत्रकारों को पीछे छोड़ते हुए पुरस्कार भी हासिल किए हैं। इंडिया टुडे पी.यू.सी.एल. पुरस्कार नीरजा चौधरी और शहनाज अंकलेसरिया ने लिया और 1989 का 'चमेली देवी पुरस्कार' चित्रा सुब्रह्मण्यम को मिला। विभिन्न संस्थानों से निकलने वाली गृह पत्रिकाओं में भी महिलाओं ने प्रमुखता से उपस्थिति दर्ज कराई है। निवेदिता साह मासिक 'बजाज कैपिटल इन्वेस्ट इंडिया' (2001) की प्रोडक्ट मैनेजर हैं और सब एडिटर हरविंदर कौर हैं। श्वेता तांतेड़ भोपाल की जैन संस्कृति दर्शन और अध्यात्म पर एकाग्र 'जैनमश्री' (2001) की सह संपादक हैं। नवनीता भौमिक दिल्ली नेशनल रिसर्च डिवेलपमेंट कॉर्पोरेशन की 'आविष्कार' (2005) में सज्जा प्रभारी हैं और अच्छे चित्रांकन करती हैं। फैजाबाद साहित्य संस्कृति संस्थान से निकली 'शब्द शिखर' (1998) की मीरा चंद्रा सह संपादक हैं। भारतीय भाषा साहित्य सम्मेलन, बिहार के त्रैमासिक 'भाषा भारती संवाद' (2000) में डॉ. रेखा मिश्र (पटना) और नीलू कुमारी (सुलतानगंज) संपादन परामर्शी समिति की सदस्य हैं। सहारनपुर (उ.प्र.) से प्रकाशित त्रैमासिक 'शीतल वाणी' (1981) में मीनाक्षी सैनी कॉपी संपादक हैं। राधारानी चौहान 'मानवी' मासिक 'सनातन सर्वस्व' (2011) की सह संपादक हैं और संवाददाता अंजुबाला शर्मा (इंदौर), अर्चना जोशी (सतना), स्वाति शर्मा (हरदा) हैं। इंदौर से प्रकाशित 'प्रेसक्लब टाइम्स' (2013) की संपादन सहयोगी डॉ. रजनी भंडारी लिखती हैं—"देश की आधी आबादी (महिलाएँ) पिछले एक दशक से अपना प्रतिनिधित्व बढ़ाने की माँग कर रही हैं, लेकिन पुरुष प्रधान राजनीति संसद् में महिला आरक्षण विधेयक पारित नहीं होने दे रही। फिर भी, पंद्रहवीं लोकसभा में महिला वर्ग का प्रतिनिधित्व बढ़ा है। यह पहला मौका है, जब 58 महिलाएँ लोकसभा में पहुँची।" 'नंदन' (1964) की कार्यकारी संपादक क्षमा शर्मा ने 'औरत को देवी मत बनाइए' में लिखा—"हम क्यों नहीं समझते कि एक आम लड़की की साधारणता में ही उसकी असाधारणता छिपी है। इसलिए एक लड़की को इनसान मानिए, उसकी अच्छाइयों और बुराइयों के साथ।...स्त्री को देवी बनाना, उसकी मूर्ति गढ़ना दरअसल सच्चाई से मुँह मोड़ना है...यदि स्त्री विमर्श की मानें तो कोख औरत की सबसे बड़ी बेड़ी है।" वरिष्ठ पत्रकार सुमिता आवरण कथा 'वह बार-बार लौटती है' में 'माँ' को परिभाषित करती हैं—"भारतीय आस्था में अनगिन देवियों की मौजूदगी है तो कई अन्य देशों में भी वहाँ की अपनी विशिष्ट देवियाँ हैं।...धरती पर जहाँ कहीं भी आग

है, भोजन है, जीवन है, वहाँ माँ खुद-ब-खुद मौजूद होती है। यह माँ किंवदंतियों में, कल्पनाओं में, यथार्थ में धरती पर, हर कहीं मौजूद है।"

शिखा वार्ष्णेय (नई दिल्ली) 'अभिव्यक्ति का सशक्त माध्यम बना न्यू मीडिया' में टिप्पणी करती हैं—"यह मानवीय सामाजिक विकास की वृद्धि में एक क्रांतिकारी कदम है। मानव इतना सामाजिक कभी न रहा होगा, जितना कि अब हो गया है। न्यू मीडिया ने युवाओं को जिस तरह अपनी गिरफ्त में लिया है, वह मात्र निजी विचारों के आदान-प्रदान तक सीमित नहीं है, बल्कि वह किसी भी तरह के अभियान को सफल करने में या उसे पलटकर रख देने में भी सक्षम है।" 'टोपी के साथ तिलक पर भी नजर' में स्मिता मिश्रा लिखती हैं—"जद (यू) को भरोसा है कि मोदी के हाथ में कमान आते ही सेकुलर व मध्यमार्गी विचारों वाले सवर्ण मतदाता भाजपा का समर्थन करने में असहजता का अनुभव करेंगे।" रायपुर से प्रकाशित 'मीडिया विमर्श' (2006) के संपादन मंडल में डॉ. गोपा बागची और डॉ. सुभद्रा राठौर का नाम शामिल है। नई दिल्ली से प्रकाशित पाक्षिक 'यथावत' (2013) में मीतू कुमारी सह संवाददाता हैं। 'शुक्रवार' (2008) में ऊषा चाँदना लिखती हैं—"औद्योगिक विकास निगम गाँवों में जमीन तो खरीद रहा है और खेती में फायदा न देखकर किसान जमीन बेच रहे हैं, मगर इसके एवज में मिली करोड़ों की रकम उनके लिए चार दिन की चाँदनी न बनकर रह जाए।" अनुराधा त्रिवेदी भोपाल प्रतिनिधि हैं।

पत्रकारिता के क्षेत्र में जैसे-जैसे महिलाओं की उपस्थिति बढ़ी, वैसे-वैसे उनकी भूमिकाएँ भी विस्तार पाती गईं। कार्य आवश्यकता तथा प्रचलन के अनुसार पत्रकारिता के विभिन्न क्षेत्रों में महिला पत्रकारों की पद स्थापनाएँ होती गईं। देखने में यह भी आया कि बड़े-बड़े मीडिया घरानों की पत्र-पत्रिकाओं में नए प्रकाशन के साथ एक नया पद शामिल रहा है। पत्र-पत्रिकाओं से महिला पत्रकार अपने लेखन द्वारा सबसे पहले जुड़ीं और पाठक समाज में स्थान बनाया। सावित्री देवी, जिन्हें अपने पिता से लिखने के संस्कार मिले थे, ने 'हिंदी प्रदीप', 'स्त्री दर्पण' और 'गृहलक्ष्मी जैसी' पत्रिकाओं में 'भारत क्यों आरत', 'पतिव्रता का एक सिद्धांत', 'स्त्रियों के कर्तव्य' जैसे लेख लिखे। उमा देवी अतिथि संपादिका की भूमिका में सबसे पहले 'मर्यादा' में नजर आईं और धीरे-धीरे पत्र-पत्रिकाओं के संपादक मंडल में महिलाओं के नाम बढ़ने लगे। कुछ पत्रिकाओं में उप-संपादक के रूप में महिला पत्रकारों ने अच्छी भूमिका निभाई। पत्र-पत्रिकाओं में अलग विभाग बनने लगे, जो महिलाओं द्वारा सँभाले जाने लगे। धार्मिक पत्रिकाओं में भी उनकी विशेष उपस्थिति दर्ज होने लगी। अधिकांश पत्रिकाओं में सहायक संपादक की भूमिका महिला पत्रकार ही निभाने लगीं। गृह पत्रिकाओं में भी संपादक सहयोगी के रूप में महिलाओं के नाम छपने लगे। विद्यालयीन पत्र-पत्रिकाएँ

तो अधिकांशत: महिलाओं द्वारा ही निकाली जाती रहीं। बड़े दैनिक-पत्रों में महिला विभाग बना दिए गए और उनकी पूरी जिम्मेदारी महिलाएँ उठाने लगीं। राजनीतिक दलों के पत्रों में संपादक सहयोग या अंक संपादक महिला बना दी जाती थी। शासकीय विभागीय पत्र-पत्रिकाओं में महिला अधिकारी का ही नाम संपादक प्रकाशक के रूप में रहता है। साहित्यिक पत्रिकाओं में भी संयुक्त संपादक के रूप में महिला पत्रकारों ने जिम्मेदारी उठाई। कुछ पत्रिकाओं में उपकला संपादिका के रूप में भी महिलाओं की उपस्थिति मिली। लंबी यात्रा तय करनेवाली कुछ पत्रिकाओं की संचालिका महिला देखने को मिलीं। परामर्शदाता के रूप में बड़ी हैसियत वाली महिलाओं के नाम पत्र-पत्रिकाओं में दर्ज होते देखे गए। राष्ट्रभाषा प्रचार समिति, संसदीय हिंदी परिषद्, केरल हिंदी प्रचार सभा जैसी संस्थाओं के संपादक मंडल में महिलाओं की उपस्थिति सदैव रही। चीफ एक्जीक्युटिव, असिस्टेंट आर्ट डायरेक्टर, ग्रुप डायरेक्टर, एसोसिएट एडिटर, प्रू रीडर, कम्पोजिटर जैसे अनेक पदों को महिलाएँ सुशोभित करती रहीं। सौजन्य संपादक, उप-संपादक, सह संपादक, प्रभारी संपादक, संयुक्त संपादक, कॉपी संपादक, फीचर्स संपादक, साहित्य संपादक के अलावा रेखाचित्र, कवर डिजाइन और ले आउट देखनेवाली अनगिनत महिला पत्रकारों ने अपने काम को पूरी जिम्मेदारी के साथ किया। इसलिए निर्विवाद रूप से कहा जा सकता है कि पत्रकारिता के क्षेत्र में विभिन्न पदों पर रहते हुए महिलाओं ने पत्रकारिता के विकास में एक अहम् भूमिका निभाई है। पहले महिला पत्रकारों की भूमिका प्रकाशन गृह के भीतर तक ही सीमित थी, किंतु अब घटना स्थलों तक जाकर वहाँ से जोखिम भरी रिपोर्टिंग का कार्य भी महिला पत्रकार पूरे साहस और जोश के साथ संपादित कर रही हैं।

□

महिला संवाददाता

मुद्रित माध्यम में महिला संवाददाताओं की उपस्थिति ने महिलाओं के मुद्दों को पत्रकारिता जगत् में ही नहीं, समाज में भी विशेष स्थान दिलाया। 'स्त्री संघर्ष के इतिहास' में पढ़ने को मिलता है—"उन्नीसवीं सदी के अंत तक बलात्कार तथा नस्लवाद को आपस में जोड़ दिया गया''बड़े पैमाने पर बंगाल में खतरनाक अंग्रेज सिपाहियों द्वारा बड़ी मात्रा में स्त्रियों पर बलात्कार करने के मामलों से 'अपनी स्त्रियों को बचाने के लिए हो-हल्ला हुआ',''जिसकी अपील एक महिला संवाददाता द्वारा 'संजीवनी' नामक पत्रिका में की गई थी। 'साप्ताहिक हिंदुस्तान' की विशेष संवाददाता शुभा वर्मा पत्रकारिता में 1964 में आईं और लगातार 13 वर्षों तक सक्रिय रहीं। उनका मानना था कि दस दरवाजों पर दस्तक देते रहो, तो उसमें से पाँच दरवाजे अवश्य खुलेंगे। यही कारण था कि मात्र छह माह में ही वे पत्रकारिता जगत् की पहचान बन गई थीं। 'दिनमान' में छपे लेखों के कारण पाठकों के बीच उनकी विशेष पहचान बनी। वे नेशनल बुक ट्रस्ट, साहित्य अकादमी, आकाशवाणी के प्रकाशनों में लिखती रही हैं। उन्होंने स्वतंत्र पत्रकारों के जीवन पर एक उपन्यास 'फ्रीलांसर' भी लिखा था। वे संपादकों से मिलकर विषय सुझाया करती थीं और सहमति मिलते ही लेख लिख दिया करती थीं। स्वतंत्र महिला पत्रकारों पर वे प्रतिक्रिया व्यक्त करती हैं—"आजकल की पत्रकार लड़कियाँ अधिक बुद्धिमान और चतुर हैं। उन्हें मूर्ख बनाना या उनका शोषण करना आसान नहीं है। अत: स्वतंत्र महिला पत्रकारों का भविष्य अब उज्ज्वल है।" उन्होंने 'तबाही की कहानी, बाकलम पानी' द्वारा जिम्मेदारियों के प्रति जागरूकता और निष्क्रियता से मुक्ति पर सवाल उठाए थे। मुकुल मिश्र नब्बे के दशक में महिला पत्रकारों में जाना-पहचाना नाम रहा है। लखनऊ और आसपास से निकलने वाले पत्र-पत्रिकाओं में शायद ही कोई ऐसा हो, जिसमें उनके लेख न छपे हों। सांध्य दैनिक 'प्रतिदिन' (1982) से अपना पत्रकारिता-जीवन आरंभ करनेवाली मुकुल ने 'स्वतंत्र चेतना', 'दैनिक जागरण', 'स्वतंत्र भारत' के लिए काफी समय तक लेख लिखे। 'कुबेर टाइम्स', 'राष्ट्रीय स्वरूप' के पश्चात् वर्तमान में वे 'जनसत्ता एक्सप्रेस' के ब्यूरो

में कार्य कर रही हैं। सांस्कृतिक पत्रकारिता से आरंभ करनेवाली मुकुल ने सामाजिक, साहित्यिक, फिल्मी, अपराध तथा राजनीतिक, सभी क्षेत्रों की रिपोर्टिंग की। स्थानीय प्रतिनिधि दैनिक 'हिंदुस्तान' (उदयपुर) की शकुंतला सरूपरिया 1996 से 2000 तक 'दैनिक भास्कर' में रही थीं।

शेवंती नैनन 'सद्भाव के नाम पर कलम पर हमला' शीर्षक से 'हिंदुस्तान' में लिखती हैं—"यह एक कठिन चुनौती है पूरी दुनिया के समाज के लिए भी और हमारे अपने समाज के लिए भी। इसका असर मीडिया के लोगों पर भी पड़ रहा है। एक तरफ हम मानकर चलते हैं कि किसी स्वतंत्र समाज में लोगों को बोलने और लिखने की आजादी होनी चाहिए, लेकिन दूसरी तरफ दुनिया भर में सक्रिय कई मजहबी समूहों की वजह से धर्म के मामलों पर लिखना काफी मुश्किल हो गया है। मजहबी अत्याचार की चर्चा नहीं हो सकती। धार्मिक भेदभाव पर लिखना भी मुश्किल हो गया है।" उन्होंने 'गहरी समस्या पर हल्की रिपोर्टिंग' में लिखा—"अखबारों में विकास के मुद्दे पर रोज कुछ-न-कुछ लिखा जा रहा है, पर सरकारी रणनीति पर इन बातों का कम असर पड़ा है। जहाँ कुशल प्रशिक्षित और बेहतर सुरक्षा बलों को तैनात करने की बात हो रही है, क्या वहाँ सरकार के सबसे अच्छे अफसर भी तैनात किए जाएँगे? वहाँ शिक्षा, स्वास्थ्य, पानी, सड़क, बिजली जैसी सुविधाएँ भी पहुँचेंगी क्या? ऐसी कोई घोषणा नहीं की गई है। मीडिया ने भी इस प्रश्न को नहीं उठाया।" स्त्री को 'व्यक्ति' समझा जाए 'वस्तु' नहीं, विचार को आगे बढ़ाते हुए पटना 'दैनिक हिंदुस्तान' की संवाददाता अंजिता सिन्हा लिखती हैं—"महिलाओं को अपनी पसंद-न-पसंद, शादी करने का अधिकार जैसी विकट परिस्थिति में जब कानून भी मददगार साबित न हो तो महिला पत्रकार ही सहायता कर सकती हैं।" पत्रकारिता द्वारा व्यक्तिगत जीवन में हस्तक्षेप नहीं किया जा सकता है, परंतु एक सामान्य राय और विकल्प तो सुझाए ही जा सकते हैं। अरुणिमा सोनी, अनीता तिवारी और शिखा श्रीवास्तव इसी पत्र में कार्यरत हैं।

'पत्रकारिता में महिलाएँ' लेख में लिखा गया—"अनिता प्रताप ने सी.एन.एन. और टाइम मैगजीन के लिए कई बार युद्ध की रिपोर्टिंग की है, जिनमें अफगान, तालिबानी लड़ाई, भारत-पाक युद्ध और उत्तर पूर्वी क्षेत्र के नक्सली हिंसा की कवरेज की। वे पहली ऐसी रिपोर्टर हैं, जिन्होंने 22,000 फीट ऊँचे सियाचिन ग्लेशियर से भी रिपोर्टिंग की थी, जहाँ हर रोज भारत और पाकिस्तान के बीच गोलीबारी होती रहती थी। अपने साहसिक कारनामों के कारण वे लगातार चर्चा में रही हैं। उनके और प्रभाकरण के बीच संबंधों को लेकर अनेक अफवाहें भी उड़ीं, पर उन्होंने हार नहीं मानी। श्रीलंका की तत्कालीन दर्दनाक परिस्थितियों का पर्याप्त अध्ययन कर उन्होंने एक किताब 'आइसलैंड ऑफ ब्लड' लिखी।" 'कारगिल से युद्ध की रिपोर्टिंग' करनेवाली बरखा

दत्त पत्रकारिता जगत् में एक्र ऐसा नाम है, जिन्होंने कई अवॉड्र्स तो जीते ही, साथ ही ऐसे कारनामे भी किए हैं, जो किसी भी महिला पत्रकार द्वारा कम ही किए जाते हैं। उन्होंने कई बार लाइव कवरेज करते हुए अपनी जान जोखिम में डाली। मुंबई पर हुए आतंकी हमले की लाइव कवरेज में भी वे आगे रहीं और पूरी मुस्तैदी से पल-पल की खबर देती रहीं। बरखा की माँ प्रभा दत्त ने भी अंग्रेजी अखबार के लिए युद्ध की रिपोर्टिंग की थी। 'दैनिक जागरण' में पढ़ने को मिलता है—"इन महिला पत्रकारों की परिभाषा सिर्फ एक ही शब्द में दी ज़ा सकती है, वह है 'साहस'। जब मुंबई बम धमाकों की आवाज से गूँज रहा था, तो ये फायरिंग और बमबारी के बीच हम तक पल-पल का समाचार पहुँचा रही थीं।" 'टाइम्स ऑफ इंडिया' की सीनियर असिस्टेंट एडिटर (लॉ) स्वाति देशपांडे '9:45 की रिपोर्टिंग' करते हुए मुंबई से लिखती हैं—"जब सी.एस.टी. में फायरिंग शुरू हुई, मैं ऑफिस में थी। मैं एक रिपोर्टर के साथ तुरंत वहाँ गई। मैंने देखा, स्टेशन के अंदर से एक जिंदा ग्रेनेड सड़क पर फेंका गया था। रेलवे के एक कर्मचारी ने ऑफिस सिक्योरिटी को तुरंत सारे एंट्रेंस बंद करने के निर्देश दिए।"

'दैनिक भास्कर' से जुड़ी रही वीणा सबलोक ने पाँच वर्षों तक रिपोर्टिंग का कार्य किया। इसी पत्र की प्रांतीय डेस्क सँभालने वाली गीता श्रीवास्तव लिखती हैं—"पत्रकारिता या मीडिया में कुछ अलग करने की इच्छा ने खींचा इस क्षेत्र में।" उनका 'पिताजी के स्थान पर माँ का नाम क्यों नहीं' आलेख बहुत पसंद किया गया था। नीलम शर्मा ने माखनलाल वि.वि. से वी.जे.-एम.जे. किया और इंटर्नशिप के लिए 'दैनिक नई दुनिया' गईं। तत्पश्चात् 'नवभारत' में फीचर में काम किया। इस समय 'दैनिक भास्कर' से जुड़ी हैं। रूबी सरकार ने 1992 में रिपोर्टर कम सब एडिटर 'हिंदी स्क्रीन' (मुंबई) से पत्रकारिता प्रारंभ की। 'ब्लिट्ज' में लिखती हैं— "यों तो 6 दिसंबर से देश भर में भड़के दंगों में सबसे ज्यादा प्रभावित शहर बंबई, भोपाल, सूरत, मटियाब्रुज (कलकत्ता), सीलमपुर (दिल्ली), चमनगंज (कानपुर) और वाराणसी रहे पर वाराणसी के लोमहर्षक 'लोहता कांड' ने सबको पीछे छोड़ दिया।" 'लोकमत समाचार' में उन्होंने 'साहित्य के बड़े मोर्चे पर छोटे-छोटे हौसले' में लिखा—"हिंदी में अच्छी पत्रिकाएँ बहुत पहले ही खत्म हो गईं। 'सरस्वती', 'विशाल' 'भारत', 'चाँद', 'माधुरी', 'हँस' आदि अनेक पत्रिकाओं का बाजार इसलिए खत्म हुआ कि उनके पाठक खत्म हो गए थे। उनके लेखक थक गए थे या चुक गए थे। परिवर्तनों को पकड़ने और नए पाठकों को समझने की ताकत इन पत्रिकाओं के संपादकों में नहीं थी। सबका आगे-पीछे खात्मा हुआ।" 'मनोरमा' इलाहाबाद की मीनू रानी दुबे महिला पत्रकार होना गौरव की बात मानती हैं। उनके अनुसार महिलाओं ने—"पुरुष पत्रकारों की अपेक्षा अधिक मेहनत और कुशलता का परिचय देकर अपने वर्चस्व को सिद्ध किया है।" 'लोकमत' नागपुर की प्रीता व्यास

की पीड़ा है—"पत्रकारिता के जोखिमपूर्ण जीवन को देखते हुए भी युवतियों में पत्रकार बनने की रुचि बढ़ी है। देखा यह जाता है कि महिला पत्रकारों को मेज पर बैठकर समाचारों के संपादन का कार्य ही दिया जाता है। यदि उन्हें लेखादि के संपादन का कार्य मिलता है तो उन्हें हल्के-फुल्के तथा महिलाओं के लेख ही पकड़ा दिए जाते हैं। महिलाओं के क्रांतिकारी लेखों को अधिकतर रद्दी की टोकरी में डाल दिया जाता है। महिला पत्रकारों के संपादन की जिम्मेदारी भी बहुत ही कम मिल पाती है।" महिलाओं में पत्रकारिता के प्रति आकर्षण को इस बात से जाना जा सकता है कि विश्व सुंदरी प्रतियोगिता में यूनान की आयरीन स्कलीबा ने कहा था—"मैं पत्रकार बनना चाहती हूँ। पत्रकार बनने के लिए मैं कोर्स भी कर रही हूँ। पत्रकारिता कम्युनिकेशन का सशक्त माध्यम है। पत्रकार के रूप में लोगों को अधिक संदेश दे सकती हूँ। उनके अधिक नजदीक पहुँच सकती हूँ।" 'हिंदुस्तान टाइम्स' तथा 'दैनिक भास्कर' से जुड़ी रहीं 'जागरण' भोपाल की ब्यूरो चीफ आरती शर्मा मानती हैं—"पत्रकारिता के माध्यम से समाज में चेतना लाई जानी चाहिए और कुरीतियों को, अंधविश्वासों को दूर किया जाना चाहिए, जिससे अच्छा सामाजिक वातावरण निर्मित होवे।"

'अहा जिंदगी' की रुचि सिंह 'रिश्तों का रसायन' में लिखती हैं—"ब्रह्मांड में रिश्तों का अस्तित्व इसलिए है कि सभी एक-दूसरे से जुड़े हैं।...सुरक्षा, आराम तथा खुशी, तीनों के लिए किसी का साथ होना चाहिए। कोई किसी के प्रति सहज ही खिंच जाता है, कोई अकारण ही किसी से दूर भागता है, क्यों? अटैचमेंट स्टाइल या जुड़ाव की शैलियाँ भी अलग-अलग होती हैं। बच्चे और माँ में इसे तीन तरह से देखा जा सकता है।" युवा पत्रकार शरबनी बैनर्जी 'सपनों से भरी है, एक खास लड़की' में लिखती हैं—"आज आधुनिक युग है। कहने को मैंने काफी विकास कर लिया है। आज मैं पढ़ी-लिखी हूँ, अपने पैरों पर खड़ी हूँ और अपने निर्णय खुद ले सकती हूँ, लेकिन आज मैं बहुत ज्यादा डरी हुई हूँ।" रश्मि उदयसिंह जानकारी देती हैं—"एक अंतरराष्ट्रीय संस्था द्वारा कराए गए सर्वे से पता चलता है कि भारत में मिठाई और नमकीन का सालाना कारोबार एक हजार करोड़ रुपए से अधिक हो गया है। देश भर में करीब 200 से ज्यादा प्रचलित मिठाइयाँ हैं। पिछले पाँच सालों में इन मिठाइयों की ऑनलाइन खरीद-फरोख्त में 200 प्रतिशत की बढ़ोतरी हुई है।" श्रुति चौधरी अपनी उपलब्धि बताती हैं—"अपनी प्रथम रिपोर्टिंग के दौरान दो देशों के मध्य प्रेम की नींव रखने के लिए प्रयासरत सौम्य व्यक्तित्व (अदनान सामी) से मिलकर मुझे बहुत प्रसन्नता हुई।" 'तहलका' दिल्ली की संवाददाता प्रियंका दुबे 'बाघ अभयारण्यों में प्रतिबंधित पर्यटन' में अभयारण्यों की दयनीय दशा की ओर इशारा करती हैं। अपने प्रथम राष्ट्रीय पुरस्कारों को ऐलान करते हुए भारतीय प्रेस परिषद् ने उनको पुरस्कृत भी किया था। यह पुरस्कार परिषद् के शीर्ष सम्मान राजा राममोहन राय की

श्रेणी में वर्ष 2011 में की गई उनकी उत्कृष्ट खोजी पत्रकारिता के लिए मिला था। विशेष रिपोर्ट 'जुर्म की जड़ें' में वे लिखती हैं—"दिल्ली गैंगरेप के एक आरोपित का मामला किशोर न्यायालय में शुरू हो चुका है। यहाँ जो न्यायिक प्रक्रिया अपनाई जा रही है, वह किसी वयस्क पर होनेवाली कानूनी काररवाई से किस तरह अलग है।" राँची (झारखंड) से अनुपमा ने 'उजाले के लिए अँधेरगर्दी' शीर्षक से लिखा—"जिस मंडल बाँध के नाम पर रोशनी के सपने दिखाए गए थे, उसने बीते चार दशक से गढ़वा के हजारों लोगों की जिंदगी में अँधेरा घोल रखा है।" 'गुरुजी का गुप्तवास' में चुटकी लेती हैं—"झारखंड के दिग्गज आदिवासी नेता शिबू सौरेन उर्फ गुरुजी अकसर लुप्त हो जाते हैं। इस दौरान लोगों को पता ही नहीं चल पाता कि वे हैं कहाँ? उनके आवास पर पहुँचने वाले निराश लौटते हैं, जबकि प्रोटोकॉल के मुताबिक बताया जाता है कि गुरुजी राँची में ही हैं।" शैली चोपड़ा 'धूम से धड़ाम' में प्रतिक्रिया देती हैं—"किंगफिशर एयरलाइंस का पतन इसके मुखिया विजय माल्या की अतियों के अलावा बैंकों और नियामकों की उस लापरवाही को दिखाता है, जिसका खमियाजा देश का आम आदमी भी भुगतेगा।" प्रियंका कौशल चुनावी परिणामों पर लिखती हैं—"आखिर वे कौन सी वजहें रहीं कि मतदान के पहले तक छत्तीसगढ़ में सत्तारूढ़ भाजपा को बराबर की टक्कर देती लग रही कांग्रेस, अपनी हार की हैट्रिक बना बैठी?" वे हार के कारण गिनाती हैं—"दूर हुआ दलित मतदाता, कार्यकर्ताओं की हताशा, सर्वमान्य नेता की कमी, रणनीति नहीं बस रामभरोसे।"

नई दिल्ली से प्रकाशित समाचार साप्ताहिक 'शुक्रवार' की प्रमुख संवाददाता पूजा मेहरोत्र 'मानसून के बाद उदयपुर घूमें' में जानकारी देती हैं—"उदयपुर को 'देश का दूसरा कश्मीर' कहा जाता है। इसे 'झीलों की नगरी' और 'वेनिस ऑफ ईस्ट' के नाम से भी जाना जाता है।" 'आवरण कथा' में उनकी चेतावनी पढ़ने को मिलती है—'रोशनी में नहाइए लेकिन अँधेरे को मत भूलिए।' 'मीडिया विमर्श' में सर्जना चतुर्वेदी का 'क्रांति विचारों से ही शुरू होती है' अच्छा आलेख है। 'लोकायत' में उत्तर प्रदेश की प्रमुख प्रतिनिधि तमन्ना फरीदी ने बिजली समस्या पर लिखा—"उत्तर प्रदेश में बिजली संकट का रोग नया नहीं है। वह बरसोंबरस से चला आ रहा है। मौसम कोई भी हो, बिजली कटौती का दंश झेलना लोगों की नियति बन चुकी है। सत्ता में रहनेवाली सरकार अपने हिसाब से गिने-चुने जिलों की बिजली कटौती के दायरे से बाहर रखती है।" वे 'जरूरत मंदों के लिए उपयोगी बजट' में आगाह करती हैं—"अखिलेश सरकार का बजट सबके लिए भले ही न हो, लेकिन कम-से-कम वैसा दिखता है। उनकी कारीगरी बिलाशक काबिले तारीफ है, लेकिन जमीनी सच्चाई इस बाजीगरी से मिटने वाली नहीं है।" मीरा सिंह 'लोकायत' की दिल्ली प्रतिनिधि 'शुरू हुआ समीकरणों का जोड़-तोड़' में बिहार की राजनीति पर लिखती हैं—"अब देखना यह है कि बदलती पस्थितियों तथा पार्टियों की लोक लुभावन

योजनाओं का जनता पर क्या असर पड़ता है? नीतीश सरकार ने पंचायत में महिलाओं को 50 फीसदी आरक्षण दिलवाया है। कन्या विवाह योजना, बालिका पोशाक योजना, साइकिल योजना चलाकर उत्थान का मार्ग प्रशस्त किया है।"

'इंडिया टुडे' से जुड़ी गायत्री जयरामन ने लिखा—"भारत में ट्रेनों से निकलने वाले कचरे में पाँच गुना वृद्धि होने जा रही है। ऐसे में साफ इंडिया प्रोजेक्ट एक उम्मीद लेकर आया है।" सिनेमा के नए गायक 'तरन्नुम की जवां लहर' में प्रियंका श्रीवास्तव लिखती हैं—"बॉलीवुड में गायकी की दुनिया लगातार बदल रही है, नई और दमदार आवाजों ने धूम मचा रखी है।" सोनाली आचार्जी और अदिति पै 'सिर चढ़ता नशा हशोश का' में चिंता व्यक्त करती हैं—"नशीले पदार्थों को मौज-मस्ती का औजार बन रहे युवा खतरों से अनजान हशीश को लाइफ स्टाइल का हिस्सा बना रहे हैं, यह आधुनिक जीवन का तेजी से फैलता अभिशाप है। 'यू.एन. ओ.डी.सी. वर्ल्ड ड्रग रिपोर्ट 2006' के मुताविक भारत में भाँग के इस्तेमाल की दर 3-2 फीसदी थी, जो 2012 में बढ़कर 8-1 फीसदी हो गई। यह दर उन लोगों की संख्या को दिखाती है, जिन्होंने बीते एक साल में कम-से-कम एक बार इसका नशा किया हो।" नीलम शुक्ला लिखती हैं—"निराशा हमारे दिमाग के लिए विष का काम करती है। दरअसल, निराशापूर्ण सोच एक अधीमा जहर है, जो हमारी दूरदर्शिता को कम करता है। हमारा आत्मविश्वास नकारात्मक सोच के चलते लगभग मृतप्राय: हो जाता है और यह हमें हतोत्साहित करता है। इसका बहुत बुरा असर होता है।" 'विकास का ताना-बाना—कहीं ये दिखावटी दाँत तो नहीं' में शुभ्रा ने लिखा—"राजधानी होने की वजह से दिल्ली वालों को ज्यादा बेहतर बुनियादी सुविधाएँ मिल रही हैं। पिछले दस साल में दिल्ली की जनसंख्या में तीस लाख की बढ़ोतरी की वजह प्रजनन क्षमता में वृद्धि नहीं हुई। आज भी दिल्ली के ज्यादातर परिवार एक या दो बच्चों को प्राथमिकता दे रहे हैं।" पं. रविशंकर के निधन पर मानसी गोपालकृष्णन ने लिखा—"हमने बहुत कुछ खोया है। हर उद्योग, कारोबार, संगीत, फिल्म कुछ स्तंभों पर खड़ा होता है, जो अपने वक्त के दिग्गज होते हैं। वे शास्त्रीय संगीत के स्तंभ थे।' जर्मनी स्थित रेडियो 'डाच्यवेली' में कार्यरत मानसी 'अहा जिंदगी' में तनाव पर प्रतिक्रिया व्यक्त करती हैं—"भारत ने अब तक अपनी मूल समस्याओं का समाधान नहीं ढूँढ़ा है। हर व्यक्ति तनाव में है और अपना तनाव सबसे कमजोर चीज पर निकाल रहा है। कोई कुत्ते को लात मारता है तो कोई अपने बच्चों को; कोई किसी लड़की से दुर्व्यवहार करता है तो कोई अपनी पत्नी पर चिल्लाता है और इस सबका जिम्मेदार है एक विकास, जो जिंदगी के सारे पहलुओं को नहीं छू पा रहा।"

'आउटलुक' की प्रमुख संवाददाता मनीषा भल्ला 'गुजरात में अड़ी भाजपा फिसलना नहीं चाहती', 'वीरभद्र-धूमल एक-दूसरे पर लगा रहे राज्य बेचने का आरोप', 'ड्रग्स के रिंग में घिरा विजेंद्र', 'नशीले पदार्थों के सेवन और उनके विशाल नेटवर्क में शामिल

सफेद पोशों का परदाफाश', जैसी रिपोर्टों में तत्कालीन परिस्थितियों को रेखांकित करती हैं। लीला नायर 'जेब पर चोट' के अंतर्गत लिखती हैं—"सुधारों से भड़कती महँगाई की आग—ज्यादा मूल्य चुकाने के बाद भी लोगों को सही सुविधाएँ मिलने की गारंटी नहीं।" भाषा सिंह 'अफजल की फाँसी से उठे सवाल कश्मीर के ही नहीं, पूरी जम्हूरियत के हैं' में बताती हैं—"कश्मीर धीरे-धीरे शांति की ओर बढ़ तो रहा है, लेकिन बड़ी भारी है यह खामोशी। तनाव गहराया हुआ है, इस तनाव को राजनीतिक निकासी का कोई रास्ता नहीं मिल रहा। कश्मीर के एक बड़े तबके का अलगाव और बढ़ गया है।"

आवरण कथा—'धमाकों की वापसी से लौटा आतंक का तिलिस्म' में लिखती हैं—"हैदराबाद के जुड़वाँ बम धमाकों की खबर आने के मिनटों बाद ही मीडिया पर दिल्ली पुलिस के विशेष हवाले से घटना में इंडियन मुजाहिदीन के हाथ होने की खबर चलने लगी। साथ ही, यह सरकारी दावा भी कि इन धमाकों के बारे में पूर्व खुफिया सूचना सरकार के पास थी, अगर यह सही मानें तो धमाके रोके क्यों नहीं गए? इस हड़बड़ी से पूर्व की तरह आतंक की ऐसी घटनाओं के मामले में 'तारी तिलिस्म' की धुंध इन धमाकों पर भी छाई हुई है।" 'राष्ट्रीय शरम' शीर्षक से 'मैले के पाखंड में नए सर्वेक्षण का दाँव' में 'राजनीतिक इच्छाशक्ति की घोर कमी के चलते आज भी मैला उन्मूलन के मोर्चे पर सरकारी हीला-हवाली' की बात करती हैं। 'हेलीकॉप्टर घोटाला' में 'दलाल माफिया को सत्ता का संरक्षण' निरूपित करते हुए लिखती हैं—"रक्षा मंत्रालय और प्रधानमंत्री कार्यालय तक पहुँचेगी जाँच की आँच।" इसी अंक में पड़ोस कॉलम में 'समझौते' के बाद राहत में भारतीय दखल की वजह से संकट से उबरे 'नाशीद' में लिखा—"मालदीव में सितंबर में चुनाव हैं। एक हलके में इस लड़ाई को उदारवादियों और कट्टरवादियों के बीच टकराव के तौर पर देखा जा रहा है।"

पूजा अवस्थी लखनऊ से रिपोर्ट करती हैं—"एक आम सोच यह भी बनी है कि सरकार निजी स्वार्थों की पूर्ति के लिए आतंकवादियों को छोड़ने जैसी बातें भी करने लगी है।" स्वतंत्र पत्रकार शीला बारसे के प्रिय विषय—दहेज, वेश्यावृत्ति, महिला अधिकार, कैदी, बाल मजदूर थे। उन्होंने कई कानूनी लड़ाइयाँ भी लड़ीं और पत्रकारिता के प्रतिष्ठित पुरस्कार भी प्राप्त किए। बाल मजदूरों के मुद्दे को वे सर्वोच्च न्यायालय तक ले गईं। उन्होंने स्वतंत्र पत्रकारिता में कई नए कीर्तिमान स्थापित किए। संगीता यादव 'भूमि संसाधनों के विकास से ही होगी गाँवों की तरक्की' में लिखती हैं—"केंद्र एवं राज्य सरकारों की ओर से भी गाँवों की निष्प्रयोज्य भूमि को खेती युक्त बनाने के साथ ही भूमि संसाधनों के विकास की तमाम तरकीबें अपनाई जा रही हैं। देश में जनसंख्या वृद्धि के साथ ही जमीन का उपयोग भी बढ़ा है। तरक्की के पहलू पर भूमि की जरूरत पड़ रही है। ऐसे में भूमि संसाधनों पर विशेष ध्यान देने की जरूरत है।" सुमन यादव 'स्वास्थ्य चर्चा' में

'बलवर्धक एवं सौंदर्यवर्धक है अंगूर' में जानकारी देती हैं—"गरमी का मौसम शुरू होते ही अंगूर का सेवन शुरू कर देना चाहिए। अंगूर खाने से चेहरे की कांति बनी रहती है और बुढ़ापे का असर देर से आता है। इसके गुणों को देखते हुए विभिन्न धार्मिक ग्रंथों में भी इसका जिक्र किया गया है। 'आयुर्वेद' में अंगूर को सबसे गुणकारी फल बताया गया है।"

महिला संवाददाताओं द्वारा हिंदी में सभी विषयों पर लिखा गया है। उन्होंने ऐसी-ऐसी रिपोर्टिंग की है, जिन्हें आमतौर पर महिलाओं के कार्यक्षेत्र की परिधि में नहीं लाया जाता, किंतु पत्रकारिता जगत् में प्रवेश करनेवाली महिलाओं ने अपने आपको पुरुषों के समकक्ष रखने में कभी कोई कसर नहीं छोड़ी। उन्होंने तबाही की कहानी लिखी, तो उस तबाही के प्रति जागरुकता फैलाने के लिए कलम भी चलाई और निष्क्रियता, असावधानी पर सवाल भी उठाए। राजनीतिक मुद्दे हों या सामाजिक, साहित्यिक चिंतन हो या फिल्मी सनसनी, अपराध जगत् की गतिविधियाँ हों या सैनिक काररवाइयाँ—सभी पर महिला संवाददाताओं ने जमकर लिखा। सार्वजनिक स्थलों की दुर्दशा से लेकर मूल्यवृद्धि तक तत्काल प्रतिक्रिया देने में वे कभी पीछे नहीं रहीं। महिला संवाददाताओं द्वारा शिक्षा, स्वास्थ्य, पानी, सड़क, बिजली जैसे महत्त्वपूर्ण विषयों के साथ-साथ विकास के मुद्दों को बार-बार उठाया गया। सती-प्रथा आंदोलन, राष्ट्रीय आंदोलन, युद्ध की रिपोर्टिंग, नक्सली या आतंकी हमले और सभी तरह की महिला प्रताड़ना पर खूब लिखा।

यही नहीं, महिला संवाददाताओं ने अपनी जान हथेली पर रखकर खबरें इकट्ठी कीं और अपराधियों को बेनकाब भी किया। बीच में एक समय तो ऐसा भी आया, जब अखबार के दफ्तरों में महिलाओं को इसलिए रखा जाता था कि वे समय बरबाद नहीं करतीं और गंभीरता से अपना काम समय पर निपटा देती हैं। बूथ कैप्चरिंग जैसी घटनाओं को उजागर करके नलिनी सिंह जैसी पत्रकारों ने सबको चौंका दिया। बड़े-बड़े कांडों का पर्दाफाश करती महिला संवाददाता तरह तरह से प्रताड़ित भी की जाती रही है। नशा माफिया, भू-माफियाओं की माँद में घुसकर रिपोर्टिंग करनेवाली साहसी महिला संवाददाताओं को विभिन्न संस्थाओं द्वारा पुरस्कृत भी किया गया है।

सफेदपोशों का पर्दाफाश करने में जरा भी न हिचकने वाली महिला संवाददाता, कई बार अपने ही संस्थान की प्रताड़ना का शिकार भी बनी। फिर भी उसके हौसले कम नहीं हुए। तात्पर्य यह कि पत्रकारिता का यह उद्देश्य कि सामाजिक व्यवस्थाओं, विपदाओं, कुरीतियों, विकास के वास्तविक रूप भले ही वह विद्रूप क्यों न हो, को निष्पक्षता के साथ सबके समक्ष लाया जाना चाहिए। इस उद्देश्य को अपनी निष्ठा, लगन और तन्मयता के साथ पूर्ण करने में महिला संवाददाताओं ने सराहनीय कार्य किया है। महिला संवाददाताओं ने अपने कठिन परिश्रम और कार्यनिष्ठा से इस क्षेत्र में अपनी विशिष्ट पहचान बनाई है।

□

महिला स्तंभकार

महिला पत्रकारों की विभिन्न भूमिकाओं में स्तंभकार महिलाओं का पत्र-पत्रिकाओं के स्तंभों से पाठकों को जोड़ने में महत्त्वपूर्ण योगदान रहा है। हर पत्र-पत्रिका के विशेष स्तंभ का एक पाठक वर्ग हुआ करता है और उस पर पत्र-पत्रिकाओं की प्रसार संख्या भी निर्भर होती है। स्तंभ लेखिकाएँ भी अपनी पहचान बनाने के लिए पत्र-पत्रिकाओं का सहारा लिया करती हैं। विभिन्न महिला स्तंभ जैसे—'नारी निकुंज', 'नारी जगत्', 'नारी दर्पण', 'महिला मंगल', 'गृहविज्ञान' और 'संगिनी', 'नायिका', 'मधुरिमा' जैसी पत्रिकाओं में छपते रहे हैं। भारतीय पत्रकारिता इतिहास में स्तंभकार महिलाओं में पहला नाम आंटी विंडीज का मिलता है। बैनेट कोलमैन कंपनी ने सचित्र अंग्रेजी साप्ताहिक 'इलस्ट्रेटेड वीकली ऑफ इंडिया' (1880) का प्रकाशन मुंबई से किया। इसमें 1930 में बच्चों के लिए जो सामग्री छापी जाती थी, उसे जेपसन की पत्नी आंटी विंडीज लिखा करती थीं। यह स्तंभ काफी लोकप्रिय हुआ था। अखबार की पचपनवीं वर्षगाँठ पर उनके सुझाव पर 'शब्द पहेली' स्तंभ भी छापा जाने लगा। उसके सर्व शुद्ध हल पर पुरस्कार दिया जाता था। इस पहेली को लॉटरी बताते हुए एक याचिका भी दायर की गई थी, पर अदालत ने उसे अमान्य करते हुए 'शब्द पहेली' को चतुराई की प्रतियोगिता करार दिया था। शब्द पहेली में भाग लेने वालों में विदेशों के लोग भी रहा करते थे।

राजेंद्रबाला घोष (बंग महिला) के लेख पत्र-पत्रिकाओं के स्तंभों में खूब पढ़ने को मिलते हैं। सबसे पहले 'प्रेमघन' ने अपनी साहित्यिक पत्रिका 'आनंद कादंबिनी' में उनको प्रकाशित करना आरंभ किया। 'गृह' को वे परिभाषित करते हुए लिखती हैं—"जिस गृह में दयावती, करुणामयी, जननी देवी नहीं, वह गृह होने पर भी अरण्य समान ही है।" उन्होंने स्कूलों के माध्यम से धर्म-प्रचार की नीति का साहसपूर्वक विरोध किया और मिशनरी शिक्षा से होनेवाली हानि को रेखांकित करते हुए लिखा—"यद्यपि मिशनरियों ने प्राय: सभी स्थानों में बालिका-विद्यालय खोल रखे हैं, परंतु वहाँ तो ईसा मसीह के भजन पढ़ाने की चाह अधिक रहती है। कहना न होगा कि इससे हमारे देश को

लाभ की अपेक्षा हानि अधिक होती है। यदि बालिकाएँ अपनी जननी के पास शिक्षा पाएँ तो उन्हें ईसा मसीह के भजन न रटने पड़ें।" पति-पत्नी के बिगड़ते संबंधों में शिक्षा की भूमिका पर सवाल उठाते हुए उन्होंने लिखा था—"एक बी.ए. की पत्नी का निरक्षर होना सचमुच बड़े क्षोभ, दु:ख और लज्जा की बात है, पर इस दोष के कुछ-कुछ हिस्सेदार बी.ए. पति महाशय भी हैं। बल्कि यों कहिए कि यह पति-पत्नी दोनों के दुर्भाग्य हैं। पति महाशय उच्च शिक्षित होने पर भी यदि अपनी सचिव, सखी, शिष्या, सहधर्मिणी की ज्ञानोन्नति न कर सके तो देशोन्नति की उनसे क्या आशा की जाए।" 'समालोचक' (मार्च 1904) में प्रकाशित 'हिंदी के ग्रंथकार' शीर्षक उनका निबंध हिंदी-लेखकों में विवाद का विषय बना था। जिसमें 'बंग महिला' ने बड़ा आक्रामक रुख अपनाया था। हिंदी लेखकों की मौलिकता पर प्रश्न चिह्न लगाते हुए उन्होंने हिंदी लेखकों द्वारा बांग्ला, मराठी और अंग्रेजी की कृतियों से चोरी करने की प्रवृत्ति और उसको निज की रचना घोषित कर देने की बेहयाई की तीखी खिल्ली उड़ाई थी। 'वैश्योपकारक' ने 'समालोचक की आलोचना' में लिखा—"एक प्रवासिनी बंग महिला का 'हिंदी के ग्रंथकार' शीर्षक उल्लेख योग्य है। उल्लेख योग्य इसलिए नहीं कि उसमें कोई नई बात है, वरन् इसलिए है कि वह एक स्त्री के नाम से प्रकाशित हुआ है। उनको चाहिए कि कलकत्ते के बंग महिला समाज और प्रसिद्ध 'भारती' पत्रिका की संपादिका श्रीमती सरला देवी की उस पत्रिका का पाठ करें, जो कुछ दिन पहले उन्होंने 'उपन्यास और समालोचक' के विषय में 'हिंदुस्तान रिव्यू' में छपाई थी। उसके पाठ से प्रवासिनीजी को विदित होगा कि जिसमें वे 'स्त्री' जाति का ही अपमान समझती हैं और जिसे एक समाचार-पत्र के हिंदी साहित्य का उज्ज्वल 'तारा' बताने पर वे अधीर हो रही हैं, उसे एक सुप्रसिद्ध बंग महिला कैसा समझती है?" वास्तव में उस वर्ष उनका लेख 'हिंदी के ग्रंथकार' एक तीखे कांड के रूप में उभरा था, इसलिए प्रतिक्रियाओं पर प्रतिक्रियाएँ विभिन्न पत्र-पत्रिकाओं में छपी। 'वैश्योपकारक' के संपादक को अपने आगे के अंक में प्रतिक्रिया के भोंडेपन पर आश्चर्य और अफसोस भी व्यक्त करना पड़ा था।

'माधुरी' में महिला साहित्य, नारी उपदेश स्तंभ रहा करते थे। कृष्णकुमारी 'स्त्रियों द्वारा परिचालित दैनिक-पत्र' में जानकारी देती हैं—"सुदूर चीन के उचाऊ नगर में स्त्रियाँ एक दैनिक-पत्र निकालने की चेष्टा कर रही हैं।" गृहदेवियों से प्रार्थना करते हुए इंदुमती शर्मा ने 'महिला मनोरंजन' में लिखा—"यद्यपि पुरुष समाज स्त्री समाज के सुधारों के विरुद्ध ही है और प्राय: रहेगा भी। फिर भी यदि स्त्री समाज चाहे, तो वह विरोधियों को परास्त कर सकती है, पर स्त्री समाज है ही कहाँ? समाज कहते हैं, कुछ मनुष्यों की एकता को।" 'महिला स्वास्थ्य संजीवनी' की लेखिका गोपालदेवी की पुस्तक की समीक्षा जो प्रेमचंदजी द्वारा की गई थी, इसमें छपी थी। धर्मदेवी गुप्त, कुमारी कमला,

भगवती देवी के लेख इसी स्तंभ में पढ़ने को मिलते हैं। 'हृदय' में स्वास्थ्य सुधार शीर्षक से द्रौपदी देवी लिखती हैं—"मकान चाहे फूस का क्यों न हो, चाहे काँच का, ईंट-पत्थर का हो या सोने चाँदी का, कीचड़-मिट्टी का हो या लकड़ी लोहे का, किंतु उस में सूर्य के प्रकाश और वायु के प्रवेश के लिए अवश्यमेव सुप्रबंध और सुव्यवस्था होनी चाहिए।" 'विदुषी विचार' में हीरादेवी, सरला देवी और कमलाकुमारी के विचार पढ़ने को मिलते हैं। हीरादेवी लिखती हैं—"पुरुष और प्रकृति, शिव और शक्ति, पुरुष-स्त्री यही है, जिनसे संसार चक्र चलता है, एक के अभाव से संसार एक दिन या यों कहिए कि इकदम सूना (निर्जन) पड़ जाएगा।...हम अबला हैं, यह भाव हमारे मन में इतनी बुरी तरह से भर दिया गया है कि आवश्यकता पड़ने पर, हमारे प्रयत्न करने पर भी सबला न बन सकें। हाँ, हम अबला हैं, अर्थात् किसी के लिए 'बला' (आफत) नहीं, परंतु फिर भी न जाने क्यों बेचारी स्त्रियों को पुरुष देवता जबरदस्ती बला बतलाने पर तुले हैं।"

'हिंदूपंच' में नारी निर्यातन और महिला मंगल स्तंभ चला करते थे। इन स्तंभों में छपे लेखों पर अन्य पत्र-पत्रिकाओं द्वारा भी प्रतिक्रियाएँ दी जाती थीं। महिलाओं के घर से निकलकर नौकरी करने पर 'विशाल भारत' ने लिखा था—"श्रीमती सीता देवी 'प्रभाकर' ने जिस विषय की ओर पाठकों का ध्यान आकर्षित किया है, वह निस्संदेह महत्त्वपूर्ण है। केवल खास-खास परिस्थिति को छोड़कर-मसलन पति का बीमार होना—साधारण तौर पर पारिवारिक जीवन के लिए यही उत्तम होगा कि स्त्रियों को नौकरी न करनी पड़े, पर जो विवाहित स्त्रियाँ स्वेच्छापूर्वक यह काम करती हैं, उनके विरुद्ध हम कुछ नहीं कह सकते। स्त्रियों को पुरुषों ने सहस्त्रों वर्षों से पराधीनता के जाल में इस तरह जकड़ रखा था कि अब यदि स्वाधीन होकर स्त्रियाँ कुछ भूल भी करें, तो वे क्षम्य समझी जानी चाहिए।" 'सहेली' में मंगला देवी शर्मा लिखती हैं—"श्रीमती कस्तूरीबाई वास्तव में अपनी सरल स्वाभाविकता आदि के कारण भारतीय स्त्रियों के लिए आदर्श हैं।" इसी में काशी की रिखदेई कपूर ने स्वदेशी की अपील प्रकाशित की थी—"हमारे देश में भी और दूसरे अनेक देशों में भी शांति के समय और संकट के समय भी महिलाओं ने बहुत से बड़े-बड़े काम किए हैं। हमारे देश पर इस समय सबसे बड़ा संकट गरीबी का है। दुनिया में हिंदुस्तान से बढ़कर गरीब देश और कोई नहीं है। देश की इस गरीबी का कारण यही है कि हम लोग स्वदेशी के प्रचार से होनेवाले लाभ बिल्कुल भूल गए हैं। हमारे यहाँ स्त्रियों को अन्नपूर्णा और लक्ष्मी का रूप मानते हैं। यदि स्त्रियों में स्वदेशी का पूरा पूरा प्रचार हो जाए तो वही स्त्रियाँ अन्नपूर्णा और लक्ष्मी बनकर सारे देश को पेट भर भोजन देने लगें। यही समझकर आज मैं अपनी माताओं, बहनों और बेटियों से हाथ जोड़कर एक प्रार्थना करने के लिए खड़ी हुई हूँ। वह प्रार्थना यह है कि आप लोग आज से इस बात की प्रतिज्ञा कर लें और कसम खा

लें कि आप लोग सदा केवल अपने देश की बनी हुई चीजें ही काम में लाया करेंगी और घर में आदमियों को भी विवश करेंगी कि वे केवल अपने देश की बनी हुई चीजें ही खरीदा व बेचा करें। यदि सारे भारत में एक लाख स्त्रियाँ भी स्वदेशी का प्रचार करने के लिए पूरी तरह से तैयार हो जाएँ तो मेरा विश्वास है कि सारे देश में बात की बात में स्वदेशी का प्रचार हो जाए।" अन्नपूर्णा कुमारी वर्मा, विद्या विनोदिनी, सुशीला श्रीवास्तव, शांता देवी वर्मा, कमलाबाई श्रीखंडे के लेख थे। 'जगमग दीपज्योति' में डॉ. महाश्वेता चतुर्वेदी 'महिलाजगत्' प्रधान और माधुरी शास्त्री 'बालजगत्' प्रधान थीं। 'एक पाती ऊषा दीदी के नाम' में कमल कपूर ने लिखा—"पत्रिका के स्थापना वर्ष 1985 से ही आप द्वारा संकल्पित महिला विशेषांक का यज्ञ, वह भी विदुषी महिला संपादक के तत्त्वावधान में ही शुभारंभित हो चुका था…आपने अपनी सारस्वत कलम से लिखा है, कि किशोरियों एवं युवा महिलाओं की सुरक्षा, सम्मान और सशक्तीकरण को सुनिश्चित करने के लिए यह विशेषांक दिया जाता है…सिर्फ महिला विशेषांक के द्वारा ही नहीं…जगमग दीपज्योति के प्रत्येक अंक में आपके द्वारा उल्लिखित गुण एवं विशिष्टताएँ उत्तरोत्तर उभर-निखरकर आ रहे हैं।" रुक्मिणी बाई शुक्ला 'चाँद' के स्तंभ गृहविज्ञान, जिसमें महिलाओं को तरह-तरह की चीजें बनाना सिखाया जाता था, लिखा करती थीं। हंसा मेहता ने 'महिलाओं का जेल-जीवन' में लिखा—"राष्ट्र की पुकार पर दौड़ पड़नेवाली इन भारतीय महिलाओं पर मुग्ध होकर एक यूरोपियन महिला ने कहा था, "भारत की महिलाएँ तो एक छलाँग में ही कई शताब्दियाँ पार कर गई हैं।" इस यूरोपियन महिला की प्रशंसा के साथ मैं भी अपनी उन सैकड़ों बहनों का अभिनंदन करती हूँ, जिन्होंने शताब्दियों के पुराने परदे को अलग फेंककर जातीय संग्राम में भाग लिया, जिन्होंने अपने कार्यों में ग्रीष्म की प्रचंड तपन और वर्षा का विचार नहीं किया और जिन्होंने देश की स्वाधीनता के लिए बंदी-जीवन स्वीकार किया था।" जेल जीवन की कठिनाई पर लिखती हैं—"प्रत्येक काल-कोठरी में तीन-तीन औरतें और ठूँस दी गईं। इस हिसाब से जहाँ नियम से उन्नीस कैदी स्त्रियाँ रह सकती थीं, वहाँ अब छत्तीस भर दी गई थीं। यह दशा दस दिनों तक रही।" 'नया कदम' (1947) में सावित्री निगम ने लिखा—"संसार की प्रगति से अनभिज्ञ अनुभव शून्य, पिंजरबद्ध पक्षी के समान अधिकार विहीन, सांस्कृतिक कठोर नियमों से रुग्ण, फिर अशिक्षिता नारी से यह आशा करना कि वह शक्ति संपन्न राष्ट्र का निर्माण करने में उचित सहयोग दे सकेगी, केवल मृगतृष्णा से तृप्ति के प्रयास के ही समान है। हमारे नारी समाज में अज्ञान श्रमजीवियों से लगाकर संपन्न तक एक रस व्याप्त है।…युगों से संतप्त तथा अभिशप्त नारी को यदि थोड़ी सी सुविधाएँ दे दी जाएँगी तो निश्चय ही वह अपनी उलझन, अपनी चिंताओं और विषादों में ही लिप्त न रहकर राष्ट्र निर्माण कार्य में जुट जाएँगी।" कमला देवी 'भारतीय

नारी का आर्थिक पहलू' बताती हैं—"भारतीय नारी का आत्मसमर्पण और पुरुष का अधिकार एक विशेष प्रकार का अंधविश्वास पुरुषों की तो कोई विशेष हानि नहीं करता, परंतु नारियों के स्वावलंबन साहस और शक्ति को अवश्य पंगु बना देता है।···भारतीय नारी को यदि परिवार समाज और संसार में सम्मानपूर्ण स्थान प्राप्त करना है तो उसे कमा कर खाने में विश्वास करना चाहिए। नहीं तो वह असहाय परमुखापेक्षी और समाज की उन्नति में बाधक ही साबित होगी।" 'आर्य संस्कृति में गुरुपूजा' में विद्यादेवी लिखती हैं—"किसी लौकिक सामान्य विषय का ज्ञान भी बिना किसी जानने वाले की सहायता से नहीं होता है।"

सुप्रसिद्ध कथाकार चित्रा मुद्गल कई पत्र-पत्रिकाओं से जुड़ी रहीं। 'टाइम्स ऑफ इंडिया' की फिल्म पत्रिका 'माधुरी' की लगातार चार वर्षों तक आमुख कथा लेखिका के रूप में पहचान बनाई। उन्होंने 'साप्ताहिक हिंदुस्तान', 'सूर्या', 'महाराष्ट्र टाइम्स', 'श्री' (गुजराती) एवं बाल पत्रिका 'पराग' में 'चिमू' नाम से स्तंभ लेखन किया। कई अन्य पत्र-पत्रिकाओं में भी 'उपनाम' से लिखती रही हैं। 'मैं क्यों लिखती हूँ' में बताती हैं—"नींद से जागे बिना अपनी जड़ता से लड़ना संभव नहीं, स्त्री होकर तो विशेष रूप से, क्योंकि स्त्री के जन्मते ही उसके मुँह पर ताले जड़ दिए जाते हैं। ताले उसके मुँह पर नहीं जड़े जाते, मुँह के बहाने उसके मस्तिष्क पर लगाए जाते हैं। उन तालों को तोड़े बिना स्त्री अपनी चैतनता को अपनी आवाज में नहीं ढाल सकती।" गीता गुप्ता के विषय में 'पर्सनल इज पॉलिटिकल' स्तंभ में पढ़ने को मिलता है—"यद्यपि महिलाओं का अपना एक साझा संसार होता है, परंतु कई बार जाति और वर्ग की भिन्नताओं के कारण भिन्न अनुभूति और समझ भी बनती है।" इस स्तंभ में हर बार दो भिन्न वर्ग या जाति की महिलाओं का व्यक्तिगत जीवन तथा समाज, परिवार और परिवेश के प्रति उनकी दृष्टि प्रस्तुत की जाती थी। डॉ. अनुपमा गुप्ता ने सेवाग्राम की दो महिलाओं, गीता गुप्ता और मंदा की जीवन गाथा इसमें प्रस्तुत की थी। 'मध्य प्रदेश संदेश' (29 सितंबर, 1973) में महिला-संसार स्तंभ देखने को मिलता है, जिसमें रोली ने आकर्षक दिखने का सूत्र बताया—"समस्त आकर्षणों के लिए एक संपूर्ण खूबसूरत मुसकराहट की आवश्यकता होती है।" रूमा सिन्हा का नाम हिंदी पत्रकारिता में विज्ञान, बागबानी, पर्यावरण, जल संरक्षण जैसे विषयों को अखबारों में स्थान दिलाने के लिए लिया जाता है। 'दैनिक जागरण' में काम करने के बाद वे 'राष्ट्रीय सहारा' से जुड़ गईं। भूकंप के लिए जिम्मेदार है सूर्य से निकली गैस, गंगा प्रदूषण पर वाजिब है संतों का गुस्सा, गोमुख की बरफीली चादर के पिघलने की रफ्तार में कमी, गोमती को प्रदूषण मुक्त करने की योजना खटाई में, फाइलों में बंद है रेन हार्वेस्टिंग का सच, सारस के घर पर सरकार का हमला, समुद्र से निकली मधुमेह की प्रभावी दवा, हल्की-फुल्की पन्नियाँ झोला भर कानूनों पर भारी,

क्या हमारा गुग्गुल भी ले उड़ेगा अमेरिका, जैसे लेखों से उनकी पहचान बनी। सोनिया फलीरो 'इंडिया टुडे' में 'भारत में औरत की आजादी की जंग की शुरुआत' में लिखती हैं—"खामोशी की संस्कृति से महिलाओं के खिलाफ अपराध को बढ़ावा मिलता है, सोशल मीडिया ने शहरी महिला को जोरदार आवाज दी है और वर्चुअल अदालत मुहैया कराई है···इस साल अगस्त में मुंबई के सबसे व्यस्त और संपन्न इलाकों में से एक मानी जानेवाली जगह पर 22 साल की फोटो जर्नलिस्ट के साथ गैंगरेप हुआ। पूरे हिंदुस्तान की अदालतों में न्याय का इंतजार कर रहे तीन करोड़ मामलों में से 96,000 मामले बलात्कार के हैं।" सोनिया ब्यूटीफुल थिंक, इनसाइड द सीक्रेट, वर्ल्ड ऑफ बॉम्बेज, डांस बार्स की अवॉर्ड विजेता लेखिका भी हैं। दिल्ली से प्रकाशित मासिक 'गृहदेवी' के स्थायी स्तंभ—आपने लिखा, दृष्टिकोण, सौंदर्य की वृद्धि, कैसा हो मेरा दूल्हा, कैसी हो मेरी दुलहन, व्यंजन विविध, पति से शिकायत, मन की बात, फिल्म जगत् और खास खबर थे।

पिछली सदी के अंत में बहुत सारी महिलाएँ विभिन्न भाषाओं की पत्रकारिता से जुड़ी हैं। 19 एवं 20वीं शताब्दी में भारत के विभिन्न इलाकों में आरंभ होनेवाले प्रगतिशील, सामाजिक व राजनीतिक आंदोलनों ने एक नए वातावरण का निर्माण किया। महिला पत्रकारिता भी उससे अछूती नहीं रही। तवलीन सिंह प्रिंट मीडिया का चर्चित नाम रहा है। उनके कॉलम सदैव पढ़े और सराहे जाते रहे हैं। कई पत्र-पत्रिकाओं में लिखने वाली वर्तिका नंदा 'प्रभात खबर' के 'मीडियानामा' में लिखती हैं—"किसानों को न्यूज मीडिया ने कभी गंभीरता से नहीं लिया। भारत में आज भी किसानों को कवर करनेवाला कोई पत्रकार नहीं है, जबकि किसान ही है, जिनकी 70 प्रतिशत आबादी आनेवाली सरकार की किस्मत तय करती है। जिस साल समर 2007 बनी, उस साल 784 किसानों ने आत्महत्या की थी। क्या यह माना जाए कि न्यूज मीडिया अब न्यूज देने के अपने गंभीर काम से परे जाने लगा है और इस छूटे हुए छोर को अब बॉलीवुड थामने की कोशिश कर रहा है—तो फिर क्या न्यूज मीडिया अब वो काम करेगा, जो बॉलीवुड का प्रमुख काम रहा है—यानी मनोरंजन।" वरिष्ठ स्तंभकार जया जोशी 'उजड़ा उदास उत्तराखंड' में लिखती हैं—"उत्तराखंड में तो आज भी न्यूनतम सुविधाओं की लड़ाई लड़ी जा रही है और निमंत्रण देकर बुलाई गई इस आपदा के बाद तो यह जगजाहिर हो गया कि इन पर्यटकों की रत्ती भर चिंता भी उत्तराखंड सरकार को नहीं थी।" इसी में वरिष्ठ पत्रकार निर्मल रानी ने 'हरियाणा का गौरव बनता बराड़ा महोत्सव' में लिखा—"श्रीरामलीला क्लब बराड़ा देश का अकेला ऐसा क्लब होने का गौरव प्राप्त कर चुका है, जिसे तीन बार लिम्का बुक ऑफ रिकॉर्ड में प्रविष्टि देकर सम्मानित किया जा चुका है।" साहित्यकार मैत्रेयी पुष्पा 'गुनाह नहीं है ढर्रे के खिलाफ चलना' में लिखती हैं—

"'अंतरराष्ट्रीय' शब्द महिला दिवस आठ मार्च को कुछ ज्यादा ऊँचा कर देता है। अत: भारतीय महिला समाज का पढ़ा-लिखा तबका इस दिन को पूरे उत्साह के साथ मनाता है। झंडे उठते हैं, नारे बुलंद होते हैं, समां बँधता है। मगर यहीं ऐन वक्त पर लोकसभा अध्यक्ष सोमनाथ चटर्जी का 'दिली मलाल' अखबारों के मुखपृष्ठों पर छाया हुआ है—महिला आरक्षण विधेयक पास नहीं हो सका उनके कार्यकाल में···अब समाजनेत्रियाँ, राजनेत्रियाँ और गैर-सरकारी तंत्र में काम करनेवाली स्त्रियाँ सुनें कि महिला आरक्षण विधेयक उसी तरह है, जैसे अंग्रेज सरकार के सामने भारतीयों की स्वतंत्रता का सवाल। स्वतंत्र चेतना स्त्रियाँ संघर्ष में लगी हुई हैं। लोकतांत्रिक देश में यह माँग नाजायज तो नहीं। मगर वे कौन लोग हैं, जो निर्णायक बने हुए हैं? जिस तरह अपने वर्चस्व के तहत स्त्रियों के आरक्षण की माँग अवैध है, उसी तरह जैसे हिंदू धर्मशास्त्रों के अनुसार, औरतों के लिए कई आचार व्यवहार निषिद्ध हैं?" 'प्रभात खबर' के आधी दुनिया में वे लिखती हैं—"नगरों और महानगरों की चकाचौंधी संस्कृति, जो स्त्रियों के ऊपर मुलम्मे की तरह चढ़ी हुई है, को हटाकर देखने की जरूरत है—तथाकथित जागरूकता के दौर के बावजूद 90 फीसदी स्त्रियों में पराधीनता के विभिन्न स्वरूप दिखाई देते हैं—वह न अपनी मर्जी से वोट डालती है और न डालने वाली है।" 'नायिका' स्तंभ में मंगला रामचंद्रन ने लिखा—"आज की स्त्री का हौसला इतना बढ़ा हुआ है कि वह हर क्षेत्र, हर जगह अपनी पैठ बनाना चाह रही है। इसमें कोई अनहोनी या गलत बात नजर भी नहीं आती। बस, थोड़ा भय यह रहता है कि महिलाएँ आसमान छूने की जद्दोजहद में अपने कुदरती तोहफों से महरूम न हो जाएँ।" 'स्वतंत्रवार्त्ता' में 'महिलाओं के कदम कितने आगे, कितने पीछे' में मृदुला सिन्हा लिखती हैं—"संविधान की धारा 44 के अनुसार समान व्यवहार संहिता बनाने की ओर किसी का ध्यान नहीं जा रहा है। इसलिए हिंदू, मुसलिम, सिख, ईसाई महिलाएँ हैं। इन्हें भारतीय महिला बनाना अभी बाकी है। स्त्री-पुरुष समानता लाने के लिए कई क्षेत्रों में आरक्षण की व्यवस्था हो रही है। स्त्री और स्त्री के बीच पूर्ण समानता अभी शेष है।"

इंडिया टुडे-पी.यू.सी.एल. पुरस्कार प्राप्त नीरजा चौधरी 'राहुल के राजतिलक की तैयारी' में टिप्पणी करते हुए तत्कालीन राजनीतिक परिस्थितियों का अच्छा विश्लेषण करती हैं। भवदीप कांग 'सियासी औजार बनता सोशल मीडिया' में लिखती हैं—"सोशल मीडिया को अधिक महत्त्व देने को लेकर भाजपा और कांग्रेस, दोनों के ही मन में संदेह रहा है। भाजपा के आई.टी. सेल पर तो ताले लगने वाले थे, लेकिन नरेंद्र मोदी ने उसे बंद होने से बचाया और सोशल मीडिया के मार्फत मतदाताओं तक पहुँचने के महत्त्व को रेखांकित किया।" 'अलग-थलग होकर कैसे बनेंगी 'निर्भया'?' में वे तर्क देती हैं—"भारत दुनिया के उन 15 देशों में से है, जहाँ महिलाओं के लिए परिवहन सुविधा

आरक्षित होती है। बेंगलुरु में महिलाओं के लिए विशेष बसें चलती हैं। मुंबई लोकल में महिलाओं के लिए आरक्षित बोगियाँ होती है। निश्चित ही महिलाएँ इस तरह अधिक सुरक्षित महसूस करती हैं, लेकिन लैंगिक आधार पर उन्हें अलग-थलग कर देने की खबरें भी हैं।" सीमा मुस्तफा ने 'गले की फाँस बनता गठबंधन धर्म' में लिखा—"चुनावों से ऐन पहले कांग्रेस चौतरफा संकट में है। वह अपने गठबंधन सहयोगियों को जोड़े रखने के लिए संघर्ष कर रही है। राहुल गांधी संगठन के स्तर पर ही काम कर रहे हैं और प्रधानमंत्री पद के प्रति उनके द्वारा अनिच्छा प्रकट किए जाने से भी गठबंधन को नुकसान ही हुआ है।" 'दीदी को गुस्सा क्यों आता है?' में लिखती हैं—"बाँग्ला अभिजन और बौद्धिक वर्ग ममता की सरलता और सुधारों के प्रति ललक के प्रति आश्वस्त हो गया था, लेकिन वे अधिनायकवादी शासक साबित हो रही हैं। ममता को विपक्ष की 'दीदी' के रूप में जानने वाले लोग उनके नए रूप को पहचान नहीं पाए। सत्ता उनके सिर चढ़कर बोलने लगी है और आलोचना वे बरदाश्त नहीं कर सकतीं।"

स्तंभकार शोभा डे 'संडे नई दुनिया' में अपने बारे में बताती हैं—"आज शोहरत के जिस मुकाम पर मैं हूँ, बुद्धिजीवियों, पाठकों के बीच मेरी जो पहचान है, उसका पूरा श्रेय बंबई को है। यदि मैं बंबई प्रोडक्ट नहीं होती तो आज इस उपलब्धि से वंचित रह जाती। कॉलेज की पढ़ाई के बाद मैं सबसे पहले मॉडलिंग की ओर उन्मुख हुई और उसमें सफल होने के बावजूद कभी फिल्मों का आकर्षण मुझ पर हावी नहीं रहा। चूँकि मैं अपनी लेखन प्रतिभा से परिचित थी व आत्मविश्वास भी था, इसलिए 'स्टारडस्ट' की संपादिका बनने पर भी मेरे भीतर की प्रतिभा बाहर आने की छटपटाहट लिये कुलबुलाने लगी और नए नारी मूल्यों पर आधारित 'सोसाइटी' की रूपरेखा तैयार की। करीब 14 बरस प्रिंट मीडिया से सतत् जुड़े रहने के बाद पारिवारिक परेशानियों के चलते जब मैंने संपादक पद से इस्तीफा दिया तो भी लिखने के जुनून ने पीछा नहीं छोड़ा और मैं 'वीक', 'इंडियन एक्सप्रेस' के अलावा 'मिड डे' की स्तंभकार बन गई। इसी बीच मेरा पहला उपन्यास 'सोशलाइट ईवनिंग्स' आया और कॉफी चर्चित हुआ।" इसी में अनामिका ने स्त्री की वास्तविक दशा पर लिखा—"हम एक ऐसे दौर में जी रहे हैं, जहाँ चारों तरफ स्त्रियाँ हँसती हुई दिखाई देती हैं—गली में, चौराहों पर, अखबारों, विज्ञापनों में और टी.वी. पर, लेकिन कुछ चेहरे हैं, जो कहीं भी दिखाई नहीं देते, क्योंकि वे चेहरे नहीं, हाथ हैं—लगातार खटते हुए हाथ।...संसार की सिर्फ 2-2 प्रतिशत संपत्ति औरतों के नाम है और काम के घंटे तिगुना! दुनिया के काम का 76-60 प्रतिशत वे ही सँभालती हैं। फिर भी लोग कहते हैं कि औरतें चंट हो गई हैं और स्वार्थी तथा घरफोड़ू भी!" 'हेजियोग्राफी परंपरा में मीरा : कंकरीट की सड़कें और मीराबाई' में वे बतलाती हैं—"वैसे तो हेजियोग्राफी का अर्थ संतों की जीवनी होता है, पर इंग्लैंड में हेजियोग्राफी

परंपरा के तहत ज्यादातर कथाएँ अपनी खूबसूरती से तबाह स्त्रियों के नन बनने या बना दिए जाने के कारुणिक प्रसंगों के इर्द-गिर्द बुनी गई हैं। इनके पन्ने पलटते हुए बुद्धकालीन थेरी गाथाएँ बरबस याद आती हैं, जहाँ धम्म का वरण मूलतः स्वैच्छिक है।" अलका आर्य राजनीति में 'स्त्री की नुमाइंदगी' पर लिखती हैं—"भारत को दुनिया का सबसे बड़ा लोकतांत्रिक देश माना जाता है, लेकिन आजादी के छह दशक बाद भी राजनीति में महिलाओं का प्रतिनिधित्व बहुत कम है। हमारे देश में महिलाओं के राजनीतिक सशक्तीकरण की बाबत आलंकारिक व्याख्यान ही ज्यादा हुए हैं। संविधान संशोधन के जरिए स्थानीय निकायों में महिलाओं के लिए आरक्षण हासिल करने की दिशा में जो महत्त्वपूर्ण पहल हुई थी, उसकी रफ्तार फिलहाल सुस्त पड़ चुकी है। संसद् में महिलाओं के लिए एक तिहाई आरक्षण संबंधी विधेयक का हश्र किसी से छिपा नहीं है।" 'उलझे रिश्तों पर कानूनी मुहर' में लिखती हैं—"लैंगिक पूर्वाग्रहों को तोड़ने से व कानूनों में संशोधन करके मुल्क की महिलाओं को जो कानूनी अधिकार हासिल हुए हैं, उनका अपना महत्त्व है। उनका कितना पालन होता है, यह दीगर है लेकिन यह कानूनी रास्ता महिलाओं को आश्वस्त तो करता ही है।" महिलाओं की बदलती स्थिति पर 'आधी आबादी को मिली आवाज' में पढ़ने को मिलता है—"बीते साल 'निर्भया प्रकरण' के बाद देश भर में महिलाओं की हिफाजत का जो मुद्दा पुरजोर ढंग से उठा था, उस पर चर्चा इस साल आगे बढ़ी। इस साल हमने देखा कि महिलाएँ अब अपने पर होनेवाली हिंसा के विरोध में आवाज उठाने लगी हैं। हिंसा करनेवाले चाहे शीर्ष स्तर के अधिकारी क्यों न हो, वे उनके खिलाफ भी सख्त ऐक्शन चाहती हैं, यह बदलाव बहुत कुछ बताता है।"

अंजलि सिन्हा 'नारी मुक्ति के विमर्श में लिपटा स्त्रीद्रोह' में प्रतिक्रिया व्यक्त करती हैं—"जो प्रकृति द्वारा निर्मित है, उन्हें पेटेंट कर उसे बड़े-बड़े थैलीशाहों के मुनाफे का जरिया बना देना कहाँ का न्याय है ?" गीता यादव ने 'हमने देखा है, हिमालय को टूटते' में लिखा—"यूँ तो पत्थर दिल है पहाड़, सब बरदाश्त कर लेता है, लेकिन जब उसके रिसते नासूर पर मरहम की जगह बारूद भर दिया जाता है तो वह बिफर उठता है। उत्तराखंड में आई भीषण बाढ़ और तबाही ने चेता दिया है कि यदि अब भी नहीं जागे तो अबकी तबाही बड़े पैमाने पर होगी। बाँधों की कतार, जंगलों की अनदेखी और नदियों को गला घोंटने को हिमालय बरदाश्त नहीं करेगा।" मैसूर निवासी स्वतंत्र पत्रकार दीपा 'जारी रहे इंटरटेनमेंट का सिलसिला' में फिल्म की शताब्दी पर लिखती हैं—"मैं स्वयं को अति भाग्यशाली मानती हूँ कि मैंने उस युग में जन्म लिया, जब मेरी सपनों की ये अनोखी फिल्मी दुनिया अपनी सौवीं सालगिरह मना रही है।" महात्मा गांधी अंतरराष्ट्रीय हिंदी विश्वविद्यालय, वर्धा की शोधार्थी अनुपमा कुमारी 'क्षेत्रीय बनाम

राष्ट्रीय पत्रकारिता' में लिखती हैं—"1991 के बाद से उदारीकरण की चपेट में समस्त प्रक्रियाओं-व्यवस्थाओं के आने का सिलसिला शुरू हुआ। मीडिया पर उसका व्यापक असर पड़ा और यह घोषणा की गई कि जो इस नई व्यवस्था से कदम ताल करेगा, बाजार का पिछलग्गू बनेगा और अखबार को भी एक प्रोडक्ट (वस्तु) की तरह बना सकेगा, वही मीडिया उद्योग में सर्वाइव कर सकेगा।" डोला मित्र ने 'सुष्मिता बनर्जी की हत्या' पर लिखा—"अफगानिस्तान में छह वर्ष और इनमें से तीन वर्ष तालिबान शासन की सख्त निगरानी में गुजारने के बाद सुष्मिता बनर्जी कटु अनुभवों को समेटते हुए फौलादी जज्बे वाली नारी बन चुकी थीं।" इसी में मनीषा भल्ला 'भगवा रंग में रँगती खापें' में निर्दयी समाज के चेहरे की ओर रोशनी डालती हैं—"मुजफ्फरनगर इज्जत के लिए नौजवान लड़कियों और प्रेमी जोड़ों की निर्मम हत्या के लिए चर्चा में रहा है। इस मानसिकता को खाप पंचायतों ने खाद-पानी दिया है।" प्रसिद्ध पत्रकार मधु किश्वर 'मध्यवर्ग की स्वीकृति को खतरनाक' बताते हुए लिखती हैं—"मध्यवर्ग के फासीवादी हो जाने पर उसे ज्यादातर मौकों पर नफरत के अपने अभियानों को आगे बढ़ाने में गरीब उत्पीड़ित वर्गों का इस्तेमाल करने में सफलता मिल जाती है। हर दंगे के बाद यह बात साफ हुई है कि मध्यवर्ग के नेतृत्व में हुए नरसंहारों में गरीबों व दलितों का मुसलमानों पर हमला करने के लिए इस्तेमाल किया गया।" निवेदिता दलित हिंसा का कारण बताती हैं—"पिछले साल दलित हिंसा के कुल 4,950 मामले दर्ज हुए, जिनमें 191 मामले दलित महिलाओं के साथ बलात्कार के हैं। आँकड़े बताते हैं कि दलित महिलाओं पर हो रही हिंसा की सबसे बड़ी वजह है, सामाजिक गैर बराबरी।" वंदना मिश्र सत्तर के दशक में लखनऊ से निकलनेवाली पत्रिका 'अंतरराष्ट्रीय कहानी' की संपादक रही हैं। 'सांध्य समाचार' के लिए प्रमुख हस्तियों के साक्षात्कार, सांस्कृतिक आयोजन की रिपोर्टिंग एवं राजनीतिक गतिविधियों की खबरें उन्होंने पूरी बेबाकी से लिखीं। उसके बाद 'नवभारत टाइम्स' में कार्य करने लगीं। वहाँ पर 'सांस्कृतिक पत्रकारिता' के अलावा उन्होंने अन्य क्षेत्रों में भी रिपोर्टिंग की। नब्बे के दशक के उत्तरार्द्ध में 'दैनिक जागरण' में कार्य करना आरंभ किया, वहाँ पर वे मूलतः डेस्क पर ही कार्य करती रहीं। इस समय एक साप्ताहिक स्तंभ लिखने के साथ-साथ स्वतंत्र पत्रकारिता भी कर रही हैं। 'बाजार ने मानी हिंदी की ताकत' में उन्होंने लिखा—"हिंदी भाषा की जो खूबियाँ हैं, वो अंग्रेजी क्या, दूसरी सैकड़ों भाषाओं में भी नहीं हैं। हिंदी के पास अपनी समृद्ध वर्णमाला है, ये वैज्ञानिक वर्णमाला है। हमारी हिंदी में जो लिखा जाता है, वही बोला जाता है। अंग्रेजी को खुद अंग्रेजी मातृभाषा वाले अलग-अलग तरह से उच्चारित करते हैं, हिंदी विद्यार्थियों के लिए सीखने में आसान है। हिंदी अगर मजबूत न होती तो आज तीसरे नंबर की भाषा न बनी होती।"

पत्र-पत्रिकाओं द्वारा महिला पाठक वर्ग के लिए अलग से पत्रिकाएँ या पृष्ठ निकाले जाते रहे हैं। 'इंडिया टुडे स्त्री काफी पढ़ा जाता है। इसकी उप-संपादक मानसी एच. शर्मा हैं। सपना वाजपेयी मिश्रा 'आधी आबादी की जंग अभी जारी है' में लिखती हैं—"भारतीय महिला इन दिनों विकास के सुनहरे दौर से गुजर रही है, मगर क्या वाकई यह उसकी आजादी का सर्वश्रेष्ठ युग है या आजादी के नाम पर उन्हें भ्रमित किया जा रहा है या वे स्वयं ही भ्रमित हो रही हैं?" 'वूमैनजोन' में पढ़ने को मिलता है—"आमतौर पर घर-गृहस्थी सँभालने वाली महिलाएँ अब कमाई के हिसाब-किताब में भी बराबर की भागीदार होने लगी हैं। जॉबशुदा महिलाएँ तो विशेषकर अपने पैसे का भी खयाल रखती हैं और पूरी समझदारी से बजटिंग करती हैं।" कात्यायनी लिखती हैं—"हिंदी के अधिकांश क्षेत्रीय दैनिक अखबारों तक में स्त्रियों के स्तंभ नियमित हो गए हैं, जिनमें अब पाककला, प्रसाधनकला, गृहकार्य और शिशुपालन के अतिरिक्त दहेज, उत्पीड़न, बलात्कार, नारी भ्रूणहत्या, गर्भ निरोध, नौकरीशुदा स्त्री की समस्याओं आदि पर कुछ-न-कुछ सामग्री जरूर रहती है। भले ही वह नितांत सतही और रस्मी हों। बहुधा यह सामग्री आज नारी प्रश्न से चिंतित होकर परोसी जा रही है।" 'आंध्रप्रभा इलेस्ट्रेटेड वीकली' ने महिलाओं के लिए 'प्रमादावनम्' स्तंभ शुरू किया था, जिससे पत्रिका की लोकप्रियता बढ़ी थी। इसके लिए अधिकतर महिलाओं से ही लेख लिखवाए जाते थे। मालती चंदर इस स्तंभ की प्रभारी थीं। 'सरस्वती में मातृ मंडल' स्तंभ छपता था। उसमें 'महिला सेवासदन' शीर्षक से जयदेवी ने लिखा है—"स्त्रियों में स्वाधीनतापूर्वक अपना जीवन निर्वाह करने का भाव पैदा हो रहा है। यही कारण है कि अब जीवन का कोई ऐसा क्षेत्र नहीं रहा, जिसमें स्त्रियाँ न दिखाई पड़ने लगी हों। कतिपय पाश्चात्य देशों में तो वे सेना में भी भरती होने लगी हैं।" इसी में 'समाज रचना पर स्त्री जाति का अप्रत्यक्ष रूप से प्रभाव' (चंद्रावती), 'स्त्रियाँ क्या कर सकती हैं' (श्यामकुमारी नेहरू), 'भारत में स्त्री जाति का भूत-वर्तमान तथा भविष्यत' (चंद्रावती लखनपाल), 'स्त्रीत्व का आदर्श' (विमला देवी) के लेख पढ़ने को मिलते हैं। शारदा देवी 'पाठकों का पृष्ठ' में लिखती हैं—"कुमार में मैंने देखा कि पुरुषों को 'श्री' और स्त्रियों को 'सुश्री' लिखा रहता है। मैं बहुत दिनों से सोच रही हूँ कि स्त्रियों के नाम के पहले कोई आदरसूचक शब्द होना चाहिए—इसलिए मुझे 'सुश्री' पसंद आया।" सुधा शुक्ला अस्सी के दशक के उत्तरार्द्ध में नई सोच और शैली लेकर आईं। 'स्वतंत्र भारत' में सांस्कृतिक संवाददाता के रूप में कार्य करने के साथ ही इलेक्ट्रॉनिक मीडिया पर एक स्तंभ 'दूर से दर्शन' लिखना शुरू किया, जो 1990 से 1996 तक निरंतर चला। सुधाजी 1997 में 'कुबेर टाइम्स' से जुड़ी, जहाँ 2000 के दिसंबर माह तक सांस्कृतिक संवाददाता रहीं। नीलम महाजन सिंह लंबे समय से स्वतंत्र रूप से लेखन कर रही हैं। 'दैनिक जागरण'

में चलने वाले स्तंभ 'यथार्थ' में उन्होंने लगातार ज्वलंत विषयों पर कलम चलाई है। 'मुजफ्फरनगर कांड' पर पुलिस द्वारा दी गई लचर और भोंडी दलील, जिसमें पुलिस अधीक्षक का कहना कि 'जंगल में अकेली औरत का जाना बलात्कारियों को न्योता है', को लेकर उन्होंने समाज, पुरुषों और प्रशासन को खूब लताड़ा था। 12 जुलाई, 1995 के अंक में खुशवंत सिंह का 'शरम आनी चाहिए' लेख प्रकाशित हुआ, तो 'नीलम' ने उनके बड़बोलेपन की अच्छी खबर ली थी। अनुजा शुक्ला नब्बे के दशक से साहित्य-संस्कृति के साथ-साथ महिला मुद्दों पर लिखती रही हैं। 'स्वतंत्र भारत' में डेस्क पर कार्य करने के बाद वे 'हिंदुस्तान' से जुड़ गईं। 1997 से 2002 तक 'कुबेर टाइम्स' में कार्य करने के अलावा स्वतंत्र पत्रकारिता भी करती रही। अनेक स्वयंसेवी संस्थाओं से निकलनेवाली स्मारिकाएँ और पत्रिकाओं में संपादन व लेखन का भार उठाया। संप्रति 'चरखा' स्वयंसेवी संस्था के साथ काम करने के साथ ही 'दूरदर्शन भारती' के लिए शोधपरक कार्य, 'इंडिया टुडे' और 'आउटलुक' के लिए लेख लिखती रहती हैं। 'सोच से जुड़े हैं औरतों के अधिकार' में उन्होंने लिखा—"औरतों के अधिकारों के सवाल पर अकसर बहस होती है। नारी अधिकार आंदोलन, महिला संगठनों और अन्य सामाजिक संगठनों के काम भी इस दिशा में मायने रखते हैं, लेकिन सच यही है कि आज के आधुनिक दौर में भी औरतों की हालत में कोई खास बदलाव आया हो, ऐसा नहीं लगता। अब भी दिमागी स्तर पर काफी पीछे हैं। क्या मानसिकता में परिवर्तन लाए बिना नए समाज की रचना संभव है ? आखिर क्यों सोच में बदलाव की सशक्त पहल नहीं की जाती ?" जागरण प्रकाशन लिमिटेड द्वारा महिलाओं के लिए मासिक 'जागरण सखी' का प्रकाशन किया जाता है। इसमें कवर स्टोरी, विशेष रचनाएँ, व्यक्तित्व, फैशन, सौंदर्य, पर्यटन, लेख/फीचर, रेसिपी, साहित्य जैसे नियमित स्तंभ हैं। 'सखी के पत्र', 'सखी का सौंदर्य', 'मुसकाता बचपन', 'उलझनें सखी की', 'व्यक्तिगत समस्याएँ', 'बोलते सितारे' तथा 'हाजिर जवाब' जैसे उपशीर्षक संकलित होते हैं। 'चौखट भीतर की स्त्री' में सीमा भारद्वाज लिखती हैं—"बीसवीं सदी के प्रारंभ की स्त्री की चर्चा, एक शून्य की चर्चा ही है। अब यह शून्य बड़ा हो गया है—एक बड़ा वृत्त, एक बड़ा घेरा। स्त्री का अस्तित्व, इसी घेरे में छिटक गया है, पर एक अपकेंद्रण बल समाज के भीतर से पैदा हो रहा है, जो फिर से स्त्री को एक ही जगह मिलाकर थाप देना चाहता है।" वीना नागपाल दैनिक 'नई दुनिया' के लोकप्रिय स्तंभ 'घर की दुनिया' की प्रभारी और लेखक रही हैं। स्त्री' छवि पर 'नई दुनिया' की फीचर एडिटर निर्मला भुराड़िया सवाल उठाती हैं—'कथित सशक्तीकरण ने रूढ़िवाद से प्रगतिशीलता तक की यात्रा नहीं, बल्कि 'स्त्री सुबोधिनी' से 'कामसूत्र' तक की यात्रा की है। मीडिया ने अभी तक स्त्री छवि को पति, सेक्स, श्रृंगार व शो पीस के इर्द-गिर्द केंद्रित कर रखा है। अकसर महानगरों की

महिलाओं को अखबारों में जगह मिलती है, लेकिन मीडिया को देहाती औरतों में लिखने लायक कुछ नहीं मिलता।' देहाती औरतें उनकी पाठक नहीं होतीं। तो क्या उनकी स्थिति पर महिला पत्रकार को ध्यान नहीं देना चाहिए? वरिष्ठ पत्रकार अमिता जोशी मानती हैं—"महिलाओं का शोषण, चाहे घर में हो या दफ्तर में, वह नई खोजी पत्रकारिता का विषय होना चाहिए। कारणों को भी समाज और समाज के रक्षक कानून तक ले जाना जरूरी है ताकि समाज, पुलिस और कानून महिलाओं के प्रति संवेदनशील बन सके। समाज कहता है कि औरत ही औरत की दुश्मन है। महिलाओं में ईर्ष्या की भावना होती है। वास्तव में यह सोच ही औरतों की आपस की दूरी का कारण बनती है। यदि हम ऐसे विश्वासों को ढोते रहेंगे तो हमारी समझ कभी उभर नहीं सकती। अत: इन सोचों का आधार क्या है, यह देखना-जानना भी जरूरी है। सामाजिक विकृतियों के कारण परिवार व समाज में महिलाओं की समस्याएँ बढ़ रही हैं। इसीलिए आज जरूरत पुरुषों को शिक्षित कर विकृतियों से मुक्त करने की है। इसी से स्त्री की पीड़ा भी कम होगी।" यह सच है कि स्त्रियाँ स्वयं की स्थिति में सुधार के लिए प्रयास नहीं करतीं, सिर्फ भाग्य को कोसते हुए सबकुछ सहती रहती हैं। 'लोकमत समाचार' 'सखी', 'हरिभूमि' और राज 'सहेली', देशबंधु 'सुरभि', दैनिक भास्कर 'मध्या', 'मधुरिमा' और राष्ट्रीय सहारा 'उमंग' और 'आधी दुनिया' नाम से पृथक् से महिलाओं के लिए पत्रिका और अतिरिक्त पृष्ठ निकालते रहे हैं।

महिला स्तंभकारों ने हिंदी में मुख्य रूप से महिला स्तंभों को ही चलाया, किंतु अन्य स्तंभों में भी अपनी कलम का जौहर दिखलाने से कभी परहेज नहीं किया, बल्कि और अधिक जिम्मेदारी से लिखा। राजेंद्रबाला घोष जैसी स्तंभकार ने तो सबसे पहले स्कूलों के माध्यम से होनेवाले धर्म प्रचार के खिलाफ ही लिखा था और निरक्षर पत्नी को शिक्षित करने के लिए पतियों से बार-बार अपील की। कहा कि ज्ञानोन्नति होने पर ही देशोन्नति हो सकती है। सावित्री देवी ने ऐसी शिक्षा का विरोध किया, जो स्त्रियों को ज्ञानवान बनाने के स्थान पर निर्लज्ज बना देती है। द्रौपदी देवी ने स्वास्थ्य पर लिखते हुए सूर्य के प्रकाश और वायु को आवश्यक माना। एक ओर हीरादेवी ने स्त्री के मन में भरे हुए 'अबला' शब्द को ही बाहर फेंकने की बात कही, तो दूसरी ओर सीता देवी प्रभाकर महिलाओं के घर से बाहर निकलकर नौकरी करने को ही गलत ठहराते हुए दलील देती रहीं कि खुशहाल परिवार के लिए महिलाओं को घर की देखभाल पूरे समय करनी चाहिए। रिखदेई कपूर 'स्वदेशी' की अपील करती देखी गईं। स्तंभ लेखिका महिलाओं ने स्त्रियों के सुरक्षा, सम्मान और सशक्तीकरण के लिए एक ओर लिखा, तो दूसरी ओर राष्ट्रीय आंदोलन के समय ऐसे ऐसे लेख लिखे, जिन्होंने यूरोप की महिलाओं तक को प्रभावित किया। उस समय जेल जीवन की बदहाली पर महिलाओं ने खूब

लेखन किया और अंग्रेजी हुकूमत के खिलाफ आवाज उठाई। भारतीय नारी के आर्थिक पहलू पर भी स्तंभों में पर्याप्त पढ़ने को मिलता है। अंधविश्वासों पर लिखकर महिलाओं द्वारा सामाजिक जागृति का प्रयास भी किया गया। नारियों में स्वावलंबन, साहस और शक्ति का संचार हो इस बात का लेखन में बराबर ध्यान रखा गया। कई महिलाओं ने तो उपनाम से भी स्तंभ लेखन किया, तो कहीं-कहीं यह भी देखने में आया कि स्तंभ लेखन में पुरुषों ने भी महिला नामों का सहारा लिया। स्तंभों में महिलाओं की समस्याओं के अलावा राजनीतिक, सामाजिक, आर्थिक और सामयिक विषयों पर स्तंभ लेखिकाएँ अपनी प्रतिभा से हर समय परिचित कराती रहीं।

□

स्वतंत्र महिला पत्रकार

पत्रकारिता में स्वतंत्र रूप से लेखन करनेवाली महिलाओं की लंबी श्रृंखला है। प्रारंभिक दौर में 'बंगमहिला' के नाम से लिखने वाली राजेंद्रबाला घोष ने 1904 से 1917 तक हिंदी की विशिष्ट पत्र-पत्रिकाओं में खोजपूर्ण एवं महिला शिक्षा संबंधी कालजयी लेख लिखे। भवदेव पांडेय के अनुसार, "वे 'आनंद कादंबिनी', 'भारतेंदु', 'सरस्वती', 'समालोचना', 'बाल प्रभाकर', 'लक्ष्मी', 'स्वदेश बांधव', 'स्त्री' आदि ख्यातिलब्ध पत्रिकाओं में निरंतर लिखती रहीं।" पत्र-पत्रिकाओं में लेखन करनेवाली सावित्री देवी ने 'सरस्वती' में लिखा था—"याद रहे, जब सभी प्रकार की स्वतंत्रता और शिक्षा हमारी ललनाओं को मिलेगी, तभी कुछ बातों का सुधार होगा।" वे 'जीवन के दस्तावेज' में स्पष्ट करती हैं—"आजकल भारतवर्ष में हमारी बहनें भी स्वतंत्र होने की इच्छा कर रही हैं। कोई-कोई बहनें मेम होने का अनुकरण करने के लिए स्वतंत्रता चाहती हैं।...हम लोगों को वैसी ही स्वतंत्रता मिलनी चाहिए जैसी कि प्रताप के समय में क्षत्राणियों को तथा पूर्व समय में ऋषि-पत्नियों तथा राजपुत्रियों या राजकुमारियों को मिलती थी, जो कि अपना कर्तव्य-पालन भलीभाँति करती थीं।" अपने विषय में जानकारी देते हुए लिखती हैं—"मैं उस छत्तीसगढ़ प्रांत से हूँ, जहाँ महिलाओं की सबसे अधिक हीनावस्था है।" सुशीला शर्मा का 'नारी-हृदय' भी 'सरस्वती' में ही पढ़ने को मिलता है। 'मर्यादा' में शारदा सुमंत मेहता 'स्त्रियों के कर्तव्य' के बारे में विस्तार से बताती हैं। कृष्णाबाई ठाकुर 'मितव्यय' पर विचार व्यक्त करती हैं—"मितव्यय का अर्थ एक-दो शब्दों में नहीं बतलाया जा सकता। यह सब लोग जानते हैं कि जहाँ तक हो सके, कम खर्च करना ही मितव्यय है, पर इस व्याख्या से पूरे अर्थ का बोध नहीं होता।...मितव्ययी मनुष्य के लिए व्यय की मर्यादा यही है कि वह अपनी आमदनी से अधिक खर्च न करे।...मितव्ययी होने के लिए दूरदृष्टि, आत्मसंयमन और स्वाभिमान इन तीन बातों की परम आवश्यकता होती है। जिस किसी में इन गुणों का अभाव हो वह स्वभाव से ही कृपण न हो तो अमितव्ययी तथा फिजूल खर्च अवश्य होगा।" तिलहट (उत्तर प्रदेश) की रहनेवाली प्रियंवदा देवी ने

मेरठ के 'भास्कर' (1911) में 'भारत कब सुखी हो सकता है' विषय पर श्रृंखलाबद्ध तरीके से लेख लिखे थे। स्वतंत्र पत्रकार सूर्यदेवी अनूपकुँवरि, संत निहालसिंह की पत्नी उन्हीं की भाँति पत्रकारिता में निपुण अमेरिकी महिला थीं। 1907 में जब उनका विवाह हुआ, तब वे शिकागो में एक पत्र की संपादक थीं। न्यूयॉर्क तथा अन्य स्थानों की प्रमुख साहित्यिक प्रकाशन संस्थाओं से भी वे जुड़ी रहीं। संयुक्त राज्य के सर्वोत्तम साप्ताहिक पत्र की संपादिका रहने के अलावा वे भारतवर्ष के पत्रों में लेख लिखती रहती थीं। उन पर लिखे एक लेख से पता चलता है कि उनका घर भारतीयों के लिए सदैव खुला रहता था। वे अपने हाथ से भोजन बनाकर खिलाती थीं। इंग्लैंड से लौटे भारतीय आपको 'माता' कहकर पुकारते थे।

'गृहलक्ष्मी' में 'महर्षि दयानंद और स्त्री जाति' लेख में पढ़ने को मिलता है—"जो कोई गृहस्थाश्रम की निंदा करता है, वही निंदनीय है।...हमें तो शोक उन हिंदू जाति के मनुष्यों पर आता है, जो स्वयं तो अनेक वधुओं को रखकर भी तृप्त नहीं होते और अबला विधवाओं को ब्रह्मचर्य का उपदेश देते रहते हैं।" इसी में एम.ए. ताता 'स्त्रियों का कार्यक्षेत्र' पर एक अच्छा लेख लिखती हैं। विद्यावती स्त्रियों को अपना बल याद करने की सलाह देती हैं—"अय स्त्री जाति! मत समझना सब दोष समाज ही का है। समाज बलशाली है, परंतु यह बल उनमें कहाँ से आया? सब तेरा ही दिया हुआ है, तेरी निर्बलता ही उसका बल है, किंतु अभी बहुत समय है। अब भी तुम बहुत कुछ कर सकती हो, किंतु इसके लिए किसी का आश्रय पकड़ने की आवश्यकता नहीं। तुझे अपने पैरों आप खड़ा होना पड़ेगा। यदि तू फिर अपना वही सम्मान वही गौरव, खोया हुआ धन, प्राप्त करना चाहती है तो तैयार हो जा। आत्मरक्षा के लिए तू स्वयं तैयार हो जा। पुरुषों का तथा समाज का आश्रय मत ले। तू अपना सम्मान आप कर। अब समय आ गया है कि तू स्वावलंबली हो जा और संसार को अपने बल का परिचय दे।" 'गृहलक्ष्मी' में ही 'परदा प्रणाली' पर शकुंतला देवी गुप्त 'हिंदी प्रभाकर' ने लिखा—"हे भारतीय सज्जनो! अपनी माताओं और बहनों से झूठे परदे को छुड़ाओ। सत्यता का बीज बोओ, उनको प्राचीन देवियों के आदर्श सिखाओ। उनपर से अत्याचारों की भरमार छोड़ दो। वे सदा तुम्हारे काम में बाधक न बनकर सहायक बनेंगी। स्त्रियों में तुम से अधिक बुद्धि है, परंतु दासता से सर्वस्व लुटा जा रहा है। वे अबलाओं के नाम से तिरस्कृत की जा रही हैं।" वे विभिन्न पत्र-पत्रिकाओं में लेख लिखकर भेजा करती थीं। उनके 'रोगमुक्ति की एक कहानी', 'नवजीवन प्राप्त हुआ' 'रोगमुक्ति का एक अनुभव' 'प्रकृति की कृपा' जानकारी से ओत-प्रोत लेख पढ़ने को मिलते हैं। इसी पत्रिका में कमला देवी चट्टोपाध्याय (1903-1990) का कहना है, "अगर आप समाज-सुधार चाहते हैं तो घरों में ही उसकी शुरुआत करनी होगी। सिर्फ परदों और बाल-विवाह का ही सवाल नहीं है। हमें तो स्त्रियों के प्रति

(पुरुषों की) सभी मनोवृत्ति को ही बदल देना है। अगर हम इसे पूरी तरह कर सकें, तभी हमें किसी कदर वास्तविक स्वतंत्रता प्राप्त हो सकती है।" 'आरोग्य' में प्रभावती देवी ने 'बच्चों की सुरक्षा पर पहले ध्यान दें', 'शारीरिक सुधार द्वारा स्त्रियों की सौंदर्य-वृद्धि', 'बच्चों का आहार कैसा हो?' 'शिशुओं के पेट का दर्द', 'श्रेष्ठ भोजन मेवे', 'पैरों की उपेक्षा न करें' जैसे स्वास्थ्य केंद्रित लेख लिखे। उनके लेख 'सरस्वती' और 'विश्वमित्र' में भी पढ़ने को मिलते हैं सरोजिनी देवी 'विशारदा' के 'गर्भवती स्त्री इतना तो जाने', 'प्रसन्नता और उसकी प्राप्ति के उपाय' तथा शांति देवी जैन के 'प्रकृति के निकट और प्रकृति से दूर' लेख आरोग्य में पढ़ने को मिलते हैं।

डुमराँव से कमला देवी ने कमल के 'होली की उमंग' में लिखा—"कोई भी व्यक्ति, होली के दिन अपनी असली परिस्थिति में नहीं रहता। उसे अवश्य एक न एक रंग में रँग जाना पड़ेगा। लो, इस साल भी होली आ गई। मस्त हो जाओ, रंग दो सारी दुनिया को, लाल-लाल रंग में, मारके पिचकारी तबाह कर दो दुनिया को, पर खयाल रखना। मस्ती किसी दूसरे तरीके की होनी चाहिए।" किशोरी देवी 'विद्याविनोदिनी' द्वारा लिखित 'आज की होली' में पढ़ने को मिलता है—"आज समस्त भू-मंडल पर राग-रंग के आनंदमय आलोक के बदले 'राग' (द्वेष) और 'रंग' (वर्णभेद) की काली परछाईं चारों दिशाओं को व्यथित कर रही है।...वही वसंत की लालिमा, वही महिमंडल, तथा वही देश आज भी वर्तमान है, परंतु भावहीन हृदय आज इस ऋतुराज के शुभागमन पर आनंद के आवेग से नाच उठने में असमर्थ है।" 'हिंदूपंच' के होलिकोत्सव में विमला देवी लिखती हैं—"यदि विचार किया जाए तो पता लगता है कि होली एक बड़ा ही शिक्षाप्रद त्योहार है।...हमारा यह प्राचीन त्योहार हमें धर्म की सत्ता और महत्ता का उच्चतम उपदेश देता है और हमें अपने धर्म के लिए दृढ़ीभूत करता है।" 'संपादकजी, होली है' में कमला देवी 'कमल' की शैली के दर्शन होते हैं—"अहाहा!...वाह!! संपादकजी, खूब! आपका पत्र तो एकदम पके आम की तरह टपक पड़ा! भई, समय-असमय तो विचार किया होता। मालूम होता है, आप भी इस होली के हो-हुल्लड़ में बुद्धि का दीवाला निकालकर एकदम ही मतवाले हो उठे हैं। क्यों न हों, कलकत्ते का मतवाला तो अब वहाँ रहा ही नहीं न।...मानिए संपादकजी! बस, बहुत हुआ, इस रंग-रंगीली पत्रिका को अब दे डालिए दूसरों को। आप इसके पवित्र प्रेम में बहुत मतवाले हो चुके।"

'भारतमित्र' में ज्ञानवतीदेवी 'स्त्री-शिक्षा' पर प्रकाश डालती हैं—"'उन्नति करो, उन्नति करो' के लगातार नारों से कानों की झिल्लियाँ फाड़ी जाती हैं। परंतु दुःख के साथ कहना पड़ता है कि इस प्रवाह में स्त्री-शिक्षा की अवहेलना की जा रही है। एक समय था कि भारत में स्त्रियों का स्थान इतना ऊँचा था कि 'यत्र नार्यस्तु पूज्यन्ते रमन्ते तत्र देवता' का सिद्धांत सबके सामने था और एक समय आज है कि स्त्रियाँ बच्चे पैदा

करने की मशीन समझी जाती हैं और इन्हें शिक्षा देना महादोष समझा जाता है। कहने का यह मतलब कदापि नहीं है कि भारत की स्त्रियाँ यूरोपियन सभ्यता के साँचे में ढाल दी जाएँ और भारतीय आदर्श से अलग कर दी जाएँ।" रानी रामरतन कुमारी ने महिलाओं के लिए 'सेकसरिया पारितोषिक' पर अच्छा लेख लिखा था। 'चाँद' में 'बंदी की बहन की राखी' शीर्षक से विजया ने एक मार्मिक चित्र उपस्थित किया था और सरस्वती देवी काव्यतीर्थ, साहित्याचार्य का लेख 'अमेरिका की दो सुप्रसिद्ध महिलाएँ' भी इसी में पढ़ने को मिलता है। 'विशाल भारत' में भी वे लिखती रही हैं। 'चाँद' में धर्मशीला लाल 'शारीरिक शिक्षा तथा राष्ट्रीय उन्नति' लेख में महिलाओं का अच्छा मार्गदर्शन करती हैं। लीला भूषण का 'श्रावण और ग्राम्यगीत' लेख शोधपरक है। इसी विषय पर सीता प्रभाकर ने भी लिखा था। शांति देवी अरोड़ा 'सर्वव्यापी महिला जागरण' पर प्रकाश डालती हैं। मनमोहिनी सहगल 'डॉ. देशमुख के बिल' पर अपने विचार व्यक्त करती हैं। श्यामादेवी श्रीवास्तव का 'प्रणाम की परिपाटी', सत्या सूरि की 'माथे की बिंदी' इसी में छपी। कमला देवी शर्मा 'विदुषी' का 'नारी अपहरण पर एक दृष्टि' अच्छा लेख है। 'गुप्तजी और स्त्री जाति' की लेखिका कृष्णा गर्ग हैं। चंद्रावती देवी द्विवेदी का लेख 'स्त्री-पुरुष की कलह कैसे दूर हो सकती है', जयंती देवी पांडे का 'रहस्य की छाया में' जैसे लेख स्वतंत्र महिला लेखिकाओं की स्थिति बताते हैं। 'महिलाओं का विरोध' में कौशिल्या देवी ने लिखा—"मैं भारतीय स्त्रियों में भारतीय पुरुष समाज के प्रति जो विरोध उत्पन्न हो रहे हैं, उनका उल्लेख करूँगी।...भारतवर्ष में स्त्रियों की दशा पिछले दस वर्षों से, और विशेषकर सन् 1930 के आंदोलन से सुधारी तो अवश्य है, पर यह सुधार पहाड़ में राई बराबर कहा जाए तो जरा भी अनुचित न होगा।...सच तो यह है कि हमारे देश में पुरुष ही घर और बाहर के ठेकेदार बने बैठे हैं। वे कमाते हैं: वे ही खर्च करते हैं...पुरुष किस प्रकार उन्हें रखते हैं, किस दृष्टि से देखते हैं, क्या क्या अत्याचार उनके साथ होते हैं, यह सबकुछ बहुत पुस्तकों में अथवा पत्र-पत्रिकाओं में सैकड़ों बार लिखा जा चुका है और अब भी पढ़ने को मिल सकता है। इस पर अधिक लिखना व्यर्थ है। इस सबका फल है कि आज स्त्रियों में विरोध की मात्र इतनी बढ़ गई है कि जो कार्य पुरुष करते हैं, वे सब कार्य करने पर बाध्य हो रही हैं।...अनेक बातें ऐसी हैं, जिन्हें पुरुष समाज स्वयं करने का अधिकार रखता हुआ, वही अधिकार स्त्री जाति को नहीं देना चाहता, चाहे वह कैसी ही दीन और हीन दशा को क्यों न प्राप्त हो जाए? ये ही सब कारण उनके विरोध के हैं।" जालंधर महाविद्यालय की सोमती देवी का लेख 'दीपक' पत्रिका में 'शिक्षक और विद्यार्थी' शीर्षक से छपा था। 'विशाल भारत' के महिला अंक में उर्मिल देवी का 'आधुनिक शिक्षा और कन्याएँ', कमला मिश्रा का 'हिंदी साहित्य और स्त्रियाँ', कमलाबाई किबे 'हमारा साहित्य और स्त्री समाज', विजयलक्ष्मी पंडित 'स्वतंत्रता के

युद्ध में महिलाएँ' जैसे लेख पढ़ने को मिलते हैं। 'हंस' में प्रेमचंदजी पर ऊषादेवी मित्र द्वारा लिखित एक अच्छा साहित्यिक लेख था।

'भारतीय महिलाएँ किधर'? शीर्षक से 'जागृति' में 'महिलाओं के संगठन के लिए क्या हो रहा है ?, पर विमला देवी राजदान प्रकाश डालती हैं—"वे दिन अब दूर गए जब भारत का नारी समाज केवल चूल्हे-चक्की के कामों से ही छुट्टी न पाता था। आज का भारतीय नारी समाज अब गुलामी की लौह श्रृंखलाओं को तोड़कर आजादी की साँस लेना चाहता है। अब स्त्रियाँ घर के अंदर देवी बनकर रहना नहीं पसंद करतीं। दासी बनकर रहने की तो बात ही दूर है।···लगभग 80 वर्षों से भारत के नारी समाज ने अपनी शताब्दियों की नींद त्याग कर अँगड़ाई ली है और वह जागृति की किरणों के प्रकाश द्वारा विकास के उच्च शिखर पर पहुँचना चाहता है। वे अब पुरुषों से कंधों-से-कंधा भिड़ाकर चलना चाहती हैं।" इसी में यमुना देवी चतुर्वेदी 'समाज में स्त्री का स्थान' में लिखती हैं—"गत पंद्रह वर्ष में स्त्रियों ने जो आशातीत सफलता हर एक कार्य में प्राप्त की है, उसके देखने से पता लगता है कि वे शीघ्र ही संसार के सारे काम सँभालने के लिए उद्यत हो रही हैं और अपने भाइयों को हर एक काम में सहायता पहुँचा रही हैं।" 'महिला अंक' में चतुर्वेदी समाज में महिलाओं की स्थिति पर रंभादेवी चतुर्वेदी जो 'महिला परिषद् कानपुर' की सभा नेत्री भी थीं, अच्छा प्रकाश डालती हैं। विद्यावती चतुर्वेदी का लेख 'स्त्रियाँ क्या नहीं कर सकतीं' और शकुंतला देवी चतुर्वेदी सिद्धांत रत्न आयुर्विज्ञानाचार्य और मुख्याध्यापिका के 'भोजन और स्वास्थ्य' पर लेख इसमें पढ़ने को मिलते हैं।

मार्च 1940 की 'वीरबाला' में विद्या हिंदू समाज में स्त्री-शिक्षा की कमी के कारणों में अंधविश्वास, पुत्र और पुत्री में भेदभाव, बाल-विवाह की अनिष्ठकारी कुप्रथा और परदा-प्रथा को जिम्मेदार ठहराती हैं। विद्यादेवी सिन्हा 'महिला चर्खा समिति पत्रिका' में 'प्रगति' शीर्षक से लिखती हैं—"प्रगति मानव जीवन की प्रेरणा है, चाहे स्त्री हो या पुरुष प्रगति का आकांक्षी है। शारीरिक, मानसिक, आध्यात्मिक क्षेत्र हो, चाहे राजनीतिक, सामाजिक व आर्थिक, मनुष्य सब में प्रगति करना चाहता है। प्रकृति भी प्रगतिशील है, किंतु उसकी प्रगति में नियमबद्धता है और है सृजन शक्ति। इसी प्रकृति का दूसरा रूप है 'नारी'।" सज्जन देवी ने 'तुम कौन हो?' में लिखा—"यह सारा संसार नीरवता की गोद में सो रहा है, पर तुम सजग हो। तुम कौन हो, जो सूर्योदय के पूर्व ही कलियों को खिला-खिलाकर प्रत्येक पुष्प कोष में मधु सजाकर रख रहे हो, जो प्रत्येक आम्र मुकुल को रस और गंध से भरकर कोकिल रानी के मोद को बढ़ा रहे हो, जो माता की तरह इस जगत् शिशु को निशायामिनी के पर्यंक में सुलाकर तत्परता से अपने कार्य को पूरा कर रहे हो। कहो न तुम कौन हो? यह सारा संसार नीरवता की गोद में सो रहा है, पर तुम सजग हो।" सुशीला सिन्हा 'जन्म नियंत्रण' पर लिखती हैं—"जरा सोचने की बात

है, हमारी आबादी उत्तरोत्तर तरक्की पर है, दूसरी ओर अन्न के लाले पड़े हैं, कपड़े के लिए शोर मचा है और रहने के लिए घरों की कमी है। हमारी अन्न की पैदावार बढ़ी है, कपड़ों का उत्पादन भी बढ़ा है, कल-कारखाने खुलते जा रहे हैं, शहर और गाँव बसते जा रहे हैं, फिर भी आबादी के लिए चीज की कमी इतनी बड़ी जनसंख्या के लिए हम कितना भी उत्पादन करें, उनकी कमी पूरी नहीं कर सकते।" इसी में सावित्री देवी द्वारा लिखित महिला चर्खा समिति की झाँकी छपी। मनोरमा श्रीवास्तव 'आज का अर्थाधारित समाज किस ओर'? में लिखती हैं—"समाज में जहाँ तक अर्थ से साधन का काम लिया जाता है, वहाँ तक तो ठीक है; किंतु जब अर्थ को साध्य बनाकर उसी के आधार पर सामाजिक प्रतिष्ठा स्थापित की जाती है तो वहीं से सामाजिक पतन प्रारंभ हो जाता है और वह विनाश की तरफ चलता है।" रजत जयंती अंक में भारतीय समाज में नारी का स्थान में वे लिखती हैं—"राम के रामराज्य से लेकर आज गांधीयुग तक कभी भी स्त्रियों का रोना बंद नहीं हुआ। उनके दुःख की कहानी कभी समाप्त नहीं हुई। पता नहीं आगे भी कभी बंद होगी या नहीं?"

'कल्याण' के नारी अंक में 'नारी जागरण का अभिप्राय' शीर्षक से निरुपमा शर्मा ने लिखा—"नारी जागरण की बातें प्रायः सुनी और पढ़ी जाती हैं। सुधार मार्ग पर अग्रसर बहनें भी नारी जागरण की आवश्यकता अनिवार्य समझती और नारी समाज के उत्थान के लिए प्रत्येक स्त्री के हृदय में जागरण का भाव पैदा होना जरूरी बतलाती हैं, किंतु नारी जागरण है क्या, यह एक विवादास्पद विषय है।...नारी जागरण का अभिप्राय नारी धर्म का पालन होना ही ठीक है।" लक्ष्मीबाई लिखती हैं—"नारी जगज्जननी है। निश्चय मानिए, उसी की तपस्या, धर्मभीरुता, दया, शांति और नितांत स्नेह से ही आज भी भारत के संस्कार बचे हुए हैं। आर्यों के आदर्श अवशिष्ट हैं।...नारी प्रेमपात्र पुत्री है, स्नेहमयी भगिनी है, कर्तव्यशीला पत्नी है और भविष्य के नागरिकों की माता है।" 'नारी की देश सेवा' शीर्षक से विद्याविनोदिनी कृष्णादेवी ने लिखा—"देश का संरक्षण, संवर्धन और अभ्युदय करनेवाले, देश के लिए नाना प्रकार के शुभ संकल्प और शुभ आयोजन करनेवाले मनस्वी, तेजस्वी, तपस्वी, बुद्धिमान्, विद्वान्, वीर हृदय, उदार महापुरुषों को और देश के लिए सब प्रकार का बलिदान करनेवाले सैनिकों-सेवकों को उत्पन्न करना, उनका लालन-पालन करना और तैयार करके देश तथा धर्म के लिए उन्हें कार्यक्षेत्र में प्रेरित करना क्या किसी भी प्रकार से कम देश सेवा है?" 'वर्तमान स्त्री-शिक्षा में परिवर्तन की आवश्यकता' में शकुंतला गुप्ता के विचार थे—"इस दृष्टि में भारतवर्ष अवश्य भाग्यवान् है कि यहाँ की जनता का ध्यान प्रतिदिन शिक्षा की ओर आकर्षित होता जा रहा है। स्त्री-पुरुष और बच्चे—सभी इस दिशा की ओर उन्मुख हो गए हैं; परंतु किसके लिए कौन पथ श्रेयस्कर है, इसका निर्णय नहीं हो पा रहा है। लक्ष्यहीन पथिक की भाँति जिसके

जी में जिधर आता है, वह उधर ही उड़ान मार रहा है।...संसार में सबसे दुष्कर भार स्त्री के कंधों पर है। मातृत्व का पद ग्रहण करना संसार का सारा दायित्व लेना है। इसके आगे आदर्श गृहिणी और आदर्श माता—यही दो कार्य रह जाते हैं। माता का उत्तरदायित्व शब्दों द्वारा वर्णन करना कठिन है। परिवार के सारे कार्यों की निरीक्षिका वही है। इस महान् दायित्व को समझने और पूर्ण ज्ञान प्राप्त करने के लिए इस प्रचलित स्त्री-शिक्षा पद्धति में क्या विधान है? यदि इसका उत्तर नहीं तो इस शिक्षा की निरर्थकता भी स्पष्ट है।...स्त्री-शिक्षा के सूत्रधारों के दृष्टिकोण में पर्याप्त परिवर्तन होना आवश्यक है। हमारी शिक्षा भारतीय देवियों को विस्मृत एवं खोए हुए गौरव को पुनः प्राप्त करा देनेवाली, हमारी भारतीय संस्कृति की संरक्षिका तथा देश के भाल को उज्ज्वल बनानेवाली होनी चाहिए।" 'नारी की वर्तमान शोचनीय स्थिति' पर शारदा वेदालंकार ने लिखा—"पश्चिमी पंजाब और काश्मीर राज्य से आए हुए लाखों शरणार्थियों में निराश्रिता स्त्रियों की संख्या पुरुषों से अधिक है। संसार के समस्त स्वातंत्र्य आंदोलनों के बृहत् इतिहास का यदि हम अध्ययन करें तो स्थान परिवर्तन करते हुए इतने बड़े लाखों की संख्या के काफिले ढूँढ़े नहीं मिलेंगे। यह काफिले क्या थे? मानो मीलों फैला, उजड़ा हुआ जन-प्रदेश। वर्तमान स्वातंत्र्य आंदोलन का वह अत्यंत अमानुषी, सर्वथा जघन्य, महान् क्रूर, पैशाचिक तांडव से परिपूर्ण अध्याय था, जो पंजाब के लाखों वीरात्माओं के रक्त से लिखा गया और जो हो गया है, अमर एवं अमिट।...किंतु उन्हें ऐसी कल्पना स्वप्न में भी नहीं थी कि भारतीय स्वतंत्रता का मूल्य वस्तुतः उन्हें ही चुकाना पड़ेगा, अपना सर्वस्व लुटाकर, दर-दर की भिखारिन बनकर, पति-पुत्रों का कत्ल करवाकर और आततायियों द्वारा अपना अमूल्य सतीत्व हरण करवाकर!!!...संसार के महान् आत्माओं की जन्मदात्री यह नारी ही है। यदि स्वतंत्र भारत में यह सुरक्षित, सुशिक्षित और सुसंस्कृत हो गई तो यह अपना अमूल्य दान अनवरत रूप से देती रहेगी और हमारी यह स्वाधीनता हमसे कभी नहीं छीनी जा सकेगी, क्योंकि जिसके हाथ में पालने की डोरी है, वही संसार पर राज्य कर सकती है; किंतु यदि नारी की आत्मा को देशवासियों ने शांति नहीं दी, उसके धधकते हुए कलेजे पर अमृत नहीं बरसाया, उसकी दयनीय दशा पर ध्यान नहीं दिया, उसके पवित्र सतीत्व और सम्मान की रक्षा नहीं की, तो हमें वीर आत्माओं के दर्शन सर्वथा दुर्लभ हो जाएँगे।" इसमें शकुंतला देवी अग्रवाल (हमारी उन्नति का उपाय), कमला देवी सक्सेना (हेलन केलर), पद्मादेवी मिश्रा (सती शिवराजबाई), रामप्रिया देवी (सती लालोदाई), विद्यादेवी महोदया (भक्ति का तत्त्व और स्वरूप), सुशीला देवी (मैडम ब्लैवत्सकी) के भी लेख थे।

'मानवता' में शारदा देवी शर्मा 'महामानव बापू और भारतीय नारी' में लिखती हैं—"गांधीयुग की सबसे बड़ी देन नारी के हिस्से में आई। बापू जब अपने कार्य-क्षेत्र

में उतरे, तब उन्होंने सबसे पहले भारतवर्ष में सोये हुए नारीत्व को जगाया।" विद्यादेवी ने 'आर्य संस्कृति में गुरुपूजा' शीर्षक से 'आर्य महिला' के जुलाई 1950 में प्रकाशित 'ऋष्यंक' में एक अच्छा लेख लिखा था। रानी पंखावती देवी, मुन्नीदेवी श्रीवास्तव और विमला ने 'युवक' में 'नारी प्राय: निर्दोष है' को पुष्ट करते हुए युवक-युवतियों का वाद-विवाद (मार्च 1953) छापा था। मंजुला बास का लेख 'हम क्या करें' (दिसंबर 1954) भी पठनीय था। शांताकुमारी मासिक 'ग्रंथालोक', जो मलयाली और हिंदी में केरल ग्रंथशाला संघ से प्रकाशित होती थी, में लिखा करती थीं। कमला सांकृत्यायन के लेख 'आजकल' में पढ़ने को मिलते हैं—'राहुल और रवींद्र' तथा 'प्राचीन भारत का वैदेशिक संबंध' लेखों से उनकी लेखकीय प्रतिभा को जाना जा सकता है। सरोजिनी बर्तवाल का 'उस्ताद अलाउद्दीन खाँ' पर केंद्रित लेख संगीत की ढेर सारी जानकारी देता है। कात्यायनी 'पत्रकारिता में स्त्री सहभागिता' पर लिखती हैं—"एक सांस्कृतिक कर्मी, एक सामाजिक-राजनीतिक कर्मी और एक नारी संगठनकर्मी के रूप में देश के एक सर्वाधिक पिछड़े इलाके पूर्वी उत्तर प्रदेश के कस्बे-देहातों में काम करते रहने के अठारह वर्षों के दौरान, और स्वयं एक पत्रकार के रूप में भी अपने दस वर्षों के अनुभवों के दौरान हिंदी अखबारों के चरित्र और व्यवहार के कुछ ऐसे पहलुओं से साक्षात्कार के मेरे भी ऐसे प्रत्यक्ष अनुभव रहे हैं, जिनका मैं समझती हूँ कि पूरे हिंदी पत्रकारिता जगत् के स्तर पर सामान्यीकरण किया जा सकता है।...कई हिंदी अखबारों के रविवारीय परिशिष्टों के अतिरिक्त आजकल हफ्ते में एक दिन एक पूरा पन्ना स्त्रियों पर देने का चलन है, जिसके अंतर्गत फैशन, पाककला और सुखी दांपत्य के नुस्खों के साथ ही आज की औरत की जिंदगी की कठिन समस्याओं पर भी कुछ सामग्री जरूर रहती है।" 'समकालीन मीडिया' पर उन्होंने लिखा—"मेरे विचार से मीडिया जगत् में स्त्री-मुक्ति विमर्श के मुद्दों को मुख्यत: दो धुरियों पर अवस्थित करना होगा। एक तो वैकल्पिक जन मीडिया के समांतर तंत्र के निर्माण पर सोचते हुए स्त्री-प्रश्न के आर्थिक राजनीतिक-सांस्कृतिक वैचारिक पहलुओं की अनदेखी नहीं की जाना चाहिए। दूसरे, मुख्यधारा की जिस मीडिया स्वामित्व कॉरपोरेट जगत् के महाप्रभुओं और उदारीकरण के दौर में पैदा हुए नवधनिक वित्तीय साहूकारों के हाथों में, राष्ट्रीय से लेकर क्षेत्रीय स्तर तक पर संकेंद्रित है, उस बुर्जुआ मीडिया के भीतर काम करनेवाले जनोन्मुखी पत्रकारों को और स्त्री पत्रकारों को अपनी भूमिका की पहचान अखबारी उत्पादन तंत्र के बौद्धिक उजरती मजदूर (मेंडल) के रूप में करनी होगी और उसी रूप में अपने आर्थिक संघर्षों के साथ-साथ अपने जनतांत्रिक अधिकारों के लिए भी लड़ना होगा। वेतन और बोनस आदि के लिए लड़ने के साथ-साथ संपादकीय और रिपोर्टिंग कक्षों पर मैनेजमेंट के बढ़ते दबावों के खिलाफ भी लड़ना होगा और इसमें स्त्री पत्रकारों को भी अपनी भूमिका तय करनो होगी।" जोधपुर से प्रकाशित

'ललकार' में माधुरी शास्त्री ने 'द्यूत क्रीड़ा की उत्पत्ति' जैसे लेख के साथ-साथ शंकर, पार्वती, कार्तिकेय, गणेश जैसे धार्मिक पात्रों की जानकारी दी। भागवती आहूजा 'नारी : प्राचीन से अर्वाचीन काल तक' में लिखती हैं—"ओजस्विता एवं मधुरता का सम्मिश्रण ही नारी है।···इसमें संशय नहीं कि नारियाँ प्राचीनकाल से इतिहास बनाती रही हैं··· देश के पुन: निर्माण कार्य में नारी भी अर्थोपार्जन कर आर्थिक विकास की प्रक्रिया को तीव्रतर बनाने में सहयोगिनी सिद्ध हो रही है।" डॉ. सावित्री डागा का 'युगचेता महाकवि सुमित्रानंदन पंत' लेख पठनीय था। लिली भंडारी ने 'आज की शिक्षा की दशा-दिशा' पर प्रकाश डालते हुए लिखा—"भारत में उच्च शिक्षा प्राप्त व्यक्ति का प्रतिशत पाँच है, लेकिन आधा प्रतिशत प्रतिभाएँ जो समाज की श्रेष्ठतम विभूतियाँ हैं, वे रचनात्मक कार्यों आजीविका के उपयुक्त साधनों व विकास की संभावनाओं के अभाव के कारण या तो विदेशों में पलायन करती हैं अथवा कुंठित हो जाती हैं।"

'आजकल' के लेखक मंडल में महिलाओं की अच्छी-खासी तादाद रहती थी। शकुंतला शर्मा के 'साहित्य के संदर्भ में मनोविज्ञान की भूमिका' और 'हिंदी कहानी के आद्य पुरुष : चंद्रधरशर्मा गुलेरी' जैसे साहित्यिक लेख इसमें पढ़ने को मिलते हैं। अर्चना वर्मा द्वारा लिखित लेख 'चंडिका की आदि छवि, बनाम आधुनिकता के चेहरे' स्त्रियों की बदलती सोच को रेखांकित करता है, तो नीरा गर्ग 'एक चिथड़ा सुख, निठल्लों की दुनिया' और 'काम-काजी महिलाएँ : रोजमर्रा की समस्याएँ' जैसे लेखों द्वारा सामयिक मुद्दे उठाती रही हैं। नंदिनी बिष्ट 'दहेज का अभिशाप' पर लिखती हैं, तो अरुणा कपूर ने 'फिल्मों में नारी : नायिका या खलनायिका' में समाज में होते परिवर्तन और फिल्मों में नारी की बदलती भूमिका पर विचार-विमर्श किया है। प्रेमलता मिश्रा (प्रगति मैंदान में सांस्कृतिक गतिविधियाँ), बिंदु अग्रवाल (दो पाटों के बीच : आज की मध्यवर्गीय नारी), ऊषा आनंद (नेपाल में हिंदी), कमला रत्नम् (संस्कृत साहित्य में नारी), सरला खोड़ावाल (शंकराचार्य का अंतर्द्वंद्व), शैलकुमारी (सुमित्राकुमारी सिन्हा के साथ कुछ क्षण), शांता भार्गव (भारतीय महिला खिलाड़ी), ऊषा बाला (हिंदी उपन्यासों में नारी चित्रण, कल के दास आज के बंधक, राम-रावण संघर्ष, भौतिकवाद पर अध्यात्मवाद की विजय), नीलिमा सिंह (हिंदी के नगरबोध के उपन्यास), शशि शर्मा (उपन्यासिका : आज की आवश्यकता और रेडियो गीतिनाट्य), विमला रस्तोगी (साहित्यकार संस्मरणों के आईने में, सार्वभौम जनचेतना में जीवन मूल्यों को खोजते कुमारिल स्वामी) के लेख पढ़ने को मिलते हैं। इसी में मृदुला बिहारी अपने लेख 'लोकनृत्य : हमारी जीवंत परंपरा' और 'शिक्षित महिलाएँ घर और बाहर की समस्या' में लिखती हैं—"महिलाओं को भी यह आत्मस्वीकृति करनी होगी कि आज की मूल्यहीनता को शह देने में उन्होंने सक्रिय भूमिका निभाई है। न तो स्त्री मेमना है, न पुरुष निगल जानेवाला दानव। उसे बाहर

निकलने के पहले इस बात का हर क्षण ध्यान रखना है कि कहीं इस दौड़ में वह मात्र दो नंबर की पुरुष बनकर न रह जाए।" ऊषा उर्वेश (मुगल सम्राट् बहादुरशाह जफर तथा उनकी शायरी), अंजलि तिवारी (साहित्य और सामाजिक परिवर्तन), चित्रा माथुर (ये सफाईवालियाँ), नंदिनी तिवारी (देवनागरी कंप्यूटर), डॉ. वासवदत्ता पांडेय (सुब्रह्मण्य भारती), उर्मिला रूँगटा (नाथद्वारा की पिछवाई), ऋता शुक्ल (महिला लेखन की सार्थकता), ऊषाकिरण खान (बिहार : एक सांस्कृतिक अध्ययन), बांग्ला की प्रसिद्ध कवयित्री, लेखिका, पत्रकार और अध्यापिका स्नेहलता चट्टोपाध्याय ने 'ममतामूर्ति माँ टेरेसा' में उनपर कुछ नई जानकारी उपलब्ध कराई थी। उन्होंने सुब्रह्मण्य भारती की कविताएँ और स्वामी रामदास की रचनाएँ भी बांग्ला में अनूदित की। इंदिरा भवानी 'तमिल लेखिकाएँ' शीर्षक लेख में लिखती हैं—"तमिल साहित्य का इतिहास ईसापूर्व 500 वर्ष से प्रारंभ होकर अगले 2,500 वर्षों तक फैला है।" ललिता कृष्णस्वामी 'दक्षिण की मीरा : आंडाल' पर विस्तार से लिखती हैं। नंदिता शर्मा (विंध्यवासी की तूलिका द्वारा हस्ति-आलेखन, शैलाश्रयों पर अंकित आदिम नृत्य) रीना तिवारी (आधुनिक काल के समर्थ चिंतक जैनेंद्र तथा आचार्य चतुरसेन : विविधताओं से भरा एक व्यक्तित्व), रूपा पारीक (विश्व कविता समारोह : अदृश्य के मधुसंचयी), मधुलिका पांडेय (बीसवीं शताब्दी के बुद्ध : धर्मानंद कोशांबी), कमलकुमार (समकालीन महिला उपन्यासकारों के उपन्यासों का परिवेश), चंद्रकांता (जन से मिलने चले जगन्नाथ) वनिता बंसल, (समकालीन पाकिस्तानी कला, कलायोगी : भवेशचंद्र सान्याल), बृजरानी वर्मा (लोकगीत हमारी जातीय संपत्ति), प्रमिला चतुर्वेदी (अग्रचेता गांधी), सविता चड्ढा (पं. देवीदत्त शुक्ल), डॉ. प्रतिमा शर्मा (कवि बोध), डॉ. रेखा व्यास (कविवर रघुवीर सहाय), डॉ. रेखा रस्तोगी (राजा रविवर्मा), विजया वासुदेव (मन के जीते जीत), ऊषा बंदे (भारतीय अंग्रेजी साहित्य) प्रमुख हैं। शांति मलिक 'जीने का एहसास स्वानुभव के आधार पर' लेख में लिखती हैं—"कैंसर से लड़ने में सबसे अधिक स्वयं रोगी की मानसिकता व मनोबल काम करता है।" मधुमिता राय 'भारत में अंग्रेजी' पर राय व्यक्त करती हैं—"भारत में अंग्रेजी का स्वीकृत हो जाना नगरीय मध्यवर्ग और देशी अभिजात वर्ग के बढ़ने के साथ-साथ बढ़ता गया है। यह वर्ग पलासी की लड़ाई के बाद की सामाजिक-आर्थिक पृष्ठभूमि में उभरा।"

स्वतंत्र महिला पत्रकारों ने हर विषय पर और हर शैली में लिखा तथा समाज की प्रत्येक सामयिक घटना को उठाने का प्रयास किया है। अपने लिए कोई घेरा न बनाते हुए स्वतंत्र रूप से लेखकीय प्रतिभा का परिचय देते हुए खूब लिखा और अपने आपको पत्रकारिता जगत् में स्थापित किया। ऊषाराय के अनुसार—"महिला पत्रकार को कई स्तरों पर काम करना होता है—एक व्यक्ति के रूप में, एक नारी के रूप में और एक

पत्रकार के रूप में। तीनों भूमिकाओं के समन्वय से ही वह सही सामाजिक भूमिका का निर्वाह कर सकती है।" यह बात बिल्कुल सही है कि अगर महिला पत्रकार अपनी भूमिकाओं में खरी नहीं उतरती है, तो उसे असफलता का मुँह देखना पड़ता है। जयपुर की स्वतंत्र पत्रकार सावित्री परमार महिला पत्रकारों की सफलता, प्रतिष्ठा का राज उनकी ईमानदारी और विशेष कार्य कुशलता को मानती हैं। डॉ. सुशीला टाकभौरे 'परिषद् संदेश' में 'दलित स्त्रीलेखन' में लिखती हैं—"दलित नारी की स्थिति आज भी पिछड़ी है, उनमें जागृति लाने के लिए दलित स्त्री लेखन के द्वारा नारी जागृति का आंदोलन शुरू किया जाना चाहिए, जिससे प्रत्येक दलित नारी प्रेरणा पाकर अपनी स्थिति से उबरने का स्वयं प्रयत्न करने लगे।" गणेश देवी ने 'जनजातीय आवाज और हिंसा' में लिखा—"हिंदुत्व का वास्तविक अर्थ है, जैसा कि इसकी वकालत करनेवाले लोग समझते हैं, इस विचार को स्वीकार करना कि भारत मुख्यतया एक हिंदू राष्ट्र है। यह एक धार्मिक दर्शन अथवा कोई सामाजिक सुधार आंदोलन नहीं है। यह सांस्कृतिक अंध-राष्ट्रवाद पर आधारित एक राजनीतिक दर्शन है, जो यह मानने के लिए बाध्य करता है कि भारत में रहनेवाले गैर हिंदू अपने आपको अल्पसंख्यक मानें और जिनकी संरक्षण और सुरक्षा इस बात पर निर्भर करेगी कि वे बहुसंख्यक वर्ग का कितना विश्वास प्राप्त करने में सक्षम हैं। यह ऐसी विचारधारा नहीं है, जो हिंदुओं को हिंदूमतवादी बनने के लिए कहती है बल्कि यह भारत के मुसलमान तथा ईसाइयों से मुसलिम तथा ईसाई मतवादी होने से मना करती है।" 'देशबंधु प्रकाशन' की 'सुरभि' में डॉ. शरद सिंह, अनुजा जायसवाल, किरण शर्मा, निधि निगम, सुरभि शर्मा, डॉ. अभया शर्मा, विद्या जैन, अनामिका, वीना सुखीजा, नीता लाल, चेतना, शिल्पी, डॉ. तारा निगम, अंजुला झा, डॉ. आरती सिंह, कल्पना सिन्हा, परवीन मल्होत्रा, कविता देवगण, प्रेरणा वापट, कल्पना गहलोत, माधवी रंजना, सुधा श्रीमाली जैसी महिलाओं को पढ़ा जा सकता है।

डॉ. राज बुद्धिराजा 'लोकमत समाचार' में 'केवल महिलाओं की मंजूषा' में जानकारी देती हैं—"मैं एक सामाजिक पत्रिका 'मंजूषा' का उल्लेख करना चाहूँगी, जिसकी खास बात यह है कि वह पच्चीस वर्षों से निरंतर बिना रुके, बिना थके अपनी ही गति से चल रही है। इस पत्रिका की खासियत है कि यह महिला संपादक मंडल द्वारा संचालित है। साज-सज्जा, प्रूफ रीडिंग रचनाओं का चयन सभी कुछ उनके सधे हाथ ही करते हैं।" 'सन्मार्ग' में शांति दुबे 'अपनी सरकार और दूसरे ईश्वर' में करुण, बेबसी का कथामय चित्र उपस्थित करती हैं। शिखा तोमर 'असफलता की राह पर अडिग भारतीय टीम' में लिखती हैं—"भारत पूरे जोश खरोश के साथ या फिर गिरते-पड़ते किसी-न-किसी तरह फाइनल में तो पहुँच जाता है, किंतु फाइनल जीतना उसके लिए लोहे के चने चबाने समान हो जाता है।" मृदृला सिन्हा 'या देवी सर्वभूतेषु' लेख में

लिखती हैं—"भारतीय समाज में पुरुष और बच्चे ही नहीं, स्वयं नारी भी नारी के देवीरूप की अर्चना करती है। उस देवी में स्थापित उन गुणों की आराधना, जिनसे समाज की उत्पत्ति, विकास और संवर्धन होता है। विश्व में कोई ऐसा दूसरा समाज नहीं है, जहाँ नारी की पूजा होती हो।" मृदुला सिन्हा 1978 से पत्रकारिता जगत् में सक्रिय हैं और 'दैनिक हिंदुस्तान', 'नवभारत', 'कादंबिनी' जैसी पत्र-पत्रिकाओं में लेखन करती रही हैं। वे मानती हैं कि "महिलाओं के विकास से जुड़े स्वैच्छिक प्रयासों, अन्य मुद्दों और उनमें मीडिया की भूमिका पर व्यापक विचार-विमर्श आज बहुत जरूरी हो गया है।" प्रसिद्ध लेखिका महाश्वेता देवी 'हिंदुस्तान' में 'शेख हसीना का सम्मान योद्धा समान हो' शीर्षक से लिखती हैं—"ढाका में बाँग्लादेश राइफल्स के जवानों को विद्रोह के लिए उकसाने के पीछे जिन खतरनाक कट्टरपंथी शक्तियों का हाथ है, उन्हें पहचानना मुश्किल नहीं है। ये शक्तियाँ बांग्लादेश में शेख हसीना की सरकार को पचा नहीं पा रही हैं। हसीना को सत्ता में आए पचास दिन नहीं हुए कि उन्हें अस्थिर करने की साजिश शुरू हो गई है।" कुल्सुम मुस्तफा ने 'उत्तर प्रदेश के एक गाँव की नई सुबह' तथा 'खामोश वादियों में सिसकती बेबस जिंदगी' जैसे लेखों में संवेदनशील पत्रकारिता के दर्शन कराए।

स्वतंत्र पत्रकार डॉ. विनीता गुप्ता के अनुसार, "जब हम पत्रकारिता के माध्यम से सामाजिक विकास की बात करते हैं तो सबसे पहले पत्रकार जगत् को अपना यह नजरिया बदलना होगा कि सामाजिक विकास से जुड़े मुद्दे पत्रकारिता का विषय नहीं हैं और इन विषयों को उठाने वाले पत्रकार, पत्रकार नहीं हैं। पत्रकार सिर्फ वे ही हैं, जो कुछ तहलकानुमा, कुछ सनसनीखेज लाएँ, अपराध जगत् की गलियाँ टटोलें और गर्मागर्म राजनीति परोसें। जब यह नजरिया बदल जाएगा और सामाजिक मुद्दों पर लिखने वालों को दोयम दर्जे का पत्रकार मानने की मानसिकता बदलेगी, तो महिला पत्रकार ज्यादा हौसले के साथ बाहर निकलकर कुछ खोजकर लाएँगी और फिर जब उनकी लेखनी चलेगी तो समाज की दशा भी सामने आएगी और जब दशा सामने आएगी तो उसको दिशा देने के प्रयास भी होंगे। ये प्रयास कई-कई स्तर पर होंगे, कई जगह घंटियाँ बज उठेंगी।" महिला पत्रकारों को अपने चारों तरफ कोई घेरा नहीं बनाना चाहिए, समाज की हर घटना उनके लेखन क्षेत्र में आती है। वरिष्ठ पत्रकार ऊषा महाजन ने स्वस्थ सामाजिक विकास की अवधारणा तय करने में महिलाओं की भागीदारी को बेहद जरूरी बताया। उनका मानना है कि मीडिया में महिलाओं की भागीदारी समाज को निश्चित तौर पर एक दिशा दे सकती है। स्वतंत्र पत्रकार सुरेखा पाणंदीकर का मानना है—"महिला पत्रकार, डॉक्टर व अध्यापक, दोनों की भूमिका एक साथ निभा सकती है। एक डॉक्टर की तरह वे समस्या की पहचान कर अध्यापक की तरह उसके बारे में सही जानकारी समाज को दे सकती हैं।" कठोर मेहनत करनेवाली स्त्रियों के बारे में अनामिका ने

लिखा—"हम एक ऐसे दौर में जी रहे हैं, जहाँ चारों तरफ स्त्रियाँ हँसती हुई दिखाई देती हैं—गली में, चौराहों पर, अखबारों, विज्ञापनों में और टी.वी. पर, लेकिन कुछ चेहरे हैं, जो कहीं भी दिखाई नहीं देते; क्योंकि वे चेहरे नहीं, हाथ हैं—लगातार खटते हुए हाथ!" इसी में 'मालिकाना हक औरत को नहीं मिलता' में स्त्री की वास्तविक स्थिति से अवगत कराती हैं! 'हिंदी की साहित्यिक पत्रकारिता और स्त्री-प्रश्न' पर 'वागर्थ' में विचार-विमर्श हुआ, पढ़ने को मिलता है—"हिंदी की साहित्यिक पत्रकारिता पुनर्जागरण काल में एक मिशन थी। स्वाधीनता के ऊषाकाल से लेकर आपातकाल तक वह एक व्यवसाय के रूप में उभरी। एक ऐसा व्यवसाय, जिसका मिशनरी वैभव बीच-बीच में टिमक जाता था, खासकर शीतयुद्ध, बाँग्लादेशी युद्ध, अकाल, आपातकाल आदि के समय अज्ञेय, निर्मल वर्मा, रांगेय राघव, धर्मवीर भारती, रघुवीर सहाय, मुक्तिबोध, धूमिल, नासिरा शर्मा आदि साहित्यकारों ने खुद मोर्चों पर जाकर जो विशिष्ट रिपोर्ताज लिखे और 'धर्मयुग', 'दिनमान', 'संडे मेल' आदि पत्रों ने भी जिस तरह अपने हृदय में साहित्यिक कोना बनाया, हिंदी-पत्रकारिता के आत्मगौरव के वे क्षण थे।" 'आपातकाल की चुनौती' शीर्षक से वरिष्ठ पत्रकार शीला झुनझुनवाला लिखती हैं—" 1975 का जून माह इतिहास में सदैव याद रखा जाएगा। यही वह माह था, जब इलाहाबाद उच्च न्यायालय के जस्टिस जगमोहन लाल सिन्हा ने लोहियावादी राजनारायण की चुनाव-याचिका पर देश की प्रधानमंत्री श्रीमती गांधी का चुनाव न केवल अवैध घोषित किया, वरन् छह वर्षों तब किसी निर्वाचित पद पर बने रहने की पाबंदी भी लगा दी। इसी जून माह में देश की आजादी के बाद एक स्वतः स्फूर्त जनांदोलन की लहर उठी और इसी माह में आंतरिक आपातकाल की घोषणा हुई। इमरजेंसी लागू हुई।" युवा पत्रकार वनिता झारखंडी के अनुसार, "आज की औरतों को प्राचीन भारतीय नारी की छवि व आधुनिकता के साथ समुचित सामंजस्य बिठाते हुए, एक आदर्श छवि की सृष्टि करनी होगी। यह कतई आवश्यक नहीं है कि हम संचार माध्यमों की नायिकाओं की ही नकल करें। हमें आगे बढ़ते हुए यह सोचना है कि हम अपने हक को किस तरह हासिल कर सकते हैं? इसके लिए हमें अपनी सीमा में हर संभव प्रयास करना होगा।" स्वतंत्र पत्रकार गायत्री शर्मा ने लिखा—"समुद्र के गर्भ में छिपे सीप की कोख में पलते मोती की नैसर्गिक चमक, बंद कोंपलों में खिलते फूल का मादक यौवन या फिर तपती धरती पर नीले नभ से गिरी बारिश की पहली बूँद की शीतलता···ये सभी सृजन के रूप हैं···प्रकृति ने यही वरदान स्त्री को भी दिया है। उसकी कोख से जनमी बेटियाँ ही इस वरदान को पीढ़ी-दर-पीढ़ी आगे बढ़ाती हैं।" विभा देवसरे लिखती हैं—"तमाम देशों का इतिहास साक्षी है कि वहाँ पुरुषों को जो अधिकार प्राप्त थे, वो महिलाओं को नहीं प्राप्त थे। महिलाएँ सदैव उपेक्षित रहीं। वे सदैव पुरुषों की दासता को स्वीकारती पुरुषों के लिए स्वार्थसिद्धि का उपकरण मात्र बनकर ही अपने को संपूर्ण

मानती रहीं। उन्हें एक पारंपरिक ढाँचे में रहना पड़ता था और सामंतशाही व्यवस्था में पुरुष सत्तात्मक समाज के बनाए नियमों का ही पालन करना पड़ता था, लेकिन बीसवीं सदी में जब सामंतशाही की समाप्ति हुई तथा आधुनिक समाज का सवेरा होना आरंभ हुआ, आधुनिक सभ्यता के निर्माण से महिलाओं में भी अपने अधिकारों के प्रति चेतना जाग्रत् हुई। तब से आज तक यह चेतना जाग्रत है। इसीलिए बीसवीं शताब्दी को महिला जागरण का युग माना गया है। विश्व भर में इस शताब्दी में संगठित रूप से महिलाओं ने अपने अधिकारों की माँग की और संगठित रूप से आंदोलन भी चलाया।"

वर्तमान परिदृश्य पर गायत्री आर्य आक्रोश प्रकट करती हैं—"सारा बाजार, मीडिया, फिल्म, विज्ञापन मिलकर हर पल, हर जगह एक 'सेक्समय' माहौल बनाने में दिन-रात जुटे हैं।" 'स्त्री की नुमाइंदगी' शीर्षक से अलका आर्य प्रतिक्रिया देती हैं—"भारत को दुनिया का सबसे बड़ा लोकतांत्रिक देश माना जाता है, लेकिन आजादी के छह दशक के बाद भी राजनीति में महिलाओं का प्रतिनिधित्व बहुत कम है।...हमारे देश में महिलाओं के राजनीतिक सशक्तीकरण की बाबत अलंकारिक व्याख्यान ही ज्यादा हुए हैं। संविधान संशोधन के जरिए स्थानीय निकायों में महिलाओं के लिए आरक्षण हासिल करने की दिशा में जो महत्त्वपूर्ण पहल हुई थी, उसकी रफ्तार फिलहाल सुस्त पड़ चुकी है। संसद् में महिलाओं के लिए एक तिहाई आरक्षण संबंधी विधेयक का हश्र किसी से छिपा नहीं है।" उन्होंने 'महिला हिंसा' पर लिखा—"महिलाओं के खिलाफ हिंसा को लेकर भारत पर पूरी दुनिया की निगाहें हैं। देश की राजधानी दिल्ली में ही बवाना और मदनपुर खादर की जे.जे. कॉलोनियों की लड़कियों ने इलाकों के आसपास की दीवारों पर बयां किया है कि किस तरह लड़के उन्हें तंग करते हैं, लेकिन पुलिसवाले उनसे ऐसे सवाल पूछते हैं, मानो उन्होंने ही कुछ गलत कर दिया हो।"

'हर दौर में महिलाएँ अप्रतिम' में सत्या सिंह लिखती हैं—"महिलाओं ने घर, समाज एवं राजनीति का एक साथ नेतृत्व सँभाला और वे किसी भी बलिदान से पीछे नहीं हैं। स्वतंत्रता पाने में देश की लगभग हर महिला ने देश प्रेम की खातिर प्रत्यक्ष एवं अप्रत्यक्ष रूप से सहभागिता दी। आज हम गुलामी की जंजीरों से मुक्त हैं, परतंत्रता की बेड़ियों को तोड़ने में सफल हुए हैं तो इसमें महिलाओं का बड़ा योगदान है। सोचो, यदि महिलाएँ अपने परिवार के पुरुष सदस्यों को घर की सुख-सुविधाएँ जुटाने के लिए विवश करतीं और उन्हें स्वतंत्रता संग्राम में भाग लेने के लिए रोकतीं तो क्या आजादी संभव हो पाती?" उत्तराखंड की स्वतंत्र पत्रकार नय्यर फिरोज 'रबी फसलों की उन्नत खेती के लिए उत्तराखंड में सरकारी सुविधाएँ' और 'किसान स्वयं कर सकते हैं उर्वरकों में मिलावट की जाँच' जैसे लेखों के माध्यम से कृषि पत्रकारिता पर कलम चलाती हैं। रंजना बिष्ट ने 'सिनेमा, सरोकार और व्यावसायिकता' पर लिखा—"कुछ अच्छी फिल्मों

से अलग ज्यादातर फिल्में मात्र मनोरंजन पर आधारित होती हैं, जिनमें प्रायः प्रेरणा का अभाव नजर आता है।" डॉ. गीता गुप्त 'नारी अस्मिता, समूची दुनिया में हाशिए पर' में जानकारी देती हैं—"स्त्रीवादियों के आंदोलन की जो लहर पहले-पहल 18वीं शताब्दी के मध्य में उठी थी, अब तक अपनी मंजिल नहीं पा सकी है। यद्यपि स्त्री की एक नई छवि अवश्य उभर रही है। प्रथम विश्वयुद्ध के उपरांत विश्व की आर्थिक एवं सामाजिक उन्नति में महिलाओं की भूमिका बहुत महत्त्वपूर्ण रही है, लेकिन सभी क्षेत्रों में अपनी क्षमता साबित कर देने के बावजूद समूची दुनिया में आज भी स्त्री हाशिए पर है।" नासिरा शर्मा 'देशबंधु' में लिखती हैं—"औरतों से संवाद स्थापित करने का अपना मजा है। मामूली-सी बातचीत धीरे-धीरे कैसे तहखाने के बंद ताले खोलती, चोर दरवाजों से गुजरती, इनसान की थाह ले लेती है। जहाँ वह छुपा रहता है, उसका असली चेहरा वास्तविक रंग, जब सामने चमककर आता है तो बनावटी मुखड़ा अपने आप ठीकरों में बदलने लगता है। बचपन से मेरा यह शौक उम्र और माहौल के साथ विस्तार पाता चला गया। एक नशा था, एक रोमांस था जब अंतरराष्ट्रीय महिला सम्मेलनों में जाने का मौका मिला, जहाँ विश्व स्तर पर आई कर्मठ महिलाओं से लंबी-लंबी बातों का सिलसिला बना। अपने क्षेत्र की काबिल और दक्ष महिलाएँ अपने अनुभव और संघर्ष की दुनिया की जब सैर करातीं, तो महसूस होता कि अपने डैने परवाज के लिए फड़क रहे हैं। एक विचित्र उत्साह, एक रुपहली डगर, एक नया आकाश मेरे सामने खुलता, जो मुझे सोच, संवेदना के स्तर पर विस्तार देता साथ ही, जीवन संघर्ष के अजूबे अनुभव से परिचय भी कराता।" इसी में समकालीन समाज में महिलाओं की स्थिति पर मंथन करते हुए सर्वमित्र सुरजन ने लिखा—"लंबे समय से महिलाओं को पुरुषों के समान अधिकार दिलाने के लिए विश्व भर में प्रयास किए जा रहे हैं। इस दिशा में काफी प्रगति भी हुई है, लेकिन पूर्ण रूप से स्त्री-पुरुष समानता अब भी स्वप्न ही है। दुनिया का एक भी देश ऐसा नहीं है, जो यह दावा कर सके कि वहाँ महिलाएँ पूरी तरह सुरक्षित हैं, उनके अधिकारों की रक्षा होती है, उन्हें उनका प्राप्य ससम्मान दिया जाता है।"

महिला पत्रकारिता में स्वतंत्र पत्रकारों की भूमिका लगातार बढ़ रही है। आज भी पढ़ी-लिखी जागरूक महिलाएँ अपनी बात दूसरों तक पहुँचाने के लिए पत्रकारिता को ही हथियार बना रही हैं। मोबाइल और कैमरे उनके इस काम में बहुत मददगार साबित हो रहे हैं। वे अपने विचारों को, अपनी सोच को, दुनिया-जहान तक पहुँचाना चाहती हैं। स्वतंत्र पत्रकार उपमा ऋचा ने 'बूझत श्याम कौन तू गौरी' में लिखा—"जो व्यक्ति प्रयास नहीं करता है, उसकी सहायता परमात्मा के विधान के द्वारा भी नहीं की जाती है। ऐसे में सभी कृत्य मानवीय प्रयास और परमात्मा के विधान के मिश्रित रूप पर निर्भर होते हैं।" 'द संडे इंडियन' में लखनऊ की पूजा अवस्थी लिखती हैं कि आतंकवाद का

किसी विशेष जाति या संप्रदाय से रिश्ता नहीं है, बढ़ते आतंकवाद के लिए वे सरकारी नीति को ही जिम्मेदार मानती हैं। महिला की बेचारगी पर जोर देने की बजाय दोषी को अधिक उजागर किया जाना चाहिए, पर इस ओर अभी भी ध्यान नहीं दिया जा रहा है। केवल राजनीति की जा रही है।

आज भी निराश हताश महिलाएँ आत्महत्या कर रही हैं। उनकी सुनवाई कहीं नहीं होती हो-हल्ला होता है, वो भी तब, जब मीडिया कमान सँभाल लेता है। ग्रामीण समाज को रिपोर्ट करने के लिए उसकी भाषा, संस्कृति व शैली को समझना जरूरी है। ग्रामीण परिवेश से निकलकर आई पत्रकार निश्चय ही इसमें अधिक सार्थक भूमिका निभा सकती हैं। महिला पत्रकार महिलाओं से जुड़े मामलों को प्रभावी ढंग से तभी प्रकाश में ला सकती हैं, जब वे स्वयं को सुरक्षित महसूस करें। अकसर यह शिकायत आती रही है कि कुछ समाचार-पत्रों में महिला पत्रकारों को उचित मान्यता ही नहीं दी जाती।

हर अखबार में महिलाओं के शोषण के संबंध में एक समिति का गठन किया जाए, जिसमें तीसरे पक्ष के रूप में किसी स्वैच्छिक संस्था को शामिल किया जाए। वैदिक कालीन नारी की स्थिति यदि तुलनात्मक दृष्टि से देखी जाए तो बहुत अच्छी कभी नहीं रही। हाँ, भारत की मध्ययुगीन नारी की स्थिति की अपेक्षा अच्छी है। दासत्व के युग में नारी ने बहुत कुछ खोया था। कारण कुछ भी रहे हों, किंतु हमारे समाज में तब भी और आज भी देवी, माता आदि के रूप में उसे पूजा की पात्र का विशेषण तो दिया ही गया है। स्वतंत्र महिला पत्रकारों ने व्यापक विषयों पर विभिन्न पत्र-पत्रिकाओं में लेखन किया है।

प्रारंभिक दौर की पत्र-पत्रिकाओं में राजेंद्रवाला घोष (बंग महिला) महिला शिक्षा की अलख जगाती देखी गईं, तो वहीं सावित्री देवी ने स्त्रियों को सभी प्रकार की स्वंतत्रता और शिक्षा मिलने के बाद ही उनकी स्थिति में सुधार की बात कही। इससे हटकर कृष्णाबाई ठाकुर ने 'मितव्यय' को परिभाषित करते हुए दूरदृष्टि, आत्म संयमन और स्वाभिमान को आवश्यक बताया। विद्यावती जहाँ एक ओर स्त्रियों को उनका बल याद रखने की सलाह देती दिखाई देती हैं, तो शकुंतला देवी गुप्त झूठे परदे को छुड़ाने का आह्वान करती हैं।

कमला देवी चट्टोपाध्याय स्त्रियों के प्रति पुरुषों की सभी तरह की मनोवृत्ति को बदलने की बात करते हुए लिखती हैं कि "पुरुषवादी सोच ही स्त्री के लिए घातक है।" महिलाओं से संबंधित विषयों के साथ-साथ बच्चों की परिवरिश पर स्वतंत्र महिला पत्रकारों का ध्यान अधिक रहा है। बच्चों की सुरक्षा, उनकी शिक्षा और बच्चों के आहार पर सोदाहरण लेख लिखे गए। स्वतंत्र महिला पत्रकारिता केवल महिला केंद्रित विषयों तक सीमित न रहते हुए अन्य विषयों में भी देखी गई। कमला देवी ने 'होली की उमंग' में लिखा कि "मस्त हो जाओ, रँग दो सारी दुनिया को।" स्वतंत्र महिला पत्रकार अपनी

तत्कालीन परिस्थिति पराधीनता की कसक से आनंद के क्षणों में भी मुक्ति नहीं पा सकीं।

किशोरी देवी लिखती हैं—"भावहीन हृदय आज इस ऋतुराज के शुभागमन पर आनंद के आवेग से नाच उठने में असमर्थ है।" ज्ञानवती देवी 'स्त्रियों को बच्चा पैदा करने की मशीन' मानने वाले पुरुष प्रधान समाज को लताड़ती दिखाई देती हैं तो चंद्रावती देवी द्विवेदी स्त्री पुरुष की कलह को दूर करने के उपाय सुझाती हैं। कौशिल्या देवी मानती है कि स्त्रियों में विरोध की मात्र इतनी अधिक बढ़ गई है कि वे बराबरी करती हुई, जो कार्य पुरुष करते हैं, वे करने पर बाध्य हो रही हैं। विमला देवी राजदान के अनुसार अब स्त्रियाँ घर के अंदर की देवी बनकर रहना पसंद नहीं करतीं, दासी बनकर रहने की तो बात ही दूर है। विद्यादेवी सिन्हा के अनुसार, मनुष्य सभी दिशा में प्रगति करना चाहता है, प्रकृति भी प्रगतिशील है, किंतु उसकी प्रगति में नियमबद्धता है। सुशीला सिन्हा चालीस के दशक में ही 'जन्म नियंत्रण' की बात लिखने लगी थीं। इससे पता चलता है कि उस समय की महिला पत्रकारिता बढ़ती जनसंख्या के संकट को भाँपने लगी थीं।

आज का अर्थ-आधारित समाज, हमारी उन्नति के उपाय, भक्ति का तत्त्व और स्वरूप, प्राचीन भारत का वैदेशिक संबंध, द्यूत क्रीड़ा की उत्पत्ति, साहित्य के संदर्भ में मनोविज्ञान की भूमिका, फिल्मों में नारी : नायिका या खलनायिका, नेपाल में हिंदी संस्कृत, साहित्य में नारी शंकराचार्य का अंतर्द्वंद्व, भारतीय महिला खिलाड़ी, लोकनृत्य हमारी जीवंत परंपरा के अलावा अपने समय के महत्त्वपूर्ण साहित्यकारों, कलाकारों पर लिखे गए लेखों ने स्वतंत्र महिला पत्रकारिता के विशाल स्वरूप को निर्मित किया है और स्वतंत्र महिला पत्रकारिता के उज्ज्वल भविष्य की असीम संभावनाओं के द्वार खोले हैं। संक्षेप में, हिंदी में महिला पत्रकारिता का शुभारंभ कुछेक गिनी-चुनी महिलाओं के साथ हुआ तथा उनके लेखन विषय महिलाओं की समाज में शोचनीय स्थिति और उसमें सुधार पर ही अधिकांशत: केंद्रित होते थे। तब पत्र-पत्रिकाओं के महिला पृष्ठों में ही उन्हें स्थान मिलता था। शनैः-शनैः हिंदी पत्रकारिता में महिलाओं की भागीदारी बढ़ी। साथ ही, उनके लेखन क्षेत्र में विस्तार हुआ। स्वतंत्रता आंदोलन के समय उन्होंने पत्रकारिता के माध्यम से बढ़-चढ़कर हिस्सा लिया, तो वहीं स्वतंत्रता के पश्चात् महिला पत्रकारों के लेखन में राष्ट्र निर्माण एवं विकास की चिंता प्रगट हुई। वर्तमान समय में महिलाएँ पत्रकारिता के हर क्षेत्र में अपनी प्रभावी भूमिका दर्ज करा रही हैं और उनके लेखन के विषयों में असीमित विस्तार हो चुका है।

□

महिला साक्षात्कारकर्ता

विभिन्न भूमिकाओं में प्रिंट तथा विजुअल माध्यमों में साक्षात्कार लेने वाली महिला पत्रकारों का विशिष्ट स्थान है। ये महिलाएँ साहित्य संस्कृति और कला जगत् की विषय विशेषज्ञ होती हैं तथा सक्रिय पत्रकारिता में रहनेवाली महिलाओं के अलावा विभिन्न क्षेत्रों से जुड़ी और स्वतंत्र पत्रकारिता करने वाली महिलाएँ हैं। समय-समय पर जिनके द्वारा लिये गए साक्षात्कार पत्र-पत्रिकाओं में छपते रहते हैं। नूतन मिश्र वशिष्ठ, जिन्हें उत्तर प्रदेश की वरिष्ठ महिला पत्रकारों में गिना जाता है, उन्होंने पत्रकारिता जीवन का आरंभ 'स्वतंत्र भारत' से किया था। सांस्कृतिक पत्रकारिता करनेवाली नूतन ने कई महत्त्वपूर्ण साक्षात्कार लिये। उनके जीवंत रुक्मिणी कल्याणम्, पं. भीमसेन जोशी के गायन के साथ तानसेन, त्यागराज संगीत समारोह का शुभारंभ, कौन गली गयो श्याम, दूसरों के घर बनाने के लिए अपने घर से दूर जैसे लेख स्मरणीय हैं। नासिरा शर्मा ने 1979 में गोलियों की बौछार के बीच जोखिमपूर्ण परिस्थितियों में पत्रकारिता का दायित्व संपूर्ण निष्ठा के साथ निभाया। उन्होंने ईरान व अफगानिस्तान की यात्रा की, वहाँ की स्थितियों को देखा, जाँचा और उनपर विश्लेषणात्मक लेख लिखे। वहाँ के विख्यात लोगों के साक्षात्कार भी लिये, जो भारत की महत्त्वपूर्ण पत्र-पत्रिकाओं में छपते रहे। उन्होंने 'अफगानिस्तान बुजकशीका मैदान' पुस्तक (दो भागों) लिखकर वहाँ की स्थिति से परिचित कराया। मधु किश्वर ने सहयोगी वनिता रुथ के साथ प्रो. रोमिला थापर से एक लंबा साक्षात्कार लिया था—

प्रश्न : परंपरा के संबंध में आपका क्या दृष्टिकोण है और ये परंपराएँ हमारे जीवन को किस हद तक प्रभावित करती हैं?

उत्तर : बहुधा जब हम व्यवहार की किसी विशेष लीक या दृष्टिभंगी या मूल्य पर जोर देना चाहते हैं तो सहज ही कह देते हैं, यह परंपरागत है, जिसका तात्पर्य यह होता है कि यह बात अपरिवर्तित रूप में दीर्घकाल से ऐसी ही होती चली आई है। ऐसा मानना सही नहीं है, क्योंकि परंपराएँ, चाहे वे पीढ़ी-दर-पीढ़ी चलती भले रही हों, कभी जड़ नहीं

होतीं। किसी परंपरा के पीढ़ियों तक चलते रहने की प्रक्रिया में ही उसमें परिवर्तन होना लाजिमी हो जाता है।

रश्मि श्रीमाल ने हिंदी के विदेशी विद्वानों से 'हिंदी का अंतरराष्ट्रीय प्रसार' पर बातचीत की, जिसका सार था—"भारत के अलावा विश्व के छोटे-बड़े देशों में हिंदी भाषा और साहित्य में लोगों की रुचि है तथा विश्वास है कि हिंदी द्वारा वे हिंदुस्तान को पहचान सकेंगे—यह राय मेरी नहीं अपितु तृतीय विश्व हिंदी सम्मेलन में आए विदेशी हिंदी विशेषज्ञों की थी, जिसका मूल स्वर था—हिंदी का अंतरराष्ट्रीय प्रसार।" संगीतज्ञों से की गई परिचर्चा में लिली सिंह ने 'संगीत का वर्तमान स्तर' की भूमिका में लिखा—"मानव जीवन एक संगीत है। दु:ख के क्षण हो अथवा सुख के जीवन के प्रत्येक क्षण में संगीत का अनुभव किया जा सकता है। संगीत मानव मन में एक नवीन रंग भर उमंग का संचार करता है।" संतोष माटा ने पं. गोपालप्रसाद व्यास से साक्षात्कार लिया—

प्रश्न : व्यासजी, सबसे पहले मैं आपको प्रधान संपादक होने की बधाई देती हूँ। भरे-पूरे परिवार, राजधानी के साहित्यिक तथा हिंदी मंडली को एकाएक छोड़कर आगरा प्रवास आपने कैसे स्वीकार कर लिया?

उत्तर : मैंने रोजी-रोटी के लिए अनजाने ही किसी वक्त पत्रकारिता को वरण कर लिया था।···कंपोजिटर से प्रूफ रीडर बना। वहाँ से मैंने प्रेस की विभिन्न विधाएँ—छपाई का काम, कागज का काम आदि की जानकारी प्राप्त की और 'साहित्य संदेश', आगरा में ही सहायक संपादक भी हो गया। उसके बाद मैं पहुँच गया दिल्ली। दिल्ली में दैनिक 'हिंदुस्तान' में उप-संपादक हुआ, उपमुख्य संपादक, सह-संपादक हुआ और यदि मेरी आँख खराब न होती, तो संपादक बनने में भी विशेष कठिनाई न थी। मैं वहाँ 63 वर्ष की आयु तक रहा, लेकिन अंतर्मन में एक छोटी-सी कसक रह गई कि कंपोजिटर से प्रधान संपादक बनूँ। यह अधूरी इच्छा थी, लेकिन इसके लिए मैंने कोई यत्न नहीं किया। एक दिन अचानक 'विकासशील भारत' के प्रबंधक दिल्ली में घर पहुँचे और मुझसे विकासशील भारत का प्रधान संपादक का पद सँभालने का अनुरोध किया और मैंने इसे दैवी प्रेरणा मानकर अनुबंध स्वीकार कर लिया और आगरा आ गया।" डॉ. नगेंद्र से एक अच्छी भेंटवार्त्ता अनामिका द्वारा ली गई थी। अर्चना वर्मा ने 'लेखक से बातचीत' के अंतर्गत नई कविता के सशक्त हस्ताक्षर सर्वेश्वरदयाल सक्सेना से साक्षात्कार लिया था। इसी में मृदुला अरुण ने आत्मीय अनुभवों की लेखिका मन्नू भंडारी से साक्षात्कार लिया और परिचर्चा-महिला लेखन और इसकी समस्याएँ आयोजित कीं। माजदा असद ने परिचर्चा 'भारतीय नारी : समस्याएँ और उपलब्धियाँ' आयोजित की, तथा 'गिरिजाकुमार माथुर' से लंबी बातचीत की थी, जिसके अंतर्गत उन्होंने कहा, "कविता आदमी के मन को समझकर उसको विश्वास दिलाती है।" क्षमा शर्मा ने ज्ञानपीठ पुरस्कार से सम्मानित

आशापूर्णा देवी से चर्चा की थी, जिसमें वे कहती हैं—"सिर्फ कानून बनाने से नारी मुक्ति आंदोलन सफल नहीं हो सकता। आवश्यकता है, पुरुष के मानसिक परिवर्तन की।"

आशारानी वोहरा ने विभिन्न पत्र-पत्रिकाओं में साक्षात्कार का एक लंबा सिलसिला चलाया था। वे उनमें तरह-तरह के प्रयोग भी करती रहती थीं। 'स्वतंत्र पत्रकारिता के क्षेत्र में महिलाएँ' शीर्षक से लिये गए साक्षात्कार में बताती हैं—"जब मैंने पत्रकारिता शुरू की थी, तब लड़कियों के लिए समाज में बहुत सारी पाबंदियाँ थीं। उस जमाने में गुणों की कद्र की जाती थी। आजकल भले ही असंख्य लड़कियाँ इस क्षेत्र में आ गई हैं, परंतु सभी प्रतिभावान नहीं होतीं। कई तो इस व्यवसाय के आकर्षण के कारण ही आती हैं।" वे स्वतंत्र लेखक, पत्रकार के रूप में विभिन्न पत्र-पत्रिकाओं से वर्षों जुड़ी रही। 'धर्मयुग', 'साप्ताहिक हिंदुस्तान', 'कादंबिनी', 'सरिता', मुक्ता', 'समाज कल्याण', 'समाजसेवा', 'मनोरमा', 'जावी', 'मधुप्रिया', 'हिंदी पेट्रियाट', 'पंजाब केसरी', 'स्वदेश', 'पाञ्चजन्य', 'नारीजगत्', 'प्रदीप', 'जागरण', 'जनधर्म' में उनके लेख पढ़ने को मिलते हैं। सामाजिक, शैक्षणिक, मनोवैज्ञानिक व समाज शास्त्रीय समस्याएँ, महिला, बाल, किशोर, वृद्ध एवं गृहविज्ञान, गृहकलाएँ, गृह उद्योग, हस्तशिल्प जैसे विविध विषय लेखन के रहे हैं। मात्र 15 रुपए मानदेय से अपने लेखन की शुरुआत करनेवाली श्रीमती वोहरा मानती हैं कि व्यवसाय के आकर्षक के कारण ही अब महिलाएँ पत्रकारिता क्षेत्र में आ रही हैं। उन्होंने महिलाओं के शोषण का रोना न रोकर आदिकाल से आधुनिक काल तक की महिलाओं की उपलब्धियों को विभिन्न लेखों के माध्यम से नारी समाज को नया आत्मविश्वास प्रदान किया। प्रख्यात तबलावादक किशन महाराज, रूबी सरकार से बातचीत में कहते हैं—"मैंने तबलावादकों को गायकों और सितार वादकों की भाँति बराबर का स्थान दिलाया और उनकी पारिश्रमिक राशि भी उन्हीं लोगों के समान करवाई। आज तबला वादकों को हजारों रुपए पारिश्रमिक मिल रहे हैं। हाँ, मुझे इतनी तकलीफ अवश्य है कि इतना सबकुछ होने के पश्चात् भी जो सम्मान हमें अपने लोगों से या सरकार से मिलना चाहिए था, वह अभी तक नहीं मिल सका।" उपेंद्रनाथ 'अश्क' ने अपने साक्षात्कार में कहा था—"मेरी जिंदगी तो खुली किताब है।" 'साप्ताहिक हिंदुस्तान' के संपादक मनोहर श्याम जोशी ने जब शुभा वर्मा को उनके साक्षात्कार के लिए इलाहाबाद भेजा तो दुकान में अश्कजी को बैठे पाया। तपाक से पूछा—"यह आपकी ही दुकान है ?"

"क्यों नहीं! तुम्हें दूसरे की लग रही है ? बोलो, क्या लेना है और दफा हो जाओ।"

"मुझे पहचाना नहीं 'बाबा' ?"

"अरे तुम शुभा!" फिर बातों का सिलसिला शुरू हो गया। उन्होंने बताया—"लोग जीने के लिए चोरी करते हैं, मिलावट करते हैं, झूठ बोलते हैं। मैंने तो ऐसा कुछ भी नहीं किया। दुकान लगाई है, इसमें किसी को क्या ऐतराज ?" बरखा दत्त 'परख' को दिए

साक्षात्कार में बताती हैं—"शुरुआती दौर में एक बार मैंने राहुल द्रविड़ से कह दिया कि मुझे क्रिकेट में दिलचस्पी नहीं है। इसके बाद मुझे कभी इंटरव्यू नहीं मिला।...मैं जिंदगी में जैसे बात करती हूँ, वैसे ही टी.वी. पर बात करती हूँ।" साक्षात्कार लेने में होनेवाली व्यावहारिक कठिनाइयों की ओर इशारा करते हुए बताती हैं—"मैं सद्दाम हुसैन के जमाने में इराक गई थी। वहाँ अमेरिकी सैनिकों ने हमें पकड़ लिया और टेप ले लिये। फिर जैसे-तैसे वहाँ से छूटी। मेरे साथ ऐसे कई वाकये कॅरियर के हर मोड़ पर हुए हैं। जब मैंने सलमान रुश्दी का इंटरव्यू किया तो मैं बहुत घबराई हुई थी। मुझे इस बात का डर था कि चाहे मैं कुछ भी पूछ लूँ, वे इतने चतुर हैं कि अपनी बात को सही साबित कर देंगे। सोनिया गांधी से लिये गए साक्षात्कार के बाद लिखती हैं कि वे बहुत ही शरमीली महिला हैं। उन्होंने बेनजीर भुट्टो की हत्या के तीन दिन बाद आसिफ अली जरदारी से लरकाना में इंटरव्यू किया तो लिखा—"मुझे समझ नहीं आ रहा था कि इंटरव्यू में निजी बातें कितनी पूछूँ और राजनीतिक कितनी?" साक्षात्कारकर्ता रेणु खंतवाल 'मौसमी चटर्जी से वार्त्तालाप' कर उनकी फिल्मी उपलब्धियों को रेखांकित करती हैं तथा जापान के हिंदी आचार्य डॉ. मिजोकामी से बातचीत में जापानी और हिंदी के बारे में जानना चाहती हैं। गीता यादव 'अलग काम' शीर्षक से खोए अंगों का सृजन करनेवाले जयपुर निवासी फुट बनाने में माहिर 45 वर्षीय किशनलाल शर्मा द्वारा कृत्रिम पैर के घुटने के ज्वॉइंट बनाने में सफलता हासिल करने पर बातचीत करती हैं। यह विकलांग लोगों के लिए बड़ी उपलब्धि थी। प्रेमचंद पर कमलकिशोर गोयनका से मिथिलेश की बातचीत 'अभिनव इमरोज' में छपी थी, जिसमें उन्होंने प्रेमचंद पर काफी विस्तार से जानकारी दी।

रामबहादुर राय से पेड न्यूज पर खास बातचीत रंजना बिष्ट द्वारा की गई, जिसमें वे कहते हैं—"सरकार नहीं चाहती कि रुके पेड न्यूज।" विश्व प्रसिद्ध राजनेताओं और कलाकारों से समय-समय पर प्रमिला कल्हण द्वारा लिये गए इंटरव्यू सराहे जाते रहे हैं। वे साक्षात्कार करने से पहले साक्षात्कार देने वाले व्यक्ति की पूरी जानकारी लेती थीं। उनके प्रश्न कई बार लोगों को चौंका दिया करते थे। सियाचिन की जाँबाज रिपोर्टर अनिता प्रताप उस समय सुर्खियों में आई थीं, जब उन्होंने एल.टी.टी.ई. के प्रमुख प्रभाकरण का इंटरव्यू लिया था। उनके और प्रभाकरण के मध्य हुई बातचीत से कई ऐसी घटनाओं की जानकारी पाठकों को मिली, जिससे न केवल प्रशासन की खामियाँ उजागर हुईं, अपितु समाज की उपेक्षा भी सामने आई। अनेक देशों के प्रधानमंत्रियों का साक्षात्कार लेने का श्रेय भी अनिता प्रताप के नाम रहा। स्वतंत्र पत्रकार ललिता अग्रवाल के अनुसार, "हमारे लिए सबसे अधिक समस्या यह आती है कि जब किसी रचना को लिखने के लिए किसी विशिष्ट व्यक्ति का साक्षात्कार करना हो तो वह हिंदी लेखन क्षेत्र से जुड़े लोगों को तो जल्दी समय नहीं देते और अगर यह बता दिया जाए कि स्वतंत्र लेखिका हैं, तब

तो और भी जल्दी समय नहीं मिलता।" डॉ. सीमा वर्मा साक्षात्कारकर्ता और अखबार में बैठे लोगों के बीच, जिन्हें छापने का अधिकार है, में तालमेल न बैठ पाने पर होनेवाली असुविधा के बारे में बताती है—"रचना साक्षात्कार पर आधारित है, तब तो जिन लोगों से बातचीत की गई है, वह बार-बार यही पूछते रहते हैं 'कब छपेगा'?"

'जागरण' में छपे साक्षात्कार में समरलोक की संपादक मेहरुन्निसा परवेज ने कहा था—"सम्मान छोटा हो या बड़ा, व्यक्ति की इज्जत बढ़ाता है। उसकी पहचान बनती है, पर आजकल पुरस्कारों में राजनीति आ गई है···पिछले दिनों माधवराव सप्रे संग्रहालय से पत्र आया तो मुझे खुशी हुई और मैंने महसूस किया कि जो काम मैं कर रही हूँ, वह सराहा जा रहा है। पुरस्कार से व्यक्ति की बाहर ही नहीं, घर में भी इज्जत बढ़ती है।" आशा अंशु ने 'आप कौन सा अखबार पढ़ती हैं' शीर्षक से परिचर्चा आयोजित की, कुछ चुने प्रश्न रखे—'क्या आप दैनिक समाचार पढ़ती हैं?' 'आजकल किस खबर से आप प्रभावित होती हैं?' 'पहले क्या पढ़ना चाहती हैं?' 'देश में जगह-जगह हिंसात्मक घटनाएँ हो रही हैं, पढ़कर क्या प्रभाव पड़ता है?' 'पंजाब नें आतंकवादियों ने राजनीति को धर्म से जोड़ दिया है'। 'धर्म तो व्यक्तिगत चीज है एवं राजनीति राज्य संचालन की नीति'। 'दोनों को मिलाने से जिस प्रकार की अव्यवस्था उत्पन्न हुई है इसके विषय में आप क्या सोचती हैं?' 'आए दिन स्त्रियों पर अत्याचार की घटनाएँ, जैसे—सती होना, दहेज के लिए बहू को जला देना या महिला पत्रकार को माफिया द्वारा धमकाया जाना, किसी स्त्री का बलत्कृत होना आदि आप पढ़ती हैं, तो इसके लिए आप किसको दोषी मानती हैं—समाज को या आज की राजनीतिक व्यवस्था को?'

महिलाओं ने जो उत्तर दिए, वे इस प्रकार थे—रमा शर्मा 'उदितवाणी' पढ़ती हैं, वे बताती हैं—"सर्वप्रथम मैं शीर्षक पढ़ती हूँ, फिर प्रमुख राजनीतिक या फेर बदल वाली खबरें। आजकल प्रमुख खबर हिंसात्मक घटनाएँ ही हैं। अनायास नजर उन पर जाती है और मन वितृष्णा से भर जाता है।"

दैनिक 'सन्मार्ग' की पाठक आशा जोशी धर्म में पूरी निष्ठा रखती हैं, किंतु धर्म के नाम पर जब ढोंग या अन्य कुरीति देखती-पढ़ती हैं तो मन खिन्न हो जाता है, क्योंकि उनकी दृष्टि में धर्म अच्छाई सिखाता है।

मीनाक्षी डे बताती हैं—"'आनंद बाजार', मैं सर्वप्रथम राजनीतिक खबरें पढ़ती हूँ। इसके बाद दुर्घटनाएँ और साहित्य संबंधी समाचार।"

संध्या पाल 'आनंद बाजार' के साथ खेल संबंधी पत्रिकाएँ भी पढ़ती हैं, कहती हैं—"मैं आरंभ में खेल समाचार पढ़ती हूँ, फिर दूसरी खबरें। हिंसात्मक घटनाओं को पढ़कर लगता है कि आम जनता को मिलकर समाधान करना चाहिए।"

अनिता दत्त ने बताया—"'आजकल' में मैं सबसे पहले मुख्य शीर्षक, फिर खेल

संबंधित समाचार पढ़ती हूँ। समाचार-पत्र में हिंसात्मक घटनाओं को पढ़कर मन खिन्न हो जाता है।"

पार्वती सिंह 'विश्वमित्र' में देश में कहाँ क्या हो रहा है एवं आतंकवादी समाचार पहले पढ़ती हैं। निर्दोष लोगों की हत्या के विषय में पढ़कर मन में उथल-पुथल होती है, क्योंकि धर्म और राजनीति एक नहीं।

शुक्ला बोस 'वर्तमान' में शीर्षक पहले पढ़ती हैं, क्योंकि प्रात: समय नहीं होता। समय मिलने पर पूरा अखबार पढ़ती हैं। कहती हैं—'हिंसात्मक घटनाओं को पढ़कर मन में दु:ख होता है।"

विश्लेषण करते हुए साक्षात्कारकर्ता लिखती हैं—"साक्षात्कारों से यह बात तो मुख्य रूप से समझ में आती है कि प्राय: दो एक बात सभी ने समान रूप से स्वीकार की हैं। धर्म और राजनीति को अलग-अलग माना है। नारी अत्याचार हेतु समाज को दोषी माना है। आज की नारी, चाहे वह केवल गृहिणी हो, अतीत की अपेक्षा आज काफी जागरूक है। वह सोचती है और चिंतन करती है। वह केवल पति-घर तक ही सीमित नहीं है।"

स्वतंत्र पत्रकार नीरा सिंह एक साक्षात्कार में बताती हैं—"यदि समाचार-पत्र के ऑफिस में कोई सी आधी-सादी महिला आ जाए तो लोग फटाफट भगा देते हैं।···इस कॅरियर में तो अच्छा-खासा शोषण है। यहाँ पर पारिश्रमिक भी सबको अलग-अलग दिया जाता है। कोई नई पत्रकार है तो उसे एक रचना का दो-तीन सौ रुपए ही दे दिया जाएगा, जबकि वरिष्ठ पत्रकार हैं तो उसको एक हजार रुपए दिए जाएँगे।···मैंने एक रचना फैशन डिजाइनरों के साक्षात्कार पर आधारित करके बनाई। चार नामी-गिरामी फैशन डिजाइनरों से फोन पर समय तय करके किसी से साक्षात्कार किया, फिर रचना तैयार की। एक बड़े ग्रुप की नई उभरती मैगजीन में रचना छपी। पारिश्रमिक राशि मिली, कुल चार सौ रुपए।"

आशा पटेल ने दिल्ली की महिला पत्रकारों से कुछ सवाल पूछते हुए लिखा—"पत्रकारिता ऐसा क्षेत्र है, जहाँ व्यक्ति की बौद्धिक योग्यता के अलावा उसकी घूम-फिर सकने की क्षमता और ढेरों लोगों से जीवंत संपर्क बनाए रखने की काबिलियत भी काम आती है। ऐसे में घूँघट और तमाम-तमाम वर्जनाओं की कैद से बाहर निकलकर भारत की औरतें यदि इस क्षेत्र में अपनी जगह बना सकी हैं, तो यह निश्चित ही प्रशंसनीय प्रयास माना जाना चाहिए। दृश्य-श्रव्य माध्यमों तक अखबारी दुनिया में महिला पत्रकारों की आज क्या स्थिति है? सामाजिक बदलाव के आंदोलन में मीडिया की क्या भूमिका है और क्या औरतों के प्रति मीडिया के दृष्टिकोण में कोई बदलाव आ रहा है? इन्हीं सवालों के साथ कुछ महिला पत्रकारों से मुलाकात की, जिससे कई नए तथ्य उभरकर सामने आए।"

मृणाल पांडे व्यापक सोच और विषय वैविध्य के साथ-साथ महिलाओं पर लिखने-पढ़ने के लिए जानी जाती हैं। मीडिया के हर मोर्चे पर उनकी पैठ है। उनसे पूछा गया—"क्या मीडिया में औरतों की भूमिका में कोई बदलाव नजर आ रहा है?" उत्तर था—"पिछले दस सालों में मीडिया में औरतों की संख्या काफी बढ़ी है। अंग्रेजी मीडिया में हिंदी की तुलना में ज्यादा महिलाएँ हैं। हालाँकि अभी भी छोटे शहरों में पत्रकारिता कम है, क्योंकि एक तो छोटे शहरों में पत्रकारिता कम होती है। दूसरे, पत्रकारिता के दबावों से छोटे शहरों की लड़कियाँ और उनके परिवार वाले नहीं जूझ पाते हैं।"

गरीबों का सेतु में 'घूँघट से कलम तक का सफरनामा' शीर्षक से महिला पत्रकारिता के भोगे-भुगते जुझारू यथार्थ की बानगियाँ व्यक्त हुईं। अलका सक्सेना अंग्रेजी में एम.ए. हैं। उन्होंने हिंदी पत्रकारिता में दो ही चर्चित पत्रों में नौकरी की, 'रविवार' और 'संडे आब्जर्वर'। फिलहाल वे स्वतंत्र रूप से कई पत्र-पत्रिकाओं से जुड़ी हुई हैं। यह पूछे जाने पर कि महिला होने के नाते आपको पत्रकारिता में क्या परेशानियाँ आती हैं? कहती हैं—"वैसे तो यह सच्चाई है कि पत्रकारिता में वही औरतें आती हैं, जो कुछ जुझारू किस्म की होती हैं। लड़कियाँ अकसर असफल इसलिए भी होती हैं कि उनके साथ अपनी सीमा रहती है। बड़े शहरों में तो यह फिर भी कम है, लेकिन फिर भी यदि औरत किसी से बात भी करती है तो सबको लगता है, वह उसमें रुचि ले रही है वरना परेशानियाँ नहीं हैं।"

रेड लाइट एरिया में रिपोर्टिंग के लिए जानी जाती रहीं शुक्ला रुद्र 'दिनमान टाइम्स' से जुड़ी रहीं। चाय उद्योग की एक पत्रिका का संपादन भी किया। पिछले 25 सालों से अधिक समय से वे पत्रकारिता में हैं। "समय के साथ आपको क्या बदलाव नजर आता है?" पूछने पर जवाब था—"जब मैं शुरू में आई तो 'टाइम्स' के दफ्तर में जहाँ 'टाइम्स ऑफ इंडिया', 'नवभारत टाइम्स' और 'दिनमान' में सिर्फ तीन लड़कियाँ थीं—माया शर्मा, ऊषा शर्मा और मैं। धीरे-धीरे लड़कियाँ बढ़ती रही हैं, लेकिन अधिकतर काम अंग्रेजी के माध्यम से शहरों में हुआ है। गाँवों में भी काम होना चाहिए। वैसे यह काम 'सेवा' ने किया है। वे औरतें, जो उँगलियों पर थीं, आज मोपेड पर बैठकर आती हैं। यह सब बदलाव की प्रक्रिया है।"

टाइम्स ग्रुप के नवभारत टाइम्स की मणिमाला ने राजस्थान के पूर्व मंत्री रामसिंह बिश्नोई द्वारा अपनी बेटी को कैद करने का भंडाफोड़ किया था। उन्हें नागरिक अधिकारों पर रिपोर्ट लिखने के लिए 'पी.यू.सी.एल.-इंडिया टुडे' अवॉर्ड भी मिला है। आप महिला आंदोलन की प्रमुख प्रवक्ता के रूप में उभरी हैं। महिला पत्रकार की कौन सी समस्याएँ होती हैं? पूछे जाने पर कहती हैं—"जो महिला की समस्या है, वही महिला पत्रकारों की भी समस्याएँ हैं। पत्रकार होने से वह महिला नहीं रह जाती है, ऐसी बात नहीं है।"

'जनसत्ता' में कार्यरत रजनी नागपाल का मानना है, "महिला पत्रकारों की अन्य

समस्याएँ तो हैं ही किंतु उनके विवाह की समस्या पर भी ध्यान दिया जाए, क्योंकि पेशे की माँग होती है कि वे 'बोल्ड' हों और हिंदुस्तानी समाज की बहू की परिकल्पना सामान्यत: इससे ठीक उल्टी होती है। ऐसे में दो पाटों में पिसती है अविवाहित महिला पत्रकार।" 'महिला पत्रकारों की आज की स्थिति है' पर जवाब देती हैं—"उच्च-मध्यमवर्ग से आनेवाली पत्रकारों को उतने सामंजस्य की जरूरत नहीं होती, जितने मध्यवर्ग की महिलाओं को। महिला पत्रकारों से अपेक्षा ज्यादा होती है। वे पत्रकारिता को चुनौती के रूप में लेती हैं। कुछ कर दिखाने की खातिर वे इसे अपनाती हैं। फिर वह संघर्ष उन्हें सहज लगने लगता है, क्योंकि वे शुरू से ही समझौतावादी प्रवृत्ति से दो-चार होती रहती हैं। उनमें समझ भी ज्यादा होती है। हिंदी में ज्यादा महिलाएँ निम्न मध्यवर्ग और मध्यम वर्ग से आती हैं। यह बात उनपर ही लागू होती है।"

रुचिरा जुझारू पत्रकार हैं। अयोध्या में हुए बाबरी मसजिद के ध्वंस कांड में सांप्रदायिक उत्पातियों के हाथों लांछित होनेवाले पत्रकारों में थीं, लेकिन वे डटी रही थीं। इसी तेवर के चलते वह किसी रपट के छपने-न छपने के मुद्दे को लेकर 'टेलीग्राफ' (कोलकाता) की नौकरी तक छोड़ चुकी हैं। राजनीति और व्यापार संबंधी मुद्दों को आज की सभी चीजों से जुड़ा हुआ मानती हैं। 'बिजनेस इंडिया' उनका कार्यक्षेत्र रहा। 'औरत होने के नाते किन परेशानियों का सामना करना पड़ता है?' पूछे जाने पर कहती हैं—"और तो सब ठीक है, पर आदमियों की तरह रात तक आप पी-खा तो नहीं सकते और उसी दौरान सारी सूचनाएँ मिलती हैं। दूसरी बात मुझे लगती है कि अखबार के दफ्तर के अंदर आपको परेशानियाँ झेलनी पड़ती हैं, फील्ड में नहीं। और तभी किसी भी दैनिक की संपादक महिला नहीं है।"

महिला आंदोलनकर्ता के रूप में जानी जानेवाली मधु किश्वर को विज्ञापनों में औरत के अधनंगे शरीर के चित्रण से कोई आपत्ति नहीं। उनका मानना है कि क्या औरत का शरीर इतना बदसूरत है कि उसे देखने से पाप लग जाए? 'महिला पत्रकारों की आज की स्थिति?' पर बताती हैं—"बड़े शहरों में जहाँ तक पत्रकारिता की बात हैं, मैं समझती हूँ कि भारत में महिला पत्रकार बाकी देशों से कहीं बेहतर स्थिति में हैं। पिछले दस वर्षों में देखें, तो कम-से-कम दिल्ली, बंबई, कलकत्ता जहाँ ज्यादा पत्रकारिता अलग किस्म की है। पहले माना जाता था कि महिलाएँ तो हल्की-फुल्की खबरें जैसे यूनिवर्सिटी या फ्लॉवर पॉट शो कवर करेंगी, लेकिन पिछले सालों में जितनी भी महत्त्वपूर्ण रपटें आईं, उनमें महिलाओं का भी हाथ था।"

नूतन मिश्र वशिष्ठ से सुधा शुक्ला द्वारा यह पूछे जाने पर कि 'आपने पत्रकारिता का ही क्षेत्र क्यों चुना?'

उत्तर : "जब हम छोटे थे और उस समय जब हाई स्कूल का परीक्षा परिणाम

निकलना एक बड़ी घटना होती थी और समाचार-पत्रों के कार्यालय के सामने बहुत भीड़ जमा हुआ करती थी। उसे देखकर मेरे मन में इच्छा होती थी कि काश, ऐसा हो कि हम कार्यालय के अंदर हों और बाहर भीड़ से कोई मुझसे परीक्षा का परिणाम पूछे और मैं बता सकूँ।"

प्रश्न : जिस समय आप पत्रकारिता के क्षेत्र में आईं, उस समय महिला पत्रकारों में और कौन-कौन काम कर रही थीं?"

उत्तर : "उस समय हिंदी पत्रकारिता में कोई महिला पत्रकार नहीं थी। अंग्रेजी समाचार-पत्र 'नेशनल हेरॉल्ड' में सुनीता ऐरन काम कर रही थीं। इसके साथ ही कुछ महिलाएँ जो समाचार-पत्रों में थीं। वे डेस्क पर थीं, जिनमें 'नॉर्दन इंडिया' पत्रिका में शिखा, 'स्वतंत्र भारत' में इंदु अग्रवाल और उमा तथा 'पायनियर' में ललिता सुब्रह्मण्यम थीं।"

'आजकल की महिला पत्रकारों में कुछ नाम अगर आपको याद हों तो?' पूछने पर उत्तर था—'अनीता तिवारी, शिखा, तरन्नुम, मंजुल।'

सरिता सिंह (प्रमुख संवाददाता 'हिंदुस्तान') साक्षात्कार में पूछे गए प्रश्न : "पहले के पत्र-पत्रिकाओं में महिलाओं के लिए जो स्तंभ लिखे जाते थे और आज जो लिखे जा रहे हैं, उनमें क्या अंतर है?"

उत्तर : "आज के अखबारों में जो कुछ लिखा जा रहा है, उसमें मेकअप, शादी, लहँगा, चोली, पुरुष समाज को कैसे कैटर करें—इसी पर सारी पत्रकारिता केंद्रित है। सच्चाई यह है कि आजादी के पहले जो स्त्रियों के लिए लिखा जा रहा था, वह भी पुरुष की पसंद था, और आज जो लिखा जा रहा है, वह भी पुरुष की ही पसंद है।"

गजाल जैगम से यह पूछने पर कि आपने पत्रकारिता का क्षेत्र ही क्यों चुना?

उत्तर : मैं सुल्तानपुर के गाँव से आती हूँ। मेरे परिवार में पढ़ने-लिखने का बहुत अच्छा माहौल हुआ करता था। उस जमाने में हिंदी, अंग्रेजी और उर्दू की सभी अच्छी पत्रिकाएँ मेरे घर में आती थीं, जिनमें 'इलेस्ट्रेटेड वीकली', 'शमा', 'धर्मयुग', 'मनोरमा', 'चंदा मामा', 'खिलौना' आदि थीं। पत्रकारिता का आरंभ कहानी लेखन से किया। कुर्रतुलुन हैदर और अमरकांत को पढ़ा और उन्हीं से जानकारी प्राप्त की। इलाहाबाद में शिक्षा के दौरान महिला पत्रिका 'मनोरमा' में लिखने लगी और वहीं से पत्रकारिता आरंभ हुई।

कुमकुम शर्मा (संपादक, उत्तर प्रदेश) प्रश्न—'जब आप पत्रकारिता के क्षेत्र में आईं, उस समय महिला पत्रिकाओं की क्या स्थिति थी?'

उत्तर : पत्रकारिता का आरंभ इलाहाबाद से शिक्षा के दौरान किया। सबसे पहले 'मनोरमा' मासिक पत्रिका से जुड़ी। उस समय ममता कालिया, अमृता प्रीतम जैसी

महिलाएँ हमारी आदर्श हुआ करती थीं। 'धर्मयुग', 'साप्ताहिक हिंदुस्तान', 'सारिका', 'हंस' और 'मनोरमा' जैसी पत्रिकाएँ ही बहुतायत से पढ़ी जाती थीं।

रूमा सिन्हा (विज्ञान पत्रकार, राष्ट्रीय सहारा)

प्रश्न : स्वतंत्रता के पश्चात् पत्र-पत्रिकाओं में स्त्री की जो छवि थी और आज की पत्र-पत्रिकाओं में जो छवि है, उसमें क्या अंतर है ?

उत्तर : आज स्त्री की जो छवि पत्र-पत्रिकाओं में छप रही है, वो बहुत रंगीन और मसालेदार है। उससे समाज को क्या लाभ मिल रहा है, यह तो पता नहीं, लेकिन उसकी छवि विकृत हो रही है, यह तो तय है। महिला जागरण और महिला सशक्तीकरण की बात करें तो महिला एक वस्तु के रूप में अखबार-पत्रिकाओं में इस्तेमाल की जा रही है। उसका यह रूप एक खास वर्ग को बहुत लुभाता भी है। आज एक बड़ी संख्या में महिलाएँ अपनी देह की कीमत को समझने लगी हैं और वे उसे कैश भी करा रही हैं। इसमें उन्हें कोई आपत्ति भी नहीं है। विज्ञापनों की स्थिति और भी बुरी है। आदमियों के लिए दिए जानेवाले वस्तुओं के विज्ञापन में न तो आदमी दिखाई पड़ता है और न वस्तु। केवल औरत ही कम कपड़ों में दिखाई पड़ती है। यह एक पुरुष वर्ग की बहुत बड़ी साजिश है। जो औरत की प्रतिभा, योग्यता को खत्म कर रही है और उसकी प्रगति को यहीं पर रोक रही है, क्योंकि औरत की प्रगति से कहीं-न-कहीं पुरुषों का एक बहुत बड़ा वर्ग कुंठित है।

रेखा कुशवाहा (उप-संपादक, राष्ट्रीय सहारा)

प्रश्न : महिला पत्रिकाओं और महिला परिशिष्टों के विषयों के चयन के बारे में क्या विचार हैं ?

उत्तर : सत्तर के दशक में आमतौर पर समाचार-पत्रों में महिला परिशिष्ट नहीं हुआ करते थे। 'स्वतंत्र भारत' ने 'उपहार' नाम का एक साप्ताहिक परिशिष्ट निकाला। तब से महिलाओं से जुड़े लेखों की संख्या में बढ़ोतरी होने लगी। 'राष्ट्रीय सहारा' ने हर दिन चार पन्ने का परिशिष्ट देना शुरू किया। तब चार पन्नों में से एक पन्ना महिलाओं के लिए आरक्षित हो गया। हालाँकि उस पन्ने में भी महिलाओं को सिखाने, पढ़ाने, निर्देशित करनेवाले लेख ज्यादा होते थे। स्त्रियों की सोच तथा चाहतों के लिए जगह कम होती थी। आज लगभग सभी समाचार-पत्र 'दैनिक जागरण', 'हिंदुस्तान', 'अमर उजाला' महिला परिशिष्ट निकाल रहे हैं, जिनमें 'दैनिक जागरण' की 'संगिनी' और 'हिंदुस्तान' की 'अँगना' महिला परिशिष्ट काफी अच्छे निकल रहे हैं। उसमें महिला समस्याओं पर सोच और चाहतों के बारे में भी चर्चा होने लगी है। उसके साथ ही घरेलू कार्य कैसे करें,

क्या करें, इसके लिए भी लेख हमेशा परिशिष्टों में रहते आए हैं। महिला परिशिष्टों की सबसे बड़ी उपलब्धि महिला उत्पीड़न, महिला शोषण के क्षेत्र में रही है, जिसे मीडिया ने पूरे जोर-शोर से उठाया। कितने ही केस ऐसे थे, जिन्हें मीडिया ने न उठाया होता तो वे आज कहीं सत्ता के गलियारों में दफन हो गए होते। आशियाना कांड हो या इमराना कांड, इन कांडों की प्रस्तुति में मीडिया ने जो तेजी दिखाई, उसके बाद ही वे समाज की नजरों में आ सके। फौजिया रेयाज ने सुखविंदर से बॉलीवुड में उनकी संगीत यात्रा से लेकर ए.आर. रहमान के साथ काम करने तक के अनुभवों के बारे में बात की।

हमने अध्ययन में पाया कि साक्षात्कारकर्ता के रूप में महिलाएँ पत्र-पत्रिकाओं में बहुत बाद में आईं। जब अखबारों के विभिन्न पदों पर उनकी कुशलता का परिचय मिल चुका तो महिला पत्रकारों को साक्षात्कार लेने की जिम्मेदारी भी सौंपी जाने लगी। प्रारंभ में उनके साक्षात्कार साहित्य और कला जगत् की हस्तियों तक ही सीमित रहते थे। कुछ समय बाद उनका विस्तार हुआ और महिलाओं ने सभी क्षेत्रों की महत्त्वपूर्ण हस्तियों से बात करना प्रारंभ कर दिया। आज स्थिति यह है कि प्रिंट मीडिया के अलावा विभिन्न चैनलों में वे साक्षात्कार लेती हुई दिख रही हैं। उनमें जोश, उत्साह और निडरता के साथ-साथ विषय का अध्ययन भी देखने को मिल रहा है। साक्षात्कारकर्ता महिला पत्रकारों ने जब भी किसी से बातचीत की उनके बारे में पूरी जानकारी अवश्य रखी। महिला साक्षात्कारकर्ताओं ने अपने समय के साहित्यकारों, संगीतकारों, कलाकारों, समारोह में आनेवाले देश-विदेश के कला मर्मज्ञों से साक्षात्कार लिये। अपने समय के महत्त्वपूर्ण हस्ताक्षरों से बातचीत कर तत्कालीन परिस्थितियों को उद्घाटित करते हुए अपनी विद्वत्ता का परिचय भी दिया। साहित्य, समाज, कला, संस्कृति की विभूतियों, विदेशी विद्वानों, राजनेताओं, फिल्मी जगत् की हस्तियों, खेल के मैदान में जौहर दिखाने वाले खिलाड़ियों से साक्षात्कार लेने वाली महिला साक्षात्कारकर्ता ने कई बार खूँखार व्यक्तियों तक से साक्षात्कार लेकर अपने साहस का परिचय दिया। कभी अपराधियों से जेल में जाकर बातचीत की, तो कभी उनके अस्थायी डेरों पर पहुँचकर साक्षात्कार लिये, और उनका पक्ष भी समाज के सामने लेकर आईं और पत्रकारी धर्म का पालन किया। साहित्य, कला, संस्कृति, खेल, विधायिका, कार्यपालिका, न्यायपालिका, पत्रकारिता, राजनीति, अध्यात्म जैसे विविध क्षेत्रों की हस्तियों के साथ ही महिला पत्रकारों ने दुर्दांत अत्याचारियों, अलगाववादियों, आतंकवादियों तक से साक्षात्कार लेकर उनके विचार-चिंतन को समाज के सामने लाने का कार्य सफलतापूर्वक किया है। ये साक्षात्कार उनके आत्मविश्वास, साहस एवं निडरता के परिचायक रहे हैं।

□

महिला फोटो पत्रकार

महिला प्रेस फोटोग्राफर

भारत की पहली महिला फोटो पत्रकार होमई व्यारावाला रही हैं। 1913 में गुजरात के नवसारी में एक पारसी परिवार में उनका जन्म हुआ। अपने नायक पिता से जो चित्रकार, नाटककार और लेखक थे, जन्म घुट्टी में ही उन्हें ऐसे संस्कार मिले, जिनके कारण वे देश की पहली महिला फोटो पत्रकार बनीं। सात साल की उम्र से अपने सारे काम खुद करनेवाली होमई ने जे.जे. स्कूल ऑफ आर्ट्स से पेंटिंग और टीचर्स का डिप्लोमा किया तथा मुंबई के सेंट जेवियर कॉलेज से बी.ए. की परीक्षा पास की। इसी दौरान उनकी भेंट मानेकशॉ व्यारावाला से हुई। वे फोटोग्राफी के शौकीन थे। एक पिकनिक के दौरान उन्होंने मानेकशॉ से कैमरा उधार लेकर कुछ तसवीरें खींचीं। एक तसवीर जो अमरनाथ मंदिर की थी, उसे उन्होंने 'बॉम्बे क्रॉनिकल' में भेज दिया। छपने पर उन्हें एक रुपया मेहनताना मिला। वह तसवीर अखबार के पूरे पृष्ठ पर प्रकाशित हुई थी। बस, यहीं से होमई प्रेस फोटोग्राफर बन गईं। 'मेनस्ट्रीम' की वे पहली महिला फोटोग्राफर थीं। 1930 में फोटो पत्रकार की हैसियत से उन्होंने 'इलस्ट्रेटेड वीकली' में पदभार ग्रहण किया। साक्षात्कार में बताती हैं—"1936 के जमाने में एक ऑर्डीनरी पेपर के एक फोटो का एक रुपया मिलता था और हमें 8 रु. मिला था। उस जमाने में 8 रु. तो 80 रु. के बराबर होता था, तो बस मैंने कहा, "इसमें तो पैसे भी मिलेंगे और मजा भी आएगा। सीखने को भी मिलेगा और बाहर जाके हर-एक चीज देखने को भी मिलेगी। ऐसे करते-करते बस फोटो करने लगी।" 1941 में मानेकशॉ से विवाह करके होमई व्यारावाला बन गईं। व्यारावाला 1942 में ईस्टर्न ब्यूरो ऑफ युनाइटेड किंग्डम के प्रचार कार्यालय की स्थापना करने दिल्ली चले गए, पर वे नहीं जा सकीं, क्योंकि उन्हें मुंबई में विश्वयुद्ध से संबंधित चित्र लेने थे।

सन् 1947 में अपने छोटे बेटे को लेकर आजादी से पूर्व वे दिल्ली जा पहुँची। होमई स्वयं फिल्में (रोल) धोतीं और प्रिंट बनाया करती थीं। 14 और 15 अगस्त, 1947 की

रात को सत्ता हस्तांतरण के चित्र रात में बारह बजे लेने के बाद वे सुबह लाल किले पर जा पहुँची। वहाँ उनके द्वारा लिये गए चित्रों ने पत्रकारिता का नया अध्याय ही लिख दिया। 1947 में फॉर ईस्टर्न ब्यूरो की जगह ब्रिटिश इन्फॉर्मेशन ब्यूरो बनाया गया, तो होमई उससे जुड़ गईं और 1967 तक वहाँ काम करती रहीं। उनकी प्रसिद्धि और महत्त्व इस बात से आंका जा सकता है कि लोग उन्हें 'फोटोग्राफरों की मम्मी' कहने लगे थे। प्रदीप प्रभाकर लिखते हैं—"राष्ट्रीय कला संग्रहालय में उनकी तसवीरों को देखकर पहली बार यही लगा कि इतिहास तो कभी भी लिखा जा सकता है, लेकिन फोटो-इतिहास के साथ ऐसा नहीं हो पाता है, क्योंकि हर फोटो अपने आप में एक इतिहास होता है। उन चित्रों को देखते हुए आप 1940 से लेकर 1960 के बीच देश के अंदर घटित तमाम ऐतिहासिक गतिविधियों से रू-ब-रू होते हैं। साड़ी में लिपटी और 'रॉलीफेलेक्स' या फिर 'स्पीड ग्राफिक्स' कैमरे के साथ व्यारावाला मानो सत्ता के गलियारों में हर पल मौजूद रही हों। हर एक महत्त्वपूर्ण राजनीतिक घटनाक्रम को उन्होंने अपने कैमरे में कैद किया था। चाहे वो लाल किले पर 15 अगस्त की देर रात जवाहरलाल नेहरू का भाषण हो, या महात्मा गांधी की शव यात्रा हो या फिर जवाहरलाल नेहरू की मौत का दुःखद क्षण। होमई के खींचे फोटो में यह सब जीवंतता के साथ लक्षित होता है। यह तब की बात है, जब फोटोग्राफी कोई आसान विधा नहीं थी, और कैमरे की तकनीक भी साधारण हुआ करती थी। इन मुश्किलों के बीच सामाजिक तौर पर यह भी गौर करने की बात है कि उस दौर में फोटोग्राफी में महिलाओं की मौजूदगी नहीं थी।" होमईजी को उपलब्धियों के बावजूद एक अनुपलब्धि हमेशा सालती रही, जिसे उन्होंने 'धर्मयुग' में साक्षात्कार देते समय स्वीकार किया था—"30 जनवरी, 1948 का वह खूनी क्षण, जब गांधीजी को नाथूराम गोडसे की गोलियों ने निशाना बनाया था, उस दिन मैं गांधीजी की प्रार्थना सभा में फोटो खींचने जानेवाली थीं, पर मेरे पति ने कहा—कल चले जाना और वह कल कभी नहीं आया।"

1959 में उन्होंने भारत-तिब्बत की कई ऐतिहासिक घटनाओं को कैमरे में कैद कर कीर्तिमान रचा था। उन्होंने 'टाइम', 'लाइफ', 'स्टेट्समैन', 'हिंदुस्तान टाइम्स', 'ऑनलुकर', 'करंट', 'जाम-ए-जमशेद', 'ब्लेक स्टार', 'पॉलपानर' जैसे अनेक पत्र-पत्रिकाओं में स्वतंत्र फोटो पत्रकारिता की। यूनेस्को द्वारा उनके कार्यों पर आधारित एक किताब का प्रकाशन किया गया था। टाटा मोटर्स ने बुजुर्ग फोटो जर्नलिस्ट को प्राथमिकता देते हुए पहली नैनो कार उपलब्ध कराई थी। पद्म विभूषण प्राप्त इस पहली महिला फोटोग्राफर को सूचना प्रसारण मंत्रालय ने 'लाइफ टाइम एचीवमेंट पुरस्कार' से भी नवाजा था। पति और 47 वर्षीय पुत्र के निधन ने उन्हें तोड़कर रख दिया था। जीवन के अंतिम समय तक सक्रिय रहनेवाली होमई ने 1970 में अपने कैमरे पर कैप लगा दिया। 'मीडिया की आधी दुनिया यानी होमई व्यारावाला' शीर्षक से नवल जायसवाल लिखते

हैं—"उनका जीवन सरल नदी की तरह था। वे नवसारी गुजरात में पैदा हुईं और शिक्षा-दीक्षा मुंबई में हुई। पिताजी चित्रकार, नाटककार और लेखक थे, माता गृहिणी थीं। भले ही वे पारसी परिवार में पैदा हुईं, लेकिन सारे संस्कार एक भारतीय के थे।"

होमई द्वारा दिए गए साक्षात्कार से उस समय की फोटो पत्रकारिता की कठिनाइयों को समझा जा सकता है—"स्टूडियो जैसी बात ही नहीं थी। घर में बाथरूम के अंदर हम प्रिंटिंग करते थे। इन्लार्जिंग मशीन रख, मैं नीचे बैठती, पटले के ऊपर, (गुसलखाने इतने छोटे होते थे कि पंखा रखने की जगह ही नहीं होती थी, तो एक हाथ में पंखा रहता था) मेरे खाविंद बैठते थे एन्लार्जिंग मशीन के पास स्टूल के ऊपर और प्रिंट निकालते थे, वे मैं नीचे, डिशेसेज लेकर बैठ जाती थी, तो एक हाथ से डेवलपिंग होती थी। ऐसे हमने काम किया है। उस जमाने में ग्लेजिंग नहीं हो सकता था, क्योंकि ग्लेजिंग मशीन जैसी कोई चीज नहीं थी। तो हम ग्लास शीट के ऊपर ग्लेजिंग करते थे फोटोग्राफ्स के और 20-20 फोटोग्राफ की 15-15 कॉपी निकालनी हों, तो कितना काम करना पड़ता था?" उनकी फोटो प्रदर्शनियों में उनके द्वारा खींचे गए चित्रों से उनकी कार्यकुशलता का पता चलता है। फोटो पत्रकारिता को एक युग देने वाली होमई व्यारावाला के जीवन की समाप्ति 98 वर्ष में हुई। वे 42 सालों तक बड़ौदा के एक मकान में अकेले जीवन व्यतीत करती रहीं। 15 जनवरी, 2012 को वे मकान की सीढ़ियों से गिर गईं और इस संसार को अलविदा कह दिया।

भारतीय प्रेस परिषद् की 33वीं वार्षिक रिपोर्ट में लिखा है—"व्यारावाला ने 1938 और 1970 की अवधि में कुछ यादगार फोटो खींचे थे। इन चित्रों में स्वतंत्रता के बाद तिरंगा झंडा फहराने, महात्मा गांधी की मृत्यु, तत्कालीन प्रधानमंत्री जवाहरलाल नेहरू द्वारा कबूतर उड़ाए जाने और अन्य चित्र शामिल हैं, जो आज राष्ट्रीय अभिलेख का भाग बन गए हैं।"

स्वतंत्र महिला फोटोग्राफरों में अनेक नाम सामने आए। उनमें संघर्ष करनेवाला नाम शिप्रा दास का रहा है। उन्होंने अपने बारे में लिखा था—"सालों पहले, जो लोग मुझे घृणा से देखते थे, मुझे बदनाम करते थे, वही लोग आज मेरी प्रशंसा करते हैं। पहले कोई काम देने को तैयार नहीं था। आज मेरे पास अकसर नौकरी के ऑफर आते रहते हैं। मेरे चित्रों की बराबर माँग रहती है।" निम्न मध्यमवर्गीय परिवार में जन्म लेने वाली शिप्रा ने अपना कॅरियर सेल्सगर्ल (हेल्पर) के रूप में शुरू किया। परिवार की आर्थिक स्थिति सुधारने के लिए प्राइवेट ट्यूशन भी करनी पड़ी। घर-घर घूमकर 'सीफोम' बेचती। एक स्कूल में अध्यापिका का कार्य किया। स्कूल की छुट्टी के बाद अखबारों के दफ्तरों में अपने लेख प्रकाशित करवाने जाती। उनके लेख कोलकाता के 'वसुमति', 'ग्रामीण' और 'आनंद बाजार' पत्रिकाओं में प्रकाशित हुए। लेखकीय पारिश्रमिक के बारे में एक

साक्षात्कार में बताती हैं—"एक समाचार-पत्र ने पूरे साल काम करने के एवज में मुझे 35 रुपए दिए।" उन्होंने सर्वप्रथम जिस कैमरे से तसवीर खोंची, वह एक परिचित का पुराना आईसोलीटूके आसाई प्रिंटिंग्स कैमरा था। उनका पहला छायाचित्र 'सतयुग' में निःशुल्क छपा, तत्पश्चात् 'आनंद बाजार पत्रिका', 'युगांतर', 'वर्तमान', 'आजकल' इत्यादि में उनके चित्र छपने लगे। 1984 तक वे अपनी पहचान बनाने में सफल रही। एक अखबार में छपे दंगे की फोटो पर उन्हें 1,000 रुपए का ईनाम भी मिला। 1987 में उनके अपहरण का प्रयास भी हुआ। उनके जीवन पर आधारित घटनाओं को टी.वी. कार्यक्रम 'स्त्री' सीरियल के एक एपीसोड में दिखाया गया था, जिसमें रत्ना पाठक ने उनकी भूमिका अदा की थी। कोलकाता में उनके द्वारा खींचे गए दंगों और सुंदरवन से कुछ दूरी पर आई भयंकर बाढ़ की तसवीरें काफी चर्चा में रहीं। अयोध्या कांड की तसवीरों को भी काफी सराहना मिली। रॉयल फोटोग्राफिक सोसाइटी में भेजी गई, उनकी तसवीरों का चयन एल.आर.पी.एस. के लिए किया गया।

नलिनी भारती उत्तर प्रदेश की पहली महिला छायाकार-पत्रकार थीं। 1993 में 'स्वतंत्र भारत' से प्रशिक्षु पत्रकार के रूप में जुड़ीं। आरंभ में पत्रकारिता खेल पत्रकार के रूप में की। 1996 में 'डेटलाइन' सांध्य समाचार-पत्र में उनकी नियुक्ति अपराध पत्रकार के रूप में हुई। इसी समय नलिनी ने कैमरा भी सँभालना शुरू कर दिया और उसके खींचे चित्र उसके समाचारों के साथ लगने लगे। यहाँ तक कि साल भर के भीतर ही नलिनी ने छायाकार-पत्रकार के रूप में कार्य सँभाल लिया। 1997 में दैनिक 'स्वतंत्र भारत' में छायाकार के रूप में कार्य आरंभ किया और साल भर बाद ही दैनिक समाचार-पत्र 'कुबेर टाइम्स' में छायाकार के रूप में नियुक्ति पा ली। 2000 के दिसंबर तक उसी पत्र के साथ जुड़ी रहीं। वर्तमान में स्वतंत्र पत्रकार के रूप में कार्य कर रही हैं।

फोटोग्राफर सर्वेश के बारे में 'कादंबिनी' में 'मार खाने वाली बहू फोटोग्राफर बन गई' शीर्षक से एक अच्छा लेख पढ़ने को मिलता है। यह सिद्ध करता है कि जीवन में विपरीत परिस्थितियों के आने के बाद स्त्री और भी सशक्त होकर आगे बढ़ती है, रास्ता चुन सकती है। महिला फोटोग्राफर की कठिनाइयाँ अलग तरह की रही हैं। उन्हें फोटो खींचने के लिए कई जगह घूमना पड़ता है। उनसे अखबार के लिए फोटो देने का अनुरोध करना पड़ता है, पर कई बार संपादक लोग फोटो अपने पास रख लेते हैं, न ही लगाते हैं और न ही पास करते हैं। ब्रिटिश छायाकार क्लेयर आरनी बेंगलुरु आकर बस गईं और एक भारतीय वास्तुविद् से विवाह रचा लिया। कुछ समय तक टाइम्स ऑफ इंडिया की बेंगलुरु शाखा में काम करने के बाद वे स्वतंत्र रूप से वास्तुशास्त्र के लिए फोटोग्राफी करने लगीं। इसके लिए उन्होंने कुछ प्रसिद्ध प्रतिष्ठानों एवं व्यक्तियों के आवासों की फोटोग्राफी भी की थी। लंदन से फोटो पत्रकारिता का कोर्स करने के बाद ओलिविया

ऑर्थर भारत आ गईं। कोर्स करने से पूर्व भी वे फोटो पत्रकारिता से जुड़ी थीं। गणित की विद्यार्थी होने के बावजूद विद्यार्थियों के लिए निकलने वाले एक समाचार-पत्र से फोटो पत्रकारिता आरंभ की। उनका कहना है, "समाज के अनेक व्यक्ति अपनी बात नहीं कह सकते, अत: फोटोग्राफी अच्छा माध्यम बन सकता है। मध्य प्रदेश भी मेरा कार्यक्षेत्र रहा है।" ओलिविया मुख्यरूप से आलेख-आधारित छायाचित्रण अधिक पसंद करती थीं। उनका मानना है—"कार्य तो कार्य होता है, उसमें पुरुष और महिला में कोई भेद नहीं है।" सुचेता दास 'रॉयटर' के लिए सुनामी के कवरेज से ख्याति मिलने के बाद डी.एन.ए. से जुड़ गईं। उन्होंने माना कि "मानव जीवन पर आई आपदा से उन्हें यदि प्रतिष्ठा मिलती है तो यह उचित नहीं।" पश्चिम बंगाल के गाँवों में संखिया (एक प्रकार का विष) से प्रभावित क्षेत्र के लिए की गई फोटोग्राफी उनका उल्लेखनीय काम रहा। उस क्षेत्र में भू-जल में संखिया पाया गया था। 28 वर्षीय सुचेता बहुत उत्साही हैं तथा युद्ध के दृश्यों का भी छायांकन करना चाहती हैं। वंदना हिंगोरानी 'भारत में फोटो पत्रकारिता की स्थिति' के बारे में लिखती हैं—"देश के प्रमुख छायाकार भारत में फोटो पत्रकारिता को अभी भी शैशवावस्था में ही मानते हैं।" शालिनी श्रीनिवासन प्राणियों की फोटो खींचने के लिए सूत्र बताती हैं—"किसी भी प्राणी के किसी प्रमुख लक्षण को कैद करने के लक्ष्य के साथ तसवीर खींचनी चाहिए।" भोपाल शहर की स्वतंत्र छायाकार प्रमिला नवल के अनुसार, "मैंने 1963 में कैमरा अपने हाथों में लिया था...मुझे इमोशनल और ह्यूमन लाइफ फोटोग्राफ करना बेहद पसंद है।" मधु तिवारी लिखती हैं—"1993 से मैंने सक्रिय तौर पर फोटोग्राफी को कॅरियर बना लिया। काम करते समय कैमरे के साथ मेक-अप लाइट की अहमियत पता चली...शुरू में लोगों ने इसे काफी अटपटा माना कि एक महिला कैमरा सँभाल रही है।" कांता सूद बताती हैं—"मुझे नेचुरल ब्यूटी को कैमरे में कैद करना काफी पसंद है...कैमरे के साथ लाइट का महत्त्व समझ लेने के बाद लिया गया फोटो एक बोलती तसवीर बन जाता है।" 'इंडिया टुडे स्त्री' के फोटो डिपार्टमेंट में चीफ फोटो रिसर्चर रश्मि हजेला हैं।

जब से मोबाइल कैमरे महिलाओं के हाथ में आ गए हैं, तब से हर घटना और अप्रिय स्थिति को स्वतंत्र महिला पत्रकारों द्वारा कैमरे में कैद कर लिया जाता है। इस कारण महिला पत्रकारिता और भी रोमांचक, प्रामाणिक और सनसनीखेज होती जा रही है। नई दिल्ली की मीडिया फाउंडेशन ने देश की महिला पत्रकारों को प्रोत्साहन देने और फोटोग्राफी में विशेष योग्यता के लिए 'चमेली देवी पुरस्कार' प्रारंभ किया। सप्रे समाचार-पत्र संग्रहालय एवं शोध संस्थान, भोपाल द्वारा 'होमई व्यारावाला पुरस्कार' हर वर्ष प्रेस फोटोग्राफर को प्रदान किया जाता है। पटना की स्वतंत्र फोटोग्राफर चित्रली का मानना है—"पत्रकारिता में भी हम महिलाओं की भूमिका को नजरअंदाज नहीं

कर सकते। आज महिलाएँ पत्रकारिता के हर क्षेत्र में आगे आ रही हैं। प्रेस फोटोग्राफी का क्षेत्र भी अब इनसे अछूता नहीं रहा। देखा जाए तो महिला सशक्तीकरण में एक महिला प्रेस फोटोग्राफर अपनी विशिष्ट भूमिका निर्धारित कर सकती है।...एक अनुभवी महिला छायाकार, चाहे स्वतंत्र हो या किसी अखबार से जुड़ी हो, उसके पास महिलाओं से संबंधित हर तरह की खबरें रहती हैं। कई ऐसी खबरें, जो किसी पुरुष पत्रकार या फोटोग्राफर के पास नहीं रहती हैं। इसकी वजह यही है कि महिलाएँ अपनी कई व्यक्तिगत समस्याओं से उन्हें रु-ब-रु नहीं करातीं। यूँ कहें कि वे अपनी कई समस्याओं के बारे में उन्हें बताने से हिचकती हैं।" फोटोग्राफी महिलाओं के लिए में 'अपने कैमरे को पहचानिए' शीर्षक से मित्तर बेदी लिखते हैं—"यह साधारण भ्रम है कि फोटोग्राफी सीखने के लिए बहुत से उपकरणों की जरूरत होती है। अगर आपके पास साधारण-सा कैमरा भी है, यही काफी है।...अगर आप नया कैमरा खरीदने जा रही हैं तो कुछ सोच-विचार जरूरी है। आज भारत में भी कुछ कैमरे बन रहे हैं। सीधे-सादे बॉक्स टाइप कैमरे, जो सबसे सरल डिजाइन के हैं, शायद अब केवल हमारे यहाँ ही बनते हैं। इनके अलावा भारत सरकार के निजी कारखाने में भी कुछ अच्छे कैमरे बनते रहे हैं और 110 साइज के कैमरे भी बाजार में आ गए हैं। यह सच है कि विदेशी कैमरे अकसर हमारे कैमरे से ज्यादा अच्छे होते हैं, पर हमारे कैमरे बिल्कुल ही अच्छे न हों, ऐसा नहीं है।" स्वतंत्र फोटो पत्रकारों में भावना जायसवाल का भी नाम है।

देश में सिर्फ महिलाओं (खासकर परदानशीन) के फोटो लेने हेतु सबसे पहला 'जनाना स्टूडियो' लाला दीनदयाल ने सिकंदराबाद में (1875) में स्थापित किया, जिसकी इंचार्ज महिला फोटोग्राफर केनेडी लेविंग थीं। 'महिलाएँ और फोटो पत्रकारिता' में पढ़ने को मिलता है—"फोटो पत्रकारिता के क्षेत्र में महिलाओं की उपस्थिति बहुत कम दिखाई पड़ती है। जो कुछ दिखाई देती है, उसमें भी अधिकतर स्थानीय स्तर की ही ज्यादा होती है। महिला फोटो पत्रकारों को शहर के बाहर जाकर कार्य करने के अवसर नहीं मिलते।...एक महिला फोटो पत्रकार की दृष्टि एक पुरुष फोटो पत्रकार की दृष्टि से सर्वथा भिन्न हो सकती है। उनके चित्र कई ऐसे विषयों को उजागर करने में सक्षम हो सकते हैं, जो अन्यथा पुरुषों की दृष्टि में आ ही नहीं पाते। एक अच्छे छायाकार में पाए जानेवाले सभी गुण एक महिला में सहज ही होते हैं, यथा—करुणा, संवेदना और अंतर्ज्ञान...समर्पण भाव की दृष्टि से भी महिलाएँ पुरुषों से प्रायः दो कदम आगे मानी जाती हैं। विशिष्ट विषयों का चयन करके उनपर गहराई से कार्य करने हेतु महिला फोटो पत्रकारों को लगाया जाए तो उसके नतीजे बहुत अच्छे होंगे।"

भारतीय पत्रकारिता में फोटो पत्रकारों की उपस्थिति प्रारंभ से ही गिनी-चुनी रही है। उन्होंने विषम परिस्थितियों में रहकर भी सजीव चित्रण करने के अनथक प्रयास किए

हैं। अब मोबाइल कैमरे हाथ में रहने के कारण रिपोर्टिंग के साथ ही तसवीर भी लेने की सुविधा होने के कारण फोटो पत्रकारिता का फलक अधिक व्यापक हो गया है, जबकि इसके विपरीत प्रारंभिक दौर में फोटो पत्रकारिता बहुत कठिन थी। एक-एक फोटो खींचने के लिए कड़ी मशक्कत करनी पड़ती थी। फोटोग्राफर महिलाओं को, जो गिनती की हुआ करती थीं, भीड़ में घुसकर फोटो खींचने में झिझक होती थी इस कारण फोटो पत्रकारिता में बहुत देर से महिलाओं की उपस्थिति दर्ज हुई। होमई व्यारावाला, जो 1930 में फोटो पत्रकारिता में आईं, उनके बाद पाँच दशक तक फोटोग्राफर महिलाओं में कोई बड़ा नाम सामने नहीं आ पाया। 1984 में जाकर शिप्रा दास फोटो पत्रकारिता के क्षेत्र में उपस्थिति दर्ज कराने में सफल रहीं। उनके बाद इक्का-दुक्का महिला फोटोग्राफरों के नाम पत्र-पत्रिकाओं से जुड़ने लगे और कुछ स्वतंत्र फोटोग्राफी करने लगीं, लेकिन मोबाइल क्रांति के बाद से महिला पत्रकार रिपोर्टिंग फोटोग्राफी के साथ ही कर लेती हैं। इस कारण पत्रकारिता में एक परिवर्तन और दर्ज हुआ कि कैमरे में साक्ष्य आ जाने के कारण उनकी रिपोर्टिंग अधिक प्रामाणिक बन गई। परिणामतः उनका जोश भी दस गुना बढ़ गया। महिलाएँ स्वतंत्र रूप से भी अब साक्ष्य जुटाने के लिए मोबाइल कैमरे का सहारा लेने लगी हैं। पिछले दिनों एक छोटे से कस्बे की एक बहू ने अपने मोबाइल से एक गुंडे की बर्बरता को कैद कर दुनिया के सामने रख दिया था। इस तरह अब महिला फोटो पत्रकारिता असीम विस्तार पा चुकी है।

□

अन्य किरदार

महिला पत्रकारिता के विविध आयाम रहे हैं। उनमें महिलाओं की बढ़ती भागीदारी के कारण अब नित नए पद आवश्यकतानुसार निर्मित किए जा रहे हैं। पत्रकारिता शिक्षण प्रशिक्षण में महिलाओं की भूमिका ऐनी बेसेंट के समय से ही दर्ज हो गई थी। वे भारत में पत्रकारिता शिक्षण की जनक बनीं। 1920 में उन्होंने अडियार राष्ट्रीय वि.वि. स्थापित किया, जिसमें कला संकाय के अंग्रेजी विभाग के अंतर्गत पत्रकारिता की शिक्षा प्रारंभ हुई। इसके तहत पत्रकारिता का इतिहास, प्रेस कानून, संपादकीय लेखन और पत्रों की व्यवस्था का पाठ्यक्रम रखा गया। तीन वर्षीय बी.ए. पत्रकारिता के लिए विद्यार्थियों को प्रति सप्ताह न्यू इंडिया कार्यालय में व्यावहारिक प्रशिक्षण की व्यवस्था उनकी देख-रेख में रहती थी। आज पत्रकारिता शिक्षा का स्वरूप विस्तार ले चुका है। पत्रकारिता के विश्वविद्यालय खुल चुके हैं। अन्य विश्वविद्यालयों में पत्रकारिता प्रभाग पहले ही खोले जा चुके हैं। रोजगारोन्मुखी शिक्षा के अंतर्गत उच्च कक्षाओं में पत्रकारिता पाठ्यक्रम चल रहे हैं। विश्वविद्यालयों के पत्रकारिता एवं जनसंचार विभागों में महिलाएँ भी विभिन्न पदों पर उपस्थिति दर्ज करा रही हैं और विभिन्न विषयों पर लिख भी रही हैं। रामस्वरूप विश्वविद्यालय, लखनऊ के पत्रकारिता विभाग की प्रमुख शीरीन अब्बास ने सिनेमा और जिंदगी के असल आदमी शीर्षक से लिखा—"देवानंद आखिरी साँस तक उन कारणों के साथ जीते रहे, जिनका समाज, सिनेमा और इनसान से वास्तविक रिश्ता है। जो लोग जिंदगी को पुरस्कारों में तब्दील करने की ललक नहीं पालते और सम्मानों में समाहित होने से दूर रहते हैं, जिंदगी भी उनके सामने जरा झुककर ही चला करती है। देवानंद इसी तासीर के आदमी थे।" बिंदु शर्मा लेक्चरर, डिपार्टमेंट ऑफ जर्नलिज्म कुरुक्षेत्र यूनिवर्सिटी, हरियाणा बताती हैं—"मेरा पसंदीदा कार्यक्षेत्र संचार में अध्यापन का शौक है, मैं समाज में आपसी संबंधों व आपसी संचार में बढ़ रही दूरी को खत्म करना चाहूँगी, मीडिया के जरिए।" महिला पत्रकारों के साहस और कर्तव्यनिष्ठा की परंपरा को आगे बढ़ाने वाली सुचेता दलाल ने प्रसिद्ध शेयर घोटाला हर्षद मेहता कांड का पर्दाफाश किया

था। सरकार ने सन् 1980 में एक कानून बनाया, जिसमें महिलाओं को रात्रि पाली में काम करने पर रोक लगा दी गई। रात के अँधेरों में पनपने वाले अपराधों से लड़ पाना महिलाओं के लिए आसान तो नहीं था। फिर भी वे बिना हार माने अन्याय एवं अत्याचारों के विरोध में अपनी आवाज उठाती रही हैं, जिससे प्रभावित होकर कुछ साहसी महिला पत्रकारों के नाम पर पुरस्कारों की भी घोषणा की गई। प्रोत्साहित करने के लिए दिया जानेवाला अनुपमा जयारमन मेमोरियल पुरस्कार 9 फरवरी, 2007 को स्मिता अग्रवाल को प्रदान किया गया। दिल्ली विश्वविद्यालय के लेडी श्रीराम कॉलेज के मीडिया विभाग में विद्यार्थियों को मीडिया के गुर सिखाने वाली वर्तिका नंदा मीडिया की अच्छी प्राध्यापक मानी जाती हैं।

डॉ. सुशीला जोशी स्वातंत्र्योतर हिंदी पत्रकारिता में पी-एच.डी. उपाधिधारी हैं। कोटा खुला वि.वि. के पत्रकारिता एवं जनसंचार विभाग में कार्यरत हैं। मुंबई नेशनल इंस्टीट्यूट ऑफ फैशन टेक्नोलॉजी की प्राध्यापिका दीपा 'पढ़ें, पढ़ाएँ—कुछ कर दिखाएँ' में लिखती हैं—"पुस्तकों के प्रति घटता आकर्षण का एक कारण हो सकता है, पीढ़ी का अंतर। आज से 25 वर्ष पहले तक पाठकों की संख्या अच्छी-खासी थी। फिर कंप्यूटर और इंटरनेट नाम की नई तकनीक ने हमारे दरवाजे पर दस्तक दी। नई चीज के प्रति आकर्षण स्वाभाविक था। इसके प्रयोग और संभावनाओं को समझने और सीखने में उस पीढ़ी ने अपना समय और ऊर्जा लगाना आरंभ किया।" डॉ. अंशुबाला मिश्रा सरोकारों से जुड़े साहित्य को ही प्रासंगिक बताती हैं। गुरु घासीदास केंद्रीय विश्वविद्यालय, बिलासपुर के पत्रकारिता विभाग की सहायक प्राध्यापिका अमिता सागर 'जनांदोलन की अवधारणा और इतिहास' में लिखती हैं—"सामाजिक आंदोलन अपने दायरे में धर्म, राजनीति एवं समाज सुधार आदि को समेटता है। कुछ हद तक यह आर्थिक प्रश्नों को भी उठाता दिखता है।" जनसंचार एवं मीडिया प्रौद्योगिकी संस्थान कुरुक्षेत्र वि.वि. की पी-एच.डी. स्कॉलर कीर्ति सिंह 'सिर्फ दोष ही मत दीजिए' में सकारात्मक दृष्टि की बात करती हैं। डॉ. नम्रता जोशी सीनियर लेक्चरर, डिपार्टमेंट ऑफ जर्नलिज्म एंड मास कम्युनिकेशन, जालंधर कहती हैं—"मीडिया से मुख्य अपेक्षा तो केवल यह है कि वह अपना सामाजिक दायित्व समझे...मीडिया और जिंदगी, दोनों को खुली आँखों से जीना चाहिए।" डॉ. गोपा बागची, डॉ. उमा त्रिपाठी, डॉ. सोनाली नरगुंदे पत्रकारिता विभाग की प्रमुख रहीं और पत्रकारिता शिक्षा में उनका योगदान उल्लेखनीय है।

बेंगलुरु निवासी अम्मू जोसफे ने करीब दो सौ महिला पत्रकारों पर आधारित पुस्तक 'वूमैन इन जर्नलिज्म' लिखी। उसमें महिलाओं की समस्याओं एवं संघर्षों की गाथाएँ भरी पड़ी हैं। वे लिखती हैं—"हालाँकि भारतीय समाचार जगत् की महिलाओं का बहुत कम लिखित इतिहास उपलब्ध है, किंतु यह स्पष्ट है कि पिछली सदी के अंत

में बहुत सारी महिलाएँ विभिन्न भाषाओं की पत्रकारिता से जुड़ी रही हैं। इस पुरुष प्रधान समाज में महिलाओं की उपस्थिति सदैव चुनौतीपूर्ण रही है। उन्हें जीवन के अनेक मोर्चों पर, घर-परिवार से लेकर बाहर की दुनिया में भी सामंजस्य स्थापित करना पड़ता है, पर अब परिस्थितियाँ बदल रही हैं। साथ ही, महिलाओं ने भी अपनी अस्मिता की पहचान बनाई है। वे जाग उठी हैं और उनका संघर्ष एक क्रांति का रूप ले चुका है।" प्रमिला शर्मा ने अपने शोध में बीसवीं सदी की हिंदी पत्रकारिता की बहुत सी महिलाओं का उल्लेख किया है। इनमें अनेक महिलाएँ पत्र-पत्रिकाओं की संपादक भी रही थीं। 19वीं एवं 20वीं शताब्दी में भारत के विभिन्न इलाकों में आरंभ होनेवाले प्रगतिशील, सामाजिक और राजनीतिक आंदोलनों ने एक ऐसा वातावरण पैदा किया था, जिसके चलते महिलाएँ मीडिया जैसे नए क्षेत्र में कुछ हासिल कर पाईं।

महिला पत्रकारों के संगठन भी समय-समय पर बनते रहे हैं। मार्गरेट कजिंस ने भारत में अखिल भारतीय महिला संगठनों की नींव डाली थी। उन्होंने वूमैंस इंडियन एसोसिएशन की स्थापना कर 'स्त्री धर्म' पत्रिका का प्रकाशन किया और ऑल इंडिया वूमैंस कॉन्फ्रेंस की पत्रिका 'रोशनी' का संचालन-संपादन किया। मार्गरेट महिलाओं के राजनीतिक अधिकार और स्त्री-शिक्षा की विचारधारा को प्रवाहित करने में सफल रहीं। 'स्त्री संघर्ष का इतिहास' में पढ़ने को मिलता है—"सन् 1925 के अंत या सन् 1926 के प्रारंभ में वूमैंस इंडिया एसोसिएशन की संस्थापक सचिव तथा 'स्त्री धर्म' नामक पत्रिका की संपादक सुश्री मार्गरेट कूंजिंस ने एक पत्र लिखा, जिसे अनेक महिला संगठनों सहित प्रमुख व्यक्तियों को भेजा गया।...रोशनी द्वारा भारतीय स्त्रियों के नेतृत्व प्रशिक्षण के लिए उन्होंने जीवन पर्यंत संघर्ष किया था।" इंडियन वूमैनप्रेस कॉर्प नामक प्रेस क्लब की गतिविधियों की जानकारी मणिमाला के लेख 'संभावनाओं के द्वार बंद न हो' से मिलती है—"देश भर की करीब सौ महिला पत्रकार हाल ही में दिल्ली में जुटीं, ताकि महिला पत्रकारों का एक नेटवर्क बने, जिससे पत्रकारिता में महिलाओं की स्थिति मजबूत बनाई जा सके, पुरानी पत्रकार इस पेशे में टिकी रहें और आगे बढ़ें तथा नई आई महिलाएँ पत्रकारिता के मर्म को समझकर कुछ खास करने की कोशिश कर सकें...इसी कोशिश का परिणाम है 'इंडियन वूमैन प्रेस कॉर्प'। पारुल शर्मा आजादी के साठ साल होने पर 'महिला पत्रकारों का सफर' में लिखती हैं—"स्वतंत्रता आंदोलन के दौर में महात्मा गांधी के आह्वान पर अनेक पढ़ी-लिखी महिलाएँ, जो अभी तक अध्यापिकाएँ थीं देशभक्त, समाज सेविकाएँ, लेखिकाएँ, कलाकार और सबसे ऊपर पत्रकार के रूप में उभरकर सामने आईं। 'यंग इंडिया' (1932) स्वतंत्रता आंदोलन का महत्त्वपूर्ण मुखपत्र बनकर उभरा, जिसमें अनेक महिलाओं ने ज्वलंत मुद्दों पर लगातार वैचारिक लेख लिखे। इन लेखों के मुख्य विषय समाज, रीति-रिवाज, परिवार, पुरुष समाज में अपने हक और

स्वतंत्रता आंदोलन पर बेबाकी से प्रकाश डालते रहे, जिस से स्त्री चेतना और स्त्री शक्ति को नए मायने और दशा-दिशा मिली।" सबीना इंद्रजीत प्रेस परिषद् और भारतीय पत्रकार संघ की सदस्या रही हैं।

बालहित चेतना का प्रमुख हिंदी मासिक 'बालदर्शन' की प्रधान संपादक मानवती आर्या बालनिर्माण को समर्पित ताराबाई मोडक पर लिखती हैं—"देश और समाज के लिए कोई महिला कितना कुछ कर सकती है, यह बालशिक्षण संस्थान की संस्थापिका संचालिका ताराबाई के जीवन से देखा जा सकता है। 18 अप्रैल, 1892 को प्रार्थना समाज के कार्यकर्ता के घर जनमी ताराबाई स्नातिका थीं। 1920 में वर्टन फीमेल ट्रेनिंग कॉलेज, राजकोट की प्रिंसीपल बनीं। 1926 में नूतनबाल शिक्षणसंघ की स्थापना की और 'शिक्षण पत्रिका' के माध्यम से इसके लिए उपयुक्त साहित्य सृजन भी किया। 1972 में उन्हें पद्म विभूषण दिया गया।" पत्रकारिता क्षेत्र की अन्य महिलाओं में, जो किसी-न-किसी रूप में पत्र-पत्रिकाओं से जुड़ी हैं, उनमें सुषमा गणेश पांडेय भी एक नाम है, लिखती हैं—"ग्रामों में निवास करनेवाली 75 प्रतिशत जनसंख्या की आधी संख्या वाली नारियाँ, जो अपनी छोटी सी जर्जर गृहस्थी की गृहलक्ष्मी का महत्तम विशेषण धारण कर अपने को लक्ष्मी की नाम राशि होने के धोखे में रखती हैं, सुख-समृद्धि की कल्पना तक से तो दूर हैं ही, अज्ञान, कुपोषण, अस्तित्वहीनता का जीवन जीती हुई, कोल्हू के बैल के समान चक्कर से बाहर नहीं निकल पाती हैं और उसी टूटी-फूटी गृहस्थी के कोल्हू में अपना ही तेल निकालती रहती हैं।" डॉ. रेणु दीवान 'नारी संवाद' में लिखती हैं—"आजादी के दो दशकों के अंदर ही सरकारी सुविधाएँ हासिल करने का मोह समाप्त हो गया और 70 के दशक से देश भर में सैकड़ों छोटे-बड़े महिला संगठन उभरकर सामने आए, जिन्होंने पुरुष प्रधान सामाजिक व्यवस्था के विरुद्ध जेहाद छेड़ दिया और महिलाओं की अस्मिता व स्वतंत्र पहचान को अहमियत प्रदान की।"

शकुंतला तरार आदिवासी स्त्री के बारे में बताती हैं—"आदिवासी संस्कृति में नारी का गौरवशाली स्थान हमेशा से रहा है। बच्चियाँ माता-पिता की लाड़ली होती हैं। जब वे घोटुल गुड़ी (संस्कार सीखने परंपराओं को जीवित रखने का स्थान) जाती हैं, उन्हें पूरा अधिकार होता है, अपना जीवनसाथी चुनने का। विवाह पश्चात् भी उसे पुरुषों सा सामाजिक अधिकार प्राप्त होता है।" अध्यात्म के आधुनिक विचारों की पत्रकारिता करनेवाली अनुराधा त्रिवेदी दृष्टिकोण रखती हैं—"ईश्वर के रास्ते पर जाने की कुछ शर्तें होती हैं। उनमें पहली शर्त होती है, निर्मल हृदय, निर्दोष भाव और विशुद्ध प्रेम। यदि प्रेम का अंकुर हृदय में नहीं फूटा, तो आप कितनी ही प्रार्थनाएँ करें, चर्च में कितने ही घंटे बजाएँ, कितने ही मंदिरों में मत्था टेकें, जब बीज ही नहीं, तो फल दूर की बात है।"

स्वतंत्र पत्रकार कौशल्या 'नारीवाद ग्रामीण दलित महिलाओं तक नहीं पहुँचा' में

लिखती हैं—"मेरा जन्म हरियाणा कैथल जिले के राजौंद गाँव में हुआ।...आय के नाम पर हमारे पास ऐसा कुछ नहीं था, जो हमें विरासत में मिलता। मिला तो केवल अथक मेहनत, हौसला जो हर तरह की परिस्थितियों का सामना करने के लिए होता...पिताजी मुझे अपने सामने बैठाकर पढ़ाया करते, जबकि उन्हें कुछ नहीं आता था। बस, मैं पढ़ती जाती वे चुपचाप सुनते, इस तसल्ली से कि मैं पढ़ रही हूँ।...मैं आठवीं में संस्कृत विषय लेकर पढ़ने गई तो मेरे मास्टर ने मुझसे कहा, "संस्कृत तुम्हारे बस की नहीं है और वैसे भी तुमने तो घरों में गोबर और कूड़ा-करकट ही उठाना है। जितना पढ़ा है, बहुत है। मैं तेरे बाप से बात करूँगा।" मैंने ठान लिया था कि एक दिन मैंने भी संस्कृत में ही सबसे ऊँची डिग्री न ली तो।...आखिर में पिताजी को, दो दिन निराहार रहकर, मैंने आगे पढ़ाने के लिए राजी कर लिया और दाखिला ले लिया।...मैं भी पिताजी के साथ छुट्टी के दिन काम पर जाती, ताकि कॉलेज की फीस दी जा सके। जिस कॉलेज में मैं पढ़ती थी, वहीं सड़क पर मैं काम भी करती, लेकिन मुझे कभी शरम नहीं आई।...गाँव का सरपंच भी पिताजी को धमकी देकर गया कि कैथल तक ठीक है, अगर तुमने आगे भेजा तो...ऊँची जाति की लड़कियाँ भी कम पढ़ाई जाती थीं, लेकिन पिताजी हर बार मेरे पढ़ने के उत्साह को देखकर निडर होते गए। ऐसे में कुरुक्षेत्र में एम.ए. संस्कृत से किया और अंतिम वर्ष में पिताजी मुझे संघर्ष में अकेला छोड़कर हमेशा के लिए चले गए...एक तरफ मेरा खुद का संघर्ष था, तो दूसरी तरफ नीची जाति में जन्म लेने का क्रूर दंश मुझे डसे जा रहा था। इस दौरान मेरी मुलाकात मुकेश से हो गई।...विचारों की समानता और उसकी ओर आकृष्टता ने सोने पे सुहागे का काम किया और हम दोनों ने बिना दान-दहेज व बाहरी दिखावे के सामाजिक रीति से विवाह किया। मैं उस वक्त बी.एड. की परीक्षा दे रही थी। ससुराल वाले इसलिए थोड़े से संतुष्ट थे कि लड़की नौकरी करेगी तो सारे दहेज की कमी पूरी हो जाएगी।"

कमला जीवितराम सेतपाल हक लेने की बात करती हैं—"परिस्थितियों की बात करें तो, वे कभी एक समान नहीं रहतीं। उन्हें भी करवट बदलने का हक है। ये हक कोई देता नहीं, बल्कि आदतन छीना जाता है। ये किसी की गुलाम नहीं होती। स्वतंत्र भारत की स्वतंत्रता के हर पल को पूरे न्याय के साथ जीती आई हैं। सुख और दुःख तो परिस्थितियों के आभूषण हैं।" सीता पार्थसारथी 'नौ से बारह के गणित' में सरकारी नीति पर लिखती हैं—"अर्थशास्त्र की बुनियादी समझ रखनेवाला कोई भी व्यक्ति बता सकता है कि जिसे आम जनता को राहत देने वाला निर्णय बताया जा रहा है, वह एक भ्रम के सिवा कुछ नहीं है। क्योंकि अंततः इस कदम के मार्फत जिन लोगों को लुभाने की कोशिश की जा रही है, परोक्ष रूप से उन्हें ही इन अतिरिक्त सस्ते सिलेंडरों की कीमत चुकाना पड़ेगी।" मीता राय ने अपना क्षेत्र 'ग्राफिक्स चित्रांकन' चुना। 1991 से 'स्वतंत्र भारत' में कार्य

करना आरंभ किया और 1994 तक करती रहीं।···1998 में 'कुबेर टाइम्स' से जुड़ गईं। उनसे पहले 'ग्राफिक्स चित्रांकन' या 'कार्टून' बनाने का कार्य पुरुषों का ही क्षेत्र माना जाता था। मीता पहली महिला थीं, जिन्होंने इस क्षेत्र में हस्तक्षेप कर अपना एक मुकाम बनाया।

मध्य प्रदेश के जनसंपर्क विभाग में छोटे पदों से लेकर संचालक पद तक महिलाएँ रह चुकी हैं। अजिता वाजपेयी पांडे और अरुणा शर्मा विभाग की प्रमुख रहीं है, वहीं डॉ. स्वाति तिवारी जनसंपर्क में कार्यरत होने के साथ-साथ लेखन से भी जुड़ी हैं। बिंदु सुनील (सहायक जनसंपर्क अधिकारी म.प्र.) ने एक पत्रिका में लिखा था—"असंख्य न्यूज चैनल आने के पश्चात् भी लोगों की विश्वसनीयता समाचार-पत्रों पर अभी भी यथावत् है, शोहरत में जरूर इलेक्ट्रॉनिक आगे हो जाता है। जनसंपर्क के माध्यम से हम शासकीय योजनाओं को आम लोगों तक पहुँचाते हैं।" उमा भार्गव (सहायक संचालक जनसंपर्क म.प्र.) के अनुसार, "हालाँकि हम मीडिया क्षेत्र में आते तो हैं, किंतु दूसरी मीडियाकर्मियों से भिन्न हमारी कार्यप्रणाली होती है।···हम एक मीडिया के क्षेत्र से जुड़ी हुई महिला हैं, जो सत्य को उजागर करने का महत्त्वपूर्ण कार्य करती हैं।" मध्य प्रदेश के जनसंपर्क विभाग में अकीला कुरैशी, सरिता पाठक, सुनीता दुबे, करुणा राजुरकर, विद्या गामड़, मोहिनी भडकमकर, रश्मिकेला होलानी, अनुराधा गहरवाल, बबीता इंदुरख्या, रश्मि देशमुख, शैफाली तिवारी, दीप्ति कोटवाल, स्मिता चिटनीस, शोभा साकल्ले, साधना पाठक, सुनीता शरमा आदि हैं।

पत्रकारिता का विविध क्षेत्र जैसे-जैसे व्यापक होता जा रहा है, वैसे-वैसे महिलाएँ भी अपनी उपस्थिति बढ़ाती जा रही हैं। अब पत्रकारिता जगत् के सभी पदों तक महिलाएँ पहुँच रही हैं। आवश्यकतानुसार नए पद निर्मित हो रहे हैं और उन पदों पर महिला पत्रकार आसीन हो रही हैं। स्कूल-कॉलेजों की पत्र-पत्रिकाओं, स्मारिकाओं, अभिनंदन ग्रंथों, बुलेटिनों और तरह-तरह के संकलनों के संपादन लेखन आदि में महिलाओं के नाम पढ़ने को मिलते रहते हैं। पत्रकारिता की शिक्षा लेकर निपुणता के साथ महिलाएँ पत्रकारिता जगत् में पूरी जिम्मेदारी से पहुँच रही हैं। शिक्षण-प्रशिक्षण से जुड़ी महिलाओं में से अधिकांश महिलाएँ पत्रकारिता जगत् से ही आती हैं और अपने व्यावहारिक अनुभवों के साथ पत्रकारिता शिक्षा के नए छात्रों को प्रशिक्षित करती हैं। विभिन्न विश्वविद्यालयों के पत्रकारिता विभाग की पत्र-पत्रिकाओं के माध्यम से उन्हें शिक्षित करने का काम भी किया जाता है। पत्रकारिता एवं जनसंचार विश्वविद्यालय छात्रों को प्रशिक्षित करने का जो काम करते हैं, उनमें महिलाओं की सराहनीय भूमिका दर्ज हुई है। महिला पत्रकार संगठनों द्वारा महिला पत्रकारों के हितों की रक्षा करने का महत्त्वपूर्ण काम हुआ है। यही कारण है कि आज महिला पत्रकार स्वयं को सुरक्षित महसूस कर पा रही हैं और पत्रकारिता

जगत् में स्त्रियों की उपस्थिति बढ़ी है। महिला पत्रकार संगठनों की शाखाएँ छोटे-छोटे नगरों तक जा पहुँची हैं, जो महिला पत्रकारों के हितों की रक्षा कर रही है। आज महिला पत्रकार से संबंधित छोटी-से-छोटी घटना आसानी से छिपाई नहीं जा सकती। ग्रामीण, आदिवासी एवं दलित वर्ग की महिला पत्रकार भी आज बराबरी से कदम-से-कदम मिलाकर पत्रकारिता क्षेत्र में अपनी उपस्थिति दर्ज कर रही हैं। इस क्षेत्र में राँची से प्रकाशित दैनिक 'प्रभात खबर' ने बहुत अच्छा कार्य किया है। इसके प्रयासों से वंचित वर्गों-क्षेत्रों की अनेक महिलाओं ने राष्ट्रीय हिंदी पत्रकारिता में अपनी पहचान बनाई है सरकारी नीतियों, धार्मिक उन्मादों, शैक्षिक असावधानियों के खिलाफ आवाज उठाते हुए। जनसंचार के विभिन्न माध्यमों में बड़े-बड़े पदों को सुशोभित करती दिख जाती हैं, आज भारत की महिला पत्रकार।

□

इलेक्ट्रॉनिक माध्यम

महिला पत्रकारिता के विभिन्न स्वरूपों की दृष्टि से यदि विचार किया जाए तो आज दृश्य-श्रव्य माध्यम अर्थात् टेलीविजन भारत के अधिकांश घरों तक पहुँच चुका है। 'सरस्वती' ने 'विज्ञान की करामात' शीर्षक से लिखा था—"लोकोपयोगी आविष्कारों में रेडियो का सबसे पहले नाम लिया जा सकता है। यह बात सत्य है कि रेडियो द्वारा संपूर्ण देश युद्ध के लिए तैयार किया जा सकता है और युद्ध क्षेत्र में भी यह बहुत कुछ काम दे सकता है…रेडियो के आविष्कार से संसार के सब राष्ट्र, धर्म और मनुष्य—एक-दूसरे के करीब आते जा रहे हैं। कुछ लोगों का अनुमान है कि संसार में युद्ध के विरुद्ध लोकमत तैयार करने में रेडियो सबसे अधिक सहायक होगा। रेडियो का नाम लेते ही नाच, गान और प्रेम से भरी मीठी बातों का स्मरण हो आता है। आप कहीं भी रहिए रेडियो, आपको आपके घर की खबर बराबर देता रहेगा।"

उपर्युक्त कथन को राष्ट्रीय आंदोलन के समय पुष्ट किया गया। उस समय की गतिविधियाँ लोगों तक पहुँचाने के लिए रेडियो का इस्तेमाल किया गया था। कांग्रेस समाजवादी पार्टी की युवा सदस्या ऊषा मेहता का नाम रेडियो षड्यंत्र केस से जुड़ा था। 20 मार्च, 1920 को सतारा में जनमी ऊषा ने विल्सन कॉलेज, सूरत से बी.ए. और 1941 में बॉम्बे यूनिवर्सिटी से एल.एल.बी. करके एम.ए. में प्रवेश लिया ही था कि 1942 का 'भारत छोड़ो आंदोलन' छिड़ गया। ऊषा कॉलेज की पढ़ाई छोड़ आंदोलन में कूद पड़ीं और रेडियो षड्यंत्र केस में दंडित हुई। आशारानी वोहरा जानकारी देती हैं—"कुछ मित्रों की सहायता से ऊषा ने गुप्त प्रसारण सेवा शुरू करने के लिए एक गुप्त रेडियो की स्थापना की।…अपने जज पिता के आदेश और उनकी नौकरी चले जाने की भी परवाह नहीं की। कहा—"ऐसे समय, जब सारे नेता जेल में हैं। प्रेस पर सेंसर है। आजादी की आवाज दबा दी गई है। उसे देशवासियों तक पहुँचाने के लिए ऐसे रेडियो की सख्त जरूरत है। सभी लोग आंदोलन करके जेल चले जाएँ, तो यह काम कौन करेगा ? मैं भूमिगत रहकर काम को आगे बढ़ाने में और देशवासियों का उत्साह बनाए रखने में विश्वास करती हूँ।" बाबूभाई

प्रसाद के साथ मिलकर ऊषा ने रेडियो स्थापित किया था।...उसके अपने ट्रांसमीटर, ट्रांसमीटिंग स्टेशन तथा रिकॉर्डिंग स्टेशन थे। अपने गुप्त संदेश और 'वेबलाइन' थीं। 14 अगस्त, 1942 को ऊषा मेहता के गुप्त रेडियो का प्रसारण शुरू भी हो गया। 42-84 मीटर तक इनकी 'रेडियो कॉलिंग' थी। जैसे ही किसी को संदेह होता, जगह बदल दी जाती। यह ऊषा का ही रेडियो था, जो लगातार 'अंग्रेजों भारत छोड़ो' के नारे लगाता था और जिसने क्रांतिकारियों के बम-केस, जमशेदपुर हड़ताल और चिमूर व आष्टी गाँवों में महिलाओं के साथ बर्बरतापूर्ण व्यवहार की खबरें सबसे पहले दी थीं। कांग्रेस-संगठन की गतिविधियों और उद्देश्यों के बारे में रेडियो लगातार सूचनाएँ प्रसारित करता था। 12 नवंबर की रात छापा मार कर स्टेशन को पकड़ लिया गया और उसकी सारी संपत्ति जब्त कर ली गई। बाबू भाई प्रसाद और ऊषा मेहता दोनों 'रेडियो षड्यंत्र-केस' में गिरफ्तार कर लिये गए। ऊषा मेहता से जो कुछ भी पूछा गया, उसने जवाब देने से इनकार किया। पूछताछ के समय उसे लाक-अप में रखा गया। छह महीने की लगातार पूछताछ में ऊषा को अनेक यातनाएँ दी गईं। ऊषा मेहता के ही शब्दों में—"पूरे मुकदमे के दौरान हमें जो मनोरंजक अनुभव हुए, उसकी तुलना जीवन के किसी आनंद से नहीं की जा सकती। जब प्रॉसीक्यूटर प्रश्न पूछता, हम चॉकलेट चबाते रहते और निडरता से हँसते रहते।" केस के अंत में ऊषा मेहता को 4 साल कैद की सजा दी गई थी।"

आजाद भारत में रेडियो में महिलाओं की उपस्थिति बढ़ने लगी। उनकी मधुर आवाज का इस्तेमाल हर आकाशवाणी केंद्र करने लगा। देश-विदेश के समाचारों को जानने का महत्त्वपूर्ण साधन रेडियो बन गया था। किसी भी घटना की सूचना मिलने पर लोग रेडियो लगाकर बैठ जाते थे। सन् 1947 में मधुमालती ने आकाशवाणी की नौकरी आरंभ की। अंग्रेजी-हिंदी में समाचार पूरे देश में सुने जाते थे। तीसरी भाषा संस्कृत बुलेटिन के प्रसारण के लिए कललेनादातुर वरदराजा अय्यंगार ने महत्त्वपूर्ण भूमिका निभाई थी। लखनऊ रेडियो से जुड़ी शकुंतला वर्मा 'नारी की स्थिति' का बयान करती हैं—"नारी पढ़-लिख गई है, घर से बाहर निकली है। जिन नारियों ने संघर्ष कर पहचान बनाई है, उन्होंने नारी के प्रति दृष्टिकोण को बदलने का सफल प्रयास किया है, संपूर्ण रूप से बदलाव नहीं आया है। रीति व रिवाज को बदलने में ही पूरी सफलता प्राप्त होगी।" विविध भारती के नेशनल चैनल पर अब 24 घंटे प्रसारण होता है। इसकी उद्घोषिका श्रद्धा भारद्वाज के अनुसार, "माना कि आज शहरी और कस्बाई संस्कृति में अनेक नए प्रचार माध्यमों ने इसका कद बौना करने की चेष्टा की है, फिर भी हमारे देश के पिछड़े इलाकों, जहाँ प्रचार के दूसरे माध्यम नहीं पहुँच पाए हैं, वहाँ जन-जागृति में इसकी महती भूमिका है। इसके प्रमाण हैं वे ढेरों चिट्ठियाँ, जो हर रोज सुदूर ग्रामीण अंचलों से आती हैं। शायद इसलिए ही मैं आकृष्ट हुई इस माध्यम के प्रति। फिर बंबई के 'विविध भारती' की खासियत और

अहमियत का लोहा तो सभी मानते रहे हैं। जहाँ तक विश्वसनीयता और निष्पक्षता का प्रश्न है, तो अखबार और पत्र-पत्रिकाएँ व्यावसायिकता का मुल्लमा चढ़ा चुकी हैं अपने ऊपर, इसलिए इन्हें पूर्ण निष्पक्ष नहीं कहा जा सकता। जहाँ तक आकाशवाणी का सवाल है तो जनवाणी, जनमंच आदि कार्यक्रमों के माध्यम से सरकारी कर्मचारियों, मंत्रियों को जनता की अदालत में प्रस्तुत किया जाता रहा है। विविध भारती चूँकि मनोरंजन और ज्ञानवर्धन को ध्यान में रखकर प्रारंभ किया गया था, इसलिए सांस्कृतिक, साहित्यिक धरोहर को बचाए रखने में आज इसकी महती भूमिका है।" 'विविध भारती', भोपाल ने एफ.एम. चैनल पर कई मनोरंजन से भरपूर और शिक्षाप्रद कार्यक्रम शुरू किए हैं। 'संवाद और हस्तक्षेप' से जानकारी मिलती है कि सुमित्राकुमारी सिन्हा अनेक वर्षों तक आकाशवाणी, लखनऊ में महिला कार्यक्रम की संचालिका रहीं। शिप्रा दास ने अस्थायी रेडियो कार्यक्रम निर्माता के रूप में कार्य किया था। बड़ौदा की अंजना गुप्ता (स्वतंत्र पत्रकार) 1981 से सक्रिय हुईं तथा आकाशवाणी और दूरदर्शन से जुड़े रहने के साथ-साथ समसामायिक विषयों पर लेख भी लिखती रहती हैं, मानती हैं—"यह बिल्कुल सही है कि प्रिंट मीडिया आज भी पैसा नाम आदि में काफी पीछे है।" भोपाल आकाशवाणी की कार्यक्रम अधिकारी कविता चतुर्वेदी के अनुसार, "मीडिया एक सशक्त माध्यम है, अपनी भावनाओं को जन जन तक पहुँचाने का।" गीता मरकाम रेडियो में डायरेक्टर के पद पर रही हैं।

दृश्य-श्रव्य माध्यम में दूसरा मोड़ बी.बी.सी. की हिंदी सेवा से आया। बी.बी.सी. के समाचार भारत के गाँव-शहरों में न केवल सुने जाते रहे हैं, अपितु विश्वसनीय भी माने जाते थे। बी.बी.सी. हिंदी सेवा की प्रमुख अचला शर्मा के अनुसार, "असफलता मिलने पर ही हम सफलता के सही मायने तलाशते और सफल होते हैं।" 23 मई, 1949 को दिल्ली में जनमी दिव्या माथुर ने इंग्लैंड के ग्लास्गो स्थित इंस्टीट्यूट ऑफ जर्नलिज्म में मेडीकल पत्रकारिता में डिप्लोमा किया। 1992 से 2012 के बीच लंदन के नेहरू सेंटर में कार्यक्रम अधिकारी रहीं। संप्रति वरिष्ठ कार्यक्रम अधिकारी, प्रेस एवं सूचना विभाग भारतीय उच्चायोग, लंदन हैं। कुलसुम मुस्तफा आकाशवाणी, दूरदर्शन, वॉयस ऑफ अमेरिका, बी.बी.सी. तथा जर्मन रेडियो डेबॉस वेले से जुड़ी रहने के बाद अब रिलायंस के साथ कार्य कर रही हैं।

धीरे-धीरे रेडियो का प्रचलन कम हो गया और दूरदर्शन की घरों में घुसपैठ हो गई, और रेडियो संग्रहालय की वस्तु बन गए। लोग रेडियो को बिल्कुल भूल जाएँ, इससे पहले एफ.एम. चैनलों ने दस्तक दे दी। स्टार समूह का रेडियो सिटी चैनल की संपादक फिरदौस खान 'एफ.एम. के जरिए रेडियो की वापसी' में जानकारी देती हैं—"सरोजिनी नायडू स्कूल आर्ट्स एंड कम्युनिकेशंस के डीन विनोद पावराला के मुताबिक, उच्चतम न्यायालय ने एक ऐतिहासिक निर्णय में यह राय दी थी कि हवाई लहरें सार्वजनिक संपत्ति

हैं और इनका उपयोग आम लोगों की भलाई के लिए होना चाहिए। इस निर्णय में यह भी कहा गया था कि प्रसारण मीडिया की समग्र रूप में अभिव्यक्ति और भाषण की स्वतंत्रता को प्रोत्साहित करना चाहिए।" गौरतलब है कि एफ.एम. प्रसारण एक प्रकार का रेडियो प्रसारण है, जिसमें कॅरियर की आवृत्ति को प्रसारण ध्वनि के मुताबिक मॉड्यूलेट किया जाता है। इस प्रक्रिया को आवृत्ति माड्यूलेशन या आवृत्ति मॉड्यूलन कहते हैं। इस प्रक्रिया द्वारा मॉड्यूलन कर जब रेडियो प्रसारण होता है, उसे एफ.एम. प्रसारण कहा जाता है। देश में अनेक एफ.एम. रेडियो स्टेशन हैं। टाइम्स समूह के 'रेडियो मिर्ची' ने बहुत धूम मचाई। हर प्रसारण समूह की अपनी टैगलाइन है, जैसे—माय एफ.एम. (94.3/भास्कर समूह) की टैगलाइन है—'गाने वही जो आपका दिल चाहे'। बिग एफ.एम. (92-7) रिलायंस समूह का यह एक देशव्यापी निजी एफ.एम. रेडियो स्टेशन है। जिसकी टैगलाइन है—'सुनो सुनाओ, लाइफ बनाओ' और 'गाने जो हिट थे, हिट रहेंगे'। इसी तरह रेड एफ.एम. (93-5) एन.डी.टी.वी. समूह का एक प्राइवेट रेडियो स्टेशन है। इसका प्रसारण दिल्ली, मुंबई और कोलकाता में होता है। साल 2002 में शुरू इस रेडियो स्टेशन से हिंदी और इंग्लिश दोनों भाषाओं के मिश्रित गीतों का प्रसारण होता था, लेकिन अब सिर्फ हिंदी गीतों का ही प्रसारण होता है⋯रेड एफ.एम. का टैगलाइन है—'बजाते रहो'। एफ.एम. बॉण्ड (103.5) भी खूब सुना जा रहा है। एफ.एम. रेडियो सेवाओं के तीसरे चरण में मौजूदा 86 शहरों के अतिरिक्त करीब 227 नए शहरों को एफ.एम. रेडियो के दायरे में लाया गया। इस प्रकार 294 शहरों में कुल 839 नए एफ.एम. रेडियो चैनल हो गए। तीसरे चरण के लागू होने से एक लाख और उससे अधिक आबादी वाले सभी शहरों में निजी एफ.एम. रेडियो चैनल उपलब्ध हैं। दूसरे चरण की तुलना में तीसरे चरण में रेडियो ऑपरेटर को आकाशवाणी के समाचार बुलेटिन चलाने की अनुमति भी दी गई।

'एफ.एम.' से जुड़ी महिलाओं की जानकारी देते हुए 'माया' पत्रिका में लिखती है—"पार्वती राठौर टाइम्स एफ.एम. के हिंदी फिल्मी गीतों पर आधारित कार्यक्रम का सीधा प्रसारण अपने निराले अंदाज से करती हैं। आकाशवाणी के कार्यक्रमों की कम्पेयरिंग उनकी हाबी थी, जो आज उनके पेशे में बदल गई। आज वह प्रसारण की अपनी विशिष्ट शैली के कारण श्रेष्ठ उद्घोषक के रूप में जानी पहचानी जाती हैं। उन्होंने 1986 में केजुअल उद्घोषक के रूप में अपना कॅरियर शुरू किया था।⋯पहली बार 'युववाणी' के 'महफिल' कार्यक्रम में आवाज स्वर परीक्षा में असफल रही थीं, जिसे उन्होंने चुनौती के रूप में लिया।⋯पार्वती का लालन-पालन और उनकी शिक्षा-दीक्षा दिल्ली में ही हुई। उन्होंने एम.कॉम, पत्रकारिता में डिग्री और प्रबंधन के अलावा ज्योतिष में भी तीन वर्ष का डिग्री पाठ्यक्रम उत्तीर्ण किया है। मेहनाज अनवर ए.आई.आर. एफ.एम. पर⋯गजलों के कार्यक्रम 'आदाब अर्ज है' में सुनाई पड़ती है।⋯लखनऊ में पली-बढ़ी और पढ़ी होने के

कारण उनकी भाषा और आवाज में स्वाभाविक लखनवी अंदाज है।''' उन्होंने दिल्ली में ही रेडियो के लिए अनेक साहित्यिक कार्यक्रम किए। 'टाइम्स एफ.एम.' हलके में 'चैटर बॉक्स' के नाम से जानी जानेवाली हिमाचल की सीमा शर्मा आज परिचय की मुहताज नहीं हैं। 'खत आपके गीत हमारे' जैसे लोकप्रिय कार्यक्रम अपने आप में इसका प्रमाण है। युवाओं और गृहिणियों में विशेष रूप से लोकप्रिय यह कार्यक्रम अक्तूबर 1994 में प्रत्येक शुक्रवार अपराह्न एक से दो बजे के बीच प्रसारित होता है, जिसमें टाइम्स एफ.एम. के प्रत्येक सप्ताह मिलने वाले आठ–नौ सौ पत्रों में से 30–35 को ही शामिल करने का वक्त मिलता है। रविवार प्रात: सात से आठ बजे के बीच इनका एक और कार्यक्रम 'रविवार सरगम' भी खासा लोकप्रिय है।''' टाइम्स एफ.एम. ने उन्हें उस वक्त चुना, जब वह एक स्टूडियो में अपने गीत रिकॉर्ड करवा रही थीं। उन्हें पहले से ही चल रहे टाइम्स एफ.एम. के 'कल, आज और कल' कार्यक्रम में कंपीयर करने का जिम्मा सौंपा गया, पर असली चुनौती उन्हें तब मिली, जब एक माह बाद ही उन्हें 'अमिताभ बच्चन स्पेशल' का सीधा प्रसारण करने का कार्य मिला, जिसे उन्होंने काफी सफलतापूर्वक संपन्न किया। उनके जीवन का महत्त्वपूर्ण मोड़ तब आया, जब उन्हें 'खत आपके गीत हमारे' का प्रसारण करना था, पर उनके पास एक भी पत्र नहीं था। तब पहली बार इस 'चैटर बॉक्स' का कमाल जगजाहिर हुआ।" इग्नू का 'ज्ञान भारती', 'ज्ञान वाणी', 'ज्ञान दर्शन' जैसे रेडियो टी.वी. चैनल और वन्या का आजाद हिंद रेडियो और वन्या रेडियो भाबरा जो जिला अलीराजपुर भीली समुदाय के लिए उनकी ही जुबान में शुरू हुआ सुने जा रहे हैं। प्रसार भारती के एफ.एम. गोल्ड और एफ.एम. रेनबो खूब सुना जाता है। इसी प्रकार मिड डे समूह का गो एफ.एम. इंडिया टुडे समूह का 'रेडियो टुडे' पत्रिका समूह का रेडियो तड़का, सन समूह का सूर्यन एफ.एम., एफ.एम. फीवर, हिट्ज एफ.एम., इंडिया एफ.एम. प्रमुख हैं।

सामुदायिक रेडियो स्टेशन समुदायों द्वारा परिचालित और संचालित होते हैं। स्वामित्व भी उनका ही होता है, जिनके लिए वे सेवा प्रदान करते हैं। सामुदायिक रेडियो लाभ कमाने के लिए नहीं होते। ये व्यक्ति विशेष, समूह और समुदायों की विविध जानकारियों और अनुभवों को बाँटने की प्रक्रिया को सुगम बनाते हैं।''' देहात के कम पढ़े-लिखे लोग भी एफ.एम. की तर्ज पर घर की चहारदीवारी के भीतर रेडियो स्टेशन चलाकर जहाँ ग्रामीणों का मनोरंजन कर रहे हैं। वहीं उन्हें ज्ञानवर्धक जानकारी मुहैया करा रहे हैं। कायक्रमों में अपनी माटी की सोंधी खुशबू होने के कारण ये जनमानस में खासे लोकप्रिय हैं। ऐसा ही एक छोटा-सा रेडियो स्टेशन हरियाणा के सिरसा जिले के गाँव अलीका में रेडियो अली है। सुबह सात बजे से इसके कार्यक्रमों का प्रसारण शुरू होता है। इसमें कन्याभ्रूण हत्या, शिक्षा, स्वास्थ्य, संपूर्ण स्वच्छता अभियान, सी.एफ.एम. के इस्तेमाल और समाज कल्याण आदि सरकारी योजनाओं के बारे में ग्रामीणों से विचार साझे किए जाते हैं।

मध्य प्रदेश में अनुजा शुक्ला और उसके सहयोगी 'रेडियो बुंदेलखंड' चलाते हैं। यह रेडियो 2008 से सूचना और मनोरंजन के कार्यक्रम बुंदेली भाषा में प्रसारित कर रहा है। विकास ऑल्टरनेटिव्स द्वारा समर्थित सामुदायिक रेडियो स्टेशन बीस किलोमीटर के अर्धव्यास के दायरे में श्रोताओं तक पहुँचता है। काबिले-गौर है कि फरवरी 1995 में सुप्रीम कोर्ट के उस फैसले ने देश में रेडियो के प्रचार-प्रसार में अहम् भूमिका निभाई, जिसमें कहा गया था कि एयरवेव्स जनता की संपत्ति हैं। इसलिए इस पर जनता का अधिकार होना चाहिए और इसका इस्तेमाल जनता के हित में होना चाहिए। इसके बाद वर्ष 2002 में सूचना एवं प्रसारण मंत्रालय ने बिना किसी व्यावसायिक हित के सामुदायिक रेडियो चलाने वाले शैक्षिक संस्थानों को लाइसेंस देने का ऐलान किया था। इसके तहत 2 फरवरी, 2004 को चैन्नई के अन्ना विश्वविद्यालय और 15 मार्च, 2005 को दिल्ली के जामिया मिलिया विश्वविद्यालय के परिसर में सामुदायिक रेडियो की शुरुआत हुई। टेलीकॉम रेगुलेटर अथॉरिटी ऑफ इंडिया की ओर से जारी एक रिपोर्ट में कहा गया है कि रेडियो सिर्फ मनोरंजन का साधन ही नहीं, बल्कि लोगों के काम आनेवाली रोजमर्रा की सूचनाओं के लिए भी उतना ही जरूरी है। सामाजिक क्षेत्र में सामुदायिक रेडियो के प्रसारण के लिए इस तरह की वकालत के सघन प्रयासों और गर्मागर्म बहस की परिणति 2006 में केंद्रीय मंत्रिमंडल द्वारा समावेशी सामुदायिक रेडियो नीति के अनुमोदन के रूप में हुई। सरकार बहुत समय तक इस अनावश्यक आशंका के कारण कि अलगाववादी, आतंकवादी और विनाशक तत्त्व इस माध्यम का दुरुपयोग कर सकते हैं, इस क्षेत्र में प्रसारण क्षेत्र खोलने के प्रस्ताव को टालती रही। समुदाय को स्वामित्व और प्रबंधन का अधिकार देने के साथ-साथ नीति में यह व्यवस्था भी की गई कि कम-से-कम 50 प्रतिशत विषय-वस्तु स्थानीय भाषा में उनके समुदाय की सहभागिता के साथ होनी चाहिए। नई नीति के मौजूदा ढाँचे में सामुदायिक रेडियो स्टेशनों को समाचार और सामयिक विषयों को प्रसारित करने की अनमुति नहीं दी गई। भारतीय इलेक्ट्रॉनिक मीडिया में रेडियो एक, रूप अनेक में सैटेलाइट, वेबरेडियो का ब्रॉडबेंड रेडियो, विजुअल रेडियो, कम्युनिटी रेडियो, कैंपस रेडियो, शैक्षणिक रेडियो, ए.एम. रेडियो और एफ.एम. रेडियो में विभाजित किया गया है।

भारत में दूरदर्शन केंद्र प्रयोगात्मक रूप में 15 सितंबर, 1959 को नई दिल्ली में श्वेत-श्याम रूप में स्थापित हुआ। 15 अगस्त, 1982 से रंगीन कार्यक्रमों का प्रसारण आरंभ हुआ तो 'धर्मयुग' ने लिखा—"लाल किले से स्वतंत्रता दिवस समारोह का पहली बार सीधा रंगीन प्रसारण सूक्ष्म तरंग प्रणाली और इनसेट उपग्रह द्वारा सारे देश में किया गया। रंगों की छटा देखकर यह यकीन नहीं होता था कि यह वही समारोह है, जिसे कई वर्षों से हर साल हम देखते आए हैं। दूरदर्शन द्वारा श्वेत-श्याम प्रसारण के जरिए वही अनाउंसर मुक्ता श्रीवास्तव, जिनकी श्वेत-श्याम छवि हम दूरदर्शन पर देखते रहे हैं। इस

रंगीन प्रसारण में इतनी रंगीन लग रही थीं कि यकीन नहीं होता था···और फिर एशियाई खेलों में तो रंग-ही-रंग बिखरेगा—घास रंगीन, ट्रैक रंगीन, रोशनियाँ रंगीन, खिलाड़ी रंगीन, वातावरण रंगीन, दूरदर्शन जब इनके रंग आपके रंगीन रिसीवर टी.वी. सेट पर बिखेरेगा।" दूरदर्शन की पहली न्यूज कास्टर प्रतिमा पुरी थीं।

अनिता मलिक दूरदर्शन की अच्छी रिपोर्टरों में गिनी जाती हैं। फिल्म समीक्षा में पारंगत रहीं अनिता ने देश में पहला रेडियो कॉलम लिसनिंग पोस्ट भी शुरू किया था। गुवाहटी के प्रगतिशील बंगाली परिवार में जनमी अनीता देश की ऐसी पहली महिला फिल्म जर्नलिस्ट थीं, जिन्होंने फ्रीलांसर के तौर पर अपना कॅरियर शुरू किया था। इसके बाद उन्हें बी.बी.सी. के लिए काम करने का मौका मिला तो पूरे देश में उनकी काफी सराहना हुई। बुक रिव्यू मैगजीन 'बिब्लियो' की संपादक अंतरा सेन लिखती हैं—"अनिता को अपनी शर्तों पर जिंदगी जीना पसंद था। उन्होंने ऑल इंडिया रेडियो जर्नलिस्ट इकबाल मलिक से शादी की थी। उस जमाने में किसी हिंदू लड़की का मुसलिम लड़के से शादी करना हिम्मत की बात थी। सत्यजीत रे, मर्लिन ब्रॉण्डो, ट्रेवॉर हॉवार्ड, एलिया कजान, अकिरा कोरोसकोवा, डेविड निवेन और जॉन मास्टर्स के ब्रेकिंग इंटरव्यू उनके कॅरियर के लिए मील का पत्थर साबित हुए। न केवल भारतीय सिनेमा, बल्कि अंतरराष्ट्रीय सिनेमा पर उनका ज्ञान वर्तमान फिल्म समीक्षकों के लिए प्रेरणास्रोत है।" फरवरी 2009 में उनके निधन पर विभिन्न पत्र-पत्रिकाओं में इस प्रकार की प्रतिक्रियाएँ छपीं—"पत्रकारिता के कौशल में महिलाएँ भी माहिर हैं। उनकी कलम की धार का लोहा लोग मानते हैं तो कैमरे की जादूगरी को भी। पिछले दिनों मशहूर महिला पत्रकार अनिता मलिक की मृत्यु से पत्रकारिता जगत् में खलबली मच गई। वरिष्ठ पत्रकारों ने इसे अपूरणीय क्षति माना है। अनिता पहली महिला पत्रकार थीं, जिन्होंने सिनेमा को अपनी रिपोर्टिंग का क्षेत्र चुना था। अनिता मलिक के अलावा कई ऐसी महिला पत्रकार हैं, जिन्होंने पत्रकारिता में महिलाओं की संख्या तो काफी बढ़ाई है; लेकिन जिन्होंने सबसे पहले इसमें कुछ अलग करने का साहस दिखाया उनमें चुनिंदा नाम ही हैं।"

'टाइम्स ऑफ इंडिया' से शुरुआत करनेवाली नलिनी सिंह 1980 में टी.वी. कार्यक्रमों में भाग लेने लगीं। वे बी.बी.सी. के कार्यक्रम किया करती थीं। उनका डेनमार्क का कार्यक्रम जब महत्त्वपूर्ण सिद्ध हुआ, तो उन्हें दृश्य मीडिया की पॉवर और पहुँच का अंदाजा हुआ। मतदान केंद्रों पर कब्जा किस तरह किया जाता है, यह दूरदर्शन पर दिखाकर उन्होंने हौसले और हिम्मत की छाप छोड़ी थी। 'लोकमत समाचार' में छपे साक्षात्कार में वे बताती हैं—"1980 में बिहार गई थी। वहाँ अपनी आँखों से सिलसिले वार 'बूथ कैप्चरिंग' देखी। 1985 में पुन: मतदान के समय बिहार गई। एक मतदान केंद्र पर 22 घंटे रही। अचानक सशस्त्र डकैत आए और मतपत्रों पर ठप्पे मारने लगे। वहाँ उपस्थित लोगों ने कोई विरोध

नहीं किया। जब चुनाव अधिकारी से शिकायत की बात की, तव अधिकारी ने मतदान ही रद्द कर दिया। सांसद से शिकायत करने पर उसने चुनाव संहिता निकाल कर बताया कि इसमें बूथ कैप्चरिंग अपराध है, ऐसा कहीं नहीं लिखा। 1989 में फिर उसी गाँव पहुँची और जीप की हैडलाइट के सहारे एक खेत में बूथ कैप्चरिंग करनेवाले डकैतों के साक्षात्कार लिए।" डॉ. तारा परमार के अनुसार कश्मीर की समस्या पर भी उन्होंने एक फिल्म बनाई। ढेरों पुरस्कार पाने वाली नलिनी 'हैलो जिंदगी' और 'आँखों देखी' की केंद्र बिंदु हैं। 'हैलो जिंदगी' द्वारा विभिन्न पहलुओं को समाज के सामने लाकर उनकी संवेदना को झकझोरने वाली नलिनी विषय को ध्यान में रखते हुए इस तरह पेश करती हैं कि लोगों को अपील करता ही है। शारीरिक एवं मानसिक उत्पीड़न की शिकार महिलाओं की व्यथा, रेड लाइट क्षेत्र में नारकीय जीवन जीने के लिए मजबूर झुग्गी-झोंपड़ियों की दयनीय स्थिति, बाल आश्रम, बूथ कैप्चरिंग द्वारा राजनीति को उन्होंने जमकर उजागर किया। अवैध हथियार बनाने वालों के गिरोह का भंडाफोड़ करने के साथ-साथ पुलिस की निष्क्रियता जैसी जानकारियाँ लोगों तक पहुँचाईं। दूरदर्शन की लोकप्रियता पर उन्होंने लिखा था—"सन् 2015 तक टेलीविजन गौण हो जाएगा। उस समय आप देखेंगे कि रविवार की सुबह, जिसे आज प्राइम टाइम कहा जाता है, लोग उस समय अपनी प्रतिभा को कारगर सिद्ध करने के लिए निकल पड़े होंगे। उस समय वे आउटडोर चले जाएँगे, साइकलिंग करेंगे, अपने स्वास्थ्य या जीवन स्तर को सुधारने के लिए कुछ काम कर रहे होंगे। लोग अपने प्राइम टाइम का उपयोग अपने भले के लिए अपनी तरह से करेंगे।"

'दूरदर्शन: मुकाबले की जोरदार तैयारी' पर 'इंडिया टुडे' में छापा गया था—"उप-महानिदेशक उर्मिला गुप्त टी.वी. आलोचकों को फोन करके न्योत रही हैं। वे एक संपादक को फोन करके यह भी पूछती हैं कि क्या वे एक नए सामयिक कार्यक्रम 'क्वेश्चन ऑवर' में शामिल होना पसंद करेंगे? वे उन्हें बताती हैं कि इस कार्यक्रम की पहली कड़ी भारत में विदेशी मीडिया के प्रवेश के बारे में है।" टी.वी. पत्रकारिता का मशहूर चेहरा बरखा दत्त को पत्रकारिता माँ के पेट से मिली थी। वे कहती हैं—"मुझमें आज भी न्यूज को लेकर बहुत ज्यादा भूख है, या यूँ कहूँ कि न्यूज को लेकर थोड़ा-सा पागलपन भी है।" करगिल युद्ध देश का पहला टेलीविजन युद्ध साबित हुआ। एक तरफ भारतीय सैनिक युद्ध लड़ रहे थे तो दूसरी तरफ बरखा दत्त जैसे अनेक टेलीविजन रिपोर्टर और फोटोग्राफर युद्ध की कवरेज के लिए मोरचे पर डटे हुए थे।

ई-टी.वी. मध्य प्रदेश की संवाददाता इंदु दृश्य-श्रव्य माध्यमों की कठिनाइयाँ बताते हुए लिखती हैं—"आम लोगों की धारणा यही है कि इलेक्ट्रॉनिक मीडिया में काम करना आसान है, लेकिन इस मीडिया में दोहरा काम करना पड़ता है। पहले शूटिंग, उसके बाद एडीटिंग, वॉइस ओवर, पैकेजिंग एक प्रोग्राम बनाने के पीछे कड़ी मेहनत करनी पड़ती

है।" 20 अक्तूबर, 1992 को दूरदर्शन भोपाल की शुरुआत हुई। समाचार वाचिका नीरजा बैरागी अपने अनुभव इस प्रकार बताती हैं—जब पहली बार समाचार पढ़े, तब उन्हें लगा कि आज मंजिल मिल गई। छोटे-छोटे सपने अब पूरे होते दिख रहे हैं क्योंकि बहुत बड़ी बात मैंने सोची ही नहीं थी। नीरजा चाहती हैं कि भोपाल दूरदर्शन भी दो समाचार वाचकों का उपयोग करे अन्यथा पंद्रह मिनट तक एक ही चेहरा देखते हुए सामने वाला उकता जाता है। दूसरे, पैनल पर समाचार वाचकों की संख्या निश्चित की जाए। तीसरे, विजुअल की मात्रा बढ़ाई जाए, जिसमें 'ड्रायस्टोरी' की अधिकता का एहसास न हो। प्रीति त्रिपाठी ने कुछ समय तक उज्जैन से निकलने वाले एक साप्ताहिक पत्र में काम किया। जब प्रीति ने पहली मर्तबा समाचार पढ़े थे, तब समूचा शहर कर्फ्यूग्रस्त था, लेकिन प्रतिपल बदलती समाचारों की स्थिति ने प्रीति के आत्मविश्वास को और भी पुख्ता कर दिया। सुधा शर्मा को छोटे परदे ने ग्लैमरस छवि बख्शी। नतीजतन, उनके अड़ोसी-पड़ोसी उन्हें ज्यादा तवज्जो देने लगे और राह चलते बच्चे भी उन्हें 'टी.वी. वाली दीदी' कहकर पुकारने लगे।''रेडियो से लंबे समय से जुड़ी सुधा जब पहली बार समाचार कक्ष से खबरों का खुलासा कर रही थीं, तब उन्हें पहली-दूसरी पंक्ति तक पहुँचते-पहुँचते ऐसा लग रहा था, कहीं वे बेहोश न हो जाएँ। नीरजा की ही तरह सुधा की भी दिली तमन्ना है कि दो समाचार वाचकों के माध्यम से समाचारों का प्रस्तुतीकरण हो। "पूरे पंद्रह मिनट एक चेहरे को देखते-देखते लोग समाचार तो कम सुनते-देखते हैं, बल्कि समाचार वाचक-वाचिकाओं की मीन-मेख ज्यादा निकालने लगते हैं।" न्यूज-व्यूज का ऐसा आनुपातिक घालमेल सुधा चाहती हैं कि आकर्षक भी हो और थोपा हुआ भी न लगे। मंजु मेहता शुरू से ही रेडियो से जुड़ी रही हैं। बतौर उद्घोषक 'विविध भारती' में लंबे समय तक काम करने का अनुभव ही दूरदर्शन की स्क्रीन पर मंजू का हौसला बढ़ाता है। मंजू सामाजिक समस्याओं पर विभिन्न पत्र-पत्रिकाओं में लेख भी लिखती रही हैं। इसके अलावा वे सेंट जोसफ स्कूल में अध्यापिका भी हैं। मंजू ने जब पहली बार खबरें पढ़ीं, तक कैमरा संकोच उन्हें भी था, लेकिन खरामा-खरामा यह संकोच पूर्ण विश्वास में बदल गया। लावण्यमयी शर्मा भोपाल दूरदर्शन का जाना-पहचाना नाम है। अच्छे समाचार वाचकों में इनकी गिनती की जाती है। नंदा शुक्ला ने जीवाजी विश्वविद्यालय ग्वालियर से कला में स्नातकोत्तर की उपाधि प्राप्त की।''पहली बार समाचार पढ़ते समय नंदा को जितना डर साड़ी सँभालने का था, उतना कैमरे और माइक का नहीं था। नंदा को नहीं लगता कि टी.वी. ने उन्हें कोई बहुत जाना-पहचाना बना दिया है। फिरदौस को रेडियो से बतौर उद्घोषक पाँच साल तक जुड़े रहने का तजुर्बा काम आया और उन्हें छोटा परदा नसीब हुआ। बीच के तकरीबन ढाई साल वे रेलवे के क्लोज सर्किट टेलीविजन पर रेल गाड़ियों की आवाजाही की सूचनाएँ देती रहीं।''खबरें पढ़ते वक्त फिरदौस को यह चिंता बनी रहती है कि वह दिख कैसी रही हैं। असल में खुशमिजाज

फिरदौस की छवि स्क्रीन पर गुस्सैल सी दिखती है, लेकिन पूर्व की याद ताजा होते ही वह सिहर उठती हैं, जबकि एफ.एम. की गलती का खामियाजा उन्हें भुगतना पड़ा था। हुआ यूँ था कि उन्हें खबरें खत्म करने का संकेत निर्धारित समय से दो मिनट पूर्व ही दे दिया गया था। उन्हें तो लगा था कि अब वे कभी खबरें नहीं पेश कर पाएँगी। रश्मि चंदवासकर भोपाल स्थित स्टेट बैंक ऑफ इंडिया की मुख्य शाखा में कैशियर/क्लर्क की हैसियत से कार्यरत हैं। उन्होंने उप-मुख्यमंत्री सुभाष यादव को मुख्यमंत्री बोल दिया था। शब्दों के इस हेर-फेर का कारण टाइपिंग की छपाई थी। उन्होंने बताया बैंक में उन्हें हर आने जानेवाला घूरता है। उन्हें याद है कि एक दिन एक ग्राहक ने उन्हें तीन बार झुककर नमस्कार किया। बाद में पूछने पर उसने बताया कि वह इसलिए नमस्कार कर रहा है, क्योंकि कल उसने रश्मि को टी.वी. पर देखा था। एंकर तथा रिसर्चर ई-टी.वी. मध्य प्रदेश उजमा जमाली अपने बारे में बताती हैं—"मैंने इलेक्ट्रॉनिक मीडिया में वर्ष 2002 में कदम रखा। मेरा चयन कल्याणी कार्यक्रम में हुआ···कुछ समय बाद समाचार वाचिका के रूप में भी चयन हो गया।" मीडिया में मेरा आकर्षण शौक और समाज में कुछ करने का जज्बा, ये तीनों चीजें ही खींचकर लाई हैं। ख्याति पंड्या सब एडिटर न्यूज प्लस चैनल बड़ौदा लिखती हैं—"पिछले तीन सालों से काम कर रही हूँ···पिताजी 'संदेश' अखबार में काम करते थे। मैं उनके साथ जाया करती थी। अखबार छपने की प्रक्रिया गौर से देखती थी। उस समय बड़ौदा में मेरे अलावा और कोई लड़की फील्ड रिपोर्टिंग नहीं करती थी।"

'राष्ट्रीय सहारा' के 'हस्तक्षेप' में 'कब सुधरेगा दूरदर्शन का हिंदी समाचार वाचन' में पढ़ने को मिलता है—"आज भी दूरदर्शन का समाचार विभाग और समाचार वाचन 'कैजुअल' कलाकारों की बदौलत चल रहा है। हिंदी समाचार वाचन में सलमा सुल्तान और शोभना जगदीश ही स्थायी समाचार वाचक हैं और अंग्रेजी में मीनू। बाकि सभी समाचार वाचक 'कैजुअल' हैं।···सलमा सुल्तान हिंदी की वरिष्ठ समाचार वाचिका हैं, लेकिन उर्दू भाषी होने के कारण हिंदी के कुछ अक्षरों का उच्चारण सही नहीं कर पातीं। वह 'क्ष' का कभी भी सही उच्चारण नहीं कर पाईं। 'अंतरराष्ट्रीय' को वह हमेशा 'अंतराष्ट्रीय' पढ़ती रही हैं।" अविनाश कौर सरीन, जसवीन जस्सी, अंजलि राय व कुछ अन्य समाचार वाचकों ने हिंदी के शब्दों का पंजाबीकरण ही कर दिया है। शोभना जगदीश लखनऊ दूरदर्शन केंद्र से आई हैं। वे हिंदी तो शुद्ध पढ़ती हैं, लेकिन उनके साँस लेने का तरीका गलत है। बहुत कम लोग जानते होंगे कि शोभना लखनऊ में रंगमंच से सक्रिय रूप से जुड़ी रही हैं। रंगमंच की उसी नाटकीयता की छाप कभी-कभी उनके समाचार वाचन में भी झलकने लगती है। मंजरी जोशी के साथ भी यही समस्या है कि वह हिंदी शुद्ध पढ़ती है, लेकिन उनका वाक्य विन्यास कभी-कभी लड़खड़ा जाता है और वह गलत जगह साँस लेती हैं। इन सबसे हटकर सरला माहेश्वरी हिंदी की एक आदर्श समाचार वाचिका मानी जा सकती

हैं। सरला का समाचारों को पढ़ने का तरीका बेहद सहज लगता है। गजाला अमीन, सुनीता बुद्धिराजा और रमा पांडे समाचारों को पढ़ने की कसौटी में खरी नहीं उतरती हैं। ये तीनों समाचार वाचिकाएँ तनावग्रस्त होकर समाचार वाचन करती हैं। डी.डी. न्यूज की नीलम शर्मा ने 1995 में पत्रकारी जीवन की शुरुआत की। उन्हें 2010 में 'आधी आबादी वूमैन अचीवर्स अवॉर्ड' और 2013 में 'मीडिया महारथी अवॉर्ड' प्रदान किया गया।

दूरदर्शन समाचार वाचिकाएँ समय-समय पर पत्र-पत्रिकाओं में भी लिखती रहती हैं। मंजरी जोशी 'भौतिकवाद ने संक्रमित संवेदनाओं का समाज दिया' में लिखती हैं—"समय और परिवर्तन एक साथ चलते हैं, लेकिन आज के समय में आधुनिक समाज के लिए परिवर्तन चिंता का विषय बनता जा रहा है। एक-दूसरे से आगे निकलने की होड़, फैशनपरस्ती, आरामतलबी, भौतिक धरातल पर सर्वोच्च रहने के नशे और उपभोक्तावाद ने हमें कहाँ से कहाँ ला पटका है?" सीनियर एंकर, एन.डी.टी.वी. इंडिया, दिल्ली की निधि कुलपति ने 1991 में 'न्यूज ट्रैक' से अपना पत्रकारी सफर शुरू किया। उसके बाद जी.टी.वी. से छह साल तक जुड़ी रहीं। वर्तमान में एन.डी.टी.वी. इंडिया में वरिष्ठ पद पर हैं। स्त्री-पुरुष दोनों को ही आवश्यक बताते हुए लिखती हैं—"स्त्री व पुरुष जीवन रूपी गाड़ी के दो पहिए हैं। यदि एक भी टूट जाए तो गाड़ी डगमगाने लगती है। हमारे देश में चूँकि स्त्रियाँ आर्थिक रूप से आत्मनिर्भर नहीं होतीं, इसलिए एक आर्थिक सहारे के रूप में भी उन्हें पुरुष की आवश्यकता होती है। इसके साथ-साथ एक भावनात्मक सहारा भी उन्हें मिलता है। पुरुष को हमारे यहाँ भरण-पोषण करनेवाला समझा जाता है। अब समाज में कुछ बदलाव आ रहा है। स्त्रियाँ स्वाभिमानी हो रही हैं और सहारा नहीं ढूँढ़तीं। वैसे यह बदलाव शहरों में अधिक आया है, परंतु शिक्षा के विस्तार के कारण गाँवों की स्थिति में भी बदलाव आएगा। महोबा जिले में हुई सती के विषय में सब कहते हैं कि उसने आत्महत्या की है, परंतु उस गाँववासी स्त्री को गरीबी व भूख का डर था। मेरी देखभाल कौन करेगा, कौन मेरी सहायता करेगा, यह सोचकर उसने सती होने का निर्णय लिया। उसे लगा मेरा सहारा मेरा पति है। यदि वह नहीं है तो वह जीकर क्या करेगी? यदि औरत आत्मनिर्भर होगी तो ऐसी स्थिति नहीं आएगी। स्त्री के सती होने की परंपरा किसी संस्कार के अंतर्गत नहीं आती। प्राचीनकाल में भी जो स्त्रियाँ सती हुई हैं, वे केवल इसलिए नहीं कि ऐसा धार्मिक रूप से आवश्यक था। इसके पीछे कारण रहे हैं, पति के बाद असुरक्षा-बोध के, जायदाद के और परिवार द्वारा बेसहारा कर दिए जाने के डर के। स्त्री ने भावी आशंकाओं और दुर्दिनों के भय से भी पति की मृत्यु के उपरांत स्वयं को जलाया, अल्पज्ञों ने उसे महिमामंडित कर 'सती' का नाम दिया। आई.आई.एम.सी. से पत्रकारिता का डिप्लोमा करने के बाद संगीता तिवारी 1995 से टी.वी. पत्रकारिता में हैं। कुछ समय आजतक में संवाददाता रहने के बाद जी न्यूज में प्रमुख संवाददाता बनीं और फिर स्टार न्यूज में वरिष्ठ विशेष संवाददाता के

रूप में काम किया। इसी प्रकार भारतीय जनसंचार संस्थान से डिप्लोमा लेकर शालिनी जोशी टी.वी. पत्रकारिता से जुड़ गईं। 'जी न्यूज', 'आज तक', 'बी.बी.सी. वर्ल्ड सर्विस' में काम किया। पहले दिल्ली और बाद में लंदन होते हुए देहरादून में 'बी.बी.सी.' की उत्तरांचल संवाददाता बनीं।

टी.वी. पत्रकारिता में बड़ा नाम 'सहारा समय' नई दिल्ली की अलका सक्सेना पोस्ट ग्रेजुएशन के समय से ही रेडियो और टी.वी. में फ्रीलांसर के रूप में जुड़ गईं। साथ ही, विभिन्न पत्र-पत्रिकाओं में लेखन करते हुए 'रविवार' से नौकरी प्रारंभ की। नौ वर्षों तक प्रिंट मीडिया में रहने के बाद 'टी.वी. टुडे', 'आजतक', 'जो न्यूज' और 'जनमत' में रहीं। महिला समाचार वाचकों पर टिप्पणी करती हैं—"टेलीविजन न्यूज में स्त्री शक्ति का ही बोलबाला है—ठीक उसी तरह, जिस तरह टी.वी. सीरियलों में स्त्री पात्रों का। टेलीविजन न्यूज की दुनिया में शाम तक खबरें पढ़ने की कमान कमोबेश महिला एंकर सँभालती हैं, पर रात होते-होते जब खबरों के परत-दर-परत विश्लेषण का या फिर उन पर बहस का वक्त आता है तो कमान पुरुष एंकरों के हाथ में आ जाती है—दिन और रात का यह फर्क बहुत कुछ कहता है···आज भी अंग्रेजी न्यूज चैनलों की जितनी महिला रिपोर्टर पॉलिटिकल, इन्वेस्टीगेटिव या ऐसी ही 'हाईबीट' कवर कर रही हैं, उतनी हिंदी के अखबारों और चैनलों की नहीं···महिला पत्रकारों के लिए खुली जबरदस्त संभावनाओं की वजह उनका पत्रकार होना कम और महिला होना ज्यादा हो गया है। उसकी एक बड़ी वजह टेलीविजन पत्रकारिता पर बाजारवाद का कब्जा है।···टेलीविजन न्यूज में आने की इच्छुक नब्बे फीसदी लड़कियाँ 'एंकर' बनना चाहती हैं—उन्हें एक पत्रकार के तौर पर पहचान मिले, ऐसी कोई आकांक्षा उनकी नहीं है। यह महत्त्वाकांक्षा जरूर है कि वे जल्दी-से-जल्दी स्क्रीन पर दिखने लगें और फिर वे जहाँ भी जाएँ, लोग कहें, "आप तो टी.वी. पर आती हैं" हिंदी प्रिंट मीडिया अभी तक अपनी कमियों और पूर्वग्रहों से मुक्त क्यों नहीं हो पाया? क्यों आज भी वहाँ महिलाओं को आमतौर पर 'डेस्क जॉब' के लायक माना जाता है? क्यों उन्हें फीचर पेज की ही जिम्मेदारी दी जाती है? जो रिपोर्टिंग चुनती हैं, क्यों उन्हें खास विषयों की रिपोर्टिंग के लायक ही समझा जाता है? प्रिंट में पॉलिटिक्स, स्पोर्ट्स और बिजनेस की 'बीट' पर कितनी महिला रिपोर्टर हैं और टेलीविजन में कितनी, इसका हिसाब करें तो साफ हो जाएगा कि समझदार और परिपक्व हमारा प्रिंट मीडिया अपनी महिला पत्रकारों के साथ कैसा सलूक करता है?···वे 'स्तंभकार' बन गईं, 'फीचर संपादक' बन गईं, लेकिन 'संपादक' कितनी बनीं?···टेलीविजन न्यूज की उम्र कम है और टेलीविजन न्यूज के पत्रकारों की औसत उम्र भी कम है।···1980-90 के दशक में अपनी प्रिंट पत्रकारिता के दौरान आतंकवाद से जकड़े पंजाब और कश्मीर की रिपोर्टिंग करते हुए या फिर सांप्रदायिक दंगों को करीब से देखते और कवर करते हुए हिंदी की दूसरी महिला

पत्रकारों को मैंने बहुत कम देखा, लेकिन आज टेलीविजन में फैशन वीक एंड, और फिल्म फेस्टिवल कवर करनेवाली महिला पत्रकारों की भीड़ के बीच, कुछेक महिला पत्रकारों ने 'हाई-बीट' माने जानेवाले विषयों को चुना है।...यह जरूरी है कि रिपोर्टर या एंकर साफ-सुथरा और सलीकेदार दिखे, लेकिन हद तो तब हो जाती है, जब उसे खबर की कम और खूबसूरती और व्यक्तित्व निखारने के नुस्खों की ज्यादा ट्रेनिंग मिलती हो। कुछ चैनलों ने बाकायदा अपने एंकरों, खासतौर पर महिला एंकरों के लुक और वॉर्डरोब के लिए महँगे फैशन डिजाइनरों को रखा है। एक चैनल तो बाकायदा एंकरों के 'फेशियल' और 'हेयर ग्रूमिंग' का हिसाब-किताब रखता है।...इलेक्ट्रॉनिक मीडिया लड़कियों को पहले पत्रकार बनाए, उन्हें खबर की पहचान और उसके हर आयाम से रू-ब-रू कराए। कम-से-कम चार-पाँच साल उसे पत्रकारिता के ऊबड़-खाबड़ रास्तों की खाक छानकर तपने दे। उसके बाद उसे एंकर बनाए। इसके दो फायदे होंगे। एक तो यह कि वह अपने साथ-साथ टी.वी. न्यूज की विश्वसनीयता को पुख्ता करेगा। दूसरे, बहुत हद तक स्त्री की छवि का उपभोक्तावादी इस्तेमाल होने से बच जाएगा।" अलका मीडिया की हकीकत बयान करते हुए लिखती हैं—"कुछेक मीडिया घरानों को छोड़ दें तो आजकल जिसके पास करोड़ों का सरप्लस है, वो चैनल ले आना चाहता है। अपने हर तरह के काम कराने के लिए, जुगाड़ करने के लिए मीडिया का मुखौटा उसे चाहिए होता है। मीडिया का इस्तेमाल वो दबाव बनाने के लिए करता है और देखते-ही-देखते कहाँ से कहाँ पहुँच बना लेता है।" 'सहारा समय' नई दिल्ली की अंजू पंकज गुलेरिया पिछले 19 वर्षों से न्यूज चैनल पर एंकरिंग और रिपोर्टिंग करती दिख रही हैं।

लोकसभा टी.वी. की एग्जीक्यूटिव प्रोड्यूसर वर्तिका नंदा 'औरतें करती हैं मर्दों का शोषण' में लिखती हैं—"इसमें दो राय नहीं कि खबरिया चैनलों में महिला पत्रकारों की मौजूदगी एक बड़ी सामाजिक-राजनीतिक परिघटना है, मगर इतने बड़े पैमाने पर इलेक्ट्रॉनिक मीडिया में महिलाओं के प्रवेश ने कई तरह के वाद-विवादों, मनोवैज्ञानिक हलचलों, तनावों और किस्सों को जन्म दिया है। यह आरोप लगता रहा है कि अगर कोई लड़की खूबसूरत है...फर्राटेदार अंग्रेजी बोल सकती है तो उसे टी.वी. में आसानी से जगह मिल जाती है...बेशक उसके पास अक्ल हो...यह भी कि लड़कियों को टी.वी. में प्रमोशन भी लड़कों की तुलना में आसानी से मिलता है। रिपोर्टर और एंकर बनने में कामयाब हुई बहुत सी लड़कियों को लड़कों के मुकाबले बहुत कम संघर्ष करना पड़ता है और लड़कियाँ सिर्फ इसलिए आगे बढ़ जाती हैं कि बॉस उन्हें पसंद करते हैं।" मीडिया विश्लेषक के नाते उन्होंने लिखा—मुझे लगता है कि जनता मीडिया को समझने लगी है। अगर माहौल दूसरा होता तो इसके नतीजे भी अलग होते। जैसे—यह मान लिया जाता कि हम कार्यक्रम ला रहे हैं, लेकिन इसके साथ ही इसमें लोगों का हित भी है। इसके जरिए

पैसा भी कमाया जा रहा है, तो जनता नाराज नहीं होती। यह जो सर्वे है, वह जनता की नाराजगी को दिखाता है। इस बात को स्वीकार करना चाहिए कि इस देश की जनता उतनी बेवकूफ नहीं है, जितना हम मानते हैं।" 'दर्शकों से दूर होता दूरदर्शन' में कारण बताती हैं—"कार्यक्रमों के लगातार घटते स्तर की वजह से दर्शकों में बेहद कमी का रिकॉर्ड बन जाना। कहा गया था कि यहाँ पर दूरदर्शन केंद्र में काम करनेवाले मिलते ही नहीं। फिलहाल स्थिति यह है कार्यक्रम रिपीट होते रहते हैं। उनमें विविधता की कमी साफ दिखने लगी है और यहाँ तक कि हफ्ते में एक बार प्रसारित होनेवाला 'बाँग्ला बुलेटिन' भी बासी खबरों का फटा गुलदस्ता बनने लगा है। यही वजह है कि अब तक दूरदर्शन पर निर्भर रहनेवाले सुदूर इलाकों के लोगों ने भी दूरदर्शन को देखना तकरीबन बंद कर दिया है। ऐसे में सरकार को शायद आसान यही लग रहा होगा कि इस सफेद हाथी को अब अतीत बनाने में ही भलाई है। दूरदर्शन अपने 35 चैनलों के संचालन पर हर साल का 1,000 करोड़ रुपए खर्च करता है और बदले में इसके 75 प्रतिशत की भरपाई कर पाता है। बहस की बात है कि दूरदर्शन और आकाशवाणी जनसेवा प्रसारण हैं या सरकार की मनमर्जी से हिलने-डुलने वाले खिलौने? टी.वी. द्वारा हमारे जीवन में हुई घुसपैठ पर लिखती हैं—"हम में से अधिकांश लोग अपना फुरसत का बहुत सारा समय टी.वी. देखते हुए बिता देते हैं। कई बार लगता है कि बाकी दुनिया जिस फुरसत के कुछ पलों के लिए बेताब रहती है, वहीं मीडिया मानो किसी पल चैन लेना ही नहीं चाहता। समय अगर चुनाव का या किसी और हलचल का हो, तब तो यह माध्यम अपने देखने और सुनने वालों का भी चैन चुरा लेते हैं।" वर्तिकाजी 10 साल की उम्र में जालंधर दूरदर्शन की सबसे कम उम्र की एंकर बन गई थीं। जी.टी.वी. से शुरुआत कर सात साल तक एन.डी.टी.वी. में अपराध बीट की हेड रहीं। 2003 में भारतीय जनसंचार संस्थान नई दिल्ली की एसोसिएट प्रोफेसर (टेलीविजन पत्रकारिता) बनीं। 2007 में भारतेंदु हरिश्चंद्र अवॉर्ड मिला। सहारा इंडिया मीडिया में प्रोग्रामिंग हेड रहनेवाली डॉ. वर्तिका ने 'बलात्कार और प्रिंट मीडिया की रिपोर्टिंग' पर शोध किया है। वे 'सब लोग' की संयुक्त संपादक भी रहीं।

'आज तक' की डिप्टी एडिटर एंकर श्वेता सिंह ने 1996 में 'टाइम्स ऑफ इंडिया' से शुरुआत की। तत्पश्चात् 'हिंदुस्तान टाइम्स' चली गईं। 'जी न्यूज' में कुछ समय तक रहने के बाद 'सहारा' में काम किया। 2002 से 'आज तक' से जुड़ी हैं। बीच में कुछ समय 'न्यूज 24' में भी रहीं। 2013 में 'बेस्ट टी.वी. न्यूज एंकर' और 'बेस्ट न्यूज प्रोड्यूसर' का अवॉर्ड मिला। महिला संवाददाता के बारे में लिखती हैं—"रिपोर्टिंग पर जाने के लिए आपका अंग्रेजी और हिंदी भाषा पर अच्छे कंट्रोल के साथ आत्मविश्वासी होना जरूरी है। अगर खूबसूरत लड़की में आत्मविश्वास है, अच्छा अंग्रेजी बोलती है, तो इलेक्ट्रॉनिक मीडिया में उसकी जगह जल्दी बनती है...एंकरिंग के लिए भी खूब पढ़ना पड़ता है। कहाँ

पर क्या घटना घटी, इसकी जानकारी होनी चाहिए।" दीप्ति चौरसिया चौधरी ने मास कम्युनिकेशंस जर्नलिज्म करने के बाद 1998 से स्वतंत्र पत्रकारिता प्रारंभ की। 'ई.टी.सी. न्यूज, इंडिया मोस्ट वांटेड', 'ई.टी.वी.' और 'इंडिया न्यूज' में ब्यूरोचीफ रहीं, म.प्र. और छत्तीसगढ़ के 'आज तक' से जुड़ी हैं। एन.डी.टी.वी. की रूपाली तिवारी अपने बारे में बताती हैं—"मेरे लिए न्यूज रिपोर्टिंग और एंकरिंग बड़ी चुनौती थी, लेकिन इसका सामना कड़ी मेहनत से किया। टी.वी. पत्रकारिता के लिए मैंने बहुत होमवर्क किया है और आज भी करती हूँ, जहाँ तक मुझे लगता है कि सफलता को लेकर टी.वी. न्यूज में लड़के-लड़कियों के बीच कोई मुकाबला नहीं। दोनों के लिए चुनौतियाँ एक जैसी हैं। संघर्ष दोनों को करना है। सबकुछ निर्भर करता है कि आप इन चुनौतियों का सामना कैसे करते हैं? मीडिया में पिछले कुछ सालों में एक नया बदलाव आया है। दर्शक अब महिला एंकर्स को देखना ज्यादा पसंद करते हैं और टी.आर.पी. के खेल में चैनल प्रबंधक भी लड़कियों को ज्यादा ऑन एयर करना चाहते हैं।" नब्बे के दशक में शिल्पा श्रीवास्तव ने 'जी न्यूज' और 'न्यूज प्लस' के लिए काम किया है।

एन.डी.टी.वी. इंडिया दिल्ली की विशेष संवाददाता मलोनी भट्ट 26 नवंबर, 2008 को 9 बजकर 45 मिनट पर मुंबई में घटी घटना की रिपोर्टिंग के बारे में बताती हैं—"मैं तब अपनी माँ के घर थी, जब मेरी दोस्त ने मुझे सी.एस.टी. में फायरिंग के बारे में बताया। कई लोगों को कामा हॉस्पिटल लाए जाने की भी खबरें मिली थीं। मैंने तुरंत ऑफिस फोन लगाया और पुलिस कंट्रोल को फोन किया। उन्होंने भी कहा कि हमने भी फायरिंग की आवाज सुनी है। इसके अलावा और कुछ नहीं बताया। मैं पहले 'ताज' पहुँची, पर ये सोचकर कि ऑपरेशन जल्दी ही खत्म हो जाएगा, वहाँ से जे.जे. हॉस्पिटल पहुँच गई। क्योंकि उसके बाद आफ्टर इफेक्ट की जानकारी दी जाती है, लेकिन वहाँ पर अटैक खत्म होने का कोई सिग्नल नहीं मिल रहा था। हम नरीमन हाउस पहुँचे और फिर ऑपरेशन खत्म होने तक हॉटल ताज में बने रहे। 29 नवंबर को एक पुलिस ऑफिसर ताज से निकले और अपने सहयोगियों से मुस्करा कर मिलने लगे। तब यह एहसास हुआ कि 'ताज' फिर से हमारा है।" इसी चैनल की नगमा सहर हिंदी मीडिया की उन पत्रकारों में शुमार हैं, जो अपनी नायाब रिपोर्टिंग के लिए जानी जाती हैं। 'एशियन एज' से पत्रकारिता में कदम रखनेवाली नगमा 2003 से एन.डी.टी.वी. में हैं। टी.वी. पत्रकार सपना महेश 'तुम मरी नहीं, प्रिय लड़की' में एक ऐसी भावुक प्रार्थना करती हैं, जो तत्कालीन परिस्थिति से उपजी प्रेरणा के बाद का आक्रोश प्रकट करता है—"ओ मेरे देवता, मेरा इतना सा आत्म सम्मान जगा दो, मैं बस ठूँठ हो जाऊँ। फीनिक्स की तरह मुझमें आग लग जाए, मैं इस बच्ची को अपने में सुलगा लूँ...इनका कोई निशां न रहने दूँ...बस नर ठूँठ की तरह उगे और खत्म हो जाए... धरती की विरासत से वीरान हो जाए...माँ की लोरी, बहन की राखी, बेटी की चोटी और

भार्या की मनुहार इतिहास के पन्नों से भी अदृश्य हो जाएँ।"

डॉ. प्रतिभा राजगोपाल 'महिला एवं मीडिया' में लिखती हैं—"महिला के प्रति समतापूर्ण संवेदनशील व्यवहार एवं उनकी अस्मिता के सुदृढ़ीकरण के लिए मीडिया की भूमिका प्रभावी एवं सशक्त है। मीडिया के माध्यम से आम आदमी की मानसिकता में बदलाव आता है साथ ही, महत्त्वपूर्ण जानकारियाँ मिलती हैं। इलेक्ट्रॉनिक मीडिया के विकास से वर्तमान संदर्भों में महिला के सामाजिक राजनीतिक व सांस्कृतिक परिदृश्य में जो वातावरण निर्मित हुआ है, यह एक चिंता का विषय है। महिला की अस्मिता उसके प्रति सोच के लिए दृष्टि विकसित करने में मीडिया की भूमिका महत्त्वपूर्ण है।" 2002 में भारत से अमेरिका पढ़ने गई निहारिका आचार्य 'वॉयस ऑफ अमेरिका' की एंकर व लोकप्रिय संवाददाता हैं। नविता 'थ्री-डी टी.वी. सपने सच के करीब' में उपलब्धियों की बात करती हैं—"कल्पना और यथार्थ के बीच दूरी घटाने की कोशिश लगातार जारी है। जिस दुनिया को हम तीन आयामों में देखते हैं, उसे तकनीकी विकास के बाद भी हम प्रस्तुत दो ही आयाम में करते आए हैं। 1985 में पहली भारतीय थ्री-डी फिल्म 'छोटा चेतन' रिलीज हुई। तब दर्शकों को पोलरॉइड ग्लास पहनाना पड़ता था···सेनफ्रांसिस्को में डीप इम्पैक्ट के बिना विशेष चश्मे के ही अब थ्री-डी इमेजों को देखना संभव बना दिया है।"

'स्टार न्यूज' की शाजिया इल्मी के अनुसार, "अगर सिर्फ जेंडर की बात की जाए और इलेक्ट्रॉनिक मीडिया के सारे चैनलों पर सरसरी नजर डाली जाए तो देखने को यही मिलेगा कि टॉप मैनेजमेंट, यानी सीनियर स्तर पर नब्बे फीसदी से ज्यादा मर्द ही नजर आएँगे, जबकि जूनियर लेबल पर लड़कियाँ लड़कों से कहीं ज्यादा नजर आएँगी।" आई.बी.एन.-7 की ऋचा अनिरुद्ध ने दूरदर्शन से शुरुआत की थी। कुछ समय बाद 'जी न्यूज' में चली गईं। तत्पश्चात् 'हैडलाइंस टुडे' में रहीं। 2010 में 'द मोस्ट प्रॉमीसिंग यंग फीमेल जर्नलिस्ट' अवॉर्ड मिला। महिला पत्रकारिता पर लिखती हैं—"मेरा ऐसा मानना है कि आमतौर पर टी.वी. या अखबारों के जरिए महिलाओं को लेकर बड़ी-बड़ी बातें करनेवाले ज्यादातर पत्रकार अपने ही प्रोफेशन की महिलाओं को लेकर उतनी बड़ी सोच नहीं रखते—मेरी यह बात बहुत से लोगों को खटक सकती है, लेकिन खुद ही सोचिए, हमारे आसपास कितनी एंकर्स ऐसी होती हैं, जिनके लिए यह कहा गया हो कि ये वाकई अपनी मेहनत और काबिलियत से शिखर तक पहुँची हैं? इसका क्या मतलब है? क्या हर महिला एंकर सिर्फ अपनी खूबसूरती के दम पर आगे बढ़ती है? लोगों की सोच तो यही मानने को मजबूर करती है।" प्राची सोढा स्पेशल करेसपॉण्डेट सी.एन.एन. आई.बी.एन. मुंबई ब्लास्ट घटना की जानकारी देती हैं—"मैं मुंबई हाईकोर्ट से अपने घर जा रही थी। फायरिंग सुनकर अचानक टैक्सी वाले ने टैक्सी रोक दी। हालाँकि जब तक मैं पहुँची, लियो में फायरिंग बंद हो चुकी थी, लेकिन पुलिस वाले लोगों को भीड़ लगाने से मना कर

रहे थे। मैं अपने कैमराक्रू से रीगल सिनेमा के बाहर मिली। फिर हम नरीमन हाउस पहुँचे, लेकिन उग्र भीड़ के कारण हमें वहाँ से हटना पड़ा। फिर हम ताज पहुँचे। जो कुछ मैंने देखा, उसे मैं लंबे समय तक नहीं भूल पाऊँगी। मेरे पति ही मेरी शक्ति हैं। वो हमेशा मुझे मेरे जॉब पर ध्यान देने के लिए कहते हैं। ब्रॉडकास्ट जर्नलिज्म बहुत डिमांडिंग है, लेकिन बहुत समझदार पति और जॉब सेटिस्फेक्शन से सबकुछ बहुत अच्छा चल रहा है। भले ही आग के नीचे बैठे हों, लेकिन आपके फैसले उतनी ही शांति से लिये जाएँ, जितनी शांति से आप सामान्य परिस्थितियों में लेते हैं। लखनऊ विश्वविद्यालय से पत्रकारिता में स्नातकोत्तर उपाधिधारी प्रमिला दीक्षित 'आज तक' से बतौर संवाददाता जुड़ी। टी.वी. और रेडियो के लिए लिखती भी रही हैं। समाचार एजेंसी यू.एन.आई. के लिए काम कर चुकी हैं तथा 'जनसत्ता' और अन्य अखबारों में उनके लेख प्रकाशित होते रहते हैं। अनुभा भोंसले ने सदी की भीषण त्रासदी पर सी.एन.एन.-आई.बी.एन. में सैनिकों की कार्यशैली पर प्रकाश डाला—"उत्तराखंड में सशस्त्र सेनाओं द्वारा किए जा रहे मानवीय प्रयास लंबे समय तक स्मृतियों में ताजा बने रहेंगे। सैनिकों को प्रभावित क्षेत्रों में जो सम्मान और आभार मिल रहा है, उसकी मैं गवाह हूँ। यह किसी एक जगह की बात नहीं है, बल्कि गोचर से गुप्तकाशी, गुप्तकाशी से गौरीकुंड, यहाँ से केदारनाथ और फिर हर्सिल, धरासु तक मैंने जो भी देखा, वह सेना और वायुसेना के बिना असंभव था। सशस्त्र सेनाएँ इस अभियान को दृढ़ता, संकल्पशक्ति, अनुशासन और धैर्य के साथ अंजाम तक पहुँचा रही हैं। अपने प्रियजनों की वापसी की प्रतीक्षा कर रहे सभी लोगों से मैं एक ही बात कहना चाहती हूँ कि विश्वास रखिए, ये जवान आपके आत्मीयजनों को अवश्य घर तक पहुँचाएँगे।" 'जाह्नवी' पत्रिका में टी.वी. के बारे में लिखा गया—"टी.वी. एक महान् शक्ति है, जो समाज को संस्कारित करने के लिए एक वरदान सिद्ध हो सकती है, परंतु आज टी.वी. का ढाँचा आर्थिक बन गया है। सांस्कृतिक मर्यादाओं का उल्लंघन होता जा रहा है।" मीडिया रिसर्च सलाहकार शैलजा वाजपेयी कहती हैं कि "बीते सालों में टी.वी. चैनलों की संख्या में हुई अभूतपूर्व वृद्धि ने बंटाढार किया है। इस दौरान ही हिंसा पर आधारित कार्यक्रमों की संख्या में भी कई गुना बढ़ोतरी दर्ज की गई है। जाहिर है, ऐसे कार्यक्रमों के दर्शकों में अच्छी-खासी तादाद बच्चों की होती है, सो वही इनके पहले शिकार भी बनते हैं। बच्चे न केवल ऐसे कार्यक्रमों से भीतर तक प्रभावित होते हैं, बल्कि कार्यक्रमों में हीरो को असंभव से स्टंट करते देख उत्साह में उसकी नकल करने पर उतारू हो जाते हैं।"

आयुक्त जनसंपर्क और 1982 बैच के म.प्र. कैडर की वरिष्ठ आई.ए.एस. अधिकारी रहीं अरुणा शर्मा दूरदर्शन की पहली महिला महानिदेशक बनीं। इस महत्त्वपूर्ण पद पर पहुँचने वाली वे पहली महिला आई.ए.एस. अधिकारी भी थीं। उनकी पद स्थापना होते ही सूचना एवं प्रसारण विभाग की वरिष्ठ अधिकारी नौरीन नकवी ने आपत्ति दर्ज करते

हुए अपनी दावेदारी पेश की, तो इंटरव्यू आयोजित किए गए, जिसमें अरुणाजी को ही महानिदेशक चुना गया और नौरीन नकवी को महानिदेशक, आकाशवाणी बनाया गया। 'अब भी दमदार है दूरदर्शन' में अरुणाजी लिखती हैं—"मैंने फरवरी 2009 में दूरदर्शन के महानिदेशक का कार्यभार सँभाला। दूरदर्शन के लिए यह एक चुनौती भरा समय था, लेकिन मुझे एहसास हुआ कि चुनौती भरा समय होने के साथ-साथ यह दूरदर्शन के लिए लोगों की उम्मीदों पर खरा उतरने का भी महान् अवसर है। मैंने दूरदर्शन के प्रत्येक चैनल का विश्लेषण करने के बाद इसमें सुधार के लिए उठाए जानेवाले कदमों को अंतिम रूप दिया।...दूरदर्शन की सबसे बड़ी ताकत यह है कि यह 90 प्रतिशत आबादी और भौगोलिक क्षेत्र में फैला हुआ है, लेकिन इस ताकत के लिए सबसे बड़ा खतरा यह था कि केबल ऑपरेटर प्राइम बैंड में दूरदर्शन के चैनलों को शामिल ही नहीं करते थे, जबकि कानूनी प्रावधानों के तहत यह अनिवार्य है। इसलिए पहली चुनौती इस बाधा को दूर करना था। हम लोगों को उस समय बहुत खुशी हुई कि दूरदर्शक ने फोन कर बताया कि दूरदर्शन के चैनलों के सिग्नलों में सुधार हुआ है और दूरदर्शन भी अब अन्य चैनलों जैसा ही अच्छा दिखता है। इसके बाद एक और समस्या सामने आई। एक डिश ऑपरेटर दूरदर्शन के चैनलों को सही फ्रिक्वेंसी पर नहीं रखता था। हम लोग यह बाधा दूर करने में भी कामयाब रहे। दूरदर्शन द्वारा उठाए कदमों के परिणाम सामने हैं। दूसरा मुद्दा दूरदर्शन के कार्यक्रमों व गुणवत्ता पर ध्यान केंद्रित करना था। दूरदर्शन की एक ताकत यह भी है कि उसके पास प्रशिक्षित लोगों की फौज है, लेकिन अब तक इसका सही तरीके से इस्तेमाल नहीं किया गया है। एक-एक कर इन मुद्दों की समीक्षा की जा रही है और हम लोग इन समस्याओं को दूर करने की तरफ आगे बढ़ रहे हैं।...हम लोगों ने डी.डी. इंडिया चैनल पर खासतौर से ध्यान केंद्रित किया है। समीक्षा के दौरान हमने इसकी खूबियों और खामियों पर विस्तार से चर्चा की। इस चैनल के कार्यक्रम 146 देशों में प्रसारित किए जा रहे हैं।" मानसी द्वारा यह पूछे जाने पर कि दूरदर्शन में आने से पहले आप मध्य प्रदेश और केंद्र में वरिष्ठ प्रशासनिक पदों पर रही हैं। तब आपके दिमाग में इसकी छवि कैसी थी? उसे बदलने और सुधारने के लिए आप क्या करेंगी? उन्होंने कहा, "मध्य प्रदेश में जनसंपर्क विभाग में रहकर जो बातें समझी थीं, वह यह कि घर-घर तक पहुँचकर मामले में दूरदर्शन का जवाब नहीं है। अगर हम कोई सूचना घर-घर तक पहुँचाना चाहते हैं, तो दूरदर्शन से अच्छा माध्यम कोई नहीं है। दूरदर्शन की इस खासियत के कारण बहुत फर्क पड़ जाता है। हम तो बड़े ही हुए हैं दूरदर्शन को देखकर। जहाँ तक छवि सुधार का सवाल है, तो दूरदर्शन एक मल्टी चैनल संस्थान है। हर चैनल का अपना उद्देश्य है।" केंद्र में चार वर्षों से सूचना आयुक्त पद पर रहनेवाली दीपक संधु देश की मुख्य सूचना आयुक्त बनीं। कई अहम पदों को सँभालने वाली संधु पी.आई.बी. की महानिदेशक, मीडिया और संचार डी.डी. न्यूज की महानिदेशक

और 2009 में सूचना आयुक्त बनने से पहले ऑल इंडिया रेडियो न्यूज की महानिदेशक रह चुकी हैं। प्रधानमंत्री मनमोहन सिंह की मीडिया सलाहकार रहने के अलावा वे फिल्म समारोह निदेशालय की निदेशक और भारत के समाचार-पत्रों के पंजीयक कार्यालय की प्रेस रजिस्ट्रार जैसे महत्त्वपूर्ण पदों पर अपनी सेवाएँ दे चुकी हैं।...इसके अलावा वह कांस, बर्लिन, वेनिस, टोक्यो जैसे अंतरराष्ट्रीय फिल्म महोत्सवों, रूस के ग्लेनक्षीक और साइप्रस में आतंकवाद एवं इलेक्ट्रॉनिक मास मीडिया पर अंतरराष्ट्रीय सम्मेलन में भागीदारी कर चुकी हैं उन्होंने अटलांटा, अमेरिका एवं बीजिंग के समाचार प्रमुखों के सम्मेलन में देश का प्रतिनिधित्व किया है।" देश की दूसरी महिला मुख्य सूचना आयुक्त सुषमा सिंह बनीं।

बज्जिका, मैथिली, भोजपुरी, हिंदी, उर्दू भाषाओं का मिश्रण 'अप्पन समाचार चैनल' ग्रामीण महिलाओं का एक सामुदायिक टी.वी. नेटवर्क है। इस चैनल की शुरुआत 6 दिसंबर, 2007 को बिहार के मुजफ्फरपुर जिले के पारू प्रखंड के रामलीला गाछी जिले (चाँदकेवारी पंचायत) से हुई। इसे 'ऑलवुमेन न्यूज नेटवर्क' के नाम से भी जाना जाता है। 2007 में शुरू हुआ यह न्यूज चैनल आसपास के गाँवों में काफी लोकप्रिय हो चुका है।... अप्पन समाचार की टीम में लगभग दो दर्जन ग्रामीण लड़कियाँ जुड़ी हैं, जो आर्थिक रूप से काफी कमजोर परिवार से ताल्लुक रखती हैं। ये लड़कियाँ 'अप्पन समाचार' के लिए रिपोर्टर, कैमरापर्सन, एंकर तथा एडिटर का काम करती हैं। टीम में 14 से लेकर 35 साल तक की ग्रामीण महिलाएँ जुड़ी हैं। टीम की लड़कियाँ जब हाथ में कैमरा लेकर समाचार शूट करती हैं तो नहीं लगता है कि वे सभी नौसिखुआ हैं।...इसके समाचार बुलेटिन में किसान के मुद्दे, गरीबी, सामाजिक कुरीतियाँ, कल्याणकारी योजनाओं में व्याप्त भ्रष्टाचार, सरकारी योजनाओं की जानकारी देने वाली खबरें, गाँव की माटी में दफन होती लोक-संस्कृति, पर्यावरण, ग्रामीण प्रतिभाओं की सफल कहानियाँ, मानवाधिकार की जानकारी, महिला सशक्तीकरण, लोकशिक्षण आदि मुद्दों पर प्रमुखता से फोकस किया जाता है।... लोकसभा चुनाव के दौरान 'अप्पन समाचार' की टीम ने 'वोट की चोट' कार्यक्रम प्रसारित करके मतदाताओं को जागरूक करने का काम किया था। टीम की लड़कियाँ बिहार के मुख्यमंत्री नीतिश कुमार एवं पूर्व राष्ट्रपति डॉ. अब्दुल कलाम के कार्यक्रम को भी कवर कर चुकी हैं।...गाँव के लोग भी खुश हैं कि उनकी समस्याओं को टेलीविजन पर दिखाया जा रहा है। 'अप्पन समाचार' के प्रति इन लोगों का जज्बा देखते ही बनता है।"

मासिक 'पंखनी' की संपादक इंदिरा दाँगी 'प्रसार भारती' की वाणी सर्टिफिकेट धारी भी थीं। पम्मी बर्थवाल ने राजस्थान यूनिवर्सिटी से अंग्रेजी साहित्य में एम.ए. करने के उपरांत 'टाइम्स सेंटर फॉर मीडिया स्टडीज' से पत्रकारिता में पीजी डिप्लोमा लिया। 'नवभारत टाइम्स', 'अमर उजाला', 'टी.वी. टुडे' तथा 'ए.आई.आर. एफ.एम.' के लिए काम करने के अलावा पत्र-पत्रिकाओं में स्वतंत्र फीचर लेखन किया है। छत्तीसगढ़ के

विभिन्न समाचार–पत्रों के लिए रिपोर्टिंग कर चुकी अग्निमा दुबे ने नई दिल्ली में रहकर विशेष पहचान बनाई। वे स्वतंत्र लेखन के साथ–साथ इलेक्ट्रॉनिक मीडिया से भी जुड़ी रहीं।

दृश्य–श्रव्य माध्यम में नीरजा चौधरी, शिखा मिश्रा, प्रेमलता मौर्य, मनीषा प्रीतम, पूर्णिमा मिश्र, सलोनी भारद्वाज, सरोज सिंह, नीतू सिंह, श्रीमी चौधरी, निधि चतुर्वेदी, सुरक्षा राठौर, तमन्ना इनामदार, दीपिका यादव, कविता कृष्णन, नेहा भटनागर, सुमेध, शगुफ्ता, चित्र, रमा जैसे अनेक नाम हैं, जो प्रबंधक, संपादक, निदेशक, ब्यूरो प्रमुख, समाचार वाचक, एंकर, संवाददाता, वार्त्ताकार, कैमरामैन सहित विभिन्न चैनलों पर प्रतिष्ठित हैं और नित नई उपलब्धियों के साथ अपनी उपस्थिति दर्ज करा रही हैं। रोज नए–नए चैनलों के साथ नए चेहरे समाचार चैनलों पर देखने को मिल रहे हैं। मृणाल पांडे जैसे प्रतिष्ठित नाम दूरदर्शन पर आज भी देखे जा रहे हैं। निधि कुलपति, कल्याणी जैसी महिला पत्रकारों ने दूरदर्शन चैनलों को प्रसिद्धि दिलाई। बहुत से ऐसे नाम भी हैं, जो कभी पुराने नहीं लगते। उनकी सक्रियता और खबरों की समझ नई पीढ़ी के लिए प्रेरणादायक रही है। रेडियो से शुरू हुए इस इलेक्ट्रॉनिक मीडिया के सफर की शुरुआत ही आंदोलन के समय लोगों तक अपनी बात पहुँचाने के साथ हुई। अपनी उपयोगिता पहले दिन से सिद्ध करनेवाला यह मीडिया धीरे–धीरे आज हर घर की आवश्यकता बन गया है। दुनिया–जहान की खबरों को सबसे पहले जानने की चाह ने रेडियो को कान से लगाए रखने के लिए बाध्य कर दिया। प्रारंभ में महिलाओं को उनकी आवाज के सुरीलेपन के कारण रेडियो से जोड़ा गया था। बाद में वे अपनी क्षमताओं के बूते उसका हिस्सा बनती चली गईं। जब दूरदर्शन आया तो महिलाओं की अच्छी आवाज के साथ–साथ अच्छी शक्ल–सूरत भी देखी जाने लगी, तथा उनके उच्चारण, प्रस्तुति और प्रत्युत्पन्नमति को भी रेखांकित किया जाने लगा। जैसे–जैसे इलेक्ट्रॉनिक मीडिया बदलता चला गया, वैसे–वैसे महिलाओं में परिवर्तन भी दर्ज होता गया। स्क्रीन पर उनकी हर हरकत पर बारीकी से ध्यान दिया जाने लगा। छोटी–से–छोटी गलती पर उँगलियाँ उठने लगीं और वे सामान्य से विशेष की श्रेणी में गिनी जाने लगीं। धीरे–धीरे दूरदर्शन पर महिलाओं का दखल बढ़ने लगा तो वे अपने बुद्धिकौशल और तीखे सवालों द्वारा श्रोताओं को प्रभावित करने लगीं। उनकी वाक्पटुता ने विभिन्न चैनलों के माध्यम से समाज पर गहरी छाप छोड़ी। आज मीडिया विश्लेषक बनी महिलाएँ विषयों की गंभीरता पर विशेष ध्यान रखती देखी जा सकती हैं। एफ.एम. रेडियो और ब्लॉग में भी महिलाएँ अच्छी–खासी उपस्थिति बनाए हुए हैं। छोटी –छोटी उम्र की लड़कियाँ न केवल बड़ी–बड़ी जिम्मेदारी उठाने को तत्पर हैं, अपितु जोखिम उठाने को भी तैयार हैं, अब वे कठिनाइयों से नहीं डरतीं।

□

वेब पत्रकारिता

वेब पत्रकारिता को हम इंटरनेट पत्रकारिता, ऑनलाइन पत्रकारिता, सायबर पत्रकारिता आदि नाम से जानते हैं। यह कंप्यूटर और इंटरनेट के सहारे संचालित ऐसी पत्रकारिता है, जिसकी पहुँच किसी एक पाठक, एक गाँव, एक प्रखंड, एक प्रदेश, एक देश तक नहीं, बल्कि समूचे विश्व तक है और जो डिजिटल तरंगों के माध्यम से प्रदर्शित होती है। 'इंटरनेट का इतिहास' में पढ़ने को मिलता है—"अमेरिका तथा रूस के बीच 1960 के दशक में व्यापक स्तर पर चल रहे शीतयुद्ध के दौरान अमेरिका के वैज्ञानिकों ने रूस के नाभिकीय आक्रमणों से अपने रक्षा संस्थानों को बचाने के लिए एक ऐसी पद्धति की खोज की जो उनके रक्षा संबंधी ठिकानों पर आक्रमण होने पर भी कंप्यूटरों में संग्रहीत सूचनाओं को कोई क्षति न पहुँचा सके।"

सन् 1962 में पॉल बैरन, रैंड कॉरपोरेशन ने पैकेट स्विच तकनीक पर आधारित कंप्यूटर नेटवर्क की परिकल्पना की। इंटरनेट का आविष्कार सन् 1969 में हुआ था। उस समय इसे अर्पानेट (ए.आर.पी.ए. नेट) कहा जाता था। अर्पानेट का मुख्य उपयोग सेना के लिए किया जाता था, किंतु बाद में इसे सामाजिक और शैक्षिक कार्यों के लिए भी प्रयोग में लिया जाने लगा। सन् 1979 में इस संचार व्यवस्था को 'इंटरनेट' के नाम से जाना जा रहा है।

भारत में इंटरनेट की सुविधा सन् 1990 के मध्य में मिलने लगी। वेब पत्रकारिता सबसे पहले चेन्नै स्थित 'द हिंदू' से शुरू हुई। यह पहला भारतीय अखबार बना, जिसने 1995 में पहला इंटरनेट संस्करण जारी किया। इसकी वेब साइट पर दोपहर से शाम तक 4 बार नए समाचारों को जोड़ा जाने लगा। इसके तीन साल के भीतर अर्थात् सन् 1998 तक 48 समाचार-पत्र ऑनलाइन हो चुके थे। ये समाचार-पत्र केवल अंग्रेजी में ही नहीं, अपितु अन्य भारतीय भाषाओं के भी थे।

देश की पहली वीडियो पत्रिका 'न्यूज ट्रेक' ने मंडल आयोग के विवाद पर निकाली, जो सेंसर के कोप का भाजन बनी, जिसकी जिम्मेदारी मधु त्रेहान पर थी। प्रो.

किरण ठाकुर पुणे विश्वविद्यालय के शोध पत्र 'इंटरनेट पत्रकारिता' के अनुसार दिसंबर 1997 तक कुल पंजीकृत 4,719 समाचार-पत्रों के एक प्रतिशत से कम ऑनलाइन भी हो चुके थे।

दुनिया का पहला हिंदी पोर्टल 'वेब दुनिया डॉटकॉम', इंदौर से 23 सितंबर, 1999 को आरंभ हुआ। उसकी फीचर संपादक स्मृति जोशी ने पत्रकारिता में स्नातकोत्तर उपाधि ग्रहण कर फिल्म एंड टेलीविजन इंस्टीट्यूट, पुणे से फिल्म एप्रीसिएशन कोर्स किया। चार वर्ष देवी अहिल्या विश्वविद्यालय के स्कूल ऑफ जर्नलिज्म में अतिथि व्याख्याता के रूप में कार्य करने के बाद इंस्टीट्यूट ऑफ मीडिया एंड कम्युनिकेशन में चार साल अध्यापक एवं प्राचार्य के रूप में कार्यरत रहीं। 'दो दशक एक पड़ाव' के अंतर्गत वे लिखती हैं—"कभी खुशी से खुशी की तरफ नहीं देखा। तुम्हारे बाद किसी की तरफ नहीं देखा," मुनव्वर राणा का यह शे'र मुझे अपने कॅरियर के लिए सबसे उम्दा लगता है। सच है कि चाहे रिपोर्टिंग हो या संपादन, शिक्षण हो या स्वयंसेवी संगठन, अपनी सेवाएँ मैंने जिस भी संस्थान को दीं, पत्रकारिता वहाँ हर रूप में मेरे साथ खड़ी रही।" स्मृति वेब की दुनिया को पत्रकारिता की एकदम अनूठी और चुनौतीपूर्ण दुनिया मानती हैं। वे कहती हैं—"यह दुनिया एक साथ हर तरफ के मीडिया का सुख समेटे है और रचनात्मक सोच माँगती है। यह दुनिया की सबसे महत्त्वपूर्ण भावनाओं के सुंदर संयोजन के साथ विचारों की प्रखरता चाहती है।"

अभिव्यक्ति और निरंतर सृजन के इस संसार में 8 वर्ष बिताने वाली स्मृति कहती हैं कि देश-विदेश के कई घटनाक्रमों को जानने और उन पर अपनी बात कहने की स्वतंत्रता मिली है। वेब दुनिया में फीचर का दायित्व वहन करते हुए मैंने जाना कि यह हर उस व्यक्ति के लिए अवसरों का कैनवास है, जो पूर्णतः आधीर गंभीर रहकर कुछ कर गुजरने के सपने देखता है। यहाँ पुरुष और महिलाओं जैसा कोई भेद न मैंने देखा है, न ही सोच के स्तर पर काम के दौरान इस तरह की कोई बात दिमाग में रहती है। यह सच है कि हर कोई यहाँ काम नहीं कर सकता। यहाँ उसी का गुजारा संभव है, जो आराम तलब जिंदगी से दूर, निरंतर खबरों के प्रवाह या आवेग को झेलने की क्षमता रखता है। उसके साथ खेलने की दक्षता रखता है। जिसकी रुचि इस बात में अधिक हो कि नया क्या करें? अपना श्रेष्ठतम कैसे दें? मेहनती लड़कियों के लिए यह क्षेत्र स्वर्णिम संभावनाओं से भरा है। हिंदी में ऑनलाइन टाइप करने के लिए सुरेखा शास्त्री, श्रीनिवास राघवन द्वारा फॉयर फॉक्स 1.5 के लिए एक एड ऑन सुविधा इंडिका आई.एम.ई. प्रदान की गई है।

प्रिंट, इलेक्ट्रॉनिक और वेब—तीनों पत्रकारी माध्यमों में महत्त्वपूर्ण स्थान बनाने वाली बी.बी.सी. हिंदी (ऑनलाइन) की संपादिका सलमा जैदी 1977 में उत्तर प्रदेश की सक्रिय पत्रकारिता से जुड़ीं और विभिन्न समाचार-पत्रों और एजेंसियों में काम किया।

हिंदी रेडियो में काफी समय तक काम करने के पश्चात् वे ऑनलाइन टीम में सम्मिलित हुईं। रेडियो में हिंदी वेब साइट एकदम नई विधा थी, जिसे उन्होंने चुनौतीपूर्ण कार्य की तरह चुना और आज एक महत्त्वपूर्ण स्थान पर पहुँच गई हैं। शुरू में दिल्ली में बी.बी. सी. में काम करने के बाद उनका दफ्तर लंदन स्थानांतरित हो गया। 1999 से लंदन में बसने वाली सलमा जानकारी देती हैं—"वेब जर्नलिज्म प्रिंट का ही विकसित रूप माना जाता है। यहाँ लिखने और छापने के स्टाइल में फर्क जरूर होता है। यहाँ वाक्य छोटे, सरल और आसानी से पढ़े जा सकने वाले शब्दों के इस्तेमाल के साथ लिखे जाते हैं। यहाँ पैराग्राफ छोटे होते हैं और खबर की भाषा ऐसी होती है, जिसे लोग सहजता से समझ सकें। वेब साइट पल-पल की खबरें आप तक पहुँचाने को प्रतिबद्ध हैं। यही नहीं, आप जब चाहें, अपनी सुविधा के अनुसार पुरानी-से-पुरानी रिपोर्ट को सर्च इंजन की मदद से ढूँढ़ सकते हैं, जो और कहीं संभव नहीं है। यह तो हुई वेब की उपयोगिता की बात। वेब पत्रकारिता का दायरा बहुत व्यापक है। इसकी पहुँच दुनिया के कोने-कोने में है।"

सुनयना चटर्जी जानकारी देती हैं—"भारत दुनिया के उन दस देशों में शामिल है, जहाँ सबसे अधिक डॉटकॉम कंपनियाँ शुरू की गई हैं। खुशी की बात है कि इंटरनेट ने हिंदी की ताकत को बहुत जल्दी पहचान लिया।" पूर्णिमा वर्मन शारजाह निवासी उन चुनिंदा भारतीय शख्सियतों में से एक हैं, जो वेब पर हिंदी को सत्यापित कर उसे लोकप्रिय बनाने का महत्त्वपूर्ण कार्य कर रही हैं। 15 अगस्त, 2000 से उनके द्वारा तैयार की जा रही वेब पत्रिका 'अभिव्यक्ति' एवं 'अनुभूति' ने विश्व के तमाम हिंदी प्रेमियों के बीच अपना विशिष्ट स्थान बना लिया है। उन्हें राष्ट्रपति भवन में केंद्रीय हिंदी संस्थान का 'पद्मभूषण डॉ. मोटूरि सत्यनारायण पुरस्कार' प्रदान किया गया है। 'मासिक अभिव्यक्ति' को जनवरी 2001 में पाक्षिक करने के बाद निरंतर लोकप्रियता बढ़ने और अधिक सामग्री आने के कारण जनवरी 2008 से प्रत्येक सोमवार को वेब पर जारी करने लगीं। अपनी लोकप्रियता के बारे में बताती हैं—"अगस्त 2012 में 14 अगस्त को हमारे हिट्स सर्वाधिक 51,307 रहे।" 'डॉट नेट' की संपादक शैल अग्रवाल ने काशी हिंदू विश्वविद्यालय से अंग्रेजी, संस्कृत और पेंटिंग में बी.ए. आनर्स के साथ अंग्रेजी साहित्य में एम.ए. किया। 1968 में शादी कर इंग्लैंड चली गईं। निरंतर सक्रिय रहते हुए बर्मिंघम के 'डॉट नेट' की संपादक बनीं।

'वेब पत्रकारिता : अतीत, आगत और अनंत' में जयप्रकाश मानस लिखते हैं—"सुश्री भूमिका द्विवेदी द्वारा संपादित 'मीडिया विमर्श' नामक वेब साइट जो पत्रकारिता के अंदरूनी पहलुओं पर गंभीर विमर्श करनेवाली, समूची दुनिया के लिए अंतरजाल पर एक मात्र हिंदी वेबजीन के रूप में समादृत होने लगी है।" इसी में बबीता अग्रवाल ने लिखा—"वेब मीडिया धीरे-धीरे एक ऐसा स्थान बनाता जा रहा है, जो छपे हुए की

सीमाओं की वजह से समाचार-पत्रों के बस का नहीं है। टेलीविजन का एकतरफा (लो इंटरेक्टिविटी के संदर्भ में) और पहुँच सीमाओं के कारण उसकी कमी को पूरा करनेवाले माध्यम के रूप में वेब मीडिया बहुत तेजी से आगे आया है। ब्रॉडबैंड और इंटरनेट मोबाइल ने तो कमाल ही कर दिखाया है। कल तक 'दुनिया को मुट्ठी' में करने की ख्वाहिश जताने वाले आज इंटरनेट के बल पर 'कर दुनिया चुटकी में' कहने लगे हैं।" पत्रकारिता जगत् से जुड़ी महिलाएँ, अब अपनी स्वतंत्र वेब मैगजीन निकाल रही हैं। 'मीडिया मोरचा डॉटकॉम' पटना की संपादक लीना 'मुहैया कराई गई खबरों में रीयल स्टोरीज' पर लिखती हैं—"आज मीडिया में मौजूद है तो बस, मुहैया कराई गई खबरें। चाहे वह विज्ञापनदाता मुहैया कराए, कोई सूचनाधिकार कार्यकर्ता (आम या खास, जैसे अन्ना या केजरीवाल) या कोई व्यक्ति विशेष द्वारा किया गया स्टिंग (जिंदल जी न्यूज प्रकरण)। पत्र-पत्रिकाओं में इनके अलावा इम्पैक्ट फीचर एडवर्टोरियल जैसे नाम देकर छापे जाते ही हैं।"

देश में वेब पत्रकारिता को विकसित करने के लिए भारत सरकार के सूचना और प्रसारण मंत्रालय ने 12 सितंबर, 2006 को आवश्यक संशोधन किया है। अब वेब पत्रकारिता को भी मान्यता मिल चुकी है। वर्ल्ड वाइड वेब के जनक टिम बर्नर ली ने भी नहीं सोचा होगा कि इंटरनेट कौतुहल के स्थान पर आधुनिक युग की महत्त्वपूर्ण आवश्यकता में तब्दील हो जाएगा। आज स्थिति यह है कि एक न्यूज वेब साइट चलाना एक समाचार को प्रकाशित करने या एक टी.वी. चैनल चलाने से ज्यादा सस्ता और सरल हो गया है। वेब मीडिया दिन-ब-दिन विकसित हो रहा है। इसमें हर व्यक्ति एक संवाददाता की भूमिका अदा करता है।

अनिता गौतम पटना, बिहार से 'तेवर ऑनलाइन डॉटकॉम' की संयुक्त संपादक हैं। पटना, दिल्ली और मुंबई से लोग इससे जुड़े हुए हैं। इस वेब पोर्टल में खबरें नहीं, बल्कि उनकी समीक्षा प्रकाशित की जाती है। हर छोटी-बड़ी खबर, चाहे वह राजनीति से जुड़ी हो या फिर सिनेमा या खेल से, कोशिश होती है कि आम-अवाम को उन खबरों की तह तक ले जाया जाए। राजनीतिक, प्रशासनिक और सामाजिक मुद्दों के साथ-साध अलग-अलग विषय की तलाश करना उनका शौक है। राजनीति में खास दिलचस्पी रखनेवाली अनिता मानती हैं—"राजनीति तो भारत जैसे देश में हर गली, नुक्कड़ और चौराहों पर बसती हैं, फिर इससे भागा नहीं जा सकता, पर सामाजिक सरोकार से जुड़ी खबरें ही देश और समाज को ऊपर उठा सकती हैं। गरीबी, भुखमरी और पिछड़ेपन को सिर्फ सिनेमा के रुपहले परदे की विरासत न बनाकर इन पर जमीनी स्तर पर काम करने की जरूरत है।" उनका मानना है—"पत्रकारिता वह स्तंभ है, जो समाज के उत्थान में सबसे ताकतवर भूमिका अदा कर सकती है।" अपने वेबपोर्टल पर लिखना इनकी

प्राथमिकता है, पर अधिकाधिक लोग पढ़ें, इसके लिए दूसरे संसाधनों पर भी जोर रहता है। इन्हें लगता है कि इतनी बड़ी आबादी में अगर कोई एक शख्स भी बात समझ जाए तो यह बहुत बड़ी उपलब्धि है। वे चाहती हैं कि लिखने-पढ़ने की आदत नई पीढ़ी में भी आनी चाहिए। सामाजिक धरोहर और पठन-पाठन की विरासत को आगे बढ़ाने में यह सहायक सिद्ध हो सकता है। पढ़ने लिखने के लिए सोशल साइट्स का इस्तेमाल जरूरी है, क्योंकि युवा पीढ़ी इसके सबसे ज्यादा नजदीक है। कठिन शब्दों और मोटी-मोटी किताबों में शामिल अलंकृत भाषा ने आज की पीढ़ी को हिंदी से दूर कर दिया है।

मध्य प्रदेश के सागर विश्वविद्यालय से 2001 में पत्रकारिता का एक वर्षीय कोर्स कर भोपाल आनेवाली ममता यादव सन् 2002 से पत्रकारिता में सक्रिय हुईं। सन् 2008 में वेब मीडिया में कदम रखा और 14 दिसंबर, 2014 को 'मल्हार मीडिया' की स्थापना कर डाली। वे लिखती हैं—"इंटर्नशिप के लिए जब 'नवभारत' गई तो पूछा गया कि आप अकेली रहती हैं, उसके बाद पहली नौकरी के लिए 'स्वदेश' पहुँची तो सुनने को मिला कि अगर आपका कोई जान-पहचान वाला भोपाल में हो तो हम आपको नौकरी दे सकते हैं। मुझे शिद्दत से एहसास कराया गया कि अकेली लड़की घर से बाहर नहीं रह सकती। सागर में इस बात का एहसास नहीं हुआ, पिछड़ा होते हुए भी वह शहर इस मामले में समृद्ध था कि लड़कियाँ दूसरे शहरों में पढ़ाई और नौकरी करने जाती थीं। एक बात जो सबसे ज्यादा तकलीफदेह थी, वो ये कि लोगों की सोच थी कि घर में आर्थिक परेशानी होगी, इसलिए काम करने आई है। ममता ने 'पीपुल्स समाचार', 'साप्ताहिक डेमोक्रेटिक वर्ल्ड', 'नई दुनिया' (रायपुर), 'नवभारत' (भोपाल), 'आयुष्मान पत्रिका', 'फाइन टाइम्स' में काम किया। वेब जर्नलिज्म की शुरुआत 'खबर नेशन' से की। लिखती हैं—'मल्हार मीडिया' को अपनी सफलता मानती हूँ, जिसके प्रतिदिन 3000 विजिटर्स हैं। उसका कंटेंट आफबीट और एक्सक्लूसिव है। दो विशेष कॉलम 'वीथिका' और 'मीडिया' हैं। वीथिका में साहित्य और कला को इसलिए रखा, क्योंकि आज के दौर में मीडिया के पन्नों से यह गायब है। मीडिया सेग्मेंट में मीडिया जगत् और अन्य गतिविधि को रखा जाता है। आज 'मल्हार मीडिया' से लगभग 50 लोग विभिन्न जिलों से जुड़ चुके हैं। एक लेखिका रूस की भी जुड़ी हैं। वेब पत्रकारिता में मैंने जो अनुभव किया, वो ये कि ये पूरी तरह समर्पण और क्वालिटी कंटेंट माँगता है। पाठक को खींचने वाली एक खबर वेब साइट पर हजारों विजिटर्स लॉ सकती है। ये बहुत बड़ी सच्चाई है कि अगर सरकारी विज्ञापन न हों तो वेब साइट्स का गुजारा मुश्किल है।"

1990 के दशक में ब्लाग लेखन शुरू हुआ। इसके अंतर्गत विश्व के किसी भी कोने में बैठा साक्षर नागरिक यदि उसके पास कंप्यूटर या मोबाइल कंप्यूटर तथा इंटरनेट है तो वह अपना निजी इंटरऐक्टिव न्यूज मीडिया स्थापित कर सकता है। वेब मीडिया की

दुनिया में ब्लॉगिंग को अनदेखा नहीं किया जा सकता। जहाँ पत्रकारों के अपने-अपने ब्लॉग हैं, वहीं महिलाओं में भी कुछ ऐसे नाम हैं, जिन्होंने पत्रकारिता में रहते हुए ट्रेवल ब्लॉगिंग का चुनौतीपूर्ण क्षेत्र अपनाया। इसमें कायनात काजी और अलका कौशिक के नाम प्रमुखता से लिए जाते हैं। एक छोटे से शहर के परंपरावादी परिवार से आनेवाली डॉ. कायनात काजी के लिए कुछ भी सहज सरल नहीं था। कुछ कर गुजरने के जज्बे ने इनका साथ दिया। कहती हैं—"अगर आप जीवन अपनी शर्तों पर जीना चाहते हैं तो यह तय मानिए कि उसके लिए संघर्ष भी आप ही को करना होगा।" वेब मीडिया ने कई संभावनाएँ दी हैं, कई रास्ते खोले हैं। इनमें ब्लॉग अपने आप में सशक्त माध्यम इसलिए कहा जा सकता है, क्योंकि ये आपका अपना होता है। इस पर आप अपनी रुचि, अपने कॅरियर, अपने जीवन के बारे में विस्तार से लिख सकते हैं। ट्रेवल फोटोग्राफी ब्लॉग लिखने वाली कायनात दिल्ली की रहनेवाली हैं। वे ट्रेवल राइटर और फोटोग्राफर हैं। दूसरे शब्दों में, वे एक ट्रेवलाग हैं, ऐसी घुमक्कड़, जो कैमरा साथ में लेकर चलती हैं। ब्लॉग के बारे में लिखती हैं—"हिंदी में अच्छे ब्लॉग लिखने वालों की कमी है। जहाँ ब्लॉग पर अच्छा कंटेंट है, वहाँ एक अच्छी तसवीर नहीं मिलती।" हिंदी साहित्य में परास्नातक करने के बाद वे पत्रकारिता की पढ़ाई करने नोएडा में जागरण इंस्टीट्यूट ऑफ मास कम्युनिकेशन पहुँची। बताती हैं—"क्लास की सभी लड़कियाँ टो.वी. एंकर बनने की कोशिश में लगी थीं। कुछ अलग करने की चाह ने मुझमें एक अच्छे फोटोग्राफर बनने की समझ विकसित की। जब ज्यादातर लोग इलेक्ट्रॉनिक मीडिया का अर्थ सिर्फ टो.वी. से लगाते थे। ऑनलाइन मीडिया आम नहीं हुआ था। तब मैंने फोटोग्राफी को चुना और उसे ऑनलाइन पब्लिश करने की कोशिश की। सुप्रसिद्ध फोटोग्राफर डॉ. ओ.पी. शर्मा से फोटोग्राफी की बारीकियाँ सीखीं और पहला ट्रेवल फोटोग्राफी ब्लॉग लिखने लगी। मुझ से अकसर महिलाएँ पूछा करती हैं—"एक महिला होकर ट्रेवल राइटर हैं, फोटोग्राफर हैं। डर नहीं लगता?" मैंने हमेशा यही उत्तर दिया—"डर हमारे भीतर है, हमें उसे ही जीतना है। मैं सभी महिलाओं को सलाह देती हूँ कि अपनी अलग पहचान बनाना बहुत जरूरी है। लगन और मेहनत की जिजीविषा हम औरतों में जन्म से ही होती है, बस जरूरत है उसे जगाने की।"

ब्लॉगिंग की दुनिया में अलका कौशिक ने अपना विशेष स्थान बना लिया है। 1995 से पत्रकारिता में कदम रखनेवाली अलका ने दूरदर्शन और आकाशवाणी के न्यूज रूम से अपना कॅरियर शुरू किया। प्रशिक्षित अनुवादक होने के नाते डेढ़ दर्जन किताबों के अनुवाद किए। पब्लिक रिलेशंस एजेंसियों से बतौर लेखक-अनुवादक जुड़ी रहीं। पी.एस.यू. में राजभाषा अधिकारी के तौर पर कुछ साल काम किया। कहती हैं—"इस नौकरी ने मेरी सामाजिक हैसियत तो बरकरार रखी, लेकिन मेरी क्रिएटिविटी

के खिलाफ इसकी साजिश कम नहीं रही। अलबत्ता, नौकरी के उन पंद्रह बरसों में देश भर की सैर कर डाली। पिछले चार वर्षों से फुल टाइम सफर और सफरी साहित्य सृजन से जुड़ी हूँ। बीते साल तिब्बत में कैलास, मानसरोवर तक की यात्रा कर डाली। उत्तराखंड की घाटियों-दर्रों की पैदल यात्रा का 22 दिनों का विस्तृत वृत्तांत लिख रही हूँ। सफर से जुड़ी रिसर्च अब इंटरनेट पर होने लगी है। गुजरात टूरिज्म का विज्ञापन सोशल मीडिया में देख 'रण उत्सव' में शिरकत की, 'साजिश' को रातोरात अंजाम दे दिया। इंटरनेट के कारण अब न तो टिकटों की लाइन में लगने का झमेला और न ही किसी जानकारी के लिए लंबा इंतजार करना पड़ता है।" अलका बताती हैं, कि सफर के समानांतर एक और बेचैनी बढ़ चली है, अपने पास जमा हो रहे अनुभवों को बाँटने की बेचैनी। अपने देखे-भोगे सफर को पहुँचाने के इरादे से सन् 2012 में मैंने हिंदी में एक ट्रेवल ब्लॉग (https://indiainternationaltravels.wordpress.com) शुरू किया। अखबारों-मैगजीनों में लिखने के दौरान मेरे और संपादक के बीच बड़ी सी दीवार थी। पारंपरिक मीडिया की अंतर्निहित दिक्कतें, जगह का अभाव, पहले से लिखने वाले दिग्गजों की लंबी फेहरिस्त और एक-एक लेख के लिए महीनों का इंतजार के कारण ब्लॉगिंग एक बेहतरीन विकल्प बनकर सामने आया। उनके ट्रेवल ब्लॉग के फॉलोअर्स का आँकड़ा चार हजार को लाँघ चुका है। सोशल मीडिया पर सक्रिय रहने के कारण देश भर के टूरिज्म बोर्डों समेत ट्रेवल जगत् की सक्रिय हस्तियों के संपर्क में आई इस तरह बिना अपनी भौगोलिक भौतिक सीमा को पार किए ही मैं अपने ब्लॉग के पंखों पर सवार होकर दुनिया भर में पहुँच जाती हूँ।

जर्नलिज्म का ककहरा भारतीय जनसंचार संस्थान, दिल्ली में सीखने वाली अलका इंटरनेट पर फैली वेब साइटें, ट्रेवल वीडियो, ऐप्स ट्विटर, फेसबुक, इंस्टाग्राम को सहयोगी बना चुकी हैं। उन्हें लगता है कि 'डिजिटल पत्रकारिता का यह दौर बेहद रोमांचकारी है, लेकिन अनुशासन भी यहाँ जरूरी है। जो सोशल मीडिया हमें अपने समाज और शहर की बंदिशों से दूर ले जाता है, उसी की गलियों में उलझकर कई बार हम अपनी मंजिल से भटक भी सकते हैं। वेब पत्रकारिता इस मायने में 'नाजुक' लगती है। ब्लॉगिंग जैसे 'सेल्फ-कंट्रोल्ड' माध्यम पर आजादी का आनंद तो है, लेकिन उस पर पाठकों के लिए नियमित रूप से रोचक लेखन परोसने की चुनौती को कम नहीं आँका जा सकता। यही वजह है कि ब्लॉग शुरू कर देना जितना आसान है, उसे सस्टेन करना उतना ही मुश्किल। अलका देशभर के उम्दा ट्रेवल पत्रकारों और ब्लॉगर्स के एक बड़े सोशल मीडिया समूह की संस्थापक संयोजक भी हैं, जो यात्राओं और यात्रा लेखकों के संसार को गतिशील बनाए रखने के लिए काम करता है।

पूर्णिमा पांडेय ऑनलाइन फोरम में 'आओ ब्लॉग लिखें' में लिखती हैं—"इस

पर्सनल ऑनलाइन जर्नल या ब्लॉग की सबसे बड़ी खासियत यह है कि विचारों को निजी रखते हुए भी यह पूरी तरह सामाजिक है। दरअसल, ब्लॉगिंग एक व्यक्ति की असंपादित आवाज है, जो प्रोफेशनल नहीं होती। दूसरे शब्दों में, ब्लॉग कच्ची, बिना पॉलिश की, प्रामाणिक और व्यक्तिगत सामग्री है। डायरी से मिलती-जुलती यह ऑनलाइन डायरी अपनी मूल प्रकृति में सामाजिक है, क्योंकि यह लोगों या छोटे चयनित समूह के लिए किसी खुली किताब की तरह होती है।"

ममता यादव जानकारी देती हैं—रानी शर्मा 'खरी न्यूज' की संस्थापक संपादक हैं। 1995 में देशबंधु से पत्रकारिता प्रारंभ कर 'नव दुनिया', 'दैनिक भास्कर' में काम करने के बाद 2011 से वेब पत्रकारिता से जुड़ गईं और 'खरी न्यूज समाचार वेबसाइट' की शुरुआत की। पिछले चार सालों से उनकी वेबसाइट एक्सक्लूसिव खबरों के लिए जानी जाती है। 'डिजिटल भास्कर' में वीडियो टीम में बतौर प्रोड्यूसर काम कर रही संयुक्ता बनर्जी पत्रकारिता में 9 साल गुजार चुकी हैं। उन्होंने मध्य प्रदेश प्रसार भारती, मुंबई की एक फैशन पत्रिका और 'बंसल न्यूज' में काम किया है। डिजिटल भास्कर से जागृति भी जुड़ी हैं।

अब तो अधिकांश पत्र-पत्रिकाओं के संस्करण ऑनलाइन पढ़ने को मिल रहे हैं। भारत में वेब पत्रकारिता ने एक नई मीडिया संस्कृति को जन्म दे दिया है। अंग्रेजी के साथ-साथ हिंदी पत्रकारिता को भी एक नई गति मिली है। अधिकांश महिला पत्रकार आज इंटरनेट की पहुँच में हैं। नित नए नाम वेब मीडिया से जुड़ रहे हैं। अतः कहा जा सकता है कि वेब पत्रकारिता में महिलाओं का भविष्य बेहतर है।

□

चुनौतियाँ और अवदान

हिंदी महिला पत्रकारिता की चुनौतियाँ हर समयकाल में कुछ भिन्न तरह की रहीं। छोटी जगहों और बड़े शहरों की पत्रकारिता में बहुत अंतर था। शुरुआती दिनों में चुनौतियाँ थीं—स्त्रियों का घर से निकलकर शिक्षित होना, तत्पश्चात् परिवार से सहयोग प्राप्त करना। इसके बाद जैसे-जैसे पत्रकारिता में महिलाओं का हस्तक्षेप बढ़ा, विभिन्न स्वरूपों में चुनौतियाँ भी परिवर्तित होती चली गईं। भारतीय पत्रकारिता के शुरुआती दिनों में महिला पत्रकारों का अवदान पुरुषों की तुलना में कम ही रहा। भारत की नवीन महिला-जागृति का आरंभ डेढ़ सौ वर्ष से भी पहले से माना जा सकता है। हमारी नवीन राष्ट्रीय, धार्मिक और सामाजिक जागृति के पुरोधा राजा राममोहन राय थे। उन्होंने पहले-पहल भारत के आधे मूकअंग (महिलाओं) की ओर ध्यान दिया था। राजासाहब के सद्प्रयत्नों की बदौलत ही सती-प्रथा पर अंकुश लगाया जा सका। उनके बाद ईश्वरचंद्र विद्यासागर ने हिंदू विधवाओं की करुण पुकार सुनी, और विधवाओं के पुनर्विवाह की आवाज उठाई। उनके प्रयत्न से ही हिंदू विधवा विवाह कानूनन जायज हो सका। महिलाओं की जागृति में ब्रह्मसमाज का सबसे बड़ा हाथ था, जिसके दो दल थे। एक दल के नेता केशवचंद्र सेन ने ब्रह्म-मंदिर में स्त्रियों को स्थान दिलाया था। ब्रह्मसमाज के दूसरे दल के नेताओं में दुर्गा मोहनदास, शिवनाथ शास्त्री, रामेंद्र मोहनदास और द्वारकानाथ गंगोली आदि थे। साधारण ब्रह्मसभा के नियमों के अनुसार स्त्रियाँ पुरोहित का पद भी प्राप्त कर सकती थीं। पुरुषों के बीच में जहाँ चाहें, बैठ सकती थीं। परिणामत: महिलाओं की उपस्थिति सभा-सोसाइटी में दर्ज होने लगी। कांग्रेस के मंच से सबसे पहले भाषण देनेवाली महिला कुमुदिनी गंगोली थीं, जो देश की पहली लेडी डॉक्टर भी बनीं। कांग्रेस के अनेक अधिवेशनों में कार्य प्रारंभ होने के पूर्व वंदे मातरम् गाने का सम्मान सरला देवी चौधुरानी को मिला था। विधवाओं को शिक्षा देकर उन्हें अपनी जीविका उपार्जन करने के योग्य बनाने का कार्य बंगाल की नारी शिक्षा समिति ने किया, जिसकी प्रधान लेडी अबला बोस थीं। हमारी महिला जागृति में सबसे बढ़कर काम महात्मा गांधी के

सत्याग्रह आंदोलन ने किया। महिलाओं की विभिन्न क्षेत्रों में दर्ज हुई उपस्थिति के साथ-साथ पनपी महिला पत्रकारिता को ढेरों चुनौतियों का सामना करना पड़ा, फिर भी उनका अवदान कम कभी नहीं रहा।

हिंदी की पहली महिला संपादक हेमंतकुमारी चौधरी को 'सुगृहिणी' के प्रकाशन में भारी चुनौतियों का सामना करना पड़ा था। वे पत्रिका रतलाम में बैठकर तैयार करती थीं, तो प्रकाशन दूर लाहौर या लखनऊ जाकर कराना पड़ता था। ग्राहकों से चंदा वसूलना भी बड़ी चुनौती का काम रहता है। अहिंदी भाषी होते हुए भी उन्होंने हिंदी की पत्रकारिता की, इस कारण हिंदी पत्रकारिता में उनका अवदान महत्त्वपूर्ण और अविस्मरणीय है। राष्ट्रीय आंदोलन में सहयोग देने वाली पहली प्रसिद्ध पत्रकार हरदेवी के पिता प्रसिद्ध इंजीनियर राय कन्हैयालाल थे। हरदेवी ने भारत भगिनी के जरिए स्वाधीनता सेनानियों के लिए फंड इकट्ठा करने का चुनौतीपूर्ण कार्य किया था। जानकारी मिलते ही ब्रिटिश हुकूमत ने पत्रिका को न केवल जब्त किया, बल्कि उनके बैरिस्टर पति को प्रताड़ित भी होना पड़ा। पंजाब में स्त्री जागरण एवं शिक्षा का प्रचार-प्रसार करने में उनके सामने गंभीर चुनौतियाँ आईं। ज्ञातव्य हो कि उस समय आर्य समाज की गतिविधियाँ बढ़ चुकी थीं और उसके लिए पत्र-पत्रिकाओं द्वारा अनुकूल वातावरण तैयार किया जाता था। अत: आर्यसमाज की गतिविधियों को 'भारत भगिनी' में विस्तार से छापा जाता था। उस समय तीन सौ प्रतियों तक इसकी प्रसार संख्या पहुँच गई थी, जो उस समय के मान से बहुत अधिक थी। लाहौर की इस पत्रिका के बाद राजस्थान में जहाँ लड़कियों को स्कूल भेजना भी गुनाह था। वहाँ 'राजपूताना गजट' की मोतीबेगम ने जनाश्रित पत्रकारिता का सूत्रपात करते हुए उसका प्रकाशन घर फूँकते हुए जारी रखा था।" उस समय के सार्वजनिक जीवन में स्त्रियों द्वारा पुरुषों की बराबरी से काम करने को ही अच्छा नहीं समझा जाता था। इसके बावजूद राष्ट्रीय आंदोलन के समय महिला पत्रकारिता में जमानत जब्ती और कारावास का इतिहास भरा पड़ा है। शकुंतला देवी और श्रीमती देवी से भारतीय दंड-विधान की धारा 108 के तहत जमानत तलब की गई थी। जमानत देने से इनकार करने पर दोनों देवियों को एक वर्ष का कठोर कारावास का दंड दिया गया था। 'भविष्य' में संपादक वाले मामले में सफाई के गवाहों को बुलाने तक की अर्जी नामंजूर कर दी थी। फिर भी लक्ष्मी देवी ने 'भविष्य' के तीखे तेवर जरा भी ढीले नहीं पड़ने दिए। 'सरकारी गवाह कैसे गढ़े जाते हैं?' जैसी सनसनीखेज जानकारी छापकर, लक्ष्मी देवी ने अभूतपूर्व साहस का परिचय दिया था। 'चाँद' के माध्यम से सारे पंजाब में स्त्रियों के लिए कहानियों और ऐतिहासिक लेखों द्वारा पतित दशा को सुधारने के लिए प्रयास करनेवाली मोहनीदेवी ने स्त्रियों की गंभीर समस्याओं की ओर समाज का ध्यान केंद्रित किया। चुनौतियों को चुनौती देनेवाली क्रांतिकारी पत्रकार बीना दास ने 1928 में साइमन

कमीशन का विरोध करते हुए, कॉलेज गेट पर धरना दिया और क्रांति दल की महिला शाखा में शामिल होकर देश के लिए संघर्ष का नया इतिहास रचा। 1930 में चटगाँव शस्त्रागार कांड के बाद बंगाल में क्रांतिकारियों की गतिविधियाँ तेज हो गईं। इस कांड के बाद साहस भरा बयान देकर बीना ने न केवल लंबी सजा स्वीकार की, अपितु 'मंदिरा' का प्रकाशन कर बंगाल में महिला जागृति का बीड़ा भी उठाया। छोटी-छोटी समस्याओं को लेकर जितनी जिम्मेदारी से उस समय की महिला पत्रकारों ने लिखा, उतना बाद की पीढ़ी में देखने को नहीं मिला। 'हिंदूपंच' में मनोरमा देवी महिलाओं की दीनहीन दशा के बारे में तल्ख अंदाज में लिखती रहीं। रेणु सेन और लीला राय ने 'जयश्री' के काम में सहयोग के साथ-साथ आंदोलन में भी भाग लिया। अरुणा आसफ अली की 'रेडियो षड्यंत्र केस' में संपत्ति ही जब्त कर ली गई, लेकिन उन्होंने फिर भी हार नहीं मानी। प्रतिभा भद्र (राय चौधरी) को भारत रक्षा अधिनियम के अंतर्गत सुभाषचंद्र बोस की साथिन के रूप में 1945 तक नजरबंद रखा गया। उन्होंने 'अंगना' (बांग्ला) के माध्यम से आजादी की अलख को जगाए रखा। राष्ट्रीय आंदोलन में पूरे समय महिलाएँ परोक्ष रूप से सक्रिय रहीं। क्या यह कल्पना की जा सकती है कि घर के पुरुष को यदि उस घर की स्त्रियाँ सहयोग नहीं करतीं, तो आजादी की लड़ाई लड़ी जा सकती थी? यह अलग बात है कि कुछ महिलाओं के ही नाम सामने आ सके। बाकी इतिहास के गर्भ में दफ्न हैं।

सुभद्राकुमारी चौहान ने आजादी के बाद महिला पत्रकारिता में आनेवाली मुख्य चुनौती की ओर ध्यान केंद्रित करते हुए इच्छा व्यक्त की थी—"'नारी' का कार्य केवल महिला लेखिकाओं द्वारा ही हो, किंतु हमें समय की कमी के कारण पर्याप्त महिला लेखिकाएँ नहीं मिल सकीं। शिक्षित महिलाओं से मेरी प्रार्थना है कि वे अपने बहुमूल्य विचार तथा भाव सुंदर लेख 'नारी' को प्रदान करने का कष्ट उठावें।" 1987 में शिप्रादास कोलकाता में 'आजकल' के लिए काम करती थीं, तब देर रात उनके अपहरण का प्रयास किया गया, जिसमें वे अपनी बहादुरी के कारण ही बच पाई थीं। इस तरह के डराने-धमकाने का कार्य महिला पत्रकारों के साथ खूब हुआ।

मधु किश्वर की 'मानुषी' में महिला विषयों पर खोजपूर्ण सामग्री रहा करती थी।... वे प्रकाशन की कठिनाई बताती हैं—"आप ही बताएँ कि दान नहीं, विज्ञापन नहीं, किसी बड़े प्रकाशन समूह से नाम नहीं जुड़ा। पत्रिका निकालने में कठिनाइयाँ-ही-कठिनाइयाँ थीं। एक समय ऐसा भी आया जब हमारे पास कोई ऑफिस नहीं था। 'मानुषी' के लेख और टाइपराइटर अपने झोलों में डालकर दोस्तों के घरों, कैफे, पार्क और सार्वजनिक स्थानों पर मिलकर अपना काम किया करते थे।"...नारी के सामाजिक अधिकारों के प्रति जागरूकता फैलाने में अग्रणी भूमिका निभाने वाली मधु कहती हैं—"भारत जैसे देश में यदि लोगों को यह पता चले कि उनका कार्य पैसों के लिए नहीं, अपितु समाज सेवा

है, तो वे अन्य देशों की अपेक्षा आपको अधिक आदर देंगे।" बरखा दत्त ने मीडिया को भारतीय संदर्भ में नया अर्थ दिया है—चाहे करगिल के गोले बरसाते मोर्चे हों या गुजराती दंगों में मारे-जलाए और लूटे जाते लोग हों, वे वहाँ पहुँचती रही हैं। गुजरात से 'दंगे के दौरान खबरें' में लिखती हैं—"वस्तुत: आपके टी.वी. के परदे पर ये लोग चाहे जितने भी उन्मादग्रस्त दिखते रहे हों, उनके अंदाज में एक लगभग यंत्रिक सधाव था, जब उन्होंने अपनी चमचमाती तलवारें हमारी कार के शीशे में घुसेड़कर गुर्राते हुए पूछा, "तुम्हारा धर्म क्या है?" "हिंदू", मैंने कहा···हमने अपनी टी.वी. रपटों में इसका ज्यादातर हिस्सा छोड़ दिया, क्योंकि इस ज्वलंत स्थिति में इसका क्या असर होता, इसका हमें एहसास था, मगर सार्वजनिक व्याख्या जैसे यह दलील देती प्रतीत हो रही है कि मीडिया ने निशाना बनाए जा रहे समुदाय का नाम लेकर गैर-जिम्मेदारी दिखाई। इसके समर्थन में प्रेस काउंसिल के दिशा-निर्देश उद्धृत किए जा रहे हैं···खबर में गुजरात में हमले के शिकार हो रहे समुदाय का नाम लेना विचार के लिए था। वस्तुत: यही खबर थी, जिससे उस पूर्वाग्रह ग्रस्त राजनीतिक और प्रशासकीय तंत्र की असलियत उजागर होती थी···हम जो मीडिया में हैं, इस स्पष्ट तथ्य को कहे बिना कैसे सवाल पूछ सकते हैं?···मीडिया पर दूसरा इल्जाम दोहरे मापदंड अपनाने का है। गोधरा में ट्रेन पर हुए खौफनाक हमले की खबरों के लिए अलग नियम···निंदा करनेवाले चिल्लाए और उसके बाद होनेवाली हिंसा के लिए अलग नियम···वस्तुत: नाम लिये गए थे। हर अखबार और टी.वी. चैनल ने बताया कि कारसेवक मारे गए हैं। वहाँ भी इसलिए कि जो कुछ हुआ, उसमें हमले की जद में आनेवालों की पहचान महत्त्वपूर्ण थी···नफरत से भरी जिस भीड़ ने गुजरात की आत्मा को रौंदा, वह हिंदू समुदाय की नुमाइंदगी नहीं कर रही थी। हम सब ऐसे कई हिंदुओं को जानते हैं, जिन्होंने अपने मुसलिम भाइयों को बचाने के लिए हिंसा और धमकियों की परवाह नहीं की।" किसी भी दंगे की रिपोर्टिंग कितनी चुनौतीपूर्ण और जिम्मेदारी से भरी होती है, इसका अंदाजा इससे लगाया जा सकता है।

सुजाता मधोक 'पत्रकारिता में महिलाएँ : लिंगभेद कहाँ तक उचित' में महिलाओं का पत्रकारिता में आने का मुख्य कारण बताती हैं—"पत्रकारिता के क्षेत्र में महिलाओं को सबसे ज्यादा आकर्षित विभिन्न पत्रिकाओं ने किया है या संभवत: इस क्षेत्र में महिलाओं का प्रवेश सबसे ज्यादा आसान समझा जाता है। हालाँकि छोटी-छोटी पत्रिकाओं में सामान्य रूप से पुरुष ही संपादक हुआ करते हैं, लेकिन वहाँ अकसर काफी संख्या में महिलाएँ नियुक्त रहती हैं।" दबंगों के विरुद्ध कलम उठाने का परिणाम क्या होता है? इस खबर से पता चलता है—"सांध्य दैनिक 'वर्तमान चाणक्य' की 42 वर्षीय संपादक राजरानी देशवाल की 17 सितंबर, 1993 की शाम रेवाड़ी में गोली मारकर हत्या कर दी गई।" डॉ. उर्वशी 'मुसलिम समाज में स्त्री : संघर्ष और फैसले' में असलियत बयान

करते हुए राय प्रकट करती हैं—"समता और स्वतंत्रता के लिए संघर्ष कर, अपने पैरों पर खड़ी होने का साहस करनेवाली यह मेहनतकश और पुरुष की सहचरी है, दासी नहीं। उसे अपनी अस्मिता का बोध है, जिसकी रक्षा करने में वह सक्षम है। दायित्व के निर्वाह के साथ अधिकार की माँग करना अपराध नहीं हो सकता।" इस तरह का कितना भी लेखन क्यों न हुआ हो, पर वास्तविकता यह है कि यह चुनौती आज भी बनी हुई है। मुंगेर जिले के एक ग्रामीण स्वतंत्रता सेनानी यमुनासिंह की धर्मपत्नी मेनका देवी ने पति की गिरफ्तारी के बाद चुनौतियों का सामना करते हुए 'क्रांतिसंदेश' का प्रकाशन दायित्व बहुत अच्छी तरह सँभाला था। 'अलग किस्म की चुनौती और दायरों का संकट' में मुकुल प्रियदर्शिनी ने हिंदी पत्रकारिता की सबसे बड़ी चुनौती अर्थात् भाषा के प्रति लगाव नहीं होने को स्वीकार किया है—"विचार-विमर्श लेखन अंग्रेजी में बढ़ता चला गया और हिंदी का विमर्श जगत् वीरान होता चला गया।"

कविता व्यास पत्रकारिता में स्तरहीन सामग्री को बड़ी चुनौती मानती हैं—"बहुत सी ऐसी पत्रिकाएँ प्रसार संख्या बढ़ाने के लालच में महिलाओं, युवतियों, पुरुषों को भी आकर्षित करने के लिए अश्लील चित्रें, विज्ञापनों व घटिया सामग्री का उपयोग करने से भी नहीं चूकतीं।...वैसे भी हमारे देश में अशिक्षित महिलाओं वाले एक बड़े वर्ग से संबंधित समस्याओं को गहराई से जानकर उन्हें प्रकाश में लाने व उनके शोषण की ओर ध्यानाकर्षण के लिए वर्तमान का कोई भी प्रकाशन खरा नहीं उतरता है।" 'दैनिक जागरण' लखनऊ की वंदना मिश्र महिला पत्रकारों की पत्रकारिता जगत् में स्थिति स्पष्ट करती हैं—"पत्रकारिता में महिलाओं के लिए अलग से कोई निश्चित परिभाषित स्थान नहीं है। वह इस क्षेत्र में भी चुनौतियों को स्वीकार कर मेहनत से अपने लिए बहुत सम्मानजनक स्थान बना सकती है। इस मामले में पत्रकारिता की तुलना राजनीति और समाजसेवा के क्षेत्र से की जा सकती है। पहले के मुकाबले में पत्रकारिता में महिलाओं के लिए स्थितियाँ अब अधिक अनुकूल और बेहतर हैं।" 'राष्ट्रीय सहारा' की सुनंदा डे लिखती हैं—"पत्रकारिता एक ऐसा व्यवसाय है, जिसमें जितना भी समय दिया जाए कम है। इसके बाद भी पारिवारिक एवं सामाजिक दायित्वों के लिए भी महिलाओं को समय निकालना पड़ता है। इन दायित्वों की पूर्ति के लिए समय का तारतम्य स्थापित करना अधिक अहमियत रखता है, क्योंकि इस व्यवसाय का समय 'नौकरी' की तरह निर्धारित नहीं होता।" पत्रकारिता जगत् से जुड़ी महिलाओं के सामने सबसे बड़ी चुनौती यह पेश आती है कि उनका संपादक-मालिक सहकर्मी या कोई अन्य उनसे किसी तरह का अनुचित व्यवहार न कर बैठे। वहीं पत्रकारिता से जुड़ी महिलाओं के घर परिवार के लोग भी बेहद डरे-सहमे रहते हैं कि कोई ऐसी वैसी खबर न लिख दी जाए, जिससे उनका समूचा परिवार किसी बड़ी मुसीबत का शिकार हो जाए, क्योंकि बाहुबलियों के खिलाफ

लिखने पर गंभीर प्रताड़ना की खबरें गाहे-वगाहे सुर्खियों में रहती ही हैं। खतरनाक रिपोर्टिंग करने पर पारिवारिक प्रतिक्रिया किस तरह की होती है, जिसका एहसास मलोनी भट्ट कराती हैं—"वो मेरे लिए चिंतित थे और हर क्षण मुझे कॉल करके मेरा हालचाल जानना चाहते थे।" सीख देते हुए लिखती हैं—"मैं पाँच साल से इस तरह का कवरेज कर रही हूँ, लेकिन रिपोर्टर जो भी हो, उसे सिक्योरिटी फोर्स द्वारा दिए जानेवाले निर्देशों का पालन करना चाहिए। 'साहस की कितनी आवश्यकता होती है?' इस बात को रेखांकित करते हुए कहती हैं—मैं वही कर रही हूँ, जो करने की मुझे ट्रेनिंग दी गई है। ताज और ओबरॉय का सारा होटल स्टाफ, जिसने अपनी जान की परवाह किए बिना अपने मेहमानों को सफे जगहों पर पहुँचाया और सी.एस.टी. की पुलिस जिन्होंने हथियारों से लैस आतकंवादियों का साधारण हथियार से सामना किया तो सब मेरे लिए साहसी हैं।" आमतौर पर देखने में यह आता है कि अविवाहित महिला पत्रकारों को अधिक कठिनाइयों का सामना करना पड़ता है क्योंकि सच्चाई जानने के लिए हर स्तर के लोगों से मिलना-जुलना पड़ता है और प्रत्येक व्यक्ति भला ही है, यह कोई आवश्यक नहीं है। फिर भी, नई नई लड़कियाँ इस क्षेत्र में लगातार अपनी उपस्थिति दर्ज करा रही हैं और रोज ही कोई-न-कोई सनसनीखेज घटना सामने लाती जा रही हैं, जिससे उनकी निडरता साफ झलकती है। नारी पत्रकार संवेदनशील अधिक होती है तथा दहेज, बलात्कार या नारी उत्पीड़न के विषयों को अच्छी तरह समझ सकती है। अत: पत्रकारिता के स्तर पर इन विषयों को तथा अन्य नारी विषयक समस्याओं को गंभीरता के साथ प्रशासन तक पहुँचाने का बीड़ा महिला पत्रकारों ने बखूबी उठाया। कहा जाता है कि महिला-ही-महिला की दुश्मन होती है, पर यहाँ इस बात को झुठलाया जा सकता है। महिला पत्रकारों ने ही महिला प्रताड़ना को अपनी लेखनी की ताकत से कुछ सीमा तक कम किया है।

तमाम विसंगतियों 'चुनौतियों' कठिनाइयों के बावजूद पत्रकारिता क्षेत्र को महिलाओं द्वारा कॅरियर के रूप में तेजी से अपनाया जा रहा है। पत्रकारिता के क्षेत्र में महिलाओं की भागीदारी निरंतर बढ़ने का अंदाजा इसी से लगाया जा सकता है कि आज जितनी महिलाएँ अखबारी दुनिया और अन्य जगहों में कार्यरत हैं, उनसे कहीं अधिक संख्या स्वतंत्र महिला पत्रकारों की है, जो इस क्षेत्र में परोक्षरूप से अपना सक्रिय योगदान दे रही हैं। पर उनकी समस्याओं को जानने व उसे दूर करने के लिए सही तरीके से कभी भी आवाज ही नहीं उठाई गई, या यूँ कहिए कि उनकी समस्याओं को जानने का प्रयत्न ही नहीं किया गया। घरेलू या स्वतंत्र महिला पत्रकारों को बिना किसी की अनुशंसा के काम नहीं मिलता। देखने में यह भी आता है कि मीडिया के दो संस्थानों का अनुबंध हो जाने तथा दूसरे संस्थानों में कभी नाम बदलकर, तो कभी बिना नाम बदले लिखना व स्वतंत्र पत्रकारों की रचनाओं से थोड़ा हेर-फेर करके दूसरे मीडिया संस्थान में देना आदि बातें

भी सामने आती हैं। इस तरह की शिकायतें करती भी महिला पत्रकार देखी जाती हैं कि उनसे लिखवा लिया जाता है, संदर्भ इकट्ठे करवा लिये जाते हैं और संपादकीय विभाग में काफी दिन तक पटककर रखा जाता है। कभी-कभी तो काफी मशक्कत के बाद तैयार की गई किसी बड़ी हस्ती के रहस्योद्घाटन की उनकी खबर को दबाकर संपादक या मालिक द्वारा ब्लेकमैलिंग भी कर ली जाती है। ऐसे अवसरों पर महिला पत्रकार स्वयं को ठगा हुआ महसूस करती हैं, जो चिंताजनक होने के साथ-साथ शर्मनाक भी होता है। स्वतंत्र महिला पत्रकारों पर मिली प्रतिक्रियाओं से उनकी कठिनाइयों को जाना जा सकता है। अलका आर्य 'जगत् विजन' में बताती हैं—"किसी करंट टॉपिक पर यदि स्वतंत्र पत्रकार ने लिखा है और मीडिया संस्थान में सीट पर बैठे लोग यदि किन्हीं कारणों से रचना छाप नहीं पा रहे हैं, तो भी वे लेखक को सूचित करना अपना कर्तव्य नहीं समझते। स्वयं ही पता करते रहना पड़ता है। स्वतंत्र पत्रकार को विषय देते समय सही गाइडेंस भी नहीं मिलती जबकि अच्छे लेखन के लिए सही गाइडेंस बहुत जरूरी है।" पत्रकारिता को लेकर उनकी राय थी—"पत्रकारिता एक ऐसा पेशा है, जिसमें परिश्रम और प्रतिभा ही नहीं, एक दीवानगी एक सपने, एक जुनून की आवश्यकता है, मगर इस देश में लड़कियों को सपने देखने की इजाजत ही कहाँ है।" इसी पत्रिका में क्षमा शर्मा पुरुषों द्वारा बातचीत में की जानेवाली हिंसा की बात करती हैं—"हिंदी में पत्रकारिता के क्षेत्र में आई स्त्रियों को पल-पल पर भाषा की हिंसा से गुजरना पड़ता है। ऐसी हिंसा, जो कहीं दिखाई नहीं देती, मगर हर जगह होती है। यह आश्चर्य की बात है कि प्रेस कमीशन या वर्किंग जर्नलिस्ट ऐक्ट के अंतर्गत महिला पत्रकारों की समस्याओं को अलग से रेखांकित तक नहीं किया गया है।" इसी में 'नवभारत टाइम्स' की मुख्य उप-संपादक इरा झा व्यावहारिक कठिनाइयों की ओर ध्यान केंद्रित करती हैं—"छुट्टी को महिला होने से जोड़ा जाता है, शादी के दिन भी उन्हें कार्यालय जाना पड़ा था...दो माह के बच्चे को छोड़ रात्रि पाली में काम करना पड़ा, विरोध करने पर नौकरी से निलंबित कर दिया गया।" छत्तीसगढ़ के बस्तर की इरा को 'हिंदुस्तान' के पुलआउट निकालने का श्रेय जाता है। मणिमाला स्वतंत्र पत्रकार महिलाओं का पत्रकारिता जगत् में स्थान पर लिखती हैं—"स्वतंत्र पत्रकार महिलाएँ दस-पंद्रह साल स्वतंत्र पत्रकारिता कर चुकने और अच्छी, खासी पहचान बना चुकने, कई फैलोशिप लेने के बाद भी अखबारों, पत्रिकाओं की दुनिया में अपने लिए निश्चित जगह नहीं बना पातीं। अंशकालीन संवाददाता बनकर दस- पंद्रह साल पहले काम शुरू करनेवाली महिलाएँ आज भी अंशकालीन संवाददाता हैं। अब उन्होंने अपने आपको 'स्वतंत्र पत्रकार' कहना शुरू कर दिया है। इसी तरह कई तो अंशकालीन संवाददाता का दर्जा भी न पा सकीं।"

मुसीबतों और अवरोधों का सामना करते हुए पत्रकारिता जगत् की महिलाएँ

उपलब्धियाँ अर्जित करने में भी पीछे नहीं हैं। 'मीडिया फाउंडेशन' की ओर से मीडिया के क्षेत्र में उत्कृष्ट योगदान के लिए 1995 का 'चमेली देवी जैन पुरस्कार' से मेघालय की महिला स्तंभकार पैट्रीशिया मुखिम और बांदा जिले में नवसाक्षर महिलाओं के हाथ से लिखे पत्र 'महिला डाकिया' को नवाजा गया था। बांदा से 1993 में महिला डाकिया का प्रकाशन, मानव संसाधन विकास मंत्रालय के विकास कार्यक्रम के तहत हुआ—हिंदी और बुंदेली में साक्षरता अभियान के अंतर्गत रूपरेखा बनी और साक्षर महिलाओं की मदद से पत्र निकाला गया। 2012 का 'चमेली देवी पुरस्कार, 'तहलका समाचार' की तुषार मित्तल को प्रदान किया गया। इसी प्रकार 'खबर लहरिया' की संपादक मीरा एवं कविता को नई दिल्ली सेंटर फॉर द स्टडी ऑफ डेवेलपिंग सोसाइटीज (सी.एस.डी.एस.) की ओर से देश के 10 चुनिंदा पत्रकारों के अंतर्गत 'इन्क्लूसिव मीडिया फैलोशिप' के लिए चुना गया है।

अंग्रेजी समाचार चैनल 'हेडलाइंस टुडे' की विशेष संवाददाता पी. प्रियंवदा 'बेघर होने का दर्द' में रिपोर्टिंग करते समय की चुनौतियों के बारे में बताती हैं— "सरकार नहीं चाहती कि खोजी रिपोर्टर और फोटोग्राफर शिविर के भीतर जाएँ। इसलिए हमें एक स्थानीय निवासी का रिश्तेदार बनकर जाना पड़ा। तमिलनाडु नें चहारदीवारी में बंद 113 शिविरों में भरे हुए 80,000 श्रीलंकाई शरणार्थी बेहतर जिंदगी की आस में हैं···भारत ने संयुक्त राष्ट्र शरणार्थी समझौते पर हस्ताक्षर नहीं किए हैं···शरणार्थी नीले काले ऊनते सागर के इस छोर पर खोया हुआ महसूस करते हैं।" 'इंडिया टुडे' में अनुराधा काम के दौरान होनेवाली असुविधाओं और सफल होने पर मिलने वाली सराहना, दोनों की ही बात करती हैं—"मीडिया के तीन मुख्य उद्देश्य हैं—शिक्षित करना, सूचना देना और स्वस्थ मनोरंजन करना। रात 12 बजे मेरी साथी का फोन आया कि उसके क्षेत्र में दंगा हो गया है और उसका सुबह पाँच बजे मॉर्निंग ड्यूटी पर पहुँचना मुश्किल है, इसलिए तुम्हें ड्यूटी पर जाना है। उस समय डर मुझे भी लगा, लेकिन मैंने 'हाँ' कर दी और दूसरे दिन पाँच बजे ड्यूटी पर पहुँचकर सुबह का ट्रांसमिशन सँभाल लिया। इस बात पर मुझे बहुत सराहना भी मिली।" 'संभावनाओं के साथ चुनौतियाँ भी' में रूबी सरकार ने लिखा—"नीतियाँ बनाना, जेंडर सोच विकसित करना और इसके आधार पर कार्यक्रम और योजनाओं को लागू करने के लिए महिलाओं को प्रशिक्षित करना आज की सबसे बड़ी चुनौती है। महिलाओं को इन चुनौतियों से जूझते हुए आगे बढ़ना होगा।···हालाँकि भारत का संविधान सभी महिलाओं को समानता एवं समान वेतन की गारंटी देता है। असंगठित क्षेत्रों में काम करनेवाली महिलाएँ समान हैसियत की श्रमिक कभी नहीं बन पाईं। समाज का यह एक कड़वा सच है। महिलाओं के श्रम की कम कीमत का सबसे बड़ा कारण उनका महिला होना है।···विकास की यात्रा में सभ्य समाज में शिक्षित

महिला की बात करते हुए लोग अकसर उन ज्वलंत मुद्दों को पीछे छोड़ देते हैं, जिससे महिलाओं का भविष्य जुड़ा है। सत्ता और व्यक्ति द्वारा उसका शोषण किया जाना, कन्या भ्रूण हत्या, बाल-विवाह, कार्य स्थल पर स्त्री और पुरुष के बीच भेदभाव आदि शामिल हैं। यूँ भी महिलाएँ अब गुलामी की मानसिकता से बाहर निकलना चाहती हैं, इसलिए नई चुनौतियों से संघर्ष करती महिलाएँ ज्यादा सबल और सशक्त हैं।"

स्त्री-पुरुष के भेदभाव को महिला पत्रकारों ने कुछ अधिक ही भोगा है। स्मृति जोशी पत्रकारिता क्षेत्र की सबसे बड़ी चुनौती आर्थिक शोषण बताती हैं—"ये बात और है कि मुझे सफलता अपने सहपाठियों की तुलना में देर से मिली, कम मिली और बहुत रुक-रुककर मिली।···संघर्षों का अपना जायका होता है। होना चाहिए, लेकिन अपने संघर्षों को लेकर मैं जरा भी रूमानी होने के पक्ष में नहीं हूँ। संघर्ष तो करना ही पड़ेगा, वरना पत्रकारिता की तमीज और तहजीब कहाँ से सीखेंगे?···हर नौकरी मैंने लड़-झगड़कर छोड़ी है, लेकिन इसमें सामनेवाले का या मेरा दोष कम और उस वक्त प्रतिभा व मेहनत की तुलना में पैसे का कम मिलना, देर से मिलना या फिर नहीं ही मिलना जैसी परिस्थितियाँ अधिक जिम्मेदार रहीं।···पत्रकारिता और अध्यापन में राजनीति की किस कदर घुसपैठ हो गई है। योग्यता से अधिक चाटुकारिता और निष्ठा से अधिक निम्नतम सोच को वरीयता मिलते देख कई बार खून खौला।···पत्रकारिता जगत् में नवागत पत्रकारों की स्थिति में आज भी अपेक्षाकृत सुधार नहीं हुआ है। मासूम अभ्यागत पत्रकार जिस तरह से मुरझाए चेहरे लेकर भटकते नजर आते हैं, वह निराश कर देने वाला है। इसी से जुड़ा एक सच यह भी है कि अपनी क्षमता और दक्षता को पहचाने बिना ये नवागत बड़े-बड़े बैनरों का ख्वाब बुनने लगते हैं। प्रतिभा कभी न छुपी है, न छुप सकती है। बेहतर होगा कि स्वयं को निरंतर निखारने और सँवारने का काम जारी रखा जाए। नए पत्रकारों में मुझे एक जो कमी खलती है, वह यह कि डिग्री मिलने के बाद वे सीखना नहीं चाहते।···मुझे कभी 700 रुपए मिले, कभी 2-2 साल बाद रुपए मिले या कभी क्वॉलिटी जॉब करने के बाद भी 3,000 मिले और कभी ढेर सारा अकादमिक कार्य करने के बाद भी पारिश्रमिक नहीं मिला और मेरे सामने किसी और की जेब में चला गया।" यह वह कड़वा सच है, जो आमतौर पर पत्रकारिता जगत् में कार्य करनेवाली महिलाओं को भोगना पड़ता है।

'पत्रकारिता के द्वार पर कोमल हाथों की दस्तक' में सुषमा गांधी ने लिखा—"पत्रकारिता अर्थात् एक ग्लैमरयुक्त जिंदगी—यह है उन लोगों का खयाल, जो पत्रकारिता के क्षेत्र से बाहर हैं···पत्रकारिता में प्रवेश के बाद शुरू के कुछ दिन महिलाओं को बड़े सुखद प्रतीत होते हैं···परंतु धीरे-धीरे पुरुष प्रधान परिवेश में नई महिला-पत्रकार के प्रति विरोध एवं असहयोग के भाव उभरने लगते हैं···इसके पीछे शायद यह मनोवैज्ञानिक तथ्य

हो कि पुरुष स्वभावत: अपने आपको स्त्री से ऊँचा मानता है और उसे नीचा दिखाने में उसके अहम् को संतोष मिलता है।...राजनीतिज्ञों की प्रेस कॉन्फ्रेंस में पुरुष पत्रकार जिन प्रश्नों को पूछने में संकोच करते हैं, उन्हें महिला पत्रकार सहज ही पूछ लेती हैं।...बहुधा महिला पत्रकार...अधिक तथ्य खोज लेती हैं।...उन्हें अपनी क्षमता स्वीकार करवाने के लिए दोहरी मेहनत करनी पड़ती है...महिला पत्रकार समाचार कक्ष में प्रवेश करती है तो लोग सोचते हैं, उसका संपादक मैनेजर से क्या रिश्ता है? उसकी क्षमता योग्यता के बारे में बिल्कुल नहीं सोचा जाता।" भारत में स्त्री पुरुष के रिश्तों को बिना नाम दिए सहजता से आज भी नहीं स्वीकारा जाता। पुरुषों के साथ काम करने पर इस तरह की चुनौतियों का महिला पत्रकार रोज ही सामना करती हैं। कात्यायनी के अनुसार, "अखबार के दफ्तरों में अनेकश: रूपों में पुरुष वर्चस्व के दबावों का उसे ठीक वैसे ही सामना करना पड़ता है, जैसे पूरे समाज में।...हिंदी पत्रकारिता में स्त्री आज हाशिए पर है। स्त्री आज हिंदी पत्रकारिता के दुर्ग के बंद द्वार के बाहर की ओर से भी दस्तक दे रही है और भीतर की ओर से भी।" कनीज फातिमा अपने लेख 'क्या यूँ ही जारी रहेगा महिलाओं के साथ भेदभाव' में प्रश्न उठाती हैं—"अकसर पुरुष महिलाओं और लड़कियों पर टीका-टिप्पणी करते हुए यह भूल जाते हैं कि वह जिस पर टीका टिप्पणी कर रहे हैं, वह भी किसी की माँ, बहन या बेटी है। जब तक हम महिलाओं के प्रति अपना नजरिया नहीं बदलेंगे, तब तक महिलाएँ अपने अधिकारों से वंचित रहेंगी।" पत्रकारिता जगत् की सबसे बड़ी चुनौती जो महिला पत्रकारों के समक्ष रही वह थी, उनके अस्तित्व की लड़ाई। स्थिति तो यहाँ तक रही कि अघोषित रूप से महिलाओं से परहेज बरता जाता रहा। लगातार देखने को मिला कि जब तक बहुत मजबूरी नहीं रही, तब तक महिला पत्रकारों को महत्त्वपूर्ण जिम्मेदारी ही नहीं दी गई। लाभ के तमाम अवसर हमेशा से पुरुष पत्रकारों को ही मिलते रहे हैं और सभी तरह की मेहनत के काम और शोषण महिला पत्रकारों के ही हिस्से में आए। नए उभरते परिदृश्य में तो सबसे बड़ी चुनौती है, अपने आत्मसम्मान को बचाना, क्योंकि स्वाभिमानी कलम की स्याही को फीका करने के तमाम प्रयास अनवरत जारी हैं।

महिला पत्रकारों का पत्रकारिता जगत् में अवदान पहले दिन से ही महत्त्वपूर्ण रहा है। प्रारंभ से ही महिलाएँ पत्र-पत्रिकाओं में लेख लिखती रही हैं। जब महिला शिक्षा का अभाव था, तब हेमंतकुमारी जैसी अनेक महिला पत्रकारों ने शिक्षा की आवश्यकता और उपयोगिता को लेकर खूब लेख लिखे। राष्ट्रीय आंदोलन के समय महिला पत्रकारों ने जागृति फैलाने और देश प्रेम का जज्बा लोगों में पैदा करने के लिए जोश पूर्ण शैली में लिखकर अपनी विशिष्ट पहचान बनाई। खादी का इस्तेमाल, विदेशी कपड़ों का बहिष्कार, जेल जीवन की विभीषिकाएँ और अंग्रेजों के अत्याचार जैसे विषयों पर विभिन्न

पत्र–पत्रिकाओं में लिखकर आजादी की अलख जगाने का कार्य किया, जिसके कारण कई महिला पत्रकारों को जेल की घोर प्रताड़ना भी सहनी पड़ी और उनके परिवार जनों को आर्थिक नुकसान भी उठाना पड़ा। शुरू में महिला पत्रकारों की संख्या भले ही गिनती की रही थी, लेकिन उनका लेखकीय अवदान कहीं अधिक उल्लेखनीय रहा। उन्होंने परिवार, समाज, शिक्षा और विशेषकर स्त्रियों की समस्याओं पर जमकर लिखा। कहानियों और ऐतिहासिक लेखों के माध्यम से समाज की विसंगतियों को उद्घाटित करने का प्रयास किया। स्त्रियों की गंभीर समस्याओं की ओर समाज का ध्यान केंद्रित करने के साथ ही महिलाओं को लड़ने का हौसला भी दिया। आजादी के बाद की महिला पत्रकारिता अलग तरह की समस्याओं पर केंद्रित रही। देश में विकास के मुद्दे सामने आए, नए राष्ट्र के निर्माण की समस्याओं पर लिखा गया, राष्ट्रभाषा को लेकर हिंदी क्षेत्र की महिला पत्रकारों ने तर्कपूर्ण शैली में काफी लिखा और हिंदी भाषी लोगों में बढ़ते अंग्रेजी प्रभाव पर कठोरतापूर्वक कलम चलाई। आजाद भारत की उस तसवीर को सामने लाने का प्रयास महिला पत्रकारों द्वारा किया गया, जो शहीदों के सपनों के भारत से बिल्कुल भिन्न थीं। सभी क्षेत्रों में हो रहे क्षरण पर कलम चली तो भ्रष्टाचार, महिला अत्याचार, देशद्रोह जैसे विषयों ने उन्हें विचार–विमर्श करने को मजबूर किया। अंग्रेजी हुकूमत द्वारा वर्षों तक शासन करने के कारण लोगों में बढ़ते विदेशी प्रभाव पर भी महिला पत्रकार लिखने से पीछे नहीं रहीं। सती–प्रथा, दहेज प्रथा, कन्या भ्रूण हत्या, जैसे मुद्दे उन्हें सदैव विचलित करते रहे और महिलाओं पर तरह–तरह के अत्याचारों ने उन्हें लिखने को मजबूर किया। स्त्री उपेक्षा को महिलाओं ने सदैव मुद्दा बनाया। बराबरी की बात उठी, परिणामतः स्त्रियों के लेखन में स्त्री स्वतंत्रता महत्त्वपूर्ण होती चली गई और समाज में परिवर्तन दर्ज हुआ। प्रत्येक पत्र–पत्रिका में महिला परिशिष्ट अनिवार्य कर दिया गया। महिला केंद्रित पत्रिकाओं का प्रचलन बढ़ा। आज भारत की महिला पत्रकारिता तथा पत्रकारिता में महिलाएँ, दोनों को ही महत्त्व मिल रहा है।

□

संदर्भ-सूची

1. समाचार-पत्रों का इतिहास—अंबिकाप्रसाद वाजपेयी, द्वितीय संस्करण 1986, ज्ञानमंडल लिमिटेड, वाराणसी
2. अकबर इलाहाबादी (जीवनी और संकलन), सं. सरस्वती सरन 'कैफ', प्रथम संस्करण 1959 मार्च, राजपाल एंड संस, दिल्ली
3. सहाफत पाकिस्तान व हिंद में—अब्दुल सलाम खुर्शीद, अनुवाद घनश्याम सिंह तोमर
4. हिंदुस्तानी अखबार नवीसी—अब्दुल्ला यूसुफ अली, अनु. घनश्याम सिंह तोमर
5. क्रांतिकारी महिलाएँ—आशारानी वोहरा, 1986 जुलाई, प्रकाशन विभाग, भारत सरकार
6. तारीखे सहाफते उर्दू—इमदाद साबरी (अनुवाद : घनश्याम सिंह तोमर)
7. उर्दू सहाफत के 125 साला दास्तान—मौलाना इमदाद सावरी (अनु. घनश्याम सिंह तोमर)
8. पत्रकारिता के अनुभव—इंद्र विद्यावाचस्पति, प्रथम संस्करण, 1960 सितंबर, नेशनल पब्लिशिंग हाउस, दिल्ली
9. डॉ. ई. राघवेंद्र राव का राजनीतिक जीवनदर्शन—डॉ. उमाशंकर शुक्ल, संस्करण 1996, शांति प्रकाशन, इलाहाबाद
10. दशपुर—चंद्रभूषण त्रिवेदी, प्रथम संस्करण-1979, म.प्र. हिंदी ग्रंथ अकादमी, भोपाल
11. हिंदी पत्रकारिता का इतिहास—जगदीश प्रसाद चतुर्वेदी, प्रथम संस्करण-2004, प्रभात प्रकाशन, नई दिल्ली
12. History of Indian Journalism—by J. Natarajan, 1955 Aug., Publication Division,
13. पं. झाबरमल्ल शर्मा अभिनंदन ग्रंथ, प्रथम संस्करण-1977, राजस्थान मंच, नई दिल्ली
14. हिंदी पत्रकारिता प्रतिनिधि संकलन—तरुशिखा सुरजन, प्रथम संस्करण-2010, राधाकृष्ण प्रकाशन, नई दिल्ली
15. महिला सृजन के विविध आयाम—डॉ. तारा परमार (भारतीय दलित साहित्य अकादमी) उज्जैन (म.प्र.)
16. लोकनायक तिलक का चरित्र—नरसिंह चिंतामणि केलकर, प्रथम संस्करण-1927

17. Indian Journalism—Nadig Krishnamurthy, First, Pub. 1966, Prasaranga, University of Mysore
18. वृहत् हिंदी पत्रकारिता कोश—डॉ. प्रताप नारायण टंडन, प्रथम संस्करण-1986, साहित्य शिल्पी प्रकाशन, लखनऊ
19. संपूर्ण गांधी वाङ्मय, जुलाई 1968-1971 प्रकाशन विभाग, सूचना और प्रसारण मंत्रालय, भारत सरकार, दिल्ली
20. महिला पत्रकार और पत्रिकाएँ—प्रेमनाथ चतुर्वेदी प्रथम सं.-1997, साहित्य संगम, इलाहाबाद
21. पत्रकारिता के प्रतिमान—प्रेमचंद्र गोस्वामी, प्रथम सं. 1977 किशोर बुक डिपो, जयपुर
22. झंझावात—संपादक बद्रीनारायण तिवारी, प्रथम संस्करण, संवत् 2051, उत्कर्ष एकेडमी प्रकाशन, कानपुर
23. हिंदी समाचार-पत्र सूची (1826-1925)—बंकटलाल ओझा, वा.1, प्रथम संस्करण मार्च 1950, कॉमर्शियल प्रिंटिंग प्रेस, हैदराबाद
24. अखबारों में 1857—म.प्र. जन संपर्क संचालनालय, भोपाल, संस्करण-2007
25. राजस्थान में हिंदी पत्रकारिता—मनोहर प्रभाकर, प्रथम सं. 1981 पंचशील प्रकाशन, जयपुर
26. पत्रकारिता के युग निर्माता : हेमंतकुमारी देवी चौधरी—डॉ. मंगला अनुजा, प्रथम संस्करण-2010 प्रभात प्रकाशन, नई दिल्ली
27. क्रांतिकारी प्रेरणा के स्रोत. सं. रतनलाल जोशी, संस्करण-1971, प्रथम भाग, राजस्थानी समाज प्रकाशन, कोलकाता
28. मराठी वृत्तपत्रांचा इतिहास—रा.के. लेले, प्रथम संस्करण-1984 कॉन्टिनेंटल प्रकाशन, पुणे
29. स्त्री संघर्ष का इतिहास—राधा कुमार, द्वितीय संस्करण-2004, वाणी प्रकाशन, नई दिल्ली
30. हिंदी साहित्य का इतिहास—रामचंद्र शुक्ल, दसवाँ संस्करण, संवत् 2012, नागरी प्रचारिणी सभा, काशी
31. हिंदी गद्य के निर्माता : पं. बालकृष्ण भट्ट—डॉ. राजेंद्र प्रसाद शर्मा, प्रथम संस्करण-1958
32. राजनीतिक पत्रकारिता—राकेश सिन्हा, प्रथम संस्करण-2007 प्रभात प्रकाशन, नई दिल्ली
33. काशी की हिंदी पत्रकारिता—डॉ. वशिष्ठ नारायण सिंह, प्रथम संस्करण-2008
34. समग्र भारतीय पत्रकारिता—विजयदत्त श्रीधर, प्रथम संस्करण 2001 दिसंबर, लाभचंद प्रकाशन, इंदौर
35. भारतीय पत्रकारिता कोश—विजयदत्त श्रीधर (खंड-प्रथम, द्वितीय) परिवर्धित संस्करण-2010, वाणी प्रकाशन, नई दिल्ली
36. पहला संपादकीय—विजयदत्त श्रीधर, प्रथम संस्करण 2011, सामयिक प्रकाशन, नई दिल्ली

37. हिंदी पत्रकारिता विविध आयाम—डॉ. वेदप्रताप वैदिक, प्रथम संस्करण 1976, नेशनल पब्लिशिंग हाउस, नई दिल्ली
38. हिंदी कोविद रत्नमाला—सं. बाबू श्यामसुंदर दास, संस्करण-1924 भाग (प्रथम-द्वितीय) इंडियन प्रेस लिमिटेड, प्रयाग
39. History of The Press in India—S. Natarajan (1962), Asia Publishing House, Bombay
40. महिला पत्रकारिता—सुधा शुक्ला, प्रथम संस्करण-2012, प्रभात प्रकाशन, नई दिल्ली
41. वृहद् हिंदी पत्र-पत्रिका कोश—डॉ. सूर्यप्रसाद दीक्षित, द्वितीय संस्करण-2004, वाणी प्रकाशन, नई दिल्ली
42. संक्षिप्त मनुस्मृति—देवदत्त शास्त्री, 1962 विश्वेश्वरानंद वैदिक शोध संस्थान, होशियारपुर, पंजाब
43. दिवंगत हिंदी सेवी—क्षेमचंद्र सुमन, द्वितीय संस्करण 1983, शकुन प्रकाशन, दिल्ली
44. The Rise and Growth of Hindi Journalism (1826-1945), by Ram Ratan Bhatnagar, Kitab Mahal, Allahabad
45. हिंदी पत्रकारिता के 150 वर्ष (स्मारिका/संगोष्ठी/रपट/भाषण), 7 दिसंबर, 1976 लखनऊ
46. स्मारिका—महिला पत्रकार सम्मेलन (2002) उ.प्र. जर्नलिस्ट्स एसोसिएशन, लखनऊ
47. 13th Anniversary Celebrations (1994&2007) Indian Women's Press Corps
48. बंग महिला : नारी मुक्ति का संघर्ष—डॉ. भवदेव पांडेय, प्रथम संस्करण 1999 वाणी प्रकाशन, नई दिल्ली
49. होमई संदर्भ पुस्तिका—सं. नवल जायसवाल, विंब प्रकाशन, भोपाल
50. फोटो पत्रकारिता—नवल जायसवाल, प्रथम सं. 2007, सामयिक प्रकाशन, नई दिल्ली
51. फोटो पत्रकारिता—गुलाब कोठारी, प्रथम संस्करण 1994, पंचशील प्रकाशन, जयपुर
52. भारतीय इलेक्ट्रॉनिक मीडिया—डॉ. देवव्रत सिंह, प्रथम सं. 2007, प्रभात प्रकाशन, नई दिल्ली
53. मतवाले का मत—सं. कर्मेंदु शिशिर, पहला सं. 1994, राजकमल प्रकाशन, नई दिल्ली
54. बालकृष्ण भट्ट—समीरकुमार पाठक, प्रथम सं. 2012, उत्तर प्रदेश हिंदी संस्थान, लखनऊ
55. जनसंचार—सं. राधेश्याम शर्मा, प्रथम सं. 1988, हरियाणा साहित्य अकादमी, चंडीगढ़
56. जनश्रुत (2007-08) पत्रकारिता एवं जनसंचार विभाग, राँची, झारखंड
57. भारत के समाचार-पत्र (1975-2003) सूचना और प्रसारण मंत्रालय, भारत सरकार, नई दिल्ली
58. प्रेस परिषद् समीक्षा—भारतीय प्रेस परिषद्, नई दिल्ली (2006-2013)

59. भारतीय प्रेस परिषद्, नई दिल्ली वार्षिक रिपोर्ट (1980-2012)
60. प्रेस एंड एडवर्टाइजर ईयर बुक (1962-1987)—इन्फा पब्लिकेशंस, न्यू देहली
61. द इंडियन प्रेस ईयर बुक 1948, 1954 इंडियन प्रेस पब्लिकेशन, मद्रास
62. महावीरप्रसाद द्विवेदी रचनावली—भारत यायावर, प्रथम सं. 1995, किताब घर, नई दिल्ली
63. मुगल एडमिनिस्ट्रेशन—यदुनाथ सरकार (अनु. संतोषकुमार शुक्ल)
64. राष्ट्रीय अभिलेखागार—रिकॉर्ड (संदर्भ फाइल)
65. प्रथम गुजराती पत्रकार परिषद् (स्मारिका)
66. बंकिमचंद्र चट्टोपाध्याय—एस.के. बोस, प्रकाशन विभाग, सूचना और प्रसारण मंत्रालय, भारत सरकार, नई दिल्ली
67. पयामे आजादी—संदर्भ फाइल (सप्रे संग्रहालय)
68. 'केसरी' अमृत महोत्सव अंक—संपादक जयंत तिलक
69. 'नदीम' रजत जयंती अंक—सैयद मोहम्मद यूसुफ कौसर (अनु. घनश्याम सिंह तोमर)
70. मलयाल मनोरमा के सौ वर्ष (1888-1988)
71. जन्मभूमि सुवर्णपर्व विशेषांक-1988
72. श्रीवेंकटेश्वर समाचार—हीरक जयंती, अंक-1956
73. संदर्भ फाइलें (पत्रकारिता इतिहास 1780-2000) सप्रे संग्रहालय, भोपाल
74. सर्वोदय प्रेस सर्विस (फाइलें) 1987
75. स्वराज संदर्भ फीचर्स 2004
76. सप्रे संग्रहालय में उपलब्ध महिला पत्रकारों की अकारादि क्रम से फाइलें
77. मलयालम पत्रकारिता (सप्रे संग्रहालय संदर्भ फाइल)
78. तेलुगू समाचार-पत्र सूची—सुंकि वेंकटेश्वर्लु (फाइल)
79. सप्रे संग्रहालय में उपलब्ध पत्र व्यवहार

□□